Antonio Gala
Die Handschrift von Granada

SERIE PIPER

Zu diesem Buch

An die verzauberte Atmosphäre aus 1001 Nacht erinnert die Erzählung aus dem bewegten Leben Sultan Boabdils, des letzten maurischen Herrschers von Granada, und zeichnet zugleich ein Bild vom Untergang einer höchst verfeinerten und toleranten Kultur. Auf dem karmesinroten Kanzleipapier der Alhambra schildert Boabdil eine Welt, in der Architektur und Kunst höchste Vollendung erreicht hatten und in der Raum war für verschiedene Religionen, Nationalitäten und Ansichten. Viele Jahrhunderte lebten Christen, Muslims und Juden friedlich zusammen. Die Offenheit des Denkens reichte bis in den intimen, privaten Bereich. So galt zum Beispiel die Homosexualität keineswegs als Tabu. Die Zivilisation der Toleranz fand mit der »Rückeroberung« Andalusiens durch den lustfeindlichen kastilischen Katholizismus des Königspaares Isabel und Ferdinand ein jähes, grausames Ende und ging für immer verloren. Boabdils fiktives Tagebuch ist der gelungene Versuch der Rehabilitierung einer Kultur, mit deren Vorstellungen wir uns heute erneut schwer tun: einer islamischen Lebensweise jenseits fundamentalistischer Verbohrtheit.

Antonio Gala, 1936 in Córdoba geboren, gehört zu den bedeutendsten spanischen Autoren der Gegenwart. Er studierte unter anderem Jura, Philosophie und Literatur. Er veröffentlichte zahlreiche Werke in allen Gattungen: Lyrik, Essay, Roman, Drehbuch und Reportage. Berühmt wurde er mit seinen Theaterstücken.

Antonio Gala

Die Handschrift von Granada

Historischer Roman

Aus dem Spanischen von
Lisa Grüneisen

Mit einem Nachwort von
Henning Boëtius

Piper München Zürich

Ungekürzte Taschenbuchausgabe
Piper Verlag GmbH, München
1. Auflage August 1996
3. Auflage Dezember 1998

Titel der spanischen Originalausgabe:
»El manuscrito carmesí«, Editorial Planeta, S. A., Barcelona 1993

Umschlag: Büro Hamburg
Simone Leitenberger, Susanne Schmitt, Andrea Lühr
Umschlagabbildung: J. B. A. Tissier (© Musée National des Arts d'Afrique et d'Océanie, Paris)
Foto Umschlagrückseite: Xavier Gassió
Satz: Fuldaer Verlagsanstalt GmbH, Fulda
Druck und Bindung: Clausen & Bosse, Leck
Printed in Germany ISBN 3-492-22295-1

Vorwort

Im Jahre 1931 beauftragte Frankreich eine Kommission von Fachleuten und Gelehrten, im Protektorat Marokko eine Studie über die Bauwerke und die Geschichte von Fez zu erstellen. Zwei von ihnen, Architekten, widmeten sich einem der bedeutendsten Gebäude der Stadt: der Qarawiyin-Moschee. Sie ist das größte Sakralgebäude Marokkos und des ganzen Maghreb. Ursprünglich stand hier ein kleines Heiligtum, das zu Beginn des 9. Jahrhunderts von Fatima erbaut wurde, der reichen Erbin Mohammed al Fihris, die bei einem der häufigen Aufstände jener Zeit aus Kairuan geflohen war. In der ersten Hälfte des 12. Jahrhunderts ließ der Almoravide Ali ibn Yussuf die jetzige Moschee errichten, zehntausend Quadratmeter groß, die mehrere Jahrhunderte hindurch der Sitz der Universität von Fez war, des einflußreichsten geistigen Zentrums von Marokko. In ihrer Bibliothek aus dem 13. Jahrhundert befinden sich äußerst kostbare, einzigartige Exemplare.

Die beiden jungen französischen Architekten begannen ihre Arbeit mit der Aufnahme des Plans der Qarawiyin. Nachdem sie exakte Berechnungen angestellt hatten und die genau überprüften Ausmaße zu Papier brachten, stimmten an einer Stelle die Außenmaße nicht mit den Innenmaßen überein, selbst wenn man die mächtige Dicke der Mauern nicht mitrechnete. Sie wiederholten ihre Messungen und kamen zu derselben Ungereimtheit. Das brachte sie auf den Gedanken, die Differenz der Oberflächen müsse einem Raum entsprechen, der irgendwann zugemauert worden war. Durch Schätzungen und vorsichtige Bohrungen stießen sie schließlich auf die vermutete Kammer. Dort fand man eine große Zahl wertvoller Bücher und Manuskripte, deren jüngste, etwa fünfhundert Jahre alt, unvorstellbar gut erhalten waren, da es an Erosionseinflüssen fehlte – sieht man von einigen Insekten ab und ein wenig

Feuchtigkeit, mit der die Bücher vielleicht schon vor dem 16. Jahrhundert in Berührung gekommen waren.

Unter ihnen befanden sich – ich erwähne das, weil Geschichte oft sehr symmetrisch ist – die Erinnerungen Abdallahs, des letzten ziridischen Königs von Granada, der von dem Almoraviden Yussuf, einem Nachfahren des Erbauers der Qarawiyin, entthront wurde und in Aghmat starb, unter ähnlichen Umständen wie Almutamid, der König von Sevilla. Es gab etwas, was die Aufmerksamkeit der beiden Architekten – die zwar neugierig, aber keine Experten auf dem Gebiet der Paläographie waren – besonders auf sich zog. Es handelte sich um einige Handschriften, die sich aus zwei Gründen von den übrigen abhoben: Sie waren zum einen gänzlich eingebunden, als seien sie von achtsamer Hand sorgfältig hierher in Sicherheit gebracht worden, und zum anderen wegen ihrer karmesinroten Farbe, der die Zeit kaum etwas angehabt hatte.

Es dauerte lange, die Qarawiyin-Funde zu ordnen, und nicht alle daran Beteiligten waren so ehrenhaft, wie es wünschenswert gewesen wäre. Zahlreiche Handschriften von unschätzbarem historischem Wert verschwanden. Einige davon tauchten im Laufe der Jahre wieder auf – in öffentlichen und privaten europäischen Bibliotheken oder gar im Besitz von mehr oder weniger rücksichtslosen Antiquaren und Buchhändlern. Die karmesinrote Handschrift, ein Band von beachtlichem Umfang, war schon vor dem zweiten Besuch der Architekten gestohlen worden. Durch einen der Zufälle des Lebens, die der Mensch sich nicht einmal vorstellen kann und die er erst recht nicht zu enträtseln vermag, brachte ich in Erfahrung, daß sie sich in einer bekannten Bibliothek in Rabat befand. Als ich sie in Händen hielt, bewunderte ich zuerst ihre elegante Kalligraphie, die sich langsam wandelte, so als habe der Verfasser all dieser Seiten sein ganzes Leben auf ihre Niederschrift verwandt, und mich befiel ein sonderbarer Eindruck, den ich, als ich den Inhalt kannte, verstand. Die Handschrift enthielt die Erinnerungen eines weiteren letzten Königs; doch dieser war der unwiderruflich letzte. Es handelt sich um die Erinnerungen Boabdils, des Sultans, in dessen Regierungszeit der Islam de facto aus Spanien verschwand: Er übergab am 2. Januar des Jahres 1492 Granada an die Katholischen Könige.

Unterstützt von zahlreichen marokkanischen und spanischen Experten, denen allen ich an dieser Stelle meinen Dank aussprechen möchte, habe ich die Übersetzung der Handschrift mit der herrlichen karmesinroten Farbe besorgt. (Die Blätter der Kanzlei der Alhambra waren karmesinrot.) Um eine annähernde Genauigkeit zu erreichen, mußte ich zahlreiche Texte, Archive, Chroniken, Berichte und Geschichtswerke zu Rate ziehen. Am Ende stand dieser zuweilen kühle, zuweilen sehr glühende Bericht, als Ergänzung oder Widerlegung der anderen.

Ich habe mich entschieden, die Chronologie, die Namen der Personen und Orte, die Daten und andere Verweise in eine dem heutigen abendländischen Leser verständlichere Sprache zu übertragen. Es ist mir anzulasten, daß die Übersetzung nicht immer so getreu ist, wie Gelehrte forderten; ich glaube aber, daß der Text wegen dieses Zugeständnisses unseren Augen und Ohren zuträglicher sein wird. Trotz meiner intensiven Nachforschungen bin ich in bezug auf die Wahrhaftigkeit der Handschrift zu keinem endgültigen Schluß gekommen. Ich weiß nicht, ob das, was Boabdil berichtet, ganz der Wahrheit entspricht oder ob er es zu seinem Vorteil änderte. Ich weiß nicht, ob er selbst es ganz niedergeschrieben hat oder ob er es einem oder mehreren Sekretären diktierte – was wegen der Ähnlichkeit der Schriftzüge unwahrscheinlich ist; und ich weiß nicht einmal, ob es sich vielleicht um eine, wenn auch zeitgenössische, Apokryphe handelt. Zuweilen ist die Reife der Zeugnisse überraschend, was bis hin zu der Vermutung führt, Boabdil habe alle diese Erinnerungen nach seinem dreißigsten Geburtstag in Fez geschrieben und ihre Einordnung in verschiedene Lebensabschnitte sei nur vorgespiegelt; sicher aber stehen Durchgängigkeit und der damit einhergehende innere Wandel der Kalligraphie dieser Meinung entgegen, ebenso auch einige Wiederholungen, der mit der Zeit sich ändernde Stil und die nur lockeren Zusammenhänge zwischen den beabsichtigten Entschlüssen und der Realität. Wie dem auch sei, die Handschrift entwickelt eine nicht geringe Fähigkeit zur Reflexion und beweist ein besseres Erinnerungsvermögen, als es der Verfasser zu haben versichert.

Dem fest eingebundenen Korpus der Handschrift waren einige lose, ebenfalls karmesinrote Blätter beigefügt, ein weiteres lag darunter, so, als handele es sich dabei um den Epilog der eigentlichen Erinnerungen; Erinnerungen, die ich in vier Abschnitte zu teilen gewagt habe, um ihre Lektüre zu erleichtern. Darüber hinaus fanden sich einige, offensichtlich später hinzugefügte Randbemerkungen, die ich, mit Klammern versehen, in den Text integriert habe.

Ich möchte allen Historikern und Gelehrten, die sich irgendwann mit diesem traurigen und Erinnerungen heraufbeschwörenden Thema befaßt haben, meinen Dank aussprechen – angefangen mit Boabdil, dem Zogoibi, selbst. Sie liebten ihn, wie ich ihn geliebt habe. Hoffentlich habe ich, genau wie sie, erreicht, daß meine Liebe Erwiderung findet. Schließlich ist die Geschichte, wie der Autor der karmesinroten Handschrift uns sagen wird, nicht mehr als ein langer Stafettenlauf: Wir wissen, woher sie kommt, in welche Richtung sie verläuft, aber letzten Endes wissen wir nicht, wohin sie sich wendet, noch wann sie enden wird.

Die Handschrift von Granada

BEVOR ICH BEGINNE, vertraue ich mich der Güte Gottes an – Er sei gelobt und gepriesen –, auf daß Er uns bewache und unser Leben nicht eitel sei. Auch an Mohammed wende ich mich, den Propheten, Vollendung aller früheren Propheten und Herr des Geschlechts Adam.

Gepriesen sei Gott, Herr des Universums, der Gütige, Mitleidsvolle, der Herr des Jüngsten Gerichts. Dich beten wir an, zu Dir flehen wir. Führe uns den rechten Weg. Den Weg derer, denen Du gnädig bist, nicht den Weg derer, die Dich erzürnen, noch den Weg jener, die in die Irre gehen.

I. In der Sicherheit des Gartens

Mein Name und du, ihr seid bereits
in der Sicherheit des Gartens.
Fern jeder Zeit, wird seine Verwünschung
euch nicht berühren.

Boabdil

Von dem wenigen, was ich in der von meinem Vorfahren Yussuf I. gegründeten Schule und von den kahlköpfigen Meistern, die so kalt und verächtlich zu den Knaben sind, lerne, ist ein einziger Gedanke die Grundlage alles anderen: Wir sind nicht frei. Mit der Geburt wird uns unser Schicksal zugewiesen; es fällt uns zu, genau wie jenes Täfelchen, auf dem wir als Kinder die ersten Buchstaben und deren Kombinationen üben. Man kann löschen, was darauf gezeichnet wurde, das Täfelchen selbst aber bleibt unzerstörbar; wenn wir lesen und schreiben gelernt haben, schenkt man es uns als Erinnerung, und wir werden es voll Rührung und Stolz aufbewahren, ein Leben lang. Der Wortlaut unseres Schicksals steht von Anfang an geschrieben; das einzige, was uns, wenn wir mutig genug sind, zu tun übrigbleibt, ist, es in unsere Handschrift zu übertragen, es also in die Kalligraphie zu setzen, die uns jemand lehrte.

Ich für meinen Teil kann beschwören, daß ich niemals gewählt habe. Höchstens Zweitrangiges, Nebensächliches: ein Essen, eine Farbe, die Art, einen Nachmittag zu verbringen. Die Freiheit existiert nicht. Wir verkörpern eine genau vorgegebene Rolle, der wir niemals etwas hinzufügen, was die übrigen Rollenspieler von Grund auf überraschte. Niemand würde mich beachten, wäre ich nicht der Erstgeborene Abul Hassans, des Königs von Granada. Das erste, was ein Prinz hier zu sagen lernt – noch vor »Vater« oder »Mutter« –, ist: »Ich werde nicht abdanken«, damit er es, vom Tag seiner Krönung an, ganz selbstverständlich zu wiederholen weiß. Trotzdem kann er sich niemals sicher sein, daß es nicht zur Abdankung kommen wird – falls es überhaupt zur Krönung kommt.

Wir unterscheiden uns einer von dem anderen, und das macht uns glauben, wir seien frei; aber wir sind vorgeformt von Anbeginn an. Unser Festgelegtsein ist bedingt durch unsere gastrischen Säfte und durch unsere Denkweise oder, anders gesagt, durch unseren Magen und unser Gehirn, welche unveränderbar sind. Es erscheint uns beispielsweise, als wählten wir die von uns geliebte Person. Das ist nicht wahr. Uns stehen nur zwei oder drei Möglichkeiten zu Gebote – wenn es denn so viele sind. Wir wählen sie nicht, wir fügen uns in sie; unser Geschlecht, das zusammen mit Magen und Gehirn unser Ganzes bestimmt, ist nur ein weiterer Vermittler. Das Schicksal ist es, das bestimmt, deshalb respektiere und verstehe ich jeden, der es sich erfüllen läßt, ohne dagegen aufzubegehren. Diese sind dem Glück am nächsten – falls das Glück existiert, was ich nicht glaube –, die sich bis zu ihrem Ende an den Platz stellen und in die Richtung entwickeln, in die sie hineingeboren wurden. Ich denke an Almansor, der die Omaijaden verdrängte, von dem Willen beseelt zu herrschen, ohne in die Rangfolge des Thrones hineingeboren zu sein, der, von diesem unglückseligen, rechtsverdrehenden Wunsch erfüllt, den er nicht bezähmen konnte, die Seiten seines Lebensbuches verwirrte, indem er den Untertanen zu beweisen versuchte, daß die Machthabenden verachtenswert seien. Das Schicksal ist niedergeschrieben: Die Schwierigkeit besteht darin, es lesen zu können. Es gibt Menschen, die, während sie gegen ihr eigenes Schicksal ankämpfen, nichts weiter sind als Waffen des Schicksals anderer. Sie machen sich zum Gebieter ihrer Bestimmung und werden, während sie mit ihrer ganzen Kraft gegen ihr niedriges Dasein angehen, zu Bevollmächtigten des fremden Schicksals, sie spielen Schach im Namen der Geschichte, Stein für Stein reißen sie alles nieder, bis das Spielbrett von Blut überströmt ist. Welch unendliche Bestürzung, wenn ein Mensch schließlich, bei seiner Ankunft in Medinaceli, feststellen muß, daß er, während er sich scheinbar frei wähnte, nur benutzt wurde. Darum verschmähe niemand die Aufgabe, für die er geboren wurde. Alles paßt und ist maßvoll vorausbestimmt. Hat er seinen Auftrag beendet, und sei er auch der Sieger, der alle anderen vom Spielbrett vertrieb, so bietet ihm das Schicksal – sein Schicksal diesmal – Schachmatt. Das Leben ist eine unwiderrufbare Partie, die für alle Spieler mit der Niederlage endet . . .

DIE VORHERIGE ABHANDLUNG war zu kindlich. Heute erscheint sie mir pedantisch, voller Gemeinplätze, aber mit ihr habe ich diese Blätter eingeweiht. Bevor ich zum Ende kam, befahl mich meine Mutter in ihre Gemächer. Wie ein aufloderndes Feuer trat der Morgen durch das Bogenfenster und überstreute den Boden mit goldenen Lachen. Von ihrer Rede abgelenkt, betrachtete ich die beiden unterschiedlichen Arten von Bodenfliesen. Auf der ersten wendet sich eine weibliche Figur einer männlichen zu, zwischen ihnen einige Wappen. Sie tragen die Kleidung der Christen: er lange Hosen, sie ein enggeschnürtes Ärmelkleid unter einem weiteren, helleren, das lange Haar gescheitelt und zu einem Zopf gefaßt. Die Zeichnung ist in verschiedenen Blautönen gehalten. Auf den anderen Fliesen wenden sich, in ebensolchem Blau gehalten, ein Hirsch und ein Pferd einander zu, schlank und hoch aufgerichtet . . .

Meine Mutter ist vor kurzem erst in die Alhambra zurückgekehrt, nachdem sie sich zum Zeichen ihres Mißfallens in den Palast des Albayzín zurückgezogen hatte, als der König seine Liebschaft mit Soraya begann. Als sie aber deren Einfluß wachsen sah, erschien es ihr klüger, in ihre Position als Sultana und in ihre offiziellen Gemächer zurückzukehren.

Ich hörte ihr zu, die Augen auf den Boden geheftet, ohne ihr besondere Aufmerksamkeit zu schenken. Ich dachte, es handele sich um einen Fehler, den ich gemacht hätte, oder um einen jener politischen Pläne, die mich nicht interessieren. Dies waren die einzigen Dinge, deretwegen meine Mutter mich rufen ließ. Dennoch schwang in ihren Worten ein ungewohnter, neuer Ton, milder. Ich blickte auf. Sie sah mich nicht an, sondern saß zurückgelehnt und hielt ein besticktes Tuch in den Händen, das sie wieder und wieder faltete. Sie hatte all ihren Bediensteten befohlen, sich zurückzuziehen, und so waren wir überraschenderweise allein. Als ich mich zur Aufmerksamkeit entschloß, war sie schon eine ganze Weile am Reden. Ich war es gewohnt, nur phasenweise ihren langweiligen Ausführungen zuzuhören, in denen sie unendliche Umwege machte und die Themen ineinanderflocht, von einem weit entfernten Anfang ausgehend, den nur sie in einen Bezug zum Ende setzte. So begann sie zum Beispiel mit ihrem Vetter, König Mohammed X., oder ihrem Vater, Mohammed IX., um dann – wem auch immer – mitzuteilen, daß es nötig sei, Umbauten im oberen Stockwerk zu beginnen oder den Entwurf eines Gartens zu ändern oder das Opferfest in diesem Jahr mit besonderer Pracht zu feiern.

Ihr Monolog war im Fluß. Ich heftete meine Augen auf die herrliche Männerfigur der Bodenfliese direkt neben meinem rechten Fuß.

»Sollte dein Vater daran denken, meine Privilegien zugunsten einer christlichen Sklavin zu beschneiden, dann werde ich ihm einen Knüppel zwischen die Beine werfen. Ich bin eine reinblütige Königin. Das hängt nicht von ihm ab, nicht von meinem Blut, auch nicht von meiner Sparsamkeit oder Intelligenz. Ich bin eine sparsame Frau, in jeder Hinsicht. Ich brauche nichts, aber mit dir will ich rechnen können, denn du bist der designierte Thronfolger. Und ich rate dir, dich von dieser betrügerischen Isabel de Solís sowenig beeindrucken zu lassen wie ich.«

Sie nennt sie niemals Soraya, denn sie hält ihren Übertritt zum Islam für eine Taktik – womit sie ins Schwarze trifft.

»Vergiß nicht, daß dein Vater drei Söhne von ihr hat. Und daß er sie, obwohl sie jünger sind als du oder vielleicht genau deswegen, bevorzugen wird. Die Macht der Lüsternheit – du weißt es noch nicht, aber auch darüber will ich mit dir sprechen – ist sehr groß.«

Ohne viel zu verstehen, wandte ich meinen Blick der weiblichen Figur auf der Bodenfliese zu. Ich war schon an die überraschenden Wendungen der mütterlichen Monologe gewöhnt.

»Und das mit der Eitelkeit. Dein immer aufgeblasener Vater wird, auch wenn er damit seinen eigenen Anordnungen widerspricht, einen Jüngeren zum Erben ernennen, so, als wäre ihm damit ein längeres Leben sicher. So sieht er sich weniger bedrängt, irgend jemandem den Thron zu überlassen. Du weißt ja, wie wenig man in Granada von kindlichen Herrschern hält, und wie schädlich es für sie ist.«

Ich wußte nicht, wohin ein solches Gespräch führen sollte. Es war das Übliche. Es hatte sich nicht gelohnt, meine Übungen deswegen zu unterbrechen, weder die Reitübungen, bei denen sie mich wähnte, noch die in Poesie, durch die ich die ersteren ersetzt hatte, weil sie mir besser gefielen.

»Ich muß mein Glück verteidigen; ich muß meine Rechte verteidigen – und deine noch dazu, da du es leider nicht selbst tust. Du bist mein verlängerter Arm, und in Anbetracht der Lage meine einzige Möglichkeit, auf den Thron zu folgen – um einmal klare Worte zu sprechen. Vielleicht wäre es mir mit einem anderen Sohn besser ergangen ... Sieh mich an, wenn ich mit dir spreche, Boabdil!«

Ich tat es. Ich hob meine Augen von der blauen, in fließendes Sonnenlicht getauchten Fliese. Aber auch sie sah mich nicht an. Dann blickte sie auf. Ihre Augen sind herrlich. Sie sind das einzig Herrliche in ihrem nicht schönen Gesicht: Es ist dunkel, zu lang, mit einem leichten Flaum über der Oberlippe. Sie stand auf, ohne mir Zeit zu lassen, ihr dabei zu helfen. Jetzt standen wir uns gegenüber, sehr nah beieinander. Sie fuhr fort: »Leider habe ich keine weiteren Söhne außer Yussuf und dir. Du bist der ältere, da kann man nichts machen. Es ist an der Zeit, dich zu verheiraten«, fügte sie plötzlich hinzu.

In ihrem Blick spiegelte sich die Unruhe, die sie in dem meinen bemerkt haben mußte. In der Tat, ich war gespannt wie jemand, der eine Drohung ausstößt oder einen jähen Schrei, einen zu lauten Ton.

»Ich bin zu dem Schluß gekommen, daß uns keine deiner Cousinen zusagt. Wenn man weiterhin das Blut einer Familie wie der unseren nur unter sich mischt, heißt das, sich der Gefahr einer Nachkommenschaft auszusetzen, die noch schwächlicher ist als du. Du hast gesehen, wie dein Bruder zur Welt kam.« Sie bezog sich auf Yussufs verkrüppelte Hand. Ich wollte protestieren, aber sie unterbrach mich mit einer herrischen Geste. »Laß mich fortfahren. Außerdem würde eine Braut mit nasridischem Blut Risiko und Gefahr ins Haus bringen. Ich möchte weder, daß Ansprüche gestellt werden, die deine in Gefahr bringen, noch, daß sich jemand der Illusion hingibt, durch dich herrschen zu können. Die familiären Verhältnisse müssen bleiben, wie sie sind. Wir haben genug zu tun mit dem Machtstreben der Familie der Abencerragen und den Unruhen der Freiwilligen des Glaubens – ich bin überzeugt, daß der einzige Glauben, den sie haben, der an sich selbst und ihre eigene Stärke ist. Du siehst, ich komme ohne Umschweife zum Thema. Ich weiß nicht, und es interessiert mich auch nicht, ob du schon Liebschaften gehabt hast – auch wenn ich bereits gegenteilige Informationen bekommen habe, nicht alle zu meinem Gefallen.« Jetzt sah sie mich sehr wohl an. »Es wird auch weder für noch gegen das sprechen, was ich dir vorzuschlagen habe – und ich sage ›vorschlagen‹, um ein freundliches Wort zu benutzen. Ich hoffe, meine Brautwahl erscheint dir annehmbar.«

Ich wollte sie unterbrechen, aber sie unterbrach mich.

»Deine Cousine Jadicha wäre die letzte, die ich an deiner Seite zu sehen wünschte. Zum einen, weil ich mir nicht sicher bin, ob sie nicht vielleicht ein Junge ist«, fuhr sie, mich anblickend, fort. »Zum anderen, falls sie eine Frau sein sollte, weil sie eine von denen ist, die, damit alle Welt sieht, daß sie frei sind, jedem, den sie treffen, ihr unverschleiertes Gesicht zeigen. Das ist exzentrisch, aufdringlich und töricht. Keine kluge Frau tut das, wenn es nicht unumgänglich ist. Ich erinnere mich an jene Prinzessin Walada aus dem Geschlecht der Omaijaden: ein üppiger weißer Schal mit in Schwarz eingestickten Liebesversen, aber sie dienten ihr zu nichts, waren nicht Mittel zum Zweck.

Deine Cousine Jadicha flicht grüne Bänder in ihr Haar und genauso in die Mähne des Pferdes, das sie reitet: Es ist verschwenderisch und dumm. Es wird damit enden, daß sie kahl wird und ihr Pferd ebenso – was das Schlimmere wäre. Und das alles, um im Generalife umherzuspazieren oder umherzutraben. Solche Exzesse erscheinen mir geeigneter für den Alcázar von Segovia, um sich über die unkultivierten und so kleinmütigen Christen lustig zu machen; aber für den Spaziergang in einem Garten getragen, zeigt es nur die Lust, Aufmerksamkeit auf sich zu ziehen.«

In der Tat wollte ich auf meine Cousine Jadicha zu sprechen kommen, in die ich verliebt zu sein glaubte. Mir wurde klar, daß meine Mutter, obwohl sie herrisch und distanziert schien, alles von uns wußte.

»Der oberste Burgvogt der Alhambra ist ein Mann, der mit nichts angefangen hat, ja mit weniger als nichts. Er verkaufte Spezereien auf dem Markt von Loja. Er ist tüchtig, stark, loyal und alt, die rechte Hand deines Vaters. Ich möchte nicht nur, daß er aufhört, ihn zu unterstützen, sondern, daß er statt dessen dich stützt. Die Granadiner verehren ihn; er ist einer der wenigen Getreuen in diesem Königreich. Nach den jüngsten Ereignissen wage ich zu sagen, daß er einen besseren Stand hat als ich oder du. Wenn wir ihn deinem Vater entreißen, so wirst du – oder, wenn du willst, wir – alles gewinnen, was er verliert – wenn du meinen Plan befolgst.«

Endlich würde ich die Zusammenfassung zu hören bekommen.

»Er hat eine sehr hübsche Tochter. Sie heißt Moraima. Ich habe sie dieser Tage getroffen. Sie kann dir schnell und ohne Ziererei Söhne gebären. Sie hat kein königliches Blut, aber in ihren Adern fließt genau das frische Blut, das wir dringend brauchen. Aliatar wird es gefallen, mit dem Geschlecht der Nasriden verwandt zu sein, und er wird sich auf die Seite dessen stellen, der ihn mit einem königlichen Enkel beglücken kann. Er ist der beste General, auf den das Reich zählen kann. Er wird dich beraten, ohne daß du über seine Ziele rätseln mußt; er wird seine steile Karriere als Spezereienhändler auch nicht damit abschließen, daß er dich entthront und deinen Platz einnimmt. Weil es ihm nicht an Vorstellungskraft mangelt, wird es ihn mehr befriedigen, seine Tochter auf dem Thron zu sehen, als sich selbst mit Hilfe eines Aufstandes daraufzusetzen. Ich weiß, daß du mir, wenn ich dich lasse, sagen wirst, du hättest keinen Hang zum Regieren, und daß deine Ziele sich darauf beschränken, die Landschaft zu betrachten, ein bißchen Wein zu trinken und das niederzuschreiben, was Wein und Landschaft dir eingeben; aber ich fürchte, du bist nicht dazu geboren, Diktiertes niederzuschreiben, es sei denn, ich bin es, die dir diktiert. Bist du erst einmal gekrönt und willst dich dann auf meine Erfahrung verlassen, so wird es dir erlaubt sein, der Berufung zu folgen, die du zu haben glaubst; bis dahin, nein. Danach wirst du studieren und schreiben können. Granada hat größtenteils, wenn auch nicht immer, gebildete Sultane gehabt – erinnere dich an Mohammed el Fakhi, der ein Gelehrter des Korans war. Ganz sicher sind wir nicht Herr über unser Leben – oder hat man dir das in der Schule nicht beigebracht? Du gehörst deiner Bestimmung und deinem Volk. Und dieser Aufgabe wegen gibt es keine passendere Heirat als die, die ich dir empfehle, auch wenn sie vielleicht wenig hermacht. Sollte Moraima dir nicht gefallen« – das war es, was ich, ohne einen Grund dafür angeben zu können, einwenden wollte –, »kannst du bald machen, was dir gefällt. Zeuge einen Sohn mit ihr – oder besser mehrere. Das sind nicht mehr als zwei oder drei Begegnungen und ist nicht zuviel verlangt. Nimm dir später ein oder zwei Konkubinen. Mehr zu haben ist nicht ratsam. Nicht notwendig, glaube ich. Für dich zumindest. Bei deinem Vater ist das etwas anderes. Soweit ich es beobachten kann, neigst du mehr zur höfischen Liebe, dieser Liebe, die anscheinend immer nur aus der Ferne anbetet. Ich frage mich immer, ob du kannst, aber nicht willst, oder ob du willst, aber nicht kannst, und ich weiß nicht, was von beidem schlimmer wäre. Ich verstehe nichts von solchen Dingen, und ich wollte sie auch nicht verstehen«, schloß sie. »Ich freue mich, daß du mit meinem Vorschlag einverstanden bist. Gratulation!«

Sie klatschte in die Hände, um ihre Bediensteten zu rufen, und gleichzeitig bedeutete sie mir zu gehen. Ich ging hinaus, wobei ich mich, ohne es zu wollen, an eine Legende aus der Sammlung des Bujari erinnerte. Als ein Gläubiger den Propheten fragte, wer von allen Lebenden die beste Behandlung verdiene, antwortete dieser: »Zuerst deine Mutter, dann deine Mutter, noch einmal deine Mutter, direkt danach dein Vater und alle anderen Mitglieder deiner Familie in der Reihenfolge ihres Verwandtschaftsgrades.«

Ich lernte Moraima im Palast des Albayzín kennen. Von der den Frauen vorbehaltenen Obergalerie aus, wo ich mich postiert hatte, sah ich sie durch den Innenhof gehen. Sie war in Weiß und Gelb gekleidet. Jemand mußte sie darauf aufmerksam gemacht haben, daß ich spionierte, denn sie hob die Augen und blickte mich an. Dann schlug sie sie sehr anmutig wieder nieder. Ich vermutete, daß sie hinter ihrem Schleier lächelte, und ich ertappte mich dabei, wie ich selbst lächelte, ohne zu wissen, warum. Sie war groß und nicht sehr schlank. Sie bewegte sich langsam und majestätisch. Sie wirkte – und wirkt – eher wie eine Königin als ich wie ein König.

Die Hochzeit wurde Ende des Jahres 1479 gefeiert – ich war siebzehn und sie fünfzehn. Wochen zuvor hatte Rodrigo Ponce de León, der Sohn des Grafen von Arcos, die Festung Montecorto erobert. Vor zwei Tagen, in der Nacht der christlichen Weihnacht, hatten die Muslime von Ronda diese Festung zurückerobert, während die Christen sich bei ihren mitternächtlichen Feiern befanden. Aus diesem Grund und wegen meiner Hochzeit war ganz Granada in Feststimmung. Ich war in Weiß und Blau gekleidet. Moraima trug ein Gewand und einen Schal aus schwarzem, mit blauer Seide verbrämtem Stoff, eine weiße Haube verhüllte ihr Gesicht und ihre Schultern. Nachdem ich ihre Gestalt betrachtet hatte, konnte ich meine Augen nicht von den ihren wenden, die mich anzogen, als seien sie ein Magnet und ich ein kleines Stück Eisen. Sie hat unschuldige, schelmische Augen, dunkel und hell zugleich, wie zwei bittersüße Mandeln; Augen, die vollständig, unerbittlich und unwiderstehlich ehrlich sind.

Über dem Diadem des Brautthrones war ein Gedicht Ibn al Yayabs eingraviert:

Sofort bezaubert die Schönheit dieses Diadems,
es gleicht Brokatgewebe.
Die Braut auf dem Thron ist wie die Sonne,
die über allen Sternbildern leuchtet.
Zwei Sterne haben sich auf diesem Sitz vereinigt
und wetteifern in blendendem Glanz.

An diesem Tag allerdings hätte niemand dem Vergleich mit Moraima standgehalten.

Als Frischvermählte nahmen wir an den Festen teil, die meine Mutter für das Volk ausrichtete. (Mein Vater blieb bei der Hochzeit im Hintergrund, obwohl der Brautvater der Scheich von Loja war, Herr zu Sagra, höchster Richter des Reiches und dessen bester Kämpfer. Ich nehme an, er erkannte, daß alles eine List der Sultana war, die er – aufgrund der nicht minder obskuren Ränke seiner Geliebten Soraya – abzusetzen plante.) Am zweiten Nachmittag nahmen wir an einem Stierkampf teil. Einige wilde Stiere, die in der Vega nur zu diesem Zweck gezüchtet werden, wurden in die Arena getrieben, danach eine Meute von ebenfalls wilden Doggen. Den Granadinern gefällt es, die Bewegungen und die Heftigkeit der mit Edelmut und Entschlossenheit kämpfenden Tiere zu beobachten. Sie warteten darauf, daß die Stiere durch die Hetzjagd der Hunde ermüdeten – die, wendiger, den Angriffen auswichen und sich den Stieren wie Ringe an die Ohren hängten – und es so den Berittenen erlaubten, mit dem Spieß in der Hand in die Arena zu kommen, um den Kampf zu beenden. Mein Onkel Mohammed Abu Abdallah war unter den Reitern, und mein Verlangen, ihm zuzusehen, ließ mich wie auf glühenden Kohlen sitzen. Aber Moraima gefiel ein so blutiges Spiel nicht, und trotz des Protests meiner Mutter bat sie mich, mit ihr die Tribüne zu verlassen. Daß ich mich dem Befehl meiner Mutter widersetzte, entschädigte mich dafür und machte es mir sogar wünschenswert, meinem Onkel nicht zusehen zu können.

Wegen der Verschwörungen, die sich in meiner Umgebung abspielten und in die ich nicht selten verwickelt wurde, war ich Frauen gegenüber voreingenommen. Ich habe noch nie diejenigen gut verstehen können, die beteuern, daß der Mensch eine weibliche und eine männliche Komponente besitze, da ja beides zusammen ein Ganzes bilde, geschaffen nach dem Ebenbild Gottes. Laut diesen ist die Frau für den Mann wie ein Spiegel seiner selbst, der ihm den Teil seines Wesens offenbart, der ihm verborgen ist. (Die Fähigkeit des Auges ist es, zu sehen, aber es ist nicht in der Lage, sich selbst zu betrachten.) Und noch weniger verstehe ich die Folgerung, daß, wenn der Mann in seiner ursprünglichen Vollständigkeit das perfekteste Symbol Gottes ist und wenn diese Vollständigkeit mit der weiblichen Ergänzung zusammentrifft, die Frau für den Mann zum perfektesten Symbol Gottes wird. Es gibt Leute, die versichern, daß hier der Kern der Liebe liege; aber die Wahrheit ist, daß nichts weiter von unserer Vorstellung von Gott entfernt ist als die Kameradschaft zwischen Mann und Frau. Ihre Bereiche sind so verschieden, daß es unmöglich ist, sie miteinander in Einklang zu bringen. Der Frau gehört das Haus, in dem der Mann nur Gast ist; dem Mann gehört die Außenwelt, wo die Frau nicht erscheint. So pendeln wir zwischen Harem und jener höfischen Liebe, auf die meine Mutter anspielte; in keinem von beiden Extremen existiert die Frau wirklich: Im einen Fall ist sie zur Benutzung verfügbar, im anderen spielt sie keine Rolle. Trotzdem schließe ich aus meiner Lektüre, daß die Vernachlässigung und Geringschätzung der Frau eine Folge des städtischen Lebens ist, denn bei den Beduinen, wo die Geschlechter wie die beiden Pole einer Kugel scheinen, bewundert der Mann seine Frau, und sie respektiert ihn als ihren Gebieter. Und dennoch: In keinem Fall – noch nicht einmal in diesem – entsteht die Annäherung, die zum Zusammenleben und zu dem, was dieses voraussetzt, notwendig ist. Es kann höchstens sein wie in dem Hadith Tirmidhis, nach dem der Prophet rät: »Erinnert einander daran, eure Frauen liebenswürdig zu behandeln, denn sie sind eure Lagerhäuser, über die ihr Rechenschaft abzulegen habt. Bestraft sie nicht, es sei denn, sie machten sich offenkundig eines schlechten Benehmens schuldig. Laßt diejenigen, die sich schuldig gemacht haben, im Bett allein und züchtigt sie, wenn auch nicht mit übermäßiger Strenge; die Gehorsamen sollt ihr nicht mit Härte behandeln. Ihr habt gewisse Rechte gegenüber euren Frauen, und sie haben Rechte euch gegenüber: Sie haben ein sittsames Leben zu führen und den Personen, die ihr mißbilligt, den Zutritt zu eurem Haus zu verwehren; umgekehrt seid ihr für ihren Lebensunterhalt verantwortlich.«

Aber was bedeuten diese Vorstellungen für meine Beziehung zu Moraima?

Vom ersten Augenblick an erschien sie mir respekt- und vertrauensvoll, zugleich aber auch achtenswert und zuverlässig, schutzbedürftig und zugleich beschützend. Sie verhielt sich mir gegenüber wie eine Ehefrau, aber auch wie eine Mutter, eine Freundin oder eine Tochter, je nachdem. Sie besaß außerdem den seltenen Vorzug, mit untrüglicher Sicherheit zu wissen, wann sie die eine oder andere Aufgabe zu erledigen hatte. Darüber hinaus trachtete sie nicht, wie meine Mutter, nach der Herrschaft, sondern gab sich, stolz und gleichzeitig demütig, mit dem zufrieden, was das Schicksal ihr bestimmt hatte: meine Frau zu sein. Nicht die Frau dessen, für den sie mich hielt, ehe sie mich kennenlernte, auch nicht die Frau dessen, der ich morgen für sie sein könnte, sondern: die Frau des Menschen, der ich wirklich bin.

Bevor ich mit Moraima zusammenkam, habe ich die Bauern beneidet, mit ihrem starken und überzeugenden Geschlecht, ihren zupackenden Händen und breiten Schultern, die das Land bestellen, das sie lieben, und die ohne viel Aufhebens ihre Kinder schützen. Ich habe auch die Frauen dieser Bauern beneidet, die hin und wieder von ihnen beschlafen werden – ohne Scham im Sommer und fast versteckt im Winter, wenn es Nacht wird; jene Bäuerinnen, die sich ihre lustvollen Schreie verbeißen, um den Verursacher dieser Schreie nicht abzulenken oder zu stören. Bevor ich mit Moraima zusammen war, befriedigte ich mich selbst, weil das Verlangen nach irgendeinem Körper mich plötzlich, beim Spaziergang im Garten oder mitten in einer Übung, überfiel wie eine Welle, die mich die Beherrschung verlieren ließ. (Schon Moraimas bloße Anwesenheit hat mich von Grund auf geändert, ohne daß es überhaupt deren Absicht war. Noch bevor die Umstände unsere wunderbare gegenseitige Lebensgrundlage hätten schmälern oder stärken können.)

Während ich dies schreibe, erwartet Moraima ein Kind. Es wird mein erstes sein. Am frühen Vormittag haben wir uns auf eine ruhige, köstliche Art geliebt. Vor vier Monaten, bei den ersten Zusammenkünften, war alles hastig und ungeschickt. Moraimas Blick verharrte, während ich mich ergoß, auf den Muqarnas der Decke, so, als warte sie noch auf etwas. Langsam führte meine Befriedigung auch zu der ihren. Jetzt stelle ich mich – nur mit Blumen bekränzt – vor sie, wie zu einer Zusammenkunft, bei der ich versetzt werden könnte, was sie und ich jedoch nicht wollen. Ich betrete den Alkoven wie ein Mundschenk, der seine junge Herrin bedienen muß, die ihn ungeduldig und sehnsüchtig auf ihrem Ruhelager erwartet. Ich betrachte sie lange, fast verloren in dem Begehren, sie zu besitzen. Ich bin nicht der Sohn des Königs; es ist nicht notwendig. Auch sie ist weder die Frau eines Herrschers noch die Frau irgendeines anderen Mannes auf dieser Welt: Sie ist einfach ein junges Mädchen, das einen halbnackten, die Blöße seiner Lenden bedeckenden jungen Mann sieht, der sich ihrem Bett nähert. Und ich bin ein Mann, der den Mund küßt, den er in diesem Moment begehrt; der seine von Ringen befreite Hand ausstreckt, um den von ihm begehrten Körper zu berühren, der vor Wollust erbebt wie jemand, der sich im Morgengrauen, in Träumen versunken, entblößt; der bis zu jenem lustvollen Ort zwischen den geöffneten Schenkeln vordringt und seine Finger in diesem unverwechselbaren Quell der Begierde versenkt. Ich bin dort, ohne daß es von mir gefordert wird. Der Körper neben mir, unter mir, gibt sich hin und öffnet sich, geschmeidig und willig, sich freigebig schenkend und nach meinem Körper hungernd; Ursprung der Lust und lustvoll schon allein dadurch, daß meine Haut die ihre berührt, die wohlriechend ist und unparfümiert, wie ein frisch gebackenes, appetitanregendes Brot.

Wir haben uns am frühen Vormittag mit einer so feierlichen Langsamkeit geliebt, daß es schien, als feierten wir eine religiöse Zeremonie – die es ohne Zweifel auch war. Ich ließ meine träge Zunge über ihren ganzen Körper gleiten und saugte an ihrem Nabel, auf der Mitte des Bauches, der das Versprechen unseres Kindes in sich trägt.

»Von den Schildkröten sagt man, daß sie sich mit solcher Gelassenheit paaren.«

»Und von den Schlangen«, fügte sie hinzu, während ich das Zedernholz des Bettes, das so dicht mit Seide und Kissen bedeckt war, daß ich unter dem Gelächter Moraimas darauf ausgerutscht war, mit Schlägen traktierte.

»Sag so etwas nicht noch einmal, oder ich reiße dich mit, wenn ich vom Bett falle, und du wirst eine Fehlgeburt haben.«

Moraima setzte sich auf mich und gab mir alle Liebkosungen zurück. Sie erreichte die geheimsten Winkel meines Körpers, mich erregend und erschöpfend. Besessen von diesem Rausch, in dem man zu leben aufhört, um mehr zu leben, in dem man aufhört, man selbst zu sein, um sich mit allen Sinnen, mit jeder Faser, mit ganzem Herzen verwirren zu lassen, dachte ich in einem kurzen Aufblitzen, wie kurz und unbefriedigend die Wonne der Masturbation ist, verglichen mit diesem anderen, das verleitet und vereint, wo Grausamkeit und Großzügigkeit, Egoismus und Freigebigkeit sich verstricken und vermischen.

Mein Kopf ist von den langen Zärtlichkeiten ermattet, ich wiege ihn mit verzückten Augen auf den Kissen hin und her, und mir fällt nicht ein, warum mir eine Szene aus meiner Jugend in den Sinn kommt. Es war in einem der Gärten des Generalife, im größten. Ich hielt das Buch eines Sufi-Meisters in den Händen, und ich betrachtete, wie an vielen Abenden davor und danach, den Sonnenuntergang. Es war Sommer. Die Feuchtigkeit, das Geräusch der Gewässer, die heranströmten und wieder davoneilten, das Licht, das sich in der Schlucht, die die Hügel der Alhambra und des Albayzín voneinander trennt, gegen den Tod wehrte: all das verursachte eine behagliche Melancholie. Unterhalb von mir – ich saß still auf der Erde – erschien von seitwärts einer der Jungen, die den Garten pflegen. Ohne meine Anwesenheit zu bemerken, ließ er sich auf einer Anhöhe nieder, die dicht mit verdorrenden Gräsern bewachsen war. Er saß mit erhobenem Kopf und gespreizten Beinen, zwischen denen sich seine Hände befanden. Und ohne Eile, bedächtig wie einer, der einem heiligen Zeichen folgt, hob er seine Tunika, lockerte seine Unterkleider und masturbierte, als sei es ein ganz intimes Opfer an die untergehende Sonne. Zumindest habe ich es so empfunden. Das Herz schlug mir bis zum Halse, ich weiß nicht, ob der Wonne wegen, an der ich teilhatte, oder aus Angst, der Junge könnte mich entdecken, wenn er sein Tun beendet hätte. Sein Gesicht verzog sich zu einem Ausdruck unerträglichen Schmerzes, bis es sich dann wieder entkrampfte und die Lippen sich entspannten. Der Junge war so schlank, so derb und so zart zugleich, daß ich ebenfalls, mich selbst vergessend, der Sonne mein Opfer brachte und mich auf die Erde ergoß. Das Buch der mystischen Liebe war zwischen meine Knie gefallen, und an diesem Tag las ich auch nicht weiter.

Nachdem wir unser Ritual beendet hatten, erzählte ich Moraima, was mir in den Sinn gekommen war, während ich sie liebte. Sie fragte mich über den Hirten aus.

»Es war kein Hirte, sondern ein Gärtner.«

»Das ist dasselbe . . . «

»Nein, es ist nicht dasselbe. Und außerdem erinnere ich mich nicht an ihn. Nur an das Zusammenkrampfen seines Mundes und seiner Stirn und die nachfolgende Entspannung. Ich denke, es glich dem, was man bei Sterbenden sieht: Die Agonie läßt sie sich verkrampfen, und bald darauf mildert der Tod ihre Gesichtszüge. Nur daran erinnere ich mich.«

»An nichts weiter?« fragte Moraima verschmitzt.

Ich mußte lachen.

»Ich erinnere mich auch an etwas sehr Offensichtliches: an sein steil aufragendes, dunkelbraunes Geschlecht, wie die Baumstämme, die, wie ich gelesen habe, von manchen Afrikanern verehrt werden.«

»Steil aufragend und dunkelbraun?« wiederholte sie, während sie die Decke, unter der wir lagen, zurückzog.

Lachend küßte sie mir das Lachen vom Mund, und wir begannen aufs neue – es war schon nach Mittag – eine weitere ausgedehnte Partie gegenseitigen Tastens.

»Dieser Jasmin«, sagte Moraima, »blüht ohne Unterlaß.«

»Selbst wenn er nicht blüht, mangelt es den Knospen nicht an Wohlgeruch«, antwortete ich und küßte ihre Brüste.

Das Verständnis und die Zuneigung, die ich bei Moraima fand, hatte ich schon immer gesucht. Aber ich hatte sie an den falschen Orten gesucht: bei meiner Mutter, meinem Vater, bei meinen Lehrern, bei all denjenigen, die das offizielle Leben in meine Nähe brachte. Doch Zärtlichkeit und die normale Welt bleiben den Herrschenden fern. Wenn es nicht einige bestimmte Personen gegeben hätte, wäre ich nicht sicher, ob ich jemals ein Kind war. Für den Fall, daß Moraima eines Tages diese Blätter zu lesen wünscht, um mich besser kennenzulernen, muß ich in ihnen darlegen, wie – oder besser: in wessen Händen – meine Kindheit war. Für Moraima und auch um diejenigen heraufzubeschwören, denen ich zu Dank verpflichtet bin, schreibe ich heute ihre Namen hier nieder. Am heutigen Tag, dem glücklichsten von allen, denn ich habe einen Sohn bekommen. Er soll Ahmed heißen. Seine Mutter, die immer damit geprahlt hatte, nicht abergläubisch zu sein, rieb ihm das Mündchen mit einer alten Goldmünze ab, damit er eine kräftige, klare Stimme bekäme; damit er Witz habe – so wie ich, sagt sie –, schob sie ihm ein Körnchen Salz zwischen die Lippen. Auf daß sein Haar üppig sprieße, haben die Ammen noch vor Sonnenaufgang Wasser von der Quelle am Fuß der Sabîka geholt und ihm den Kopf damit abgerieben, wenn auch unter dem Protest der Mutter, die fürchtete, daß sich durch die Massage die Fontanelle nicht richtig schließen würde. Ich habe ihm, damit er glücklich werde, das Schwert Al Hamars, des Stammvaters unserer Dynastie, über die kleinen Fäustchen gehalten. Und ich habe die Imame der Großen Moschee und der Alhambra – die einander hassen – kommen lassen, um über der Wiege zu beten, damit die Kräfte der Seele sich mit denen des Körpers vereinen – gesetzt den Fall, beide sind nicht dasselbe.

Ich will, daß die Kindheit meines Sohnes fröhlicher und behüteter ist als meine eigene. Ich glaube, die Kindheit ist ein Schatz, den man uns nur langsam entziehen sollte. Darum wünsche ich ihm Personen wie die, denen ich, meist unwissentlich, begegnete – und ich werde dafür sorgen, daß er ihnen begegnet. Sie waren es, die mir die Welt näherbrachten und mir, gleich einer Brücke, leichten Zugang zu ihr verschafften. Ohne sie hätte ich nichts oder nur sehr wenig vom wahren Leben erfahren; höchstens von den düsteren Ambitionen der Herrscher und derer, die es zu werden hoffen. Von jenen Personen lernte ich die Sprache der Aufrichtigkeit, ich lernte den veränderlichen, kennzeichnenden Raum kennen, der jeden Menschen umgibt und den sie beim Fest der Brüderlichkeit gemeinsam genossen; sie lehrten mich die Herzschläge der elementaren Gefühle, die die reinsten sind, ohne die höfische Maske, welche die Gefühle bis zur Unkenntlichkeit verformt. Tief in meinem Inneren werde ich ihnen immer dankbar sein, ich trage ihr Bild in meinem Herzen. Sie sind es, die bleiben.

Subh, die Amme

Zur gleichen Zeit, als ich geboren wurde, verlor Subh ihre Kinder, auch das, welches sie damals stillte. Es war bei einem Angriff auf Lacalahorra, den das christliche Heer unter Miguel Lucas de Iranzo, dem Konnetabel von Jaén, mit Feuer und Schwert führte, um die Niederlage in der Festung von Arenas zu rächen. Ihr jüngstes Kind auf den Armen, versteckte sich

Subh in einem Dornengestrüpp unweit des Hauses, in dem ihr Mann und die übrigen Kinder zurückgeblieben waren. Sie hörte ihr Geschrei, als sie niedergemetzelt wurden, sie hörte die rohen Drohungen und das schallende Gelächter der Soldateska, die sich daranmachte, alles zu plündern. In den Händen eines Söldners sah sie ihre Habe, die bescheidenen Gerätschaften ihrer Küche und die schon unbrauchbar gewordenen Kleider ihrer Kinder. Er stieß den Kopf ihres Ältesten über die Türschwelle zurück, das Blut beschmierte den Sockel. Subh begriff, daß für sie hier alles zu Ende war. Sie floh auf der Straße nach Guadix, wobei sie sich immer wieder verstecken mußte, denn die Truppen verwüsteten noch immer die Gegend und schlachteten die Bevölkerung ab. Als sie in Guadix ankam, war das Kind tot: Es war Juli, und durch den Schweiß und die Tränen war ihre Brust verdorrt.

Subh war stark, groß und auf ihre Weise schön. Sie hatte abgearbeitete Hände, die jedoch feingliedrig waren, als gehörten sie zu einem anderen Körper. Ihre Brüste, die mich jahrelang nährten, weil ich Subh allen anderen Ammen vorzog, waren immer gefüllt. (Mit einer, wie ich glaube, köstlichen Milch, denn wie sie mir erzählte, näherte ich mich ihnen mit einer unersättlichen Gier.) Sie hegte keinen Haß, weder gegen den Konnetabel Iranzo noch gegen meinen Vater (er war es, der den Waffenstillstand gebrochen hatte, als er im April in der Schlacht von Madroño, in der Nähe von Estepa, gegen den Burgvogt von Osuna kämpfte und die Grenze verletzte). Sie haßte keinen, nur den Krieg selbst.

»Gott ist nicht gütig«, sagte sie, »ich fürchte ihn nämlich.«

Seine Gebote befolgte sie gehorsam und pflichtbewußt, aber auf ihre Weise. Sie betete inbrünstig, und wenn sie sich zu Boden warf, war ihre einzige Bitte, daß es keine Kriege gebe. (Ich vermute, das genau war es, was Gott zu gewähren nicht bereit war.) Mit der Zeit bekam sie einen leichten Schnurrbart, der, wenn sie mich küßte, ein bißchen piekste und der schließlich eine Hautreizung verursachte, weil sie mich fast ständig küßte.

Auf mich wirkte sie alt, aber sie war es nicht. Wenn Kinder die Ausmaße von Gegenständen oder Räumen schätzen sollen oder die Zukunft, die sie erwartet, oder eben das Alter von jemandem, dann irren sie sich – bei der Einschätzung von Zuneigung vielleicht nicht.

Subh rechtfertigte ihr Leben über das meine. Sie vollführte mit ihren abgearbeiteten Händen seltsame Zaubereien und raunte mit nach oben gerichtetem Blick unhörbare Beschwörungsformeln, um mich vor allem Bösen zu schützen. Weil sie nicht auf die Güte Gottes vertraute, mußte sie uns beide sogar vor Ihm schützen. Sie war ein mitleidsvolles Wesen, das mitten in der Welt stand, verlassen und in die Enge getrieben, so, als müsse sich jeder Weltenbrand – den sie niemals würde verstehen können – gegen sie und mich richten. Sie behängte mich mit einer Unmenge von Amuletten aus heilenden Kräutern und Koransuren, die sie sich bei den Magiern auf dem Markt beschaffte. Wenn meine Mutter mich besuchen kam – was nicht sehr oft geschah –, nahm Subh sie mir ab; manchmal aber versäumte sie es, worauf meine Mutter großen Lärm schlug und über die Kulturlosigkeit des niedrigen Volks jammerte. (Ich denke mir, daß sie dennoch nicht glaubte, die Amulette schadeten mir; im Grunde genommen vertraute sie auf die blinde, ungestüme Zuneigung der Amme Subh.)

»Meine Milch wird schließlich königlich sein«, sagte sie immer wieder, während sie mich vor lauter Küssen fast auffraß, denn sie war eine der wenigen Dienerinnen, die mich meinem Bruder Yussuf vorzogen. »Du erinnerst mich an all meine kleinen Söhne zusammen. Du bist ein kleiner Spiegel, der die drei reflektiert. Von Ali hast du das runde, verängstigte Gesicht; von Mohammed die gefühlvollen Augen; von Malik – oh, mein Malik, den ich niemals habe laufen sehen – den saugenden, runden Mund . . . Du wirst das schönste Leben auf Erden haben. Die Frauen werden verrückt sein nach dir. Die Männer werden dir gehorchen, so sehr, daß du nur ihre Rücken sehen wirst, weil sie ständig vor dir niederknien.«

Unterdessen las sie mir aus der Hand und behängte mich über und über mit ihren wirkungslosen und nicht immer sauberen Amuletten.

»Verliere sie nicht. Wenn du sie verlierst, werden sie sich früher oder später gegen dich wenden. Berühre sie von Zeit zu Zeit, während du lernst oder spielst, um dich zu vergewissern, daß du sie noch hast. Und daß sie keiner sieht, weil man sie dir sonst abnehmen wird! Du hast viele Feinde, mein Sohn, aber achte nicht auf sie: Du wirst über sie siegen. Denn Gott wird es so gefallen; du wirst sein Werkzeug sein. Ich bitte ihn ständig darum, daß du es sein wirst, der den Krieg beendet; und ich weiß, daß er mir diese Bitte gewähren wird. Merkst du nicht, daß ich dich mehr liebe als mich selbst? Duftest du nicht nach Rosen, mein Leben? Der Rosenduft, den du ausströmst, ist der Beweis dafür, daß du es bist, der eines Tages die Kriege beenden wird.«

Was mich am stärksten an sie band, war, daß sie mit mir, dem sie vertraute, sprach, als sei ich erwachsen und könne sie verstehen, denn sie traute den Erwachsenen nicht, sie konnte mit ihnen weder über ihren Glauben noch über Vertrauliches sprechen. Und – ich weiß nicht, wie – ich verstand sie, denn noch heute erinnere ich mich an viele der Vertraulichkeiten, die sie in meiner Anwesenheit herunterbetete, als spreche sie zu sich selbst. Sie vermischte eins mit dem anderen. Sie erzählte mir den Klatsch aus dem Serail: von den Spannungen zwischen den Konkubinen meines Vaters und den Eunuchen und denen, die sich als solche ausgaben, aber überhaupt keine waren; von den schrecklichen Wortgefechten und Handgemengen; welche von ihnen aufsehenerregende Liebesaffären miteinander hatten ... Sie mochte sie nicht, aber sie respektierte die Sklavinnen, die Kinder gebaren (Mutter werdende Prinzessinnen gab es nicht, meine Mutter hätte es nicht geduldet); vielleicht war die Mutterschaft das einzige, was sie auf dieser Welt noch rühren konnte und ihr Freude bereitete. Alle zu Müttern gewordenen Sklavinnen achtete sie bis zu einem gewissen Grad, Soraya ausgenommen, der gegenüber sie eine besondere Abneigung empfand.

»Sie hat zwei sehr hübsche Kinder« – (bald darauf bekam sie noch ein weiteres) –, »aber ihr ewiges Lächeln macht mich argwöhnisch. Eine anständige Sklavin hat keinen Grund zu lächeln, es sei denn, sie plant einen hinterhältigen Streich.«

Außer für die Mutterschaft begeisterte sich Subh für das Thema des Hörneraufsetzens. »Hörner sind die in der Alhambra geläufigste Währung. Alle Welt verteilt sie, alle Welt trägt sie; man kann fast alles damit bezahlen, und die Mehrheit lebt davon.« Beim Schlafengehen sang sie mir anzügliche Verse vor:

Das Horn Al Hawzanis wuchs so sehr,
er konnte es nicht loswerden und nicht mehr anfassen.
Wenn der Himmel am Abend errötet,
so deshalb, weil er ihm einen Hornstoß verpaßte.

Oder dieses andere, dessen Sinn ich nicht ganz verstand:

Sie sagten Hassan, daß seine Frau
dem ganzen Volk gehöre.
»Verleumdung, die ich nicht eher glaube,
bis ich das Schwert in der Scheide sehe.«

Noch vor Ende des Liedes, mit dem sie mich eigentlich in den Schlaf singen wollte, begann sie dann laut loszulachen, was mich wieder munter machte. Ihre Lachsalven kamen vom Bauchnabel und vereinnahmten dann mit dem Widerhall eines sich leerenden Kruges den ganzen Körper.

»Eines Mittags, mein Kleiner, kam eine Nachbarin zu mir, dort in Lacalahorra, als sich noch nichts von dem ereignet hatte, was sich später ereignen sollte, und ich noch an Gott glaubte, und sie sagte zu mir: ›Sie bringen deinen Mann her, vor einem Karren ins Joch gespannt. Er kommt durch die untere Gasse; er wird sich nicht an der Tür aufhalten.‹ – ›O du Hure‹, entgegnete ich ihr, ›heute morgen wollte mein Mann nicht zur Arbeit aufs Feld gehen, weil er sich jedesmal, wenn er die Hörner von deinem sieht, vor Lachen in die Hose macht.‹«

Sie rezitierte Beschwörungsformeln, nahm Zaubertränke und handhabte verschiedene Gerätschaften, um so zu Verehrern zu kommen, die sie bald schon wieder verschmähte, ohne sie erprobt zu haben. Ihr gefiel die Eroberung, ohne sie zu nutzen. »Ich bin wie die Schlacht von Higueruela.« Sie warf ihren Blick auf irgendeinen Bediensteten, schlug ihre Augen zitternd nieder, zupfte an ihrem unter einer Kapuze verborgenen Haar, schüttelte ihre Kleider gut aus, murmelte zwei oder drei Stoßgebete, befingerte beiläufig ihre eigenen Talismane und begab sich auf Kollisionskurs.

»Der da wird mir bis in den Tod folgen. Ohne meine Nähe kann er nicht leben. Solange ich die Verbindung nicht löse, wird er keine andere ansehen wollen als mich.«

Zwei oder drei Tage später erzählte sie mir:

»Ich habe die Verbindung lösen müssen, weil er sich unmöglich benommen hat: Bei Tag und Nacht hat er mir keine Ruhe mehr gelassen. Die Männer sind wie Fliegen. Schlimmer noch, denn man kann sie nicht mit einem Fliegenwedel verscheuchen.«

Manchmal verstand ich einen ihrer Kommentare nicht und stellte ihr Fragen über Fragen, daß sie es mir erkläre.

»Du bist ein Dummkopf, Boabdil. Man sollte nicht glauben, daß du so viel von meiner Milch getrunken hast und trotzdem nichts verstehst. Du bist ein hoffnungsloses Dummerchen«, wiederholte sie noch einmal.

Eines Abends – ich weiß nicht, warum ich mich gerade an diesen erinnere – badete sie mich in einem Becken mit sehr heißem Wasser.

»Damit du dich daran gewöhnst. Du sollst dich daran gewöhnen. Die Erwachsenen, die reich sind, baden in kaltem, lauwarmem und heißem Wasser, sie tauchen und züchtigen sich in den dunstigen Zimmern selbst; dann ruhen sie ein Weilchen aus, um sich danach erneut zu züchtigen. So, und so.« Sie rieb mich mit ihren harten und zärtlichen Händen ab. »Es gibt Barbiere in den Bädern, die denen, die es wünschen, das Haar stutzen – Männer und Frauen, es ist nicht zu fassen! –, und Masseure, die dir Schläge und Tritte verpassen, und Leute, die ihre Wäsche waschen und auswringen, so, und so, und Kinder wie dich, die sich schon darüber freuen, auf der Welt zu sein. Aber mein kleines Söhnchen hier ist zurückgeblieben, sehr zurückgeblieben ist der kleine Unglücksrabe ...«

(Das war das erste Mal, daß mich jemand bei dem Spitznamen nannte, der mich bald darauf mein Leben lang, und noch länger, verfolgen sollte: *Zogoibi* – der arme Unglückliche.)

»Dieses Kind ist genau wie Faiz, der Gärtner.«

Faiz war auch einer meiner liebsten Freunde.

»Was erinnert dich an Faiz?« fragte ich sie stolz.

»Daß seine Krücke immer steif ist, der Rest aber ständig schlaff.«

»Was meinst du mit Rest?«

»Das, was dir nichts bedeutet.« Und sie begann zu summen:

»Was ist mit meinem Ding passiert? Was ist mit ihm geschehn?
Es ist ganz zusammengefallen
genau wie eine Mauer ohne Fundamente.

Wenn Jesus wiederkommt, der Prophet, vielleicht kann er dich heilen,
aber die Stelle, an der deine Krankheit sitzt!
Unwahrscheinlich, daß es dem Propheten gefallen wird, sie zu berühren.«

»Dieser Gärtner hat keinerlei Zukunft. Eine Hacke braucht einen guten, harten Stiel, um ein Loch zu graben.« Sie schüttelte sich vor Lachen. »Mein Mohammed und ich«, fügte sie mit tränengefüllten Augen hinzu, »oh, mein kleiner Boabdil! Mein Mohammed und ich waren zwischen unseren drei Söhnen wie die beiden Teile einer Schere: Einer beim anderen, wir waren immer einer beim anderen, und in der Mitte ein Schlüsselchen... Gott kann nicht gütig sein. Er ist es nicht. Wenn er gütig wäre, würde er nicht tun, was er tut. Warum, mein Kind? Was haben wir Unglücklichen, wir Zogoibis, ihm getan? Willst du es mir sagen, der du gute Meister und Religionslehrer hast und der du schon den halben Koran auswendig weißt? Sag du mir, mein Leben: Was haben wir Gott angetan, daß er uns so schlecht behandelt?«

»Bist du etwa Christin?« fragte ich sie.

»Ich und Christin? Das sind Leute, die nur an vergrabene Schätze glauben und an Götzen, die nur hervorgeholt werden, um sie um vergrabene Schätze zu bitten.«

Eines Tages, nachdem ich gebadet hatte, badeten wir im selben Wasser einige kleine Hunde, welche von einer Hündin hinterlassen worden waren, die einer jener Karren erfaßt und getötet hatte, die dazu benutzt werden, Brennholz in die Bäder zu schaffen. Es war eine sehr zutrauliche Hündin gewesen. Subh und ich hatten sie auf den Namen Nuba getauft – das heißt *Glück* –, denn eines Tages brachte sie uns einen schwarzen Stein, von dem Subh behauptete, er komme vom Mond und sei der wertvollste aller Talismane. Die arme Nuba hatte keinen Talisman: Eines Morgens fanden wir sie mit von einem Rad zermalmtem Schädel, ihre drei Jungen liefen winselnd um sie herum.

Subh wusch die Hündchen, die sich danach in der Sonne ausschüttelten und spielten, wobei sie eines auf das andere stiegen. Ich konnte nicht erkennen, ob es Männchen oder Weibchen waren, Subh schon:

»Sieh dir diesen kleinen Schwulen an«, sagte sie zu mir, »warum will er nicht auf seinen Bruder steigen? Und dieses kleine Mannweib, sieh es dir an, wie sie ihr Röckchen hochhebt, schau, so stolz, als wollte sie den Gärtner schon jetzt für sich haben. Und die zwei stürzen sich auf den Kleinsten. Siehst du, Boabdil, es ist immer das gleiche.«

Schon bald begannen die kleinen Hunde sich zu beißen und miteinander zu raufen – zwischen den Füßen Subhs, von der ich glaube, daß sie auch sie säugte. Sie lachte und klatschte in die Hände. Ich war sehr erschreckt, als ich die kleinen Tiere kämpferisch und voll Haß gegeneinander sah.

»Als ob das ein Krieg wäre, du Dummkopf! Das ist kein Krieg«, sagte sie. »Das sind Kinderspielereien.«

Sie überschüttete die Tiere eimerweise mit Wasser, um sie zu trennen, und die Hündchen schrumpften mit ihrem nassen Fell zu einem Nichts zusammen.

Gewöhnlich verstieß Subh gegen fast alle Regeln. Ich glaube, Heimlichkeiten machten ihr Spaß. Wenn es zum Beispiel verboten war, uns Süßigkeiten zu geben, dann kam sie mit einem an den Ecken verschnürten Tüchlein, voll mit harten, knusprigen Leckerbissen, und steckte es mir zu.

Eines Tages erschien unerwartet meine Mutter und ertappte uns auf frischer Tat. Völlig ungerührt befahl sie, daß man Subh zehn Peitschenhiebe verabreichen solle. Sie rissen ihr an Ort und Stelle die Kleider bis zur Taille herunter und führten vor meinen Augen die Züchtigung durch. Ich sah, wie am Anfang ihr Kinn zitterte, wie sich ihr Gesicht vor Schmerz verzerrte und ihr geliebter, mächtiger Körper in sich zusammensackte. Dann trübte sich mein Blick, und ich sah nichts mehr. Um zu verhindern, daß es jemand merkte, hielt ich mir eine Hand vor die Augen. Eine andere Hand nahm meine weg, hob mein Kinn hoch und zwang mich zuzusehen. Es war meine Mutter, die sich einen Moment darauf genauso unerwartet entfernte, wie sie gekommen war. Die Süßigkeiten blieben auf dem Boden liegen, einige neben, einige auf dem Tüchlein, in dem Subh sie mir gebracht hatte.

Ich brach in Tränen aus, unterbrochen von einem Schluckauf, und sie, immer noch halb entkleidet, tröstete mich lachend.

»Aber sie haben mich doch nicht umgebracht, mein Kleiner.

Sie haben mich doch nicht von deiner Seite genommen, mein Herz. Sie haben uns nicht getrennt, mein kleiner König. Komm, laß uns die Süßigkeiten essen, bis keine mehr übrig sind ... Weine nicht. Du sollst nicht weinen, mein Schatz. Sie haben mir überhaupt nicht weh getan, Boabdil, kein bißchen. Denn während sie mich geschlagen haben, habe ich mir vorgestellt, die Schläge würden dem Gärtner verpaßt, auf diese immer schlaffe Krücke, die er hat. Und bei dieser Krücke nützen keine Schläge.«

Ich hing an Subhs Rockzipfeln, bis ich zehn war. Ich habe nie erfahren, wo sie lebte, obwohl sie mich einmal heimlich mit zu sich nach Hause genommen hatte, um meine Neugier zu befriedigen. Sie kam jeden Morgen, zog mich an, richtete mich her und wartete, bis ich zum Mittagessen zurückkam. Eines Morgens kam sie nicht. Mittags fragte ich Faiz, den Gärtner, wo ich sie finden könnte. Um sie vor einer Bestrafung zu bewahren, wollte ich niemandem sagen, daß sie nicht gekommen war. Ich ging bis zu den Mühlen am Fuß der Sabîka. Dort beschrieb ich sie und fragte nach ihr. Sie war überall bekannt, anders als ich, den dort niemand erkannte. Ich gelangte zu ihrem Haus, das sie mit vielen anderen teilte. Die Tür zu ihrem Alkoven stand offen. Ich ging hinein und rief nach ihr. Ich suchte sie. Subh lag ausgestreckt auf einem Haufen Stroh, lächelnd, die rechte Hand unter der Wange verborgen. Große Blutflecken hatten ihr Lager rot gefärbt. Irgend jemand hatte ihr gewaltsam die Kette aus Amuletten abgerissen. Ich konnte sie nicht aufwecken, sie war steif und kalt. Als man mich schließlich fand, saß ich immer noch neben ihr. Es war schon Nacht.

Zum ersten Mal sah ich ihn, als ich mit Ibrahim, dem jüdischen Arzt, durch die Gärten spazierte. Ich war noch sehr klein, und wir gingen von den Hauptgebäuden zu denen der Frauen. Eine von ihnen war krank; sie litt an einer dieser eingebildeten Krankheiten, von denen die Frauen häufig befallen werden, vielleicht hatte sie auch eine Kopfverletzung bei einer der Raufereien davongetragen, die zwei- oder dreimal in der Woche zu blutigen Verletzungen und aus Wut zu Ohnmachten führten.

Früher, und so ist es auch heute noch, waren Pflanzen sehr wichtig für die Medizin. Viele Ärzte begannen als Kräutersammler – bei Ibrahim, der an der Qarawiyin von Fez studiert hatte, war das nicht der Fall. Ibrahim versäumte keine Gelegenheit, sich besserwisserisch und schulmeisterlich aufzuspielen; mit einem Kind zu sprechen bereitete ihm die große Befriedigung, keinen Widerspruch zu ernten. Er erzählte mir, daß vor langer Zeit ein Arzt, vielleicht Al Sakuri, die Wegdistel als Mittel gegen Geschwüre angewandt habe, überzeugt davon, daß sie diese absorbiere, was – im Gegensatz zur Kompliziertheit der aktuellen Pharmakopöe – zu der Rückbesinnung auf einfache Mittel passe, wie etwa das Fleisch der Kreuzotter, das ein Bestandteil des großen Theriak und ein wahres Allheilmittel gegen Gifte sei, so ein Arzt aus Malaga (sein Name ist mir entfallen), der sich am Hof Yussufs I. großer Beliebtheit erfreute.

»Im Moment, mein lieber Boabdil, hat das für dich keine Bedeutung; aber wenn die Dinge sich weiter so entwickeln, wird man an diesem Hofe ein Mittel gegen vielerlei Gifte benötigen.«

Ich hatte keine Ahnung, was er damit meinte; ich wagte auch nicht zu fragen, denn er ergoß sich in einem Wasserfall von Aussagen, die ich nicht verstand und die mich auch nicht interessierten. Bald darauf wurde mir sehr klar, was mir der gute Ibrahim an jenem durchsichtigen, milden Märznachmittag hatten sagen wollen. Ich weiß, daß es im März war, denn als sich der Arzt zu Faiz stellte, um mit ihm über Kräuter und Heilmittel zu reden, kam dieser auf das wohltuende Erscheinen des Frühlings zu sprechen, das man wie das Ende des nächtlichen Rauhreifs dankbar begrüßen müsse.

Faiz fragte ihn, wer ich sei.

»Ist er dein Sohn? Er sieht dir sehr ähnlich.«

Der Arzt lachte und erwiderte, ich sei der Sohn des Sultans.

Der Gärtner verbesserte sich ohne Verlegenheit: »Das kann ich mir vorstellen, denn er gleicht dem, den Gott beschütze und seinem Verdienst gemäß belohne, sehr.« Und er überreichte mir eine Blume.

Ich weiß nicht mehr, was für eine, aber an ihren Duft erinnere ich mich. Ein Duft, der, wenn ich mich heute nicht täusche, leicht und gleichzeitig schwer war, so, als zögere er einen Moment, ganz zum Vorschein zu kommen, um sich jedoch schon bald endgültig und in seiner vollen Ausprägung zu präsentieren. Es roch wie Diamela, Nachtschatten oder Narde, aber es kann keine dieser Blumen gewesen sein, denn ich bin sicher, daß es Ende März oder Anfang April war, als ich Faiz kennenlernte. Seit diesem Tag schenkte er mir jedesmal, wenn er mich traf – und er traf mich immer öfter, denn ich bemühte mich, ihm wie zufällig zu begegnen –, die am nächsten wachsende Blume. Ich kehrte mit stolzgeschwellter Brust und ein bißchen naiv zum Palast zurück, die Blume in der Hand oder, wie die älteren Knaben, hinterm Ohr tragend.

Ich versuche, mir darüber klar zu werden, wodurch mich Faiz vom ersten Augenblick an fesselte, und komme zu keinem Ergebnis. Physisch war er mit seinem blinden Auge und seinem lahmen Bein fast abstoßend. Seine Kleidung bestand aus Lumpen, seine nackten Füße steckten in einem Paar Schuhe mit Korksohle, die sie vor Feuchtigkeit schützten, um den Kopf hatte er einen Fetzen Stoff gewickelt. Ich sage nicht, daß er schmutzig war, denn das hätte man nicht geduldet; aber er war auch nicht der sauberste von allen Bediensteten. Nach und nach erfuhr ich, warum er das Privileg besaß, freier als die anderen schalten und walten zu dürfen. Er hatte meinem Großvater gedient und trat, als dieser von meinem Vater abgesetzt wurde, sofort in die Dienste des neuen Sultans, für den er, da er bei einem der letzten Einfälle König Heinrichs IV. in die Vega zum Invaliden geworden war, nur eine Verlängerung der Liste der Palastdiener bedeutete. Durch den Ausdruck »Palastdiener« macht man sich vielleicht falsche Vorstellungen. Es gab keine bestickten Livreen, keinen Prunk – in der Mehrzahl der Fälle wenigstens. Es gab eine Unmenge von Kriegsversehrten und Körperbehinderten, deren einzige Lebensaufgabe darin bestand, eines der tausend Ämter zu bekleiden, nach denen die Alhambra verlangte, um das zu sein, was sie war: eine echte Stadt. Das Amt des Gärtners war eines der wichtigsten.

»Ich habe nie etwas von der Gärtnerei verstanden«, gestand mir Faiz, als wir schon Freundschaft geschlossen hatten. »Es ist nicht so, daß ich sie verachten würde, aber ich denke, das ist nichts für Soldaten. Meine Sache ist der Krieg. Und die Grenze. Mit meinem großen Schnurrbart – jetzt habe ich ihn gestutzt, damit sie mich hier nicht fürchten, aber ich hatte einen Schnurrbart, der war so groß, daß ich ihn im Nacken festbinden mußte, um besser schlafen zu können –, also mit diesem großen Schnurrbart habe ich die Christen schon erschreckt, sobald ich mich nur vor sie stellte.«

»Und du bist mit der Krücke in den Krieg gezogen? Wie bist du aufs Pferd gestiegen?«

Faiz, der in Wirklichkeit nie bei der Reiterei gedient hatte, zerstreute jeden meiner Zweifel auf die anmutigste Weise, die man sich vorstellen kann.

»Früher, mein kleiner König, hatte ich Beine. Vier oder fünf Beine. Ich diente deinem Großvater, der sich Yussuf V. gegenüber sehr schlecht benommen hat – und umgekehrt, mit Verlaub gesagt –, als plötzlich, Mitte Februar 1464, der damalige König starb – gut, es stimmt nicht ganz, daß er der damalige

König war, denn die beiden regierten öfter zur selben Zeit –, also ich meine, als König Yussuf starb, regierte dein Großvater schon alleine, bis dann ein wenig später dein Vater seinen Platz einnahm. Er ersetzte ihn schon zu Lebzeiten, wenn du mir diese Bemerkung erlaubst, mein kleiner König; denn bei den Königen herrschte hier ein ständiges Kommen und Gehen, und oft sind sie nur gekommen, aber nicht gegangen: Dann setzten sich die einen auf jenem Hügel fest«, er zeigte auf den Albayzín, »und die anderen auf diesem hier. Ich habe immer die von diesem Hügel bevorzugt. Die Alhambra ist solider, mit Verlaub gesagt. Vergiß das nicht, kleiner König, zu deinem eigenen Besten: Die Alhambra ist sehr viel solider und führt auf die Dauer zu einem besseren Ergebnis.«

Er bezog sich, glaube ich, auf einige frühere Bürgerkriege und prophezeite jene, die bald folgen sollten – so denke ich jedenfalls. Was mich aber am meisten begeisterte, war der pompöse, hakenschlagende Stil, in dem er seine Geschichten erzählte; wenn er endete, hatte ich nichts darüber erfahren, was er eigentlich erzählen wollte, wohl aber hatte ich irgendeine faszinierende Begebenheit kennengelernt.

»Warum hattest du so viele Beine?«

»Weil man im Krieg nie genug davon haben kann, kleiner König. Mit meinen Beinen und meinem Schnurrbart war ich der Herr des Krieges. Bis dann dieser Heinrich IV. kam und mein Pferd tötete, das auf mich stürzte und mir dieses Bein lähmte. Es hat es so gelähmt, daß sie nichts weiter tun konnten, als es abzuschneiden. Sie gaben mir Schlafmohn und – zack! – schnitten es mir ab, denn der Herr des Krieges kann natürlich nicht mitten in der Vega zurückbleiben und verbluten.«

»Und die anderen Beine, was ist damit geschehen?«

»Ich habe sie eins nach dem anderen verloren, bis dein Vater, als er mich mit nur einem einzigen sah, zu mir sagte: ›Nachdem dir der Schlafmohn das Leben gerettet hat, ist es am besten, wenn ich dich jetzt mit der Pflege meines Gartens betraue – welcher im Frieden mein liebster Ort ist – und mit der Zerstreuung meines ältesten Sohnes, den ich dir bei Gelegenheit vorstellen werde.‹ Mit Verlaub gesagt: Es ist so, daß ich den Krieg vermisse. Das merkst sogar du, daß ich diesen König vermisse, von dem die Seinen sagen, er habe das Gesicht eines Löwen, und der in Wahrheit das Gesicht eines Affen hat, häßlich wie die Sünde des Inzests.«

»Welcher König?«

»Sagte ich es nicht gerade? Heinrich IV. Sehr groß, mit einem sehr fetten Hintern und dem Gesicht eines Affen. Als ich ihm das zweite Mal gegenüberstand, habe ich ihn geduzt, denn, mit Verlaub gesagt, ich hatte ihn schon über. Sechsmal ist er in die Vega eingedrungen, und er könnte es noch öfter tun, wenn wir ihm nicht rechtzeitig die Beine lähmen.«

Während er mit Händen und Füßen erzählte, jeden Tag auf eine andere Weise, hackte er Erde, beschnitt Bäume, fegte Blätter oder stutzte die Myrten. Wenn er in Stimmung war, konnte ihn nichts halten. Manchmal blieb er mit der Heckenschere in der Hand stehen, oder er stützte sich mit dem Kinn auf den Stiel einer Hacke, und sein Lächeln blitzte auf, eines der weißesten und strahlendsten, die ich in meinem Leben gesehen habe. Denn so häßlich sein Äußeres, von der rauhen Schale des Körpers bis zur Pforte der Lippen, auch war: Dieses Lächeln zeigte seine innere Schönheit, die schon bei den Zähnen begann. Er summte:

»Wie ein Königspalast bin ich –
außen Flecken und bröckelnder Putz
und innen Wunderwerke.«

Er lächelte und sah mich scharf an.

»Hattest du ein eigenes Pferd?« fragte ich ihn.

»Wie sollte ich keines gehabt haben? Ich war ein Freund deines Vaters, und alle Freunde deines Vaters hatten haufenweise eigene Rassepferde. Mein Pferdchen war nicht sehr groß, es hatte eine breite Brust, eine Kruppe, wie sie keine Frau besitzt, ein langes, feingliedriges Gesicht mit den Augen einer Prinzessin, und Nüstern, die man mit Levkojen hätte füllen mögen. Als ich den kleinen Traber hatte, konnte ich die Alpujarra schneller hinaufreiten, als du schauen kannst. Wie sollte ich keine Pferde besessen haben? Oder war ich etwa kein Freund deines Vaters?«

»Und haben mein Vater und mein Großvater sich gut verstanden?«

Ich hatte Andeutungen gehört, die sich einem Kind, auch wenn es nicht alles versteht, für immer einprägen. Es ging dabei um familiäre Streitigkeiten und Intrigen.

»Sieh mal, mein kleiner König, das ist ihre Sache. Ich war ein Freund deines Großvaters, und ich bin der beste Freund deines Vaters. Wie hätte ich kein eigenes Pferd besitzen können? Und was habe ich dann erlebt? Was hat mein Pferd vor einem Christen scheuen und mir das Bein brechen lassen? Mit Verlaub gesagt, das sind alles nur Vermutungen.«

So klein ich auch war, ich kam zu dem Schluß, daß das, was er Vermutungen nannte, von allen anderen als Tatsachen bezeichnet wurde; aber einem Kind ist genau wie Faiz immer unklar, wo eine Vermutung aufhört und eine Tatsache anfängt.

»Dein Großvater wurde von den Christen *Cereza* – die Kirsche – genannt. Das ist eine kleine, rote, sehr wohlschmeckende Frucht, die an einem großen Baum wächst, der im späten Frühjahr wie ein Wunder Gottes aussieht.«

»Cereza? Warum *Cereza?«*

»Weil er Sidhi Sad genannt wurde. Aber da die Christen so schlecht sprechen können, nannten sie ihn schließlich *Cereza*, so wie sie deinen Vater Muley Hacén nennen. Sie sind so. Sie haben eine harte Sprache, die nicht schön klingt; wie das Krächzen der Elstern . . . Also, dein Großvater Cereza wollte – anders als dein Vater, der sich mit den Abencerragen verbündete, um ihn zu entthronen – Verträge mit den Christen schließen und Handel mit ihnen treiben, weil Granada verarmt war.

Aber dein Vater denkt da anders. Er will Krieg und Siege, keine Verträge und keinen Handel, auch keine Tributpflicht.«

»Und du? Was willst du?«

»Je nachdem. Als dein Großvater herrschte, war ich für den Handel. Jetzt bin ich für den Krieg. Aber ich kann nicht mitkämpfen.«

»Und dein Auge – was ist mit deinem Auge passiert?«

In seinem Auge war ein Leukom, das es ganz weiß machte. Vor einiger Zeit stieß ich in einer Anthologie Ibn al Khatîbs auf einige Verse Malik Ibn al Murahals:

Sein Blick war getrübt durch diese Pupille, in der eine Wolke schwebte.
Doch ungläubig lehnte er die Wahrheit stets ab,
denn einmal hatte Al Sairafi
bei seinem Anblick verkündet:
»Hier haben wir einen Kontrast aus Silber, der zum Prüfstein taugt.«

Faiz machte es ähnlich. Wenn ihn jemand auf sein Auge ansprach, blickte er mit dem anderen in die Ferne und wechselte das Thema, oder er schwieg, oder er ging einfach. Tatsache ist, daß er sich, was das Auge anging, nie dazu hinreißen ließ, eine solche Phantasterei aufzutischen wie etwa die über den Verlust seines Beines – was ihn große Anstrengung gekostet haben muß. Subh warnte mich: »Frag Faiz nicht nach seinem Auge; er wird dir nicht antworten. Es war seine zweite Frau, die ihm eines Nachts, als er betrunken nach Hause kam, einen Schlag mit dem Stößel des Mörsers verpaßte. Der Schlag ist ihm noch so gegenwärtig, daß er es heute noch nicht wagt, eine andere Geschichte zu erfinden.«

Aber Subh lachte dabei so sehr, daß ich daraus schloß, diese Erklärung müsse sie selbst erfunden haben.

»Als der Mundschenk des Königs meinem Bein diesen Hieb verpaßte – der Mundschenk Heinrichs, den man *den Impotenten* nannte, was schon seinen Grund gehabt haben wird –, also als er ihn mir verpaßte – auf das Bein, das mir fehlt, wenn du mir diese Bemerkung erlaubst –, als er mir zur rechten Zeit diesen Hieb verpaßte, sah ich mein Bein herrenlos herumhüpfen, und ich sagte zu ihm: ›Geh mit Gott‹, denn bis dahin hatten wir uns gut verstanden, es hatte mich immer den rechten Weg geführt, sogar in diesen Nächten, in denen du nicht weißt, ob du die Mauer stützt oder sie dich, weil ihr beide zuviel getrunken habt und euch also in bester Gesellschaft befindet.«

»Aber Faiz, hat jetzt ein Hieb oder ein Pferd dein Bein zertrümmert?«

»Mit Verlaub gesagt, kleiner König, es war beides«, erklärte er in vorwurfsvollem Ton. »Wenn einer in einem heiligen Krieg für eine heilige Religion kämpft, dann muß er bereit sein, zwei, drei oder gar vier Beine zu verlieren, aus welchen Gründen und in welcher Situation auch immer.«

Ich stellte fest, daß er kein Freund meines Vaters war und daß dieser ihn noch nicht einmal kannte, als ich eines Morgens den Sultan sich nähern sah. Ich flüchtete hinter eine dicke Zypresse, obwohl ich mir nicht sicher war, ob mein Vater vielleicht auch mich nicht wiedererkennen würde. Faiz blieb wie angewurzelt stehen, den Blick auf den Boden geheftet, er verneigte sich tief, als der Sultan vorüberging; der sah ihn im Vorbeigehen so gleichgültig an, als betrachte er einen zur Düngung der Beete bestimmten Misthaufen.

»Hast du gesehen?« sagte Faiz, der durch nichts zu erschüttern war. »Er hat mir mit den Augen gesagt, daß er meine Heldentaten nicht vergessen hat, und gefragt, wie es mit meinem Bein geht. Ich habe ihm geantwortet, daß es schon viel besser ist; daß es mich nur quält, wenn das Wetter sich ändert, daß mich dann manchmal das Bein schmerzt, das ich doch gar nicht mehr habe, was eine merkwürdige Laune der Natur darstellt. Und dein Vater hat geantwortet, daß er mich nächstes Jahr nach Alhama schicken wird, weil die Quellen seiner Bäder für solche Unpäßlichkeiten amputierter Beine sehr wohltuend sind.«

Ich hatte in jener Zeit eine verklärte Vorstellung von meinem Großvater, und so beharrte ich unnachgiebig und mit aufdringlicher Häufigkeit auf der einen Frage: »Sag mir, wer dir lieber ist: mein Großvater oder mein Vater?«

Bis Faiz mich eines Morgens, nach dem Frühstück, davon heilte, wobei er mit der Hacke auf den Boden eindrosch und mich mit einer gewissen Grobheit vom Weitergehen abhielt.

»Hör zu, kleiner König. Der Prophet – auf daß er in Gottes Paradies sei, umgeben von seiner gesegneten Familie! – erlaubt – wenn es notwendig ist, was schneller und öfter geschieht, als man denkt – das Verstecken, das heißt: die Verneinung, um es dir einmal zu sagen, kleiner König, die Verneinung der Gebote. Schlicht und einfach die Verneinung, darauf kannst du Gift nehmen. Denn der Freitag und die Gebote wurden zum Wohl des Menschen gemacht, nicht umgekehrt. Die höchste Moral, irgendwann wirst du es merken, mein Sohn, die allerhöchste, ist die, welche das vorzieht, was sie besitzt. Wenn man etwas verraten muß, um deinen Vorstellungen zu entsprechen: Was dann? Man kann nicht immer den direkten Weg verfolgen. Wir, die wir im heiligen Krieg waren, wissen es sehr genau: Das Wichtige ist der Sieg. Wenn man den Feind belügen muß, belügt man ihn. Wer ehrlich ist, wird betrogen. Im Land der Christen kann man, um sein Leben zu retten, die Taufe erbitten und seinem Glauben abschwören. Nur zum Schein, sicher: Wer wird sich schon zu einem solchen Blödsinn bekehren wollen? Tatsache ist, daß das Leben wichtiger ist als alles andere. Man muß falsch sein, um nicht aufzufallen, kleiner König, und die Falschheit des Koran bestätigen, ohne sich jemals von ihm abzuwenden. Sich nichts anmerken lassen, nachbeten, es diesen kleinen, grünen Blättern nachmachen – siehst du sie? –, die man bei fast allen Pflanzen unter den großen Blättern versteckt findet . . . Die wahrste Wahrheit führt, mit Verlaub gesagt, zu gar nichts. Ich weiß nicht, ob ich mich deutlich ausgedrückt habe. Es ist so: Ich habe immer deinen

Großvater und deinen Vater vorgezogen; aber dich ziehe ich allen anderen vor.«

Weil Faiz mit mir nur sehr selten über Pflanzen sprach – es sei denn, der Arzt Ibrahim tauchte auf –, erinnere ich mich sehr genau an einen Fall, wo er es tat und mir den Kalender der Gärtner erklärte, der mit dem Sonnenkalender der Christen übereinstimmt. »Denn«, so sagte er, »der Mondkalender nützt bei Reisen, Karawanen und Kriegen, und die Gärtner können niemals auf Reisen gehen, noch können die Lahmen in den Krieg ziehen.

Im Januar wird das Zuckerrohr geschnitten. Im Februar pfropft man die Apfel- und Birnbäume. Im März pflanzt man das Zuckerrohr und die Baumwolle; die Seidenraupen schlüpfen aus ihren schwarzen Kokons. Im April wachsen die Rosen und Veilchen wie verrückt; die Dattelpalmen, die Rainweiden und Wassermelonen werden gepflanzt; und es ist die Zeit, in welcher der Andalusier darauf wartet, daß der Regen den Weizen und die Gerste bewässert. Im Mai bedecken sich die Olivenbäume mit Blüten; wir halten die ersten Pflaumen, Aprikosen, Frühäpfel und Gurken in unseren Händen. Es ist die Zeit, in der die Bohnen und der Schlafmohn gepflückt werden, das Korn geschnitten und Leinen gerupft wird, die Bienen schenken uns ihren Honig, der so gut ist für alles – möge Gott verhüten, daß der Bienenstock jemals leer ist! –, und die kleinen Pfauen schlüpfen piepsend in die Welt. Im Juni und Juli geschehen so viele Sachen, daß mein ganzes Leben nicht ausreichen würde, um dir alles aufzuzählen. Es gibt so viel zu tun, daß es einen ganz verrückt macht und man gezwungen ist, uns ins Irrenhaus zu bringen; die Ernte und das Dreschen sind wie eine Siesta dagegen, mehr brauche ich dir nicht zu sagen. Im August reifen die Trauben und die Baumwolle; die Weiden werden beschnitten, damit du dir, wenn du willst, Kränze flechten kannst oder Sohlen für deine Füßchen, wir ernten die Nüsse, damit du sie zusammen mit dem Honig verzehren kannst, der schon zu wunderbaren Törtchen gemacht worden ist, und sammeln die Eicheln, die sich alle auf einmal aus ihren Kappen lösen. Aber dafür muß man die Rüben, die Bohnen und den Spargel aussäen, damit sie noch einmal Früchte tragen können. Der September ist der Monat der Weinlese, die fröhlich ist und mit Gesang vonstatten geht, der Monat der Granatäpfel und des Quittengelees. Im November erntet man den Safran und entblättert vorsichtig dessen dunkelviolettes Röslein. Im Dezember kehrt der Regen zurück, der die Erde nährt und den Durst löscht, die Narzissen statten uns einen Besuch ab, das Wasser sammelt sich in den Zisternen, und in den Gärten erntet man, zum Wohle aller, den Kürbis, den Knoblauch und den Schlafmohn, dem ich das Leben und diese Krücke verdanke, aus der eines Tages, wenn keiner damit rechnet, Blumen sprießen werden wie aus den Stäben der heiligsten Propheten.«

Über eine lange Zeit sah ich Faiz fast jeden Tag. Nachdem ich ihm zuletzt einen Monat nicht begegnet war, fragte ich nach ihm. Ein Gärtner, der jetzt sein Amt bekleidete, sagte mir: »Dein Vater hat ihn in die Bäder von Alhama geschickt, um zu sehen, ob sie den Schmerz in seinem Bein lindern.«

Überrascht, wenn auch nicht allzusehr, pries ich in meinem Herzen die Namen Gottes und Faiz'. Ich glaube, daß ich seither nicht mehr damit aufgehört habe.

Onkel Yussuf

Er war der ältere Bruder meines Vaters. Er war nicht nur der Ältere, sondern auch der Größere, so groß, daß ich ihn nie mit einem Blick erfassen konnte. Er war hochgewachsen und rund, und man nannte ihn *den Dicken*, angeblich, um ihn von den anderen Yussufs der Familie zu unterscheiden, aber der wahre Grund war nicht zu übersehen. Er lehnte sich immer irgendwo an, denn wenn er der Länge nach hinfiel, konnte er nicht mehr atmen und sich nicht mehr aufrichten. Er hatte so mit seinen Krankheiten und seiner Fettleibigkeit zu kämpfen, daß es weder ihm noch sonst jemandem in den Sinn gekommen wäre, er könne der Nachfolger meines Großvaters werden. Zusammen mit seinen Geschwistern und seinem Vater hatte er Kindheit und Jugend am Hof Johanns II. von Kastilien verbracht, und im Harem munkelte man, er sei zum Christentum übergetreten. Ich glaube nicht, daß er zu irgend etwas übergetreten ist: Er hatte genug damit zu tun, sich ein wenig zu bewegen und den ganzen Tag und, wie man erzählte, die halbe Nacht zu essen. Er lebte nur, um am Leben zu bleiben. Als er in Granada ankam, war er mit einer galicischen Dame namens Doña Minia verheiratet, von der es hieß, sie übe, obwohl zum Islam konvertiert, weiterhin heimlich ihre Religion aus. Sicher ist, daß sich außer den Ärzten keiner aus der Familie um die beiden kümmerte, die in dem zweiten der Türme residierten, welche den Weg zum Generalife säumen.

Ich besuchte die beiden, weil es mich unterhielt, wenn *der Dicke* Episoden aus der Zeit seines Lebens erzählte, als er noch nicht ganz so dick war – und von denen ich nicht weiß, ob sie ganz der Wahrheit entsprachen.

»Alles Schwindel«, stellte Doña Minia klar. »Ich lernte ihn kennen, als er siebzehn war, und da war er schon so.«

Die zwei sahen sich verschmitzt an und lächelten mit einem so zärtlichen Ausdruck, daß mich ein tiefer Neid erfaßte.

Sie hatten keine Kinder und vergötterten daher meinen Bruder Yussuf und mich. Sie schenkten uns alle möglichen Spielsachen. Die Sendungen, die sie aus den christlichen Königreichen bekamen, enthielten immer etwas für uns. Zum Neujahrsfest, zur Beendigung des Ramadan und zum Frühlingsfest überraschten sie uns mit kleinen Tierchen aus Keramik oder

Silber. An die Giraffen, von denen ich an die vierzig hatte, erinnere ich mich mit besonderer Zärtlichkeit, weil die Giraffe ein Tier war, das ich niemals gesehen hatte und von dem ich argwöhnte, daß es in keinem Land der Erde zu finden sei. Vielleicht ängstigte mich deshalb die Vorstellung, in den Büschen der Alhambra mit einer Giraffe zusammenzutreffen, noch mehr als die einer Begegnung mit einem Löwen oder Elefanten.

War Onkel Yussuf rosig und rothaarig, so war Doña Minia – kaum zu glauben – dunkel, mit kleinen, schwarzen, sehr lebhaften Augen. Onkel Yussuf bestand aus einer großen Kugel mit einer Menge kleinerer Kugeln drum herum: Kopf, Arme, Beine, Hände und Füße. Der Turm war eigentlich weniger sein Zuhause als ein beeindruckender, mit einem Loch versehener Sessel, erhöht aufgestellt, damit die mit der Säuberung dieser Latrine beauftragten Diener ihre Arbeit verrichten konnten. Einmal in der Woche hoben sieben oder acht von ihnen den Onkel herunter, wuschen ihn, wechselten seine Kleider und stützten ihn, während der Sessel abgeschrubbt und parfümiert wurde, bei einem Spaziergang von vier abgezählten Schritten. Aber das war natürlich eine sehr intime Angelegenheit, die ich nie selbst sah. Mein Bruder und ich befürchteten, daß er, sollte er einmal von dem Ehrensitz fallen, auf dem er sich eingerichtet hatte, rollen würde, bis er im Ufergestrüpp des Flusses hängenbliebe, und daß ihn dort das Wasser in keiner Weise von der Stelle würde bringen können, Pflanzen und Bäume auf seinem Bauch gedeihen und er einen neuen Hügel zwischen der Alhambra und dem Albayzín bilden würde.

Ich hatte einen Kater, der, wenn auch nur selten, auf den Namen Luna hörte. Ich hatte ihn so genannt, weil Onkel Yussuf uns eine Menge verworrener Geschichten vortrug, in deren Mittelpunkt Don Álvaro de Luna stand, der Wesir und Günstling König Johanns. Eigentlich wollte ich den Kater Johann nennen, aber Doña Minia machte mir klar, daß das respektlos sei und daß sich die Größe eines Volkes darin zeige, wieviel Respekt es seinen Feinden entgegenbringe, und daß, wenn wir sie herabwürdigten und lächerlich machten, auf die Dauer wir es seien, die das Nachsehen haben würden. Aber als wäre das noch nicht genug, entpuppte sich der Kater als Katze, die Johann oder Álvaro zu nennen ein Widerspruch in sich gewesen wäre. Für dieses Kätzchen, das rothaarig war wie Onkel Yussuf, schenkten die beiden mir ein goldenes Glöckchen, das zu verlieren es sich beeilte, obwohl auch jemand argwöhnte, daß einer der Diener es genommen haben könnte, denn nur Narren würden einer Katze Goldglöckchen umhängen. Dennoch schenkte mir das Ehepaar ein Glöckchen nach dem anderen, und Luna verlor sie immer wieder, bis sie schließlich selbst verlorenging, womit die Nebeneinnahmen des Glöckchendiebes ein Ende hatten.

Onkel Yussuf und Doña Minia waren durch nichts zu erschüttern, ich nehme an, seiner körperlichen Beschaffenheit wegen (und auch wegen ihrer, denn sie war ebenfalls beleibt, auch wenn sie neben ihrem Mann fast wie ein Skelett wirkte). Jedesmal, wenn wir zum Turm kamen, empfingen sie uns mit derselben Herzlichkeit wie am ersten Tag, und wir verschwanden in ihren enormen Armen und unter ihren Küssen. Danach setzten wir uns, um Onkel Yussuf beim Essen zuzusehen – eine Sache, die uns großes Vergnügen bereitete. Um ihn herum standen unzählige Schüsseln mit einer unglaublichen Vielzahl von Speisen: von Salzigem über Süßes und Saures bis hin zu Scharfem.

»Der Mensch ist unvollkommen. Er kann nur diese vier Geschmacksrichtungen unterscheiden. Es wäre sehr viel besser, wenn er sich darauf konzentrierte, sie abwechslungsreicher und in feineren Abstufungen zu kombinieren, anstatt sich dem Krieg und anderen Albernheiten zu widmen.«

Hinsichtlich der Mahlzeiten war er selbstverständlich sehr anspruchsvoll, nicht nur hinsichtlich der Menge; letztlich jedoch verschmähte er kein Gericht, so fad es auch sein mochte, denn er war in kaum vorstellbarer Weise in den Fängen des

Genusses. Der Arzt Ibrahim verfügte ihm gegenüber über keinerlei Waffen. Er hatte eine Vielzahl von Krankheiten diagnostiziert: über Wassersucht bis hin zur Unterfunktion einer Drüse, von der er sagte, sie befinde sich im Hals, obwohl mein Bruder und ich anzweifelten, daß das überhaupt möglich sei in Anbetracht der Tatsache, daß mein Onkel Yussuf keinen Hals besaß. Ibrahim, Fachmann darin, auf ihn einzureden, überschüttete ihn ohne Unterlaß mit Strafpredigten, unfähig, etwas Wirksameres für den Ungehorsamen zu tun.

»Der Magen ist der Ausgangspunkt aller Krankheiten, und die Heilung muß im Kopf beginnen. Sogar die schwarze Pest, die unheilbarste Geißel der Menschheit, läßt sich mit Fasten bekämpfen; um wieviel mehr also eine einfache Fettleibigkeit wie die deine, an der du aufgrund deiner Sünden leidest.«

Als Yussuf seine unendliche Masse eine einfache Fettleibigkeit nennen hörte, brach er in schallendes Gelächter aus, das ihm den Atem raubte, sein Gesicht hochrot anlaufen ließ und fast zur Zerstörung des monströsen Thrones führte, auf dem er lebte.

»Wenn du nicht aufhörst, Gepökeltes und Törtchen zu essen, wenn du deine Brotration nicht kürzt – vor allem dieses Brot aus ungesiebtem Mehl, das Salz und Hefe in beachtlichen Mengen enthält und mit Essig verknetet und mit Wasser befeuchtet wird –, dann werde ich dich nicht behandeln können.«

Schon bei dem Gedanken, er müsse sich auf das beschränken, was der Arzt ihm empfahl, und die Finger von den gewohnten Leckerbissen lassen, schüttete Onkel Yussuf sich vor Lachen aus.

»Wenn du die Gicht hättest, würden wir, mit deiner Erlaubnis, Umschläge aus den Knollen der Herbstzeitlose machen, entweder frisch oder in Form einer aus Pulver bereiteten Paste aufgetragen. Aber du sträubst dich gegen alles . . . Finde dich wenigstens damit ab, Fleisch nur in Maßen zu genießen, am besten Hausgeflügel, niemals Wild. Und nur gut gekühltes Wasser mit einem Schuß Essig trinken, das reinigt den Körper.

Was du gut essen kannst, sind säuerliche Äpfel, zarte Knoblauchknöllchen, Sumach, unreife Trauben, Zitronensaft, frisches Gemüse, das deinen Magen nicht belastet, reife Birnen und Granatäpfel, Pflaumen, Feigen, Datteln . . .«

»Das esse ich doch alles. Und wie steht es mit Hülsenfrüchten und anderem Gemüse?« fragte Onkel Yussuf belustigt, ohne die geringste Absicht, die Anweisungen des Arztes zu befolgen.

»Karotten, Linsen, Kichererbsen und Kürbis«, antwortete dieser ernsthaft und in der trügerischen Hoffnung, einmal Gehör zu finden.

Um sein Herz zu stärken, das schon müde geworden war, Blut in einer so immensen Masse Mensch zu verteilen, verabreichten sie ihm ohne Unterlaß Herzmittel und Heiltees, Kräuter- und Beerensud und Pflanzensäfte, die die Bitterkeit anderer pflanzlicher Medizinen wieder milderten. Das bedeutete, daß Onkel Yussuf zwischen dem Essen und der Einnahme von Mitteln, die verhindern sollten, daß das Essen ihn umbrachte, keine freie Minute blieb. Das hielt meinen Bruder und mich davon ab, uns an dem ununterbrochenen Abfüllen aus Tellern, Platten, Krügen, Gläserbatterien und Tabletts zu beteiligen, die eine Unmenge von Dienern in Reichweite des Sessels auftischten und abtrugen.

Es war Onkel Yussufs Wille, beim Fest meiner Beschneidung zugegen zu sein – so groß war seine Liebe zu mir.

»Durch diese Reinigung«, sagte er gut gelaunt, »wird die Schönheit des Kindes wachsen, so wie das Licht der Altarkerze wächst, wenn man den Docht beschneidet.«

Wie Subh mir erläuterte, wird niemand je den Aufruhr vergessen, der im Hofprotokoll entstand, als die mit Juwelen behängte, stramme Doña Minia auftauchte, gefolgt von einer Art Katafalk, der aus einer mit Kissen vollgestopften Sänfte bestand, auf welcher die gewaltige Masse Onkel Yussufs schwankte. Der bewegte langsam die Kugeln seiner Hände, um die

Menge zu grüßen, die ihn bis zu diesem Augenblick noch nie zu Gesicht bekommen hatte. Aufgrund unserer Gewohnheit, die Türen der Häuser nicht sehr breit zu bauen und sie mit einem Bogen zu versehen, mußten, damit die Prozession Doña Minias und Onkel Yussufs den Eingang des Turms passieren konnte, eine ganze Wand und der Hauptbogen eingerissen werden, über den der erlauchte Anwesende in seiner nicht minder erlauchten Sänfte hinausgetragen wurde

»In Kastilien nennen sie euch *Moritos* – kleine Mohren«, sagte er eines Nachmittags, zwischen zwei Bissen, zu meinem Bruder und mir.

»Mach die Kinder nicht mit deinem Unsinn verrückt!« ermahnte ihn Doña Minia.

»Aber es ist wahr: Sie sind kleine Mohren. Und du bist auch eine Mohrin, weil du nämlich keine Zöpfe trägst.«

»Hör auf mit diesem Gerede, José!« – so nannte sie ihn bei dieser Gelegenheit – »Du sollst keine Zwietracht in deine eigene Familie säen.« Sie hob die Hand und streichelte ihm mütterlich die Wange. »Iß, und sei still, mein Kleiner.«

»Warum nennen sie uns in Kastilien so, Onkel Yussuf?« fragte ich, als das Gespräch schon eine andere Wendung genommen hatte.

»Weil ihr es seid. Ich bin ein dicker Mohr, und ihr seid kleine Mohren. Dort schütten sie den Säuglingen Wasser über den Kopf und sprechen dazu magische Worte, damit sie keine Mohren mehr sind.«

»Und davon werden sie blond?«

»Nein. Nur naß.«

»Welche Worte sprechen sie dabei?«

»Sie sagen: ›Ich taufe dich im Namen des Vaters, des Sohnes und des Heiligen Geistes.‹«

»Weil sie mehrere Götter haben und wir nur einen«, erklärte mein Bruder, der ein besserer Schüler der Korangelehrten war als ich.

»Laß die Unehrerbietigkeiten«, beharrte Doña Minia. »Es gefällt mir nicht, José, daß du mit den Kleinen über theologische Probleme sprichst. Jeder wird erlöst oder verdammt gemäß seiner eigenen Religion und gemäß seines eigenen Verhaltens.«

»Wenn das kein theologisches Problem ist!« bemerkte Onkel Yussuf lachend und mit vollem Mund.

»Lach nicht, während du ißt, Yussuf: Das ist sehr unschön. Aber natürlich, wenn du dich an diese Grundregel der Höflichkeit hieltest, würdest du nie lachen.«

Und sie lachten alle beide. Aber meine Neugierde war jetzt geweckt.

»Aber warum kleine Mohren? Wir sind doch Andalusier, oder? Wir sind genau wie sie, nur daß wir im Süden geboren sind. Wenn ihnen unser Land nicht gefällt, warum kommen sie dann herunter, um es uns abzunehmen? Und wenn sie es uns abnehmen wollen, dann werden sie das niemals schaffen – oder? Sag, Doña Minia, du bist doch dort geboren!«

»Wir wollen es nicht hoffen. Die Dinge sind gut so, wie sie sind«, antwortete sie, wobei sie ihrem Mann eine blütenweiße Serviette reichte, damit er sich einen dünnen Fettfaden abwischte, der ihm auf den Kinnbart tröpfelte.

Trotzdem, dieses Gespräch und die Bezeichnung »Mohren« hatten mich verwirrt, und ich bemühte mich, etwas über ihren Ursprung zu erfahren. Ich fragte jeden, der mir über den Weg lief, und wurde damit allen lästig, so daß sie mir schließlich nicht mehr zuhörten und nicht mehr antworteten. Ich erfuhr, daß wir eine andere Religion ausübten, das heißt, daß unser Gott sich von ihrem unterschied. Der ihre hatte drei Köpfe. Ich erfuhr außerdem, daß wir auch einer anderen Rasse angehörten, die aber viel vollkommener sei. Eines steht fest, die Dinge erschienen mir nicht sehr einfach. Zum einen wegen des Geredes, Onkel Yussuf sei ein bißchen Christ und seine einzige Frau – denn er hatte keine Konkubine – habe etwas von einer Moslemin. Und zum anderen, weil wir, auch wenn das Gegenteil behauptet wird, nicht einer einzigen Rasse angehörten.

Mein Forschen und Denken in dieser Angelegenheit hat sich verstärkt. So kommt es, daß ich nicht mehr weiß, was ich früher, was ich erst später ergründet habe. Ich beziehe mich nicht auf das königliche Geschlecht der Nasriden, dessen Reinheit niemand – vielleicht auch nur nicht in unserer Hörweite – in Frage stellt, sondern auf die Rasse der Granadiner allgemein. Da gibt es die Nachfahren der Berber der Anfangszeit, aus den Stämmen der Senhatscha und Zenata (aus diesen ging das Geschlecht der Ziriden hervor, die nach dem Niedergang des Omaijaden-Kalifats Granada regierten). Es gibt jene Gruppen verschiedenster Herkunft, die aus den von den Christen eroberten Gebieten flohen. Da sind die mehr oder weniger reinrassigen Araber, deren Zahl nicht über fünfzig hinausgeht und die alle anderen verächtlich behandeln. Es gibt die eingebürgerten Afrikaner, die kamen, weil sie entweder vor den Kalifen von Marokko, Tunis oder Tlemcen geflohen waren oder um uns im heiligen Krieg zu unterstützen. Es gibt aus Indien kommende religiöse Mystiker, viele Sudanneger, die in Einsiedeleien zusammenleben, wenn auch nicht immer und auch wenn sie nicht ausschließlich untereinander heiraten. Und dann die Mudejaren, jene von uns, die, nachdem sie zuerst in eroberten Städten geblieben waren, ihre Meinung änderten und mit ihren – wie ich glaube, nicht immer reinrassigen – Kindern in die Hauptstadt oder ins Königreich kamen, um nicht mehr so diskriminiert zu werden wie bei den Christen. Außerdem gibt es noch die Tributpflichtigen, das heißt die Christen und Juden. Einige Christen hispano-romanischen und hispano-gotischen Ursprungs (vielleicht auch sie nicht sehr reinrassig), die ihrer Religion abschworen – Muladíes genannt –, wie zum Beispiel die Leibwache des Sultans; andere, die nicht abschworen – Mozaraber genannt –, die ihren Kult und ihre Kirchen haben, deren Glocken sie an einem Donnerstag, den sie heilig nennen, eine halbe Stunde lang läuten; und dann die Christen aus Venedig oder Genf, die als Händler ein- und ausgehen, oder jene, die, unzufrieden mit ihren eigenen Herrschern, nach Granada ins Exil gehen. Und zu all diesen kommen noch die Juden, die zwar soweit als möglich abgesondert werden, die aber ihre Geschäfte betreiben und sich ab und zu auch vermischen.

Mir kleinem Kind sagten sie, daß, um sich zu unterscheiden, die Christen einen merkwürdigen Gürtel, die männlichen Juden ein gelbes Stück Stoff auf den Schultern, die Frauen ein um den Hals oder die Gürteltasche gebundenes Glöckchen tragen müßten. Aber sosehr ich auch die Augen offenhielt, ich sah nie jemanden mit einem dieser Abzeichen. Ich zog daraus zwei Schlußfolgerungen: daß viele Gesetze nicht befolgt werden – die nicht einmal dazu erlassen werden, um befolgt zu werden – und daß die Sache mit dem *kleinen Mohr* etwas so Irreales und Überflüssiges wie diese Gesetze sei. Denn in Granada hatten, seit es erbaut wurde, alle sich vermischt, untereinander geheiratet und Kinder miteinander gehabt, und von diesen Kindern konnte niemand mit Sicherheit sagen, ob sie kleine Mohren, Christen oder Juden waren, es sei denn, man sprach von Religion, nicht von Rasse. Und noch nicht einmal dann.

Wo findet man hier reinrassige Beni Chorasan, Fihr, Omaijaden, Ghasi, Chasradsch, Chusa'a oder Ghassaniden? Es sind keine übriggeblieben. Alle sind Söhne oder Enkel irgendeines Abtrünnigen; alle haben eine christliche Mutter oder Großmutter oder sind selbst Christen. Wer ist hier reinrassig? Noch nicht einmal die besten Pferde. Unter den zweihundertfünfzigtausend Einwohnern gibt es keine zehn, in denen nur eine Sorte Blut fließt. Wir alle hier sind Andalusier, das genügt. Es ist töricht, auf dem Stolz der Aristokratie oder der Genealogie zu bestehen. Deswegen schalt uns Ibn Chaldun: »Sie bilden sich ein, aufgrund der Abstammung und eines Regierungsamtes ein Land erobern und die Menschen beherrschen zu können.« (Möglicherweise fehlt es noch an viel mehr. Davon abgesehen ist es nötig, daß die Menschen sich regieren und die Länder sich erobern lassen.)

Im Hinblick auf uns, die Nasriden, fürchte ich, daß wir bereits mit dem Gründer unserer Dynastie zu übertreiben begonnen haben. Schon die Begründung einer Dynastie ist eine schlechte Sache; es setzt voraus, daß sie einen Anfang hatte und daß sie weiß, was ihr voranging. Waren denn nicht Butaina, die Mutter des großen Mohammed V., und Mariam, die habgierige Mutter Ismaels II., und Buhar, die Mutter Yussufs I., und Alwa, die Mutter Mohammeds VI., und Sams al Dawla, die Mutter Nazar Abul Yuyus, christliche Sklavinnen? Und jeder dieser verständnisvollen, aufgeschlossenen Söhne verdiente es wahrhaftig, den Namen Andalusier zu tragen.

(Später habe ich mit mehr Muße bei Averroes gelesen, daß »das Klima und die Landschaft Andalusiens, die eher an Griechenland als an Babylonien erinnern, die Menschen gelassen und intelligent werden lassen. Und so wie die Wolle der andalusischen Schafe so fein ist wie keine andere, so sind auch seine Menschen von sehr ausgeglichenem Temperament, wie man an ihrer Gesichtsfarbe und an der Beschaffenheit ihres Haares erkennen kann. Die Haut der Andalusier ist nicht so dunkel wie jene der Araber, ihr Haar ist weder kraus wie das der Afrikaner noch schlaff wie das der Nordländer, sondern seidig und gewellt.« Auch las ich bei Ibn Chaldun, daß die Vermischung so unterschiedlicher Elemente in einem andalusischen Typus seinen Ausdruck gefunden habe, der sich von dem maghrebinischen durch eine einzigartige Lebhaftigkeit des Geistes, eine bemerkenswerte Lernfähigkeit und die grazile Beweglichkeit seiner Gliedmaßen unterscheide – obwohl er dies vor allem der auf Gerste und Öl basierenden Ernährung zuschreibt, denn er war ein Anhänger der Größe der Beduinen und vertrat die Meinung, daß deren dürftiges Leben der Ursprung ihrer Größe sei. In neuerer Zeit zeichnete mein Landsmann Ibn al Khatîb ein klares Bild, welchem die Mehrheit der Andalusier entspricht: unsere mittelgroße Gestalt, die leicht gebräunte Haut, das weiche, dunkle Haar, unsere ebenmäßigen, feingeschnittenen Gesichtszüge . . .

Ich weiß nicht, was die Christen, Araber oder Juden dem entgegenzusetzen haben; wir Andalusier unterscheiden uns von ihnen allen. In jedem Fall ist es so, wie Kalif Ali, Mohammeds Schwiegersohn, sagte: »Im Laufe meines langen Lebens habe ich festgestellt, daß die Menschen oft, mehr noch als ihre Väter, der Zeit gleichen, in der sie leben.«)

Alle Menschen haben schon allein dadurch, daß sie menschlich sind, so viel gemeinsam, daß die Unterschiede mir geringfügig erscheinen. Ist die Ähnlichkeit zwischen meinem Vater und Muley, dem Neger – seien ihre Gestalt, ihre Religion, ihre Hautfarbe und ihr Schicksal auch noch so verschieden –, nicht größer als die zwischen einem Tiger und einem Luchs? Zwischen meinem Onkel Yussuf und Faiz, dem Gärtner, sähe ich, ihrer verschiedenen Lebensformen wegen, einen größeren Unterschied als zwischen dem Imam der Moschee der Alhambra und jenem Mann, der oft in die Antequeruela hinaufging und von dem man mir sagte, er sei ein Priester der Christen.

Damals also bewegte mich dieses Thema so sehr, daß ich die Wirkung dieser Riten erproben wollte, die Onkel Yussuf uns beschrieben hatte. Eines Abends machte ich mich bei Anbruch der Dämmerung auf die Suche nach einem Eunuchen, den ich kannte und über den ich später noch schreiben werde, und bat ihn, mich zu taufen. Ich führte ihn zu einer Quelle nahe dem Turm Mohammeds, des Ahnherrn der Dynastie (ich ging oft zu diesem Turm, angezogen von den Malereien, die sich darauf befanden); ich flehte ihn an – er sah von einer Seite zur anderen, um sich meinem Einfall zu widersetzen –, er solle Wasser in seine Hände schöpfen, es über meinen Kopf gießen und nachsprechen, was ich ihm vorsagte. Ich erinnere mich, daß ich ihn ungeduldig mit meinem Blick durchbohrte, hinter ihm sah ich den Generalife und darüber den Palacio de la Quinta und den tiefschwarzen Himmel, denn die Nacht brach sehr schnell herein. »Ich taufe dich . . .« Er wiederholte: »Ich taufe dich . . .« – ». . . im Namen unseres Vaters, unseres Sohnes und unseres heiligen Bruders.« Als er die Zeremonie beendet hatte, eilte ich, mich in einer nahen Zisterne zu betrachten, aber in dem schwarzen Wasser sah ich nichts. Ich suchte nach einem Spiegel, und darin war mein Gesicht genau so, wie ich es immer gesehen hatte, wenn auch mit angeklebtem Haar: meine dunkelgrünen, im Verhältnis zu den Wangen zu großen Augen, meine kurze, gerade Nase und meine vielleicht übermäßig aufgeworfenen Lippen. Trotz der Zeremonie hatte sich nicht das geringste verändert.

Eines Tages verbot man unverhofft meinem Bruder und mir, uns dem Turm zu nähern, in dem Onkel Yussuf lebte. Ich glaubte, es habe etwas mit den Christen und meiner Taufe zu tun, und bereute meine Abtrünnigkeit, die ich bis heute geheimgehalten habe. Aber das Verbot betraf nicht nur uns, sondern alle Bewohner der Alhambra und ging mit einer Veränderung der Gewohnheiten einher. Einmal besuchte der Arzt Ibrahim uns sehr früh morgens. Er war fassungslos, sein Haar war zerzaust, sein Gesicht vor Erschöpfung eingefallen. Er untersuchte gründlich unsere Augen und Fingernägel; er fragte die Erzieher, ob mit unseren Bäuchen alles in Ordnung sei; er verordnete uns einige Arzneitränke, die, wie er sagte, ein Mittelding zwischen Abführmittel und Adstringens seien. Als er dann ging, teilte er uns mit, daß eine Pestepidemie ausgebrochen sei, deren erstes Opfer Onkel Yussuf geworden war.

Doña Minia beschloß, den Körper ihres Mannes in ihre Heimat zu überführen. Der Neger Muley, einer meiner Freunde, der sich ein bißchen um alles kümmerte, um sich so, wie ich meine, um nichts ernsthaft kümmern zu müssen, erhielt den Auftrag, das Eigentum des Toten zu verbrennen, den Turm zu desinfizieren und einen von fünf Mauleseln gezogenen Karren für die Beförderung des einbalsamierten Leichnams zu besorgen. Ich wollte mich von ihm verabschieden, und sie zeigten ihn mir vom obersten Stockwerk, von einem farbig verglasten Mirador aus. Ich rechnete damit, *den Dicken* blau, grün, rot und dunkelviolett eingefärbt zu sehen. Aber so war es nicht: Ich sah ihn durch die Lücke, welche eine zerbrochene Scheibe hinterlassen hatte, und er war auch nicht mehr dick, sondern, im Gegenteil, sehr dünn und lang wie ein umgefallener Turm; er war in ein weißes Leichentuch gehüllt, das seine Umrisse noch schärfer abzeichnete. Doña Minia kniete neben ihm und betete eine Rosenkranz, der – man kann sagen, was man will – sich in nichts von unserem unterscheidet.

Der Neger berichtete mir, daß Doña Minia darum bat, den Grabstein aus weißem Marmor mitnehmen zu dürfen, dessen Anfertigung mein Vater angeordnet hatte.

»Da mein Bruder so viel Gewicht verloren hat, wird es nicht schaden, das Gewicht des Marmors hinzuzufügen. Soll diese galicische Christin – Gott sei Dank sind die Galicier in Andalusien immer nur Lastenträger gewesen – ruhig beides mitnehmen. Weder der Grabstein noch mein Bruder sind hier zu irgend etwas nütze. Und Doña Minia ebensowenig. Das beste ist, wenn alle drei verschwinden«, sagte mein Vater.

Und so geschah es auch.

Der Neger Muley

Er war die furchterregendste Person, die ich je in meinem Leben gesehen hatte. Mehr noch als Faiz. Im Scherz nannte man ihn Muley, denn das heißt soviel wie »Herr«. Ein Sklave war er jedenfalls nicht; vielmehr hatte ihn einer aus der Familie der Abencerragen aus einem Dorf im Gebirge von Málaga mitgebracht, wo er Mitglied einer äußerst strengen muslimischen Gemeinschaft war. Vielleicht war das auch nur der Klatsch der Alhambra, wo jeder über jeden tratschte. Aufgrund seiner Intelligenz und einer offenkundigen Begabung als Geschichtenerzähler war er bis dorthin aufgestiegen, wo er sich damals befand: ziemlich weit oben in den Diensten meines Vaters. Da er sich seiner Häßlichkeit bewußt war, überraschte es ihn nicht, daß er bei seinem Erscheinen allen, die ihn sahen, Schrecken einflößte. Er hatte runde Glotzaugen mit roten Äderchen darin, was ihnen einen Ausdruck von Grausamkeit und Wildheit verlieh; dazu kamen ungeheure Hände und ein großer Buckel, der ihn aussehen ließ, als ginge er gebückt, um etwas aufzuheben, was ihm heruntergefallen war. Er riß Witze, ersann Spinnereien, erzählte vergnügliche Histörchen, wobei er mit seinen ungeheuren Armen gestikulierte und auf angsteinflößende Weise mit den Augen rollte, wie die Possenreißer, die, soweit ich gehört habe, die christlichen Könige zur Zerstreuung an ihren Höfen halten.

Subh erzählte, daß die hübschen Knaben, die bei den Festlichkeiten in der Alhambra bedienten, ihn immer in ihrer Nähe haben wollten, damit ihre eigene Schönheit um so deutlicher ins Auge springe. Es gab einen bösartigen Dichter, der ihm einige Verse widmete, als er an einem Septemberabend, an dem mein Vater sich verabschiedete, ehe er sich zur Erholung nach Salobreña zurückzog, als Mundschenk auftrat.

(Nach den Aufregungen des Sommers verließen wir normalerweise im Oktober Granada, um im Winter das mildere Küstenklima zu genießen.)

Die Verse lauteten folgendermaßen:

Äthiopier Muley, an dem ich diesen Abend meine Freude hatte,
bei dessen Aufleuchten die Sonne ihr Erscheinen verweigert
und die Finsternis verlängert.
Dein Höcker macht glauben, du trügest die Welt auf den Schultern, samt all ihren Sorgen,
und der Hals schlackere dir um die Körpermitte.
Die Strähnen deines Haares sind ein Büschel, mit Maulbeeren dicht besetzt;
deine Hände Windmühlenflügel; deine Augen zwei Backöfen, und wenn du unermüdlich kreist, mit der Kristallkaraffe voll roten Weines,

erinnerst du an den Käfer, der vor sich her die Kugel aus Exkrementen rollt,
nur: Bei dir ist die Kugel ein andalusischer Rubin.

Muley dankte dem eingeladenen Dichter äußerst höflich und trug denen, welche die Geduld hatten, sie zu hören, diese Verse mit solchem Mutterwitz und einer solchen Fülle an Grimassen und Gesten vor, daß sich alle vor Lachen ausschütteten. Wodurch der Beleidigende schlechter dastand als der Beleidigte.

Durch Subh und Faiz kam ich in Kontakt mit ihm. Die beiden waren sich darüber einig geworden, daß man in ganz Granada unmöglich einen größeren Buckel als den Muleys finden könne, und gaben mir gemeinsam einen Auftrag. Ich sollte Subhs Amuletthalsband nehmen und einen Beutel mit einigen Münzen, den Faiz mir aushändigte, und dem schrecklichen Neger damit über den Buckel fahren, ohne daß er es bemerkte. Subh war davon überzeugt, daß ihre Amulette nach dieser Berührung die wirksamsten und unwiderstehlichsten der ganzen Stadt seien, und Faiz glaubte, daß die Münzen in seinem Beutel sich augenblicklich vermehrten.

Zwei Tage schon war ich im Besitz der Kette und des Beutels, ohne die Ausführung meines Auftrags zu wagen. Verstohlen – so glaubte ich wenigstens – lauerte ich Muley auf. Ich folgte ihm, der übrigens eine für seine drückende Last unerwartete Behendigkeit an den Tag legte, auf den Fersen. Meine Auftraggeber wurden ungeduldig, aber ich konnte mich nicht zu dem grauenerregenden Schritt entschließen, den Buckel mit den Gegenständen zu bestreichen, die ich unter meiner Tunika verborgen hielt. Der Oktober wurde allmählich kühler, die Tage kürzer; die Schatten kletterten den Hang der Sabîka hinauf, die Fackeln wurden entzündet. Einige Tage später entfachte man die Glut der Kohlenbecken, denn in jenem Jahr setzte der Frost früh ein. Subh hatte mir einen Burnus aus grüner Wolle angezogen, unter dem ich die Kette und den Beutel unauffälliger verstecken konnte. Ich ging gerade zum Palast Yussufs III., der mir am besten gefiel (so ist es immer noch, und ich lebe hier besser als irgendwo anders, denn er ist der behaglichste und ruhigste), als ich Muley in der Calle Real stehen sah. Ich wurde von einem Erzieher begleitet, den ich abhängte, indem ich sagte, ich müsse eine dringende Besorgung machen und ginge zum Turm meines Onkels Yussuf, der in dieser Richtung lag. An einer Kreuzung überholte ich Muley und lehnte mich an einen Türrahmen, in der Hoffnung, daß er mich beim Vorübergehen mit seinem Buckel streifen würde. Aber es kam alles anders, als ich es vorausgesehen hatte. Muley blieb abermals stehen und kam mit einem schaudererregenden Lächeln auf mich zu.

»Bist du nicht ein Sohn des Sultans?«

Ich nickte, brachte aber kein Wort heraus.

»Bist du der Erstgeborene?«

Ich nickte abermals.

»Heißt du wie dein Onkel?«

Mir fiel nichts anderes ein, als zu murmeln: »Mein Onkel heißt Yussuf. Ich bin auf dem Weg zu ihm.«

»Nein, ich meine deinen jüngsten Onkel.«

»Dann ja.«

»Gebe Gott, daß du ihm in allem ähnelst. Dein Onkel ist stark, edelmütig und tapfer.«

»So denken alle.«

»Ich nahm mit ihm an einem Vorstoß bei Comares teil, auch wenn ich kein Befürworter der Kriege bin. Es ist eine Freude, ihn mit wehenden Fahnen galoppieren zu sehen.«

Dann, immer noch lächelnd, verabschiedete er sich. Ich sah meine Chance entschwinden und streckte rasch meine unter dem Burnus versteckte Hand aus. Allerdings ohne Aussicht auf Erfolg, denn Muley ging bereits. Doch plötzlich kam er zurück.

»Wenn du mit dem, was du da versteckt hast, meinen Buckel berühren willst, wenn es das ist, was du willst: Zögere nicht und tu es. Ich bin es längst gewohnt. Es macht mir Freude, Glücksbringer für andere zu sein.«

»Nein, nein«, entgegnete ich verwirrt. »Gott segne dich.«

»Ist gut. Bis bald.«

Ich betrat den Palast, den damals einer der Wesire meines Vaters bewohnte. Im selben Moment wurde mir jäh bewußt, daß sich nie wieder eine so günstige Gelegenheit bieten würde, und ich rannte hinter Muley her bis zu einer Ecke des Wasserbeckens. Dort rieb ich wortlos Kette und Beutel kräftig über seinen Buckel, und Muley schüttete sich aus vor Lachen.

Über mein Benehmen beschämt, bemühte ich mich lange Zeit, ihm aus dem Weg zu gehen. Faiz wiederholte ständig, daß sich sein Geld, das er wieder und wieder nachzählte, nicht vermehre. Subh verkündete natürlich, daß sie seither eine Glückssträhne und haufenweise Verehrer habe und daß die Warze auf ihrem linken Wangenknochen – die vorher ein simples Muttermal, jetzt aber voller Haare war – augenblicklich geschrumpft sei, dank eines Wildschwein-Taschenmessers, das an ihrer Kette befestigt war. Ich aber konnte ihnen kaum zuhören. In der Alhambra traf man immer wieder aufeinander, und ich fürchtete den Tag, an dem ich dem Äthiopier, »bei dessen Anblick selbst die Sonne ihr Erscheinen verweigert«, von Angesicht zu Angesicht gegenübertreten mußte.

Eines Mittags geschah es. Ich war gerade einer Begegnung mit Muley ausgewichen, der in der Nähe der Rauda, der Ruhestätte unserer Vorfahren, genau auf mich zukam. Mein Herz klopfte so stark, daß ich mich an die Mauer lehnen mußte. Als die Gefahr vorbei war, fast sah ich noch seine blaue, durch den Buckel aufgeblähte Dschellaba, da tauchte Muley schon wieder aus der anderen Richtung auf, genau am entgegengesetzten Ende der Straße. Er ließ seine fürchterliche Hand auf meine Schulter fallen, und ich wußte, daß ich verloren war und er mich an Ort und Stelle erwürgen würde. Aber die Hand wanderte, daran gab es keinen Zweifel, mit einer unerwarteten Sanftheit bis hinauf zu meinem Hals und meinen Wangen.

»Ich glaubte, wir seien Freunde seit jenem Tag, aber wie ich sehe, ist dem nicht so.«

Stotternd vor Angst fragte ich ihn: »Du willst nichts weiter als mein Freund sein?«

»Nichts anderes wünsche ich. Wenn du erlaubst, begleite ich dich auf deinem Weg.«

»Ich gehe nirgendwohin. Ich bin nur vor dir geflüchtet.«

»Das ist eine Mühe, die du dir von jetzt ab sparen kannst.«

Noch nie zuvor hatte mich jemand so fasziniert wie Muley mit seinen unglaublichen Geschichten. Niemand außer ihm weckte so in mir den Wunsch, zu reisen, ferne Länder kennenzulernen, entlegene Landschaften, neue Menschen mit ungewohnten Gebräuchen, Tiere und Pflanzen, die vor meinen Augen Gestalt annahmen. Leider konnte ich dies bis heute nicht verwirklichen.

»Wie der Granatapfel und wie du, Boabdil, bin ich mit einer Krone auf die Welt gekommen. Ich gehöre der kaiserlichen Familie Äthiopiens an, die älter ist als die Welt und die – es ist fünfzehn Jahre her – von einer anderen, verfeindeten Familie desselben Blutes entthront wurde. Alle meine Geschwister kamen um; ich aber konnte dem Gemetzel entkommen, denn meiner monströsen Erscheinung wegen hielten sie mich für einen Sklaven, den man übergehen konnte. Das zeigt, daß man niemals weiß, was das Gute ist und was das Böse, was fällt und was steigt, und daß es immer noch etwas Schlimmeres als das Schlimmste gibt. Wer hätte gedacht, daß mir, der ich mich, ehe ich konvertierte, bei den Gottheiten meines Volkes beklagte, weil sie mich so verwachsen und abstoßend geformt hatten, eines Tages die Liebe Gottes gnädig sein würde, der mir durch diese Verkleidung das Leben rettete. Ich heiße nicht Muley; oder besser: Auf Muley müßte mein richtiger Name folgen. Ich bin Fawcet, Herrscher von Äthiopien, auch wenn ein Herrscher ohne Land nicht mehr ist als ein Vasall, der sich sein Brot verdienen muß und die Anerkennung anderer; der immer auf die Miene des Befehlenden zu achten hat, um es sorgsam von Verdüsterungen zu befreien. Man sagt, es bereite Freude, aus goldenen Bechern zu trinken oder an Narzissen zu riechen; man sagt, daß es die Melancholie vertreibe, sich gemeinsam am Ufer eines Flusses an einer Tafel aus Myrten niederzulassen. Ich als der komödiantische Mundschenk, der ich bin, folge diesen Empfehlungen, mit Ausnahme des Weintrinkens, denn ich achte die Vorschriften des Propheten; aber alles, was man damit erreicht, ist eine Belebung der Erinnerungen an das, was man besaß und verloren hat. Trotz allem, ich habe bei den Andalusiern die beste Lektion gelernt: die Bedürfnisse und dadurch die Mühen verringern, die es kostet, seine Bedürfnisse zu befriedigen. Deshalb brauche ich heute nur noch wenige Dinge, und diese wenigen Dinge brauche ich nur selten. Denn die wahre Glückseligkeit, mein Freund, liegt nicht im Haben, sondern im Sein und Nichts-haben-Wollen.«

Ich fragte ihn, ob er einmal auf dem Thron seiner Familie Platz nehmen werde und ob es richtig gewesen sei, so weit von seinem Heimatland zu fliehen.

»Niemand«, antwortete er mir, »kann ein Königreich wiedererlangen ohne die Unterstützung seiner Bevölkerung. Vielleicht regierte meine Familie schlecht, und die Untertanen schüttelten dieses Joch für immer ab. Aber laß uns nicht von Vergangenem sprechen. Eine Katastrophe erzählen heißt, noch einmal an ihr zugrunde gehen. Ich habe zuviel Schönes in der Welt gesehen, um darüber zu trauern, daß nur ich häßlich und verflucht bin. Sosehr es mir auch gefällt, dir über das Auskunft zu geben, was du mein Heimatland nennst. Ich bin in jenem Gebirgsmassiv geboren, wo der blaue Nil seinen Ursprung hat. Seinem Wasserlauf folgend, durchquerte ich den Sudan und das Ägypten der Mameluken und Fatimiden. Ich diente denen, die mir zu dienen befahlen, und war denen zu Gefallen, die mich bezahlten. Ich war so oft ein Sklave und so oft ein freier Mann, daß ich keinen Unterschied mehr sehe zwischen Freiheit und Sklaverei. Ich habe so viele verschiedene Ämter bekleidet, daß ich auf einer einsamen Insel Schiffbruch erleiden und dennoch vorwärtskommen könnte. Ich hatte Umgang mit so verschiedenen Menschen, daß es niemand mehr fertigbringt, mich zu überraschen. Aber auch hier, in dieser herrlichen Stadt, die du einmal erben wirst, sehne ich mich nach der Weite meines Landes. Ich sehne mich nach der majestätischen Trägheit der Löwen, nach der gleichgültigen, gestreiften Gelassenheit der Tiger, nach dem unbeschreiblich schönen Gefieder der Vögel. Ich sehne mich nach einer nicht dem Menschen unterworfenen Natur, die sich unerschöpflich und unermüdlich verströmt, ohne daß sie sich jemals ganz erfassen ließe.«

Ich zeigte ihm meine Sammlung kleiner Keramiktierchen, und er erzählte mir etwas über die mir unbekannten Arten, auf mein Drängen hin vor allem über die Giraffen. Seine Worte waren so ausdrucksvoll, daß ich sie noch heute mit den Versen Ibn Zamraks durcheinanderbringe (jener Dichter, der zur Regierungszeit meines Vorfahren Mohammed V. die Alhambra mit Koranversen und Wechselgesängen überhäufte und dessen Geschichte ich irgendwann einmal, als ein Beispiel für die Gerechtigkeit des Lebens, erzählen möchte, denn ich bin davon überzeugt, daß, wer mit dem Schwert tötet, durch das Schwert stirbt). Ich meine folgendes Gedicht:

Samten sind seine Flanken, mit Geschmeide übersät.
Des Schicksals Hand bestickte das Wunder.
Blendend ist seine Haut, wie ein Garten,
wo zwischen Anemonen das Zyperngras wächst:
weiß und hochgelb zugleich,
wie Silber, mit Gold durchwirkt.
Ähnlich den Narzissenbeeten
auf den steilen Anhöhen, durch die der Bach sich
schlängelt.

Muley fertigte für mich Zeichnungen von Blumen, Raubtieren und Vögeln an, die er gleich darauf sorgfältig zerstörte, um nicht die Gesetze des Korans zu brechen. Er beschrieb mir unglaubliche Dinge; Flüsse, die ich nicht einmal im Traum hätte erreichen können; Gazellen mit den zierlichsten, längsten, gewundensten Hörnern, die man sich nur vorstellen kann; Ziegen, so verschieden von den unseren, daß wir sie niemals so genannt hätten; haushohe Dickhäuter mit einer Haut, härter als die Rüstungen der Krieger; Tiere von ungeheurer Größe, so harmlos und zahm wie Vögel, und Vögel, deren Gefieder in allen Farben des Regenbogens schillert. Er beschrieb mir Menschen, die sich gegenseitig aufessen; andere, die, nur auf ein Bein gestützt, schlafen, und solche, die sich wie die Christen von unreinen Tieren ernähren. Er erzählte von Völkern, die Steine und Bäume verehren oder die Sonne oder den Mond; die stöhnen und schreien, wenn ihre Frauen gebären; die, um das Alter und seine Traurigkeit zu vermeiden, aus Liebe ihre Eltern ermorden.

»Obwohl ich glaube«, schloß er, »daß es überall auf der Welt das gleiche ist. Über das, was wir nicht von klein auf kennen, staunen wir; aber auch in Granada gibt es Menschen, die das Geld verehren; die, damit man sie mit Nachsicht behandele, soviel eigenes Leiden vortäuschen, wie sie verursachen; die, wie dein Onkel Yussuf, schlafen, ohne sich jemals hinzulegen; die ihren Vater absetzen, um an seiner Stelle die Macht zu übernehmen . . .«

Bei der letzten Bemerkung schlug ich die Augen nieder, weil ich begriff, daß er auf meinen Vater anspielte, dem er keine sonderliche Achtung entgegenzubringen schien.

Die ganze Alhambra fand Muley merkwürdig und amüsant wie eine Laune der Natur. Für mich aber war er würdevoll und abwechslungsreich wie ein nie endendes Buch. Ich wurde niemals müde, ihm zuzuhören. Er war der einzige Diener, dessen Gesicht sich beim Erscheinen des Herrn, dem er diente, nicht verschloß. Er war der einzige, dessen Gesicht plötzlich einen herrschaftlichen und geheimnisvollen Ausdruck annahm, wenn er die Augen senkte, auch wenn diese wie gerötete Eier aussahen, und der auf einer kleinen Trommel einen beharrlich flatternden, bannenden Rhythmus anschlug, der einmal eine starke Benommenheit, ein andermal unbezähmbare Erregung in mir hervorrief.

Eines Nachts kam er zu mir und nahm mich, sehr zum Mißfallen meiner Ammen, in den vom kalten Licht des Vollmonds beschienenen Innenhof mit, wo er mich tanzen hieß – nur begleitet vom Rasseln eines mit getrockneten Früchten gefüllten Kruges –, voller Genuß tanzen, während er eine unergründliche Litanei anstimmte und sich behender bewegte als eine Tänzerin, als habe sich das Gewicht seines Buckels verflüchtigt. Die Ammen wurden von dem fröhlichen Geheimnis angesteckt und begannen uns mit Händeklatschen zu begleiten, bis schließlich ein Majordomus uns auf sehr unhöfliche Weise anwies, in die Alkoven zurückzukehren.

Es war, glaube ich, im darauffolgenden Jahr – obwohl ich davon überzeugt bin, daß sich die Zeit für Kinder vergrößert oder verkleinert wie ein Gefäß, dessen Bedeutung nicht von ihm selbst, sondern von seinem Inhalt abhängt –, als ich Muley nach meiner Rückkehr aus Salobreña nicht mehr antraf. Einige sagten mir, er sei von einer Anhöhe, dem Cerro del Sol, hinabgestürzt, als er betrunken den Abstieg gewagt habe, aber ich wußte, daß er einer der wenigen in der Alhambra war, die nicht tranken. Andere flüsterten mir zu, daß mein Vater befohlen habe, ihm den Hals durchzuschneiden, weil er sich weigerte, über meine Mutter zu spotten, wie Soraya es angeordnet hatte. Wiederum andere, denen ich eher Glauben schenke, sagten mir, daß er sich, als er alles gesehen habe, was es im Königreich Granada zu sehen gab, auf den Weg in die christlichen Gebiete gemacht habe, um andere Orte kennenzulernen, andere Sitten und andere Menschen. Wie dem auch immer sei, ich hätte ihn gerne noch länger in meiner Nähe gehabt. Auch heute noch, denn er war jemand, in dem sich die ganze Welt spiegelte. Es gibt wohl keinen anderen, der es mehr verdient hätte, Herrscher zu sein, oder zu dem der Name Muley besser gepaßt hätte.

Ibrahim, der jüdische Arzt

Von allen in der Alhambra praktizierenden Ärzten – und ihre Zahl ist groß – kam uns keiner so nahe wie Ibrahim. Er war gründlich und fast schon lästig gewissenhaft, dabei von einer Güte und Geduld, die die Geduld und Güte aller auf die Probe stellten.

Als Experte für Hydrotherapie setzte er ein allumfassendes Vertrauen in die heilende Kraft des Wassers. (Er stand im Ruf, einen unfehlbar scharfen Blick und eine verblüffende Diagnosefähigkeit zu besitzen; ich bin zwar nicht sicher, ob er meinem Onkel Yussuf sonderlich geholfen hat, aber mein Onkel ließ sich auch nicht helfen.) Er vertrat die Ansicht, daß der Mensch zur Gesundheit geboren sei und daß, wer sie verliert, selbst schuld daran sei, denn die Natur verfüge über genügend Mittel, die zur Gesundung führten, ohne daß man sich in die Hand eines anderen Menschen begeben müsse. Den Astrologen stand er argwöhnisch gegenüber, und obwohl er die Chirurgen bewunderte, behandelte er sie paradoxerweise geringschätzig, weil er die Ansicht vertrat, daß es nicht gut sei, die Wege der Natur zu durchkreuzen oder ihren Rhythmus zu unterbrechen. Besonders mit einem anderen Arzt, Ali Ibn Mohammed Ibn Muslim, der für seine bemerkenswerte Geschicklichkeit bei chirurgischen Eingriffen bekannt war, vertrug er sich schlecht; seine Eitelkeit erhielt einen herben Schlag, als er sich in die Hände dieses Rivalen begeben mußte, um den grauen Star operieren zu lassen, der ihm vor seinen Augen das Augenlicht raubte – wenn Wortspiele bei einer so ernsten Angelegenheit überhaupt angebracht sind. (Ich gehe davon aus, daß man Hohlnadeln aus Metall verwendete, um den Star damit entweder herauszuziehen oder herauszusaugen.) Meine Mutter bemerkte dazu, daß wir uns während der Zeit, als seine Genesung es Ibrahim verbot, uns zu behandeln, einer beneidenswerten Gesundheit erfreut hätten.

Dieser Ansicht meiner Mutter ließe sich jedoch widersprechen. Sie ist wenig geneigt, jemand anderem zu vertrauen als sich selbst. Das ging so weit, daß, als Ibrahim ihr die Reisen nach Alhama empfohlen hatte, um dort ihr Ischias – oder was auch immer der Grund ihrer Beschwerden war – auszukurieren, sie ihm niemals eingestand, es gehe ihr besser, dabei aber weiterhin regelmäßig ihre Bäder nahm – wobei sie sich von meiner Schwester, meinem Bruder und mir begleiten ließ, wahrscheinlich, um sich nicht so zu langweilen. Einmal fuhr der Arzt selbst mit. Wie könnte man diese alljährlichen Reisen vergessen! Schon viele Tage vorher ließ ihre Ankündigung uns nicht mehr schlafen, wohl deshalb, weil wir im Laufe eines Jahres vergessen hatten, wie schnell wir die Lust daran verloren. Wenn ich die sanft gewellte, fruchtbare Landschaft um Alhama sah, die mit solch liebevoller Aufmerksamkeit bepflanzten grünen Flußauen, die von Oliven bewachsenen Berglehnen und die weiten Hochebenen, auf denen noch bis in den März hinein Reste von Schnee zu sehen waren, dann fühlte ich etwas wie eine innere Aufnahmebereitschaft, vielleicht dank der Tatsache, daß ich weit entfernt von der Monotonie der Alhambra war. Noch heute rühren mich die kleine Brücke über den Fluß, die heißen, eisen- und salzhaltigen Wasserkaskaden, die Steilhänge mit ihren schroffen Felsen, die Vögel, deren Zwitschern dort einen anderen Klang hat. Ich spazierte unter den Laubengängen. Spazieren? Ich hüpfte wie ein Vogel von einem Sonnenstreifen zum nächsten und wich, fast fliegend, den Schatten der Baumkronen aus. Ich lauschte dem Lärm eines Wasserfalls nahe dem ruhigen Wasser, das dalag wie ein von Dornbüschen umgebener Spiegel, an dem die Grillen zu Hause waren. Und immer wieder überraschte mich die Feststellung, daß das dampfende Wasser in einen so eisigen Bach mündete. In Alhama ließen sich die Einsichten Ibrahims, des ehrfürchtigen Erforschers der Natur, besser verstehen.

(Als ich das Vorangehende noch einmal überlas, kam mir etwas in den Sinn, was ich wohl niemals vergessen werde. Noch einige Jahre früher sah ich beim Verlassen der mit all ihren herrlichen Skulpturen erhaltenen römischen Thermen von weitem einen Knaben, so grazil, daß er den steinernen Figuren in nichts nachstand. Ich fragte ihn irgend etwas, um ein Gespräch zu beginnen. Von der Nähe des Thronerben überrascht, begann er zu zittern und fand keine Antwort. Er drehte sich um und lief weg. Ich blieb allein zurück und beobachtete eine Ziegenherde, die das gegenüberliegende Flußufer hinaufkletterte. Eine Hinkende war darunter, die mir besonders auffiel; sie mühte sich ab, den anderen zu folgen, sie hinkte und blieb, vom Hirten angetrieben, immer die letzte; sie blieb einen Moment stehen, um auszuruhen und ihr Unglück zu bedenken, dann lief sie erschöpft und bedrückt weiter, das steife, nutzlose Bein hinter sich herziehend. Ich weiß nicht – oder doch? –, warum ich mich heute so lebendig an diesen flink weglaufenden Knaben erinnere und an jene verkrüppelte Ziege, die nicht schneller laufen konnte.)

Ibrahim war sehr gläubig, und überall, wo er hinging, nahm er eine Tasche mit, in der er neben gängigen Arzneien auch die Bibel und die Mischna hatte: sei es, um sie bei Bedarf zu konsultieren, oder nur, um sich begleitet zu fühlen. Die Gebote seiner Religion hielt er streng ein, und er respektierte jeden, der die Gebote seiner eigenen Religion streng befolgte.

Als die Pestepidemie ausbrach, wurde sie von den Leuten auf die unheilbringende Konstellation dreier Sterne zurückgeführt, und alle, sogar einige Kollegen Ibrahims, hielten sie für eine Geißel Gottes, welche wegen unserer Sünden über uns gekommen sei. Obwohl Ibrahim so gläubig war, erkannte er sehr wohl, daß all dies eine Dummheit war und daß es geboten war, etwas gegen Sterne und Geißeln zu unternehmen. Er informierte über die Ansteckungsgefahr und die Notwendigkeit der Isolierung der Kranken; er ordnete an, ihre Kleider, bis hin zu den Ohrgehängen der Frauen, auszukochen oder zu verbrennen; er untersagte den Besuch der öffentlichen Bäder, welche die Ansteckung weitertrugen – kurz gesagt, er führte das Übel auf natürliche Gründe zurück, ausgelöst durch mangelnde Hygiene und die Zusammenballung und Beengtheit des Wohnraums.

Er wußte, daß die Menschen seiner Rasse in Granada und vielen anderen Ländern verfolgt worden waren – und, wie er versicherte, es wieder sein würden. Er wußte auch, daß die Juden einem verarmten Volk Gründe für die Verfolgung an die Hand gaben: durch ihre Gebräuche, durch Tribute, die größtenteils von ihnen eingetrieben wurden, und durch die hohen Preise, die man den jüdischen Experten zahlen mußte, wenn man ihre Dienste in Anspruch nahm. Ibrahim lebte im Judenviertel, das sich von der Antequeruela – wo jene Zuflucht gefunden hatten, die bei der Einnahme Antequeras durch den Infanten Don Ferdinand von dort geflohen waren – bis zu den Torres Bermejas erstreckte.

»So bin ich stets in Bereitschaft, wenn man mich ruft«, sagte er. »Ich höre hier die kleinste Silbe, die von der Alhambra herabgeschickt wird.«

Und so sah er auch aus, mit seiner Tasche voller Kräuter, Heilmittel und heiliger Bücher.

Er bekannte sich zur Schule Ibn Zarzars, eines berühmten Juden, der zunächst der Arzt Pedros I. von Kastilien und dann dessen Botschafter in Granada war. Das war zur Zeit Mohammeds V., dessen Befehl zu Verbannung und Rückkehr er Folge leistete, um sein Leben zu retten. Ibrahim war stolz auf seinen Vorgänger, er bewunderte ihn als Arzt und als herausragenden Menschen, der dafür plädierte, die Natur wirken zu lassen und sie nicht an der Entfaltung ihrer Kräfte zu hindern. Er selbst war ebenfalls ein sehr angesehener Mann. Wie ich hörte, war er auch ein geachteter Talmudist, Berater seiner Glaubensgenossen in schwierigen Situationen, die oft durch ihre äußerst strengen Gesetze verursacht wurden. Mehr als einmal hörte ich von ihm zwei Behauptungen. Zum einen, daß für die Andalusier die Religion vor allem eine Angelegenheit der Liturgie sei.

Die andere Behauptung war die, daß die literarische Überlegenheit der andalusischen Juden über die Juden anderer Länder darauf zurückzuführen sei, daß sie Nachfahren der Stämme Juda und Benjamin seien; noch mehr jedoch auf das gründliche Erlernen der arabischen Sprache, die ihre eigene bereichert und erweitert habe. Ibrahim selbst war der beste Beweis für das, was er sagte: ein vortrefflicher, tiefgläubiger Mann, der ein herrliches, klassisches Arabisch sprach, aber durchsetzt mit kunstvollen Redewendungen, Versatzstücken des volkstümlichen Arabisch (mit dem Imala-Akzent, wie man ihn hier spricht), gewürzt mit unzähligen romanischen Ausdrücken.

»Letztlich«, versicherte er, »ist eine Sprache doch dazu da, sich den anderen verständlich zu machen, nicht, um sich hinter ihr zu verstecken.«

»Wer sind die Juden? Was muß man machen, oder was darf man nicht machen, um Jude zu sein?« fragte ich ihn.

»Ganz klar, mein Kleiner: Man muß entweder von einer jüdischen Mutter geboren worden sein oder sich zum Judentum bekehren. Aber, wenn du meine Meinung hören willst, im Grunde sind alle Religionen gleich. Zumindest die drei, die in Granada zusammenleben. Ihre Unterschiedlichkeit hängt davon ab, von wo aus sie sich verbreiteten und wer ihre letzten Propheten sind. Bei uns sind es die des Alten Testaments; für die Christen ist es Jesus und für euch Mohammed. Deswegen kamen mir oft Zweifel, ob ich ein wahrer Orthodoxer bin, auch wenn ich auf Gott vertraue, daß es so ist – aber im guten Sinne des Wortes. Ich fürchte die Orthodoxen, denn gewöhnlich werden sie zu Fanatikern. Erinnere dich an die Almoraviden:

Sie waren ein schwerer Schlag für unsere Kultur und unsere Gelassenheit. In der Bibliothek der Alhambra gibt es die Kopie eines von dem letzten ziridischen König verfaßten Buches, das du lesen solltest, für den Fall, daß du dich eines Tages in derselben Bedrängnis befindest. Die Orthodoxen entrissen ihm Granada und verbannten ihn nach Afrika. Vergiß es nicht, Boabdil. Auch er hieß Abdallah. Er lebte vor genau vier Jahrhunderten.«

»Wenn es so ist, wie du sagst: Welchen Unterschied gibt es dann zwischen den Religionen, der sie so unvereinbar macht?«

»Vielleicht sind nicht die Religionen unvereinbar, sondern wir. Hier liegt für mich die Gefahr der Andersgläubigkeit. Nach dem Auszug des jüdischen Volkes aus Babylonien, wo wir nicht sangen, weil wir unfrei waren, und wir unsere Zithern in die Bäume hängten nach der Zerstörung des ersten Tempels, ging unter den Juden die Angst um, assimiliert zu werden, die Angst, daß unser Volk durch die Bedeutung des Siegers oder durch die Wirksamkeit des makabäischen Hellenismus ausgetilgt werde. Deshalb war die Beständigkeit, das Überleben als ein Volk mit eigenen Wesensmerkmalen und Besonderheiten, unser vorrangiges Ziel. Dieses Zieles wegen beharrte man, vor allem anderen, auf den Verbotsregeln, um diese Entwicklung zu hemmen. Stell dir vor, welche Tragödie unter diesen Voraussetzungen die Zerstörung des zweiten Tempels durch die Römer bedeutete. Es war die Bestätigung unserer Ängste. Wir hätten die Lehre Jesu anerkennen können; aber ihre freundlichen Anhänger stellten sie in Gegnerschaft zum hebräischen Geist, und mein Volk verlor – so klein es auch war – das gelobte Land. Wir mußten uns verteidigen, uns zusammenschließen, uns im Kreis um unsere Rabbiner scharen: Der Talmud war unsere Heimat, der Ersatz für die Erde des Vaterlandes. Wie seit vielen Jahrhunderten auch der Sepharad, also Al Andalus, unsere Heimat geworden ist. Mein Sohn, die Juden sahen sich immer, die ganze Geschichte hindurch, zum Kämpfen gezwungen, um sie selbst zu bleiben. Unsere Religion ist weder dogmatisch wie das Christentum, noch reglementiert sie das Verhalten wie der Islam. Unsere Religion ist politisch: Sie ist ausschließlich politisch geworden. Ihr und die Christen glaubt, ihr würdet uns auf ein Stadtviertel, eine Gemeinde beschränken, uns in ein Getto treiben. Dem ist nicht so: Wir sind es, die sich zurückziehen, um uns gegenseitig den Rücken zu decken, um uns zu stärken; denn geschlossen können wir uns besser gegen Ansteckung und Unterwanderung wehren, unsere Unveränderlichkeit besser bewahren. Jude sein, Boabdil, bedeutet, unermüdlich darum zu kämpfen, es so rigoros wie möglich zu bleiben. Und weil wir um jeden Preis unverdaulich zu bleiben versuchen, werden wir immer von dem Körper ausgestoßen werden, der uns nicht verdauen kann, obwohl er es versucht. Auch das ist ein grundlegendes Naturgesetz. Daher kommt es, daß sich in guten Zeiten in uns die Verlockung regt, die Tore unserer Judenviertel zu öffnen, um uns zu vervollkommnen, um dem Stillstand und der Abkapselung zu entgehen. Aber sofort geschieht etwas Furchtbares, das uns davon überzeugt, daß die Stunde noch nicht gekommen ist, daß die Stunde vielleicht niemals kommen wird. Gebe Gott, Boabdil, daß es dir vergönnt sein wird, uns zu helfen, wenn deine Stunde kommt; wenn es dir überhaupt möglich sein wird, dir selbst zu helfen.«

Eines frühen Nachmittags waren wir bei einem Spaziergang an die Torre del Homenaje, oberhalb der Puerta de las Armas, gelangt. Wenn Ibrahim einmal den Punkt überwunden hatte, war er nicht mehr zu bremsen. Auf den Turm weisend, fragte er mich: »Kennst du die Geschichte des Juden, der mit dem Bau der Alhambra begonnen hat?«

»Ein Jude?« fragte ich, überzeugt, daß Ibrahim der Begeisterung für sein Volk erlegen war.

»Ja. Er errichtete diesen Turm. Danach baute man die übrigen Türme und all die Paläste. Hör zu, in dieser Geschichte zeigt sich das Gute und das Schlechte meines Volkes. Der Vorgänger Abdallahs, des letzten Ziriden, von dem ich dir erzählte, war dessen Großvater Al Muzafar. Er frönte einem lasterhaften Leben, so daß ein Jude, der als Verwalter begann, sich seiner Herrschaft bemächtigte. Sein Name war Ibn Naghrîla. Er regierte nach Lust und Laune, bis er einen Konkurrenten bekam. Ein früherer Sklave Almutamids von Sevilla, der an einer Verschwörung gegen seinen König teilgenommen hatte, kam nach Granada. Sein Ruf eilte ihm voraus, und er wurde von den schwarzen Sklaven des Sultans, die ihn zum Anführer wählten, um Unterstützung gebeten. Al Naya, der Sevillaner, weckte mit seinem wachsenden Einfluß, der eher militärischer als administrativer Art war, den Neid Ibn Naghrîlas, den Abdallah in seiner Chronik immer nur *das Schwein* nennt. Also gut, *das Schwein*, der seinen Stern sinken sah, hielt es in seinem Eifer, dies zu verhindern, für eine Lösung, dem König von Almería, Al Mutasim Ibn Sumadi, Granada anzubieten. Dieser würde als Gegenleistung seine Privilegien anerkennen. Die jüdische Gemeinde und ihre Rabbiner rieten ihm, seine Habe zu nehmen und zu fliehen, ehe Al Naya ihn zugrunde richtete; aber Ibn Naghrîla hielt hartnäckig an seiner Entscheidung fest, davon überzeugt, daß Al Naya und der Sultan ihn verfolgten, egal, wohin er fliehen würde.

Er nahm also Verbindung zum König von Almería auf, aber der verlangte Garantien von ihm, denn weil Granada die am besten befestigte Stadt war, fürchtete er eine Niederlage, die ihn um sein eigenes Königreich bringen konnte. Ibn Naghrîla spann seine Intrigen: Er beorderte die christlichen Adligen und die Negersklaven, welche er mit Al Naya entzweite und so für sich gewann, zu den Hauptfestungen des Reiches; andererseits ließ er die zweitrangigen Festungen unbewacht, damit Ibn Sumadi sie mit Leichtigkeit nehmen könne. Weil der Jude und der Sevillaner, jeder zu seinem Vorteil, den Sultan allmählich den Blicken des Volkes entzogen hatten, begannen die Granadiner zu glauben, er sei gestorben und der Jude verschweige ihnen die Wahrheit. Ibn Naghrîla war dringend auf die Eroberung Granadas durch den König von Almería angewiesen, der zwar schon im Besitz von genügend kleineren Festungen war, es jedoch noch nicht wagte, sich der Hauptstadt zu nähern. Diese Verzögerung war der Grund dafür, daß der Pöbel sich wieder einmal gegen die Juden erhob, wobei er sich wieder einmal an ihnen bereicherte.

Ibn Naghrîla hatte für den Fall, daß es dazu kommen sollte, wozu es dann auch kam, den Bau dieser Festung beschlossen, um hier, wenn Granada einmal von Almería erobert wäre, mit seiner Familie Schutz zu suchen, bis die Gemüter sich wieder beruhigten. Aber das Volk und die Adligen – die nur bei großen Unruhen gemeinsame Sache machen – griffen ihn an, unterstützt und angestachelt von den Negersklaven, die betrunken von einer Versammlung kamen und die Gerüchte vom Tod des Sultans hinausposaunten. Ibn Naghrîla stellte jemanden aus seinem Haushalt, als Sultan verkleidet, an ein Fenster dieses Turmes, um der Menschenmenge zu zeigen, daß er lebte. Aber die Sklaven hatten bereits verkündet, daß der König von Almería anrücke – was nicht stimmte –, und so summierten sich zu viele Faktoren gegen ihn: die Abneigung gegenüber den Juden, seine nicht zu übertreffende Niedertracht, die Tatsache, daß die Fehler einiger ebenso auf alle übertragen wurden wie der Ehrgeiz eines einzigen, das Horten von Ämtern und Pfründen, das Brechen ziridischer Traditionen und schließlich die Angst vor einer absichtlich herausgeforderten Eroberung. Blind vor Haß und tobend vor Beutegier, gelang es ihnen, in diesen ersten Teil der zukünftigen Alhambra einzudringen und Ibn Naghrîla zu töten. Dann, wie sollte es anders sein, ließen sie alle Juden der Stadt über die Klinge springen, auch wenn, wie immer, trotzdem jemand überlebte. Du siehst also, Boabdil, wie diese wahre Geschichte dir zeigt, daß die Alhambra das Werk der Umsichtigkeit und Macht eines Mannes meiner Rasse ist.«

Und Ibrahim lachte über seine eigenen Worte, die ich ihm ohne Zögern abnahm, schon deshalb, weil eine Lüge das letzte wäre, was man einer so tadellosen, rechtschaffenen Person zutraut.

Ibrahim hatte so viele Kinder wie das Volk Israel Stämme. Seine Nachkommenschaft war äußerst zahlreich, als läge die Fortdauer seines Volkes allein in seinen Händen. Er lebte viele Jahre. Vor einem Jahr erst ist er gestorben, oder besser: Er ist erloschen, im Kreis seiner ihn liebenden Familie, den Gesetzen der Natur folgend, die zu respektieren ihm Freude machte. Ich hoffe, daß er im himmlischen Zion in den Chor der Alten aufgenommen und von Jahwe willkommen geheißen wurde. Ich muß allerdings gestehen, daß ich hinsichtlich Jahwes Willkommens stets ein wenig Bedenken habe.

Der Eunuch Nasim

Das erste Mal stieß ich aufgrund eines Zusammenstoßes mit ihm zusammen. Ich werde mich verständlicher ausdrücken: Mein Bruder Yussuf und ich spielten eines Nachmittags in den hinter dem Palast Mohammeds V. gelegenen Gärten, dort, wo der Löwenbrunnen ist. Die Sekretariatsräume waren bereits geschlossen, und wir unterhielten uns damit, die Beamten und Sekretäre zu beobachten, ihr verdrießliches, unpersönliches Gehabe, das charakteristisch ist für die, die viel schreiben, den Rücken über Themen gebeugt, die sie nicht interessieren. Yussuf und ich betraten den *Saal der Hilfe*. (Unter uns nannten wir ihn so, weil seine Wände vom Fußboden bis zur Decke mit ein und demselben Koranvers bedeckt waren, der mit diesem Wort begann und der von den Dekorateuren in ihrer Einfallslosigkeit unaufhörlich wiederholt wurde. Eine Wiederholung, die einen gewissen Schwindel erzeugte, als wäre man durch das übermäßige Betrachten der immer gleichen, unzählig oft wiederholten Sätze von Unendlichkeit umgeben.) Wir liefen hintereinander her, jagten uns gegenseitig und zerrten an den Kleidern des anderen. Yussuf hatte mir einen Ärmel zerrissen, und ich machte mich mit einem spitzen Schrei von ihm los. Ich schlüpfte, ohne ihnen einen Blick zu schenken, zwischen einigen Sekretären durch, und alle machten Platz. Bis auf einen, mit dem ich, unabänderlich, zusammenstieß. Er packte mich am Kragen und gab mir eine Ohrfeige. Ich hob verblüfft meinen Blick und sah, daß es der Sultan war.

»Wessen Kind ist das?«

»Sultana Aischas, mein Gebieter«, antwortete eine Stimme.

»Dann sage der Sultana, sie soll ihn besser erziehen. Sie soll ihm verbieten, zu lärmen und zu schreien wie ein Weib. Und merke dir das auch selbst.«

Dann ging er langsam mit seinem Gefolge weiter und redete über irgendein interessanteres Thema.

Ich verharrte regungslos und erschreckt. Yussuf war verschwunden – was er mit bewundernswertem Geschick machte. Neben mir stand nur noch der Besitzer der Stimme, der mich kannte, auch wenn ich ihn nicht kannte. Er war weiß wie Milchreis, mit roten Lippen und einem feingeschnittenen, fast kindlichen Gesicht; er war blond und bartlos, gut gewachsen, auch wenn sein Körper nicht so fein war wie sein Gesicht. Ein Gesicht, das mich in diesem Moment mit einer Spur von Verschwörung anlächelte.

»Er hat mich mit einem deiner Erzieher verwechselt. Es würde mir nicht schlecht gefallen, es zu sein, denn du bist sehr niedlich. Was machst du hier um diese Zeit?«

»Ich habe gespielt«, antwortete ich.

»Du allein? Hast du keine Freunde? Vor wem liefst du weg?« Und er schloß lachend: »Vor dir selbst?«

»Ja.«

»Also, es ist nicht gut, vor sich selbst wegzulaufen. Es wird damit enden, daß du dich niemals finden wirst.« In anderem Tonfall fragte er: »Bist du der Ältere oder der Kleine?«

»Der Ältere.«

»Aha, dann bist du Boabdil, der zukünftige Erbe, falls dieser Zusammenstoß nicht alles verpfuscht. Er musterte mich ungeniert. »Mein Name ist Nasim.« (Was soviel heißt wie Brise.)

Der Name paßte zu ihm: schwach, aber anhaltend; wenn auch weniger schwach, als sich aus seinem Gesicht schließen ließ, denn seine Hüften waren ausgeprägt und ausladend, ein wenig feminin.

»Lebst du hier?« fragte ich ihn.

»Ich arbeite hier, im Harem. Aber heute habe ich keine Wache. Ich war mit einer Gruppe von Freunden unterwegs, als ich dich vor dem ganzen Hofstaat auf die Nase fallen sah. Wo lebst du jetzt?«

»Bei meiner Mutter.« Ich bereute, das gesagt zu haben, und er bemerkte es.

»Hab keine Angst. Ich werde dem Auftrag deines Vaters nicht nachkommen. Es ist alles in Ordnung.« Er wandte sich zum Gehen. »Um diese Zeit bin ich gewöhnlich in den Bädern oder hier, an diesem Ort. Wenn du willst, daß wir uns wiedersehen: Ich würde mich freuen.«

»Gott schütze dich«, sagte ich und lief davon, um Yussuf zu suchen.

Aber Yussuf war hinter eine Säule entkommen, genau zwei Handbreit von mir entfernt. Sein Lachen ließ mich plötzlich anhalten.

»Er ist ein Eunuch«, sagte er mit sehr tiefer Stimme. »Ihm fehlt das kleine Ding, das bei der Beschneidung weh tut.«

»Sieht er deshalb aus wie ein großes Kind?«

»Ich weiß nicht, aber ich werde mich erkundigen. Jedenfalls hätte ich keine Lust, mein Leben lang ohne Bart herumzulaufen.«

»Du bist aber blond wie er«, erwiderte ich in äußerst böser Absicht.

»Und du bist es, der Freundschaft mit ihm geschlossen hat«.

Es dauerte nicht lange, bis ich herausgefunden hatte, was ein Eunuch und wer Nasim war. Er stand im Ruf, ein wunderbarer Kuppler zu sein: geschmeidig, überzeugend, gut erzogen, Überbringer der raffiniertesten Botschaften und der kostspieligsten Geschenke. Aufgrund seiner Stellung kam er in den Genuß zahlreicher Vergünstigungen. Er war zwar keiner der wichtigen Eunuchen, die sich mit Politik befaßten, aber er hatte eine gute Ausbildung und genoß allgemeine Anerkennung. Man schätzte ihn als zuverlässigen Diener, und alle prophezeiten ihm eine steile Karriere. Auch als Dichter, denn Subh zufolge wollte er Hofdichter werden, und er war auf dem besten Wege dorthin.

Mein Freund Muley lachte, als ich von Nasim erzählte.

»Er kann dir vieles beschaffen, was dir sehr von Nutzen sein wird. In der Alhambra sind einige Verse im Umlauf, die du nicht verstehen wirst, aber solltest du ihm eines Tages schmeicheln wollen, dann rezitiere sie für ihn:

Eine Weidenranke ist dein Körper,
und dein Antlitz, Geliebte, der Vollmond über dem Teich.
Doch prahle nicht damit, daß du dem nichts gewährst, der dich so sehr liebt,
denn Nasim ist mein Bote,
und unter der Brise biegen sich stets die Zweige,
bis hin zum Mond, um sich wiegen zu lassen von seinem Hauch.

»Ich nehme an, daß er erfreut sein wird, dich sie aufsagen zu hören. Er ist stolz auf seine Intrigenspiele, und das mit gutem Grund.«

Einmal erzählte mir Nasim, er sei Slawe, ein andermal, er sei Katalane. Ich weiß nicht, ob er seine Herkunft verbergen wollte oder ob er sie nicht kannte und sich etwas den Umständen Entsprechendes ausdachte. Ich schloß daraus, daß er nicht wußte, wer ihn in seinen gegenwärtigen Zustand gebracht und welches Schicksal ihn nach Granada verschlagen hatte. Er war einmal Sklave gewesen, aber damals war er es schon nicht mehr, weil mein Vater ihn zum Lohn für ich weiß nicht was freigelassen hatte. Wenn man auf diesen Dienst anspielte, lächelte er geheimnisvoll, und für mich hatte es den Anschein, daß es etwas mit der Konkubine Soraya zu tun haben mußte. Er sprach sehr ehrfürchtig von ihr, und ich begriff intuitiv, daß er einer gegen meine Mutter gerichteten Partei angehörte, obwohl ich bis zu diesem Augenblick nichts von der Existenz zweier so mächtiger Parteien innerhalb des Harems wußte. Ich hätte mir niemals vorstellen können, daß meine Mutter ins Gerede kommen könnte, und – das kann ich versichern – meine Mutter ebensowenig. Aber offensichtlich war es so. Soraya hieß früher Isabel, sie war die Tochter des Komturs von Bézmar, Don Sancho Jiménez de Solís. Sie wurde bei einem Einfall an der Grenze gefangengenommen, meinem Vater zuerkannt und zur Bedienung meiner Schwester bestimmt, die ungefähr in ihrem Alter war. Eines Tages sah der Sultan sie und verliebte sich in ihre Schönheit, die Nasim mit überschwenglichen Lobeshymnen bedachte.

»Der Harem ist voller Frauen«, sagte er zu mir. »Alle sind auf ihre Weise schön. Aber dem Vergleich mit Soraya hält keine stand. Das ist ihr wahrer Wert. Es ist keine Frage ihrer Gestalt und ihrer strahlenden Augen, noch ihrer glatten Haut und vollen Lippen, noch irgendeiner anderen Vollkommenheit. Das kann nur verstehen, wer sie sieht. Sie ist wie ein Palast, dessen Fassade so herrlich ist, daß man sich nur bis zur Schwelle wagt, vor der man verwirrt und geblendet stehenbleibt, zufrieden, daß sie einen dort, schon fast gesättigt, verharren lassen. Man muß sich im Laufe der Tage gewöhnen, die Augen seinem Glanz anpassen. Und niemand außer dem Mächtigsten kann es wagen einzutreten.«

Keine der Mütter des Harems hatte Soraya angesichts der schnell wechselnden Vorlieben meines Vaters Beachtung geschenkt, bis sie sich dann zum Islam bekehrte. Dadurch machte sie klar, daß sie aufsteigen und den Platz meiner Mutter einnehmen wollte. Durch ihre Konversion von der Sklaverei befreit und abgesichert durch die Geburt ihres ersten Sohnes, verließ sie den Harem und bezog einen der freistehenden Türme. Aber dort blieb sie nur kurze Zeit, wie mir Nasim versicherte, der dafür bekannt war, über jeden Klatsch und jedes Gerücht, das auf dem Hof kursierte, auf dem laufenden zu sein. Mein Vater wollte einen der Paläste des Albayzín für sie einrichten, exakt ihren Forderungen entsprechend, die die gleiche Behandlung und Pracht wie die Sultana verlangten.

Nasim erzählte mir, daß die Gereiztheit meines Vaters wegen meines Zusammenstoßes mit ihm die Folge eines wesentlich ernsteren Zusammenpralls war. Meine Mutter und Soraya waren aneinandergeraten, als sie zusammen mit anderen Konkubinen an einem Fest teilnahmen, das wegen der Ankunft einiger Musiker aus Málaga stattfand. Das Treffen ereignete sich auf Betreiben Sorayas, die ihre Überlegenheit jetzt auch öffentlich zur Schau zu stellen wünschte. Die Favoritin wurde von meiner Mutter mit so offensichtlicher Geringschätzung behandelt, daß diese, in ihrer Eitelkeit gekränkt, die Sultana, als mein Vater eintraf, der Beleidigung beschuldigte, eine am Hof von Granada vollkommen unübliche Sache. Statt die Situation zu entspannen, die Wogen zu glätten und jede der Frauen auf ihren Platz zu verweisen, machte mein Vater meiner Mutter in aller Öffentlichkeit schwere Vorwürfe. Das hätte er besser nicht getan: Meiner Mutter platzte der Kragen, sie zog eine Schere aus ihrer Gürteltasche – Nasim war der Ansicht, daß meine Mutter schlauer war und alles vorausgesehen hatte – und schnitt, schnell wie der Blitz, Sorayas dicken, fahlroten Zopf ab. Das Geschrei der Favoritin war bis Sierra Elvira zu hören. Natürlich mußte meine Mutter noch in derselben Nacht aus Sicherheitsgründen die Alhambra verlassen; aber sie nahm den Palast in Beschlag, der ihr gehörte und den mein Vater für die andere vorgesehen hatte. Damit war der ehrgeizige Plan Sorayas gescheitert, die dann mit ihrem zweiten Sohn schwanger ging und dauernd Gelüste und Zipperlein hatte.

Von einer – vielleicht kindlichen – Neugierde getrieben,

bestand ich darauf, Soraya kennenzulernen. Für Nasim war es nicht schwer, das zu ermöglichen. Eines Tages führte er mich zu dem Turm, der neben jenem meines Onkels Yussuf steht, der dritte am Weg zum Generalife. Es ist eine Calahorra, ein Wehrturm, den Yussuf I. erbaute. Die Inschriften auf seinen vier Ecken sind Verse Ibn Yayabs. Nachdem ich eine Weile in einer auf den Patio zeigenden Nische gewartet hatte, sah ich die Favoritin vorbeigehen.

Die Wahrheit ist, daß jeglicher Vergleich mit meiner Mutter – ob ich sie nun liebe oder nicht – völlig sinnlos wäre. Meine Mutter ist stolz, majestätisch und würdevoll, sie geht, spricht und bewegt sich wie eine Frau, die zum Gehen – vielleicht sollte man besser Sich-Begeben verwenden –, Sprechen und Sich-in-der-Öffentlichkeit-Bewegen erzogen wurde. Trotzdem ist ihr Gesicht mürrisch, leicht schief, und wenn sie nicht meine Mutter wäre, würde ich zu sagen wagen, es habe etwas Männliches. Es ist ganz anders als das Gesicht Nasims, ganz zu schweigen von dem Sorayas. Die Überlieferung sagt, daß es im Paradies Huris gibt, die man die Leichten nennt. Sie sind aus vier kostbaren Stoffen geformt: von den Füßen bis zu den Knien aus Safran, von den Knien bis zu den Brüsten aus Moschus, von den Brüsten bis zu den Haaren aus Kampfer, und ihr Haar ist aus reiner Seide. Auf der Brust tragen sie die Worte geschrieben: »Wer mein Herr sein will, der lebe gehorsam den Geboten des Herrn.« (Und spuckte eine von ihnen ins Meer, so würde das Wasser süß.) Soweit ich sehen konnte, war Soraya nicht aus Stoffetzen gemacht, noch braucht sie so viel Mischmasch, um einzigartig zu sein. Ich war ein Kind, aber als ich sie sah, blendete mich das, was ich noch nicht kannte: ihre unwiderstehliche Macht. Letztlich ist der vom Erwachsenen erworbene Verstand nichts weiter als das Altern der Unschuld. Es war nicht so, daß ein Verlangen in mir erwachte; es war noch schlimmer, denn ohne nach ihr zu verlangen, fühlte ich mich von der Anziehung beherrscht, die Soraya für jeden besaß, der sie sah. Noch nie war der Frauenschleier so gerechtfertigt. Ich wüßte nicht, wer einen Körper von häuslicher, einfacher Schönheit, von einer subjektiven, angenehmen und aphrodisischen Schönheit, neben dem seinen ertragen könnte; nur wer sich über die verzehrende Quelle der Schönheit gebeugt und von ihr getrunken hat: vollkommene Schönheit, die jeden Krieg, jedes Verbrechen und die größten Ungerechtigkeiten entschuldigt, die von den Männern Besitz ergreift und sie zwingt, Ehre und Leben zu verlieren.

Mein Vater war bereits die Ehe mit Soraya eingegangen und hatte ihr den Rang der Sultana bewilligt. Eines Morgens ließ er nach dem Misuar schicken, der sein Leibwächter und oberster Richter war, und befahl ihm, sich am Tor des Turms der jungen Frau aufzustellen. Dadurch wurde unmißverständlich darauf hingewiesen, daß dort ein Mitglied der königlichen Familie wohnte. Soraya ihrerseits nimmt Ehrbezeigungen und Huldigungen mit der Natürlichkeit derer entgegen, die, ohne in ein Königsgeschlecht hineingeboren zu sein wie meine Mutter, im Besitz jener Schönheit ist, der alle Männer Tribut zollen. Wenn diese Frau beschlossen hat, Königin von Granada zu werden – und dessen ist sich Nasim sicher, der nicht mehr weiß, auf wie viele Karten er setzt –, dann ist es trotz meiner Mutter unwahrscheinlich, daß sie es nicht erreicht.

»Und«, fügte er hinzu, »wenn sie beschlossen hat, daß ihre Söhne Könige werden sollen, müssen dein Bruder und du euch äußerst vorsichtig verhalten. Ihr seid nur deshalb noch nicht verdrängt worden, weil eure Mutter geschickt und begütert ist und die Mehrheit des Heeres, des Adels und der Kaufleute auf ihrer Seite hat. Seit geraumer Zeit hat dein Vater für nichts anderes mehr Augen als für die Augen Sorayas, und der Wesir Abul Kasim Benegas schürt diese Leidenschaft, wo er nur kann, denn er wird von Soraya großzügig dafür belohnt.«

»Aber zu welcher Partei gehörst du, wenn es denn so ist, daß es zwei Parteien gibt?«

»Es gibt sie, und ich gehöre zu keiner: Was kann ein armer Eunuch schon ausrichten? Vielleicht stehe ich auch zwischen den beiden Rivalinnen, in der Hoffnung, daß die Dinge einen günstigen Verlauf nehmen.«

»Aber welche Richtung wünschst du dir?«

»Meine eigene, Boabdil«, sagte er lachend. »Trotzdem, jetzt, wo ich dich kenne, wünsche ich, daß der Fluß nicht über die Ufer trete und daß er Wasser auf deinen Mühlen sei.«

Nasim liebkoste mich zärtlich, und ließ, scheinbar teilnahmslos, seine Hand auf meinen Schultern, meinem Hals und meiner Taille ruhen. Einerseits stieß mich das ab, andererseits schmeichelte es mir auch; die Erregung, die seine Liebkosungen zum Ausdruck brachten , versetzte mich in Aufregung. Es ist nicht so, daß ich es darauf anlegte, aber ich tat so, als bemerkte ich nichts. Wie kompliziert ist doch die Seele eines Kindes – durchsichtig und gleichzeitig verschlossen.

»Du bist sehr hübsch«, flüsterte mir Nasim an einem milden Maitag ins Ohr. »Je öfter ich dich sehe, desto hübscher finde ich dich. Und das ist selten bei mir, der ich der Dinge so schnell überdrüssig werde.« Nachdem er mich lange mit feuchten Augen angesehen hatte, schloß er: »Wenn Soraya ein Knabe wäre, dann würde sie aussehen wie du.«

Eines Abends, bei Dämmerung, die Kanzlei war schon geschlossen, stiegen wir auf den Comaresturm. Nasim öffnete mit einem geliehenen Schlüssel – er hatte überall Freunde – eine Tür, die sich auf der dem Bethaus gegenüberliegenden Seite befand, und wir stiegen die enge Treppe hinauf, über deren Absätzen sich kleine, zierliche Kuppeln öffneten. Die Fenster der geräumigen Hallen, in denen die Angestellten des Sekretariats arbeiteten, standen offen.

»Dein Vater«, so begann Nasim, »hat die Amtswege so erleichtert, daß sogar die Granadiner, die unzufriedensten Untertanen der Welt, ihm Beifall zollen.«

Plötzlich sah ich verschiedene Schatten flattern und aufeinanderprallen. Sie fielen vergrößert – Nasim trug eine Kerze

– auf die Wände. Der Eunuch legte seine Hand auf meine Schulter, und als er meinem Blick folgte, begriff er, warum ich stehengeblieben war.

»Das sind Fledermäuse«, sagte er leichthin.

Es erschien mir unziemlich, das zu tun, wonach mein Körper drängte: schreien und wie der Blitz die Treppe hinunterstürzen. Aber ich flüchtete mich zu Nasim, der mich festhielt, als hätte er darauf gewartet. Ich ahnte verschwommen, daß er deshalb den Wunsch in mir entfacht hatte, die Verwaltungsräume zu besichtigen. Aber was konnte ich tun? Da waren diese Fledermäuse. Ich blieb versteinert, während mich Nasim, nachdem er die Kerze auf den Boden gestellt hatte, in seine Arme nahm und mit einer andächtigen Begeisterung küßte, wobei sein stoßweises Flüstern mich gleichzeitig beruhigte.

»Was ein Harem ist?« rief er angesichts meines Drängens aus. »Das weißt du doch schon, und wenn nicht, dann stelle es dir so vor: ein Durcheinander von Frauen, die darauf brennen, so viele Nächte wie möglich mit ihrem Gebieter zu verbringen. Nicht aus Liebe – die gibt es in einem Harem nicht, und gäbe es sie: verlören diejenigen, die sie empfindet –, sondern um bevorzugt zu werden, eine Gefälligkeit zu erhalten, oder einfach wegen eines Tiegels Salbe, eines Parfums oder eines neuen Schleiers. Wenn eine gegen den Willen des Hausherrn intrigiert, schneidet man ihr den Kopf ab, oder sie verschwindet eines Nachts spurlos. Wenn eine lästig wird, jagt man sie weg. Wird eine der vier zulässigen Ehefrauen zurückgesetzt, gibt man ihr eine Wohnung weit weg, es sei denn, sie findet sich mit ihrem Abstieg ab. Die einzig Zufriedenen in einem Harem sind solche, die nur danach trachten, sich herauszuputzen, zu naschen und zu faulenzen, ohne sich um Kinder, Essen, Ehemänner oder Schwiegermütter scheren zu müssen; die nichts weiter erwarten, als zu schwatzen, Musik und Gesang zu hören, und, immer dicker werdend, ihren Gebieter zu erwarten oder einen, der ihnen Botschaften überbringt.«

Es war fast Nacht, als er mich in den Harem einschleuste. Die Wache beobachtete uns wohlwollend. Es war später Frühling, und ich war traurig. Ich weiß nicht, weshalb – ich nehme an, ich wußte es auch damals nicht. Auf dem zweiten Treppenabsatz verlor ich einen Pantoffel. Nasim hockte sich hin, küßte ihn und zog ihn mir wieder an. Er legte den Zeigefinger auf die Lippen, um mir zu bedeuten, ich solle still sein, obwohl der Tumult, der von oben zu hören war, ohrenbetäubend war: Schreie, Beleidigungen, Gelächter, Musik. Die Alkoven der Konkubinen wiesen auf einen nicht sehr breiten Gang, dessen Sockelbemalung dem Kachelschmuck der Palastsäle nachempfunden war. Durch ein Fenster sah ich die Lorbeerbäume eines Innenhofes sich hin und her wiegen, und das machte mich noch trauriger. Auf der Höhe einer Tür angekommen, sagte Nasim: »Das war die Wohnung Sorayas, am Anfang. Jetzt lebt hier eine Schwarze.«

Und wirklich, aus dem Zimmer kam eine Schwarze. Sie war sehr groß und geschmeidig, mit großem Mund und plattgedrückter Nase. Ich fand sie eindrucksvoll, gar nicht abstoßend. In ihr dichtes Haar waren farbige Bänder geflochten, und sie lächelte mit jeder Faser, so sehr, daß das Lächeln über das Gesicht hinausging und den ganzen Körper hinunterglitt. Man sah, daß sie mit Nasim unter einer Decke steckte, denn der drückte ihr ein winziges Päckchen in die Hände und erhielt dafür etwas, was ich nicht erkennen konnte. Im Patio des Harems standen zwei Säulen aus ganz dunklem Marmor, die ich niemals vergessen habe. Den Grund dafür kenne ich nicht: vielleicht, weil ich sie mit der schwarzen Konkubine in Verbindung brachte. Beim Hinausgehen stieß ich gegen einen überstehenden Querbalken, sicher ein Träger der Kuppeln in den darunterliegenden Sälen. Der leichte Schmerz in meinem Fuß lenkte mich von der Traurigkeit ab, die in einer untergründigen Verbindung mit meiner Mutter stand.

Das sind meine Erinnerungen an diesen Besuch. Ich erinnere mich auch an das Geschrei von ein oder zwei Säuglingen, an das Gewimmel von Ammen, Dienerinnen, Dutzenden von Musikern, Tänzerinnen – die vielleicht gar keine waren, sondern ebenfalls Konkubinen des Harems – und an eine greise, zahnlose Händlerin, die Spitzen und Flitterkram feilbot. Während ich den ersten Treppenabsatz hinabstieg, dachte ich an die Strapazen, die mein Vater ausstehen mußte, um diesen Weiberhaufen zufriedenzustellen; in meinem Alter dachte ich bei Zufriedenstellen allerdings nur an den ganz einfachen, tagtäglichen Unterhalt.

Was mich an Nasim am meisten in Bewunderung versetzte, war seine Fähigkeit, sich unsichtbar zu machen, wenn sich eine Respektsperson näherte. Mein Bruder Yussuf verschwand für einen Augenblick, und das mehr zum Zeitvertreib, aber Nasim löste sich in Luft auf. Es sah nicht aus, als sei er verschwunden, sondern als sei er niemals dagewesen. Man kam zu der Überzeugung, daß man die ganze Zeit schon allein und einer Halluzination zum Opfer gefallen war.

Das erste Mal, als er mir diese einmalige Fähigkeit vorführte und nachdem er mich einige Zeit damit beschäftigt hatte, deutete er auf die mit Filigrangittern versehenen Fenster eines oberen Stockwerks, die auf einen harmonisch angelegten Innenhof mit einem tiefen, ruhig daliegenden Wasserbecken zeigten. Er sagte zu mir: »Du weißt doch bestimmt, was sich dort früher, vor nicht allzulanger Zeit, befand?«

»Ich weiß nicht. Kanzleibüros?«

»Nein. Die sind jetzt dort. Zur Zeit Ismails II. – das war jener, der mit Gold- und Seidenfäden durchflochtene, bis zur Taille reichende Zöpfe trug – befand sich hier ein Männerharem.«

»Das ist mehr als ein Jahrhundert her«, erwiderte ich mit unbeabsichtigter Schärfe.

»Diesen Harem gab es auch noch unter Mohammed VI., der sein silbernes Haar mit Alaun und wildem Safran färbte, weswegen man ihn *den Roten* nannte. Wußtest du das? Und er rauchte Haschisch und andere Dinge.«

»Welche anderen Dinge rauchte er?«

»Ich rede nicht vom Rauchen. Ich rede über Dinge, von denen ein kleiner Junge wie du nichts wissen sollte, die aber etwas mit kleinen Jungen wie dir zu tun haben. Die Konkubinen haben in der Alhambra nicht immer in so hohem Ansehen gestanden wie heute. In noch nicht allzuferner Vergangenheit gab es auch männliche Konkubinen.« Als er bemerkte, daß mir das Gespräch nicht gefiel, wechselte er das Thema. »Aber lassen wir das. Das ist es nicht, was ich dir über Ismael II. erzählen wollte. Ich wollte dir erzählen, daß seine Krönung das Ergebnis der Machenschaften einer völlig skrupellosen Frau war. Er war der Stiefbruder des großen Mohammed V., und seine Mutter Mariam erreichte, daß ihr Söhnchen – so klein war er nicht. Er war zwanzig – in einer Nacht im Ramadan, mitten im Frühling, mitten in der heißen Zeit, mitten in diesem Innenhof, den Thron von Granada an sich riß.«

»Also, diese Mariam hätte ihren Sohn nicht nur auf den Thron setzen, sondern auch besser erziehen sollen. Soweit ich gehört habe, war Ismael dick, ungebildet, voller Marotten, und abgesehen von seinen Zöpfen achtete er nicht im geringsten auf sein Äußeres.«

Nasim fing an zu lachen, wobei er mir auf den Rücken klopfte.

»Jedenfalls, habe immer ein wachsames Auge auf die Mütter des Harems: Sie sind mächtiger, als es den Anschein hat, und sie haben zuviel freie Zeit zum Intrigieren. Aber laß sie sein, wie sie wollen – du wirst ein guter Thronfolger sein. Ich setze auf dich.«

Und noch bevor ich bemerkte, daß das Gewicht seiner Hand nicht mehr auf mir lastete und der Wesir Benegas sich näherte, war Nasim verschwunden.

Als ich vor einem Jahr, am Tag meiner Hochzeit, durch den Innenhof des Comarespalastes zum Thronsaal ging, versuchte ich aus dem Augenwinkel heraus den Zug zu sehen, von dem

Moraima auf der anderen Seite des Wasserbeckens begleitet wurde. Ich strengte mich dabei so an, daß ich einem der Träger der blumengeschmückten Stangen einen Stoß verpaßte. Ein Raunen der Sympathie ging durch die Menge, die den Grund dafür bemerkt hatte. In der ersten Reihe der Zuschauer, einige Schritte vor mir, entdeckte ich Nasim, mit dem gleichen Kindergesicht wie zuvor, aber viel besser – sogar zu gut – gekleidet, noch aufgeblasener, wenn das überhaupt möglich ist. ›Gott will es so‹, dachte ich, ›daß meine Beziehung zu ihm von einem Zusammenstoß zum nächsten führt.‹ Als ich ihn sah, befiel mich ein zweifelhafter Gedanke: Er und ich waren Verräter, ich weiß nicht, ob wir uns gegenseitig verrieten oder jeder sich selbst. Und ich dachte auch: ›Wäre ich nicht als Herrscher auf die Welt gekommen, dann wäre mein Leben zwar langweiliger gewesen, aber andererseits auch sehr viel vergnüglicher.‹ Und ich schloß: ›Bevor ich sterbe, wäre ich gerne ein einziges Mal ich selbst. Aber wie schwierig ist das . . . Oder vielleicht war ich einmal für einen Augenblick ich selbst und habe es nicht bemerkt, kann mich nicht daran erinnern, weiß nicht, wann es gewesen sein könnte.‹ Für einen Moment befiel mich eine namenlose Traurigkeit, wie damals an dem Tag, als ich im Harem war.

Nasim verneigte sich übertrieben tief. Als ich an ihm vorüberging, hörte ich seine Stimme.

»Du bleibst weiter ein wunderbarer Thronfolger. Es gibt keinen besseren. Ich setze auf dich.«

Mein Bruder Yussuf

Es gibt Menschen, die werden unter einem guten Stern geboren. Ich kenne niemanden, dessen Stern strahlender war als der meines Bruders. Subh schwor, daß er im Bauch meiner

Mutter geweint habe und daß er in die Fruchtblase gehüllt auf die Welt kam, ohne sie zerrissen zu haben. Aber solcherlei Zeichen wären genausowenig nötig gewesen wie die Prophezeiungen der Astrologen, die ihm ein langes, fruchtbares, frohes und glänzendes Leben voraussagten. Die Horoskope beschrieben ihn immer als reich beschenkt an Glück und Lebensjahren, gesegnet mit Nachkommenschaft und der Liebe derer, die ihn umgeben. (Ein Grund mehr, den Horoskopen zu mißtrauen, noch mehr zu mißtrauen als dem Leben an sich.) Selbstverständlich ist es so, unter anderem deshalb, weil er mir in nichts gleicht. Ich komme im Aussehen auf die Familie meines Vaters; er ähnelt unserem Großvater mütterlicherseits, Mohammed X. – so sagen jene, die ihn kannten. Er ist hoch aufgeschossen und blond, ein stetes Lächeln erhellt sein Gesicht; er besitzt ein äußerst liebenswürdiges Wesen, und, um noch genauer zu sein, er ist Linkshänder wie der Großvater. In Yussufs Fall jedoch ist die Linkshändigkeit zwingend. Er wurde mit einer verstümmelten rechten Hand geboren: Ihm fehlen der Mittelfinger, der Ringfinger und der kleine Finger, sein Daumen und sein Zeigefinger haben nur ein Gelenk. Aber dieser Mangel hat ihn nie bekümmert, noch hinderte er ihn daran, eine der Übungen auszuführen, die unsere Ausbildung uns auferlegte.

Yussuf und ich haben uns selten einmal getrennt, und wenn, dann nur für kurze Zeit. Vielleicht war mein Vorwitz ausgeprägter, und darum saß ich öfter in der Klemme; um mich daraus zu befreien, war ich häufig auf seine Hilfe angewiesen. In seinen Augen ist die Welt gut so, wie sie ist: Er hat nicht vor, sie zu ändern. Er akzeptiert sie noch nicht einmal, sondern fügt sich in sie mit jener Selbstverständlichkeit, mit der sich ein Steinchen in ein Mosaik einfügt. Er versieht jederzeit seine feste Aufgabe innerhalb dieses Mosaiks, ohne mehr oder weniger als das zu fordern, was ihm gegeben ist und was sein Schicksal ihm an Gutem zugesteht.

Es heißt, daß bei Zwillingen die gegenseitige Durchdringung so weit gehe, daß einer den anderen völlig durchschaue, oder noch mehr, daß sie es nicht nötig hätten, sich zu durchschauen, sondern daß einer sich als der andere fühle und umgekehrt. Yussuf und ich sind keine Zwillinge. Er ist ein Jahr jünger als ich und fast das genaue Gegenteil von mir. Aber wir haben ein so großes Vertrauen zueinander, wir haben so viel zusammen erlebt, das Fehlen herzlicher Familienbande hat uns so zusammengeschweißt, daß ich bezweifle, daß es Geschwister gibt, die einander mehr verbunden sind. Spielten wir beispielsweise Verstecken mit anderen Kindern, so genügte es, uns zu überlegen, wo wir uns versteckt hätten, wenn wir der andere wären, damit ich ihn fand oder er mich. Die Welt teilte sich für uns in zwei Gruppen: Die eine bestand aus Yussuf und mir, die andere aus den übrigen. Bei der Aufgabenverteilung, wie es sie bei einem Paar gibt, das sich selbst genügen muß, war die Diplomatie mit der anderen Hälfte der Welt immer Yussufs Bereich. Er war es, der von mir verursachte Schärfen abmilderte; der die Außenstehenden dazu brachte, einer unserer Launen nachzugeben; der um Verschonung vor den Strafen flehte, die man uns auferlegte; der den Erziehern und Lehrern unsere Klagen und Bitten vortrug.

Ich komme nicht umhin, festzuhalten, daß Yussufs größte Geschicklichkeit – noch mehr, als wir kleiner waren – darin bestand, mir die Schuld an allen Mißgeschicken zuzuschieben. Nicht in aller Deutlichkeit: Es genügte, wenn er mich schräg ansah, und schon wurde automatisch ich beschuldigt. In dem Augenblick aber, in dem ich die Folgen seiner stillschweigenden Anschuldigung tragen sollte, trat er freimütig einen Schritt vor, bekannte sich schuldig und bereit, jegliche Bestrafung auf sich zu nehmen. Aber das in einem solch unschuldigen Ton, daß er niemals gezüchtigt wurde. So blieb uns beiden die Strafe erspart.

Ich neige dazu, den Menschen gegenüber verschlossener zu sein als er, aber gleichzeitig lerne ich eher Menschen kennen, die sich aufgrund ihrer Herkunft, ihres Umfeldes oder ihrer Bildung stärker von uns unterscheiden. Dennoch reicht schon sein Erscheinen, um mir den Rang in einer Beziehung abzulaufen, deren Entstehen mich Wochen gekostet hat, und jeder meiner Freunde, von denen ich in diesen Aufzeichnungen spreche, hätte es ganz sicher vorgezogen, sein Freund zu sein; aber mit derselben Leichtigkeit, mit der er mich aus dem Rennen schlug, verschmähte er eine solche Bevorzugung, so, als liefe sein Interesse letztlich auf etwas ganz anderes hinaus. Das heißt, ich, der ich mich einer Sache mehr widme, erhalte weniger von dem, was er einmal aufgegeben hat und was ihm ohne Anstrengung zuteil wurde.

Er hat ganz dunkle Augen und lange, gebogene Wimpern, was seinem Blick einen nachdenklichen, unergründlichen Ausdruck verleiht, der mit seinen hellen Haaren und seinem rosigen, lächelnden Mund kontrastiert. Und mit seiner kurzen, ein wenig nach oben gebogenen Nase hatte er immer – auch heute noch – ein kindliches, sehr anziehendes Äußeres, irgendwo zwischen wehrlos und provozierend. In ihm vereinten sich eine beeindruckende körperliche Stärke und eine stattliche Statur. Ich glaube, daß alle Frauen Granadas, wenn sie so ehrlich sind wie die Mädchen, die uns umgaben, zugäben, vor Verlangen nach Yussufs Küssen zu vergehen.

Vielleicht entsteht der Eindruck, daß ich eine übertriebene Schwäche für ihn hege. Es kann nur gut sein, wenn es so aussieht, denn es ist so. Mein ganzes Leben, nicht nur meine Kindheit, wäre anders gewesen – angsterfüllter und ärmer –, hätte ich nicht Yussuf an meiner Seite gehabt. Seine Einfälle, seine Anregungen, sein ständiges Erfinden von Spielen und Abenteuern, seine Neigung zu geteilten Geheimnissen, seine Liebe zu den Tieren und Pflanzen waren die Atmosphäre, die mich in den nicht sehr häufigen goldenen Momenten meiner Kindheit umgab. Ich vertraute ihm blind; ich kann mich an nichts erinnern, was ich ihm nicht erzählt hätte oder wovon ich nicht gewünscht hätte, es ihm zu erzählen. Nur die Episode mit Onkel Abu Abdallah in Salobreña behielt ich für mich, nicht wegen der Geschichte selbst, sondern weil ich nicht gewußt hätte, wie ich sie erzählen sollte, noch, welche Folgen es haben würde. Vielleicht hätte Yussuf sie auch nicht hören wollen: Er ist nicht bereit, Lösungen zu suchen oder über Tatsachen nachzugrübeln. Wahrscheinlich hätte dies mir geraten, es zu vergessen, und er selbst hätte dies augenblicklich getan.

Pläne auf lange Sicht lagen Yussuf ebensofern wie das Ordnen irgendeines oder seines eigenen Lebens; er lebte jede Stunde mit der größten Insensität und gab sich der Gegenwart hin, ohne sich zu fragen, wie es dazu kam oder wie und wann es enden würde. Als die Bewohner der Alhambra sich darin einig waren, daß mein Vater mich zum offiziellen Thronfolger ernennen würde, redete ich mit Yussuf darüber, wie sehr dem Land damit gedient wäre, wenn man ihn zum Herrscher ernennen würde. Er erstickte fast vor Lachen.

»Wenn ich bin, wie ich bin, dann nicht, weil ich so geboren wurde«, entgegnete er mir, als er aufgehört hatte zu lachen, »sondern durch die absolute Gewißheit, daß ich niemals regieren werde. Schon allein die Vorstellung, jemand wäre von mir abhängig, ließe mich anders handeln und denken – wenn ich überhaupt jemals nachgedacht habe. Oder ist dir nicht klar, daß ich der verantwortungsloseste Mensch von ganz Granada bin?«

Obwohl wir so verschieden sind, oder vielleicht gerade deshalb, sind wir in vielem verwandt. Ein flüchtiger Blick reichte, um festzustellen, daß wir uns beide für das gleiche Mädchen interessierten oder daß wir beide angerührt wurden von dem Licht einer Morgendämmerung, der grazilen Form einer sich neigenden Blume oder von einer Geschichte, die uns jemand erzählte. In diesem Augenblick denke ich an Yussuf, der so getrennt ist von mir wie niemals zuvor, und ich vermisse ihn, wohl wissend, daß er mich genauso vermissen wird, und das reicht schon aus, um uns einander näher zu sein. Ich kann verstehen, daß unsere Frauen eifersüchtig sind auf diese wechselseitige Beziehung, denn es gibt kein Gefühl auf dieser Welt, das ich über das unsrige stellen würde ... Heute ruft es Farben in mir hervor, von denen ich weder weiß, wo ich sie sah, noch, woher sie kamen: Flüchtige Blautöne, aufblühendes Grün, verblassende Schattierungen von Rosa; sie sind wie die Farben einer alten Liebe, eines schon erschöpften Lebens, eines kurzen, vergangenen Tages. Es beschwört in mir so diffuse Farben wie etwa den Duft einer welken Jasminblüte – und wer kann schon einen Duft auferstehen lassen? –, unenträtselbar und beweglich wie der Schatten einer Wolke auf der Erde oder das Spiegelbild eines Gesichts im Wasser. Trotzdem weiß ich, daß ich so viele Farben mit Yussuf zusammen gesehen habe, daß sie mich mit einer Freude erfüllen, die sich zu einem umfassenden Wesen vervielfältigt. Ich weiß, daß sie einen harmonischen Körper umhüllten, das Kristall eines Glases umrissen, ein Augenpaar rahmten oder die Linie einer Landschaft absteckten, die Yussuf und ich zur gleichen Zeit auf dieselbe Weise sahen. Und ich weiß außerdem, daß Yussuf sie wahrscheinlich schon vergessen hat, und es macht mir nichts aus; sie mit ihm zu sehen hat sie für mich unvergeßlich gemacht.

Einmal gingen wir mit Jadicha auf dem Gehöft unserer Familie in der Vega in eine Melonenpflanzung. Wir waren nicht älter als neun. Yussuf hatte die Idee, mit einem kleinen Messer, das man ihm geschenkt hatte, alle Früchte anzuschneiden, bis er eine fände, die süß genug wäre, um sie unserer Cousine anzubieten, in die wir verliebt waren. Weil noch keine der Melonen reif war, beschlossen wir, die abgeschnittenen Stückchen wieder einzusetzen, damit sie weiterreifen könnten. Natürlich verwüsteten wir die ganze Pflanzung. Das brachte uns einen gehörigen Rüffel der Ammen ein und den grausamen Spott Jadichas, die uns nicht von diesem Tun abhielt, obwohl sie wußte, daß es vergeblich war. Unsere Dummheit vor den grünen Augen Jadichas und ihre unerträgliche Unverschämtheit bewirkten, daß Yussuf und ich vor dem Tor des Gutes, neben dem Wasserbecken, in einer zwischen uns nie dagewesenen Keilerei aneinandergerieten, wie zwei junge Hunde, die sich gegenseitig anzuknurren beginnen und sich dabei immer weiter steigern bis hin zum ersten Hieb mit der Pfote und dann bald auch zum Beißen. Unser Kampf war erbittert und unnachgiebig, noch schrecklicher deshalb, weil es der erste war, so, als konzentrierten sich in ihm alle Auseinandersetzungen, die wir nicht ausgetragen hatten. Wir prügelten uns mit geschlossenen Augen, am Anfang unter dem Gelächter der Anwesenden, die dann später schrien und uns zu trennen versuchten. Irgendwann öffnete ich, auf Yussuf sitzend, die Augen, um ihm einen Schlag dorthin zu versetzen, wo es ihn am meisten schmerzen würde; vor mir sah ich seine kleine geballte Faust, entschlossen, mich ebenfalls mit aller Kraft zu schlagen. Und ganz plötzlich wurde ich von Entsetzen gepackt. Wohl unerklärlich für alle, bis hin zu mir selbst, ließ ich mich weinend auf seine Brust fallen. Ich wollte mit dieser Tränenflut nicht ihn um Verzeihung bitten, derer ich mir von vornherein sicher war, sondern mich selbst – was mir viel schwerer erschien.

Ein andermal spielten wir Verstecken in einem Säulenhof – wir lebten damals in einem kleinen Palast, unweit des Palasts Mohammeds II. Mit verbundenen Augen und ausgestreckten Armen versuchten wir uns nur anhand unserer Stimmen zu finden. Ich rief nach ihm, um gleich danach zu mogeln: Ich verschob die Augenbinde, und als ich Yussuf auf mich zukommen sah, entkam ich hinter eine Säule. Yussuf stieß dagegen und verletzte sich an der Augenbraue. Als er die Binde abnahm, sah ich, daß er blutete. Das Blut färbte die Hälfte seines Gesichts und tropfte ihm auf die Brust. Ich verstummte vor Schreck. Ich säuberte ihn mit seinem und dann mit meinem Burnus; ich preßte meine Lippen auf seine Wunde, um, ich wußte nicht, wie, zu verhindern, daß er noch mehr Blut verliere. Es kam mir vor, als öffne sich die Wunde wie ein kleiner Mund ... Und ich schrie. Ich schrie, bis sie kamen und der Arzt Ibrahim mit einer Unerschütterlichkeit, die allein mich schon beruhigte, die Wunde versorgte. Aber ich habe niemals den salzigen, metallischen Geschmack von Yussufs Blut vergessen. Es war das erste Blut, das ich schmeckte.

Jemand hatte uns versichert, daß Hammelschmalz den Schnurrbart sprießen ließe. Zu dieser Zeit war das eine fixe Idee von Yussuf und mir; also schmierten wir uns dauernd ein. In einem Lederbeutelchen bewahrten wir das Fett auf, welches Subh unter uns aufteilte, und klammheimlich massierten wir uns die Oberlippe. Die erstaunten Erwachsenen glaubten, wir könnten nicht genug vom Lammfleisch bekommen und beschmierten uns zudem noch mit dem Fett.

Aber diese haarige Passion änderte sich, als die leibhaftigen Befürworter des Schmalzes – einige Cousins, die ein paar Jahre älter waren als wir – uns rieten, den Flaum auf den Beinen zwei- oder dreimal wöchentlich zu rasieren, damit er schneller wüchse. Ich weiß nicht, was wir eigentlich rasieren wollten, aber wir kauften bei Onkel Yussufs Barbier ein Rasiermesser, seiften uns in einem verborgenen Winkel die Beine ein und fuhren mit der kalten Klinge darüber. Das war das zweite Mal, daß ich Yussufs Blut rinnen sah. Als er das Rasiermesser gegen den Strich über die Haut gleiten ließ, strömte aus seinem Schienbein ein scharlachroter Strahl, offensichtlich ohne ihm irgendeinen Schmerz zu verursachen – er jammerte nämlich nicht und war selbst überrascht. Er mußte sich auch an den Skandal mit der Säule erinnert haben, denn um mich zu beruhigen und abzulenken, sagte er: »Sei diesmal still, und besorge mir, wenn du kannst, einen Alaunstein; er soll gut sein in solchen Fällen. Und du läßt das Rasieren sein, denn ich weiß nicht, ob der Alaunstein für uns beide reicht.«

Er brauchte es mir nicht zu verbieten, denn ich hatte nicht mehr die geringste Absicht, mich zu rasieren.

Die Ablehnung, die Cousine Jadicha uns entgegenbrachte, war nur noch vergleichbar mit der – vermutlich geheuchelten – Abneigung, die wir ihr gegenüber hegten. Viel später kam ich darauf, daß auch ihre nur geheuchelt war, weil sie sich genau wie wir schämte, das Gegenteil zuzugeben. An einem Aprilmorgen sahen wir, wie sie in dem großen Wasserbecken des Palasts Mohammeds II. ein Bad nahm, begleitet vom Gekreische ihrer Zofen. (Die Alhambra beherbergte viele königliche Residenzen. Jeder Sultan, dessen Herrschaft glücklich war und lange genug währte, erbaute seine eigene, wobei er Rücksicht auf die Residenzen seiner Vorgänger nahm, mit Ausnahme der Paläste Yussufs I. und Mohammeds V., welche man vergrößerte. Die Alhambra war ein lebendiges Wesen, das mit der Zeit wuchs und an Reiz gewann – bis, wie bei jedem Lebewesen, der Tag ihres Todes gekommen war.) Zu jener Zeit stand der Palast leer, denn der Burgvogt, der ihn bewohnte, war kurz zuvor gestorben, und man hatte noch keinen neuen ernannt. Mit durchnäßten Kleidern, die den Körper durchscheinen ließen, planschte das eigenwillige Mädchen lachend in den Wellen und entstieg dem grünen Wasser wie die Aphrodite in den Sagen der Griechen. Sie erinnerte an die Göttinnen, die in einigen verschonten antiken Ruinen noch immer ihre Schönheit bewahren. Yussuf und ich waren so beeindruckt, daß wir es noch nicht einmal wagten, uns gegenseitig anzusehen. Eine lange Zeit verweilten wir schweigsam und benommen, als hätten wir ein Verbot übertreten, auf das uns niemand aufmerksam gemacht hatte, weil es so offensichtlich war.

Unsere gemeinsame Liebe zu Jadicha mußte zu einer Entscheidung führen. Bei einem Fest – ich weiß nicht, ob es das Tribut- oder das Opferfest war –, an dem wir zusammen mit anderen Kindern teilnahmen, bewarfen wir uns, wie es Brauch ist, mit Blumen, Süßigkeiten, Duftwasser, Orangen und Zitronen. Aber niemals zielten wir auf Jadicha, und umgekehrt. Plötzlich, als habe ein Schiedsrichter eine Pause angeordnet, hielten wir drei inne und sahen uns ernst an. Yussuf und ich standen ganz dicht nebeneinander. Jadicha hob mit unschlüssiger Langsamkeit eine Rose hoch und warf sie dann schwungvoll nach uns beiden. Sie traf mich an der Brust, und zum ersten Mal in meinem Leben lächelte ich meiner Cousine zu, voller Dankbarkeit, Stolz und Zärtlichkeit. Aber sie sagte schüchtern, die Hand, mit der sie die Rose hochgehoben hatte, vor den Mund haltend: »Sie war nicht für dich, verzeih, sie war nicht für dich. Yussuf ist es, den ich treffen wollte.«

»Dann bist du dumm«, warf Yussuf ihr vor. »Boabdil ist viel mehr wert als ich.«

Und er warf die Nascherei zu Boden, mit der er ihr hatte antworten wollen.

Meine Hochzeit mit Moraima war ein Glücksfall. Weil sie nicht von meinem Blut ist, gibt sie mir die Sicherheit, nicht mit ihr wetteifern zu müssen, und das Selbstvertrauen, das ich immer brauchte. Schon als Kind verlangte ich zum Beispiel von meinen Ammen – mit Ausnahme von Subh, deren Parteilichkeit außer Frage stand –, daß sie mir versicherten, mich unendlich viel, viel, viel mehr zu lieben als Yussuf; wenn nicht, hätte ich nicht geglaubt, daß sie mich liebten, und schon gar nicht, daß sie uns beide gleich liebten. Jadicha, meine stolze und verwegene Cousine, hätte mir ein Leben voller Instabilität gebracht. Sicherlich, wenn es eine Leere in mir gibt – die sich bereits in eine kleine Unzufriedenheit ohne Stimme verwandelt hat, die nicht blutet, nicht schmerzt, nicht brodelt –, wenn es Nächte gibt, in denen ich ein diffuses Unbefriedigtsein verspüre, dann deshalb, weil ich nicht Jadicha geheiratet habe. Sie ist, genau wie Yussuf, einer der wenigen vom Glück begünstigten Menschen, die ich kannte; einer jener wenigen Menschen, welche die Natur mit Stolz erfüllen und die sich von weitem von uns bewundern lassen wie eine Gabe, die uns nicht zuteil wurde.

Vor ein paar Wochen erst kam Yussuf zu mir nach Hause. Er wirkte unruhig und gleichzeitig zufrieden. Ich ahnte, was er mir sagen wollte, noch ehe er zu sprechen begann.

»Du weißt doch, wie vorausschauend unsere Mutter ist und wie sehr sie es genießt, in ein fremdes Schicksal einzugreifen.

So wie sie sich durch deine Hochzeit nach Aliatars Seite hin abgesichert hat, so hat sie nun entschieden, mich zur Absicherung der anderen Seite zu benutzen.«

»Welcher Seite?«

»Onkel Abu Abdallahs. Ich sage nicht, daß ich mich für dich aufopfern werde oder gar für das Königreich. Ich sage auch nicht, daß ich glaube, daß die Lage sich so verschlechtern wird, daß du keinerlei Hilfe nötig haben wirst, um unserem Vater auf den Thron zu folgen. Ich gehe davon aus, das sind Hirngespinste derjenigen, die durch zuviel Intrigieren und Säen von Zwietracht dahin gelangen, Gespenster zu sehen und zu vermuten, daß alle Welt sich ebenso verhält. Aber wenn unsere Mutter darauf besteht, das für ratsam zu halten, was ich annehmbar finde, so will ich es dir mitteilen: Ich werde heiraten.«

»Jadicha?«

»Jadicha.«

»Seit wir sieben sind, wußtet ihr beide, daß es so kommen wird. Und was das Schlimmste für mich ist: Ich wußte es auch. Ich wünsche euch von ganzem Herzen viel Glück. Ich habe nicht den geringsten Zweifel, daß sie mit dir glücklich sein wird.«

Ich begann in komplizenhaftem Ton einige Verse zu rezitieren, die wir als Kinder gelernt hatten, ohne genau zu wissen, was sie bedeuteten:

»Zu Kampfer wird in der Morgenröte Hand
der düstere Moschus der Nacht.«

Er fuhr fort:

»Duft über Duft, ich weiß nicht, bei welchem verweilen.
Zu neuen Gerüchen eilen ist keine Schändlichkeit.«

Darauf beendete ich das Gedicht, so fröhlich ich konnte, um die Besorgnis von ihm zu nehmen:

»Die Wahrheit sagst du, doch nicht in jedem Fall,
denn Moschus ist der Duft der Verlobung,
der Kampfer aber der Duft des Totenhemdes.«

(Wer hätte damals gedacht, wie prophetisch diese Verse waren?)

(Ich habe immer schlecht geschlafen, aber seit Monaten schlafe ich fast überhaupt nicht mehr. Ich versuche Abhilfe zu schaffen, indem ich zu einem Hilfsmittel greife, mit dem ich manchmal gute, manchmal auch sehr schlechte Erfahrungen gemacht habe. Sobald die Lampen gelöscht und die Vorhänge geschlossen werden, schließe ich die Augen und stelle mir eine Szenerie vor, die so weit von mir und meinen schlaflosen Nächten entfernt ist wie nur irgend möglich: zwei alters- und geschlechtslose Gesichter, die sich, ins Gespräch vertieft, über einen Tisch neigen; eine niedrige Laube, in der eine Magd angestrengt arbeitet; einen Mann, der barfuß oder mit groben Kelterschuhen an den Füßen Trauben tritt und einen Moment innehält, um jemandem zuzuhören, den ich nicht sehe. Es geht darum, die Figuren durch Konzentration zu fixieren: Je deutlicher ich sie sehe, desto weniger bin ich jemand, der in seiner Einbildung zu jemand wird, den er beobachtet. Das heißt, die Szenerie ist noch hier, und doch bin ich weit von ihr entfernt, wie jemand, der eine Handschrift oder eine Landschaft betrachtet, die vielleicht hinter einer Fensterscheibe zu sehen ist. Die Gefahr, die mir häufig droht, besteht darin, daß der Schlaf, wenn er nicht schnell genug kommt, diese Grenze ebenfalls überschreitet, durch die Scheibe schwebt und den Schlafenden – besser gesagt: den, der schlafen will – in die Szene hineinzieht, die ihm helfen sollte. Dann kommt es zu einer dieser beiden Möglichkeiten: Entweder tritt das, was in der Szene geschieht, stärker zutage, indem es den bis dahin uninteressiert Beobachtenden gänzlich in Anspruch nimmt, oder, im Gegenteil, überkommt ihn früher oder später der Schlaf, jedoch umkreist von eben dieser Situation, und deshalb träumt er die betrachtete Szene, von der er nun ein Teil ist und in die er gegen seinen Willen eingreift. Mir widerfährt häufig dieses letztere, bis hin zu dem Punkt, an dem ich es fertigbringe, Träume in mir hervorzurufen, die nichts Vorhersehbares haben und die überhaupt nichts mit mir zu tun haben. Deshalb bemühe ich mich darum, die Figuren weit weg von mir und ohne irgendeine Bedeutung zu belassen. Denn anderenfalls drängen sie sich mir mit solcher Macht auf, daß ich dorthin gelange, wohin ich nicht will; ich sehe mich in weit zurückliegende Fälle verwickelt, die ich zu vergessen hoffte, in Episoden, die ich zu verdrängen suchte, in gewalttätige Szenen, die sich irgendwann ereigneten und mich prägten oder die sich nicht ereigneten und von denen ich wünschte, es hätte sie gegeben.

Im Augenblick gelingt es mir nicht, Zuflucht zu diesem Hilfsmittel zu nehmen. Ich denke, woran ich denke, und ich träume schließlich immer von derselben Sache, gleichgültig, womit ich meine Einschlaftaktik beginne. Sei es ein Tisch mit zwei typischen Gestalten aus dem Volk, ein Hain, in dem ein Liebespaar lustwandelt und innehält, um sich zu liebkosen, oder ein hoher Turm, von dem aus sich dem Betrachter ein Panorama ohne große Perspektiven eröffnet ... Es endet immer gleich: Zuletzt sehe ich – zwischen weißen Tüchern und Kampferkugeln, oder in einer von zwei Händen halbgeöffneten Truhe, auf einem Tablett ruhend, dessen Leinenüberwurf von den Händen eines Mannes oder einer Frau gelüftet wird, auf einem Kissen zwischen herrlich duftenden Blumen liegend, zwischen zwei Fackeln, die eilig von einer Person entzündet wurden, die mir den Rücken zukehrt – immer wieder sehe ich zuletzt den vom Rumpf getrennten Kopf meines Bruders Yussuf. Und ich höre die Klagen der Frauen um den anderen Yussuf, den aus dem Koran, sich erheben und stärker werden, ich sehe, wie sie vor seiner Schönheit die Hände ringen, und schon ist der ganze Traum nur noch das Schreien dessen, der aufwachen will und nicht kann, nur noch eine Blutlache, die mich, wenn ich mit heftigem Herzklopfen zu mir komme, dazu zwingt, mich und meine Umgebung anzusehen, so sicher bin ich, mich von Blut durchtränkt zu finden.)

ALS ICH ELF war, feierte ich am Mawlid-Fest, zur selben Zeit, als man den Geburtstag des Propheten beging, unvorhergesehen den Eintritt ins Jünglingsalter, jenes verwirrende Labyrinth, in dem der Knabe, einsam, wie er ist, nicht weiß, wonach er sucht, und auf Abwege gerät, bis er sich schließlich, vor einem unbekannten Spiegel stehend, unvermutet mit sich selbst versöhnt.

Die Lehren des Malik, in denen man uns in der Schule unterwies, die Rechtsbücher und die Religion selbst zählten Tanz und Gesang zum Bereich des Unmoralischen und verurteilten sie als Ausschweifung und als zum Bösen führend. Die Korangelehrten, die Fakhis, hielten sich für gewöhnlich von den Häusern fern, in denen diese Art von Festlichkeiten stattfand. So auch mein Vater, wenn er dabei die Vorschriften auch nicht sehr wörtlich nahm: Wenn er einen Reitertrupp anführte, gestattete er das Spielen der Instrumente erst nach dem Durchqueren des Stadttors. Trotzdem hatte Granada immer taube Ohren für alle Predigten gegen die Musik. An diesem Tag des Mawlid, von dem ich rede, war sie in allen Ecken zu hören. Die ganze Stadt war ein lebhafter, heiterer Klangkörper. Von überall hörte man die andalusischen Gesänge, die mich begeistern, seit ich denken kann: Gesänge, die nach oben streben wie die spitzen Lanzetten des Lavendels, um bald darauf ins Taumeln zu geraten wie Knaben nach einer Rauferei: Schreiend und gleichzeitig lachend lassen sie sich fallen. Ich weiß nicht, ob diese Gesänge der Feder Ziryabs von Baghdad entstammen, den man in Córdoba den *schwarzen Vogel* nannte, aber für mich war es immer klar, daß sie wie die Blumen aus dieser

Landschaft erwuchsen, aus ihrem Klima, ihrem Licht, ihrem Wissen um den Tod, das vermischt ist mit dem Genuß des Lebens. So wie sie an jenem Abend, in der sicheren Erwartung des Unbekannten, in meiner Seele keimten.

In der Alhambra gab der Sultan ein Fest für die Erwachsenen, für die – im doppelten Sinne – Großen des Reiches. Uns, nicht nur Yussuf und mir, sondern auch einigen von unseren Stiefbrüdern, war es gestattet, an einem anderen Fest teilzunehmen, zu dem der Sohn eines Ministers nach Hause eingeladen hatte. Sein Name war Hussein, und wir kannten ihn nicht, weil er die letzten Jahre bei einigen im Seehandel tätigen Verwandten in Almería verbracht hatte. Wenn ich an jenen Abend zurückdenke, der schon so lange zurückliegt, schaudert es mich immer noch vor Kälte. Als wir die Alhambra durchquerten, um zu Husseins Wohnung in der Nähe des Abencerragen-Palastes zu gelangen, machte ich eine Bewegung, mit der ich eine unsichtbare Barriere um mich herum schuf: Ich preßte mit aller Kraft die Kiefer zusammen, bis es in meinen Ohren zu summen begann, wodurch das Gefühl von Kälte und Verlassenheit noch stärker wurde. Durch dieses innere Geräusch isoliert, das alle anderen sich entfernen ließ, konnte ich das vom Wind fortgewehte und aufgewirbelte trockene Laub viel deutlicher wahrnehmen. Die Gärten waren zu einer wunderbaren, verwüsteten Ruine geworden; Gelb-, Ocker- und Rottöne liefen zusammen und wieder auseinander; beharrlich fiel ein feiner, eisiger Regen, der einen leichten Geruch nach Verwesung von den Laubdächern herabtrug. Wir waren in Umhänge aus buntgestreifter Wolle gehüllt – unser Äußeres entsprach also dem, was wir auch waren: Kinder in der Abenddämmerung im Oktober, denen man zum ersten Mal erlaubt hatte, an einem Fest außer Hause teilzunehmen. Ich hatte keine Ahnung, daß mir an diesem Abend mit dem leisen Krachen eines zerbrechenden Kruges die Kindheit unter meinen Händen entzweigehen sollte.

Beim Eintreten sahen wir, daß die Feier besser organisiert war, als vorauszusehen war, aber sehr schlecht in Hinsicht auf die Vorschriften des Korans. Zahllose Sänger, die nicht in der Alhambra auftraten – einige gingen später dorthin –, erwarteten uns. Die granadinischen Sänger sind die mit Abstand beliebtesten; ihr Ruf reicht weit über die Iberische Halbinsel hinaus, bis über die Pyrenäen und in den Maghreb. Sklaven kredenzten uns Wein und bunte Obstsäfte. In einem Saal bereitete man sich mit Schalmeien, Flöten und Bambuspfeifen auf die Leila vor. Der Klang der Mandolinen, Guslas und Lauten wurde bereits vom triumphierenden Rhythmus der Schellentrommeln, Tamburine und Rasseln überstimmt, die beim Adel in keinem hohen Ansehen stehen. Es herrschte eine Stimmung wie bei der Zambra, einem Fest, das seines volkstümlichen Charakters wegen für uns verboten war. Yussuf, der teils durch die Kälte, teils durch die Aufregung rot angelaufen war, stieß mir ungeduldig und verschwörerisch den Ellenbogen in die Rippen.

Ich wurde von meinem Hund Din begleitet, der heute noch lebt, jedoch sehr kränklich ist und dauernd hustet. Als ich von zu Hause wegging, erschien es mir unmöglich, ihn zurückzulassen. Er war noch jung – wie ich –, mit goldgelbem und weißem Haar; er war pummelig, frech, drollig und nicht erzogen, weswegen man mir verboten hatte, ihn irgendwohin mitzunehmen. Aber es war wohl Gottes Wille, daß in jener Nacht eine Missetat auf die andere folgte.

Der Gesang begann, und die Texte der Lieder – für uns noch unverständlich – ließen eine Atmosphäre wie bei einer Zambra aufkommen. Eine Frau sang:

»Sie sagen, ich sei dein Reittier.
Deinem Willen unterwerfe ich mich,
wenn ich von dir bestiegen ins Feld ziehe.
Wie ein Pfeil eile ich, wenn du mir die Sporen gibst,
und wenn du verweilst, verweile auch ich.«

Hussein, der Gastgeber, flüsterte mir ins Ohr: »Es ist das Zéjel eines alten, schamlosen Dichters aus Córdoba. Die Sängerin hat mir gesagt, daß im Original ein Mann von einem anderen Mann spricht.«

Ich wußte nicht, wovon er sprach, und wandte ihm mein Gesicht zu, um ihn um eine Erklärung zu bitten. Er hatte sich so weit zu mir herübergeneigt, daß sich unsere Gesichter berührten. Die Frau sang weiter:

»›Mein Gebieter‹, so sagt mein Freund zu mir,
›mein Söhnchen, wechsle die Liebschaft.‹
›Wie sollte ich, wenn du meine Welt bist
und meine Blütezeit?
Warum Gebieter?
Dies überflüssige Wort.
Sprich nur mit Girren und Gurren,
schenke nur Zärtlichkeiten.
Gib mir aus Liebe,
was Respekt dir verbietet.
Auch wenn du Milch auf den Lippen hast:
Trage keinen Teer in der Brust.‹«

Ich dachte undeutlich, daß Hussein sein Gesicht nicht mit der gebotenen Eile von dem meinen entfernte, und stellte fest, daß es gerötet war und glühte. Ich beschloß, einen Schritt nach vorn zu machen, um mich von ihm zu lösen, aber ich tat es nicht. Einen Augenblick später setzte Hussein sich hin und zog leicht an meiner Dschellaba, damit ich es ihm gleichtäte. Ich gab nach und setzte mich. In diesem Moment begann Din, um mich herumzuspringen, begeistert über meine neue Position, die es ihm leichter machte, in meiner Nähe zu sein. Ich schimpfte ihn aus, ich schüttelte ihn sogar ab. Dieses ungewöhnliche Benehmen – normalerweise verhätschelte ich ihn sehr – hatte zur Folge, daß Yussuf mich von weitem überrascht ansah. Aber ich wollte von allen in Ruhe gelassen werden. Ich war beunruhigt, ohne zu wissen, warum; ich hatte Angst, meinem Gastgeber zu kindisch zu erscheinen, der doch höchstens ein oder zwei Jahre älter war als ich.

»Er stört doch nicht. Laß ihn. Er ist sehr niedlich«, sagte er, während er Din streichelte.

Seine Hand, von den Sympathiebekundungen des Hundes hin und her geschüttelt, streifte von Zeit zu Zeit meinen Oberschenkel, auch wenn sie sich diskret – betont diskret – wieder zurückzog. Ich wußte nicht, was ich wollte, und auch nicht, ob es etwas zu wollen gab. Ich wußte nur, was Din wollte – mit irgend jemandem spielen – und was Yussuf wollte, der mir durch Zeichen zu verstehen gab, ich solle mit ihm den Saal verlassen. Aber ich spielte den Ahnungslosen und rührte mich nicht von der Stelle. Ich spürte, daß meine Wangen schamrot geworden waren und mein Körper vor Hitze glühte. Die Musik klang immer fröhlicher. Die Zeit blieb stehen, vielleicht lief sie auch schneller. Da begann ein kleiner Junge, nicht älter als neun Jahre, zu singen.

»Er ist der Sohn eines Schmiedes«, erklärte mir Hussein so leise, daß er mit seinen Lippen mein Ohr berührte. »Du wirst sehen, wie gut er singt.«

»Zum Glase will ich meine Lippen führen,
denn die deinen hältst du von meinem Munde fern.
Der Kuß ist keine Erfrischung. Rote Glut ist er.
Ach! Niemand kennt den Wahnsinn, ehe er liebt.«

Hussein nahm das Glas aus meiner Hand, und während er mich ansah, nahm er einen Schluck daraus. Dann gab er es mir zurück, und ohne nachzudenken, trank ich ebenfalls. Schmetterlinge flatterten in meinem Herzen, es schlug so heftig, daß ich erstaunt war, weiterhin die Musik zu hören. Hussein ergriff die Hand, in der ich mein Glas hielt, und zog sie zu sich hinüber. Ich glaubte, er wolle noch einmal trinken – aber nein: Sein Mund kam näher, und er küßte meine Hand. Dann flüsterte er: »Könige werden meine Hand küssen, weil ich die deine geküßt habe.«

Und er schaute mir tief in die Augen.

Ich hörte Yussufs Lachen, der sich mit anderen Jungen in einen benachbarten Raum zurückgezogen hatte. Ich dachte daran, daß er nicht verstehen würde, was gerade mit mir geschah, schlicht und einfach deshalb, weil ich es selbst nicht verstand, und ich hätte es erst recht nicht zu erklären gewußt. Er sang:

»Trotz des Winters bebt mein Herz
vor Liebe und ein bißchen Wein.
Offen soll die Pforte sein
für den, der heut' nacht zu mir kommt.«

»Ist das Wein in den Gläsern?« fragte ich, zu Hussein gewandt.

Das hätte mein Unwohlsein und mein Wohlbefinden verständlich gemacht. Ich sah sein Gesicht: Es war anmutig, mit funkelnden Augen darin; hinter vollen Lippen sah man die Zähne.

»Nein«, entgegnete er, und lächelnd setzte er hinzu: »In den Gläsern nicht. In allem anderen ist Wein. Dein Bruder ist entzückend – und kühner als du. Weißt du, was er macht? Er raucht Haschisch da drinnen. Traust du dich, zu rauchen?«

»Ich möchte lieber hierbleiben«, wisperte ich. Aber Hussein verstand mich nicht.

»Was hast du gesagt?« fragte er und kam noch näher.

»Daß ich lieber hierbleiben würde.«

»Ich auch«, stellte er fest. Und er legte seine Hand auf meine. »Obwohl wir es woanders bequemer hätten.«

»Wo?« fragte ich ihn.

»Komm.«

Ohne meine Hand loszulassen, führte er mich zu einem kleinen, abgelegenen Zimmerchen. Din, der uns begleitete, sprang um uns herum, glücklich über den Ortswechsel. Ich begann zu bereuen, ihn nicht zu Hause gelassen zu haben. Hussein streichelte mit der einen Hand mein Gesicht, mit der anderen meine Taille. Ich zögerte, unschlüssig, was ich mit meinen Händen anfangen sollte, bis ich sie schließlich – als gehörten sie nicht zu mir und bewegten sich vielleicht von selbst – auf seine Hüften legte. Ich hatte den Blick gesenkt und hörte mich seufzen. Hussein hob mein Kinn, und wir sahen uns an: Seine Augen waren die ganze Welt – mehr noch. Ich mußte meine Augen schließen. Dann küßte er mich auf den Mund. Ich nahm die Pfoten und das Jaulen des Hundes wahr, der meine Aufmerksamkeit, die ganz woanders war, für sich beanspruchte. Eine Stimme war zu hören:

»Durch den Mund fließt der Wein, der mich berauscht,
durch den Mund strömt der glückbringende
Haschischrauch.
Die Reste des Weines aber entströmen einem Spundloch, das ich nicht
nenne,
die Reste des Rauchs sind nur Lachen und Rauch.«

Husseins Mund verweilte auf meinem. Um atmen zu können, öffnete ich leicht die Lippen. Ich hatte mir seine Zähne und seine Lippen, die ich kurz zuvor von nahem gesehen hatte, ein wenig groß vorgestellt. Aber ich fragte mich, warum ich sie mir hatte vorstellen müssen, wo sie doch jetzt so nahe an meinen waren.

»Wein und Haschisch sind meine Stützen.
Beide sind des Dankes wert.
Der Wein aber hemmt meine Füße,
das Haschisch schenkt mir Flügel.«

Wir rieben und preßten unsere Körper aneinander. Etwas wuchs in mir, breitete sich mit einer ungewohnten Langsamkeit aus. Ein Schwindel überkam mich, mein Blick ging ins Leere, ganz plötzlich warf ich meine Schultern nach vorn.

Hussein hob meinen Rocksaum und schob seine Hand darunter. Er liebkoste mich dort, wo etwas Neues erblühte, allem Anschein nach gegen meinen Willen. Mit der anderen Hand drückte er mich an der Schulter nach unten, und wir versanken in Kissen. Er nahm meine Hand und führte sie zwischen seine Beine: Da verstand ich, was sich zwischen den meinen aufgerichtet hatte. Jemand sang, und es hallte in mir wider:

»O Stieglitz, o Stieglitz,
laß dich nieder auf meines Körpers Ästchen,
hüpf darauf und singe,
wippe und singe und baue dein Nest auf meiner Brust,
die zu nichts anderem mehr taugt.«

Din warf sich neben uns auf die Polster, gekränkt durch unsere Gleichgültigkeit, und schaute uns aus vorwurfsvollen, flehenden Augen voller Erwartung an. Hussein streichelte mich und ich ihn. Mein Blick trübte sich, und irgendwann glaubte ich, daß ich auf diesen Kissen sterben und mein Leben aushauchen würde, daß ich nie mehr würde aufstehen, sehen oder hören können. Ich öffnete die Augen, weil Din meinen Bauch beschnupperte, auf dem etwas Feuchtes war, das ich niemals zuvor gesehen hatte. Hussein lag wie ohnmächtig neben mir, mit seinem erigierten Penis, den er vor Din schützte, der ihn unbedingt ablecken wollte.

»Din!« schrie ich – aber eigentlich weiß ich nicht, ob ich wirklich schrie. »Din!«

»Er weiß schon, was er tut«, grinste Hussein und fügte nach einer kurzen Pause hinzu: »Laß uns zu den anderen gehen.«

Mir war, als seien wir Jahre von ihnen weg gewesen. Als wir in den großen Saal kamen, sang immer noch der Sohn des Schmiedes mit seiner hellen, hohen Kinderstimme:

»O Stieglitz, o Stieglitz,
hör auf, meinen Hals zu küssen, wenn ich dir Lebewohl sage!«

Husseins Hand streichelte einen Moment lang meinen Hals. »Du hast das schönste Hündchen auf der Welt«, sagte er zu mir.

»Behalte ihn. Ich will dir etwas zu Mawlid und zu deinem Fest schenken.«

»Wirklich?«

»Nichts täte ich lieber, wenn du mich ihn von Zeit zu Zeit besuchen lassen würdest.«

Er lächelte, bedankte sich mit einer Verbeugung und rief nach Din. Als hätte der begriffen, daß er einen neuen Herrn bekommen hatte, lief er zu ihm, kuschte und wedelte, nicht nur mit dem Schwanz, sondern auch mit dem Hinterteil und beinahe dem ganzen Körper.

In jener Nacht konnte ich nicht schlafen. Mich bewegte eine stürmische Glückseligkeit. Vielleicht war es auch kein Glück, denn ich vermutete, daß Glück ein weniger peinigendes Gefühl sein müsse. Was mich keinen Schlaf finden ließ, war eine Spannung, die mir den Vorfall in allen Einzelheiten in Erinnerung rief; ich wünschte, diese Nacht würde nie enden, und gleichzeitig wartete ich auf den kommenden Tag, um in seinem Licht zu prüfen, ob alles wirklich gewesen und ich trotzdem derselbe geblieben war. Mit offenen Augen lag ich im Dunkeln und nahm Geräusche war, die ich in der nächtlichen Alhambra nie zuvor bemerkt hatte: den unregelmäßigen, manchmal aussetzenden Klang der Springbrunnen, das entfernte Waffenklirren der Wache, die schlaflose Luft, die durch die Gärten strich, die wohlklingende Stille, die ich später so viele Nächte von den Sternen habe herabsinken hören. Mir schien, als habe ich endlich begriffen, wer ich war und wofür ich lebte . . .

Ohne es zu wollen, schlief ich ein. Es konnte noch nicht viel Zeit vergangen sein, als mich Din mit seinem ungestümen Gewinsel aus dem Schlaf riß und mir das Gesicht ableckte. Ohne die Augen zu öffnen, lächelte ich. Ich dachte, wie leicht er den Weg zurückgefunden hatte, während sich mir ein neuer Weg eröffnete, ohne daß ich die geringste Ahnung hatte, wo er hinführte. Der Hund seufzte, ich seufzte, und dann schliefen wir eng umschlungen ein.

Zwei Tage vergingen, ehe ich Hussein wiedersah. Es war nach dem Abendgebet in der Moschee der Alhambra. Er grüßte mich liebenswürdig. Voll Sehnsucht suchte ich seinen Blick, dann schlug ich die Augen enttäuscht nieder: Hussein sah mich mit derselben offensichtlichen Gleichgültigkeit an, mit der er die Bäume betrachtete, das Minarett, die grünen Kacheldächer, den Abend, den sanften Abhang, der bis zum Hauptplatz der Paläste hinabreichte, und die Gesichter derer, die um mich herumstanden. Er fragte nach Din und erzählte lachend, daß er es in jener Nacht nicht sehr lang zu seinen Füßen ausgehalten habe; als er die Fackel löschte, um zu schlafen, sei Din aus seinem Schlafzimmer verschwunden.

Von da ab behandelte Hussein mich, als sei nichts zwischen uns gewesen. Und so war es ja eigentlich auch: Es war nichts von Bedeutung geschehen. Aber es dauerte, bis ich dahinterkam. Und als es soweit war, war die Kinderzeit bereits für immer vorbei.

Zwischen zwei Unterrichtsstunden in der königlichen Madrasa spielten wir in der Nähe der Paläste. Wir waren zu zwölft oder vierzehnt. Vor kurzem hatte man uns aus Loja einige Kurrays geschickt, kostbare, aus Holz geschnitzte Fohlen in leuchtenden Farben, mit Sätteln aus gestreiftem, besticktem Stoff. Wir banden sie uns an den Gürtel, um Lanzenstechen zu spielen. Das Kurray meines Stiefbruders Nazar stieß schließlich so heftig gegen das meine, daß ihm ein Ohr abbrach. Ich nahm es in die Hand, betrachtete es traurig und versuchte es wieder am Kopf zu befestigen. Da kam ein Diener aus dem

Haus meines Vaters, und zu mir gewandt sagte er in schneidendem Ton: »Der Sultan – Gott segne ihn! – will dich sehen.«

Es wurde still im Hof. Dieses Schweigen erschreckte mich vielleicht noch mehr als die Nachricht selbst. Mein Vater hatte mich noch nie zu sich rufen lassen, und noch nie in meinem Leben hatte ich ein persönliches Gespräch mit ihm. Ich band das Kurray ab und legte es mit äußerster Vorsicht in eine Ecke des Hofes – ich weiß nicht, ob ich damit Zeit gewinnen oder eine nicht vorhandene Gelassenheit demonstrieren wollte. Ich schaute zu Yussuf, der mir zuwinkte, um mir Mut zu machen, und folgte dem Bediensteten, wobei ich mich fragte, was ich Schlimmes getan haben oder worüber man sich bei meinem Vater beschwert haben könnte, daß er auf so harsche Weise meine Übungen unterbrach und mich vor aller Augen zu sich befahl.

Ich wurde in den Beratungssaal geführt, was mich, soweit das möglich war, noch mehr alarmierte. Ich war nur einmal in Begleitung eines Lehrers dort gewesen, um einen Minister um Gnade für einen unserer Diener zu bitten, der mit einem Kohlenbecken den Saum eines Wandteppichs versengt hatte. Als ich durch den Türbogen schritt, konnte ich im Dämmerlicht zunächst nichts erkennen, weil es draußen so hell gewesen war. Dann sah ich meinen Vater. Nie zuvor war er mir so furchterregend erschienen, sei es, weil ich ihn noch nie in seiner Funktion als Herrscher gesehen hatte, sei es, weil mein verängstigter Geist ihn vergrößerte. Stolz, mit zusammengezogenen Brauen und Augen, die wie in einem ständigen Wutanfall funkelten, saß er da. Er muß dunkel gekleidet gewesen sein, denn ich konnte seine Kleidung nicht ausmachen, nur sein von einem schwarzen Bart umrahmtes Gesicht und seine kräftigen, großen Hände.

»Komm näher«, befahl er mir.

Er saß und bedeutete mir, ihm gegenüber Platz zu nehmen. Ich gehorchte, und weil meine Augen sich jetzt an das Licht gewöhnt hatten, konnte ich sehen, daß er von zwei Männern flankiert war. In einem von ihnen erkannte ich den Großwesir Abul Kasim Benegas; den anderen hatte ich noch nie gesehen. Der Wesir war sehr dünn, hoch gewachsen und hatte einen an der Spitze ergrauten Bart. Der andere dagegen war klein und untersetzt, mit einer etwas fahrigen, gütigen Ausstrahlung. Als er bemerkte, daß ich ihn ansah, lächelte er und neigte den Kopf; er war jünger als die beiden anderen. Mein Vater begann zu sprechen.

»Als du geboren wurdest, waren die Prognosen der Astrologen nicht günstig. Ich glaube nicht an Voraussagen – es sei denn, sie wären günstig. Vor allem gebe ich nichts darauf, wenn sie von ränkeschmiedenden Sterndeutern erstellt oder von meinen Feinden bezahlt wurden. Und ganz sicher haben die Astrologen deines Großvaters mich nie als Freund betrachtet.«

Mein Vater entthronte meinen Großvater ein paar Jahre vor meiner Geburt. Die Hofastrologen, die den alten Sultan oder eine Kandidatur meines Onkels Abu Abdallah unterstützten, taten alles, wenn es gegen mich und somit gegen meinen Vater ging. In dieser Zeit war das Verhältnis meiner Eltern besser, als es heute ist, und meine Mutter fälschte den Tag und die Stunde ihrer Niederkunft, um eine Möglichkeit zu haben, die Horoskope zu verwerfen, denn sie ging davon aus, daß die Gelehrten unaufrichtig waren. Deswegen habe ich nie erfahren, wann genau ich geboren wurde. Tatsache ist, daß alle Prophezeiungen darin übereinstimmten, daß, sollte ich eines Tages den Thron besteigen, das Reich durch mich verlorenginge. Ein solcher Fluch hatte mich natürlich belastet, obwohl keiner der Oberen blind auf die Sternenkarten vertraute, es sei denn – wie schon mein Vater sagte –, es kam ihnen gelegen. Und einige Monate zuvor hatte ich erfahren, daß die Anhänger meines Onkels Abu Abdallah während ihrer gescheiterten Revolte gegen meinen Vater Gebrauch von diesen nachteiligen Prophezeiungen gemacht hatten.

Der Wesir und der andere Begleiter hörten meinem Vater

beifällig zu. Sie standen, während ich saß. Das machte mich noch unruhiger, denn es wies auf die Bedeutung dessen hin, was mir mitgeteilt werden würde.

»Es sind gute Zeiten für unser Land. Die christlichen Könige balgen sich untereinander und mit Portugal; unsere Wirtschaftslage dagegen ist sehr gut, unsere Untertanen leben ruhig und zufrieden. Dank meiner Herrschaft ist die Währung stark, die Landwirtschaft ertragreich, die Steuern halten sich in Grenzen, und das Heer ist diszipliniert und gut gerüstet. Es sind keine Wolken am Horizont zu sehen. (Auch in den Tagen der großen Heerschau waren keine Wolken zu sehen, und als man sie dann sah, gab es keine Rettung mehr.) Der ideale Augenblick also, um dich in die Aufgaben der Politik einzuführen. Hier sind zwei der Personen, die dir dabei als Führer dienen werden. Mir ist bekannt, daß du schon ausreichende Kenntnisse der Schreibkunst und des Korans hast. Von jetzt an hast du dich wie ein Nasridenfürst zu benehmen. Das Allerwichtigste ist eine für das Regieren unseres Volkes notwendige Ausbildung: die Art und Weise, die Macht zu erlangen und sie dann in unseren Händen zu behalten. Wenn du diesem Anspruch gerecht wirst, dann sollst du, wann Gott es so will, mein Nachfolger werden; wenn nicht, wird ein anderer Prinz an deine Stelle treten. Du selbst bestimmst also über dein Schicksal und nicht diese törichten Schwarzseher, die unsere Hoffnung zerstören wollten.«

Er deutete nach rechts.

»Das ist, wie du schon weißt, meine rechte Hand in Regierungsgeschäften, Großwesir Benegas. Er genießt mein absolutes Vertrauen. Niemand würde dir eine bessere Einführung geben oder dich auf deiner Reise durch das stürmische Meer der Politik besser beraten können. Der Mensch führt ein bewegtes Leben von nur kurzer Dauer. Unsere Zeit ist unstet und gefährlich. Es liegt größtenteils in unserer Hand, die Vorzeichen und die Richtung der Ereignisse zu bestimmen. Mut, Selbstlosigkeit und die Verteidigung des Reiches sind Eigenschaften, die man bei einem Fürsten vorauszusetzen hat; dazu kommen noch die Tüchtigkeit, das Handeln zur rechten Zeit und die Fähigkeit, den inneren und äußeren Feinden zuvorzukommen.« Die drei lächelten nachsichtig. »Ich kann dir gar nicht eindringlich genug ans Herz legen zu lernen, dich anzupassen, Erfahrungen zu sammeln und auf das zu achten, was um dich herum geschieht, damit du, wenn deine Stunde gekommen ist, und ich kann nur hoffen, daß es noch lange dauert« – die drei lächelten wieder –, »bestimmt, gerecht und zum Vorteil aller regierst.«

Er deutete nach links.

»Dieser andere hier ist Abu Abdallah Mohammed Ben Abdallah al Arabi al Okaili. Er ist ein angesehener, weiser, in der Dichtkunst bewanderter Mann. Er wird dich in die Geheimnisse des Hofes, des Protokolls und des würdigen Benehmens einweihen, was nicht leicht ist, vor allem am Anfang, wenn deine Macht noch nicht ausreicht, den Knoten mit einem Schlag zu durchtrennen und hart durchzugreifen. Von dir und von ihnen erwarte ich ein gottgefälliges Werk. Von euch beiden«, fügte er, an die beiden gewandt, hinzu, »erwarte ich ein Werk, das mir gefällt.« Er maß mich mit einem kalten Blick und schloß: »Geh jetzt. Erzähle nichts von diesem Gespräch. Vor allem nicht deiner Mutter. Deiner Mutter am allerwenigsten.« Er lächelte, und seine Adlaten taten es ihm gleich. »Geh in Frieden, und arbeite. Wir werden dich lenken und so deinen Ruhm und den des Reiches überall verbreiten.«

Ich sprang auf, verbeugte mich ungeschickt, grüßte und ging.

Zu Benegas und Okaili gesellten sich noch ein Waffenmeister und ein Schatzmeister. Der Waffenmeister machte mich mit den unterschiedlichen Arten von Waffen bekannt, unterwies mich in ihrer Handhabung, ihrer Auswahl und der optimalen Benutzung. Er lehrte mich auch den Umgang mit den Soldaten, die man führen und bestärken mußte, im Frieden fast noch mehr als im Krieg. (Aber niemand bereitete mich darauf vor, daß die Artillerie – eine neue Art der Kriegsführung – mir die ärgsten Unannehmlichkeiten meines Lebens bereiten würde. Damals schliefen wir alle, wir schauten – bei der Bewaffnung und allem anderen – nicht nach vorn, sondern richteten uns nach den Methoden und Gewohnheiten der Vergangenheit.) Vor allem aber redete der Waffenmeister über Pferde. Er empfahl mir, das Buch der Wappen und Standarten zu lesen, und fügte dabei hinzu: »Es geht die Sage, daß Gott, als er das Araberpferd schaffen wollte, sich an den Südwind wandte: ›Du sollst ein Lebewesen schaffen von der Kraft derer, die mich verteidigen, und der Stärke derer, die mir gehorchen.‹ Deshalb sagt der Prophet: ›Wer ein Pferd besitzt und es achtet, der wird von Gott geachtet werden; wer ein Pferd besitzt und es mißachtet, der wird von Gott mißachtet werden.‹ Das Pferd ist das Symbol für die Schnelligkeit unseres Sieges über den Erdkreis. Kein Tier ist eleganter oder leichtfüßiger, sanftmütiger oder gefügiger; es ist ein Meister im Erlernen von Fröhlichkeit und, was die Gewandtheit angeht, ein wahres Wunder. Merke dir folgendes: Laß nie seinen langen, seidigen Schweif stutzen; zähle dich niemals zu den Völkern, die mit demselben Messer, mit dem sie ihren Pferden den Schwanz kupieren, ihre Könige einen Kopf kürzer machen. Einen kastilischen Soldaten anzuschauen« – er holte tief Luft – »ist sehr vergnüglich – falls man ihn überhaupt sieht. Er trägt nämlich einen Helm mit Visier, einen doppelten Brustpanzer, Armschützer sowie eiserne Beinschienen und Schuhe. Er besitzt ein erstes Pferd, dessen Kruppe, Hals, Brust und Kopf ebenfalls gepanzert sind, und ein Ersatzpferd, das die Lasten trägt und das erste ersetzt, wenn es unter dem Gewicht der ganzen Rüstung ermüdet. Dieser elefantenschwere Ritter trägt eine sehr lange Lanze, deren Schaft in einer an der rechten Seite des Sattels befestigten Ledertasche ruht, des weiteren ein Rapier und eine Keule oder Axt. Unser Reiter dagegen verteidigt sich mit einer leichteren Rüstung, einer kurzen Lanze, dem Schild und einem Dolch.

Und während der Kastilier einen langen Steigbügel benutzt, bedienen wir uns eines wesentlich kürzeren, wir reiten mit angewinkelten Knien, wodurch wir uns leichter und behender bewegen können. Sicher, die Christen kopieren uns schon seit langem; aber sie werden es nie schaffen, sich mit uns zu messen, denn das Pferd ist unser Verbündeter.«

An einem langen Vormittag zeigte mir der Schatzmeister Abul Kasim el Maleh zusammen mit dem Waffenmeister die Schätze, die im Kellergewölbe des damals von meinem Vater bewohnten Hauptpalastes aufbewahrt wurden. Die Könige von Granada, die Ziriden genauso wie die Nasriden, hatten sich sehr um deren Anhäufung bemüht; deshalb wurden wir von den Königen der übrigen Taifas *die Elstern* genannt. Die Almoraviden raubten die Schätze der Ziriden. Wer wird die unsrigen an sich reißen? Als ich sie sah, erschienen sie mir blendend und von unschätzbarem Wert: Kein Krieg und kein Unglück hätte sie aufzehren können. (Heute weiß ich es besser, und jetzt, wo sie zum größten Teil verloren sind, erinnere ich mich besser an sie als am Tag, nachdem sie mir gezeigt worden waren.)

Ich betrat ein Gewölbe, das in den roten Fels der Sabîka gehöhlt war. Es war still, die Feuchtigkeit sickerte durch die Wände. Hier hatten die Jahrhunderte eine erweiterte Öffnung geschaffen, wo man in aller Ruhe die herrlichsten und seltensten Dinge angehäuft hatte, derer man habhaft werden konnte. Im ersten Raum befanden sich genügend Waffen, um die Bedürfnisse nicht nur des granadinischen Berufsheeres zufriedenzustellen (seit Almansor bestand das Heer aus Söldnern), das seine eigene Waffenkammer besaß: Es hätte auch noch für zusätzliche Truppen gereicht, die als Reaktion auf konkrete Ereignisse oder plötzliche Unruhen zusammengezogen wurden.

»Bei diesen Truppen melden sich, mehr oder weniger freiwillig, die Handwerker, Händler und Bürger des Reiches, geordnet nach Städten, Domänen und Familien, außerdem die

Händler und Bürger der Hauptstadt, geordnet nach Gremien, Stadtvierteln und Stadttoren.«

So erklärte es mir der Waffenmeister in jenem düsteren, riesigen Raum, in dem das Echo seine Stimme und unsere Schritte zurückwarf, bis sie schließlich verhallten. Dabei zeigte er auf Berge, die aus Tausenden von Lanzen und Bajonetten bestanden, aus Hellebarden, Äxten, Keulen, Knüppeln mit langen, biegsamen Griffen, Armbrüsten, mit mehreren Klingen bestückten Spießen, gefiederten Pfeilen und schlanken, kräftigen Bögen. Da lagerten unzählige Schilde, zu Pyramiden getürmt, geordnet nach Material, Widerstandsfähigkeit und Verarbeitung: hölzerne Rundschilde, Schilde aus Rinds-, Esels- oder Antilopenleder mit geschmackvollen Verzierungen aus Metall; es gab Kettenhemden und Schuppenpanzer, Brustschilde und Panzerhemden, Helme und Sturmhauben. In einem dahinterliegenden Raum befanden sich toledanische und tunesische, doppelt beschlagene Rüstungen und blanke Kürasse; auf Holzfiguren gezogene Niello-Panzer standen neben Pferdegeschirren, Bannern, Fahnen und Standarten. Direkt daneben schimmerten gespenstisch unzählige Krummsäbel, Krummschwerter, Dolche, Kurzschwerter und Degen, außerdem die Trompeten und Pauken, die den Zug eines Heeres begleiten.

In einem tiefer gelegenen Raum, den wir über einige in den nackten Fels gehauene, ausgetretene Stufen erreichten, wurden die Waffen der Sultane und Fürsten aufbewahrt: mit Gold und Edelsteinen besetzte Helme, Parade- und Kriegsschwerter, reich an Email- und Filigranverzierungen, blitzende, mit Perlen, Rubinen und Smaragden übersäte Waffen; silberbeschlagene Sporen und Steigbügel für die Pferderennen; goldbestickte Geschirre, Zaumzeug für Schlachten und Turniere, Schabracken und Ketten, von den besten Gold- und Silberschmieden der Welt entworfene, äußerst fein verzierte Rüstungen . . .

»Hier siehst du alle Mittel des Angriffs und der Verteidigung, die der Mensch erfunden hat, um auf herrliche Weise Tod zu säen«, sagte El Maleh.

In den darauffolgenden, besser isolierten und trockeneren Räumen befanden sich das Mobiliar und die Gewänder der Könige der Alhambra. Auf Matten aus Sisal und Bast stapelten sich aufgerollte Teppiche und Läufer, in einer langen Reihe standen Truhen, Wandschränke, Kleiderschränke und Laden. Im Vorbeigehen öffnete ich aufs Geratewohl irgendeine Schublade; wie aus einer Quelle sprudelten in allen Farben des Regenbogens die unterschiedlichsten Kleidungsstücke hervor. Ich dachte, daß man sie, solange man lebte, nie alle würde tragen können, und sei es auch für einen noch so kurzen Moment – Burnusse, Tuniken, Umhänge, Capes, Mäntel und vieles andere mehr, in einem traurigen, schwermütigen Zustand des Wartens konserviert.

Nicht weit davon lagerten Tausende von Gegenständen zur Ausschmückung des Hofes und für die prachtvollen Auftritte der Sultane: hölzerne Moscheekanzeln aus dem Orient, Glasperlengirlanden, Sessel mit Perlmutteinlagen aus Damaskus, Vasen aus China, Kelche aus dem Irak, Gläser aus Tebessa, Leder aus Córdoba und eine unendliche Menge von Porzellan, Kristall und Intarsienarbeiten. Ich sah Hunderte von Musikinstrumenten: Blockflöten, Mandolinen, Guslas, Schalmeien, italienische Hörner, Schellentrommeln, Posaunen, Trompeten, Lauten, Zithern und Hirtengeigen. Ich sah eine Vielzahl von Räucherpfannen und Flaschen mit Duftölen; Lampen und Kerzenleuchter mit Intarsien aus Achat und Onyx; Spiegel aus Silber oder in diamantenbesetzten Goldrahmen . . . Alles das breitete sich vor meinen jugendlichen Augen aus wie ein Traum, wie eine Erzählung aus *Tausendundeiner Nacht,* die man anfassen konnte.

Dennoch wurde meine Aufmerksamkeit auf etwas gelenkt, was nicht glänzte: hohe Stapel der hier aufbewahrten, karmesinroten Pergamente und Papiere, die man in der Kanzlei für die offizielle Korrespondenz benutzte.

»Darf ich ein paar davon mitnehmen?« fragte ich.

El Maleh, der mich begleitete, lächelte. »Es besteht keinerlei

Gefahr, daß du einen königlichen Brief fälschst: Du hast noch kein Siegel. Nimm nur davon.«

Ich nahm einen kleinen Stapel. Drei Jahre später fing ich an, sie mit diesen harmlosen Erinnerungen zu füllen.

In einem breiten Gang standen – neben zahlreichen zusammengefalteten Heereszelten, deren Luxus und Farbenpracht ich nur erahnen konnte – Sanduhren, komplizierte Wasseruhren, lange Teleskope, Astrolabien, Kompasse, mechanische Apparate, die ich im Haus des Arztes Ibrahim gesehen hatte, seltsame alchimistische Gerätschaften, Brenner, Reagenzgläser, Phiolen, geometrische Tabellen, Apparate und Vorrichtungen, deren Bestimmung und Funktionsweise ich nicht kannte und die ich heute immer noch nicht kenne. An die ebensten Wände waren Regale gelehnt, in denen, durch Lederhüllen geschützt, alte Handschriften und sorgfältig und luxuriös gebundene Bücher lagerten. Ich betrachtete sie mitleidig, als ich sie so fern ihrer Bestimmung, dem Studium und der Lektüre, liegen sah. Im stillen sagte ich zu ihnen: Wenn ich Herrscher bin – falls ich es werde –, werde ich euch mit nach oben nehmen. Ihr seid von einer einzigartigen Würde. Dann verabschiedete ich mich von ihnen, ohne ihre Bedeutung je zu vergessen, denn sie sind Wegspur und Ausdruck der Weisheit, der Wissenschaften, die uns in der ganzen Welt berühmt machten, der Literatur, die Worte der Liebe und der Trauer beherbergt, durch welche die Menschen vielleicht gerettet werden können.

Trotzdem, das Phantastischste sollte ich erst noch zu sehen bekommen. Hinter einer Tür, die sich nur mit fünf Schlüsseln öffnen ließ, die von fünf verschiedenen Stadtbeamten aufbewahrt wurden, lag der königliche Schatz. In der Mitte des Raums stand ein langgestreckter Tisch mit einer Achatplatte und goldenen Beinen. Auf und neben diesem Tisch standen Kristallgefäße, in denen, nach Größe und Farbe geordnet, die gewaltigste Menge an Edelsteinen aufbewahrt wurde, die man sich nur vorstellen kann. Trotz der Dunkelheit, die dort herrschte, entzündete sich in dem flackernden Licht von El

Malehs Fackel eine wahre kalte Feuersbrunst. Ich bin nicht in der Lage, die unendliche Vielfalt der Edelsteine zu benennen, die dort glühten, noch könnte ich eine Schätzung ihrer Zahl wagen. Ihr blendendes Funkeln loderte, es pulste, verlosch, tanzte hin und her, hüpfte und sprang von einem Gefäß zum anderen.

Am einen Ende des Raumes drängten sich neben Säckchen voller Goldstaub und Goldbarren die Gold- und Silbermünzen in Truhen, Schatullen und Lederbeuteln. Am anderen Ende lagen die Pretiosen der Sultane und Frauen des Königshauses: Diademe, Armreife, Ohrgehänge, Perlenketten, Fußringe, Schuhbänder: alles, was die Prunksucht zur Verschönerung oder um den Eindruck von Würde und Überfluß zu erwecken, schuf. Statt mich von dieser Pracht angezogen zu fühlen, in der sich die Wünsche vieler Männer und Frauen verewigt hatten, die schon nicht mehr unter den Lebenden weilten, empfand ich nur Geringschätzung für diese Dinge, die ihre Besitzer überlebten. Vielleicht deshalb, weil sie, in solch maßloser Fülle angehäuft, verloren hatten, was sie eigentlich sein wollten: einzigartig und unwiederbringlich, Verherrlichung einer ebenfalls einzigartigen und unwiederbringlichen Person. Wenn sie alle durcheinander lagen und ein dichtes Gewimmel von Kostbarkeiten bildeten, wirkten sie wie ein Haufen Ramsch, wie man ihn auf jedem Basar sehen kann, geeignet für die Sammlungen und den Tauschhandel von Kindern. Vielleicht waren sie auch niemals mehr.

Al Okaili, dem ich meine Ansicht unterbreitete, daß der Schatz mir gehöre, sagte etwas über die grenzenlose Verrücktheit der menschlichen Habsucht. Ich merkte, daß er einerseits nicht mit dem traditionellen Verhalten seiner Könige einverstanden war, daß aber andererseits die Habsucht auch ihn selbst beherrschte, denn Schmuck und Juwelen zogen ihn an. Für mich geriet diese Besichtigung zu einer Kur gegen das Staunen und zur Vorbeugung – wie bei einem Knaben, der in einer Zuckerbäckerei zu arbeiten beginnt und der nach der ersten Magenverstimmung aufhört, von Süßigkeiten zu träumen, und anfängt, sie zu hassen.

Al Okaili wollte das Gespräch von den Kostbarkeiten ablenken und statt dessen über die Waffen reden. Er sagte zu mir: »Auch wenn es nicht meine Aufgabe ist, dich in der Kriegskunst zu unterweisen, so solltest du doch wissen, daß bei uns die Künste und Wissenschaften nicht von allem übrigen getrennt sind und daß sie alle von der Poesie, diesem duftenden, warmen Windhauch, durchtränkt sind. Ich werde dir ein Beispiel nennen. Abu Bakr al Sairafi, ein Dichter früherer Zeiten, nahm sich die Freiheit, den Almoraviden, nachdem die Christen ihnen eine Niederlage zugefügt hatten, zu der uralten Strategie der andalusischen Muslime zu raten. Denn niemand könne besser für die Wahl der richtigen Kriegstechnik geeignet sein als die erfahrenen Kämpfer, welche die Gebiete, die Landschaften und den Charakter ihrer Feinde gut kennen.« (Der unglückselige Al Okaili selbst richtete seinen Blick auf die Vergangenheit, ohne zu merken, daß gerade derjenige den endgültigen Sieg – wenn es so etwas gibt – erringen mußte, der die alten Methoden weiterentwickelte und sich auf Neuerungen einstellte.) »Folgendes sagt Al Sairafi zu seinem imaginären Gesprächspartner, einem jener orthodoxen Eindringlinge, die davon träumten, das andalusische Paradies zu besitzen:

›Was die Strategie angeht, biete ich dir die Mittel, für die sich die Könige Persiens begeisterten – schon lange vor dir siegten sie.

Verstanden werden ist nicht mein Ziel, doch vielleicht wird mein Leitfaden die Gläubigen anregen und ihnen einträglich sein.

Trage eines jener doppelten Panzerhemden, zu denen Tuba, der geschickte Waffenschmied, riet.

Ergreife einen schmalen, scharfen Degen aus Indien, denn er reißt die größten Lücken in die Panzer, er schneidet besser als alle anderen.

Reite ein wildes Streitroß – wie eine gut bewachte Festung soll es sein, gegen die niemand etwas ausrichten kann.

Wenn du rastest, verschanze dein Feldlager, ganz gleich, ob du als Sieger deinen Feind verfolgst oder er dich.

Überschreite nicht den Fluß. Besser, du lagerst so an seinem Ufer, daß dein Heer von dem gegenüberliegenden Ufer getrennt und vor ihm geschützt ist.

Beginne die Schlacht im Morgengrauen, so du sicher bist, daß unerschrockener Heldenmut deine eherne Stütze ist.

Treffen die beiden Heere auf einem engen Schlachtfeld zusammen, so lasse die Spitzen der Lanzen verlängern.

Solltest du angreifen müssen – beginne sofort: Jede Unentschlossenheit ist ein Verlust an Möglichkeiten.

Als Kundschafter wähle verwegene Männer, denn ihnen ist der Mut angeboren, sie werden dich niemals enttäuschen.

Und schenke niemals dem Schwindler Gehör, der dich beunruhigen will: Noch nie hat jemand von einem Lügner einen weisen oder nützlichen Ratschlag erhalten.‹«

(Ich weiß diese Zeilen immer noch auswendig. Manchmal habe ich danach gehandelt, manchmal nicht. Aber gleichgültig, ob ich sie befolgte oder nicht, gesiegt habe ich nur selten. Vielleicht verstand ich nicht zwischen dem Lügner und dem Klugen zu unterscheiden. Ich habe den Glauben an die Ratschläge von Dichtern verloren. Man könnte fast sagen, daß ich den Glauben an Ratschläge überhaupt verloren habe.)

Abul Kasim Benegas begann unverzüglich mit meiner politischen Ausbildung. (Er war ein Abkömmling der – wenn auch assimilierten – christlichen Linie der Egas von Córdoba, der Familie der Ceti Meriem; er war einer der widerspenstigsten und habgierigsten Männer, die ich kannte – und davon kannte ich mehr, als mir lieb war.) Wollte man diesen Satz möglichst schlecht auslegen, hätte ich vielleicht keinen besseren Lehrer finden können. Theorie und Praxis waren bei ihm unversöhnliche Gegner. Auch wenn ich fast noch ein Kind war, verblüffte es mich, daß mein Vater eine solche Person in seine Dienste gestellt hatte, und noch mehr, daß er ihm völlig vertraute, diesem Gönner seiner Freunde und Klienten, diesem erbitterten Rivalen einer so wichtigen Familie wie der Abencerragen.

»Ein guter Herrscher«, so sagte er mir am ersten Morgen, »muß ein äußerst gelehrter und scharfsinniger Mann sein.«

Ich sah mich außerstande, dieses Ziel je zu erreichen, und gestand mir selbst ein, daß ich niemals für den Thron geeignet sein würde. Doch Benegas fuhr lächelnd fort: »Wenn er es noch nicht ist, wird er es bald werden, denn unter ihm wächst und gedeiht alles Wissen, der Geist blüht, die Hinterlist findet ihren Schlupfwinkel, und der Streit wird sich niederlassen. Der Herrscher kann an einem einzigen Tag mehr Erfahrung sammeln als der Rest der Menschheit im ganzen Leben. So behauptete Omar Ibn Abdelasis – Gott sei ihm gnädig! –: ›Ich betrüge niemanden; aber kein Betrüger wird mich betrügen können.‹ Wer weiß, was das Böse ist und wer die Bösewichte sind, ist in der allerbesten Position, um sich vor ihnen in acht zu nehmen.«

Ich musterte ihn aufmerksam und versuchte hinter seine wahre Einstellung zu kommen, denn in seinen Augen entdeckte ich einen Funken Ironie. Der erlosch aber sofort wieder, als er meine Absicht erkannte.

»Die Grundlage aller Erfahrung besteht darin, sicher zu sein, daß man weiß, was man wirklich wissen muß, und daß man übersieht, was man übersehen muß. Deshalb hat sich der Thronfolger, wie dein Vater dir neulich schon sagte, über alles zu informieren, was er beobachtet. Er muß aus allem, was ihm zu Ohren kommt, einen Schluß ziehen. Er muß stets ein würdevolles Verhalten an den Tag legen, ohne sich von Leidenschaften mitreißen zu lassen« – als ich das hörte, erstand unwillkürlich Sorayas Bild vor meinen Augen – »oder vor Wut zu schäumen. Seine Rede muß aufrichtig sein, Versprechen darf er nicht brechen. Sein Verhalten muß jedem Respekt abgewinnen. Er darf sich nicht schämen zu fragen, wenn er Zweifel hat. Niemals darf er Unrecht akzeptieren, und er muß mit seinen Kräften haushalten, denn wenn er sich verausgabt, wird man nicht länger um den heißen Brei schleichen, sondern zuschlagen. Deshalb ist die wichtigste Regel die, zu wissen, welcher Aufwand für welche Sache vonnöten ist.«

Während ich ihn so reden hörte, sagte ich mir, daß diese Ratschläge nicht für einen Prinzen, sondern für jeden beliebigen Mann bestimmt sein könnten und daß vielleicht statt des Königssohnes einfach der beste Mann aus dem Volk Thronfolger werden sollte.

»Zu meiner Freude wünscht dein Vater, daß du zuerst Fortschritte in der Kunst der Politik machen sollst, ehe er sich endgültig festlegt. Denn eine Designierung wirkt sich ungünstig aus und ist ungültig, wenn der Designierte seinen Vorgänger ersetzt, ohne die nötige Erfahrung gesammelt zu haben. Boabdil, vertraue meinen Unterweisungen genauso fest, wie dein Vater mir in Regierungsgeschäften vertraut. Was mich betrifft, halte ich mir immer die vier Fehler vor Augen, die dem Minister eines fähigen Herrschers unterlaufen können: die Anmaßung, sich einzumischen, wenn keiner ihn nach seiner Meinung gefragt hat; die Feigheit, zu schweigen, wenn sein Gebieter schlecht handelt; aus Ängstlichkeit kein Urteil abzugeben, wenn man ihn darum bittet; vor allem aber die Unbesonnenheit, zu sprechen, ohne vorher den Gemütszustand des Herrschers erforscht zu haben. Ein Minister, der diese Fehler vermeidet, wird der beste Freund seines Königs sein. Und vergiß nicht, Boabdil: Nicht der ist dein bester Freund, der dir im Unglück beisteht, sondern jener, der verhindert, daß dir ein solches zustößt. Denn das Fehlen von Freundschaften, mit anderen Worten: die Einsamkeit, trifft den Mächtigen schwerer und nachhaltiger als jeden anderen. Erstens deshalb, weil er sich von denen fernhalten muß, die ihn nur aus Eigennutz umwerben, die ihm schöntun und ihn umringen, um Vorteile daraus zu ziehen. Zweitens, weil sich die Würdenträger, die er um sich haben sollte, aus Gründen des Takts, der Diskretion und der Würde fernzuhalten pflegen. Und drittens, weil er diese Einsamkeit nicht durchblicken lassen darf. Er darf niemandem zeigen, daß er unter ihr leidet, denn es hätte zur Folge, daß der stille Neid seiner Umgebung ihn zu zerstören versuchte. Deshalb klage niemals in Anwesenheit eines Menschen, der sich nicht in der gleichen Lage befindet, denn er wird sich entweder nicht dafür interessieren, oder er wird es dir als Beleidigung auslegen. Du sollst den Leuten noch nicht einmal deine Meinung über ein Thema mitteilen, denn du bemühst dich umsonst und verschwendest deine Zeit. Wenn du einem Klugen gegen seine eigene Meinung rätst, wird er sich von dir zurückziehen; machst du dasselbe bei einem Dummen, wird er nur vollständig seine Achtung vor dir verlieren, ohne daß du seinen Charakter änderst. Denn Ratschläge zu erteilen ist genauso gefährlich, wie um Rat zu bitten, denn es gibt keine Unterweisung, die nach dem Geschmack des Schülers und des Lehrers ist. Und das sage ich dir, der ich zu deinem Lehrer ernannt worden bin. Denn ein gegebener und nicht befolgter Rat hat zur Folge, daß der Ratgeber sich gedemütigt fühlt und seine Haltung ändert; falls der Rat aber befolgt wird und gut war, wird der Ratgeber Gegenleistungen für seine Klugheit erwarten. Es gibt ein Sprichwort dafür, das lautet: ›Niemand kratzt dir den Rücken so gut wie du selbst‹, und ein anderes: ›Kein Gläubiger läßt sich zweimal von einem Skorpion stechen, der sich zweimal unter demselben Stein versteckt.‹ Die Quintessenz der Politik, mein lieber Prinz, ist die Begabung, das geringere Übel zu wählen und die Untertanen davon zu überzeugen, daß jede Entscheidung beschlossene Sache ist.«

Während Benegas weiterredete und sich an seinen eigenen Worten berauschte, sah ich ihn wißbegierig an, nicht weil er mir sagte, was ich wirklich dachte (abgesehen von einigen, wahrscheinlich unbeabsichtigten Ausnahmen), sondern weil ich daran dachte, wie nützlich es war, was er mir sagte (und möglicherweise zu seinem Nachteil). Wenn er mir riet, mich vor allen in acht zu nehmen, hieß das auch, daß ich mich vor ihm selbst in acht zu nehmen hatte. Ich widersprach ihm nie; ich stellte ihm einfache Fragen, bei denen ich schon vorher die Antworten wußte; ich bestärkte ihn in dem Glauben, daß ich nicht sehr klug sei und es auch niemals werden würde. Ich war darauf bedacht, seine Worte nachzubeten, damit er meiner Gefügigkeit wegen – die ihm bei dem möglichen Thronfolger (ich als Nachfolger meines Vaters, er dann als Nachfolger seiner selbst) sehr gelegen kam – dem Sultan wohlwollend von mir berichtete. Mit einem Wort: Ich handelte wie ein Kranker, der die bittere Medizin weniger schluckt, um die Krankheit loszuwerden, als vielmehr, um den Arzt loszuwerden.

»DEIN ONKEL WÄRE ein guter Herrscher geworden«, sagte meine Mutter einmal zu mir. Und als mein Vater später so ungeschickt zu handeln begann, war ganz Granada dieser Meinung. Mein Onkel, der so heißt wie ich, ist dunkelhaarig, schlank und sehr groß; er hat einen blassen Teint und samtige Augen: »Sein Blick ist wie eine Liebkosung«, sagte Subh. Wenn die Frauen ihn sahen, konnten sie ihren Blick nicht von ihm abwenden, und plötzlich seufzten sie, als hätten sie vor lauter Hinsehen das Atmen vergessen. Mein Onkel beantwortet diese Seufzer mit Gelächter. Er kennt den Grund und verachtet ihn. Nicht umsonst ist er, wo er geht und steht, von Frauen umgeben – bis in sein Haus, denn er hat nur Töchter.

Solange ich denken kann, habe ich ihn abgöttisch bewundert. Man hatte mir erzählt, daß er mich regelmäßig besuchte, als ich zwei Jahre alt war – »Ich komme, um ihn wachsen zu sehen«, sagte er –, mich in die Arme nahm und abküßte, um mich dann unter Subhs Protestgeschrei in die Luft zu werfen und mit dem Umhang aufzufangen. Bis sich eines Morgens der Umhang im Säbel verfing und ich, weil er ihn nicht rechtzeitig ausbreitete, mit meinen noch weichen Knochen auf die Steinfliesen fiel. Subh erzählte, daß mein Onkel so fassungslos dreingeschaut hätte, daß sie es nicht wagte, seine Bestürzung durch Vorwürfe noch zu vergrößern. Gott sei Dank waren ein paar Beulen und blaue Flecken die einzigen Folgen des Sturzes, aber mein Onkel spielte nie mehr Ball mit meinem Körper. Am Hof aber sprach man weiter von seiner Vorliebe für mich. Wenn ich als Kind gefragt wurde, wer mein Vorbild sei, antwortete ich, ohne einen Moment zu zögern. Deshalb hob ich stolz meinen Kopf, als Moraima mir vor einigen Tagen sagte, ich werde Abu Abdallah immer ähnlicher. Ich nehme an, daß sie diese Geste nicht zu deuten wußte, denn sie verstummte, in der Meinung, mich mit diesem Vergleich beleidigt zu haben.

Mein Vater und er verstanden sich trotz des Altersunterschiedes sehr gut. In den Anfangszeiten war mein Onkel ihm eine größere Hilfe als ein ganzes Heer. Unter den beiden entstand das, worauf mein Vater an dem Morgen, als er mich zum Kronrat rufen ließ, hinwies: eine gute Zeit für das Königreich. Die Regierung gewann an Beständigkeit, die Bürger fühlten sich sicher; man respektierte die religiösen Gebote, was den Würdenträgern ein angenehmes Gefühl der Ruhe bescherte. Es gab weniger Verbrechen, und vor allem wurde die Grenze zu den christlichen Reichen gehalten und blieb sicher – ein so gut wie nie dagewesener Zustand. Das Volk war also mit meinem Vater zufrieden. Trotzdem erhoben sich bald die Burgvögte gegen ihn und den aufgehenden Stern Benegas, gefördert von meinem Großvater, auf dessen Seite sie damals gestanden hatten. Sie wurden unterstützt von einigen christlichen Generälen (immer dazu bereit, interne Streitigkeiten zu schüren) und den Abencerragen, die meinem Vater die feindselige Haltung nicht vergessen konnten, mit der er seine Herrschaft begann, und sich versucht fühlten, die kastilischen Granden nachzuahmen, die sich in den Grenzmarken als eigenständige Herrscher aufführten. Diese aufständischen Gruppen hißten die stolzeste und edelste Fahne, die es gab: den Namen meines Onkels Abu Abdallah. Durch einen Trick beraubten sie ihn seiner Freiheit, brachten ihn an die Macht, indem sie ihn in Málaga zum König krönten, und beschworen so einen Bürgerkrieg herauf, der verhängnisvoll hätte werden können. In Granada, wo man dieses Hin und Her gewöhnt war, wunderte sich niemand. Die Leute dachten, wie meine Mutter, daß mein Onkel zum König geboren sei. Ich war damals acht Jahre alt, als die Nachricht sich in der Alhambra verbreitete. Mein Onkel stand genau wie die Abencerragen und die alten Burgvögte in so hohem Ansehen, wie es Benegas niemals erreichte. Der war den meisten verhaßt. In Málaga hatte es schon Tradition, die Unabhängigkeit anzustreben. In der vorherigen Dynastie wurde es ebenfalls vom Bruder des letzten Königs regiert. Hoffentlich stimmt es nicht, daß Geschichte sich wiederholt.

Aber mein Vater ließ sich nicht einschüchtern, dafür kannte er seinen Bruder zu gut. Er wußte von Anfang an, daß der Aufstand nicht seine Idee war, sondern von den Zurückgesetzten und Gekränkten ausging. (Meine Erfahrung sagt mir, daß die Abencerragen als Menschen immer achtenswert, verantwortungsbewußt und ehrbar waren. Aber als Sippe haben sie dem Königreich viel Kopfzerbrechen bereitet. Mit ihnen ist es genau umgekehrt wie mit den *Freiwilligen des Glaubens*, die als Ganzes eine gute Wache und sichere Bastion sind. Wenn sie aber in die Hände irgendeines intriganten Anführers fielen, mischten sie sich in die Politik und brachten alles durcheinander.) Deshalb begab sich mein Vater höchstpersönlich nach Málaga und erreichte durch List und Geld, daß mein Onkel den Fängen der Rebellen entkam und in seinem Feldlager erschien. Dort zeigten sie sich zusammen, das gegenseitige Ansehen wurde somit gewahrt. Mein Onkel kehrte auf seinen alten

Posten zurück, die alten Burgvögte und die Abencerragen dagegen wurden grausam bestraft. Viele von ihnen wurden im Anschluß an ein Abendessen auf der Alhambra enthauptet, zu dem sie unter dem Vorwand geladen worden waren, daß mein Vater und sein Bruder ihnen vergeben hätten. Wer sein Leben retten konnte, flüchtete nach Kastilien, Aguilar oder Medina Sidonia, wo sie von an der Grenze wohnenden Familien aufgenommen wurden, die Feinde der Freunde meines Vaters waren. Durch dieses Blutbad, das die Stadt in Erregung versetzte, stabilisierte sich die Regierung wieder. Jedoch blieb ein Schatten im Bewußtsein des Volkes, das die stattlichen, tüchtigen, mutigen Abencerragen liebte und Benegas von Tag zu Tag mehr ablehnte. Wie geheimnisvoll ist doch der Spürsinn eines Volkes, Böses im voraus herannahen zu ahnen!

Drei Jahre später, zur selben Zeit also, da die Unterredung mit meinem Vater stattfand, wurde ich nach Almuñécar geschickt, zusammen mit meinem Onkel, dessen Liebe zu mir noch gewachsen war, als er ohne männliche Nachkommen blieb. Ich sollte mich unter seiner Anleitung im Gebrauch der Waffen üben und meine Reitkenntnisse vervollkommnen. Beim Abschied sagte meine Mutter zu mir: »Teile deinem Onkel mit, daß er, sosehr er auch auf einen Thron hoffen mag, den künftigen Thronhalter nicht durch die Luft werfen soll. Und falls er es tut, soll er ihn wenigstens auffangen.«

Damit gab sie mir zu verstehen, was sie von der Aufrichtigkeit meines Onkels hielt und daß sie von der Unterredung mit meinem Vater wußte – wahrscheinlich schon, bevor ich den Beratungssaal verlassen hatte.

»Nach dem Propheten«, so sagte mein Onkel mir am ersten Tag, »schauen die Engel drei Spielen der Menschen mit Wohlgefallen zu: dem Pferderennen, dem Bogenschießen und einem weiteren, für das du noch zu jung bist.«

»Welches meinst du?« fragte ich sofort.

»Jenes, das der Mann und seine Frau miteinander spielen.«

Jeden Morgen verließen wir die Festung und galoppierten in leidenschaftlichem Wetteifer zum Strand. Mein Onkel ließ mich die Regeln dieser Wettrennen festlegen, und obwohl er mir dauernd Vorsprung ließ, besiegte er mich immer. Jene glücklichen, endlosen und strahlenden Tage bestanden nur aus meinem Onkel und dem Meer. Vielleicht waren die beiden für mich eine Einheit: gleichzeitig nah und fern, beständig und veränderlich, vergnügt und streng und unermeßlich groß. Ich wünschte nichts weiter, als die beiden zu beobachten, dabei aber vorzugeben, überhaupt nicht hinzusehen, und mich von ihnen beobachtet zu fühlen, aber so zu tun, als merkte ich es nicht. Mein einziges Ansinnen war es, mich vor den Augen meines Onkels selbst zu übertreffen, indem ich versuchte, mutiger, ausdauernder, kräftiger und vorbereiteter zu wirken, als ich war.

Eines Morgens, beim Ritt landeinwärts, warf mich mein Pferd mit voller Wucht aus dem Sattel. Ich erlitt eine durchaus erträgliche Verletzung am Arm, schloß aber die Augen und täuschte eine Ohnmacht vor – vielleicht, um meine Ungeschicklichkeit zu entschuldigen. Onkel Abu Abdallah kam angelaufen, warf sich über mich, befühlte meinen Hals und umarmte mich. Als er dann merkte, daß alles Schwindel war, ging er verärgert und schweigend weg. Da aber wurde ich plötzlich wirklich verletzt: Eine kleine Viper, eine Sandviper vielleicht, die ich durch meinen Sturz aufgeschreckt hatte, biß mich in den Oberschenkel. Ich spürte den Biß, sah das Tier, und obwohl ich nicht wollte, schrie ich. Mein Onkel blickte zurück und erfaßte augenblicklich die Lage. Wieder beugte er sich über mich, preßte seinen Mund auf meinen Oberschenkel und saugte das Gift heraus. Die Zeit, in der Abu Abdallahs Mund wie ein Saugnapf auf meinem Fleisch klebte, erschien mir wie eine Ewigkeit. Ich dachte, ich müsse sterben, und diese Todesart gefiel mir nicht. Mein Onkel hob den Kopf, spuckte aus und preßte seinen Mund wieder auf mein Bein, bis er glaubte, daß es genug sei. Halb nackt lag ich im Gras, meine Hand auf dem dunklen Haar meines Onkels; um mich zu beruhigen, strich er mit seinen Hände über meine Beine, meine Brust und über meine Wangen. Keiner von uns beiden sagte etwas, nur unser Atem war zu hören; aber es war offensichtlich, daß soeben zwischen uns ein Band auf Leben und Tod, des Großmuts und der Verpflichtung entstanden war: ein Band, das man besser schweigend knüpft. Und so besiegelten wir es mit einem langen, tiefen Blick. Die Sonne stand schon im Zenit, als er mir mit seiner dunklen, kräftigen Hand einen Klaps gab und mit strenger Stimme sagte: »Jetzt bist du ein Mann. Wenn dieses verdammte Gift dich nur nicht umbringt. Oder mich. Laß uns gehen.«

Und weil das Pferd durch meine Unerfahrenheit durchgegangen war, nachdem es mich abgeworfen hatte, stiegen wir beide auf sein Pferd – ich saß vor ihm – und kehrten in die Zitadelle zurück.

Zwei Tage später ereignete sich das, worüber ich jetzt schreibe. Ich bin mir ziemlich sicher, daß es keine Einbildung von mir war, sondern daß es sich so zutrug, wie ich es erzähle. Dennoch kann jeder – heute auch ich – verschiedene Schlüsse daraus ziehen.

Der Biß an meinem Oberschenkel schmerzte noch, hatte sich aber kaum entzündet. Der Arzt hatte mir einen Kräuterverband angelegt – ». . . da sind Kröten drin«, murmelte mein Onkel –, der meine Bewegungsfreiheit einschränkte. Mein Onkel beschloß, mich an diesem Morgen im Bogenschießen statt im Reiten zu unterweisen. Ich zielte ziemlich schlecht, direkt vor mir sah ich den Beweis: eine unberührte Zielscheibe. Als ich wieder einen Pfeil danebenschoß, hörte ich Abu Abdallah lachen.

»Wenn man vor deinen Schüssen sicher sein will, stellt man sich am besten vor die Zielscheibe.«

Wir befanden uns auf dem Burghof. Unten glitzerte das Meer. Es war Frühling, wir schwitzten schon. Mein Onkel und ich hatten uns einiger Kleidungsstücke entledigt. Wir spielten Krieg, wie zwei alte Waffengenossen. Auf einmal sah ich, wie Blut mein Hemd färbte. Ich spürte keinen Schmerz, und ich verstand auch nicht, was passiert war. Mein Onkel war die verirrten Pfeile einsammeln gegangen, und als er aufblickte, sah ich ihn bleich werden. Mit zwei großen Sätzen war er bei mir, zerriß den blutigen Stoff und nahm mein Gesicht in seine Hände. Seine Farbe kehrte wieder zurück, und er lächelte.

»Irgend etwas ist immer mit dir los. Jetzt hast du Nasenbluten. Du bist eben doch noch ein Kind. Hast du dir selbst einen Schlag verpaßt?«

Ich schüttelte den Kopf, während ich die Nase mit meinen Händen bedeckte. Nachdem mein Onkel sich auf den Boden gesetzt hatte, legte er mich rücklings auf seine Beine, bog meinen Kopf nach hinten und hob meine Arme nach oben. Dann brach er ein Ästchen von einer Myrte ab, die in seiner Nähe stand, steckte es in meinen Mund und drückte sanft die Lippen darauf. Fast augenblicklich hörte das Bluten auf. Mit seinem Hemdsärmel wischte er über mein blutverschmiertes Kinn und den Mund. Ich hielt die Augen halb geschlossen, weil die Sonne mich blendete. Die durchscheinenden Lider ließen den Himmel rot aussehen. Ich fühlte, wie das Blut – und zwar nicht aus der Nase – durch meinen Körper pulste und plötzlich stockte, ohne daß ich wußte, was die Ursache dafür war. Ich saß behaglich auf dem Schoß meines Onkels. Mit der linken Hand streichelte er den Oberschenkel mit dem Schlangenbiß, mit dem rechten Arm hielt er mich umfangen, die dazugehörige Hand war auf meinen Lippen liegengeblieben. Von einer Zärtlichkeit mitgerissen, die stärker war als ich, küßte ich sie. Ich weiß nicht, ob es nur eine Geste der Dankbarkeit war oder etwas weniger Naheliegendes. Auf meinem Gesicht spürte ich den Atem meines Onkels, der so schnell ging wie nach einer körperlichen Anstrengung. Der Geschmack des Myrtenzweiges füllte meinen Mund, die Luft war erfüllt vom Duft entfernter Blumenrabatten. Die Sonne brannte vom Himmel herab.

Summend umkreiste uns eine frühe Biene. Ohne die Augen zu öffnen, nahm ich das schimmernde Meer wahr. Das leise Keuchen meines Onkels kam näher. Mein Mund ahnte die Nähe des seinigen. Eine Sekunde, die länger währte als viele Leben, wartete ich ab, was geschehen würde. Mit zugekniffenen Augen wartete ich ab. Plötzlich stand mein Onkel aprupt auf und ließ mich kopfüber zu Boden fallen. Schließlich öffnete ich die Augen. Er stand mit dem Rücken zu mir und schaute aufs Meer.

»Es hat aufgehört zu bluten. Beeil dich. Nimm den Bogen und die Pfeile.«

In diesem Augenblick begriff ich, warum alle dachten, mein Onkel Abu Abdallah ibn Sad hätte einen guten Herrscher abgegeben.

ALS MEIN GROSSVATER meinen Vater mit meiner Mutter verheiratete, hielt er es nicht für nötig, ihn zu fragen, ob er sie liebe. Die Antwort wäre klar gewesen. Sie war zuvor schon mit zwei Sultanen verheiratet; den zweiten davon ließ mein Vater enthaupten. Sie war älter als er. Sie war mehr als eine Frau, sie war eine nasridische Institution, und selbst ich müßte lügen, wenn ich sie schön nennen sollte.

»Wäre da nicht die Kleidung, könnte man sie von weitem für einen Mann halten; und auch von nahem bleiben noch Zweifel«, hörte ich einmal eine Konkubine sagen.

Soviel ist sicher: Sie legte eine Art von Stolz an den Tag, die man normalerweise nur bei Männern beobachten kann. Ihr Mutterinstinkt ist nicht sehr ausgeprägt, und verglichen mit ihrem königlichen Selbstverständnis ist er überhaupt nicht vorhanden. Meiner Meinung nach deshalb, weil sie niemals daran zweifelte, als Herrscherin auf die Welt gekommen zu sein. Sie ist die Tochter Mohammeds IX., genannt *der Linkshänder.* Ihr erster Mann, mit dem sie keine Kinder hatte, war ein Cousin von ihr, Mohammed XI. *der Lahme*, und der zweite, den sie ebenfalls aus politischem Kalkül heiratete, war Mohammed X. *der Knabe*, der Sohn Mohammeds VIII., *des Jünglings*. (Ich weiß, daß dieses Kauderwelsch kompliziert klingt; sogar für mich, obwohl es sich um Namen aus unserem Geschlecht handelt. Deshalb beabsichtige ich, eine Geschichte der Dynastie zu schreiben, um zu verdeutlichen, was sie nicht ist, und um die Chroniken zu entschlacken, die so vollgestopft sind mit katzbuckelnden, erkauften Lobpreisungen, daß sie mehr nach Schweiß riechen – wenn nicht sogar Blut – als nach Dichtkunst. Zu diesem Zweck werde ich die Bibliothek der Alhambra zu Rate ziehen müssen, denn ein einzelner – vor allem ich – kann nicht so viele Daten und erst recht nicht so viele Lügen im Kopf behalten.) Meine Mutter erlebte Intrigen, Abenteuer, Entthronungen, Thronbesteigungen, Exil und Rückkehr. Sie ist intelligent und beeindruckend, sie verkörpert Granadas mächtigste Partei. Es war also klug, wenn derjenige, der zu regieren beabsichtigte, sie für sich gewann. Und es gab keine wirksamere Methode als die Verheiratung mit dem künftigen Thronfolger – der sich dann als Usurpator erweisen sollte. So stand sowohl für meinen Großvater als auch für meinen Vater die Zurückweisung einer solchen Hochzeit außer Frage. Denn ich bin davon überzeugt, daß sich eine Zeit des Wachstums von einer Zeit der Dekadenz unterscheidet, weil es den Willen gibt – des Machthabers, aber auch der Mehrheit der Untertanen, die richtig entscheidet. So wird ein Mann gewählt und an die Spitze gestellt, der handfeste Trümpfe vorweisen kann; wer die schlechteren Karten hat, wird abgesetzt oder gar beseitigt. Genau hier liegt der Grund dafür, daß in diesem kritischen Augenblick nicht alle hinter mir stehen, obwohl die Vorgehensweise meines Vaters dieser positiven Richtung, die ich Trümpfe genannt habe, entspricht. Denn warum sollte die Mehrheit des Volkes jemand anderen unterstützen als den mit den besten Aussichten?

Von Tag zu Tag hielt ich mich weniger in der königlichen Madrasa auf und verbrachte mehr Zeit mit meinen Privatlehrern. Vor allem Benegas nahm meine ganze Aufmerksamkeit in Anspruch, indem er mich, auf seine Art, in Politik und Finanzwesen unterwies. Gerade sein langatmiges Schwatzen säte Zweifel in mir, da er von einem Widerspruch zum nächsten sprang.

»Dein Vater hat im Augenblick drei Waffen in der Hand. Die erste sind die Rivalitäten unter den christlichen Rittern, gleich, ob sie in Andalusien oder als Vertriebene oder Freiwillige im Grenzgebiet leben. Zweitens kann er sich bei den Friedensverhandlungen der jungen Königin Isabella bedienen. Die dritte besteht im Verweigern der Tributzahlungen, zu denen sich seine Vorgänger verpflichteten. Diese drei Waffen solltest du bestens kennen, denn ich glaube nicht, daß du andere wirst einsetzen können, wenn deine Zeit gekommen ist.

In der Lage, in der sich Kastilien momentan befindet, mußt du vor allem wissen, daß die Grenzmarken ein Turnierplatz nutzlosen Heldentums sind, höchstenfalls nützlich für die Angreifer. Sie sind Verbannungsort und Strafe für widerspenstige politische Gegner, Kampfbahn für Reitertruppen, die nichts mit einem so ungeordneten und dekadenten Königreich wie dem der Christen zu tun haben; sie sind ein Markt des Erwerbens und Gewinnens, bei dem jeder zusammenrafft, was er in die Finger bekommt, und ein Zufluchtsort, wo Verbrechern und sogar Totschlägern die Strafen erlassen werden. Noch nie zuvor war das Leben an der Grenze so mühsam. Das ist der Grund, warum dein Vater trotz der Waffenverträge jedes Frühjahr auszieht: um sie zu sichern und die Ritter, die nicht für ihren König, sondern für sich selbst kämpfen, in ihre Schranken zu weisen. Denn in den Grenzmarken benimmt sich keiner so, wie er sich in Kastilien benehmen würde, sondern so, wie er ist oder man ihn sein läßt. Die Krone reicht nicht bis dorthin, was zu unserem Vorteil ist. König Heinrich, und heute seine Stiefschwester, haben genug damit zu tun, sich auf dem Thron zu behaupten: Sie können ihre Energie und ihre Mittel nicht auch noch mit der Beschaffung von Waffen und Geld vergeuden, um die Staatsgrenzen überzeugend zu behaupten. Darüber hinaus haben die christlichen Könige die Grenze oft benutzt, um sich widerspenstige oder in Ungnade gefallene Personen vom Hals zu schaffen. Heinrich IV. hatte die Angewohnheit, seine alten Liebhaber dorthin zu verbannen, wenn sie ihm nicht mehr gefielen oder er sie durch einen neuen ersetzte: Der Konnetabel von Jaén, Miguel Lucas de Iranzo, ist so ein Fall. Häufig lassen sie die Grenze ohne militärischen Schutz, nur um den Verbannten das Leben noch schwerer zu machen; sie überlassen sie einfach ihren Angreifern oder Verteidigern. Glücklicherweise zu unserem Vorteil, die wir so ohne Gefahr die Orte zurückerobern und plündern können, die uns in früheren Zeiten entrissen wurden. Dies hat, wie du sicher verstehst, in den letzten Jahren den Ruhm deines Vaters und deines Onkels gemehrt, da gibt es keinen Zweifel. Denn die Grenze ist ein Territorium für persönliche Ambitionen, weit entfernt von den gekrönten Häuptern der Christen: Sie ist weit weg von den Herzen jener Monarchen. Man feilscht dort um Entsatztruppen und Nachschub, das tägliche Leben dreht sich nicht um Politik – unter anderem deshalb, weil das Leben ständig von Gefahr bedroht ist. Darum wären die Herren der Grenzgebiete, hielte man sie nicht im Zaume, die wahren Könige der Taifas. Es ist kaum vorstellbar – so aufsässig uns die Granadiner auch vorkommen mögen –, wie unabhängig von ihrem König und wie untereinander verfeindet die Kastilier sind. Sie unterhalten fast brüderliche Beziehungen zu uns: Sie leben in Granada oder stellen sich unter unseren Schutz, wenn sie ihre Könige für ungerecht oder ihre Nebenbuhler für zu mächtig halten. Die Grenze ist vor allem ein Gemütszustand, eine Weltanschauung, etwas Vereinendes und Trennendes, der Beweis dafür nämlich, daß jeder Ringkampf viel von einer Umarmung hat und daß man, um Körper an Körper mit seinem Feind zu kämpfen, auf das Schlagen seines Herzens achten muß. Wenn die Geschichtsschreiber etwas anderes sagen, berichten sie schlecht.

Außer deiner Familie, Boabdil, gibt es in Andalusien noch drei weitere, mit denen du früher oder später« – (viel früher, als ich dachte) – »zu tun haben wirst: die Guzmán in Medina Sidonia, die Ponce de León in Cádiz und die Fernández aus Córdoba, die seit zweieinhalb Jahrhunderten in dieser Region sind. Wegen verschiedener Eroberungen, des Beuterechtes und ihres Stolzes sind die beiden ersteren unversöhnliche Gegner. Aus ihrer sorgfältig von uns gehegten Feindschaft müssen wir Vorteile ziehen; sollte ein energischer König diese Herren unterwerfen und zur Zusammenarbeit zwingen, dann hätten wir unsere Gelegenheit verpaßt. Was die Fernández aus Córdoba angeht, so muß man diese noch weiter unterteilen. Das Haus Fernández teilt sich in drei Linien: Da ist zum einen die von Aguilar, deren Macht sich auf die Orte Aguilar, Montilla und La Puente de don Gonzalo in der Ebene von Córdoba sowie Priego und Carcabuey in der Sierra erstreckt; ihr Oberhaupt ist der furchtbare Don Alonso. Die zweite Linie ist die von Lucena und Espejo, die dritte die des Grafen zu Cabra und Herrn von Baena. Zwischen den Ländereien dieses letzteren und denjenigen Don Alonsos von Aguilar befinden sich zwei weitere Gebiete: Zueros, das im Besitz Don Alonsos von Córdoba ist, und Luque, das Don Egas Venegas gehört, einem Verwandten von mir, einem armen, blinden Invaliden. Aber diese beiden tanzen nach der Pfeife der anderen. Das Wichtigste ist, daß Don Alonso von Aguilar und Don Diego Fernández von Córdoba, jener zu Cabra, sich seit einigen Jahren nicht mehr verstehen. Don Diego ist ein Freund deines Vaters, aber damit du mich richtig verstehst: Unser Freund ist nur, wer uns von Vorteil ist. An der Grenze, mein Sohn, ist das normal: Uns bleibt nichts anderes übrig, als eine improvisierte Politik der Bündnisse und Feindschaften zu betreiben, je nachdem, woher der Wind weht.«

»Und warum bekriegen diese Herren sich gegenseitig, wenn

sie denselben König, dieselbe Religion und denselben Feind – uns nämlich – haben?«

»Man kann Gott nur darum bitten, daß er dich nicht so naiv bleiben läßt«, antwortete er mit einem etwas verächtlichen Lächeln. »Der Stolz geht den Christen über alles, sogar über ihren eigenen Vorteil. Es macht ihnen nichts aus, alles zu verlieren, sie würden sich sogar umbringen lassen, wenn sie nur als Ehrenmänner in der Erinnerung der anderen weiterleben. Eine scheußliche Sache, wie du noch sehen wirst. Don Alonso und Don Diego sind die Vertreter der beiden wichtigsten Linien des Stammes der Fernández von Córdoba. Die von Don Alonso ist die ältere, und deshalb sträubten sich diesen die Schnurrbarthaare, als die andere Linie in den Adelsstand erhoben und Don Diego zum Grafen von Cabra und später zum Vicomte von Iznájar ernannt wurde, Don Alonso aber weiterhin nur Herr zu Aguilar blieb. Um die Lage zu entspannen, sollte Don Alonso die achte Tochter Don Diegos heiraten. Aber dieser vermählte sich, aufgehetzt durch den Großmeister von Calatrava, mit einer Tochter des Markgrafen von Villena, wodurch die Eintracht endgültig zerbrach. Es ging so weit, daß Heinrich IV. – zum Wohle der Krone freilich – die beiden in Córdoba dazu zu bewegen versuchte, Frieden zu schließen und sich zu umarmen. Sie taten es ohne die geringste Überzeugung. Vier Monate später ergriff Don Alonso mitten in einer Stadtratssitzung zwei Söhne des Grafen und zwang den älteren – auch ein Don Diego, mit dem du sicherlich einmal zusammenstoßen wirst –, ihm Alcalá la Real, deren Bürgermeister Diego war, zu übergeben, denn er wollte diese Stadt unbedingt haben, die, wie du weißt, das Tor zu unserer Vega ist. Als er befreit wurde, forderte Diego Don Alonso heraus, doch Alonso stellte sich dem Kampf nicht; da nahm er einen Bruder des Herrn von Aguilar gefangen und hielt ihn drei Jahre lang fest: Es war Gonzalo Fernández von Córdoba, ein guter Soldat, der Verbindung mit dir aufnehmen wird, wenn du eines Tages den Thron von Granada besteigst. Und zu guter Letzt, als der Adel die Legitimität Heinrichs IV. in Frage stellte, verteidigte Don Diego diesen gegenüber Don Alonso, welcher wiederum für Heinrichs Bruder Partei ergriff. Diese ganzen Zwistigkeiten sind schwer zu durchschauen; aber bedenke, daß es bei uns dieselben Winkelzüge gibt, die wiederum für die Christen nur schwer zu durchschauen sind. Dank der Wechselhaftigkeit kannst du dich in der Politik in der Umarmung dessen wiederfinden, der gestern noch dein ärgster Feind war, und umgekehrt. Und ich glaube nicht – Gott sei gepriesen! –, daß diese so fruchtbaren Kämpfe jetzt aufhören, denn Don Diego von Cabra ist der älteste Bruder der Jüdin Juana Enriquez, der Mutter des Königs von Aragón, Don Ferdinand, des Ehemannes der Königin von Kastilien, und dieses verwandtschaftliche Verhältnis wird die Waage zu seinen Gunsten ausschlagen lassen – was Don Alonso noch mehr erzürnen wird.«

»Und was geschah mit dem Bruder Heinrichs IV.?«

»Der wurde bald darauf umgebracht.«

»Die Königin von Kastilien ist also König Heinrichs Tochter.«

»Nein. Sie ist seine Stiefschwester Isabella. Seine Tochter, die nicht seine Tochter zu sein scheint und die man *die Beltraneja* nennt, heiratete den König von Portugal.«

»Was für ein seltsamer Name . . .«

»Er kommt daher, daß sie, so sagt man, die Tochter des Günstlings Don Beltrán de la Cueva sein soll.«

»Und warum heiratete sie den König von Portugal?«

»Weil die Sache mit den Vaterschaften nie ganz geklärt wurde. Bis sich schließlich Beltrán de la Cueva, als es galt, Partei zu ergreifen, auf die Seite Doña Isabellas, der Stiefschwester, stellte statt auf die seiner vermutlich eigenen Tochter. Und es scheint auch, als habe Don Beltrán nachts die königlichen Gemächer betreten, nicht, um bei der Königin zu schlafen, sondern beim König. Ich sollte dir nicht von solchen Verirrungen erzählen, doch die Geschichte ist für Menschen und von Menschen gemacht, und folglich haben Betten eine größere Bedeutung, als sie haben sollten.« (Ich wußte damals nicht, wie sehr sich Benegas bald der Betten bedienen und die Zukunft des Königreiches von Lüsternheit und Gefühlen abhängen sollte.)

Benegas' Blick war mit der wehmütigen Erinnerung an eine verpaßte Gelegenheit in die Vergangenheit gerichtet.

»Leider war es nicht Gottes Wille, daß jener Zweikampf zwischen Don Alonso und Don Diego ausgetragen wurde. Dann hätten wir den Herausforderer oder den Geforderten aufgegeben. Vielleicht auch beide. Ich hatte alles ganz genau geplant. Im Zweifelsfall hätte man besser Don Alonso aufgegeben; ich sagte dir bereits, daß Don Diego, der Vater des Herausforderers, uns freundlich gesinnt ist. Sie pflegen ihn als Botschafter zu uns zu schicken, denn er beherrscht unsere Sprache, und er ist es, der im Auftrag seiner Könige die Friedensverträge unterzeichnet. Somit wären wir also bei Punkt zwei der Waffen deines Vaters angelangt.

Die Friedensverträge, mein Sohn, sind nichts weiter als ein Vorwand, um neue Kräfte zu sammeln und sich finanziell zu erholen. Das und nichts anderes ist ihr Ziel. Ist es erreicht, kehrt man in die Schlacht zurück, ob die Frist nun abgelaufen ist oder nicht. Kein Waffenstillstand wird bis zum ausgehandelten Termin eingehalten – sobald sich eine der beiden Parteien im Vorteil sieht, sendet sie ihr Heer gegen die andere aus. Wie du sicher verstehst, halten wir nicht an einem Wort fest, das in einem Moment der Schwäche oder der Niederlage gegeben wurde oder weil ein König ohne Verstand oder die nötige Umsicht vorgegangen ist. Dein Vater handelt in solchen Fällen kurz entschlossen, und ich ebenso. Außerdem nehmen die ungeschriebenen Gesetze des Krieges keine Rücksicht darauf, daß Friedensverträge unter bestimmten Umständen, die in den Grenzmarken zur Tagesordnung gehören, gebrochen werden. Man kennt das ja, wenn ein Feldzug weniger als drei Tage dauert, wie Grenzstädte angegriffen, Truppen ohne Trompetensignale einberufen und keine Zelte aufgeschlagen werden und alles von Aufruhr und Eile bestimmt wird. Mit anderen Worten, wenn es sich in Wirklichkeit nicht um Eroberungsschlachten handelt, sondern darum geht, etwas zu versprechen und nicht zu halten, Ernten zu vernichten, die andere Seite zu schwächen und sich an den Plünderungen zu bereichern.«

»Und befinden wir uns jetzt im Frieden mit den Christen?«

»Ja, wie fast immer. Das heißt, wenn wir uns nicht im Krieg befinden. Im Juni des Jahres 1475 schloß der Graf von Cabra einen Waffenstillstand mit uns, der von Lorca bis Tarifa galt, von Grenze zu Grenze. Er revidierte den wichtigsten Punkt, denn einerseits wollte seine Königin Frieden im Süden – was sie im Norden schon so ziemlich erreicht hatte –, andererseits war ihr sehr an unseren Tributzahlungen gelegen, welche seit der unglückseligen Schlacht von Higueruela sehr hoch waren. Dieser Waffenstillstand war so ernst gemeint und überzeugend, daß im Jahre 1476 Tag für Tag Abordnungen erschienen – einmal ein gewisser Aranda, einmal ein gewisser Barrionuevo –, um ihn für weitere fünf Jahre zu unterzeichnen. Aber dein Vater hatte sich schon wieder erholt, und am Ende des ersten Jahres fiel er in das Königreich Murcia ein, um den Christen einen Schrecken einzujagen. Unsere Untertanen brauchen den Kampf. Ein zu lange andauernder Friede läßt sie verweichlichen und an Verschwörungen denken; außerdem kommen uns der Viehbestand der Christen und das Lösegeld für die Gefangenen sehr gelegen. Die zweitausend Gefangenen, die wir aus Cieza und Ricote mitbrachten, sind allerdings bei ihrer Ankunft in Granada zum Islam übergetreten – wie schon viele vor ihnen. Auf diese Weise vergrößerten wir zwar unser Heer, verloren jedoch die Lösegelder. Wir tauschten das eine gegen das andere ein.«

»›Es gibt keinen Sieger außer Gott‹, so lautet der Leitspruch der Nasriden«, sagte ich übertrieben pathetisch, »aber Gott ist wirklich mit uns.«

»Nicht immer. Bei diesem Feldzug schon, aber beim nächsten, nach Cañete, hielt er sich fern. Ich werde dir nichts verschweigen. In jener Gegend gab es kein Trinkwasser. Die

Unsrigen waren seit Tagen marschiert und stießen immer nur auf brackiges Wasser. Um den Schaden möglichst gering zu halten, entschlossen sie sich zur Umkehr, denn sie wollten weder weitere Zeit verlieren noch von Überfallenen verfolgt werden, die auf Rache aus waren. Während des Rückzugs verdursteten Mensch und Tier, nur wenige kehrten lebend zurück. Seither sind viele Monate vergangen, aber diesen Durstmarsch haben die Granadiner nicht aus ihrem Gedächtnis gestrichen. Deshalb plante dein Vater sofort etwas zu ihrer Ablenkung. Über einen Fehlschlag darf man nicht lange nachdenken: Mißerfolge infizieren und vergiften die Herzen der Untertanen. Um dies zu vermeiden, greift dein Vater zu einem Mittel, das viel mit seiner dritten Waffe zu tun hat.«

»Die Tribute?«

»So ist es. Danke, daß du meiner weitläufigen Ausführung folgst. Die Abgaben, die wir leisten mußten, weil dein Großvater – diesmal meine ich jenen mütterlicherseits – nach der Schlacht von Higueruela unsere Lehnspflicht gegenüber Kastilien bestätigte, waren sehr hoch: zwanzigtausend Dublonen im Jahr. Wir handelten sie auf vierundzwanzigtausend alle drei Jahre herunter; aber noch besser war es, nichts zu zahlen. Kastilien ist zwar auf dieses Geld versessen, weil ihr eigenes in den Händen von Klerus und Adel ist, andererseits ist es jedoch nicht in der Lage, dieses Geld von uns zu fordern oder es mit Gewalt zu holen. So sind die Tributzahlungen in den letzten, von ihnen und uns mit Hintergedanken geschlossenen Friedensverträgen nicht erwähnt worden. Aus diesem Grund werden in drei Tagen Juan Pérez de Valenzuela und Fernando de Aranda, Mitglieder des Rats der Vierundzwanzig der Stadt Córdoba, mit Briefen ihrer Könige hier eintreffen. Dann wirst du bestätigt sehen, was ich dir sagte: daß man einem bedrängten Volk keine Ruhe lassen darf.«

SO GESCHAH ES. Ich erhielt eine Lektion, die ich niemals vergessen werde, vielleicht, weil ich es selbst erlebte, statt davon zu lesen oder zu hören. Und weil mein Vater mir in seinem Amt als König inmitten des Hofstaates so groß vorkam und weil er mir viele Dinge klarmachte, die nicht zu erklären sind. (Auch heute noch überzeugen sie mich, obwohl sie zu nichts mehr nutze sind.)

Am Abend zuvor hatten wir Prinzen vom Festungsturm aus gesehen, wie sich die Christen dem Palast näherten, in dem sie untergebracht werden sollten. Es war ein kleiner, schweigsamer Zug. Den meisten Lärm machten die Hufe der eisengepanzerten Pferde und die Rüstungen, die in der untergehenden Sonne glänzten. Den sechs bis acht Herren folgten die Knechte. Die Gesichter der Ritter waren unter den Helmen kaum zu erkennen, und ihre steife, hoheitsvolle Art, sich zu bewegen, überraschte uns, die wir ein weniger feierliches Auftreten des Adels gewohnt waren. Yussuf sagte: »Sie sehen aus wie mechanische Puppen, denen man eine Triebfeder zum Laufen eingebaut hat. Ich glaube, unter dem ganzen Eisen ist überhaupt nichts.«

»Hoffentlich ist es so«, bemerkte ich lachend, »in diesem Fall wären die Kriege zu Ende.«

»Und wozu sind wir da, wenn nicht für den Krieg?« fragte mein Stiefbruder Nasar.

Von klein auf hört man in Granada vom schlechten Geschmack der Kastilier, ihrem traurigen Leben und Sterben, ausgerichtet auf eine bedrohliche Ewigkeit, für die sie keine Beweise haben und der sie alles opfern; man erzählt von ihren unbequemen Steinhäusern und den kalten Glockentürmen ihrer menschenfeindlichen Kirchen; von ihrem schlechten Geruch, ihrer Unreinlichkeit und ihrer Abneigung gegen die in ihren Augen sündigen Bäder; von ihrer braunen, rauhen Kleidung, die aussieht, als seien sie ständig auf Kriegszug und wollten sich ihrer ausgedörrten Landschaft anpassen; von ihren Mienen, die hart sind, selbst wenn sie liebenswürdig sein wollen, und ihrem Äußeren, das schwerfällig bleibt, auch wenn sie uns nachahmen wollen und sich leichter kleiden. Aber für mich waren diese Beteuerungen nie unumstößlich.

Am nächsten Morgen führte mich El Maleh zum Gesandtensaal. Er brachte mich in den mittleren, rechts hinter dem Thron gelegenen Alkoven, damit ich alles mitverfolgen und hören konnte. Hinter den Fensterscheiben tauchte ein unwirkliches Bild des Albayzín auf, dessen weiße Flächen durch das bunte Glas gefärbt waren. Prunkvoll und glänzend schwärmte der Hofstaat protokollgemäß bis in die letzten Winkel des Saales. Die Stuckverzierung der acht Kuppeln war das einzig Unbewegliche und Stille. Ich vertrieb mir die Zeit mit der Betrachtung einer Amphore in jener Wandnische, die sich, wenn man von der Sala de la Barca her eintritt, auf der linken Seite befindet. Sie war schön – leicht, abgeschieden und luftig, wie eine Gabe der Natur, die sich in diesem winzigen Tempel eingenistet hat. Ich betrachtete das holzgeschnitzte Dach der Nische, ihren Marmorsockel, ihre winzigen Wände aus Keramik und Stuck; die schwarz-weiße Kacheltäfelung vibrierte vor meinen Augen, den grünen Rand konnte ich kaum erkennen, und auch nicht die Stuckverzierungen, die an diesem kühlen Morgen wie Marmor wirkten ... Vom Haupteingang her lief ein Raunen durch die Anwesenden: Mein Vater trat ein. Er erhellte den Saal mit seiner Präsenz. Ob er nach mir Ausschau hielt, als er näher kam? Jedenfalls sah er mich nicht. Mit einer unnachahmlichen Würde ließ er sich nieder. Über den Kissen wirkte er wie eine Pyramide aus Gold und Seide von unschätzbarem Wert. Silbernes Tageslicht fiel durch die Transennen der Alkovenfenster. Ich hatte versucht, die Verse Ibn al Yayabs auf dem nächstgelegenen Fries zu lesen:

> *Bei Sonnenaufgang, bei Sonnenuntergang, senden durch mich der Freude, Freundschaft, Wonne Münder frohe Botschaft an dich.*

Ich überlegte, daß dieser Palast trotz der Pracht, in die er sich kleidete, an das Zeltlager eines Beduinenstammes erinnerte: die Umgebung der Oase, verkörpert durch das Wasserbecken des myrtenbestandenen Innenhofes, die kleinen Jaimas, die über dem Alkoven des Sultans zusammenliefen, die riesige Kuppel, in der sich das Weltall und die Gestirne spiegelten. Ibn Chaldun hat beschämt festgestellt, wie sehr die Tugenden der Beduinen verkommen sind: Wenn dies für ihre angeborene Kraft, ihre Ruhelosigkeit und ihre Lehmbauten gilt – wie sollten ihre Ideale, ihre Anspruchslosigkeit und ihr Glauben überdauert haben?

Als die Christen den Saal betraten, kam mir in den Sinn, daß sie diesen alten Gewohnheiten näherstanden als wir. Es machte mich schaudern. Ich las weiter:

> Erhaben weitet sich die Kuppel, ihre Töchter sind wir.
> Dennoch wird mir mehr Ruhm und Ehre zuteil.
> Denn ich bin das Herz, sie sind die Glieder,
> und die Quelle ihrer Seele und ihres Geistes ist das Herz.

Die Christen verbeugten sich, und mein Vater hieß sie mit einer Handbewegung sich erheben. Für mich war er funkelnd und einzigartig wie die Sonne.

> *Die Tierkreiszeichen sind meine Schwestern.*
> *Doch ich, nicht sie, entsende den Glanz der Sonne.*
>
> – *So lautete in der Tat die Inschrift* –
>
> *Yussuf, mein Gebieter, der Gottbegnadete, versah mich*
> *mit einem einzigartigen Ehrenkleid und unvergleichlicher*
> *Ehre.*
> *Zum Thron des Königreiches machte er mich, dessen Ruhm*
> *der himmlische Thron mit seinem Licht bewacht.*

Das Licht umschmeichelte Brokatstoffe und brach sich darin, es spiegelte sich auf Gold und glitt über Elfenbein. Durch dieses Schauspiel verwirrt, wurden die Christen unruhig, jedoch nur einen Moment, bis mein Vater ihnen zu sprechen gestattete. Die Höflinge sahen sich an und steckten tuschelnd ihre Köpfe zusammen.

Nur zwei der Christen trugen Bärte. Kaum einer mag älter als dreißig gewesen sein. Durch ihren hellen Teint wirkten sie ausnahmslos blond. Um nicht so sehr aufzufallen, trugen sie kostbare Kleidung in leuchtenden Farben. Dennoch war zu erkennen, daß sie sich in dieser Aufmachung unwohl fühlten; ich mußte lächeln, als ich es bemerkte. Meine Aufmerksamkeit wurde auf einen Mann mit lebhaften Augen in einem ebenmäßigen, von kurzem, kastanienfarbenem Haar umrahmten Antlitz gelenkt, der hinter den beiden Gesandten stand.

Ein Muladí begann zu übersetzen. Vorsichtig machte ich zwei Schritte, um das Gesicht meines Vaters besser sehen zu können. Er wirkte konzentriert und gleichzeitig gütig, undurchdringlich und freundschaftlich. Ich begriff, warum Monarchien erblich sind: weil man lange braucht, um bestimmte Gesten zu beherrschen: weil man Würde nicht plötzlich bekommt, sondern sie im Blut hat. Der Muladí übersetzte: Mein Vater habe seine Gesandten nach Sevilla geschickt, um einen Waffenstillstand zu unterzeichnen; er bestehe jedoch auf dem gleichen Status wie die christlichen Könige. Der Vertrag werde, so betone er, von zwei gleich mächtigen Parteien geschlossen und ermächtige niemanden, irgendeine Tributzahlung zu fordern. Die anwesenden Botschafter, damit beauftragt, die Verträge nun in Granada abzuschließen, verlangten die Erfüllung der alten Vasallenabkommen sowie die Zahlung rückständiger Abgaben und forderten meinen Vater auf, die entsprechenden Unterwerfungstribute auch in den neuen Vertrag aufzunehmen.

Die Rede war umständlich und undurchsichtig. Der Redner vermied es, in aller Deutlichkeit zu sagen, was er zu sagen hatte. Mit gerunzelten Brauen forderte der Dolmetscher ihn auf, zur Sache zu kommen – und das an einem Hof, an dem es die

Regel ist, Umschweife zu machen. Undeutlich waren die gemurmelten Kommentare der Höflinge zu hören. Ein Lächeln huschte über den fleischigen und irgendwie noch kindlichen Mund des Mannes mit den lebhaften Augen. Seine Nase und seine Stirn waren bereits die eines Erwachsenen, Mund und Kinn aber nicht.

»Wer ist er?« fragte ich wispernd El Maleh.

»Gonzalo Fernández de Córdoba«, antwortete er, »die Hoffnung der Christen.«

Mit einem Lidschlag machte mein Vater der Sache ein Ende. Kaum waren die langatmigen Ausführungen vom Übersetzer hervorgestottert, hob mein Vater unendlich langsam den Kopf. Der Hofstaat machte sich bereit, eine ebenso lange Antwort zu hören. Es wurde eine noch langatmigere Rede als die der beiden Gesandten, in welcher mein Vater den Vertragsabschluß verschob, seine Meinung hinter blumigen Sätzen verbarg, sich rechtfertigte und die Aufmerksamkeit der Zuhörer erschöpfte, um dann leichter über sie spotten zu können. Schließlich aber sagte mein Vater kurz und knapp, wobei seine grünbraunen Augen, die den meinen so ähnlich sind, wie glühende Kohlen leuchteten: »Überbringt jenen, die euch senden, meine Antwort: ›Die Herrscher von Granada, die Tribut zahlten, sind schon gestorben; auch die Könige von Kastilien, die ihn erhielten, sind gestorben.‹ Und sagt ihnen auch: ›In den Werkstätten, welche die Münzen für die Tribute prägten, wird heute Eisen geschmiedet, um die Zahlung weiterer Tribute zu verhindern.‹ Nun, meine Herren«, fügte er hinzu, während er sich erhob, »habt die Freundlichkeit, meine Gastfreundschaft anzunehmen.«

Es war Mitte Januar, und es herrschte eine große Kälte, von der ich während des ganzen Morgens nichts gespürt hatte. Am Ende war mir fast heiß.

KAUM EIN MONAT WAR seit der Abreise der Gesandten vergangen, als mein Vater die Fürsten im Beratungssaal zusammenrief. Als ich mit Benegas eintraf, waren die übrigen Wesire und die hohen Kanzleibeamten schon versammelt. Mein Onkel Abu Abdallah begrüßte mich mit einem Handzeichen und einem Lächeln.

»Die einzige Methode, wenn die Christen uns respektieren sollen«, begann mein Vater und sah mich an, »besteht in der Demonstration unserer Stärke. Granada wurde häufig von weichlichen Sultanen regiert, deren Leidenschaft es war, mehr oder weniger maßvoll, manchmal auch maßlos, allen Genüssen zu frönen. Wir müssen ihnen beweisen, daß dieses Kapitel unserer Geschichte abgeschlossen ist. Als erste Maßnahme stelle ich mir die Zählung der Truppen vor, über die wir verfügen. Dann veranstalten wir eine Parade, die unser Volk mit Stolz erfüllen wird. Denn ich befürchte, daß es jeden Tag mehr davon überzeugt sein könnte, am Untergang Andalusiens teilzuhaben.«

Er ließ eine Karte entrollen, die hinter ihm aufgehängt war, und fuhr fort:

»Ich habe mich um die gute Versorgung unserer Grenzburgen gekümmert. Es gibt unzählige Wachttürme, von denen aus wir die Bewegungen der Christen beobachten können, die diese Türme so heiß begehren. Hier seht ihr die bewachten Grenzen des Reiches: im Süden von Vera bis Algeciras; Guadix und Baza im Osten; im Norden die Festungen, die an Jaén und Umgebung grenzen; im Westen von der Serranía bei Ronda bis zur Meerenge. Auf meinen Befehl hin werden auf den Wachttürmen jede Nacht Feuer entzündet, welche die Bevölkerung ruhig schlafen lassen werden, wenn sie sieht, daß ihr Emir für sie wacht. Es ist mein Wunsch, eine Ära einzuleiten, in der wir von der unvernünftigen Defensive, mit der wir uns bis jetzt begnügt haben, übergehen zu einer Offensive, die sich die beschwerliche Situation zunutze macht, in der sich der Feind befindet. Um meine Entschlossenheit zu zeigen, schlage ich deshalb diese große Heerschau vor.« Er kniff die Augen zusammen. Man kann nicht sagen, daß er lächelte. »Ich will euch nicht verheimlichen, daß eine solche Parade und ihre großen Kosten die neuen Steuern vor dem Volk rechtfertigen werden, die ich zu erheben gedenke und die durch die Konjunkturlage sicher legitimiert sind.«

Mein Onkel unterbrach ihn, wobei er den letzten Satz absichtlich überhörte.

»Würde es nicht sehr riskant sein, das Heer in Granada zusammenzuziehen? In der Stadt wimmelt es von Spitzeln, die, zusammen mit der Nachricht von unserer Stärke, melden werden, daß die Grenze während der Paraden geschwächt sein wird.«

»Die Truppenschau wird in mehreren Etappen abgehalten, und wir werden an keiner Stelle alle Truppen abziehen. Sie wird im ersten Monat des neuen Jahres stattfinden – ich setze euch darüber in Kenntnis, damit ihr euch darauf einstellen könnt. Während der Parade wird es in Granada ein Fest geben. Die Bewohner der Nachbarorte werden daran teilnehmen dürfen, die übrigen werden reihum in den Genuß von Festlichkeiten kommen. Gasthäuser und Moscheen werden als Unterkunft dienen. Aus den entferntesten Gebieten des Landes werden die ausgewähltesten, kühnsten Heerscharen zusammenströmen. Und ich werde jeden Morgen an der Puerta de los Pozos die Parade abnehmen«, sein Gesicht strahlte, und es sah aus, als sei er größer geworden, »meine Generäle und Soldaten grüßen und mit Begeisterung von ihnen gegrüßt werden. Wir werden uns wiedererkennen und uns umarmen. Unsere ansteckende Wärme und Brüderlichkeit wird auch das Volk begeistern. Und Gott wird uns segnen, denn wir sind die Vorkämpfer des Glaubens.«

Noch am gleichen Tag begannen die Vorbereitungen. An der Puerta Algodor, in der Nähe des Feldes, wo die Herren Tabla und Ringstechen spielten, wurde eine Tribüne aufgestellt. Das bunte Volk der Schausteller, das immer als erstes eintrifft, wenn es eine Festlichkeit bei uns gibt, ließ sich an den Hängen der Sabîka nieder: fliegende Händler, Taschenspieler, Geschichtenerzähler, Seiltänzer, Bettler, Dompteure, Schlangenbeschwörer, falsche oder echte Krüppel und Blinde mit ihren kindlichen Begleitern, Kuppler, Besitzer von Eselhengsten zum Decken der Stuten, die ganze bunte, unüberschaubare Welt, die man auf das Stadtviertel Alcaicería und den Trödelmarkt der Stadt zu beschränken versucht hatte. Sobald der Morgen graute, drang der dumpfe Lärm der täglich größer werdenden Menschenmenge bis zu unseren Wohnräumen in der Alhambra hinauf. Tag für Tag rückten sie näher, es wurde gebetet, Verträge wurden ausgehandelt, Recht gesprochen, sogar am Unterricht in der Madrasa nahmen sie teil. Vormittags zeigte sich mein Vater in einem von den Hofarchitekten erbauten Pavillon dem Volk, und auch uns ließ er dort antreten, damit die Menge uns kennenlernte und sich an ihre jungen Prinzen gewöhnte.

Und in den Abendstunden ging ich zur Puerta de los Pozos, oft begleitet von meinem Onkel, der angesichts des wirren, lautstarken Durcheinanders zweifelnd den Kopf schüttelte. Seine Hand ruhte auf meinem Arm oder meiner Schulter: Ich war gewachsen und jetzt fast so groß wie er. Er befehligte damals die Söldnertruppen, die dem Königreich lange Zeit eine Stütze – und eine Gefahr – gewesen, jetzt aber heruntergekommen waren. Anfangs bestanden sie nur aus den Freiwilligen des Glaubens, doch schon bald kamen Rebellen und Unzufriedene aus den afrikanischen Sultanaten hinzu: ungehobelte, hochfahrende Leute, ständig unzufrieden und zu Aufständen und Putschversuchen neigend. Ihr Kommandant mußte vor allem regierungstreu sein; und mein Onkel erwies sich als der bei weitem Geeignetste. (Ich wußte nicht, was ich mehr an ihm bewunderte sollte – seinen Mut und seinen Schneid oder seine Zuverlässigkeit.) Diese zwielichtigen Soldaten wurden von den Christen *Gomeren* genannt, und diesen Namen übertrugen sie auf den Audienzpalast, den Palacio de Comares.

Munter und regsam wie immer eröffneten die andalusischen Truppen – vom Algarve bis zur Ajarquía hatten alle der Einberufung des Emirs Folge geleistet – den ersten Tag der Parade. Sie wurden angeführt von Aliatar, Scheich von Loja, dem rührigsten und beliebtesten Greis des Reiches, dem Vater von Moraima, die einmal meine Frau werden sollte und die ich damals noch nicht kannte. Ich sehe ihn vor mir, auf einem Pferd, weiß, stolz und schlank wie ein Minarett, der Wind streichelte die Fransen der Schabracke. Der Alte näherte sich der Tribüne. Mein Vater, der auf einem tiefschwarzen Pferd saß, hinter sich drei stattliche Füchse, welche von drei Negersklaven am Zügel gehalten wurden, hieß ihn mit einem Blick willkommen. Aliatar beugte sich, um ihm die Füße zu küssen. Mein Vater gebot ihm Einhalt und umarmte ihn liebevoll.

Das Heer unterstand dem Befehl der Amire, welche die großen Fahnen mit einem Kontingent von fünftausend Soldaten anführten. Ihnen folgten die Kaid, denen die kleinen Banner mit jeweils tausend Mann unterstanden; schließlich die Standarten mit zweihundert, die Wimpel mit vierzig und die Fähnchen mit acht Mann. Die bunten Stoffe knatterten und flatterten im Wind. Die Menge ließ die Reiter laut hochleben, zufrieden, Teil eines Königreiches zu sein, das solch herrliche Pferde, behende Reiter und disziplinierte Kompanien sein eigen nannte. Die andalusischen Ritter kamen aus den verschiedensten Städten, und dort wiederum aus den unterschiedlichsten Vierteln und Stämmen, jeder von ihnen führte sein Feldzeichen und seine Banner mit sich. Ihre Gefolgschaften verkündeten voll Eifer ihren Ruhm und priesen ohne Unterlaß ihre Verdienste; sie waren ebenfalls nach Ortschaften aufgestellt, genau der Anordnung innerhalb der Parade entsprechend.

Hinter den Andalusiern marschierten die Gomeren mit ihren verschiedenartigsten Liedern. Dann die Leibgarde des Sultans, die strengste und angesehenste Truppe, welche sich aus abtrünnigen Christen formierte; sie trugen weiße Tuniken und schwarze Umhänge. Ihnen folgten die Glaubenskämpfer, die in grenznahen Eremitagen lebten oder in Morabetenklöstern, die einem Heiligen oder Märtyrer geweiht waren. Die Anwesenden verstummten angesichts ihres menschenscheuen Wesens, ihres ungepflegten, staubigen Äußeren, des fanatischen Leuchtens in ihren Augen und der unfreundlichen, überheblichen Art, ihre Pferde zu lenken ... Während ich neben meinem Onkel stand, der mir von den Heldentaten jeder einzelnen Truppe erzählte, von ihrer Stammeszugehörigkeit und vom Ruhm ihrer Ahnen, wurden sie in meinem Innern zu einer fast schon blutsverwandten Familie, geboren aus der Kameradschaft und gegenseitigen Bewunderung.

Nicht nur die Zuschauermenge wuchs mit jedem neuen Morgen, auch die Zahl derer, die am selben oder einem der darauffolgenden Tage an der Parade teilnehmen sollten, schien immer weiter anzusteigen. Jede Gruppe wurde angeführt von der schweren Kavallerie, gefolgt von der leichten; dann kam die Infanterie, dahinter je zehn Lanzenkämpfer mit einer Feldschlange und schließlich die mit schwerer und leichterer Artillerie beladenen Karren.

»In der Artillerie liegt in künftigen Kriegen das Geheimnis des Sieges«, sagte mein Onkel, »aber dein Vater neigt eher zum Auffälligen: Kavallerie, Pauken, Trompeten, Infanterie. Mit anderen Worten, zur Prahlerei. Und genau das tun wir hier: prahlen.«

Am Ende jeder Gruppe marschierten Kriegsgefangene, die Rammböcke, Katapulte, Blenden und Sturmfesten schoben. Es herrschte ein solches Durcheinander von Kleidern, Fahnen, Leinwand, wogenden Umhängen, Märschen und Rüstungen, daß ich, der doch nie geträumt hatte, jede Nacht davon träumte, ein bißchen berauscht vom Geruch des heißen Bratenöls, dem Schreien und Lachen, den Raufereien und der brodelnden Unruhe, die unentwegt die Hänge der Sabîka hinaufkletterte und an den Mauern der Alhambra zerschellte.

Meine Mutter, deren Anwesenheit an den ersten Tagen die Begeisterung der Zuschauer und Soldaten auf sich zog, nahm bald von einer weiteren Teilnahme Abstand, mit der Entschuldigung, das Durcheinander rund um die Parade verursache ihr Kopfschmerzen. Ich nehme an, daß in Wahrheit Soraya der Grund war, die trotz ihrer schon sichtbaren Schwangerschaft – vielleicht auch gerade deswegen – die Tribüne zu besuchen begann; das Volk in seinem Wankelmut war jetzt von ihrer Schönheit und ihrem Bauch fasziniert. Außerdem interessierte meine Mutter, genau wie meinen Onkel, in Kriegsdingen die Wirksamkeit mehr als die Vorführung. Das gebotene Schauspiel hielt sie für ebenso schön wie nutzlos.

In der weit über das übliche Maß angestiegenen Stadtbevölkerung kam es zu einer wachsenden Zahl täglich schlimmer werdender Ausschreitungen. Um das Volk nicht mißvergnügt zu stimmen, hatte man der Polizei die Zügel gelockert, und so war es seiner eigenen Zügellosigkeit ausgeliefert. Streitereien zwischen Betrunkenen, die Ausnutzung des Gedränges für Taschendiebstähle, das Ausrauben unbewachter Häuser, mangelnder Respekt vor dem Gesetz und dem ehrbaren Handel hinsichtlich der Maße und Gewichte hatten zur Folge, daß der Marktaufseher jederzeit mehr als beschäftigt war, sosehr er seine Belegschaft und seine Befugnisse auch erweiterte. Die Unruhen, Messerstechereien und Gewalttaten, die Trunkenheit und die Klagen der Korangelehrten und Imame wurden so zahlreich, daß mein Vater seine eigenen Beschlüsse rückgängig machen und enttäuscht die Paraden abkürzen mußte. Er bestimmte den 25. April zum letzten und außerdem ereignisreichsten Tag, an dem die ganze Heerschau zusammengefaßt werden und alle Abordnungen aufmarschieren sollten.

Ich werde diesen Tag niemals vergessen. Nachdem die Generäle und hohen Befehlshaber ihre Truppen präsentiert hatten, blieben sie auf der Tribüne, um den folgenden Vorbeimärschen beizuwohnen. Es war ein strahlend blauer Morgen. Ein leichter, von der Sierra kommender Wind konnte kaum die Hitze mildern, die sich über den Platz legte. Die Sklaven fächelten den hohen Persönlichkeiten mit Wedeln aus Seide, einmal, um die Fliegen zu vertreiben, zum anderen, um den Staub und die sich andeutende Schwüle fernzuhalten. Die Menschenmenge war ungeheuer groß. Die Mittagssonne funkelte auf den blankpolierten Rüstungen, den Festtagstuniken, den Schabracken der Streitrösser, auf edlen Degen, Lanzen und mit Gold und Silber damaszierten Schilden. In diesem Augenblick marschierte die Bürgerwehr von Baza an uns vorbei. Mir kamen einige Verse Ibn al Yayabs anläßlich eines Opferfestes in den Sinn:

> Wie Blitze sind die funkelnden Schwerter,
> wie Donner der Pferde Schnauben.

Wäre es doch nie geschehen! Eine winzige Wolke, die glücklicherweise die sengende Sonne für kurze Zeit verschleiert hatte, blähte sich plötzlich auf, verdunkelte sich, und ohne uns Zeit zum Begreifen zu lassen, wurde die Luft zu Wasser. Ein dichter, durchdringender Regen stürzte schwer und unbarmherzig auf uns herab. Augenblicklich verwandelte sich alles in Schlamm, in Ausgleiten, Fallen, Niederrennen, Auseinanderstieben. Die Schirme, dazu bestimmt, die Sonnenstrahlen von uns abzuhalten, schützten uns nicht vor den Wassermassen, die vom Himmel herabstürzten. Die mit dem Protokoll beauftragten Beamten bemühten sich recht und schlecht, den Sultan und die Konkubinen unter die nächstliegende Überdachung zu bringen. Nachdem der Platzregen zunächst mit Gelächter, Scherzen und Flüchen begrüßt worden war, wurden die Menschen jetzt, nach der ersten Überraschung, wieder ernst. Man hörte die Schreie der Mütter, die von ihren Kindern getrennt worden waren, das ängstliche Weinen der Kinder, die zornigen Händler, die ihre Waren in Sicherheit zu bringen versuchten, das Geschrei derer, die von den Flüchtenden zertrampelt wurden, die Ohnmacht aller. Unmittelbar darauf näherte sich das ohrenbetäubende Getöse der Wassermassen des Genil. Die Schranken, die man aufgestellt hatte, um die Menge vor den

Pferden zu schützen, wurden, vom Wasser umgestoßen und mitgerissen, zu einer tödlichen Waffe. Man sah leblose Körper, ertrunkene Tiere, einzelne Kleidungsstücke, Pantoffel, herrenlose Pferde, von ihren Rössern abgeworfene Reiter und die aufgeregte, flüchtende Menge, in der jeder, wie bei einem besonders grausamen Überfall, nur noch seine eigene Haut zu retten versuchte und die zurückbleibenden Alten, Frauen und Kinder ihrem Schicksal überließ. Wer sich in den höhergelegenen Bezirken aufhielt, versuchte hinabzusteigen, um seine Habe zu retten, wer sich unten befand, versuchte dem ansteigenden Wasser zu entgehen und die höchsten Punkte zu erreichen, wodurch es zu blutigen Auseinandersetzungen kam, einem erbitterten, entsetzlichen Kampf ums Überleben. Durch das Hochwasser überflutete der Daro die Stadt, sein rasender Strom riß Häuser, Läden, Moscheen und Kornspeicher mit, die sich ihm in den Weg stellten. Die solidesten Gebäude stürzten ein, und von den Brücken blieben nur die Pfeiler zurück. Die entwurzelten Bäume verstopften die Öffnungen der Hauptbrücke und widerstanden dem wütenden Wasser, das daraufhin in die Stadtviertel, Märkte und Wohnungen drang. Die Flut ergoß sich über die Friedhöfe, warf Grabsteine um und entriß den Gräbern ihre Toten. Mit Donnern, Blitzen und Wetterleuchten ließ ein unbeschreiblicher Fluch Granada untergehen . . .

Bis Gott sich der Stadt und ihrer Bewohner erbarmte, den zerstörerischen Fluten Kanäle, Straßen und Brücken öffnete und sie die Stadtmauern verlassen hieß. Am folgenden Tag, als die mörderischen Wasser sich beschwichtigt hatten, stellte man das Ausmaß der Schäden fest, die unvorstellbar groß waren. Das Hochwasser hatte die Dächer der am Ufer stehenden Häuser weggespült. Tausende von Familien hatten Eltern, Kinder, Verwandte oder ihr Obdach verloren. Die Flutwelle und der Regen hatten alles, was sich ihnen in den Weg stellte, überschwemmt und zerstört, sie hatten die große Moschee unter Wasser gesetzt, die Straßen des Basars, die Alcaicería, die Werkstätten der Schmiede, Sattler, Goldschmiede und Schuhmacher. (Der Fluß hatte Landgüter, Bauernhöfe und Ölmühlen verwüstet.) Alles war verloren, war Verheerung und Schutt. Es war, als habe die Katastrophe die Stadt zerschlagen und verschlungen; wie ein finsterer Sultan hatte sich die Trauer in ihren Mauern niedergelassen. In den bereits wieder klaren Lüften sammelten sich, schwarze Kronen formend, die Aasgeier.

Dennoch hege ich eine sehr besondere Erinnerung an diesen Tag. Nachdem ich vergeblich versucht hatte, meinen Onkel und meine Stiefbrüder zu finden, lief ich ziellos umher – durch den Wasserschleier geblendet, gewaltsam von Yussuf getrennt, die ganze königliche Familie zerstreut wie ein sich in Wasser auflösender Zuckerwürfel. Statt wie die anderen durch die Puerta de los Pozos in die Alhambra zu laufen, wurde ich abwärts in Richtung Esplanade getrieben und gelangte, von einer rempelnden Menge eingekeilt, bis ins mauretanische Viertel oder sogar in die Antequeruela. Ich wurde weitergetragen, ohne einen Fuß auf die Erde zu setzen, und als die Menschenmasse sich ein wenig lichtete, fand ich mich in verwinkelten Gäßchen wieder, die ich nie zuvor betreten hatte. Ich hörte das Geschrei des elenden, namenlosen Volkes, das mit mir zusammenstieß, ohne mich zu beachten, und als ich mich umdrehte, um nach den Türmen der Alhambra Ausschau zu halten, die man von dort aus nicht sehen konnte, stieß ich mit jemandem zusammen, einem, wie mir schien, sehr jungen Mädchen.

Der Himmel hatte die Farbe von Teer, wie bei Nacht. Im Aufleuchten eines Blitzes sah ich ihr Gesicht, vielleicht auch nur ihre Augen. Der nachfolgende Donner war so markerschütternd, daß sich das Mädchen in meine Arme warf. Ich drückte sie an mich, denn sie war das erste menschliche Wesen, das mir nicht feindlich begegnete und das eine individuelle Gestalt annahm, seit die Sintflut begonnen hatte. Einige Augenblicke lang – während der endlosen Sekunden, in denen der Donner grollte – verharrten wir in dieser Umarmung. Das Wasser, das uns bis zu den Knien reichte, trieb uns die Straße hinunter. Sie zog mich mit dem Strom weiter und hieß mich einige Schritte weiter in ein Haus eintreten. Ich durchquerte eine Vorhalle, deren Boden, wie ich mit meinen nackten Füßen feststellte, aus Erde bestand, dann einen dunklen Innenhof, wo wir nach links gingen bis zur Öffnung einer sehr engen Wendeltreppe, die wir hinaufstiegen. Wir gelangten in einen Mirador – oder in einen Taubenschlag. Man sah nichts: Mangelndes Licht und der strömende Regen verhinderten es. Die Frau ließ sich zu Boden sinken, und ich tat es ihr nach, vor Erschöpfung und um nicht im Dunkeln stehenzubleiben. Fast wäre ich über sie gefallen. Sie roch nach Gewürzen und strahlte Wärme aus. Ich glaube, daß ein leichter Dunst aus ihren Kleidern stieg. Man hörte das Flügelschlagen aufgeschreckter Tauben. Ich dachte: ›Wir alle sind aufgeschreckte Tauben‹. Zitternd drückte mich das Mädchen mit aller Kraft, oder besser: Es preßte sich an mich, und dann, unerwartet, küßte es mich so gierig, als hinge sein Leben davon ab. Die Lippen, die Wangen, die Augen, den Nacken. Ihre Hände wanderten über meinen Körper; sie schlug ihre Finger in mein Fleisch. Ich wollte aufspringen und fliehen, aber wohin? Der Regen prasselte auf das Dach, wie ein Wasserfall fiel er zwischen den Dachpfosten herab. Das Mädchen richtete sich auf, riß mir die wenigen Kleider, die mir geblieben waren, vom Leib, nahm meinen Penis in den Mund und legte mit einer jähen Geste meine Hände auf ihre kleinen, festen Brüste. Ich dachte: ›Sie sind wie aufgeschreckte Tauben‹. Ich begriff, daß ihr Benehmen eine wütende Versöhnung mit dem Leben war, oder vielleicht ein Abschied, inmitten der Katastrophe, deren wahres Ausmaß wir nicht kannten. Und als ich es verstand, schien es mir, daß der Zusammenstoß von außen veranlaßt worden sein könnte, um diese Zusammenkunft zu bewirken. Das Mädchen und ich hatten nicht gesprochen. Ich kannte weder ihre Herkunft, noch ihre Rasse, ihren Namen, ihre Gesichtszüge oder ihre Stimme. Ich wußte nicht, in was für einem Haus wir uns befanden und ob wir es lebend verlassen würden. Im Augenblick wuchs und streckte sich das Leben zwischen meinen Beinen. Und ich hörte auf zu denken. Als ich in das Mädchen eindrang – noch nie zuvor war ich in eine Frau eingedrungen –, stieß es einen Schrei aus. Dieser Schrei gab mir mein Bewußtsein wieder und ließ mich zurückweichen; sie aber vereinte uns wieder durch einen Stoß ihrer Hüften. Nachdem ich den ihren besessen hatte, verließ ich vor Ermattung meinen Körper, wie lange, weiß ich nicht. Wie von weit her hörte ich Holz zersplittern. Das äußerste Ende des Daches rutschte weg, und der Regen überschwemmte die Stelle, an der wir ruhten. Dem Mädchen und mir war alles gleichgültig. Ich war in einem glühenden Wachzustand und dennoch schläfrig. Alles war unwirklich und dennoch greifbar. Ich drehte meinen Körper um, der irgendwie von mir losgelöst zu sein schien, und nahm sie noch einmal. Ich hörte ihr Stöhnen – oder war es mein eigenes Stöhnen, das ich da hörte? Ich hatte das Interesse an der Welt verloren, an der Katastrophe, an den Schreien, die durchnäßt von der Straße heraufstiegen. Was mich bis jetzt ausgemacht hatte, war unwahrscheinlich, vage und sinnlos geworden; ich hatte alles vergessen – Vater, Mutter, Parade, Heere, Granada – bis auf jene drängende, warme Gegenwart, beschränkt auf den Körper eines Mädchens, der meinen Körper aufnahm und verzehrte. Es war, als seien wir allein auf einem Schiff auf dem weiten Meer. Umgeben von Untergang und Tod, hatte uns beide ein Drang nach Genuß überfallen. Wir waren nur noch zwei Schiffbrüchige, die sich aneinanderklammerten und sich, einander Freuden bereitend, erkannten. Das Wasser verschwand fast unmerklich, entweder durch den kleinen Eingang oder durch die Schlupflöcher für die Tauben. Ein gelbliches Leuchten begann jenen unwirklichen Ort zu erhellen. Ich erahnte den Körper, der direkt neben mir stöhnte. Er sah aus wie der eines kleinen Mädchens, aber unbewußt verstand ich, daß sie kein Kind mehr war. Fast brutal egriff ich wieder Besitz von ihr. Danach muß ich für einen Moment vor Erschöpfung eingeschlafen sein. Noch in meinen Träumen hörte ich den Regen toben. Kurz darauf merkte ich im Halbschlaf, daß er nachließ.

Es ließ mich fast wach werden, daß der Lärm leiser wurde. Ich streckte die Hand aus, um den süßen Körper der Frau zu streicheln, aber sie war nicht da. Ihre Abwesenheit riß mich endgültig aus dem Schlaf. Ich setzte mich auf und sah niemanden. Einen Moment lang zweifelte ich, ob überhaupt jemand bei mir gewesen war. Später habe ich oft gedacht, daß dieser Zweifel berechtigt war. Taumelnd erhob ich mich. Der Regen hatte aufgehört.

NACH JENEM UNGLÜCK wurde alles anders in Granada. Das Volk kam – von selbst und durch seine Imame – zu der Überzeugung, daß der Vorfall eine Strafe war, mit der Gott den Hochmut meines Vaters geahndet hatte. Dessen Plan, der nur vorsah, die Untertanen hinsichtlich der Steuern und der Feldzüge des nächsten Frühjahrs zu blenden, war gescheitert. Die Tribute mußten im Gegenteil unweigerlich ansteigen und die Zahlungen sinken. Alle waren mit dem Wiederaufbau des Zerstörten beschäftigt. Die Zukunft kam nicht gegen die Vergangenheit an: Es hatte zu viele Tote gegeben. Die ganze Stadt war unzufrieden und entmutigt. Die Söldner mußten ihre Waffen und sogar ihre Pferde verkaufen, um essen zu können. Die Astrologen und Wahrsager stellten die schwärzesten Prognosen. Von der Sabîka ausgehend kroch ein Schatten der Mutlosigkeit und des Pessimismus von Hügel zu Hügel. Zusammen mit der Heerschau riß die Sturmflut auch die Illusionen und Hoffnungen mit sich fort. Und mein Vater, unfähig zu reagieren und zu schwach, um den Schicksalsschlag unbeschadet zu überstehen, glitt immer weiter ins Verderben.

Das war der Moment, den Soraya nutzte, um ihre Macht unter Beweis zu stellen. Sie war das einzige Lebewesen, das weiter mit meinem Vater verkehrte, ohne ihn laut oder stillschweigend zu beschuldigen. Sie begegnete ihm freundlich und gab vor, ihn weiter als den mächtigen Mann zu bewundern, der er einmal war. Abul Kasim Benegas und sie einigten sich. Mein Vater überließ die Regierungsgeschäfte bis auf wenige, immer seltenere Augenblicke dem Wesir und flüchtete sich in die Arme der Favoritin, die ihm bereits das dritte Kind geschenkt hatte. Tagtäglich entlockte Soraya ihm ein neues Privileg auf Kosten meiner Mutter, tagtäglich ein neues Privileg für ihre Kinder. Das Glück eines Untertanen war abhängig von dem Grad der Freundschaft oder Unterwerfung, die ihn mit dem Wesir oder der jungen Sultana verband. Der Aufstieg oder Niedergang der Höflinge hing davon ab, wie ergeben sie den beiden Allgewaltigen waren. In einer solchen Situation, die noch erschwert wurde durch die Erinnerung an die Vergangenheit, war nichts von großer Tragweite: Das Leben war flüchtig, die Gegenwart unser einziges Gut. Ich dachte an die verzückte Begierde zurück, die mich, am Tag der Vernichtung, in jenem Taubenschlag gepackt hatte.

Für meine Mutter war die Stunde der Rache gekommen: Je früher im Volk Unwillen und Überdruß entstünden, desto eher würde es rebellieren. Aus diesem Grund half sie den Torheiten meines Vaters nach und hetzte die Unzufriedenen auf. Und unterdessen beschloß sie, mich mit Moraima zu verheiraten, um den ehrenwerten Aliator für uns – für sich – zu gewinnen.

ICH WILL ETWAS erzählen, was zu verschweigen ich mir vorgenommen hatte, als ich mit diesen Aufzeichnungen begann. Wenn ich beabsichtige, den ganzen Lügen zu widersprechen, so muß ich auch in dem, was mich betrifft, bei der Wahrheit bleiben.

Von dem, was zwischen der unheilvollen großen Heerschau und der Einnahme von Alhama geschah, habe ich nur wirre

Eindrücke, denn ich selbst war verwirrt. Es war die Zeit, als ich mich zum ersten Mal verliebte – ob jener Zustand nun Liebe war, ob es schon vorher eine Liebe gab oder ob es so ist, daß jede Liebe immer wieder die erste ist. Ich hatte kein Glück, und ich glaube auch nicht, daß es ein Glück ist, sich zu verlieben. In der Liebe gibt es immer einen Herrn und einen Sklaven, und wenn in der Liebe die Rollen des wirklichen Lebens umgekehrt werden, kommt es noch schneller zu einem tragischen Ende. Heute weiß ich, daß das Leben – mein Leben sowenig wie das irgendeines anderen – weder das eine noch das andere ist, sondern ein Ganzes, und jeder muß diesem Ganzen entsprechen, welches allein ihn vorwärtskommen läßt. Dennoch hatte ich damals nur Augen für meine Liebe. Mein Blick war nach innen gerichtet, so daß es mir unmöglich war, etwas anderes als meine eigenen Gefühle zu sehen. Die so entscheidenden Vorgänge im Königreich konnten, wie ich bald merken sollte, mich nicht losreißen. Denn wenn jemand einer – guten oder schlechten – Liebe verfällt, wenn er mit ihr getrunken und gespielt hat, von ihr gequält wurde, wenn er irgendwann während eines Zusammenseins vor Erstaunen lachte: Wohin sollte er schon sehen?

Heute bin ich nicht mehr sicher, ob die Zeit vergeht oder ob nicht vielmehr wir es sind, die sich ungeschickt durch die Zeit bewegen. Vielleicht sagt mir diese Denkweise zu, ich weiß es nicht. Es gibt Augenblicke, die, will man sie wiederholen, noch einmal genießen oder erleiden – und sei es nur in der Erinnerung –, vollständig verschwinden, als hätte es sie nie gegeben. Wir begreifen die Gegenwart nicht, solange wir in ihr leben. Genau wie wir ein Gesicht nicht als Ganzes wahrnehmen können, wenn wir es aus allzu großer Nähe betrachten: Wir sehen Falten, die wir von weitem nicht sähen, die Farbschattierung der Augen, die Wurzeln der Brauen oder den feinen Schwung der Lippen. Aber ist das ein Gesicht? Die Gegenwart muß sich in Vergangenheit verwandeln, und wir müssen Abstand von ihr haben, um sie zu verstehen. Und dann existiert sie nicht mehr:

Sie ist nur noch eine verworrene Quelle von Erinnerungen, der vergebliche Versuch, Totes zum Leben zu erwecken – Dinge, die vielleicht in der Hoffnung starben, daß wir, sollten wir sie heraufbeschwören, ebenfalls sterben würden. Ich denke, daß der Tod wohl ein langer Tag der Gegenwart ist, der aus allen Tagen der Vergangenheit besteht, aus allen früheren, bereits reglosen, unerklärlichen Tagen, geordnet wie die Knoten eines Teppichs, jeder an seinem endgültigen Platz. Wenn ich mich heute meinem Gehör überlasse, vernehme ich von weit weg eine schon längst verklungene Musik, eine Musik aus längst vergangenen Tagen und längst vergilbten Notenzeichen, Musik aus dem Gestern, aus einem anderen Leben. Vielleicht ist unsere Musik – und wir sind wie sie – nichts anderes als jene vergangene. Denn wir alle waren einmal besser, glücklicher, würdiger. Dennoch – jede Musik verklingt. Sogar in unserer Erinnerung.

Woher rührte jene merkwürdige Stimmung? Worauf wartete ich an jenem Maitag, hinter Myrtensträuchern verborgen? Man behauptet, der Mai sei der Monat der Liebe; ich kenne keinen Monat, der das nicht wäre. Die Liebe, auch wenn ich lange zögerte, sie beim Namen zu nennen, strömte wie ein Parfum in mein Leben und füllte Tage, Monate, Jahre mit ihrem Duft, sie tränkte jede Falte meiner Kleider, jedes Lachen, jede Traurigkeit, gab allem ihre blühenden oder dornigen Töne; sie nahm mir das Interesse an allem, was nicht sie selbst war, brachte alle Perspektiven und Formen durcheinander, sie machte den Herrn zum Sklaven, und umgekehrt. Denn jede Liebe – ich lernte es bald – birgt ein ganz eigenes Glück, aber zu jedem Liebeskummer gesellt sich der Gram aller anderen Lieben. Wie ungerecht das ist! Die verheilten Wunden brechen sehr schnell wieder auf. Und jene erste Liebe hat noch nicht aufgehört, zu schmerzen.

Aus dem Nichts erwuchs sie, aus einer stillen Nacht (es war in der Galerie ganz in der Nähe des Palasts Yussufs III., den ich sah, als ich sehr viel später Granada für immer verließ).

Aus dem Nichts erwuchs sie, aus einem hellen Morgen. Wer könnte den genauen Zeitpunkt benennen, an dem das Schicksal sein Netz zu spinnen beginnt? Jemand kreuzte in der Nähe jenes Palasts meinen Weg. Zuerst hörte ich eine Stimme, die weder klar noch vollkommen schön war. Es schwang etwas darin, was sie nach oben trug, etwas wie ein Flügel, der sich noch nicht in die Lüfte erhoben hat und doch schon den Flug in sich trägt. Ich hörte die Stimme. Sie sang:

»Einzig im Blick liegen die Geheimnisse der Liebe.
Ein schönes Augenpaar siehst du, das ein Zauberer schuf,
und wenn es geht, schwinden dein Verstand, deine Macht.
Gefesselt findest du dein Herz und gefangen.«

Es war ein Knabe, der da sang. Seine Wangen waren noch nicht von Flaum verschattet. Er lächelte mir von der anderen Seite des Wasserbeckens zu. Er neigte den Kopf zum Gruß, und als ich ihn fast nicht mehr sehen konnte, weil ich meinen Weg fortsetzte, brach er einen Jasminzweig ab und steckte ihn zwischen die Zähne. Weiter geschah nichts.

Die Verarmung und die Unruhe im Land nahmen stetig zu. Es wurde bekannt, daß die Abencerragen in den christlichen Gebieten gegen meinen Vater konspirierten. Kein Tag verging, ohne daß meine Mutter mir aus ihrer Residenz auf dem Albayzín eine Klage über die Favoritin zukommen ließ.

»Deine Thronfolge ist in Gefahr. Wenn du nicht schnell und beherzt handelst, wird ein Sohn dieser Abtrünnigen den Thron für sich beanspruchen. Das kannst du nicht zulassen. Und solltest du es können: ich nicht.

Beunruhigende Gerüchte stiegen aus den Straßen bis zur Alhambra herauf – sogar ich, der ich in meine Lektüre versunken war, hörte von ihnen. Aber wie immer, wenn Bedeutendes in meinem Leben geschah, wurde ich von etwas anderem abgelenkt; dieses Mal fühlte ich mich wie ein Kranker, der nicht um seine Krankheit weiß. Meine Genesung verzögerte sich, je öfter ich an den singenden Knaben und die Geste dachte, mit der er den Jasminzweig abbrach. Ich begann Gedichte zu schreiben, die – so glaubte ich – nur zum Vorwand von ihm sprachen. Ich schrieb zudem gemäß der überladenen Richtlinien der gelehrten, blutlosen Verse unserer Dichtung, in welcher sich unsere Poeten äußern, desinteressiert an ihrem Werk wie routinierte Stickerinnen. ›Große Dinge‹, dachte ich, ›geschehen um sie herum – Mord, Ehebruch, Tod aus Liebe, Krieg, entsetzliche Rache –, und die Dichter beschränken sich darauf, über Narzissen, Hyazinthen und Rosen zu sprechen‹. Und ich machte den gleichen Fehler wie sie und verfaßte, inspiriert von einem armen Knaben, Gedichte, während der Thron in seinen Fundamenten bröckelte. Erst im Laufe der Zeit wurde ich mir darüber klar, daß ich sie mit meinem Herzblut geschrieben hatte.

Im Laufe des Juni kam Hussein aus Almería. Seit jener Nacht bei ihm zu Hause, die für uns beide so verschieden war, unterhielt ich eine sehr oberflächliche Beziehung zu ihm. Nun machte er eine steile Karriere als Sekretär. Er gab ein Fest für Yussuf und mich. Mir war klar, daß er uns schöntat, weil wir Söhne des Sultans waren, und daß seine Liebenswürdigkeit nicht echt war, aber ich ging hin. Unter den Sängern jenes Festes war der Knabe, dem ich meine Verse widmete; aber wie es den meisten dünkelhaften Dichtern widerfährt, erschien er mir ihrer nicht würdig. Ich fand ihn gewöhnlich und farblos. Weder waren seine Augen so groß noch seine Wangen so blühend. Er hörte nicht auf zu lächeln, anscheinend verließ er sich auf die Sympathie aller. Ich stellte fest, daß seine Stimme die kindliche Reinheit verloren hatte, aber noch nicht gefestigt war. Zweifellos war dies der Grund, warum ich, als ich ihn beim Wasserbecken singen hörte, den Eindruck mangelnder Klarheit hatte.

»Er singt wie ein gackerndes Huhn«, bemerkte ich. »Wer ist er?«

»Du kennst ihn bereits«, erwiderte Hussein. »Es ist Jalib, der in jener Nacht sang, als unsere Freundschaft begann. Damals war er ein Kind. Mittlerweile hat er die Schmiede seines Vaters verlassen und singt auf den Festen bei Hofe. Es wundert mich, daß ihr noch nicht zusammengetroffen seid«, und mit einer gewissen Arglist setzte er hinzu: »Oder habt ihr euch doch schon kennengelernt? Ich habe den Eindruck, daß er dich auf eine besondere Weise ansieht.«

»Ich bin noch nie mit ihm zusammengekommen«, antwortete ich hitzig, »und ich verspüre auch keine Lust dazu. Wie, hast du gesagt, heißt er?«

»Jalib.«

»Dann sage Jalib, er soll schweigen. Er würde besser unsere Gläser füllen.« Ich hegte einen dumpfen, ungerechtfertigten Groll gegen den Knaben, der von Fest zu Fest zog, und es gelang mir nicht, ihn zu verbergen. »Er ist provozierend und eingebildet. Leute, die nur zu unserer Zerstreuung dienen, muß man auf ihren Platz verweisen.«

»Und wo ist sein Platz?« fragte Hussein lachend.

Der Knabe beendete sein Lied:

»Sieh doch nur, wie hübsch es ist,
das Knäblein, das ich liebe!
So lange Wimpern,
Pfeilen gleich,
seine Lippen halten die Rose.
Doch strecke die Hand nicht aus:
Mit dem Munde mußt du sie pflücken.«

Heiter kam er auf uns zu, um uns aus einer Kristallkaraffe einzuschenken. Ich spürte eine Leere in der Brust: Ich bekam keine Luft. Ich ergriff mein Glas und schaute in die andere Richtung, eine Geringschätzung, die ihn das Lächeln und die Rose verlieren ließen.

»Laß ein paar Jahre vergehen, bis du wieder singst«, riet ich ihm. »Im Moment hast du nicht mehr die Stimme eines Kindes und noch nicht die Stimme eines Mannes.«

»Wie du befiehlst, Herr. Ich werde nicht eher wieder singen, bis du es befiehlst.«

Beim Eingießen des Weines hatte er den Tisch bespritzt.

»Du hast das Tischtuch befleckt.«

»Der vergossene Wein ist ein Vorzeichen der Freude«, murmelte er, und sein Lächeln belebte wieder die Mundwinkel, seine Lippen bogen sich mit feiner Anmut nach oben.

»Ein Diener hat für den Wein, nicht für die Freude der Gäste zu sorgen.«

Weswegen verteidige ich mich überhaupt, und dann so schlecht, fragte ich mich.

Er wurde von einer anderen Gruppe verlangt und ging schweigend weg. Sie scherzten mit ihm und streichelten ihn. Wie ich sehen konnte, war er bei allen sehr beliebt. Anmutig, liebenswürdig und freigebig verteilte er Küsse. Ich fühlte einen noch nie dagewesenen, stechenden Schmerz, auch einen rasenden Zorn. Es war selbstverständlich keine Liebe. Oder doch?

Die Tage und Nächte häuften sich über mir, und ich hatte nur die eine unerklärliche Absicht, den jungen Sänger oder Mundschenk, oder was auch immer er war, zu treffen. Die Ereignisse glitten an mir vorüber, ohne eine Spur zu hinterlassen, sie streiften mich kaum. Ich wollte Jalib treffen, aber ohne die Begegnung zu provozieren, ohne wenigstens mir selbst einzugestehen, daß ich es mehr wünschte als alles andere. Ich gab vor, ihn und seinen Namen vergessen zu haben. Wie schwer ist es doch, sich selbst zu belügen; denn ich besuchte alle Feste, zu denen man mich einlud, und hoffte insgeheim, ihn zu sehen. Unterdessen beharrte meine Mutter auf ihren Mahnungen, die immer unheilvoller wurden, und warf mir vor, meine Zeit mit Musik und Festen zu vergeuden – »genau wie dein Vater«. Unsere Truppen erlitten die Niederlage bei Montecorto, wodurch die Stimmung der Granadiner noch finsterer wurde; aber die Einwohner von Ronda eroberten den Ort zurück, alle freuten sich darüber, nur ich nicht, der Jalib zu vergessen suchte und es für kurze Momente auch schaffte – wenigstens versuchte ich mich davon zu überzeugen. Aber ich erinnerte mich zu oft daran, daß ich ihn vergessen sollte. Kurze Zeit später rächte sich General Ponce de León an Ronda, indem er den Mercadillo-Turm zerstören ließ, eine Tat, die zusammen mit dem Turm die Legende von der Uneinnehmbarkeit Rondas dem Erdboden gleichmachte. Das Unzerstörbare wurde bereits brüchig.

Meine Hochzeit mit Moraima half mir, mich von den Festen fernzuhalten und mich auf sie zu konzentrieren. Ich hielt mich für geheilt; aber ich freute mich zu früh. Meine Mutter verzweifelte abwechselnd an meinen »sexuellen Torheiten« und an denen meines Vaters.

»Wenn ich gewußt hätte, wie sehr du dich in Moraima verlieben würdest, hätte ich einer solchen Heirat niemals zugestimmt. Die Nasriden von Granada müssen ihr Leben lang ein Auge auf den Feind haben. Da dein Vater die Ehre schon verloren hat, setz du dich auf den Thron. Unsere Untertanen wollen beschützt, nicht verachtet werden.«

Ihre Spione übermittelten ihr wichtige Nachrichten, von denen sich einige auch im ganzen Reich verbreiteten. Der Waffenstillstand ging seinem Ende entgegen, es näherten sich die schlechtesten Jahre seit Urgedenken. Die Macht der Christen festigte sich: Der Krieg mit Portugal wurde durch den Vertrag von Alcaçobas beendet, der dank Isabella, der Königin von Kastilien, zustande kam. Der Vater Don Ferdinands starb, wodurch dieser König von Aragón wurde. Die vereinten Streitkräfte von Kastilien und Aragón waren in der Lage, uns einen nicht wiedergutzumachenden Schaden zuzufügen. Und die adligen Herren unserer Nachbarländer unterstellten sich der Krone und verbündeten sich mit ihr, als sie deren Ansehen steigen sahen. Die Zeiten waren also vorbei, in denen die Streitereien der Herren es uns erlaubten, Illusionen zu haben.

Die Informationen, die meine Mutter erhielt, ließen die Situation noch schwärzer erscheinen. Demnach hatte der Papst von Rom, die höchste Instanz der Christen, den Königen von

Kastilien und Aragón den Befehl erteilt, mit uns ein Ende zu machen. Auf der anderen Seite des Mittelmeeres von der bedrohlichen Macht der Türken bedrängt, war es sein Wunsch, daß es endlich ein Ende habe mit der ständigen – wenn auch noch so schwachen – Bedrohung durch Granada, welches durch seine Allianz mit den Afrikanern eine weitere Gefahr am westlichen Ende darstellen könnte.

»Ich verspüre keine Lust, mich wie eine Nuß im Nußknacker zu befinden«, hatte er ihnen gesagt.

Allerdings blieben König Ferdinands Vorhaben und seine beabsichtigte Vorgehensweise nicht verborgen. Jahre später, als er schon den Thron von Aragón bestiegen hatte, versprach er dem Fürsten von Almería, Ibn Salim Ben Ibrahim al Nagar, ihn bei der Eroberung des Thrones von Granada zu unterstützen, denn dieser hielt meine Familie für Usurpatoren, weil er ein Sohn Yussufs IV. war. Es war eine latente Auseinandersetzung, die der verschlagene Christ neu entfachen wollte, um als Sieger aus unserem Zwist hervorzugehen. Die Fürsten von Almería, Vater und Sohn – Fürst Yaya –, verpflichteten sich durch die Hilfe der Christen, ihre Ansprüche auf den Thron von Granada zu erneuern und einen Bruderkrieg mit uns zu beginnen. Im Gegenzug wurden sie als Vasallen Kastiliens anerkannt; als Leistung für die gelieferten Hilfsmittel übergaben sie die Stadt Almería. Um vor ihren Untertanen den äußeren Schein zu wahren, sollten die Christen eine Seeblockade und einen Landangriff auf die Stadt vortäuschen. Ich weiß nicht, warum, aber aus den Schilderungen meiner Mutter folgerte ich, daß Hussein an dieser Intrige nicht unbeteiligt war. Mir war nicht klar, ob er auf der Seite Ibn Salims stand oder vielleicht ausschließlich auf seiner eigenen, aber ich nahm an, daß er es war, der die Nachricht von den Geheimpakten an meine Mutter weitergab, die ihn sehr zu schätzen schien und mir ständig empfahl, mich mit ihm zu befreunden und mir ein Beispiel an ihm zu nehmen. Ich denke, ich war in ihren Augen zu wenig ambitioniert und nicht ausreichend darüber unterrichtet, was in meiner Umgebung ausgebrütet wurde. Und so war es auch: Ich sah das Leben wie von der Mitte eines Sturzbaches aus, der an mir zog und zerrte; ich war in mich versunken, ohne einen Blick für das zu haben, was außerhalb von mir geschah. Ich war die Hauptperson in meinem Leben (so glaubte ich wenigstens, ob es nun so war oder nicht; heute denke ich, daß ich es sowenig war wie alle anderen), die anderen sah ich nicht – unglücklicherweise auch nicht Jalib –, ihre Gedanken und Sorgen nahm ich nur durch meine eigenen wahr. Mit anderen Worten, ich war von der Welt abgeschnitten, gefangen in einem dunklen Kristall: meiner krankhaften Leidenschaft für Jalib. Noch heute macht es mir Mühe, mich davon zu überzeugen, daß die eine oder andere Sache wirklich war: Ich war die Zielscheibe der Erwartungen und des Hasses, man machte aus mir die Hoffnung des Reiches, so daß ich, immer schneller, meine eigene Hoffnung verlor.

»Die Lage ist klarer als je zuvor«, wiederholte meine Mutter. »Niemals in der Geschichte der Dynastie gab es eine solche Ausnahmesituation. Dein Vater verstrickt sich mehr und mehr in den Fängen dieser Hure; für sie steht es fest, daß einer ihrer Söhne ihn beerben wird; in Granada spürt man den Lufthauch der Rebellion – ich habe ein Gespür dafür. Es muß jemand den Thron besteigen, der wirklich dafür geschaffen ist. Entweder besteigst du ihn jetzt, oder die aus Almería werden ihn erobern. Oder dein Onkel Abu Abdallah kommt dir und ihnen und den Christen zuvor.«

»Das wäre vielleicht das beste, was Granada passieren könnte. Du selbst hast gesagt, er wäre ein guter König.«

»Das wäre er auch, aber ich bin hier, um es zu verhindern. Mein Blut soll in Granada regieren. Ich will dieses dumme Geschwätz nicht mehr von dir hören, nicht einmal im Scherz.«

Sie wußte nicht, wie ernst es mir damit war.

Eines Nachts schließlich entdeckte ich Jalib unter den Teilnehmern eines Festes. Er war gewachsen. Er war dunkler als letztes

Mal. Ich ging sofort das ganze Stück rückwärts, das ich auf dem Pfad des Vergessens vorangekommen war. Ich mußte ein Zittern verbergen, das meinen ganzen Körper schüttelte. Meine Zähne klapperten. Als ich mich beruhigt hatte, führte ich eine zufällige Begegnung mit ihm herbei.

»Ich habe dich lange nicht mehr gesehen. Oder täusche ich mich?«

»Ich war in Almería, Herr.«

»Mit Hussein?«

»Ja, Herr.«

»Was hast du mit ihm?«

»Nichts, Herr. Aber er lud mich, zu deinem Mißfallen, in sein Haus ein.«

»Zu meinem Mißfallen?« fragte ich und schluckte. »Ich muß mit dir alleine sein.«

»Wozu, Herr?« Er lächelte mich an. »Um mich weiter auszuschimpfen?«

Ich zog ihn zu einem Pavillon mitten im Garten. Ohne ihm eine Erklärung zu geben, küßte ich ihn leidenschaftlich. Ich versuchte, alle Küsse, die ich ihm in meiner Einsamkeit zu geben geträumt hatte, in diesen einen zu legen. Der überraschte Jalib erwiderte ihn mit derselben abwesenden Nachgiebigkeit, mit der er auch die zärtlichen Küsse der anderen beantwortete.

»Liebst du Hussein?«

»Ich liebe niemanden, Herr.«

Er war strahlend wie die Sonne. Aber nicht für mich.

»Auch mich nicht?«

»Wenn du willst, werde ich dich lieben. Du bist es, der befiehlt.«

»Aber ich möchte nicht, daß du mich liebst, weil ich es bin, der befiehlt.«

»Wie dann, Herr?«

»So, wie ich dich liebe.«

Ich streichelte ihn so ungestüm, als wollte ich ihn schlagen, schloß ihn mit aller Kraft in meine Arme, und er gab sich dieser Umarmung widerstandslos hin. Ein Schatten huschte über seine Augen, die herrlichsten, so schien es mir, die ich in meinem ganzen Leben gesehen hatte.

»Du liebst mich, und bist so hart zu mir?«

»Merkst du nicht, daß meine Liebe dich ersticken würde, wenn mir nur ein einziges gütiges Wort über die Lippen käme? Wenn ich vor dir stehe, muß ich mir den Mund zuhalten, damit meine Seele nicht entweichen und dich erschrecken kann.«

In meiner Verblendung begriff ich nicht, daß er nicht einmal an mich gedacht hatte, als er nicht in Granada weilte. In dem wild bewegten Meer aus Liebe und Gleichgültigkeit gefangen, entging mir, daß sich natürlicherweise in den Monaten, in denen ich ihn nicht sah, unsere Wege getrennt hatten. Und ich versuchte ihm in kürzester Zeit Dinge zu erklären, die ich selbst nicht verstand.

»Du bist mein ägyptisches Brot.«

»Was ist das?«

»Ein Brot, für das man die ganze Nacht durchwacht, doch essen kann man es nicht.«

Er begann herzlich zu lachen: »Also dann iß mich, Herr.«

»Nicht so! Ich will auch dein ägyptisches Brot sein.«

»Man muß das Brot zuerst kneten, Hefe zufügen, es backen und dann warten, bis es abgekühlt ist.«

Er hatte recht. Wer nicht liebt, hat immer recht: Das ist das einzige, was er hat. Ich verabschiedete mich von ihm, wobei ich so tat, als hätte ich einen Scherz gemacht, und nahm mir selbst das Versprechen ab, ihn aus meinem Herzen und meinem Denken zu verbannen. Ich war nicht in der Lage, mein Versprechen zu halten.

Nichts ist einfacher, als einen Körper in Besitz zu nehmen, und nichts ist schwieriger, als eine Seele in Besitz zu nehmen: eine Seele, die sich noch nicht einmal weigert, besessen zu werden, sondern einfach in eine andere Richtung sieht oder nirgendwohin. Der Verliebte ist wie einer jener Fakire, die aus Indien kommen, um ihre Kunststücke auf dem Basar vorzuführen: Sie legen sich auf Nagelbretter, schlucken Feuer, durchbohren sich mit spitzen Schwertern und bleiben scheinbar unverletzt. Auch ich blieb scheinbar unverletzt, aber ich fühlte mich sterbenskrank.

An dem Tag, als ich mich zum ersten Mal mit Jalib schlafen legte, hatte ich gesehen, wie mein Vater Soraya in aller Öffentlichkeit liebkoste; er war für sie entflammt, seine Augen glühten vor Lüsternheit. Sie zogen sich zurück, ehe die Feier zu Ende war, denn mein Vater mußte auf schnellstem Wege diesen Körper besitzen, der sich ihm anbot, sein Verlangen aber nicht erwiderte. Ich grämte mich für ihn und für mich. Verzweifelt suchte ich nach Jalib. Ich fand ihn in Husseins Haus, mit dem ihn weiter nichts als Dienstbarkeit verband, auch wenn die Eifersucht mich unaufhörlich marterte. Ohne ein Wort nahm ich ihn mit mir. Und ich bekam ihn. Bekam ich ihn wirklich? Zärtlich und sanft erwiderte er meine Liebkosungen. Er gab sich mir hin, sooft er konnte. Wie bei Soraya war es auch bei ihm keine Liebe, und es würde niemals Liebe sein. Er ließ sich von meiner Begierde besitzen, so wie das Brot sich aufessen läßt. Aber für mich würde es immer ägyptisches Brot sein.

Mit dieser Nacht begannen meine Qualen. Wenn man allein ist, ist die Einsamkeit weniger schlimm, denn noch bleibt die Hoffnung; aber dem, der jemanden an seiner Seite hat, der nicht zu ihm paßt, bleibt außer der Einsamkeit nur die Verzweiflung. Es ist unmöglich, jemanden zu erobern, der uns schon gehört, der uns unterwürfig und ergeben gehorcht, aber es ist nicht diese Ergebenheit, die wir verlangen. Die Liebe ist nichts weiter als ein Verlangen, und das Vergnügen ist nicht mehr als eine Linderung des Schmerzes, den dieses Verlangen uns verursacht; aber wenn das Verlangen sich nicht erschöpft, sondern größer wird, wächst der Schmerz, statt sich zu beruhigen, ins Unermeßliche. Es ist wie bei einem Wassersüchtigen, den das Wasser immer durstiger macht. Wenn man trinkt und weiß, daß alles umsonst ist; wenn das Übel im Wassersüchtigen selbst liegt; wenn schließlich sogar das Trinken Schmerz bereitet und schlimmer ist, als nicht zu trinken.

Der Dichter sagt:

Über jenen wundere dich, der seine Eingeweide brennen fühlt
und über Durst klagt, während kühles Wasser durch seine Kehle rinnt.

Ein anderer aber sagt:

Der Liebe Hand fädelt uns auf die Kette der Freude:
Wir sind die Perlen, das Verlangen die Schnur.

Darauf hoffte ich. Aber wenn die Schnur reißt, kullern die Perlen in verschiedene Richtungen, ohne ihre glänzende Bestimmung, die Kette, zu erfüllen. In den aufreibenden Monaten, die nun folgten, erfuhr ich ohne Unterlaß, wie sehr doch der Mensch der Luftspiegelung der Freiheit und der Verzückung erliegt. Ich konnte nichts gegen die Unbeweglichkeit von Jalibs Gefühlen ausrichten. Für mich war es kein Trost zu wissen, daß er sich gerne in mich verliebt hätte, daß es ihn befriedigt hätte, mich zu befriedigen, denn es war ihm unmöglich. Das sollte Freiheit sein? Meine Freiheit? Der Mensch bekommt nie, was er am sehnlichsten wünscht: Man erreicht niemals den Horizont. Da waren wir nun, gegenüber oder nebeneinander, oder ich in ihm, und waren so verschieden wie Sonne und Mond.

Auf eine gewisse Weise wurde ich verrückt. Ich mußte mich für die Wunde rächen, die er mir, wenn auch ungewollt, zufügte. Ich mußte mich dafür rächen, daß ich ihn derart brauchte. Ich verbot ihm, vor Publikum zu singen; ich verbot ihm, einem anderen zu dienen. Andererseits forderte ich von ihm, nur für mich zu singen und immer wieder zu singen, mit seiner etwas grellen Stimme, von der mein augenblickliches Glück und mein lange währendes Unglück abhingen. »Laß mich mit deinen Worten auch deinen Körper sehen«, bat ich ihn. Er entledigte sich ganz natürlich seiner Kleider und sang dabei weiter:

»Deine Augen haben mein Herz nicht ganz verlassen,
diesen Ort ohne Ausweg; wie ein Labyrinth ist es.
Mein Schmerz ist das Haus, in dem du dich zerstreust,
Wasserbecken sind meine Augen, mein Antlitz ein Bachlauf.
Während du feierst, zerbricht mein Herz.«

Ich liebte und ich haßte ihn, von ganzem Herzen, zur gleichen Zeit. (Tag und Nacht versuchte ich meinem unerwiderten Gefühl ein Ende zu machen, jenem ungleichen, einseitigen Gefühl, das niemals das nötige Echo finden würde, obwohl es doch in meiner Hand lag, den, der mich entflammen ließ, zu töten oder in den Himmel zu heben. Im Grunde genommen wünschte ich mir, diesen Menschen in Stücke zu reißen, der mir widerstand, ohne sich auch nur dem kleinsten meiner Wünsche zu widersetzen.) Eines Nachmittags – wir waren vor den Toren der Stadt – war ich so geblendet von seinem unerschütterlichen Lächeln, daß ich einen Stein ergriff und ihn in sein Gesicht schleuderte. Ich wollte dieses Lächeln zerstören, das mich zerstörte, diese Schönheit, die niemals mir gehören würde und die ich andererseits nicht einmal für die vollkommenste dieser Welt hielt . . . Aus dem Blut sahen mich zwei erschreckte Augen an, und ich begann um dieses Gesicht zu weinen, das geliebteste, von mir zerstörte. ›Nicht der Schmerz ist des Menschen Pflicht‹, dachte ich, ›sondern die Freude; aber wie schlecht komme ich dieser Pflicht nach.‹

Jalib bekam Angst vor mir. Er versuchte alle Gelegenheiten zu umgehen, bei denen er mit mir allein war. Er erfand die fadenscheinigsten Ausreden. Er erreichte damit nur, daß er für mich zu einem blendenden Schatten wurde, der mich an nichts anderes mehr denken ließ. Ich brauchte ihn, wie ich die Luft zum Atmen brauchte, und wenn er bei mir war, vermißte ich ihn noch mehr. Meine Umgebung beobachtete mich mit derselben furchtsamen Aufmerksamkeit wie einen, der den Kopf verliert; häufig hörte ich Getuschel, das verstummte, wenn ich erschien. Den Augen und Ohren meiner Mutter entging zu wenig, als daß sie es nicht bemerkt hätte. Keiner ihrer Boten, die immer dunklere Neuigkeiten übermittelten, konnte mich von meiner fixen Idee abbringen. Moraima wartete rücksichtsvoll darauf, daß der Sturm vorüberging – der, wie sie dachte, so heftig war, daß er nicht lange dauern konnte –, ohne mich auf mein verändertes Wesen oder meine Trostlosigkeit anzusprechen. Gelegentlich legte sie ihre Hand auf meine; manchmal stieß ich sie zurück, weil ihre Liebe kein Ersatz für die Liebe Jalibs sein konnte. Und Jalib, den ich mit stählernen Ketten an mich gefesselt hätte, sang unterdessen, servierte mir Getränke, bot mir seinen wunderbaren Körper dar, war mir treu und lächelte sein undurchdringliches Lächeln. Was ich mir auch wünschte – er gewährte es mir, bis auf das einzige, was ich mir wirklich wünschte: Das lag nicht in seiner Macht, und mit meiner Macht konnte ich hier nichts ausrichten.

Eines Nachts ging ich zum Haus meiner Mutter auf dem Albayzín, entschlossen, mich an der Verschwörung gegen meinen Vater zu beteiligen. Aber mein Plan hatte nichts mit ihrem gemein: Ich war zu dem Schluß gekommen, daß ich vielleicht als Sultan Jalibs Liebe gewinnen könne. Das Herz setzt sich mit einer eigenen Art von Verrücktheit zur Wehr. Meine Mutter empfing mich mit Strenge und Verachtung. Ich entdeckte nicht die geringste Güte in ihren Augen; dabei war ich doch dem Tode nahe. Ich wünschte mir sehnlich, mich ihr in die Arme zu werfen, wieder ein Kind zu sein oder aber mich zu verstecken; als hätte sie meine Gedanken erraten, verschränkte sie die Arme.

»Nichts auf dieser oder in der anderen Welt ist es wert, daß ein Mann sich von seiner Bestimmung abbringen läßt. Lieber sähe ich dich tot, als zu wissen, daß dich etwas zu einer solchen Schandtat treibt. Du hast es gehört: tot. Ich werde alles in meiner Macht Stehende tun, um es zu verhindern. Vergiß das nicht.«

Am folgenden Morgen brachte ein staubbedeckter Bote die furchtbare Nachricht. Sie schlug wie ein Blitz in der Stadt ein: Wir hatten Alhama verloren, das vor den Toren Granadas lag. Es war das erste Mal, daß, wie meine Mutter sagte, das Schicksal an unsere Tür klopfte. Am Nachmittag des gleichen Tages suchte ich überall nach Jalib. Er blieb unauffindbar. Ich gab Befehl, ihn suchen zu lassen, denn mich beunruhigte der Verdacht, er könne endgültig vor mir und meinen nicht zu befriedigenden Forderungen geflohen sein. Ich wollte ihn um Verzeihung für alles Erlittene bitten, wenn er zurückkäme; ich wollte ihm den Rücken zukehren, wenn er wiederkäme; ich wollte seinen Tod anordnen; ich wollte den Thron besteigen und zu seinen Gunsten abdanken; ich wollte ihn als einfachen Soldaten in das Heer stecken, welches bereits zur Rückeroberung von Alhama einberufen wurde; ich wollte denken, daß alles vorbei war und daß es so besser war; ich wollte mich umbringen, um ein wenig auszuruhen.

In den frühen Abendstunden jenes ersten März, an dem sich der Frühling, von allem unberührt, andeutete, bat Moraima darum, mich zu sprechen.

»Es ist mir lieber, wenn du es von mir erfährst: Man hat den Leichnam von Jalib, dem Sohn des Schmiedes, gefunden. Es heißt, er sei heute früh in der Sierra in den Tod gestürzt.«

Der Frühling, der späte Abend, der Palast, mein Leben: alles begann sich zu drehen. Nebel ... nein, es war zu spät für so viel Nebel, es war zu dunkel: Es waren meine Augen.

»Hat er es selbst getan? Ich meine: freiwillig?«

»Ich weiß es nicht. Wie es aussieht, hatte er einen großen Dolchstich in der Brust ... schon vor dem Absturz.«

Nicht weinen, sagte ich zu mir. Meine Beine gaben nach. Moraima kam zu mir und stützte mich. Es war besser, nicht zu denken, zusammenzubrechen. Ein Würgen stieg in mir auf und schüttelte mich. Nein! Eine Leere im Magen, als käme der

Tod und suchte sich ein Plätzchen. Tief durchatmen, sagte ich mir. Oder war es Moraima? Nein, nein! Mein Kinn hörte nicht auf zu zittern. Ich hörte meine Zähne aufeinanderschlagen. Mit einer jähen Bewegung stieß ich Moraima von mir.

»Was weißt du darüber?«

»Alles. Ich weiß alles.« Sie schlug ihre sanften Augen nieder. »Und deine Mutter auch.«

Nicht weinen, wiederholte ich nochmals im stillen. Und ich weinte nicht. Aber ich begann die ganze Welt aus tiefstem Herzen zu hassen, meine Mutter war der Mittelpunkt dieser Welt, und ich war mir sicher, daß ich nie aufhören würde, sie zu hassen.

(Als Erinnerung an jene Zeit habe ich einige Gedichte verwahrt. Sie drücken nicht im entferntesten aus, wie sehr ich gelitten und genossen habe. Der Verliebte muß sich betrügen, um weiter zu leiden, und er muß leiden, um sich weiter zu betrügen. Hier sind als Beweis die Trümmer meines Schiffbruchs. Sie liegen an einem fernen Gestade und beflecken den Sand, unfähig, die Würde und Schönheit des stattlichen Schiffes zu beschreiben, zu dem sie gehörten. Geheilt ist, wer vergißt.

1
Unaussprechlich war die Nacht, und sie war unser.
Doch wie du mich küßtest bei meiner Ankunft,
küßtest du, Mundschenk, die ganze Welt.
Du küßt auf die Lippen, Mundschenk, du mein Verräter . . .
Die Nacht wandte sich gegen mich, wie ein dunkles Schwert.
Die flammende, keusche Nacht,
wie ein Schwert im Feuer.

2
Falls ich die nachdenkliche Kälte wählte,
so war es kein Nachdenken.
Eine Ahnung war es.

Es war Hingabe – ach! Mit geschlossenen Augen gab ich der Hoffnung mich hin.
Denn bei dem Feste sind wir alle Brüder.
Ohne Angst küssen wir uns auf den Mund.
Langsam geht es voran,
schneller vergeht die Nacht.
Nichts von alldem ist jemals geschehen.

3

Als der alte Kellner betrunken war,
tanzte und sich wiegte, die Hand auf den Hüften,
das Tuch schwang in der Luft . . . da sahen wir uns an.
Das Vergnügen der jungen Liebenden,
einer am anderen,
stellte sich zwischen dich und mich wie ein neuer Gast.
So jung wie du war ich, vielleicht auch jünger.
Oder war ich so alt wie der Kellner, der da tanzte,
Antlitz und Herz gezeichnet von den Spuren der Zeit?

4

Freude und Trauer sind eins,
im Leben und in deinem Lied.
Verzweiflung und auch Verlangen
erregen den Hunger nach dem unerreichbaren Brot.
Sänger, mein Freund, ich weiß nicht, ob wir es essen werden.
So lang ist die Nacht, und sie endet so schnell.
Laß uns miteinander trinken.
Vielleicht vergesse ich so meinen Hunger.

5

Keine Nacht war wie diese:
Das Getränk ist ein anderes, und auch der Ort.
Doch wieder ist es dein Arm,
der meine Taille umfängt,
der gleiche Mond am Himmel . . .

Doch wie der Ort und das Getränk
bin auch ich ein anderer, verwandelt sind
meines Lebens Ängste und Begierden . . .
Nicht die Nacht, jedoch der Morgen
ist stets gleich, es endet das Fest.
Für jeden, mein Mundschenk.
Der Mond ist nicht ewig,
nicht in Baghdad, nicht in Granada:
In deinem Glas löst er sich auf im Morgengrauen.

6
In allen Kriegen muß es Siege geben,
doch bis zum Ende kennen wir den Sieger nicht.
Geborgen in den Händen der Nacht
schütze ich mich vor deinem Blick und schaue dich an.
Der Schmerz ist nicht tödlich? Kein Blut?
Wenn doch – kein Tropfen fiele auf Tisch oder Glas.
Der Geschmähte bin jedenfalls ich.
Unterdessen entreiße ich deinen Küssen die Freundschaft,
mein Arm verdrängt die Einsamkeit.

7
Mit schmeichelnden Gesten lockst du mich,
mit denselben Gesten verstößt du mich.
Eine endlose Kette bist du, die mich fesselt.
In deinen Händen entrollt sich
ein Knäuel in allen Farben;
ich erkenne sie nicht, wir tranken so viel.
Einzig das Licht deiner Augen leitet mich.
Wohin es mich führt? Ich weiß es nicht.
Führt es mich recht, Mundschenk? Oder verirre ich mich?
Betrunken zog sich Al Raschid zurück, vor langer Zeit.
Baghdad ist nicht mehr Baghdad, sondern du und ich
zwischen Musik, Lachen, Naschereien und dem Morgengrauen.

8

Draußen, über Granada, regnet es.
Die Nacht gibt den Gärten zu trinken,
so wie du mir.
Sie legt ihre feuchte Hand auf den Staub.
Lackiert die blauen Palmen.
Zärtlich köpft sie die sanften, schlanken Levkojen,
den Jasmin, die herrlichen Malven, die Nelken,
die stolzen Rosengärten, die Ringelblumen.
Sie köpft sie und weint.
Wenn trotz meiner Wunde kein Blut fließt,
gib nicht mir die Schuld: Wenn ich gehe, läßt dein Blick mein Herz verdorren.

9

Die Liebe ist kein Garten und kein Palast,
kein Ruhm, kein Gold, kein Blumenduft.
Sie ist nicht die Pforte zum Paradies,
nicht das heitere Lied glücklicher Tage,
wenn es je einen gab . . .
Die Liebe ist keine Oase, kein Silberturm,
keine erfreuende Palme inmitten der Nacht.

10

Sänger, deine Stimme ist mein Zuhause:
Gut oder schlecht – sie ist mein Zuhause.
Die Morgendämmerung neben dir
ist wie ein Kind,
das eine Orange schält.
Von nun an lebe ich einzig
von der Schale.

11

Deine Liebe ist so fern von meiner
wie ein Kalif in seiner Festung,
der sich in goldenen Spiegeln betrachtet.
Noch einmal sehe ich den Feind vor mir,
hinter mir das Meer. Wohin mich wenden?
Wer wird schneller sein, wenn ich stehenbleibe:
das Meer oder der Feind?

12

Deine Umarmungen verschmelzen mit meiner Schwäche.
Welche Hitze entströmt deinem Körper!
Ich komme zu dir wie einer,
der rückwärts geht und strauchelt.
Ich sehe dich an, und du wirst
zu Sand in meinen Augen.
Ich berühre dich, und von meinen Fingern löst sich die Haut.
Als ich dich sah, wußte ich: Meine Liebe wird so groß sein
wie ich selbst.
Und ich bin viel größer als du, Mundschenk, mein Freund,
denn ich trage dich in mir und kann dich nicht finden.

13

Man sagt, ein guter Soldat seist du,
und zwischen zwei Lanzenstichen schriebst du herrliche Verse.
Es überrascht mich nicht: In dir verbünden sich
Schönheit und Stärke.
Gegen mich, gegen mich!
Doch auf der Lagerstatt, bei der Liebe Schlacht,
sind wir beide unterlegen.
Kein Schuß ist zu hören, kein Gedicht.
Hier stöhnt nicht der Schmerz, Genuß ist es.
Nicht tyrannischer Haß, nur das Verlangen.
Weshalb lernen die Völker nicht von uns
dieses Körper an Körper, bei dem beide siegen?)

SO VERSCHWOMMEN, wie die Fische aus der Tiefe die helle Sonne sehen, ahnte ich undeutlich (parallel zu den Ereignissen, von denen ich gerade erzählte), daß meine Stunde kam. Und daß niemand, auch ich nicht, etwas dagegen unternehmen konnte. Das Reich hatte keinen lenkenden Kopf mehr, die Gliedmaßen litten tagtäglich unter den Maßnahmen der Regierung. An die Stelle der Autorität war willkürliche, blinde Tyrannei getreten; die Denunzierungen, gerechtfertigt oder nicht, häuften sich; die Unterdrückung gehörte zur Tagesordnung. Um Gemurre und Kritik an dieser Anarchie zu verhindern, erstickte man sie schon im Keim; viele führende Männer wurden hingerichtet, Ratsherren, Ritter, die berühmtesten Gelehrten des Landes. Mein Vater hatte die Selbstsicherheit verloren, mit der er seine Herrschaft begann, er mußte sich mit dem Phantom begnügen, das an ihre Stelle getreten war. Die Sultana Soraya, die ihrem Ziel näher war denn je, mischte sich ohne Zurückhaltung in die Verwaltung und die Justiz ein. Sie hoffte, einem ihrer Söhne die Thronfolge zu sichern oder ihre Finanzmittel so zu stärken, daß sie, komme was wolle, weiterhin ein behagliches Leben würde führen können. Ihr war jedes Mittel recht, um dieses Ziel zu erreichen. Sie hatte meinen Vater in die Kloake der Wollust gestoßen: eine rohe, rätselhafte Wollust, die mein Vater, dessen Potenz nachgelassen hatte, nur noch unter Schwierigkeiten befriedigen konnte und die ihn dazu brachte, seine Fehler und sein Versagen dadurch zu kaschieren, daß er sich den Launen seiner Gefährtin fügte.

Die Disziplin des Heeres schwand, da es weder geachtet noch bezahlt wurde; die Staatsgeschäfte wurden vernachlässigt; man kümmerte sich nicht um die Nachrichten, die uns aus den christlichen Königreichen erreichten; die Korruption breitete sich wie ein Ölfleck auf den Stufen der Hierarchie aus; wir näherten uns dem Ruin, und um ihn zu verhindern, überlastete Benegas die Bevölkerung mit Abgaben, an denen sie schwer zu tragen hatte. Er beschloß, das ungerechte Steuersystem wieder zum Leben zu erwecken, mit dem mein Großvater begonnen hatte und durch welches das Volk so unzufrieden wurde, daß es die Revolte meines Vaters unterstützte. Es beruhte darauf, die Besitztümer wieder einzuziehen, die seine Vorgänger verkauft hatten. Die Bewohner der Landgüter beschwerten sich über diese Vorgehensweise. »Man fügt uns doppeltes Unrecht zu«, sagten sie vor Gericht, »denn wir erwarben sie seinerzeit noch nicht einmal freiwillig, sondern wurden von den Sultanen dazu gezwungen, die den Preis festsetzten und ihren drohenden Steuerbeamten befahlen, das Geld einzutreiben.« Das Reich war in Aufruhr wegen dieser Forderungen, von denen viele Gemeinden betroffen waren. Und die Richter, die mit dem Rücken zur Wand standen, setzten fest, daß der König die Hälfte der Ländereien und der Einnahmen bekommen solle; die Untertanen hätten sich mit der Plünderung abzufinden. Aber es war etwas zerbrochen, vielleicht für immer, zwischen dem Kopf, der für sein eigenes Wohl sorgte, dem Arm des Gerichts, der nicht frei entscheiden konnte, und den übrigen Gliedmaßen, denen es nur zukam zu gehorchen, ohne daß die beiden anderen auf sie geachtet hätten. Und zu alledem griff man zum letzten Mittel, der Geldentwertung, welche stets Schäden verursacht, die das Volk niemals entschuldigt. Denn ich glaube nicht an eine Moral der Untertanen, noch meine ich, daß Aufstände, wenigstens nicht bei uns, ihre Ursache in der persönlichen Sittenlosigkeit der Fürsten haben. Die Wurzel jeden Protestes liegt in der Zermürbung der persönlichen Finanzlage. Garantiert ein Herrscher seinen Untertanen ein Leben in Wohlstand, so wird er gefahrlos regieren können, wie ungerecht er auch sein mag; wenn aber seine Entscheidungen den Wohlstand und den Egoismus der Untertanen angreifen, dann erheben sie sich. Und das geschah in Granada. Bis ich, der ich ebenfalls mit einem persönlichen Problem kämpfte, der Sache gewahr wurde.

Obendrein stützte sich Soraya auf die reellen und imaginären Mittel, die sie in der Hand hatte. Eines davon war die Legende über die Wetterfahne der ältesten Festung Granadas, der

Alcazaba Qadima. Wir nannten sie den *Hahn der Winde*. Es hieß, sie sei aus sieben Metallen gemacht. Sie trug folgende Inschrift: »Rühmenswert ist der Palast im herrlichen Granada. Sein Talisman dreht sich im Auf und Ab der Zeiten. Seiner Beständigkeit zum Trotze wird dieser Reiter vom Wind regiert, geheimnisvollen Gesetzen gehorchend. Denn wahrlich, nach einer kurzen Zeit wird ein schreckliches Unglück hereinbrechen, das den Palast zerstört samt seinem Herrn.« Wegen seines schlechten Zustands mußte das Bauwerk repariert werden, die Wetterfahne wurde abgenommen. Voll Hinterlist verlieh Soraya ihrer Meinung Ausdruck, daß in der Abnahme des Hahnes die Erfüllung der Prophezeiung zu sehen sei, und vergällte mit ihren düsteren Vorhersagen die lustvollen Nächte meines Vaters. Sie überzeugte ihn davon, daß meine Mutter ihn vergiften würde, um ihm nicht die Zeit zu lassen, meine – noch nicht offiziell bestätigte – Ernennung zum Thronfolger zurückzunehmen. Sie drängte ihn zu verkünden, daß ihre Söhne die Erwählten seien, da mein Blut durch das feindliche Blut meiner Mutter verdorben sei. Sie verwies auf die bei meiner Geburt erstellten Horoskope und fing wieder mit ihren unheilvollen Prophezeiungen an. (Auch ich zog von Zeit zu Zeit die Horoskope zu Rate, und damals gab ich ihnen in gewisser Hinsicht recht. So zum Beispiel, daß ich eine Liebesverbindung mit einer Person niedriger Herkunft begänne, da die Venus im Zeichen der Jungfrau stand; wobei ich mich tief betrübt fragte, was die Astrologen unter einer *Verbindung* verstanden und wer für sie *niedrig* war.)

Da mein Aszendent im Stier stand, hatten die Sterndeuter in der Tat versichert, daß ich scheitern würde: aufgrund mangelnden Geschicks, meiner ablehnenden Haltung neuen Ideen gegenüber sowie einer Halsstarrigkeit, die in keinem Verhältnis zu meinen Fähigkeiten stehe. Und sie hatten noch viele weitere Katastrophen prophezeit: Weil die Sonne im Quadrat zum Saturn stand, würde ich mich gegen jegliche Autorität auflehnen, insbesondere gegen die väterliche. Meine Rebellion sei vorauszusehen, was durch die Stellung des Mars im Zeichen der Jungfrau bekräftigt werde. Der Mond stand im Zeichen der Zwillinge, ein Hinweis auf ständige, Verderben bringende Unentschlossenheit, die mit dem Verlust des Reiches enden würde, welcher sich durch den Mars im vierten Haus und den Jupiter im achten Haus bestätigte; dies war außerdem ein Vorzeichen für Altern und Tod weit weg von dem Ort, an dem man geboren wurde. Der Saturn stand ungünstig für mich, da er im Wassermann nichtwiedergutzumachende Rückschläge zeigte und im zehnten Haus den unabwendbaren Untergang, während er, weil er eine Konjunktion mit dem Medium Coeli einging, mit Sicherheit Feindschaft innerhalb der Familie versprach, ein Unglück, gegen das alle Vorsichtsmaßnahmen umsonst wären, und einen Niedergang, der die tiefste Trauer verursachen würde.

Zwischen Beunruhigung und Unglauben schwankend, hatte ich meinerseits solche Sternkarten studiert, und ich stimmte ihnen insofern zu, als mein Leben immer zwischen Klippen stürmischer Ungewißheit verlaufen mußte, zwischen Enttäuschung und Verrat, dermaßen, daß es das beste für mich wäre (das legte mir die Position des Mars nahe, der im Halbquadrat zum Merkur stand – um es in der Sprache der Gestirne zu sagen, die nichts weiter tun, als das Offensichtliche bestätigen), allein zu bleiben, da nämlich alles andere ganz eindeutig nichts Gutes für mich verhieß.

Mein Vater, von Soraya gelenkt, glaubte, was er früher ablehnte, oder er gab vor, es zu glauben, um ihr nicht zu widersprechen. Und zum Ausgleich seiner Schwäche bediente er sich solcher Stützen, die unmöglich einzureißen waren: Er unterwarf sich den Orakeln und Wahrsagern, denn diese waren irrational und nicht greifbar. Wenn der Mensch Fehlentscheidungen zu rechtfertigen versucht, pflegt er in seiner Argumentation den Willen des Himmels anzuführen, um so seine Gottheiten um Beistand anzuflehen; deshalb sind die Religionen und die Wissenschaften zu einer lohnenden Schändung dessen geworden, was sie einmal waren. Als mein Vater sein Selbstvertrauen verlor, schlug er blind um sich. Er verließ sich auf das Übersinnliche und die Gewalt, trat auf einem verzweifelten Weg ohne Zukunft die Flucht nach vorn an. Aus all diesen Gründen nahm ich an, daß meine Zeit gekommen sei, und zwar im ungünstigsten Augenblick.

Meine Mutter ihrerseits begnügte sich nicht damit, tatenlos der vorauszusehenden Ereignisse zu harren, sondern arbeitete diesen entgegen. Sie setzte ihr Vertrauen in Aben Comisa, Mitglied einer angesehenen Granadiner Familie, setzte ihm Abul Kasim Benegas entgegen und pries ihn vor dem Volk als ein Beispiel an Uneigennützigkeit, Loyalität und anderer Vorzüge. Sie benutzte ihn, um hinterlistig und in aller Heimlichkeit das Eingreifen der Abencerragen zu erreichen, die im Hintergrund auf die Schicksalsstunde des Reiches warteten. Einige von ihnen, die zum Christentum übergetreten waren, hegten ebenfalls ihre undurchschaubaren Geheimnisse. Wer hinterging hier wen? Ihr Ziel war ein Staat, in dem die Religion nach und nach ihre Bedeutung verlieren und der zu einer Region Kastiliens werden sollte, mit einer mehr oder weniger eigenständigen Verwaltung, so daß die vollständige Einverleibung im Laufe der Jahre unmerklich vonstatten ginge. (Dieser Gedanke entsprach genau der Vorgehensweise der ersten Muslime, mit der diese das Spanien der Goten durchdrungen hatten – nicht mit Waffen, sondern durch Kultur und Lebensweise; diesmal jedoch war es umgekehrt.)

Auch wenn meine Mutter, um die Abencerragen als Verbündete zu gewinnen, so tat, als wisse sie nichts von diesen Plänen, war sie sich dennoch darüber im klaren, wieviel Bedeutung der Religion in diesen sorgenvollen Tagen zukam. Darum gewann sie durch Bestechung und geheuchelte Frömmigkeit die Imame und Fakhis für sich, bei den Freitagsgebeten wurde in allen Moscheen lautstark gegen die Verderbtheit der Sitten gepredigt, gegen die Schlüpfrigkeit und Geilheit der Greise, die Ausschweifungen des Fleisches und der Macht, den Verfall der traditionellen Gebräuche und den unheilvollen Einfluß angeblich Bekehrter. Alle Gläubigen verstanden, gegen wen diese Spitzen gerichtet waren, alles lief mit behutsamer Beharrlichkeit auf einen Aufstand hinaus.

Aber die andere Partei blieb nicht untätig. Meine Mutter, mein Bruder Yussuf und ich wurden quasi gefangengesetzt – heimlich, um nicht den Zorn unserer Anhänger zu wecken, ganz und gar der Scheinheiligkeit des Wesirs Benegas entsprechend, die in der Politik der Alhambra die Norm war. Zuerst wurden wir, wie zu unserem Schutz, daran gehindert, den von Mauern umgebenen Bereich zu verlassen; aber nach und nach schränkte man unsere Freiheit immer weiter ein. Weil ich mich damals von viel stärkeren Ketten gefesselt und in meinem Unglück gefangen fand, erkannte ich diese Bedrängnis nicht sofort – oder sie kümmerte mich nicht. Aber meine Mutter vermutete – nicht ohne Grund –, daß mein Vater die Absicht hatte, uns beim Volk in Vergessenheit geraten zu lassen, indem es uns nicht sah, und uns dann später durch eine vorgetäuschte Meuterei oder irgendeine andere Falle zu beseitigen und Soraya allein regieren zu lassen. Doch das Schicksal begann unversehens, uns zu schützen: Unsere Vernichtung war noch nicht in seinem Sinn, mit Bedacht war sie für später vorgesehen. Der Verlust von Alhama war seine List.

Mit Unterstützung einiger Generäle, die früher mit ihm verfeindet gewesen waren, eroberte Ponce de León Alhama. Daß sie gemeinsam vorgingen und nicht einzeln, war ein schreckliches Vorzeichen. Meiner von meinem Vater eingefädelten Vernichtung wurde durch das allgemeine Unglück, das viel sichtbarer und drückender war, Einhalt geboten. Vier Tage lang gebärdete sich mein Vater wie wahnsinnig: Er weinte, er tobte, stürmte ruhelos über die Wehrgänge, gab unzusammenhängende Befehle und brach dann erneut in Tränen aus. Der erlittene Schlag war so stark, daß er einen Toten wieder zum Leben erweckt hätte: Alhama war von größter Bedeutung für die Verbindung zwischen Granada und Málaga, es war der Schlüssel zu Ronda. (Für mich war es außerdem der ruhige Ort, an dem ich viele Monate meiner Kindheit und Jugend verbracht hatte.) Nach diesen vier Tagen brach mein Vater nach Alhama auf, um es zu belagern. Er versuchte die Wasser- und Brennholzversorgung zu unterbrechen, um so die Christen zur Aufgabe zu zwingen, denn je größer ihre Zahl war, um so mehr brauchten sie davon – und es schienen nicht weniger als zweitausendfünfhundert Reiter und dreitausend Fußsoldaten zu sein. Ich blieb in der Alhambra zurück, mit trauernder Seele und siechem Körper eines Todes wegen, der mir so naheging, als sei die ganze Welt gestorben. (Was ich jetzt erzähle, erfuhr ich kurze Zeit später, denn in jenen Tagen schenkte ich nur meiner Verzweiflung Gehör.)

Als mein Vater erkannte, daß die Belagerung länger dauern würde, ließ er nach Soraya schicken. Soraya hatte einen Weg gefunden, ihn glauben zu machen, daß ihr in der Alhambra, wo man sie haßte, ohne seinen Schutz Gefahr drohe. Möglicherweise war es so; vielleicht mußte sie sich zwischen der mehr oder weniger eingebildeten Lebensgefahr entscheiden und dem Risiko, während ihrer Abwesenheit von meiner Mutter verdrängt zu werden. Aber meine Mutter hatte nicht mit der Reaktion des Volkes gerechnet, das trotz der Bestürzung über den großen Verlust verstand, daß eine Agonie begann, die vielleicht lange dauern, jedenfalls aber zum Tode führen würde. Es erfaßte die Situation in ihrem ganzen Ausmaß. Folglich drängte es sich wieder um den einzigen, der in der Lage war, es vor größerem, unmittelbar bevorstehendem Unheil zu bewahren – mit anderen Worten: um meinen Vater, dem es seine Sünden vergab.

Weil unser Heer durch seine Verarmung und mangelnde Übung geschwächt war, mußte man die erste Belagerung nach fünfundzwanzig Tagen aufgeben. Schluchzend gab der Sultan den Befehl bekannt. Der Feuerbeschuß oblag den königlichen Truppen des Herzogs von Medina Sidonia – obwohl dieser bis aufs Blut mit Ponce de León verfeindet war, für uns ein äußerst schlechtes Zeichen – und des Grafen von Cabra, dessen Familie man nachsagte, mit uns verbündet zu sein. Die Zeit der aufsässigen, unabhängigen Herren war vorbei.

Mein Onkel machte sich die Zusammenziehung der christlichen Streitmächte in Alhama zunutze und fiel in die benachbarten Länder ein, er preßte sie aus, damit sie den Belagerten keinerlei Hilfe zukommen lassen konnten. Die Einwohner von Ronda raubten dem Feind beträchtliche Viehbestände und vernichteten seine Ernten. Aber noch eine andere Sache wurde deutlich: Die Kleinkriege, die Scharmützel, in denen wir Andalusier so unschlagbar waren, hatten sich zu einem Belagerungskrieg entwickelt. Erstens, weil das Land kleiner geworden war; zweitens, weil die Eroberung der großen Städte einen wirkungsvollen Schock verursachte; und drittens, weil die Technik sich wandelte und die Artillerie die uralte Überlegenheit der Kavallerie abzulösen begann.

Am 14. April belagerte mein Vater Alhama aufs neue. (Ich erholte mich damals von meiner Krankheit – ihr Auslöser war ein weniger körperliches Leiden –, welche mich nahezu zwei Monate lang dazu gebracht hatte, die Verzierungen der Decke zu betrachten, und die mir fast den Verstand und ganz sicher den Lebensmut geraubt hatte.) König Ferdinand zwang ihn zur Verlängerung auch dieser zweiten Belagerung und dann der dritten, die in den ersten Junitagen begann, unmittelbar vor dem Tag, an dem ich dies schreibe. Mit diesem Tauziehen machte sich die Mutlosigkeit in Granada breit – wenn ich aufrichtig bin, nicht deshalb, weil sich die Granadiner um das Unglück ihrer Brüder vor Alhama bekümmerten, die allesamt versklavt oder getötet wurden, sondern weil sie sich selbst schon im voraus dieses Schicksal erleiden sahen und weil sie befürchteten, daß angesichts eines solchen Zusammenbruchs die Abgaben und Steuern steigen würden. Und schließlich, weil sie die Unfähigkeit eines Heeres erkannten, dessen Niedergang ihnen unwiderruflich vor Augen stand.

Es ist fast ein Jahr her, seit ich mich zum letzten Mal diesen karmesinroten Blättern widmete: ein wirres und entscheidendes Jahr, das nach Gutdünken die Lage aller Personen dieser Geschichte verändert hat.

Ich schreibe in der Abenddämmerung des 20. April 1483. Morgen werde ich einen Feldzug anführen, der uns, neben großer Kriegsbeute, Ruhm einbringen wird – es fällt mir noch schwer zu schreiben, daß er mir Ruhm bringen wird, aber dazu wird er unternommen. Ich bin immer noch erstaunt und – ich leugne es nicht – von der Schnelligkeit beeindruckt, mit der sich die Ereignisse – die der Mensch nicht beeinflussen kann, auch wenn er es glauben will – überstürzten. Als die Niedergeschlagenheit der Andalusier am größten war, kam Gott, um ihren Mut wieder aufzurichten und zu verkünden, was sein dringlichster Wunsch sei. (Ich kann mir vorstellen, daß meine Gegner da ganz anderer Ansicht sind.)

König Ferdinand, voller Stolz auf seinen Erfolg in Alhama und der Ergebenheit des Adels gewiß, traf zwei folgenschwere Entscheidungen: Er wollte Loja belagern – denn wenn Alcalá wegen der Sierra de Parapanda das eine Tor zur Vega ist, so ist Loja wegen des Genil-Tals das andere – und eventuell aus Afrika kommenden Hilfstruppen den Weg versperren, indem er eine Flotte in die Meerenge entsandte.

Durch unsere Spione alarmiert, beauftragte mein Vater Aliatar mit der Verteidigung Lojas, da er selbst sich für zu erschöpft hielt. Er nutzte unterdessen eine Unachtsamkeit der christlichen Streitkräfte, um auf dem Landwege Tarifa anzugreifen (was mit der Erbeutung einer Herde von dreitausend Rindern endete und die Granadiner belustigte, denn Kühe, und seien es noch so viele, können die Gloriole eines Sultans nicht veredeln). Aber bevor er Granada verließ, richtete er seine Aufmerksamkeit auf eine Sache, die ihm den Schlaf raubte. Er begab sich zu dem Gefängnis, in dem ich mich zusammen mit meiner Mutter und meinem Bruder befand, und schlug mir angesichts der gefährlichen Lage vor, einander zu vergeben. Außerdem bat er mich, als Kronprinz und Aliatars Schwiegersohn, um meine Unterstützung. Sein Vorschlag – und ich ging darauf ein – lautete, daß ich noch in derselben Nacht mit einer Truppe aufbrechen und versuchen sollte, den Belagerungsring von Loja zu durchbrechen, zusammen mit meinem Schwiegervater, der sich bereits dort befand. Es war der 9. Juli 1482.

Doch die Pläne meiner Mutter gingen andere Wege.

»Auf gar keinen Fall wirst du nach Loja ziehen. Merkst du denn nicht, was dein Vater vorhat? Er will dich in der Schlacht umbringen lassen, damit niemand auf die Idee kommt, er selbst habe seine Hände mit deinem Blut befleckt. Es ist schon zuviel passiert. Weder hat er dir Verzeihung gewährt, noch hat er dir etwas zu verzeihen, und er ist auch nicht fähig, jemanden um Verzeihung zu bitten; es ist einfach eine Falle. Warum sonst hat er selbst sich schleunigst an einen anderen Ort begeben? In seinem verwirrten Geist ist er davon überzeugt, daß die Christen Loja nehmen werden, und er will Gewinn daraus schlagen, indem er sich auf einen Schlag von Aliatar und von dir befreit. Und im äußersten Falle, wenn nicht geschieht, was er hofft und fürchtet, wird er einem vertrauenswürdigen, treffsicheren Armbrustschützen den Befehl geben, dich mit einem Schuß in die Kehle zu töten.«

Ich fügte mich, wenn auch nicht gänzlich überzeugt. Für mich stellte der Feldzug eine geringere Gefahr dar und selbstverständlich auch eine größere Bequemlichkeit. Moraimas inständige Bitten gaben den letzten Ausschlag: Als meine Frau von den Vermutungen meiner Mutter erfuhr (vielleicht waren es nicht nur Vermutungen, denn sie hatte sehr ergebene Diener in der Nähe meines Vaters), war sie nicht nur dagegen, daß ich mit den Hilfstruppen aufbrach, sondern beeilte sich, ihrem Vater einen ausführlichen Bericht über unsere Befürchtungen zukommen zu lassen.

»Heute nacht«, schloß mein Mutter lebhaft und für mich noch unverständlich, »wirst du noch viel zu tun haben.«

Loja widerstand mit seiner konventionellen Kriegsführung dem Ansturm der Christen. Die Belagerten brachten den Belagerern bei zwei oder drei Ausfällen Verluste bei, da jene weder auf diese Art von überraschenden Attacken vorbereitet waren noch über ausreichend Artillerie für eine Belagerung verfügten. Die Truppen der einzelnen christlichen Gemeinden, die nur locker miteinander verknüpft waren, fielen der Panik zum Opfer, die eine nach der anderen ergriff. Bei der Flucht stießen sie auf die bescheidene Verstärkung, die mein Vater – mehr als Vorwand für meine Entsendung als aus einem anderen, stichhaltigeren Grund – mit Proviant aus Granada entsandt hatte. Aliatar bemächtigte sich der Geschütze der Christen, ihrer Munition, ihrer Waffen, ihres Proviants und einer großen Menge an Mehl, das sie in den Zelten zurückgelassen hatten. Die Belagerung, von König Ferdinand lange vorausgeplant, dauerte kaum fünf Tage. Am 14. Juli wurde Loja von seinem Belagerungsring befreit, der Jubel seiner Bewohner kannte keine Grenzen.

Unterdessen war mein Vater aus Tarifa zurückgekehrt und traf sich vor den Toren mit Soraya. Sie feierten gerade ihren etwas unbedeutenderen Sieg, den Beschaffungsfeldzug mit der Erbeutung der Rinder, als er, schon betrunken, Berichte aus Loja forderte. Jemand sagte ihm, daß ich nicht, wie erwartet, unter den Soldaten der Verstärkung gesehen worden sei. Er konnte nicht mehr viel trinken, ehe er genauere Meldungen erhielt. Man überbrachte ihm zwei auf einmal: Die Christen seien vernichtend geschlagen worden, und mich habe man in Guadix zum neuen Sultan ernannt. Sein Zorn war unbeschreiblich; glücklicherweise war es zu spät. Es heißt, daß er den Diener, der ihm die Neuigkeit mitteilte, mit dem Glas verletzte, aus dem er trank, und daß er Soraya mit einem heftigen Stoß auf die Kissen des Diwans warf, durch die Beleidigungen gereizt, mit denen sie ihm vorwarf, ihren Ratschlägen nicht aufs Wort gefolgt zu sein. Dann rannte er, Alarm schreiend, zum Palast, in der Hand eine Fackel, bereit, ihn anzuzünden.

Meine Mutter und Aben Comisa hatten schon einige Zeit vorher eine Verschwörung angezettelt; sie steckten mit einem gewissen Abraham de Mora unter einer Decke, einem Mudejaren aus der gleichnamigen Stadt im Königreich Toledo. Unter dem Vorwand, getriebenes Kupfer zu verkaufen, erhielt Abraham die Erlaubnis, uns in unserem Gefängnis aufzusuchen, welches im unteren Teil des Comarespalastes lag. Dieser de Mora, ein freundlicher, in Kriegsdingen sehr erfahrener Mann, versteckte die Briefe meiner Mutter in Kesseln, die er durch einen jungen Mann namens Abraham Robledo, aus Guadalajara gebürtig und im Königreich mit Metallen handelnd, nach Guadix übersandte. (Es war derselbe Bursche, der bald darauf mit Fernando del Pulgar die Vega befreite.) In Guadix wurden die Botschaften und Abmachungen von zwei tapferen Rittern in Empfang genommen, Abenadid und Abenecid, die morgen mit mir zu dem Feldzug aufbrechen werden, den ich unternehme.

Die zuletzt getroffene Vereinbarung bestand darin, daß in jener Julinacht, die ich weiter oben schon erwähnte, um zehn Uhr sechs Männer mit frischen Pferden zu einem Bewässerungsgraben am Fuß des Generalife kommen sollten. Abul Kasim Benegas, der vermutete, daß ich mich auf Wunsch meiner Mutter weigern würde, nach Loja zu gehen, hatte in jener Nacht eine zusätzliche Wache vor den Türen unseres unfreiwilligen Aufenthaltsortes postiert, was unsere Flucht erschwerte. Zu Fuß und unter der Leitung von Abraham de Mora näherten sich die Verschwörer dem äußeren Wehrgang, der mit unseren Fenstern verbunden war, und gaben das Signal, den mehrmals wiederholten Ruf der Wachtel. Mein Bruder Yussuf und ich konnten ihn klar aus dem Gezirpe der Grillen heraushören. Die Nacht war stickig und schwül. Die Luft stand. Bis zu unseren Fenstern stieg der intensive Duft der Gärten herauf. Meine Mutter betrat in ungewöhnlicher Eile den Alkoven. Ihre Augen glänzten, und sie hatte einen angespannten Zug um den Mund, als sie zu mir sagte: »Heute singen diese Vögel für dich;

morgen wird dir das ganze Königreich gehören. Wirf das eine Ende aus dem Fenster.« Sie reichte mir einen dünnen, aufgerollten Bindfaden. »Dies wird die Leiter sein, auf der du den Thron erklimmen wirst, der dir zusteht.«

Ich gehorchte, ohne zu verstehen, was sie da sagte. Ich spürte, wie am Fuß der Mauern jemand an der Schnur ruckte.

»Nun zieh schon daran!« rief meine Mutter ungeduldig.

Ich tat es. Ein dicker, grober Strick war daran befestigt.

»Daran wirst du deine Feinde henken; jetzt aber laß dich daran hinab, bis du in die Hände derer gelangst, die dich sicher nach Guadix bringen werden.«

Sie wandte sich an meinen Bruder.

»Du begleitest ihn.«

Yussuf brach in Lachen aus. Die Neuigkeit und das Abenteuer flatterten durch den Raum wie aufgeschreckte Vögel. Von unten war immer noch leise der Wachtelschrei zu hören. Yussuf und ich knoteten den Strick an den marmornen Fensterbogen und ließen ihn in die Tiefe fallen. Ich wollte mich von meiner Mutter verabschieden.

»Geh schon«, sagte sie. »Wenn ich dich das nächste Mal sehe, werde ich vor dem König von Granada stehen.«

Mir ist immer noch rätselhaft, wie ich es fertigbrachte, mich in die Tiefe zu stürzen, an ein Seil geklammert, das meine Hände abschürfte, und wie ich diesen Schmerz ertrug, ohne loszulassen. Vielleicht war es die Angst, den vor mir hinabkletternden Yussuf zu verletzen, die mich davon abhielt, das Unternehmen abzubrechen, mich fallenzulassen und ein Ende zu machen. Yussuf und ich wurden von den Verschwörern ehrfürchtig und respektvoll empfangen. Als wir zu der Stelle kamen, an der die Pferde warteten, überreichten sie uns Waffen und Schilde. Mitternacht war noch nicht vorüber, als wir in gestrecktem Galopp nach Guadix aufbrachen. Es war kurz nachdem ich nach Loja hätte reiten sollen; die Pläne meines Vaters und seiner Schergen waren vereitelt worden. Aben Comisa, der Komplize meiner Mutter, blieb in ihrer Nähe und knüpfte die Knoten der Intrige, auf daß sich in dem Teppich, den sie entwarfen, ihre Wünsche verwirklichten.

GUADIX HAT SCHON immer eine besondere Anziehungskraft auf mich ausgeübt. Unter einem weiten Himmel glaubt man dort eine Festung zu sehen, wo sich vor tausend Jahren ein kreisrunder See befand, dessen Ufer heute natürliche Reliefmauern bilden. In ihnen leben glückliche Höhlenbewohner, Menschen mit offenem Lächeln und ausdrucksvollen Augen, umgeben von einer üppigen Vegetation, die heute den Grund, auf dem gestern die Wassermassen lasteten, begrünt und bereichert.

Wir kamen bei Morgengrauen in Guadix an. Vom Dach der Festung aus sah ich noch einmal die rote Erde, die Höhlen, die Landschaft, von gezackten Gebirgsausläufern umschlossen, in denen die Natur durch allmähliche Erosion behauene Festungstürme errichtet hatte, königliche Paläste, klar umrissene Mauerwürfel. Der Burgvogt kam, uns seine Reverenz zu erweisen und sich mit den Seinen unter unseren Befehl zu stellen.

»Er gefällt mir nicht«, flüsterte ich Yussuf zu, »er hat einen ausweichenden Blick.«

»So ausweichend, daß ihm ein Auge fehlt«, gab er zurück.

Der Burgvogt kam zögernd auf uns zu und wollte zuerst Yussufs Hand küssen, vielleicht, weil er uns verwechselte. Mein Bruder, den die schlaflose Nacht unerklärlicherweise mehr mitgenommen hatte als mich, bleich und mit Ringen unter den Augen, lächelte ein wenig und gebot ihm mit einer Handbewegung Einhalt, dann wandte er sich nach rechts und küßte mir selbst die Hand. Yussufs Ehrbezeigung war die erste, die mir als Sultan entgegengebracht wurde. Meine Augen füllten sich mit Tränen. Yussuf bemerkte es und zeigte mir, um mich von meiner unangebrachten Gefühlsregung zu befreien, seine verkrüppelte rechte Hand, als wolle er mir zu verstehen geben, daß sie nicht würdig sei, geküßt zu werden. Ich verstand seine Geste falsch: Die doppelte Ergriffenheit ließ meine Augen überlaufen, ich spürte meine Wangen feucht werden. Ich ergriff seine Hand mit meiner Linken, mit der Rechten fuhr ich ihm übers Haar, das durch den Staub des Ritts noch heller war als gewöhnlich.

Der einäugige Burgvogt ernüchterte uns wieder. Er redete ohne Unterlaß, vielleicht war er etwas überwältigt von der feierlichen Situation. Die Verschwörung meiner Mutter jedenfalls war schon viel weiter fortgeschritten und ihr Komplott viel weiter reichend, als wir geglaubt hatten; fast alle Städte des Reiches waren eingeweiht und hatten sich auf unsere Seite gestellt.

»Die Sultana Aischa«, sagte der Burgvogt voller Bewunderung, »ist eine vorausschauende Heldin. Welch großartige Mutter habt ihr! Und wahrscheinlich wird sie genauso unbeugsam wie vorausschauend mit jenen umgehen, die sie nicht respektieren«, fügte er gut gelaunt hinzu. »Sicher fällt es einer Frau schwerer als einem Mann, die Macht nicht auszuspielen, nachdem sie sie ergriffen hat. Wird also die Antwort auf ihre bisherige Unterjochung entsprechend ausfallen? Wird es so gehen wie mit den Ängstlichen« – sah er mich mit seinem einen Auge an? –, »deren Schüchternheit sich in Zügellosigkeit verwandelt, sobald sie einen Vorwand dafür finden?«

Die goldenen Hände der Hitze begannen immer schwerer auf den Dingen zu lasten. Der Morgen war endlos klar und endlos blau, zu schön, um ihn damit zu vergeuden, den abgedroschenen Phrasen eines Burgvogts zu lauschen. Ich ging zur Brüstung des Söllers und betrachtete die weite Welt, die sich meinem Blick darbot. Nach der durchreisten Nacht drehte sich mein Kopf, als hätte ich getrunken. Benommen dachte ich: Es gefällt dem Menschen, sich einzubilden, er sei mächtig und frei. Nur noch mit Mühe nahm ich das Geschwätz wahr, mit dem der Burgvogt meinen Bruder langweilte. An jenem wundervollen Morgen fühlte ich mich weder frei noch mächtig.

Und nicht nur an diesem Morgen; vielleicht war ich es niemals, vielleicht werde ich es niemals sein. Und ich will es nicht sein ... Vielleicht wünscht sich das niemand wirklich, und alle begnügen sich mit der Illusion, die erträglicher ist als die Realität. Und vielleicht – was noch schlimmer ist – handelt der Mensch unter der Last eben dieses Irrtums, den er selbst hervorruft. (Bald darauf – ich muß es gestehen – wurde ich von den Ereignissen mitgerissen und erlag ebenso jenem Irrtum.) Ich ging zum Festungsturm zurück, der sich von dem tiefen Blau abhob. Von dort kamen mir schwanzwedelnd einige Alanos entgegen, die ich im Innenhof hatte umhertollen sehen und welche mich ganz sicher ehrlicher begrüßten als der Burgvogt. Ich sah in ihre goldgelben, unschuldigen Augen; einer war einäugig, genau wie sein Herr. Ich sah die intensive Färbung der Erde, den gleißenden Himmel. Ich sah die Blumen, die mit ihrem Zauber ein Stück Mauer schmückten, und dachte: Die Blumen sind das Lächeln Gottes, der beste Beweis für seine Güte; die überflüssige Schönheit ist doppelt schön. Vielleicht sind sie eine Vorwegnahme der Farben des Paradieses. Sie sind das einzige unbestreitbare Zeugnis, das uns Hoffnung schöpfen läßt.

An jenem unergründlichen, arglosen Sommermorgen, der die Welt noch einmal neu erschuf, schien es mir undenkbar, daß wir Menschen uns gegenseitig umbringen könnten für etwas, was wir Macht oder Religion nennen. Es schien mir undenkbar, daß wir bereit seien, unser Leben zu lassen, um besser zu leben – auch wenn wir nicht wissen, was das Bessere sein soll.

Bei der Ankunft hatte ich einen Hunger, wie ich ihn seit meiner Krankheit nicht mehr verspürt hatte; aber jetzt war es mir unmöglich, auch nur einen Bissen zu mir zu nehmen: Mein Magen schloß sich wie ein Beutel, dessen Bänder plötzlich jemand zugezogen hatte. Ich dankte denen, die mich zum Essen in den sanften Schatten einer Laube baten; ich gab den Hunden, die mich immer noch umringten und unermüdlich mit dem Schwanz wedelten, ein wenig von den Speisen, streichelte ihre majestätischen, gefügigen Köpfe und bat schließlich, mich zurückziehen zu dürfen, um zu schlafen.

Ich schlief nicht. Das Durcheinander der Veränderungen war maßlos kompliziert. Ohne es zu wollen – oder noch schlimmer: Je weniger ich es wollte, desto häufiger –, schweiften meine Gedanken zu meinem Onkel Abu Abdallah. Wo mochte er jetzt sein? Er war vorzeitig von Granada nach Málaga aufgebrochen, um im Hafen Verteidigungsmaßnahmen einzuleiten und die möglicherweise aus dem Maghreb kommenden Hilfstruppen zu empfangen. Demzufolge konnte er nicht wissen, was vorgefallen war. Es war noch unklar, ob er sich für meinen Vater oder für mich entscheiden würde. Aber ich wußte, daß er ein Parteigänger der Legalität war. Bruchstückhaft kamen mir die Beweise seiner Treue und Liebe, seiner Rechtschaffenheit und Redlichkeit in den Sinn. Und ich sagte mir noch einmal, daß ich ihn statt meiner zum Sultan ernannt hätte, sosehr das Reich auch mir zustand.

Damals zog mich zum ersten Mal diese Versuchung in ihren Bann. Es war, als sei sie körperlich anwesend und würde immer größer, sie war um mich herum und preßte mich zusammen; es hätte ausgereicht, die Hand ein wenig auszustrecken, um sie zu berühren. Ich schloß die Augen, um mich von ihr zu befreien. Die immer höher steigende Sonne brannte zu sehr; sie durchdrang das Glas, fast lärmend zerschellte sie auf dem Boden wie eine zerspringende Fensterscheibe, an jenem Morgen, der erste einer neuen Zeit, über die ich noch nichts wußte. Kam diese Versuchung aus mir? Nein, ich wurde von ihr ergriffen. Und bald beherrschte sie mich völlig. ›Danke ab zugunsten des Emirs Abu Abdallah. Er ist besser auf die herannahenden schweren Zeiten vorbereitet als du: auf die unmittelbar bevorstehende Reaktion deines Vaters, auf den erbitterten letzten Krieg gegen die Christen. Er ist stärker und besonnener. Dich hat man zum Prinzen erzogen, nicht zum König. Du hast nicht seine Kraft, auch nicht seine Mittel. Du bist nicht dazu geschaffen, in der Zeit der größten Schwierigkeiten und der schwersten Erschütterung die Last der Regierung auf deinen Schultern zu tragen. In einer Zeit des Friedens, des Fortschritts, der Kultur und der Künste wärst du vielleicht ein guter Herrscher gewesen; nicht aber in den tragischen Zeiten, die dir so ausdrücklich vorhergesagt wurden. Danke ab zugunsten des Emirs Abu Abdallah – jetzt kannst du es!‹

Ich betrachtete die Hand, die von Yussuf und dem Burgvogt geküßt worden war: Sie war elegant und wohlgeformt. Ich sah sie so weit von mir entfernt, daß ich mich wunderte, vielleicht der Müdigkeit wegen, die mir so nahe war. Ich sah sie an, als handele es sich um einen verehrungswürdigen Gegenstand, den ich gleich wieder zurückgeben müsse. Ich sah die polierten, mandelförmigen Fingernägel; auf dem des Mittelfingers sah ich eine winzige Mondsichel. (Subh hatte darauf gezeigt und gesagt: »Du hast gelogen, du hast gelogen!«) Ich sah den Kratzer, den ein Ölbaumzweig neben dem Daumen auf dem Handrücken hinterlassen hatte. Hatte ich diese Hand je zuvor so ausführlich betrachtet? War es noch meine Hand, obwohl sie geküßt worden war? Ich hob sie hoch, um sie im Gegenlicht zu betrachten, die Farbe des Blutes und die undurchsichtigen Knochen. Ich hob die andere Hand. Ich betrachtete die Handflächen, auf denen die dunklen Lebenslinien ihre verschlungenen Pfade zogen. Ich schloß die Augen, um schlafen, um fliehen zu können. Aber was ich mit geschlossenen Augen sah, war noch finsterer. Ich öffnete sie wieder. Ich verschränkte die Hände vor dem Sonnenlicht; ich nahm sie wieder auseinander; ich schaute zu, wie sie sich vereinten und trennten, als wohne ihnen ein Leben inne, das nicht meines war. Ich stellte mir vor, daß eine von ihnen, die linke, die Hand irgendeines Verehrers sei, der gestorben war – gestorben, ohne diesen Morgen zu erleben, ohne ihn herbeizusehnen –, und ich merkte, daß der Tod ansteckend ist ... Ich stellte mir vor, daß eine von ihnen, die rechte diesmal, die Hand meines Onkels Abu Abdallah sei, und ich merkte, daß Macht und Besonnenheit nicht ansteckend sind ... Ich stellte mir vor, daß eine von ihnen – irgendeine, ja, irgendeine – die verkrüppelte Hand Yussufs sei oder eines jener Menschen, die mich in meiner Kindheit mit Liebe umgaben. Nein, diese Hände gehörten nicht ihnen, aber mir auch nicht. Wenn Yussuf doch hier bei mir wäre ... Aber er war vor einer Weile nach Almería aufgebrochen, um sich persönlich vom Gehorsam der Stadt zu überzeugen. Wenn wenigstens Din, mein Hund, unter den Alanos im Hof gewesen wäre, die sich unerklärlicherweise freuten, mich zu sehen ... Niemand war bei mir. Nicht einmal der Schlaf. Niemand ... Voller Selbstmitleid betrachtete ich noch einmal die Linien der Hand und las in ihnen deutlich das Verhängnis, die Wirren und das Verderben, die mir mein Horoskop prophezeit hatte. Schließlich legte ich beide Hände auf mein Gesicht, am Morgen meiner Thronbesteigung allein gelassen, schlaflos und einsam – in ihrem Schutz brach ich in Tränen aus, so, wie ich bei meiner Mutter geweint hätte, wenn sie es zugelassen hätte.

In den ersten Stunden des gleichen Nachmittags begannen die Vertreter der Städte, Dörfer und Landgemeinden einzutreffen, um sich zu mir zu bekennen und mir zu huldigen. Der Burgvogt von Guadix beschenkte mich mit Gewändern, so prächtig wie jene, die ich einmal in den Schatzkammern der Alhambra gesehen hatte.

»Ich danke dem Allerhöchsten, daß er dem niedrigsten Untertanen Gelegenheit gibt, dem Emir der Gläubigen die Ehrengewänder zu beschaffen«, sagte er.

In jener Nacht wurde ich von der Müdigkeit übermannt. Von den Ehrungen benommen, mit denen ich überhäuft wurde, überkam mich am zweiten Tag wieder ein Gefühl, das mich in den letzten Monaten oft befallen hatte: das Gefühl, bei offiziellen Feierlichkeiten ein anderer zu sein, den man von dort entfernen könnte, ohne daß es der Feier einen Abbruch täte. Ich hatte keine wirklichen Schmerzen, und ich hatte auch an nichts wirklich Freude; ich blutete nicht, oder dieses Blut, das dort floß, war nicht meines. Wenn ich an meinen Vater dachte, überfiel mich die sichere Gewißheit, daß ich dabei war, ihn von seinem Platz zu verdrängen. Ich war wie ein schlechter Imam, der zur Unzeit zum Gebet ruft; ein Schauspieler, der seine Rolle in einer verfälschten, zufälligen Geschichte verkörpert. Das Mienenspiel war treffend, die Kniefälle angemessen, die Lobreden auswendig gelernt, die Garderobe, die Intensität der Blicke, der Ton der Antworten genau richtig. Aber es war nicht mein wahres Leben, und ich war nicht diese Person. Mein wahres Leben duckte und versteckte sich, es wurde immer kleiner, bis es schließlich – grau und winzig, aber zappelnd wie ein kleines Tier – unter dem Wortgeklingel und dem Flitter verschwand.

Am vierten Tag erhielt ich Nachricht aus Granada. Die Abencerragen, die auf den Ruf meiner Mutter hin schnell herbeigeeilt waren, sowie Aben Comisa hatten mich anerkannt; das zermürbte Volk freute sich über die neue Hoffnung. »Wer mit dem Schwert tötet, wird durch das Schwert sterben«, hieß es über meinen Vater. (Um auf andere Gedanken zu kommen, fragte ich mich, was wohl die Konkubinen des Harems machten, die daran gewöhnt waren, daß sich bei einem Thronwechsel nur der Name ihres Gebieters änderte. Welche Witze, Parteien und Kämpfe wohl unter ihnen entstanden; wie sie die neue Sultana, meine Frau, empfangen würden, zusammen mit der alten, deren Ehre als Sultansmutter wiederhergestellt war. Was wohl Soraya machte, deren ehrgeizige Pläne im Augenblick zum Scheitern verurteilt schienen . . . Und in diesem Durcheinander im Harem, das ich mir da vorstellte, sah ich die fleischigen Lippen und die hochgewachsene Gestalt der Negerin, die ich bei meinem Besuch mit Nasim kennengelernt hatte. Obwohl sie vielleicht schon tot ist, sagte ich mir, und falls sie noch dort ist, wird sie wegen ihres Alters Dienerin der anderen geworden sein.)

Mein Vater war mit einigen wenigen Getreuen von seinem Landsitz aufgebrochen, die Alhambra zurückzuerobern. Wer die Alhambra besaß, war der Herr des Königreiches, denn er besaß dessen Symbol; das ging so weit, daß die aus Afrika kommenden Schreiben an den Sultan von Granada mit der Anrede »Herr der Alhambra« begannen. Aben Comisa hatte sie in meinem Namen an sich gerissen und wehrte von den Mauern der Festung den Angriff des rechtmäßigen Sultans ab. Von der Torre de Armas aus konnte er ihn bald mit seinen Leuten – ich wollte sagen: mit meinen – ohne große Schwierigkeiten von der Sabîka vertreiben. Nach einem blutigen, aber kurzen Kampf in den Straßen der Stadt, bei dem die stets ungestümen Bewohner des Albayzín auf meiner Seite standen, siegten meine Anhänger auf der ganzen Linie. Nach den Meldungen zu urteilen, brannte das Volk darauf, seinen neuen König zu Gesicht zu bekommen; es war nicht normal in der Geschichte der Dynastie, daß der Anführer einer Erhebung sich nicht an der Spitze seiner Mitstreiter befand.

»Was weiß man über meinen Onkel Abu Abdallah?« hatte ich gefragt.

Er war rechtzeitig aus Málaga gekommen, um die Niederlage meines Vaters mitzuerleben, doch zu spät, um in den Kampf eingreifen zu können. Danach hatten sich die beiden Brüder nach Málaga begeben, der Lieblingsstadt meines Onkels, in der er seinerseits beliebt war. Meine Rückkehr nach Granada war also unumgänglich.

Unter Hochrufen zog ich auf den Albayzín. Meine Mutter erwartete mich an der Puerta de Fajalaúza, strahlender als je zuvor, so sehr, daß sie fast schön aussah. Vielleicht wirkt die Macht verschönend. ›Bei mir nicht‹, dachte ich. Moraima aber empfing mich ohne aufgeregtes Getue, mit einer würdevollen Natürlichkeit. Ihr forschender Blick suchte den meinen. Ich küßte sie auf die Lider, und sie lehnte für einen kurzen Augenblick ihren Kopf gegen meine Schulter.

»Alles wird gut«, flüsterte sie, »ganz sicher.«

Unter Blumengirlanden hindurch zogen wir in die Alhambra. Meine Mutter und Aben Comisa hatten entschieden, wer künftig meine Vertrauten sein sollten. Nach ihnen selbst käme Yussuf Ibn al Adalbar, dem Oberhaupt der Abencerragen, die größte Macht zu. Ich stimmte zu. Weder wollte ich ihnen widersprechen, noch hätte es Zweck gehabt, es zu tun. Meine einzige Bedingung – auch wenn ich glaube, daß sie diesen Namen nicht verdient – lautete, im Palast Yussufs III. zu wohnen statt in dem meines Vaters, dem Palast der letzten Sultane. Es kostete mich Mühe, die Zustimmung Aben Comisas zu erlangen, der die prunkvolleren Paläste einem Herrscher angemessener fand. Als ich ihm erklärte, in diesem einen Fall nicht nachgeben zu wollen, entdeckte ich Nasim neben ihm. Er grüßte und blickte mich aufmunternd an.

»Nasim wird sich von jetzt an um meinen Haushalt kümmern«, sagte ich und wunderte mich selbst über meine Worte.

Als habe er darauf gewartet, kam er näher, küßte meinen Arm und lud mich ein, ihm zum Palast Yussufs III. zu folgen.

»Weil ich deine Vorliebe kenne, habe ich ihn für dich herrichten lassen.«

Als wir die Calle Real hinuntergingen, sagte er nach einigem Zögern: »Vor zwei Tagen ist dein Hund Din gestorben. Er war schon sehr alt. Er hat die Trennung von dir nicht verkraftet. Es ist jammerschade, daß er nicht der Hund des Sultans geworden ist.«

»Solcher Blödsinn hat ihn nicht interessiert. Wo hat man ihn beerdigt?«

»Sie wollten ihn verbrennen; ich verhinderte es. Er ist nicht weit von der Stelle beerdigt, an der ich die Ehre hatte, dich zu taufen«, antwortete er mit einem zweideutigen Lächeln.

»Der Tod meines Hundes, vielleicht mehr noch als meine Thronbesteigung, zeigt mir, daß ein Abschnitt meines Lebens abgeschlossen ist – vielleicht mein ganzes Leben. Auf jeden Fall aber der leichtfertige, fröhliche Lebensabschnitt, in dem ein muslimisches Kind einen Eunuchen dazu überreden konnte, es zu taufen.«

Nasim verstand die Anspielung und neigte ernst den Kopf.

Den Rest jenes Tages verbrachte ich an Dins Grab sitzend. Nur mit großer Mühe verzieh ich ihm seine Untreue.

In den Moscheen wurde beim Gebet bereits mein Name genannt. Ich verlangte, daß die Krönungsfeierlichkeiten den Umständen entsprechend abgekürzt wurden. Es gebe genug zu tun – so gab ich vor –, viele Briefwechsel und Dokumente seien zu unterzeichnen, Verträge, Empfänge, zu viele Dinge harrten ihrer dringenden Erledigung. Ich wußte nicht, wie zutreffend diese Ausrede war.

Der August hatte gerade erst begonnen, als König Ferdinand die Vega verwüstete und im Schutz der Unordnung, die der schwelende Bürgerkrieg verursacht hatte, Ernten und Gehöfte in Flammen aufgehen ließ. Ich erfuhr, daß mein Vater eine – nicht sehr große – Hilfstruppe maghrebinischer Freiwilliger erhalten hatte, die in Málaga an Land gingen, nachdem sie die christlichen Schiffe in der Meerenge zum Narren gehalten hatten. Und weil sie sich nicht damit abfanden, gänzlich geschlagen worden zu sein, fielen mein Vater und mein Onkel – auch er: Er hatte also Partei ergriffen – Anfang Oktober in Setenil und Cañete ein und schleiften die Garnisonen. Der Statthalter von Andalusien, Pedro Enriquez, eroberte Cañete sofort zurück und befestigte und besiedelte es wieder; Setenil hingegen blieb trotz eines Angriffs des Grafen von Cádiz in den Händen der Nasriden. Aber nicht alle nasridischen Hände gehören zum gleichen Körper, sagte ich mir traurig, als man mich davon unterrichtete.

Im Winter nahmen die Spannungen ab, im Gleichklang mit den Vorgängen in der Natur, die leider nur sehr selten auf den Menschen Rücksicht nimmt. Es war ein langer und sehr kalter Winter. Das schneebedeckte Granada ist eine andere Stadt.

Die Arbeit in diesen Monaten hat mich an fast allem gehindert, was ich gerne mache: lesen, leise Musik hören, ziellose Spaziergänge, das wechselnde Licht beobachten, ohne Zwang schreiben. Äußerst selten konnte ich in diesem Winter dem Eindruck entfliehen, daß ich nur eine Rolle spielte.

»Es ist die Pflicht eines Sultans, es zu sein, und nicht, wie einer auszusehen«, beschwor mich Moraima, denn sie ahnte, was in mir vorging. »Sei du selbst, Boabdil, zu deinem Wohl und zum Wohl unseres Volkes. Sultan oder nicht – sei du selbst. Du wirst es schaffen, wenn du ein wenig Widerstand leistest. Versuche es vorläufig alleine, und wenn es nötig sein sollte, stütze dich auf mich. Ich bin überzeugt, daß nur darin der Sinn meines Lebens liegt.«

Ich dankte ihr, wie ein Genesender sich bei dem Stock bedankt, auf den er sich stützt, wenn er aufsteht und zum Fenster geht, um den Tag aufsteigen zu sehen – was ihn ermuntert, selbst wieder stärker zu werden. Ich versuchte meinen Pflichten als Sultan nachzukommen, ob mit Erfolg, weiß ich nicht; aber ich bin nicht in der Lage, Málaga aus meinen Gedanken zu streichen. Innerlich sehe ich es vor mir, leuchtend und warm, mit seiner zwischen Blumen und Sträuchern aufragenden Alcazaba, dem Gibralfaro, der die Stadt mit einem Auge aus Licht umringt, dem jubilierenden, blauen Hafen, der Werft und den Seilerwerkstätten. Und Abu Abdallah (wer wird schon glauben, daß ich ihn für rechtschaffen halte?) geht mir nicht aus dem Sinn, dessen Beistand mir die Last der Regierung erleichtert hätte (falls man es *regieren* nennen kann, den *Ratschlägen* Aben Comisas und meiner Mutter Folge zu leisten).

Der Frühling ließ dieses Jahr lange auf sich warten, aber als er kam, öffneten sich bereitwillig alle Knospen.

Mitte März versammelten sich die Christen in Antequera. Die Spitzen des Adels fanden sich dort ein, von Ponce de León bis zum Großmeister der Jakobsritter. Sie wurden von Bernardino, dem Abtrünnigen aus Osuna, beraten, der einen Feldzug in die Berge von Málaga anführen würde: Die Generäle schätzten die Lage des entthronten Sultans schlechter ein als meine. Und so beschlossen sie, ihn anzugreifen. Der Stadtverwalter von Sevilla, Graf zu Cifuentes, der große Don Alonso de Aguilar und der Statthalter von Andalusien schlossen sich ihnen an: alle legendäre Gestalten der Auseinandersetzungen um die Grenze gegen meinen Vater. Sollte ich mich freuen? Und wenn ja, warum freute ich mich nicht? Am 19. März brachen mehr als dreitausend Berittene und tausend Fußsoldaten in die Ajarquía auf. Am Morgen des 20., so teilte man mir mit, erreichten die Truppen der Verbündeten unsere Grenze, oder richtiger: die Grenze zum Gebiet meines Vaters. Da sie frühzeitig gewarnt worden waren, hatten die Bewohner ihre Höfe verlassen und waren mit ihrer wertvollsten Habe in die Sierra oder in Wehrtürme geflohen. Als man mich davon unterrichtete, fühlte ich den Schmerz jener Menschen und auch den Kummer meines Onkels Abu Abdallah, eines Emirs fast ohne Heer. Die Christen drangen ins Gebirge ein, ohne auf Widerstand zu stoßen; sie verwüsteten Höfe und Weiler und verbrannten die Obstbäume. Über den Paß von Bezmiliana erreichten sie die Küste. Auf einer Karte verfolgte ich Stunde um Stunde ihren Vormarsch, hin- und hergerissen zwischen Trauer und Jubel. War dieser Angriff gegen alle Muslime gerichtet oder nur gegen die schwindende Macht meines Vaters?

Am 21. ging in meinem Herzen die Sonne auf: In einer gewaltigen, herrlichen Bewegung wendete sich das Blatt. Während ich die Karte betrachtete, sah ich die ausgestreckte Hand meines Onkels auf Bodensenken, Dörfer und Schluchten zeigen. Als die Christen mitten in der Serranía steckten, mitten in diesem steinigen, von den malagenischen Bergen zerklüfteten Gelände, stürzten sich die Unseren – ja, schließlich wurde es mir klar: Sie sind die Unseren, wer auch immer ihr Befehlshaber sein mag – auf die feindlichen Heerscharen, trennten sie voneinander, schlugen sie, lauerten ihnen an den Engpässen auf, rieben sie in den Talsohlen auf, vernichteten sie von den

Gipfeln aus. Sie fielen von den Pässen, Engstellen, Steilhängen über sie her und schlugen sie in einem gnadenlosen, siegreichen Gemetzel.

Verzweifelt flohen die Christen in die Umgebung von Málaga, der Stadt, von der sie träumten und die sie jetzt, mit blutverschleiertem Blick, zum ersten Mal sahen. Die Nacht von Donnerstag auf Freitag werden sie wohl niemals vergessen. Ich stelle mir jene Nacht vor, wie ich mir meinen Onkel vorstelle, siegreich und erhaben. Durch das Entsetzen inmitten der dunklen Nacht, durch die Angriffe unsichtbarer, schreiender Dämonen wurden die Christen zu Gegnern ihrer selbst. Sie flohen, ohne zu wissen, wohin, sie verloren alles, auch das Leben, zumindest aber die Freiheit. Die letzten Meldungen – vor meiner Mutter und meinen Wesiren mußte ich die Freude verbergen, die sie mir bereiteten – besagten, daß mehr als zweitausend Christen, viele von ihnen Adlige, gefangengenommen worden waren; die ganze Ajarquía war mit Pferden, Rüstungen, Waffen und Proviant übersät. Die Bewohner Málagas nannten meinen Onkel lauthals *el Zagal*, das heißt *der Unbeugsame*. Das Licht, das durch das Bogenfenster des Alkovens fiel, als man es mir erzählte, war nicht so hell wie meine Freude. Vielleicht verstand der Bote mein langes Schweigen als Ausdruck meines Mißfallens: So wenig kennen wir Menschen uns gegenseitig. *El Zagal*. Abu Abdallah, der Unbeugsame: So werde auch ich ihn von jetzt an nennen. Obwohl er zu meinem Vater hielt, vielleicht gerade deshalb. Obwohl er zwischen Guadiaro und Almería in einer Fata Morgana von einem Königreich kämpfte. Obwohl er genau weiß, daß dieser Küstenstreifen in unseren Machtbereich fallen wird, wenn sich die Lage für uns stabilisiert hat. Dabei weiß ich nicht einmal genau, welches unser Machtbereich ist. Denn ich werde nur dann wirklich »wir« sagen können, wenn mein Arm auf den Arm meines Onkels *el Zagal* zählen kann.

König Ferdinand beeilte sich, Alhama zu decken, um zu verhindern, daß wir Granadiner, durch die Niederlage in der

Ajarquía ermuntert, uns auf die Rückeroberung vorbereiteten. Tatsächlich wurde diese Möglichkeit von Aben Comisa im Rat vorgebracht; aber der Kronrat beschloß, daß es die klügere Politik sei, in unseren Schranken zu bleiben und uns für das zu stärken, was auf uns zukäme. Und es kam wirklich: Anfang April drangen die Christen aus Murcia bei Vera in das Land ein und verwüsteten die Saat. Und es war meine Mutter, die allergrößte Gefahr auf uns zukommen sah, nicht aus den Grenzgebieten zu Murcia, sondern aus Almería, der Residenz Fürst Yayas, Ibn Salims Sohn. Es war noch keine Woche vergangen, als sich ihre Vermutungen bestätigten: König Ferdinand beging denselben Verrat wie der Fürst; er säte eine dritte Partei zwischen die Nasriden und einen zweiten Zwist, welcher noch tiefgreifender war als der erste zwischen meinem Vater und mir. Der Weg der Christen führte von Vera nach Almería, das der Verräter Yaya zu übergeben versprochen hatte. Wir kommandierten eine verkleinerte Truppe ab, um den Verrat zu verhindern. Aber wir hätten es nicht geschafft, wären uns nicht ungeheure, wundersame Regenfälle zu Hilfe gekommen, die wir wohl dem Mitleid Gottes verdankten. Ich glaube, daß wir im Augenblick aufatmen können, was Almería betrifft. Doch ich habe Nachricht, daß Ferdinand Schiffe in der Meerenge postiert hat, um zu verhindern, daß mein Vater im Tausch gegen Verstärkung die Gefangenen seiner Religion aus Málagas Alcazaba nach Nordafrika verschickt. Vergangene Woche habe ich Briefe an den Sultan von Marokko gesiegelt und ihn darum ersucht, daß er, sollte er Soldaten schicken, diese zum Herrn der Alhambra und nicht zum Herrn von Málaga senden möge. Und ich habe gelitten, als ich sie siegelte.

Tage später brach eine Strafexpedition von hier auf, der infolge des Durcheinanders von Ajarquía wenig Gefahr drohte. Sie wurde von Hamet, dem Abencerragen, befehligt und führte in die Ländereien des Alonso de Aguilar, nach Luque und Baena. Seine Rückkehr mit reicher Beute zwei Tage später wurde von den Menschen in Granada sehr gefeiert; so sehr, daß meine Mutter, eifersüchtig auf Hamets Erfolg, vorgestern abend zu mir kam.

»Es ist unumgänglich, daß du einen Sieg erringst, Boabdil. Dein Vater und dein Onkel haben sich in den Augen der Granadiner mit Ruhm überhäuft. Mit einem Volk kann man nicht ›heiß oder kalt‹ spielen. Seit zwei Wochen fragen sie sich, ob sie richtig gehandelt haben; wir müssen sie davon überzeugen, daß sie den Besseren gewählt haben. Gerät dein Blut nicht in Wallung angesichts der Gelegenheit, die dir dein Glücksstern bietet? Sollen wir uns mit ein paar Rinder- und Ziegenherden zufriedengeben? Die Granadiner werden Hamets Erfolg vergessen, noch ehe sie das Fleisch der Beute verzehrt haben; erinnere dich, wie sie deinen Vater verspottet haben wegen der Herde Kühe, die er aus Tarifa mitbrachte.«

Gestern wurde ausführlich studiert, wo man am vernünftigsten einen sicheren Treffer landen könnte: welches Gebiet ist am schlechtesten verteidigt; welche Orte sind ohne Burgvogt, weil diese in der Ajarquía gefangengenommen oder verwundet wurden oder gestorben sind; in welchen Gebieten kennen sich unsere Strategen am besten aus. Es ist der erste Feldzug, den ich persönlich befehligen werde, und deshalb muß ich mit Lorbeer und Beute überhäuft zurückkehren. Meine Mutter verlangt es von mir, im Namen von Granada, wie sie sagt.

Aliatar hatte die Landkarten vor sich liegen und deutete mit seinem breiten, mächtigen Zeigefinger – ich sagte später zu Moraima, daß es eher der Zeigefinger eines Spezereienhändlers sei als der eines Majordomus des Königshauses – auf Lucena. Dies ist eine Stadt nahe der Grenze, mit einer glanzvollen, legendären jüdischen Geschichte. Sie besteht aus einem ummauerten Bereich und einer nicht sehr großen Vorstadt; wie man mir sagte, leben nicht mehr als dreihundert Leute dort. Ihr Besitzer, Diego Fernández de Córdoba, der mit den Herren von Aguilar verschwägert ist, hat genau mein Alter, und er ist der Burgvogt von Donceles. Ich würde ihn gerne besiegen. Wenn man es geschickt anstellt, kann dieser Sieg nützlich sein, nicht nur in bezug auf die Granadiner, sondern auch hinsichtlich der benachbarten Völker, die zur Zeit unsere Kräfte ausloten. Man hat mir versichert, es bestünde keinerlei Gefahr; wenn es so wäre, würde man von dem Unternehmen absehen. Der Landstrich, in den wir ziehen, wird im Königreich »Aliatars Garten« genannt, so oft hat er ihn schon durchkämmt und unterworfen. Das räumt alle Schwierigkeiten aus dem Weg.

Ich werde von der jungen, glänzenden Hautevolee Granadas begleitet. Ich fürchte, es sieht eher so aus, als zögen wir nicht in den Krieg, sondern zu einem Turnier – dieser Eindruck besteht allgemein –, und wenn sich die Jugend Granadas zur Schau stellt, kleidet sie sich gerne in das Kostbarste, was sie besitzt. Gebe Gott, daß wir, die wir reich ausziehen, noch reicher zurückkehren. Es ist, wie die Christen sagen würden, meine Feuertaufe. Mein Schwiegervater ist bei mir: Ich habe jemanden, dem ich vertrauen kann. Trotzdem weiß ich, daß ich meinen Onkel, den Emir, vermissen werde; ich habe immer davon geträumt, meine erste Schlacht zusammen mit ihm zu gewinnen.

Bevor ich mich an die Spitze meiner Männer stelle, werde ich ein paar Stunden schlafen.

II. Die Vögel des Mitleids

Kein Erbe gibt es für deine Erben:
keinen Gesang, keine Myrten,
keine lichten Schatten, kein
munteres Wasser.
Wie Vögel des Mitleids erscheinen dir,
von unten besehen, die Raben.

Boabdil
Almutamids Klage

Dieses Jahr – ich sagte es bereits – ließ der Frühling lange auf sich warten; besser, er wäre nie gekommen.

Ich bin in Gefangenschaft. Es gibt kein Wort, das größere Trostlosigkeit in sich birgt; wer nie gefangen war, wird es nicht verstehen können. Der schleichende Gang der Zeit, die Angleichung von Tag und Nacht, die äußere Einsamkeit, die mir gelegentlich so wünschenswert erschien und die ich nun ohne Unterlaß ertrage, der Teufelskreis der Erinnerungen, der meinen Kopf umschwirrt ... Ein König in Gefangenschaft! Der Mensch zieht es vor zu glauben, daß gewisse Dinge nicht geschehen. Nie zuvor in der bewegten Geschichte unserer Dynastie ist dergleichen geschehen. Und hoffentlich geschieht nur dies zum ersten Mal; mich quält die bange Ahnung, es könne sich noch mehr ereignen. Meine Feder und meine Hand sträuben sich, es niederzuschreiben.

Ich habe um diese – nicht karmesinroten – Blätter gebeten, um mich zu etwas zu zwingen, mich zu beschäftigen; um meinem Willen und meinem Blick einen Halt zu geben, vielleicht auch meiner Hoffnung: Ich weiß nicht, was aus mir werden soll, wenn ich sie verliere. Diese brüchigen Vertrauten sind nun der einzige Anker, der mich hält, der einzige Spiegel, in dem ich mich betrachten kann – betrachten muß, denn ich will es nicht. Ich beabsichtige, sie zu vernichten, falls ich eines Tages wieder frei sein sollte. Ich beginne, den Sinn der Freiheit – sogar der unvollständigen, unvollendeten menschlichen Freiheit – zu erahnen, wie immer zur falschen Zeit ... Wie undankbar ist es deshalb, diese Blätter zu vernichten, denn heute sind sie die einzigen Freunde, mit denen ich sprechen kann oder von denen ich mir Verständnis erhoffe. Wie immer bei Freunden kostete es mich viel Zeit und Mühe, sie zu gewinnen: Die Christen verabscheuen das Schreiben, und wer schreibt, ist ihnen verdächtig.

DER GRÖSSTE UNTERSCHIED zwischen den Christen und uns ist nicht die Religion, sondern die Art, das Leben zu verstehen und zu leben. Man könnte meinen, die Lebensweise sei eine Folge unserer Religionen; ich denke genau umgekehrt: Letzten Endes paßt jedes Volk Religion und Denkweise seinen Gewohnheiten und Sichtweisen an, seiner Art, zu lieben, sich zu sorgen, zu genießen und dem Tod entgegenzusehen.

Die Christen sind noch viel derber und roher, als ich glaubte. Vielleicht nicht deshalb, weil sie Christen sind, sondern weil sie in einem Klima leben, das sich so sehr von unserem unterscheidet. Da ist dieser Raum, in dem ich mich befinde: Quadratisch, unfreundlich, glatt, mit einem riesigen Kamin, feindseligen Mauern aus Stein, denen die leichte, liebenswürdige Sanftheit unserer Wände fehlt. Sie finden vielleicht in Alkoven wie diesem eine karge, länger andauernde Harmonie, Dichte und Beständigkeit: Das bestätigt mir nur, daß wir gegensätzlich sind. Unser Ziel ist das Jetzt, das Nächstliegende; ihr Ziel ist eine unbestimmte Ewigkeit, eine kaum überprüfbare Metapher.

Als erstes fiel mir auf, daß die Christen sich nicht am Wasser ergötzen; sie benutzen es zum Trinken, und auch das kaum. Wir hingegen verehren es, vielleicht aus einer atavistischen, kollektiven Erinnerung an die Wüste heraus. Unser Luxus besteht darin, es sprudeln zu sehen und zu hören, beim Anblick der Springbrunnen in Verzückung zu geraten, zu beobachten, wie es, von Licht durchdrungen, schillert, unsere Gärten und unsere Gesichter in grünen Wasserbecken widerspiegelt, es bei der Bewässerung unserer Landwirtschaft einzusetzen, es zusammen mit dem Duft der Blumen zu bewundern. Die Christen können nicht riechen (man sollte besser sagen, sie besitzen keinen Geruchssinn). Wir baden und parfümieren uns; sie halten solche Gewohnheiten für Sünde, als handele es sich um eine entmannende Verweichlichung, einen Tribut an den Körper, der ihn in die Gefahr ewiger Verdammnis bringt; Badehäuser sind für sie Vorhöfe zur Hölle, vielleicht auch die Hölle selbst.

Alles an ihnen ist ungeschliffen und elementar. Sie essen, wann sie können und was sie finden, ob unrein oder nicht. Sie glauben mehr an Vorbilder als an Vorstellungen; sie klammern sich an die Erde und behandeln sie gleichzeitig mit Geringschätzung; sie verehren ihren Gott, ohne sich die Hände zu waschen, mit ungepflegten, schmutzigen Fingernägeln, und wenn sie in den Krieg ziehen, dann wollen ihre Soldaten ihren Hunger stillen, nicht etwas verteidigen – vielleicht einfach deshalb, weil sie dieses *etwas* nicht besitzen, und ihre Art, es zu bekommen, ist der Krieg. Ihr Empfinden für Intimität, die sie wie Seeigel verbergen, ist ebenfalls ungeschliffen. Noch nie war ich so feindlich zu meinem Körper eingestellt wie jetzt. In ihre schweren, dunklen Kleider gehüllt, ohne Gelegenheit, mich ständig zu waschen, wie wir es sogar aufgrund religiöser Vorschriften tun, steigen mir bislang unbekannte Gerüche meines Körpers in die Nase: der Geruch meiner Achselhöhlen, der Füße, der Haare, mein Schweiß, der Geruch des feuchten oder getrockneten Samens, der Blähungen, des Atems. Es beschämt mich, und gleichzeitig versöhnt es mich mit mir selbst. Ich denke oft an den Dampf der Bäder zurück – und ich befinde mich erst seit einigen Tagen in Gefangenschaft –, die Feuchtigkeit, die Tropfen auf den Kacheln hinterließ, die zärtliche Stimmung, hervorgerufen durch die Musik und das durch die Dachluken eingefärbte Licht, die von der Hitze und den Massagen geglättete Haut, den Duft des Rauchs, der durch Gitter den unterirdischen Räucherpfannen entströmt und unsere leichte Kleidung durchtränkt. Ich beschwöre diesen Reichtum in mir herauf und lasse zu, daß mich der jetzige Mangel zu einer tieferen – und selbstverständlich auch schmutzigeren – Kenntnis meiner selbst führt, zu einem Teil von mir, der nicht der schlechteste sein muß, aber der sehr wohl, ganz sicher, der niedrigste, animalischste und deshalb am wenigsten beachtete ist . . .

Wie dem auch sei, diesmal haben die Christen gesiegt. Ich bin hier in ihrer Hand. Ob für immer, weiß ich nicht; ich weiß nicht, für wie lange Zeit, wenn es denn so ist, daß die Zeit – ihre Maßeinheit und das, was sie mißt – in der Gefangenschaft zu etwas nutze ist.

Sie haben versprochen, mir nicht das Leben zu nehmen; vielleicht das einzige, was man mir nicht nehmen wird. Denn was ist das Leben ohne das, wovon es genährt und umgeben ist? Was ist das Leben unter der ständigen Bedrohung, es zu verlieren? Leben heißt nicht nur, nicht zu sterben, es ist viel mehr. Wenn es nur bedeutete, nicht zu sterben, wäre es nichts weiter als etwas Mißliches und Negatives. Für mich aber muß es etwas Positives, Funkensprühendes sein. Die Glut und der Glanz sind es, die das Leben vom Tod unterscheiden. Am Tod ängstigt mich nur das Verschwinden dessen, was ich unter dem prallen Leben verstehe, nicht das Aufhören der Atmung oder eines schlichten Gedankengangs. Vielleicht ist es letzten Endes und entgegen meiner Vorstellung in Wahrheit so, daß man bereit sein muß, für das Leben zu sterben, wenn man es liebt. Wenn man nicht die bloße abstrakte Vorstellung vom Leben liebt, sondern die Art, wie man es genießt, wie die Vorfahren es genießen würden und es genossen: das Leben angesichts des Lebens der anderen. Denn es wäre besser für uns zu sterben, als unsere Lebensweise zu verlieren.

Diesen Tod meine ich, und ich muß mich von jetzt an mit ihm abfinden.

GESTERN ZWANGEN SIE mich – höflich, aber sie zwangen mich –, mich im Erdgeschoß dieses Turmes an einem Fenster zu zeigen, so daß mich die Einwohner Lucenas vom Marktplatz aus sehen konnten. Sie brannten darauf, den Maurenkönig zu bestaunen. Man belud mich mit Ketten, die ich in meinem Kerker gewöhnlich nicht trage; sie legten mir einen Eisenring um den Hals und stellten mich aus wie eine Jagdtrophäe. Einen Moment lang herrschte ein schneidendes Schweigen, dessen Schärfe den Morgen in zwei klare Teile trennte. Dann folgten, wie um eine Faszination abzuschütteln, das Gegröle und die Beleidigungen des Pöbels. Und die unterwürfigen Beifallsrufe an ihre Heerführer, von denen ich noch nicht genau weiß, wer sie sind.

Bis jetzt ist die Behandlung im großen und ganzen höflich gewesen. Zu viele Jahrhunderte haben sie in Andalusien das verlorene Paradies gesehen, als daß sie seinen König nicht mit einem Gefühl betrachteten, in dem sich Haß, Staunen und unaussprechlicher Neid paaren. In ihren Köpfen ranken sich entsetzliche Legenden um uns, die ihre Herrscher von Anfang an forcierten: Schreckliche Greueltaten, dekadente Sitten, Verweichlichung, die Verkörperung all dessen, was man sie gleichzeitig hassen und fürchten gelehrt hat; aber wir sind es auch, die ihnen vor Augen führen, was sie wären, wenn sie sich dem Leben überließen. Vor allem deshalb müssen sie uns vernichten: Für sie sind wir ein Beispiel moralischer Schwäche und Pflichtverletzung, aber wir sind auch eine Herausforderung für ihre Neugier und ihre größte, heimliche Begierde.

HEUTE FÜHLTE ICH das Gewicht dieses Kerkers mit einer unerträglichen Grausamkeit auf meinen Schultern lasten. Ich hob meine Augen zu Gott, der über den Religionen steht und der sich auch in und unter uns befindet. »Strafe mich nicht, indem du mich dich vergessen oder in die Irre gehen läßt. Lade keine Last auf meine Schultern, die über meine Kräfte geht, oder gib mir die Kraft, diese Last, die du mir aufbürdest, zu tragen. Vergib mir meine Sünden, die nicht gegen dich gerichtet waren, und gewähre mir Vergebung, Frieden und den Balsam deines Mitleids. Du bist der Herr und die Zuflucht. In dich habe ich meine Hoffnung gesetzt, denn mein Herz hat sie verloren.« Während ich betete, dachte ich darüber nach, was uns immer wieder gesagt wurde: Gott lädt niemandem mehr auf, als er zu tragen vermag. Vielleicht gab Gott dieses Versprechen an einem Tag, als ihm nichts Ermutigenderes einfiel. Heute kann ich nicht wirklich daran glauben.

LEICHTHIN SPRECHEN WIR über das Leben und den Tod. Aber was wissen wir schon darüber? Sie sind die beiden Seiten derselben Medaille, die unser ganzer Reichtum ist; wie zwischen Skylla und Charybdis schwanken wir zwischen den beiden verschiedenfarbigen, unumschränkten Herrschern, die uns alle, auch die Könige, regieren, ohne sich um unsere Einwilligung zu scheren. Das Leben kennen wir wenigstens; aber was wissen wir vom Tod? Von klein auf habe ich Leichen gesehen. Heißt das, etwas über den Tod zu wissen? (Ich denke an den Leichnam Subhs, den ersten, den ich sah. Wo bist du jetzt, Subh? Wärst du nicht lieber gestorben, als *dein Leben*, deinen *Zogoibi*, dem Spott seiner Feinde ausgesetzt zu sehen? Sollte nicht ich, der mit seinem Rosenduft, es sein, der die Kriege beendet?) Sagt uns die Verwesung dessen, was einmal schön war, etwas über den Tod? Gewiß, ich habe gesehen, wie seine bleiche, schreckliche Hand den trügerischen Lebensfaden durchtrennte; ich habe die Opfer menschlicher Gerechtigkeit gesehen und auch die Opfer menschlichen Unrechts. Ich habe verletzt und wurde verletzt. Ich trachtete anderen nach dem Leben, und man trachtete mir nach dem Leben. Leben und Tod sind so sehr ineinander verschränkt, daß es schwierig ist zu sagen »bis hierher« oder »von hier an« . . . Fühlte ich mich in meiner Beziehung zu Jalib nicht zuweilen dem Tode viel näher als an jenem Tag, da Moraima kam, um mir zu sagen, daß er tot sei? Fühlte ich mich nicht dem Tode nahe, während ich mitten im Leben stand, und erwuchs mir nicht daraus die düsterste Vernichtung? Oder sind etwa genau diese Todeswünsche der intensivste Ausdruck des Lebens? Vielleicht gehört die Verzweiflung zum Leben, die Hoffnungslosigkeit zum Tod. Aber empfinde ich in diesem Augenblick keine Hoffnungslosigkeit? Sollte ich in gewisser Weise schon tot sein?

MIT TÄGLICH WACHSENDEM Vergnügen stürze ich mich auf diese Blätter, wie ein Hungernder auf das Essen oder der Durstige zur Quelle. Ich sehe sie an, wie ein Verliebter morgens beim Aufwachen dem geliebten Menschen in die Augen schaut, denn so wie sie wird das Licht des beginnenden Tages sein. Sie sind mein einziger Halt.

Hinter dem Guckloch der Tür kann ich die Augen des Kerkermeisters erkennen, wenn er meine Schritte belauert, meine bedächtigen oder unruhigen Bewegungen, meine vergeblichen Bemühungen, königliche Würde zu wahren. Dieser Blick, der sich mit meinem kreuzt und ihm ausweicht, ist seinerseits für mich das Guckloch zur Welt. Einerseits lebe ich in einer Einsamkeit, wie ich sie mir niemals vorstellen konnte; andererseits zerspringt meine Einsamkeit jedesmal wie Glas, wenn sie von diesen forschenden Augen beobachtet wird, die mir so fremd sind. So fremd, aber so notwendig. Ist Gott wie diese Augen?

ES GIBT AUGENBLICKE, in denen Moraimas Körper, ihr dunkles, wohlgeformtes Fleisch, ihr fast klangvoller Duft so gegenwärtig wird, daß ich ihn, wenn ich die Augen schließe, streicheln könnte. Nie zuvor begehrte ich ihn mit einer solchen Erregung, und nie habe ich es ihr so gesagt, wie ich es jetzt sage. Ich sehe ihren letzten Blick, während sie mich in ihren Armen festhielt und versuchte, mich am Aufbruch nach Lucena im Morgengrauen zu hindern, als ahnte sie, daß sie ihren Mann und ihren Vater verlieren würde . . .

Und auch dahingegangene Erinnerungen – nein, Erinnerungen sterben nicht, wer sie heraufbeschwört, stirbt – überfallen mich, genauso intensiv wie die lebendigen Erinnerungen an die Lebenden, vielleicht sogar stärker. Jalib ist tot; doch wie könnte ich die Nacht im Alkoven von Yussufs Palast vergessen, jene Nacht, da alles möglich war und sich die ganze Welt um unsere Körper drehte? Die Erinnerungen an das, was ich einmal besaß und nie mehr besitzen werde, vernichten mich mit haltlosem Ungestüm: verschlungene, wirre und dabei doch so klare Erinnerungen, daß ich mit einer grenzenlosen Genauigkeit – trotz der Nebelschleier, mit denen die Liebe, wenn sie uns den Verstand raubt, unsere Sinne umhüllt – eine zarte

Fingerkuppe vor mir sehe, ein Ohr mit seinem weichen Ohrläppchen, eine sinnliche Brustwarze, das gekräuselte Haar einer Scham, eine seidenweiche Kniekehle, ein Knie, rund wie eine Orange, ein Muttermal auf dem Rücken ... Die Erinnerung daran, wie die Hände über den nackten Körper des geliebten Menschen streichen, wie man unter seinen Händen vergeht und wiederaufersteht: von den Schenkeln bis zum Hals, vom Nacken bis zu den Schenkeln, über die Schultern, über die angespannten Lenden, über die heißen Achselhöhlen, über die Furchen, die sich zwischen den Brüsten oder den Hinterbacken öffnen.

In solchen Momenten versteift sich mein Geschlecht und fordert seine Beglückung. Ich muß mich an die Wand lehnen, in der sich die Tür befindet, um zu verhindern, daß der Kerkermeister zum Zeugen meiner beschämenden, knabenhaften Selbstbefriedigung wird. Doch nein: Es ist nicht wie bei einem Knaben, denn dieser hat ein Vorgefühl, ohne zu fühlen; ich aber habe schon Gefühle gehabt. Darum bleibe ich nach den armseligen Handbewegungen unbefriedigt und leer.

Ermattet lasse ich die Orte an mir vorüberziehen, an denen ich glücklich war – war ich glücklich? –, und habe das Gefühl, mich in das Leben eines anderen einzumischen; eines anderen, der mir in gestammelten Fragmenten von seinem Glück erzählt. Vielleicht ist es auch so, daß ich damals ein anderer war – berauscht, verwirrt, unbesonnen – und nicht der, der ich heute bin. Wie selten vergeudet doch ein Glücklicher seine Zeit damit, daran zu denken, daß er glücklich ist; denn das Glück ist wohl eine Lähmung des Denkens, eine starke Benommenheit, ein plötzliches Aussetzen des Verstands. Oder der Mensch, der einmal glücklich war, bleibt dort, wo er es war und verzichtet dabei dem zuliebe auf sein Glück, der es ihm raubte. Ich, der ich wer weiß wo bin, bin noch nicht eine Stunde in den Genuß des Glücks gekommen, denn als ich endlich merkte, daß ich es besaß, überfiel mich eine solche Angst, es zu verlieren, daß es mich unverzüglich verließ.

Immer schon bewunderte ich den klaren Verstand jenes Kalifen aus dem glanzvollen Geschlecht der Omaijaden, der bedächtig und sorgfältig seinen letzten Willen verfaßte. Zunächst beschreibt er wortreich und in den schillerndsten Farben sich selbst. »Fünfzig Jahre lang war ich Herrscher über die herrlichste Stadt der Welt, und für den Fall, daß ihr irgend etwas an Pracht fehlen sollte, ließ ich in ihrer Nähe eine weitere herrliche Stadt erbauen: das glänzende Juwel, Medina az-Zahra. Ich liebte die schönste Frau der Welt (die göttliche Zahra), und sie liebte mich. An meinem Hofe versammelten sich die tiefgründigsten Philosophen, die feinsinnigsten Dichter, die begnadetsten Musiker . . .« Und so fährt er fort mit Ruhmesreden und Übertreibungen, als habe er einen Himmel erschaffen und herrsche darin. Bis er dann die Beschreibung seiner Person mit dem schlichten Satz beendet: »Und vierzehn Tage lang war ich glücklich.« Aber, selbst bestürzt über diese letzte Anmaßung, fügte er hinzu: »Doch nicht an aufeinanderfolgenden Tagen.«

Kann ich behaupten, vierzehn Tage, selbst wenn sie nicht aufeinanderfolgten, glücklich gewesen zu sein? Kann der Mensch mit seiner ganzen Kraft für etwas so Willkürliches wie das Glück kämpfen? Wir bewegen uns zwischen dem Notwendigen und dem Möglichen, zwischen »so Gott will« und »wenn es Gott gefallen hätte«, zwischen Fatalismus und Skepsis, zwischen »noch nicht« und »nicht mehr« – mit der einzigen Gewißheit, daß beide Wege, welchen man auch wählt, zum Tod führen.

Aus meiner Unbeweglichkeit heraus durchwandere ich jetzt im Rausch die dem Glück am nächsten kommenden Augenblicke, die ich vergeudete, um auf mehr zu hoffen, so, als gäbe es etwas Größeres. Und wie die Irrtümer richtigstellen, welche die Vergangenheit zu Stein hat werden lassen? Wir hören nie auf, uns zu irren. Die Lehren, die ich in dieser Gefangenschaft erhielt, werden mir zu nichts dienen, wenn man mich eines Tages – gebe Gott! – freiläßt. Denn der Mensch nimmt nicht nur keine Lehren von anderen an, er lernt noch nicht einmal von sich selbst.

In meinem Falle ist die Macht nutzlos. Sie hilft mir nur bei dem Versuch zu überleben. So wie der Schwerkranke, der das gesamte Leben im Hause stillstehen läßt, so zufrieden und so sicher, dadurch seinen eigenen dünnen Lebensfaden zu verlängern. Im Grunde wünschen alle Bewohner, dieser so ungleiche Kampf ginge zu Ende. Ich bin zu dem Schluß gekommen, daß wir – ich meine damit mich, meine Dynastie und die Lebensweise, die wir verkörperten – auf dem Gipfel unserer Macht wie Zierschwerter sind, deren Schneide nicht schneidet und deren Spitze nicht sticht. Denn man will sich nicht mit ihnen verteidigen, nur funkeln und schmücken sollen sie. Schwerter, deren Wert nicht von der Schneide abhängt, sondern vom Knauf: vom Gold, den Edelsteinen und der üppigen, smaragdgrünen Verarbeitung des Knaufs, und von der getriebenen, verzierten Scheide, die verhüllt und verbirgt, was ein Schwert ausmachen sollte. Ich sehe es kommen, daß irgendein ungestümer Barbar, ohne zu zögern, seinen Gürtel mit diesem trügerischen Scheinschwert schmückt, in das wir uns verwandelt haben.

»Wie kann einer, der nicht patriotisch ist, König sein?« wird man mir vorwerfen. Aber soll sich ein König der Wahrheit verschließen? Mehr noch: Ist ein König mehr als ein Sophismus oder ein Symbol? Auch wenn ich hier mein Ende finde, wird der Krieg nicht enden, denn ich habe ihn nicht begonnen, und ich werde ihn auch nicht beenden. Der König ist niemals das Königreich: Glücklicherweise überdauert das letztere das erste. Vielleicht will ich das auch nur glauben; denn wäre es nicht so – was sollte dann aus mir, der ich zum König geboren bin, werden? Oder gibt es Könige ohne Thron, auch wenn sie nicht entthront werden? Der Krieg zwischen den Christen und uns wird niemals enden: Er ist die Quintessenz der Geschichte unserer beider Völker. Granada, schon überfallen, wird stets erobert werden; die Liebe, so sagt man, brauche zum Erkalten doppelt so lange, wie sie währte ... Der Krieg besteht aus vielen Schlachten, die nicht alle sichtbar sind und nicht immer von dem gewonnen wurden, der sie dem Anschein nach gewann. Und der Sieger muß nicht nur in irgendeiner Schlacht siegen: In der letzten muß er siegen, zu welcher er zu einem unbestimmten Zeitpunkt durch immer neue Siege gelangen muß. Unser Krieg wird niemals enden; wie meine Vorgänger wurde ich in ihn hineingeboren und werde in ihm sterben. Welch eine Qual für einen so kriegsuntüchtigen Menschen wie mich! Ich bin geneigt, selbst wenn ich einen Sieg errungen hätte, die Waffen zu strecken und zu sagen: »Hier bleibe ich, ich mache nicht mehr weiter.« Und wieviel lieber noch würde ich es sagen, nachdem ich vor einem Abgrund wie dem augenblicklichen stehe, und hinzufügen: »Gebt die Krone meinem Vater zurück, oder Abu Abdallah, dem Unbeugsamen, oder meinem Bruder« – wenn es nicht schon so ist, daß sie zurückgegeben wurde und ich ohne sie hier schmachte ... Aber nein, ich darf es nicht. Es ist möglich, daß ich es sein muß, den die Christen endgültig besiegen müssen (innerhalb oder außerhalb dieses Kerkers, was ich nicht weiß). Ist es angesichts eines solchen Schicksals von Bedeutung, siegreich aus der Schlacht von Lucena hervorzugehen, nur um endgültig geschlagen zu werden?

Hier, in meinem Verlies begraben, bestürmt mich die Angst, mein Schicksal könne das des höchsten Verlierers sein: des Verlierers, durch den alle verlieren.

GEWÖHNLICH TRÄUME ICH nicht. Heute nacht jedoch, nachdem ich mich befriedigt hatte und eingeschlafen war, träumte ich. Oder vielleicht träumte ich nicht, sondern bildete mir in meiner Lethargie ein, daß ich träumte. Manche behaupten, die Sinnlosigkeit der Träume sei eine Folge früherer Ereignisse; im Wachzustand klärten sie sich bald auf und bestätigten sich. Ich hatte einen Traum – oder der Traum hatte mich – über Lieblosigkeit und Verwaisung. Da war ein regloses Meer, wie zähes Zinn; da war eine große, zerstörte Festung und Schnee auf einem Rosengarten und eine Wunde, die unaufhörlich blutete und die redete. Und schließlich träumte ich, ich sei gestorben. Zu diesem Zeitpunkt muß ich mich unerklärlicherweise noch einmal ergossen haben, denn als ich aufwachte, war ich noch feucht, und noch niedergeschlagener als gestern. Vielleicht ist das Ende der Agonie nichts anderes als ein bereits posthumer Orgasmus, wie er angeblich bei Gehenkten zu beobachten ist.

Wenn ich wach bin, dann träume ich: von allen Gefangenen, an denen ich achtlos vorübergegangen bin; von den Christen in den unterirdischen Kerkern von Granada, deren Todesumstände – ich weigere mich, von Lebensumständen zu sprechen – mich nie kümmerten; von den unzähligen exotischen Vögeln, die in silberne Käfige gesperrt sind und sich jede Nacht gegenseitig zerhacken, an dem Widerspruch verzweifelnd, Flügel zu besitzen, für die sie keine Verwendung haben. (Ihr Trällern und ihr Gefieder verzauberten und fesselten mich: Die Gefangenen fesselten mich.) Heute, wo ich den Himmel nur durch die enge Luke dieses Turmes sehe, sind sie alle für mich kein Traum, sondern ein Alpdruck.

Heute morgen flog ein Spatz durch die Turmluke. Erschreckt flatterte er umher und stieß gegen die Wände. Mit der Geduld des Gefangenen, dessen Zeit nicht verrinnt, sondern sich ausdehnt und der für jede Abwechslung dankbar ist, die ihn von sich selbst ablenkt, schaffte ich es, ihn zu ermüden und einzufangen (ich, der Gefangene). Sein kleines Herz pochte rasend zwischen meinen Fingern. Und die Angst packte auch mich. Angesichts eines Lebens, das nichts mit meinem gemein hat und das ich auslöschen könnte, angesichts seines Entsetzens vor mir, das sich in seinen winzigen Augen widerspiegelte, mit denen er sich bei mir dafür entschuldigte, am Leben zu sein, erschreckte ich mich. Auf die Gefahr hin, ihn zu zerschmettern, habe ich gezielt und ihn wie einen Stein in Richtung Luke geworfen. »Dein Tod«, sagte ich zu ihm, »ist diesem finsteren Leben hier vorzuziehen. Flieg. Versuche es. Du mußt diesen tödlichen Versuch wagen, um zu leben.« Er flog sicher durch das Gewölbe der schmalen Öffnung. Zum ersten Mal seit meiner Gefangennahme freute ich mich.

Mit offenen Augen träume ich von den Lebewesen, die mich bis gestern noch lautlos begleiteten und die mir vielleicht sogar nachtrauern. Meine lebhaften Jagdhunde und meine Falken, deren Tag von Hauben verdunkelt wird. Eine andere Hand wird ihnen das Futter reichen – falls man sie füttert. Sollten sie mich etwa nicht vermissen? Vielleicht verdeckt das Futter die fremde Hand ... Und die Blumen, die in den ungeduldigen Gärten mit ihrem Duft vom Frühling künden. Ich träume von Spaziergängen, erfüllt vom Arom der Myrten, von den schon geöffneten Orangenblüten (der Gefangene kennt keine Jahreszeiten, für ihn ist immer Frühling in der äußeren Freiheit), von den wuchernden Gärten des Albayzín, von den Mandelplantagen, in denen, wenn sie ihres weißen oder rosafarbenen Kleides beraubt sind, im zarten Futteral der Schale die harten Früchte heranreifen. Und ich träume von der Sonne, die, wenn sie an Kraft gewinnt, mit glühender Zärtlichkeit den Schnee der Sierra allmählich vergehen läßt.

Aber mehr als von allem anderen träume ich von meinen Büchern, den gehorsamen Getreuen, die mir mit ihren bereitwilligen Stimmen so viel Zeit widmeten. Wenn die Einsamkeit wie Moos auf meinen Händen lag. Wenn nur das Nichts bei mir war und alle anderen mich vergessen hatten. Wenn die Liebe sich immer wieder unwissend stellte, mein Vater mich verfolgte, meine Mutter mich peinigte. Wenn alle, außer Moraima vielleicht, von mir forderten, was ich niemals besaß ... Meine Bücher, die Unerschütterlichen, sind mein Halt und meine Sicherheit gewesen. Deshalb vermisse ich sie in dieser kummervollen Stunde, in der ich meine Hand ausstrecke und sie nicht erreiche.

GESTERN WAGTE ICH, mir die Frage zu stellen: Wie von hier entkommen, wenn man mich nicht freiläßt? Und welches Lösegeld werden sie für meine Freilassung verlangen? Kann ein König sich loskaufen? Wird er nicht den Rest seines Lebens für die Ungeschicklichkeit zahlen, daß er sich so plump hat fangen lassen? Bevor die Christen mich erkannten, hatten mir einige Offiziere von dem Gerücht erzählt, das über Aliatar kursierte. Als unsere Niederlage für ihn feststand, ritt der Greis, auf dem die Verantwortung für den Angriff auf Lucena lastete, mit seinem Pferd in den Rio Genil, und als er an eine tiefe Stelle kam, sprang er aus dem Sattel und ging durch das Gewicht seiner Rüstung unter. Er muß gedacht haben, daß ein General, der die erste Schlacht seines Königs verliert, es auf sich nehmen muß, daß es für ihn selbst die letzte war. Oder dachte er, daß es edler sei, im Schlamm eines Flusses zu ersticken, als in die Hände der Feinde zu fallen, die man so oft besiegt hatte? Was auch immer er sich gedacht haben mag, ich gebe ihm recht: Bei manchen Gelegenheiten ist es richtig, gefaßt die Pforten des Todes zu öffnen, ehe er selbst sie öffnet. Ist es nicht genau dieser Gedanke, der mich umkreist und verwirrt wie eine hartnäckige Bremse?

Denn ein Land, dessen Herrscher sich in Gefangenschaft befindet, taumelt und verharrt dann reglos; es ist, als würde jemand durch eine Ohnmacht in seiner Tätigkeit unterbrochen. Zu viele Fragen bedrücken Granada, als daß noch die Gefangenschaft des Sultans hinzukommen dürfte. Kann ich hier nicht als die todbringendste Waffe gegen uns verwandt werden? Wäre es nicht klug, einen freiwilligen Schlußstrich unter diesen schmalen Abschnitt der Geschichte zu setzen, der ich bin und den abzukürzen ratsam wäre, weil er Verderben bringt.

In dem schwachen Licht – der Sonne oder des Mondes, was kümmert es mich? –, das fast unverändert durch die Schießscharte fällt, frage ich mich, wie es soweit kommen konnte. Waren die Christen etwa nicht demoralisiert? War Lucena nicht ohne Verteidigung? War unser Angriff nicht unvorhersehbar? Verließ ich nicht mit meiner fröhlichen Heerschar Granada, als ginge es zur Jagd? Hernando de Argote, der Burgvogt von Lucena, der normalerweise zusammen mit seinem Herrn zu mir kommt – einem nicht sehr großen jungen Mann, kräftig, mit etwas unsicherem Blick –, hat mir etwas in meiner Sprache erzählt. (Ich habe keinem von ihnen gesagt, daß ich die ihre beherrsche, wodurch es mir möglich ist, zweimal zuzuhören, meine Erwiderung länger vorzubereiten und festzustellen, ob der Dragoman beim Übersetzen Fehler macht.) Durch das Gesagte, durch das, was ich selbst sah und was mir in der Zeit zu Ohren kam, die ich bei den Offizieren verbrachte, konnte ich in Erfahrung bringen, wie sich die Ereignisse meinem Glück widersetzten.

Sollte ich in Zukunft auf Aberglauben und Vorzeichen achten? Als wir unter dem Jubel der Granadiner fröhlich die Puerta de Elvira durchquerten, scheute mein Pferd, und der Schaft meiner Lanze zerbrach an einem seiner Beine. Ich, der ich meine Untertanen kenne, blickte zu den Nächststehenden und sah die Beunruhigung auf ihren Gesichtern; lachend bat ich um eine neue Lanze. »Ich weiß, wie man das Schicksal besiegt«, rief ich forsch, um sie zu trösten, und gab dem Pferd die Sporen. Aber einen Pfeilschuß von Granada entfernt, als wir den Lauf des Beiro hinter uns gelassen hatten, ließ eine Füchsin mit rotem Fell und buschigem Schwanz die Singenden verstummen, als sie durch die Marschreihen lief und genau neben mir innehielt. Weder Pfeile noch Wurfspeere streckten sie nieder; sie verschwand unverletzt, so behende, wie sie erschienen war. Einige Adlige näherten sich mir und baten mich halb im Scherz und halb im Ernst, den Angriff auf die Christen zu verschieben. Ich lachte ihnen ins Gesicht, spottete über ihre unheilvollen Prophezeiungen, welche die Jugendkraft unserer Männer in Zweifel zögen, und setzte meinen Ritt fort. Bei Dämmerung erreichten wir Loja; dort beruhigte mein Schwiegervater mit seiner Furchtlosigkeit die Gemüter aller.

Das Heer bestand aus drei Korps: Eines wurde von Hamed, dem Abencerragen, befehligt, eines von Aliatar und das dritte von mir. Nachdem ich mich mit meinem Schwiegervater beraten hatte, gab ich Hamed den Befehl, mit dreihundert Mann ein Straf- und Ablenkungsmanöver in den Ländereien Don Alonsos de Aguilar durchzuführen, der noch damit beschäftigt war, über die Niederlage in der Ajarquía zu jammern und sich von ihr zu erholen. Hamed sollte Sieg und Beute von dort mitbringen. Es war Sonntag, der 20. April. Es wird lange dauern, es zu vergessen.

Mein Schwiegervater und ich brachen mit dem jubelnden Heer nach Lucena auf. Unsere Bestürzung war groß, als man uns dort gut ausgerüstet und verschanzt erwartete; der Überraschungseffekt fiel weg. Ich habe erfahren, daß ein in Granada gefangener Lucener, Bartolomé Sánchez Hurtado, von unseren Absichten erfahren hatte und seine Landsleute durch einen jener Maultiertreiber warnen ließ, die ungehindert die Grenzen passieren und die fast immer Doppelspione sind. Entlang unseres Weges stiegen Rauchsignale auf, die unser Vorrücken meldeten, und von den Wachttürmen in Richtung Lucena wurden fünf brennende Fackeln abgefeuert, was bedeutete, daß ich es war, der den Angriff befehligte. Darüber hinaus trugen die Kundschafter aus Aguilar, durch Hamed, den Abencerragen, gewarnt, den Alarm in alle Ritterdomänen der Umgebung. Deshalb fanden wir die Wege mit Holz und Faschinen versperrt, die Festung war mit Lebensmitteln und Proviant versorgt, und die schwache Garnison war durch aus Córdoba herbeigeeilte Ritter verstärkt worden. So war es uns nicht möglich, in die Vorstadt einzudringen und Feuer an die Tore der Stadt zu legen, wie es unser Plan vorsah. Ich ließ einen Belagerungsring bilden und gab Befehl, die Weinstöcke und Olivenbäume zu fällen.

Als ich am folgenden Tag die schwierige Belagerungssituation erkannte, entschied ich mich, den Belagerungsring aufzugeben und mich in unser Gebiet zurückzuziehen; Hamed, dem es nicht gelang, sich gegen den Feind durchzusetzen, der nach dem Vorfall bei Málaga vorsichtiger und ermutigter war als je zuvor, bestätigte meinen Entschluß. Dennoch plante ich einen letzten schnellen Ausfall, aus Angst, es könnten christliche Entsatztruppen aus den benachbarten Städten geschickt werden. Hamed hatte damals, als er vor dem von meinem Vater angeordneten Massaker an den Abencerragen zu seinem Onkel, dem Herrn von Aguilar flüchtete, die Bekanntschaft des Burgvogts von Donceles, des jungen Herrn von Lucena, gemacht; deshalb gab ich Hamed den Auftrag, sich mit dem Burgvogt zu treffen und ihm annehmbare Bedingungen für eine vollständige Kapitulation zu unterbreiten. Trotzdem bezweifelte ich, daß sie angenommen würden.

Die Unterredung fand an einem kleinen Seitentor in der Mauer statt. Hernando de Argote, von dem ich bereits sprach, diente als Dragoman. Der Burgvogt von Donceles besprach umständlich jeden einzelnen Punkt des Kapitulationsvorschlags, wie ich bald feststellte, in der Absicht, Zeit für die Entsatztruppen zu gewinnen, die er erwartete. Vor allem die seines Onkels, des Herrn von Baena, der denselben Namen und Vornamen trägt wie er selbst; er hatte ihn am Vortag über seine Situation in Kenntnis gesetzt. Die Verhandlungen waren seit einer Stunde im Gange, als mir von meinen Spähern gemeldet wurde, daß aus Richtung Cabra ein Trupp von nicht ausmachbarer Größe anrücke. Ernüchtert ordnete ich an, das Gespräch zu unterbrechen, zu den Säbeln zu greifen und sich wieder in den drei Heereskorps zu formieren, um geordnet auf demselben Wege zurückzukehren, den wir gekommen waren. Als wir abzogen, hörten wir schon die Trompeten und Trommeln der Entsatztruppe und jene, mit welchen die Eingeschlossenen sie empfingen.

Wir ärgerten uns zwar, hielten den Zwischenfall jedoch für abgeschlossen und blieben bis Mittag im Feldlager, um das Essen zu verteilen. Nicht weit davon war ein Bachlauf, der nach Martin González benannt ist. Bekümmert äußerte ich Aliatar und Hamed gegenüber, daß die Sache falsch laufe, und während ich so meine Truppen betrachtete, soweit ich sie trotz des ziemlich dichten Bodennebels wahrnehmen konnte, kam es mir eher so vor, als hätte ich sie aus Granada mitgenommen, um sie zu einem Fest auf dem Lande einzuladen. In diesem Moment hörte ich einen Schrei. »Santiago! Santiago und auf sie, denn heute ist unser Tag!« Aliatar erklärte mir niedergeschlagen, daß dies der Schlachtruf seines alten Freundes, des Grafen von Cabra und Herren zu Baena, sei. Trotz der Überraschung fingen sich meine Soldaten sofort. Wir brachten die drei Einheiten in Schlachtordnung und beschlossen, denen die Stirn zu bieten, die von Angegriffenen zu Angreifern geworden waren. Von den sechs Reiterschwadronen faßte ich fünf zu einem einzigen Bataillon zusammen und ließ das andere mit dreihundertfünfzig Reitern als Reserve in etwa dreihundert Schritt Entfernung zurück. An die Flanken der Schlachtordnung stellte ich die gesamte Infanterie, die ich ihrerseits durch zwei Scharen von jeweils sechzig Reitern decken ließ, um sie dicht aufschließen zu lassen und zu verhindern, daß sie zurückblieb. Es war eine Strategie, die ich, so glaube ich, in einem Buch empfohlen sah und die meinem Schwiegervater zusagte. Den Nebel zwischen uns, standen wir dem Feind gegenüber, so nah, daß es einige von uns in ihrem Ungehorsam nicht lassen konnten, sich zu brüsten, und schreiend und gestikulierend aus den Reihen ausbrachen, um die Gegner an das Gemetzel von Málaga zu erinnern. Wir befanden uns in einem Talkessel, am Fuß einer Anhöhe, und ich war besorgt über unsere Position und die große Zahl unserer Verfolger. Als ich sie beobachtete, sah ich ein Feldzeichen, das ich nicht kannte, und fragte Aliatar, der darin sehr bewandert war.

»Von hier sieht es wie ein Hund aus, Herr. Und das ist das Wappen von Ubeda und Baeza. Vielleicht wäre es ratsam, uns schnellstens aus dem Staube zu machen; soweit ich sehe, hat sich ein großer Teil Andalusiens gegen uns verbündet. Es kann sein, daß sie sich für ihre jüngsten Niederlagen rächen wollen.«

(Später erst erfuhr ich, daß es sich auf dem Feldzeichen nicht um einen Hund, sondern um eine Ziege handelte, ein recht unbekanntes Banner, denn der Herr zu Baena kämpfte gewöhnlich nicht unter dem Wappen seiner Grafschaft, sondern unter dem seiner Domäne, und es war schon viele Jahre her, daß er dieses mit sich führte; aber durch die gebotene Eile vergaß er das übliche Feldzeichen von Baena, und als er an Cabra vorbeikam, nahm er dessen Wappen mit.)

Zu diesem Zeitpunkt wäre es unehrenhaft gewesen, der Ansicht meines Schwiegervaters stattzugeben. Ich befahl, die Trompeten und Pauken erklingen und alle den Schlachtruf anstimmen zu lassen. Die Christen begegneten ihm mit einer nicht minder lautstarken Antwort, die das ganze Schlachtfeld erdröhnen ließ. Rasch kamen sie hinter dem Hügel hervor, der sie verborgen hatte; sie rückten in Gefechtsstellung vor. Wir befanden uns in der für den Kampf günstigsten Position. Plötzlich kehrten sie um. Ich dachte, sie würden fliehen, und gab Befehl zum Angriff. Sie beabsichtigten jedoch, den Hügel zu ersteigen, so daß sie beim Zusammentreffen auf gleicher Höhe mit uns waren und ihre Pferde sich weniger anstrengen mußten. Unverzüglich kam es zum ersten Zusammenstoß. Im Staub und Geschrei blieb die Zeit stehen; ich denke, so ist es immer bei Schlachten. Die grüne, blühende, duftende Landschaft existierte nicht mehr. Nebel und Pulverdampf verhinderten die Sicht auf die Feinde, die allem Anschein nach in der

Überzahl waren. Sie kamen schnell von ihren Stellungen herunter, die sie sehr ausgedehnt hatten, und kreisten uns ein. Eine Vorahnung überkam mich; ich verdrängte sie. Es herrschte ein heilloses Durcheinander, und durch meine Unerfahrenheit verloren wir an Boden. Ich weiß nicht, wie lange wir schon kämpften, als sonderbare Trompeten ertönten. Aliatar kam zu mir geeilt.

»Herr, ich denke, da sind ausländische Truppen. Diese Instrumente sind hier nicht gebräuchlich. Ich sichere deinen Rückzug. Rette dich!«

Aber es war schon zu spät. Hals über Kopf wichen meine Männer zurück. Ich war außer mir und schrie, um sie aufzuhalten.

»Bleibt stehen! Ihr müßtet doch wissen, vor wem ihr da flieht. Es sind Leute, die wir immer besiegt haben.«

Sie beachteten mich nicht. Sie flohen. Nicht alle, aber sie flohen.

»Euer Heil liegt in euren Händen«, schrie ich, »nicht in euren Füßen und denen der Pferde. Bleibt stehen!«

Diejenigen, die bei mir blieben, schlugen sich tapfer. Neue feindliche Entsatztruppen kamen den Berg herab. Unter den Nachfolgenden waren Alonso de Aguilar, der Burgvogt von Luque, der Burgvogt von Doña Mencía, Fußsoldaten aus Santaella, Hilfstruppen aus La Rambla, Montilla, Castro del Rio, Puente de don Gonzalo und sogar aus Antequera. Sie waren den Alarmfeuern gefolgt. Sie alle waren bereit, sich erbittert und entschlossen für das Desaster in den Bergen Málagas zu rächen. Meine wenigen getreuen Reiter wurden ungehorsam und und zogen mich bei ihrer Flucht mit fort.

»Wollt ihr mich denn nicht verteidigen? Wenn euch euer Ruf etwas wert ist: Kehrt um! Bleibt stehen! Bleibt stehen!« Ohne Erfolg brüllte ich weiter.

Ich war allein zurückgeblieben. Der Lärm war ohrenbetäubend. Ich hörte Schreie, Klagen, Drohungen, Flüche, die sich jedoch immer weiter entfernten. Der Kampf verließ mich, nicht umgekehrt. Zu meiner Rechten floß das Wasser des Martin González. Mein Pferd Sihr – was soviel heißt wie *Zauber* – blieb im Uferschlamm stecken. Es konnte weder vor noch zurück. Ein Pfeil traf es in die Brust. Unbeweglich stand es da, es blutete und keuchte beängstigend laut. Mir wurde klar, daß ich auf meine Füße angewiesen war, umgeben von nachsetzenden Feinden. Alles ging unter: der Krieg, das Leben, der Tod, die Gefahr, und auch ich, der nie mehr derselbe sein würde. Ich sah nur noch die Augen von Sihr. Verständnislos blickte es umher, flehte darum, ihm aus der Bedrängnis zu helfen, damit es mir denselben Gefallen tun könnte. Vor meiner Gefangenschaft war dies der Augenblick meines Lebens, in dem ich mich am einsamsten und hilflosesten fühlte. Ich wußte nicht, was tun. Mein Pferd sah mich flehend an und wartete im Schlamm darauf, daß ich es auf feste Erde brächte. Wir alle sind so, wenn wir jemanden haben, an den wir unser Bittgebet richten können; ich hatte niemanden. Mitten im Nebel, der mich hilflos machte und gleichzeitig schützte, überkam mich der Mut der Verzweiflung, schluchzend erhob ich mein Schwert, und mit einem Hieb enthauptete ich mein Pferd. Sein Blick war überrascht und ohne jeglichen Vorwurf, dann brach er. Das Tier zuckte ein paarmal, und sein Leiden hatte ein Ende. Sein Blut hatte mein Gesicht bespritzt und tränkte meinen Arm. Ich fühlte einen Brechreiz. In einem Dorngebüsch übergab ich mich. Verrat und Lügen, sagte ich zu mir, Lügen und Verrat. Gegen wie viele Feinde muß ein Mann kämpfen? Ist das mein Krieg? Erwartete jemand, daß ich etwas gegen eine solche Streitmacht ausrichte? Ist es meine Schuld? Wen führe ich an? Wer sind meine Verbündeten? Ich bin allein. Allein. Wer außer meinem Pferd ist noch meinetwegen gestorben? So überlegte ich, als ich von einem Stein getroffen wurde, der mir die Sinne raubte. Aber ich war nicht völlig ohnmächtig. Ich sah drei oder vier Fußsoldaten, die mit gezückten Dolchen, Holzprügeln und einer Pike auf mich zukamen. Sie wollten mich gefangennehmen. Ich verteidigte mich mit dem Krummsäbel und verwundete einen von ihnen. Der mit der Pike hob sie hoch, um mich zu durchbohren. Ich hörte, daß sie vorhatten, mich zu töten und sich meiner Kleider und Waffen zu bemächtigen. Sie wollten es gerade tun, als zwei Soldaten aus Baena erschienen. Das behaupteten sie zumindest. Die anderen waren aus Lucena. Sie waren damit betraut, sich um die Nachzügler zu kümmern und zu verhindern, daß die Habgierigen die Verwundeten ermordeten, um in den Besitz einer Waffe, eines Paars Stiefel, eines Bogens oder Sattels zu gelangen. Es kamen noch mehr Soldaten; sie stritten mit den bereits anwesenden um den Besitz meiner Person. Sie traktierten sich mit Schlägen und Stößen. Sie waren sich nur darüber einig, daß sie mich töten mußten – »Frieden auf Erden und Seligkeit im Jenseits«, so wiederholten sie. Unterdessen nahmen sie meinem Pferd das Geschirr ab. Als sie sahen, daß man ihnen ihre Beute abnahm, schrien die drei oder vier ersten aus vollem Halse: »Lucena! Lucena!« Ein vornehmer Jüngling kam angaloppiert. Es war der Burgvogt von Donceles, der die wenigen verfolgte, die von meiner Streitmacht übriggeblieben waren. Die Männer trugen ihm ihren Zwist vor, jeder aus seiner Sicht. Er fragte mich, wer ich sei. Viele Soldaten können genug Arabisch, um sich mit uns zu unterhalten, wenn es ihnen von Nutzen ist. Einer übersetzte meine Worte.

»Ich bin der Sohn Aben al Hajars, Burgvogt von Granada und Prinzipal des Reiches.«

Aus zusammengekniffenen Augen musterte mich der Burgvogt nachlässig. Dann stieg er vom Pferd. Er löste einen seiner Schuhriemen, und ohne mich aus den Augen zu lassen, band er mir mit ebendieser Schnur die Hände. Dann wandte er sich an einen der Männer, die ihn begleiteten.

»Nimm zehn Lanzenträger, und bring ihn zur Burg. Ich folge dem Grafen, der den Mauren nachsetzt. Ich traue ihm nicht, vielleicht will er die Beute für sich alleine.«

Bevor ich sah, was ich auf dem Weg nach Lucena sah, wußte ich nicht, was eine Schlacht ist und weswegen man sich bekriegt. Es ist keine Frage von Religion oder Idealen, und erst recht nicht der Wunsch, mit Gewalt unsere Religion und unsere Ideale durchzusetzen. Es ist nur eine Frage von Niedertracht und Schäbigkeit: etwas an sich reißen, was andere genießen, sich ihrer Güter und Besitztümer bemächtigen und sie vernichten, damit sie es nicht verteidigen können. Die Leichen fortschleifen, während man ihnen das Schuhwerk auszieht, ihnen die Finger abschneiden, um an die Ringe zu kommen, sie herumwälzen, um ihnen die Gürteltaschen zu entreißen, sie entkleiden, um ihre Unterkleider zu rauben. Der Krieg ist kein Schicksalsschlag, wie ich bis dahin geglaubt hatte, sondern ein stinkendes Aas. Die Sieger sind die ersten Geier, die abziehen und die anderen heranlassen, wenn sie genug Beute gemacht haben. Niemand führt Krieg, weil er an diese oder jene Sache glaubt, sondern weil der Feind etwas besitzt, was er haben möchte, und genau deshalb nennt er ihn Feind. Alles andere ist Lüge, ist Tarnung. Angesichts der Schändlichkeiten, von denen ich umgeben war, wunderte es mich nicht, daß meine Soldaten diesen Dingen den Rücken kehrten.

Man brachte mich zu den übrigen Gefangenen. Es waren sehr viele. Es war eine totale Niederlage. Unter den Toten und Verwundeten waren an die tausend der ehrbarsten Edelleute Granadas und mehr als viertausend Fußsoldaten. Zwei Drittel meines Heeres also. Und sie brachten immer noch mehr Gefangene, denen ich durch Zeichen befahl, nichts zu unternehmen, was mich verraten könnte.

Am darauffolgenden Morgen kam ein Ordensbruder mit einem selbstgefälligen, prahlerischen Gehabe herein. Meine Offiziere, die sich für ihr Verhalten schämten, hielten sich, einträchtig schweigend, von mir fern.

»Gott«, sagte er zu dem Christen, unter dessen Bewachung wir standen, »steht immer auf der Seite der Seinen, auch wenn es für uns so aussieht, als verließe er uns.«

Er klopfte ihm auf die Schulter und fügte hinzu: »Dies wird uns Málaga vergessen lassen. *Dominus vulnerat et medetur, percutit et manus ejus sanabunt.* Auch für uns gilt Hiobs Trost: Gott verwundet und heilt. Seine Hände verletzen und heilen.«

Dann wies er mit einem seiner dicken Finger auf mich und stellte fest: »Das ist bestimmt ein feiner Patron: Seine Kleidung verrät es. Gebt gut auf ihn acht.«

Dann ging er, wobei er uns mit einem schiefen, angewiderten Blick bedachte, als seien wir schmutzige Tiere.

›Alle Menschen‹, dachte ich, ›haben stets so von ihren Göttern gedacht. Wenn es nur einen Gott gäbe (wie wir alle glauben, und zwar, daß es der unsere ist), wäre es schwer zu verstehen, es sei denn, wir kämen zu dem Schluß, daß unsere Streitereien in seinem Namen ihn nicht im geringsten kümmern. Oder auch, daß er, besser noch als wir, bemerkt, daß unsere Streitereien in Wahrheit nicht in seinem, sondern in unserem Namen stattfinden.‹

Keine zwei Tage später brachten sie vier weitere Gefangene, von denen einer der Sohn eines hochangesehenen Fakhis war. Ehe ich es verhindern konnte, brach er bei meinem Anblick in Tränen aus, fiel auf die Knie und küßte meine Hände.

»Du hier, Herr. Du hier in Gefangenschaft, Herr«, schluchzte er, ohne meine Hände und meine Kleider loszulassen.

Die Wärter wurden mißtrauisch und machten den Oberen Meldung. Ich war entdeckt worden, wie ich es von Anfang an befürchtet hatte. Sofort kam der Burgvogt von Donceles, der mich ersuchte, mit ihm zu kommen, und mich in diesen Turm einwies, in dem ich jetzt schreibe.

»Bequemer«, sagte er, (und bewachter, nehme ich an) »wie es Eurer Ehre und Eurer Herkunft gebührt.«

Ich hätte es wohl bevorzugt, in der Nähe meiner Gefährten im Unglück zu sein, dessen ich mir aber auch hier gewiß sein kann.

Die Genugtuung, den König von Granada unter den Gefangenen zu haben, war zu groß, als daß man sie hätte verbergen können. Alle Herren, die zu einem früheren oder späteren Zeitpunkt an der Schlacht teilnahmen, sind nacheinander gekommen, um mich zu sehen. Sogar der Herr von Luque war darunter, ein Verwandter Abul Kasim Benegas, ein blinder Greis, der sich darauf beschränken mußte, mit den Händen über mein Gesicht zu tasten, wobei er Gott dankte, der ihm vor seinem Tod die Gnade gewährt habe, einen besiegten Maurenkönig zu berühren.

»Jetzt kann ich wie der alte Priester Simeon ausrufen: *Domine, nunc dimittis.* Jetzt kannst du mich zu dir nehmen.«

Er drehte sich um und bekreuzigte sich, Tränen standen in seinen Augen, die offensichtlich nur noch zum Weinen dienten.

Die Mutter des jungen Burgvogts, Doña Leonor de Arellano, war ebenfalls aus Córdoba angereist, um mich zu sehen. Ich denke, ihre Erwartungen wurden enttäuscht, weil ich keine Hörner unter dem Turban habe. Als sie hinter mir herumlief, um mich in Augenschein zu nehmen, bemerkte ich, daß sie irgendwie enttäuscht war. Vielleicht deshalb, weil genausowenig eine Spur von einem langen Schwanz unter dem Umhang zu erkennen war.

Trotzdem hat mein Hiersein nicht nur eitel Freude, sondern auch Besorgnis ausgelöst. Die Herren von Baena und Lucena streiten sich um die Ehre – und auch um die wirtschaftlichen Auswirkungen –, mich gefangengesetzt zu haben. Die Soldaten begnügten sich mit den eingesammelten Abfällen: Helme, Burnusse, Waffenröcke, Krummsäbel, Degen, Federschmuck; aber sowohl der Graf als auch der Burgvogt unterschrieben ein Dokument, welches mir gezeigt wurde und dessen Inhalt ich hier wiedergebe, weil ich der Gegenstand des Interesses bin. Darin verpflichten sie sich, »alle lebenden Sachen zu sammeln und an einen Ort zu bringen, Mauren, Pferde, Maultiere und Esel, von welcher Person auch immer ergriffen und vor besagtem Sieg den Mauren gehörig, um allen Rittern und allem Fußvolk, so sie an der Schlacht beteiligt gewesen, zu geben und auszuteilen, was ihnen zustehe, und ihr Anteil sei gemäß den Gesetzen der Partidas und des Brauchtums und Gewohnheitsrechtes des Krieges, so schwören wir auf Ehre und Gewissen, und auf Gott und die Heilige Jungfrau Maria und die Worte des Heiligen Evangeliums und dreimal auf das Zeichen des Kreuzes ein-, zwei- und dreimal, daß wir ehrlich und wahrhaftig, ohne List und Trug, den Inhalt dieser Niederschrift beherzigen und ihn erfüllen werden«.

»Nun fordert mein Onkel«, ließ mir der Herr von Lucena durch Hernando de Argote sagen, »er fordert wahrhaftig, daß ich Euch nach Baena bringen lasse, damit seine Frau Euch sehen kann, und daß Ihr dort unter seiner Bewachung bleibt, bis man Euch in unser beider Namen den Königen vorführt, welches ihm gerecht erscheint. Und nicht genug damit, verlangt er außerdem, daß Ihr an dem vereinbarten Ort erscheint, da Ihr ja eine lebende Sache seid wie die übrigen Gefangenen.«

»Und wie die Maultiere und Esel«, ergänzte ich.

»Doch ich verspreche Euch, daß es nicht dazu kommen wird: Nur über meine Leiche wird der Graf das tun. Luis de Valenzuela, sein Majordomus, wurde bereits nach Madrid entsandt, um den Königen über den Fall zu berichten, und er wird uns die Entscheidung überbringen. Bis dahin bleibt Ihr in meiner Gewalt. Ihr könnt beruhigt sein: ich werde Euch so in Gewahrsam halten, daß die Wünsche des Grafen vereitelt werden.«

Ich wußte nicht, was daran beruhigend sein sollte, außer daß ich nicht mit den übrigen Soldaten und den Pferden verteilt werden würde.

Vom Fenster des unteren Stockwerks aus, in welches man mich geleitet hatte, als ginge es zu einem Fest, wurde ich Augenzeuge der Versteigerung der lebenden Dinge, welche der Vertrag aufführte. Einige blieben bei jenen, denen sie zustanden; andere wurden unverzüglich weiterverkauft oder namentlich aufgerufen, um an einem anderen Ort verkauft zu werden. Überall Jubel und Jauchzen, Wein und Rausch. Überall obszöne Beleidigungen, Zank und Aufschneiderei, wie immer, wenn eine Beute unter dem Pöbel aufgeteilt wird, vor allem, wenn es die Möglichkeit gibt, Lösegelder zu fordern.

»DIESER GEFANGENE gehört mir«, sagte der Graf gestern in meiner Anwesenheit, so, als sei ich nicht vorhanden, wobei er sich zunutze machte, daß ich, wie er dachte, seiner Sprache nicht mächtig sei, »denn es war Martin Cornejo, einer meiner Soldaten, der ihn fing, und auch wegen der Gesetze der Ritterlichkeit – unter ihnen, ob du, Neffe, es weißt oder nicht, das Gesetz der Dankbarkeit. Denn wenn ich nicht gewesen wäre, hättest du es niemals gewagt, deine Stadtmauern zu verlassen, um die Mauren zu verfolgen.«

»Mein Onkel und Herr, mein Soldat Martin Hurtado war es, der ihn fing, ehe die deinigen, vom Anblick des Sultans angezogen, sich einmischten. So ist es, und so wird es bleiben.«

Ich sah vom einen zum anderen, wobei ich mich erstaunt und verständnislos stellte, und dachte, was es für mich schon ausmachte, wer mich gefangengenommen hatte, ob der eine oder der andere Martin, an einem Bachlauf, der ebenfalls Martin hieß. Dennoch ersuchten sie mich, meinen Häscher zu identifizieren, wozu man mehrere Männer in eine Reihe gestellt hatte. Ohne lange zu überlegen, zeigte ich auf zwei von ihnen: Es waren die beiden entzweiten Martins.

»Ich bin nicht sicher, welcher von ihnen es war«, bemerkte ich.

Womit der Zweifel ungelöst blieb, die Herren ärgerlich aufeinander und beide von ihrem Recht überzeugt.

Meine Waffen und meine Kleidung gingen in den Besitz meines Quartiergebers, des Burgvogts von Donceles, über. (Ich erinnerte mich an etwas, was ich bei einem christlichen Fest im Frühling – nein, kein Fest, denn alle weinten – über den Ausspruch Jesu, des Propheten, sagen hörte, bevor er ans

Kreuz geschlagen wurde: »Sie haben meine Kleider verteilt und über mein Gewand das Los geworfen.«) Die zwanzig Banner der Tore Granadas sowie meine königliche Standarte und die meines Schwiegervaters fielen dem Grafen von Cabra zu, der sich von Anfang an für den unumstrittenen Anführer der Ruhmestat hielt und damit prahlte.

»Ich werde die Gräber meiner Eltern mit ihnen schmücken. Von nun an werden sie meine Nachfahren mit Stolz erfüllen und ihnen als Zeugnis dienen.«

Ich weiß, daß er sie in einer feierlichen Prozession, inmitten von Kreuzen und unter religiösen Gesängen, zu seinem Haus nach Baena gebracht hat.

HEUTE IST, WIE jeden Morgen, der Burgherr zu mir gekommen. Er brachte mir Kleidung – ich nehme an, als Ersatz für meine, die er behalten hat.

»Sie ist Eurer Abstammung nicht würdig, Herr, aber daran können auch wir nichts ändern.«

Er hat mich gefragt – wie gewöhnlich –, ob ich gut behandelt werde. Natürlich will er nicht, daß ich an Hunger oder Durst sterbe; natürlich will er mich seinem König in einem guten Zustand vorführen. Er und seine Mutter kümmern sich sorgfältig um mich. Ich kann es ihnen nur mit Worten vergelten, denn man hat mir keine einzige Pretiose gelassen, mit welcher ich diese gewissenhafte, unsympathische, allerchristlichste Dame beschenken könnte.

Nachdem er sich schon verabschiedet hatte, fragte mich Don Diego: »Empfingt Ihr nicht einmal einen Verwandten von mir? Ich meine Don Gonzalo Fernández de Córdoba. Er hat mir mitgeteilt, daß es sein besonderer Wunsch sei, Euch sehen zu dürfen. Ihr werdet keinen Dragoman brauchen, denn er kann sich in Eurer Sprache ausdrücken.«

In meiner Langeweile lasse ich mir keine Gelegenheit entgehen, weitere Christen kennenzulernen, in der unwahrscheinlichen Aussicht, einer könne mir eher interessant als interessiert erscheinen. Heute bin ich, glaube ich, mit einem prächtigen Exemplar zusammengetroffen.

Als er meinen Raum betrat, noch bevor er nach einer huldigenden Verbeugung den Kopf hob, habe ich ihn wiedererkannt. Die – wie lange war es schon her? – vier oder fünf Jahre sind nicht spurlos an ihm vorübergegangen. Seine Lippen sind schmäler geworden, sein gieriger Kindermund im Antlitz eines Kriegers, der mich so in Bann zog, strahlt nicht mehr; seine Nase ist etwas spitzer geworden; seine Wangenknochen treten stärker hervor; seine Stirn ist faltig geworden. Aber seine Augen sind immer noch genauso stechend und glänzend wie damals vor meinem Vater, an dem Morgen, als ich zum ersten Mal an einem Botschafterempfang im Thronsaal teilnahm. »Don Gonzalo Fernández de Córdoba«, hatte mir El Maleh ins Ohr geflüstert. Und jetzt sind wir beide allein – ich sage allein, denn mit dem süßlichen Burgvogt von Donceles zusammenzusein ist nicht anders, als wäre man ohne ihn –, von Angesicht zu Angesicht, uns respektvoll abschätzend, mit einer gegenseitigen, vielleicht verrückten, vielleicht auch unvermeidlichen Sympathie.

Ich machte mir klar, daß er sich entweder nicht an mich erinnerte oder mich bei jenem Anlaß nicht bemerkt hatte, weil er vom Glanz des nasridischen Hofstaats geblendet war, der vor allem anderen genau dazu dient, Botschafter zu blenden; dennoch fiel es mir schwer, mir Don Gonzalo als Opfer einer Verblendung vorzustellen. Jedenfalls war es nicht richtig, ihn danach zu fragen: Ich bin ein König, ob nun gefangen oder nicht; die Kastilier treiben einen Kult mit dem Königtum, sei es ihr eigenes oder nicht, wie man ihn nur selten bei anderen Völkern findet.

Ich setzte mich; er blieb stehen. Die Gestalt des Burgvogts verschwand hinter der seinen. Ich dachte: ›Der Knabe wäre gerne wie er, wenn er das Alter erreicht hat, aber dieser mußte schon so werden, wie er ist, ehe er so alt war wie der Knabe. Andererseits: Wie alt mag er wohl sein? Ich glaube nicht, daß er mehr als zehn Jahre älter ist als der Burgvogt und ich, vielleicht sogar weniger. Der Krieg läßt den Mann altern, wenn er nicht darin umkommt.‹

»Sprecht«, sagte ich zu ihm.

»Die Nachrichten, die ich Euch bringe, Herr, werden nicht zu Eurem Gefallen sein; doch ich bin der Meinung, daß ein König auf dem laufenden sein sollte über das, was in seinem Land vor sich geht, egal, was es ist, und egal auf welchem Wege. Ich versichere Euch, daß alles, was ich Euch sagen werde, der Wahrheit entspricht und daß ich das erste, was ich Euch sagen werde, von ganzem Herzen bedauere.«

Ich fuhr zusammen, ließ mir aber nichts anmerken.

»Ehe ich Euch dafür danke, daß Ihr es bedauert, muß ich erfahren, was es ist.«

»Euer Vater hat Granada besetzt und ist wieder in die Alhambra eingezogen.«

»Um so besser für die Meinen; man wird ihnen nicht vorhalten können, daß man ihren König gefangengesetzt hat.«

»Euer Thron wankt, Herr.«

»Mein Thron vielleicht, nicht aber der Thron der Nasriden. Mein Vater war ein großer Herrscher.«

Seine Augen leuchteten in einem Anflug von Arglist auf, oder es kam mir nur so vor.

»Ja, Herr, er ist ein großer Herrscher.«

Mit einem Zittern in der Stimme, das ich sofort zu unterdrücken suchte, fuhr ich fort, und als ich ihn fragte, fragte ich für alle meine Anhänger: »Was ist aus meiner Mutter geworden?«

»Meinen Informationen zufolge – und ich hoffe, daß sie wahr sind – hat sie sich in Almería verschanzt. Mit Eurem Bruder und Aben Comisa.«

Ich atmete auf: Es war nicht alles verloren. Auch wenn es für mich vielleicht leichter wäre, wenn niemand auf mich zählte.

Das Gespräch wurde in einem lückenhaften, aber verständlichen Arabisch geführt. Der General hatte eine gute Aussprache. Es zeigte, daß er ein Mann war, der in den Grenzmarken geboren war. Dies verband mich mit ihm. Manchmal stockte er, und ich lieferte ihm das passende Wort. Sicher vermutete er, daß ich soviel Kastilisch sprach wie er Arabisch, aber er ließ sich nichts anmerken. Das brachte mich ihm noch näher.

»Und mein Onkel, der Unbeugsame? Mein Onkel, der Emir Abu Abdallah, meine ich.«

»Sagt ruhig der Unbeugsame. Der Islam hat kein besseres Schwert. Er ist bei Eurem Vater.«

Er sah mich durchdringend an.

»Er hat dort zu sein«, sagte ich.

Mir fiel ein, wie ich meinen Onkel vor der Sache in Alhama gesehen hatte: gewandt, stark, charmant und ausgeglichen mit seinem strengen, würdevollen und sehr blassen Gesicht, in ein langes Gewand aus Kamelhaar gehüllt, darüber ein schwarzseidener Umhang, dazu ein Turban aus weißem Leinen, der den Eindruck von Unerschütterlichkeit unterstrich.

»Er hat dort zu sein«, wiederholte ich.

»Herr, unsere Könige haben beschlossen, daß es mit diesem fortwährenden Krieg ein Ende haben muß.«

»Wollen sie Friedensverträge schließen? Mit mir?«

»Wie Euer Vater an jenem Morgen in Granada versicherte, daß es keine Tributzahlungen mehr geben wird« – erinnere ich mich überhaupt daran? –, »so sage heute ich Euch, daß es keine Friedensverträge mehr geben wird.«

»Auch Euer König hat uns damals gedroht, als er sagte: ›Kern für Kern werde ich dieses Granada, den Granatapfel, ausschälen.‹«

»Ich weiß nicht, ob er das gesagt hat. Die Chronisten sind Freunde von Phrasen. Es ist eindrucksvoll, eine Vielzahl von Dingen so zusammenzufassen – eindrucksvoll und gefährlich. Ich weiß nicht, ob er es sagte, aber er ist bereit, es zu tun.«

»Schon viele Jahrhunderte lang versucht man es mit wechselndem Erfolg. Spanien, das sind wir alle, Don Gonzalo. Ihr redet von Aragón und Kastilien; ich bin der König von Andalusien: Mehr wollte ich nicht, und ich kann mich auch nicht mit weniger zufriedengeben.«

»Noch eine Phrase, Herr. Man gewinnt keine Kriege mit Phrasen.«

»Womit gewinnt man sie?«

»Mit Geld«, sagte er, nachdem er einen Moment nachgedacht hatte. Und er setzte hinzu: »Auch ich bin Andalusier. Ich wurde in Montilla geboren; schon meine Ururgroßeltern waren Andalusier. Die Lage hat sich verändert: Schon seit Hunderten von Jahren ist Andalusien nicht mehr nur Euer Eigentum. Unsere Könige sind jung und stark. Ihr auch. Aber sie haben kein anderes Ziel und keine andere Sorge, als sich Granada anzueignen. Dies sind nicht die Zeiten, in denen die ehrgeizigen Kastilier hierherkamen, um auf Eure Kosten ihr Glück zu machen. Heute kämpfen wir, genau wie Ihr, um unser Land.«

»Am Ende wird sich zeigen, wem es gehört.«

»Das Ende ist nahe.«

»Wenn es nur das ist, was Ihr mir sagen wolltet . . .« Ich machte Anstalten aufzustehen.

»Verzeiht«, mit einer Handbewegung bat er mich sitzenzubleiben, »verzeiht. Es ist keine Drohung, auch kein eitler Hochmut; ich hätte mir in dieser Lage nicht die Freiheit genommen. Ich bewundere Euch.« Unwillkürlich schloß ich die Augen, was auf mein Erstaunen schließen ließ. »Ich bewundere die Charakterfestigkeit, mit der Ihr Euren schwierigen Auftrag annehmt. Aber im Gegensatz zu dem neuen Schwung und dem frischen Blut Kastiliens seid Ihr von einer alten Unlust befallen; unserer Einheit habt Ihr nur eure Zersplitterung entgegenzusetzen, unserem zunehmenden Mond nichts als Euren abnehmenden.«

»Auch eine Phrase, Don Gonzalo.«

Er schien mir nicht zuzuhören.

»Ganz Europa verlangt danach, daß die nasridische Flamme

in Granada erlischt. Und uns sagt dieser Wunsch Europas zu. Zu lange haben wir nach innen geschaut: Es ist Zeit, die Fenster zu öffnen, den Kopf hinauszustrecken und durchzuatmen. Das Mittelmeer ruft nach uns; um dorthin zu gelangen, müssen zuerst die inneren Angelegenheiten des Hauses geordnet werden. Da wäre es schon gut, wenn Spanien den Dorn aus Europas Fleisch zöge.«

»Ein segenbringender Dorn! Dank uns hat Spanien Europa jahrhundertelang mit Kunst, Wissenschaft und Philosophie beschenkt.«

»Gewiß. Spanien wird niemals ganz zu verstehen sein ohne Euch. Aber die Geschichte bleibt nicht stehen; sie schließt sich nicht – und euer Reich ist geschlossen wie ein Granatapfel, der nur reift, um zu Boden zu fallen –, sondern sie öffnet sich . . .«

»Ist das nicht wieder eine Phrase, Don Gonzalo?« unterbrach ich ihn.

»Mag sein, aber sie trifft ganz ausgezeichnet die Wahrheit«, gab er lächelnd zurück. »Sie muß sich öffnen, nicht schließen. König Ferdinand hat Botschaften nach Europa geschickt. Die Fußtruppen der Schweizer werden unseren Kampf gegen euch unterstützen. Und deutsche Kanoniere und englische Krieger, die angesehener sind als je zuvor«, fügte er verächtlich hinzu. »Der König hat jüngst vom Papst eine Bulle erhalten, daß die Prälaten, Ordensmeister und die Kirchen von Aragón und Kastilien ihn finanziell zu unterstützen hätten. Und schließlich und endlich verleiht er mit einer weiteren Bulle dem Feldzug den Charakter eines Kreuzzuges – bei Euch nennt man es *heiliger Krieg* – und gewährt denen, die daran teilnehmen, einen großzügigen Ablaß.«

Die letzten Worte hatte er auf kastilisch gesagt.

»Was ist ein Ablaß?« fragte ich.

»Ihr kommt ins Paradies, wenn Ihr im Krieg sterbt; bei unserem Ablaß wird uns für ein Almosen ein Teil der Qualen erlassen, die uns nach dem Tod erwarten.«

»Ich wußte nicht, daß man Gott bestechen kann.«

Er tat, als verstünde er nicht. »Durch all dies wird Don Ferdinand auf ein stehendes Heer zählen können, wie man es noch nie zuvor gesehen hat: sechstausend Reiter und viertausend Fußsoldaten – mindestens.«

»Nicht schlecht; aber die Menge alleine macht es nicht.«

»Und die gute Sache, die Begeisterung, die Gewißheit, daß dieser Feldzug der endgültig letzte sein wird. Es geht nicht um die Fortsetzung eines verzagten, jeden Winter unterbrochenen Krieges; es ist eine neue Art der Auseinandersetzung, der Beginn einer letzten Phase. Herr, ich habe mir so meine Gedanken gemacht: Ich glaube, daß von jetzt an die Fußtruppe am wichtigsten sein wird, nicht mehr die Kavallerie; schlagkräftige, gut geführte Fußtruppen, in vier kompakte Gruppen aufgeteilt, die leicht zu manövrieren sind und durch eine« – er zögerte – »überzeugende Artillerie unterstützt werden.«

»Wozu erzählt Ihr mir das? Es ist doch bestimmt geheim. Oder wollt Ihr mich hier festhalten, bis diese neue Auseinandersetzung« – ich betonte das Wort – »beigelegt ist?«

Jetzt war ich es, in dessen Augen Ironie stand; seine Augen funkelten. Ich fügte hinzu: »Ich bin kein Stratege, General. Ich bin schlicht der König.«

Ich erhob mich. Er verstand, daß die Audienz beendet war. Er neigte sein adliges Haupt. Der Burgvogt, welcher der Unterhaltung beigewohnt hatte, ohne übermäßige Neugier zu zeigen, glaubte eine Verstimmung in diesem Abschied erkannt zu haben. Er beeilte sich zu sagen: »Don Gonzalo, der König ist mein Gefangener. Ihr habt seine Geduld lange genug ausgenutzt. Ich hoffe, Ihr werdet meine Gastfreundschaft nicht ausnutzen.«

»Verzeiht«, erwiderte Don Gonzalo.

Er verbeugte sich noch einmal vor mir. Die beiden gingen hinaus. Ich schritt mit gesenktem Kopf den kleinen Raum ab.

Ich weiß, daß General Don Gonzalo Fernández de Córdoba die

Wahrheit sagt. Er ist kein Schwärmer, auch kein Lügner. Aus seiner Aufrichtigkeit schließe ich, daß man lange damit warten wird, mich freizulassen, oder daß man vorhat, die Besorgnis in meinem Herzen zu schüren. Außerdem vermute ich, daß ich in meinem Leben noch einige Male mit ihm zusammentreffen werde, ob hier drinnen oder draußen. Die Aussicht mißfällt mir nicht: Sogar als Gegner ist er mir lieber als die übrigen.

Jedenfalls ist es gleichgültig, ob der Krieg ein alter oder ein neuer ist. Ich werde nicht regieren können, ob ich nun frei bin oder hier drinnen sitze. Ich werde mein Volk nicht im Frieden regieren, das mindeste, was ein König anstreben kann und sollte. Mein Leben lang werde ich mich in einem Belagerungszustand befinden: ein Zustand, in dem die Normalität und das Wohlergehen immer auf morgen verschoben werden, auf eine fröhliche, ruhige Zeit, die nie kommen wird. Ich muß mich mit weniger begnügen, und vielleicht erreiche ich noch nicht einmal das: Meine Thronansprüche nach innen und außen zu verteidigen, gegen jene, die ich schon nicht mehr die Meinen nennen kann, und gegen jene, die sie Feinde nennen. Aber wer wird mich nach dem beurteilen, was ich niemals tun werde? Für die kommenden Generationen werde ich nichts weiter sein als ein Herrscher, der die Erfordernisse der Rassen und Religionen nicht verstand; der es nicht lernte, ein Blut vom anderen zu unterscheiden; der nur eine Gewißheit hatte: daß jedes Blut nur danach verlangt, nicht vergossen zu werden.

HEUTE HAT MIR der Burgvogt ein samtenes, natürlich schwarzes Gewand gebracht. Er sprach mit merklicher Erregung.

»Die Befehle des Königs sind angekommen. Morgen brechen wir nach Lucena auf. In meiner Domäne Espejo treffen wir mit meinem Onkel, dem Grafen, zusammen. Unter unserer gemeinsamen Obhut werdet Ihr in aller Feierlichkeit an den Hof gebracht, der in Córdoba tagt.«

Unwillkürlich blickte ich nach oben; durch die Fensterluke war ein Streifen Himmel von unbezwinglichem Blau zu sehen.

»Werde ich den König sehen?«

»Unsere Könige pflegen ihre Gefangenen nicht zu treffen, es sei denn, um ihnen durch ihre Gegenwart die Freiheit zu schenken.«

»Ihr wollt also damit sagen, daß ich ihn nicht sehen werde.«

WIR BENÖTIGTEN ZWEI Tagereisen. Die Landschaft war sanft, die Erde fruchtbar und verschwenderisch; doch niemand erbat sich etwas von ihrer Freigebigkeit. Die Verwahrlosung regierte dort. Ihre Rundungen waren wie die einer Frau, die von keinem Mann beschlafen und befruchtet wird. Die Christen hassen es, Bauern zu sein; ich frage mich, warum sie so brennend wünschen, Land zu erobern. Als wir in Sichtweite von Córdoba waren, begaben sich der Burgvogt und der Graf an meine Seite. Die Granden und Ritter des Hofes kamen etwa eine Viertelmeile vor die Stadt, um mich zu empfangen. Ohne vom Pferd zu steigen, kam einer nach dem anderen zu mir und bezeigte mir seine Hochachtung, während meine Wächter Ämter und Herkunft aufzählten: der Erzbischof von Sevilla, viele andere Bischöfe und Prälaten ihrer Religion, die Meister des Calatrava-Ordens und der Sankt-Jakobsritter, die Herzöge von Nájera und Albuquerque und weitere fünfzig oder mehr Würdenträger und Adlige. Ich erwiderte ihren Gruß dem Adelsrang entsprechend, wobei ich die Gesten unseren Gebräuchen gemäß wählte. Danach bedeuteten meine Wächter den Granden mit einer liebenswürdigen, protokollgemäßen Geste, die Spitze des Zuges zu übernehmen. Mit einer ebensolchen Höflichkeit lehnten die Granden ab, und so näherten wir uns gemeinsam Córdoba.

Die Straße war vor lauter Menschen nicht mehr zu sehen. Auf den Feldern, die nur nachlässig bestellt waren, hatte sich eine gewaltige Menschenmasse eingefunden, von der ich wegen der Derbheit der Christen und ihrer Sprache nicht weiß, ob sie mich schmähte oder ob sie mir zujubelte. Ich neige eher zur Annahme des letzteren und daß der Jubel meiner Begleitung galt. Ausgestreckte Hände wuchsen aus der Menge empor, als wollten sie mich berühren, und ich bemerkte das Flackern in den Augen, das das Erreichen von etwas lang Ersehntem auslöst. Als ich meinen Blick von der Menge auf den breiten, trägen, ruhigen Fluß richtete, fühlte ich einen Augenblick lang eine unerwartete Ergriffenheit: Am anderen Ufer erhob sich majestätisch, uneinheitlich, aus Stein und Traum erbaut, die Große Moschee der Omaijaden. »Ein Ideal ist niemals ein Traum«, hatte Don Gonzalo de Córdoba mir vor einigen Tagen zu verstehen gegeben. Gewiß: Ein Ideal ist eine stets wachende Wirklichkeit, die schlafloseste Wirklichkeit, die es gibt. Und so lag die Moschee vor mir: bewegt und gelassen, unversehrt und schwer verletzt, geschmäht und unerschütterlich, Bettlerin und Wunderwerk.

Vor der Moschee hielten die Pferde an; ich wurde in den Gemächern des Bischofs der Stadt, Don Alonsos de Burgos, untergebracht. Wie man mir sagte, wollte der König dieses Privileg keinem einzelnen Adligen zugestehen, um die anderen nicht herabzuwürdigen, denn in Angelegenheiten der Ehre sind die Christen sehr empfindlich, die Adligen am allermeisten. Ihre Lage ließ mich vermuten, daß die Bauten des Bischofs an der Stelle des alten Kalifenpalastes standen. Und es ist nur rechtens, daß sich ein nasridischer König dort einquartieren sollte.

Der Bischof ist ein älterer Mann, preziös und zierlich, von hochfahrender und gleichzeitig schroffer Gestik. Er wirkte auf mich, wie Priester seiner Religion immer auf mich gewirkt haben: Er redete, als säße er auf zwei Pferden – der Ton ging in die eine Richtung, der Inhalt in die andere; er konnte die schlimmsten Greueltaten in einem honigsüßen, mitleidsvollen Ton vortragen.

»Töten«, sagte er mir, und als Kostprobe gebe ich es wieder, »ist für uns nicht das Zufügen von Schaden, sondern nur die Vorwegnahme der göttlichen Gerechtigkeit. Oder auch deren Ausübung, wenn Ihr so wollt. Der Körper strebt nach Erde, denn Erde und Seele sind entweder zu Gottes Wohlgefallen oder dazu verdammt, von Ihm getrennt in der Hölle zu darben. Was die Ungläubigen angeht, so ist ihre Ausrottung ein Gebot unserer heiligen Religion, sofern sie sich Gott widersetzen, denn ihm allein ist die Macht und die Herrlichkeit. Es sei denn, sie bekehren sich; denn in der Bekehrung liegt das Leben.«

»Wenn es mehrere Götter gibt«, antwortete ich widerwillig und nur aus Höflichkeit, »dann gibt es gar keinen. Und wenn es nur einen einzigen gibt, und das ist es, was Ihr und wir glauben, dann ist er wohl für alle da. Ich habe nie verstanden, was den Menschen so vermessen macht, daß er sich die Verpflichtung anmaßt, Gott zu verteidigen. Als ob Ihm nicht genügend Mittel zur Verfügung stünden.«

»Die hat er natürlich, das steht fest. Und eines davon ist eben der Mensch; das andere ist das Wunder. Wir, Hoheit, verlassen uns auf diese beiden. Und auf die Allerheiligste Jungfrau«, betonte er.

»Auch wir ehren Maria, die Mutter des Propheten Jesus«, erklärte ich ihm. »Als Mohammed befahl, die Wände des Heiligtums von Mekka zu übermalen, um so die Götzenbilder zu entfernen, legte er seine Hand auf eine Darstellung Mariens mit dem Kinde, um zu verhindern, daß man ihr Bildnis mit den übrigen verwechsle und aus unserer Verehrung verstoße.«

»Es wird Euch also nicht erstaunen, daß die Kirche dort gegenüber dem süßen Namen der Heiligen Jungfrau geweiht ist.«

»Meint Ihr die Moschee?«

»Ich meine die Kathedrale. Hier gibt es keine Moschee

mehr, mein Sohn. In ihr ging Gottes Gerechtigkeit wieder einmal verschlungene Pfade.«

Am folgenden Morgen besuchten mich der Graf und der Burgvogt. Sie kamen, um sich zu verabschieden. Der König hatte beschlossen, daß sie mich seinem Onkel, Don Enrique Enríquez, Konnetabel des Reiches, und dem Zahlmeister Don Rodrigo de Ulloa übergeben sollten, nachdem ein öffentliches Dokument über meine Übergabe ausgestellt worden war. Vor Notar und Zeugen nahmen jene beiden Herren mich in einer mir unverständlichen Zeremonie in Empfang, als sei ich ein kostbarer Gegenstand, dessen Wohlbefinden in Gefahr sei und dessen Zerstörung die größte Schande bedeuten könne. Und um ihr Leben nicht mit einem solchen Risiko zu beladen, gaben sie ihrerseits mich in die Obhut des Meisters des Calatrava-Ordens, Don Martín de Alarcón, Burgvogt von Porcuna, der mich ebenfalls, stolz, geehrt und vertraglich verpflichtet in Empfang nahm.

›Der Name Martin kann nichts Gutes für mich bedeuten,‹ dachte ich, als ich erfuhr, wer mein Wächter sein würde. Ich konnte mir ein Lächeln nicht verkneifen. Gewöhne ich mich etwa auch, so fragte ich mich, an Vorzeichen und Schwarzsehereien? Jedenfalls stand fest, daß es zu viele Martins gibt.

»Wenn Ihr gestattet, Hoheit, brechen wir innerhalb von vier Tagen zur Festung meines Ordens auf«, sagte der Herr von Alarcón.

Und genau vier Tage später verließen wir Córdoba, nicht ohne daß der Bischof mir vorher gestattet hätte, die Moschee von innen zu besichtigen.

Ich betrat ein kühn gebautes Wasserbecken. Ich betrat einen Teich, dessen Wasser durch einen ruhigen Schatten ersetzt worden war. Dies war ohne jeden Zweifel ein geheiligter Ort – am

Ufer des zäh dahinfließenden großen Flusses, zwischen Sierra und Ebene. Dort hatten alle Menschen früherer Zeiten gebetet: nicht nur Römer, sondern, früher noch, Phönizier, Griechen, Karthager, Tartessier. Kulturen, von denen weder ihr Name, noch die Namen ihrer Götter überlebt hatten. Ihre Götter vielleicht: schwarz wie die ägyptische Isis, aus dem Humus der Erde geformt, aus allen dunkel keimenden Stoffen; oder weiß, leuchtend und jungfräulich, unter dem irdischen Winter verborgen, den ewigen Frühling erwartend.

In den Büchern der Alhambra hatte ich viel über dieses Bauwerk gelesen, vor allem in jenen, die meinem Vorgänger Mohammed el Fakhi gehörten und die er vor seinem Regierungsantritt sehr häufig benutzte. Doch was ich gesehen habe, steht nicht in solchen Büchern, so wie auch das Weihevolle nicht in der schwerelos-gewichtigen Architektur liegt. Es liegt in früheren Zeiten; wie in einem Alkoven, in dem man sich liebt, liegt es in der dichten, warmen Luft, dem strahlenden Schlüssel des Lebens. Es kam mir nicht im geringsten in den Sinn, das Knie zu beugen, wie es in unseren rituellen Anweisungen vorgeschrieben ist. Dies hier war etwas anderes, was älter war als unsere und die ihnen vorangegangenen Rituale. Als hätte Gott von Anbeginn an seine schwerelosen Fußabdrücke an diesem Ufer hinterlassen. Langsam atmete ich die heilige Luft, und fast erstickte sie mich, so als hätte ich Weihwasser eingeatmet, reinigendes Wasser, das mich vor Schaden und dem ewigen Tod bewahrte.

Ich hatte die größten Gelehrten – jene also, die weder die Klugheit ihrer Herrscher rühmen noch ihre Irrtümer beschönigen müssen – sagen hören, daß sich die Stufen unseres Niedergangs in den Materialien unserer Bauwerke zeigten. Die Kalifen von Córdoba bauten mit Stein; die Taifas der Almohaden mit Ziegeln; wir stützen in der Phase des Untergangs die dünnen Wände mit Stuck, um unsere Armut zu verschleiern. Diese Pracht hier ging der Pracht der Omaijaden voran und war richtungsweisend für sie. Es war das Morgenland; doch es war schon nicht mehr das Morgenland, sondern eine höhere Form von Größe. Hier hatten alle Betenden ihren ganzen Reichtum für die höchste Instanz, wie auch immer sie sich nannte, zusammengetragen. Und nicht nur Reichtum: Hier war eine demutsvolle Gewißheit.

Im kühlen Halbdunkel stimmten der Bischof und die Priester ihre zu gewaltigen, zu gewundenen, zu eindringlichen Gesänge an. Das Mittelschiff hatten die Christen bereits entstellt; dort saßen die Ministranten des Gottesdienstes und walteten routiniert ihres religiösen Amtes. Von da, wo ich mich befand, sah ich das Chorgestühl, die gewichtigen Symbole, die silbernen Leuchter, den eitlen, gedämpften Glanz ihrer Altarbilder. Ich verstand sie nicht, mein Herz bebte, ängstigte sich vor den düsteren Winkeln wie ein Kind, überrascht von den merkwürdigen Dingen, die nichts mit den Kniefällen und den schwülstigen Wechselgesängen des christlichen Gepränges zu tun haben, angezogen und zugleich erschreckt vom Echo nicht bemerkter Schritte, von Stimmen ohne Ursprung, die zwischen den Lobgesängen wisperten ... Eingetaucht in dieses geheimnisvolle, reglose Wasserbecken, bemerkte ich auf dem Marmorboden das zerfranste Licht der unbarmherzigen Maisonne, von der die Außenwelt gegeißelt wurde. Gleichgültig gegenüber der prunkvollen Zeremonie, deren Anlaß es sicher war, für meine Gefangennahme zu danken, und die zu bleiern für die Macht Gottes war, der stets leichter und lebhafter ist, floh mein Blick das improvisierte Querschiff, das den Tempel durchbrach, und rankte wie eine Kletterpflanze an den Zeugnis ablegenden Säulen empor. Was für Menschen hatten hier so inbrünstig, mit jeder Faser ihrer Herzen und Seelen, gebetet, daß sie die chromatische Freude der Säulen, ihrer Farbgebung gemäß angeordnet, als Gebet errichteten, und die Kapitelle, die Kompositkapitelle auf rosa Säulenschäften, die korinthischen auf blauen? Aber – so fragte ich mich – waren diese herrlichen Säulen zu Ehren meines Gottes errichtet worden?

Dort regte sich die Ahnung einer uralten, verklungenen Vertrautheit; doch sie war nicht völlig verklungen, sondern lebte weiter, sie hielt sogar dem gegenwärtigen Fanatismus stand, als ob selbst er diesen Ort nicht berühren könne. Die widersprüchliche Gewißheit eines Geheimnisses, etwas sich Verbergendes und sich Offenbarendes, trotz oder vielleicht gerade wegen der üblichen Verrichtungen des Menschen, der immer, wenn er in diesem Tempel ein Gebot erließ, gegen ein anderes verstieß und der doch immer rechtens handelte, wenn er hier betete, wer auch immer das Objekt seiner Verehrung gewesen sein mag.

Schließlich verstummte die Musik der fremden Liturgie. ›Jede Musik verklingt‹, dachte ich, ›um der Musik der Stille zu weichen‹. Ich bevorzugte jene Stille, jenes Sich-Auflösen der menschlichen Gestalten und ihrer beschränkten, religiösen Raserei. Hier besteht die Religion nur aus der Einsamkeit und Stille, die diesem oder jenem Glaubensbekenntnis vorausgehen, welche die aufeinanderfolgenden, unerschöpflichen neuen Glaubensrichtungen ermöglichen; diese schützende, mütterliche Einsamkeit, diese regsame, brennende Stille, weit weg und zugleich einhüllend. Hier ist das schützende und dennoch teilnahmslose Bauwerk, stärkend und bedrückend, schweigend und dröhnend, beständig und vergänglich: unsterblich, unsterblich. Zwischen den Kapitellen kommen die dunklen Botschaften der Vergangenheit hervor, denn manchmal ist der Fortschritt der Rückschritt, und häufig stürzt sich der Mensch in Kriege im Namen Gottes, die nicht SEine Kriege sind. Aber: Hat der Mensch die Wahl, oder muß er sich fortwährend damit abfinden, der Erwählte zu sein? Wir sind, was wir immer werden sollten – nicht, was wir waren, was wir noch werden wollen, und auch nicht, was wir dem Anschein nach sind. Unsere Wirklichkeit ist das Ergebnis von Aufbauen, Einreißen und Wiederaufbauen, wie bei diesem Monument; das Produkt ungezählter Unternehmungen und Mißerfolge. Unsere Geschichte ist sehr viel älter als wir. Andalusien – und es ist ein andalusischer König, der dies schreibt – lebte schon in mir, so wie in diesem Tempel. Andalusien, ewiger Schmelztiegel der Gegensätze, befreit, lange Zeit bevor es in die Sklaverei fiel. Wer auch immer es besiedeln mag, ich sehe es so: mit dieser unendlichen Offenheit der Moschee von Córdoba. Hier wie in Andalusien wird das Dach durch zahlreiche Säulen aus edelsten Steinen gestützt, eine schöner als die andere; bei einigen ist die eigene Geschichte auf den Säulenschaft geprägt; die meisten stammen aus Tempeln, Kirchen, Synagogen und Basiliken früherer Zeiten, oder sie kommen von weit her, oder sie wurden eilig aufgestellt ohne die erhabene Feinheit und den königlichen Hochmut ihrer Schwestern . . . Viele verschiedenartige Säulen, und dabei sind sie doch alle Schwestern; sie alle halten das Gebäude aufrecht, bleiben für den bereit, der ihre verschiedenartige und doch gemeinschaftliche Abstammung und Schönheit erkennt. Nur wenige Dinge sind zeitlos, und wenige sind so vergänglich wie wir selbst, unser Ruhm, und auch unsere Asche, wie unsere Siege, aber auch unsere Niederlagen. Denn in diesem Bauwerk begreift man sehr schnell, daß nicht einmal der Tod von Dauer ist. Hier liegt der Schlüssel zu soviel Beständigkeit. Damals wurde mir klar: Wir sind, was wir waren; was wir sein werden, sind wir schon. Wir handeln genauso und sind von denselben Dingen umgeben wie jene Hände, jene Münder, jene Augen, die jetzt durch unsere Augen, unseren Mund, unsere Hände die Herrlichkeit der Welt betrachten, die Freude dieser Welt liebkosen, die blauen Morgen dieser Welt küssen. Nein, hier konnte ich mich nicht geschlagen geben. Wir sind unsterblich; unsterblich wie der Tempel, in dem ich mich befinde, unsterblich wie Gott selbst . . .

Aber – fragte ich mich plötzlich – wo ist der Mihrab dieser Moschee? Haben die Christen ihn zerstört? Zerbrachen sie, um ihren einzupflanzen, unseren mystischen Mandelkern? Vernichteten sie, um ihre Frucht zu verehren, die bestickte Schale aus Gold? Was erreicht man durch Zerstörung? Bedeutet Geschichte nicht, etwas hinzuzufügen, bereits geschriebene Seiten zu überschreiben, von schon vergangenen Händen gezogene Linien zu nutzen, um unseren eigenen Abschnitt zu formen? Wo ist hier der Mihrab? Unruhig machte ich mich auf die Suche und fand ihn im Verborgenen. Und da enthüllte sich mir meine vorherige Erkenntnis: das Rätsel, auf dem die Grundfesten dieses Hauses Gottes und der Menschen ruhen. Das Rätsel, jedoch nicht die Lösung.

Was ist das für eine Moschee, wo der Mihrab nicht offen vor den Augen der Gläubigen erglänzt, wo der Palmenhain der Säulen den Blick auf die Bewegungen des Imam verhindert, die nachgeahmt werden müssen? Warum erklärte Abd-al-Rahman el Emigrado, der erste Omaijade, in diesen Mauern seine Unabhängigkeit, ehe sie unserem Gott geweiht wurden? Müssen die Christen ihrem Priester nicht zusehen können, wenn er das unblutige Opfer der Messe zelebriert? Welchen Kulten wurde hier gehuldigt, welche Gottheiten bewohnten diese Pracht, bevor die Omaijaden zu Ehren ihres Gottes, der auch meiner ist, diesen Tempel erweiterten? Wenn dieser Ort seit seiner Erschaffung, seit immer schon, für heilig gehalten wurde – wann und für wen errichtete man diese Säulen? Diese herrliche, eindringliche Ruhe ist nicht das Ergebnis eines Krieges, eines Sieges oder einer beginnenden Kultur, sondern eines andauernden Friedens und einer unübertroffenen Geistigkeit; sie ist nicht das Werk einer Person, auch nicht vieler, sondern das Werk einer grundlegenden Vorstellung von der Welt. Welche Theologie errichtete einen solchen Wald, um den Blick der Gläubigen zu verhüllen, ihn nach oben zu lenken, nicht auf einen Priester, sondern auf den Einzigen, Göttlichen, Verehrten? Atmet hier nicht die alexandrinische Philosophie, der Geist Israels, der Verehrer Jahwes? Jüdische Hände und jüdischer Verstand mußten diesen dichten Kunstwald errichtet haben, und in einer dieser regelmäßigen, unvermeidlichen Epochen, in denen der Sepharad aufhörte, Zion zu sein, ging er vielleicht in arianische Hände über, und Gott, unbeweglich und in weiter Ferne, wechselte wieder einmal seinen Namen. Vielleicht zelebrierten die Arianer, welche, ehe die Dreifaltigkeit den Polytheismus brachte, unitaristisch waren, hier ihre schweigsamen Riten, die dann Reccared, als er konvertierte, durch die trinitarischen ersetzte; als dann der Bürgerkrieg unter den Goten ausbrach, der – sehr langsam – unserer Kultur und unserer Religion ein schmales Hintertürchen öffnete, wandte sich dieser Tempel unter Frohlocken wieder dem unitarischen Christentum zu, welches der mohammedanischen Lehre so verwandt ist. So verwandt, daß dieser aseptische, schweigsame Saal, der nicht mehr ist als ein Vorwand, damit der Mensch sich unterwerfe, unmerklich zu einer Moschee wurde. Und der vortreffliche Vorwand triumphierte durch ebendiese Vortrefflichkeit über die Bedürfnisse der anderen Kulte, und wegen dieser Vortrefflichkeit und des Verständnisses von Göttlichkeit, das in allen Religionen gleich ist und ihnen vorausgeht, wurde diese fromme Umgebung verehrt und respektiert, zu welcher der einzige Gott eines Tages herabsteigen und wo er verweilen wird. Denn auch wenn die Säulen umgefallen und die Kapitelle abgeschlagen wären, befände sich im Ursprung dessen, was ich sehe, der Ursprung des Geweihten. Das ist es, was die Fundamente dieser Wirklichkeit trägt ...

Kraftlos und ohne dagegen anzukämpfen, kniete ich auf den Steinfliesen nieder, die von so vielen Kniefällen schon blankgescheuert waren. Und ohne dem Glockengeläut Beachtung zu schenken, betete ich zu Gott als jemand, der die Flammen der Altarkerzen löschte, mich im Vorbeigehen streifte.

Der Bischof von Córdoba, den ich nicht hatte kommen hören und den meine Verspätung ungeduldig hatte werden lassen, legte seine Hand auf meine Schulter, und, vielleicht in der Annahme, daß mein Glaube an meinen Gott ins Wanken geriet, darauf hoffend, daß ein Maurenkönig sich angesichts der Größe des Christentums bekehrte, flüsterte er mir ins Ohr: »Gott ist größer als unser Herz.«

»Dort ist der Sitz der echten Wahrheit«, antwortete ich, während ich mich erhob.

Und dann sah ich, daß der kostbare Goldstoff seines Chormantels von einem Muslim gewebt worden sein mußte, denn auf ihm war in arabisch der 22. Vers der Exodussure aus dem Koran geschrieben: »ER kennt das Geheimnis und das Zeugnis.«

›Also ist alles am rechten Platz‹, dachte ich.

Don Martin de Alarcon ist ein rundlicher Mann. Sein sehr rundes und rotes Gesicht verrät den starken Esser und Trinker. Er steht auch in dem Ruf, ein guter Krieger zu sein, obwohl in Andalusien alle diesen Ruf haben, denn wenn nicht, werden sie nach Burgos oder Segovia zurückgeschickt. Das Auffälligste an ihm sind seine Hände, schlank und weiß, Frauenhände fast. Häufig verschränkt er sie, und wie in einer Manie führt er die Rechte beim Sprechen zu dem Kreuz seines Ordens, welches er über dem Herzen trägt, als bilde er sich etwas darauf ein und sei bemüht, es zu zeigen.

»Mein guter Herr«, wiederholte er mit der Hand auf dem Kreuz, »was kann ich für Euch tun, außer Euch den Rat zu geben, Euch in Geduld zu üben? Es ist mir auch nicht gestattet, unsere gnadenreiche Jungfrau Maria, in deren mütterliche Hände«, er verschränkte die seinen, »wir Christen das Schicksal unserer Gefangenen legen, um Eure Freilassung zu bitten.«

Die Burg von Porcuna ragt auf einem Felsen empor, dessen Steilhänge ihr als Fundament dienen. In ihrem achteckigen Turm hat man mir Unterkunft und Gefangenschaft gewährt. Die Calatrava-Ritter behandeln mich herzlich und freundlich, so sehr, daß mir der Gedanke kommt, die Gefangenschaft bei ihnen könne lange währen; lieber würde ich kürzere Zeit schlechter behandelt. Durch die Fenster sehe ich die Sierra von Luque und im Vordergrund Olivenbäume und Gestrüpp. Es ist eine heiße Gegend, auf halbem Wege zwischen den gepflegten Gärten von Granada und den Schieferfelsen der Alpujarra mit ihren grauen, steinigen Tälern und Steilhängen, mit ihren tiefen Schluchten; sie ist offener als diese beiden, was die Heiterkeit entschuldigt, die einen Gefangenen bei dieser Einsicht überkommt.

Die Verhandlungen um mein Lösegeld müssen begonnen haben, vielleicht vorangetrieben durch meine Mutter, Ibn Abdalbar und Aben Comisa. Ich sage das, weil mir auf mein Ersuchen hin früher als erhofft – wenn ich überhaupt damit rechnete, da ja mein Vater auf der Alhambra regiert – neben Badeartikeln und Kleidungsstücken auch einige Bücher aus der Bibliothek und ein Stapel Papier aus der Kanzlei überbracht wurden. Deshalb kann ich jetzt wieder auf den gewohnten karmesinroten Blättern schreiben.

Um mir meine Situation zu verdeutlichen, die so sehr mit der meines Volkes verschränkt ist, gedenke ich, für mich selbst in knappen Worten die Geschichte der Dynastie zu erzählen, welcher ich angehöre. Vielleicht wird mir dadurch klar, wie in einer Lage zu verfahren ist, die, auch wenn sich keiner der früheren Sultane in einer solchen befand, nicht so anders sein kann, als daß ich aus einem solchen Studium keine Lehre ziehen könnte. Und letzten Endes werde ich meinen beiden Söhnen ein Geschenk machen – welchen Ereignissen auch immer ich mich später unterworfen sehen werde –, wenn ich ihnen erzähle, was heute verdreht und verzerrt ist, und zwar in vertraulichem Ton, ohne die Schwülstigkeiten, mit denen die offiziellen Chronisten jene, durch die sie bestochen wurden, emporheben. Es wird nicht schaden, wenn ich, nachdem ich bei Ibn Chaldun gelernt habe, was die Geschichte der Menschen ist und wie man sie lesen muß, selbst sage, was ich weiß, so wie jener mit mir verwandte Ibn al Hamar, Sohn Yussufs II. und Neffe des großen Mohammed, dessen Schriften sich unter den von mir erbetenen befinden. Wenn ich ehrlicher bin, hoffe ich vielleicht nur, meine leeren Tage auszufüllen und nicht zu verzweifeln, indem ich gegen jede Erwartung hoffe. Denn im Grunde genommen bedeutet Seelengröße, daß die Nacht uns dabei antrifft, wie wir unablässig die untergehende Sonne betrachten. Die schönste Stadt, auch Granada, besitzt ein wildes Umland, und es ist unmöglich, die eigene Geschichte zu erzählen, ohne fremde Geschichten zu erzählen, denn die große Geschichte – falls es sie gibt und man sie nicht erfindet, wenn sie Vergangenheit geworden ist – setzt sich aus kleinen zusammen, wie die aus Stückwerk und bescheidenen Flicken bestehende Bedachung eines königlichen Zeltes.

Im ersten Drittel des XIII. Jahrhunderts hatten wir Andalusier zwei sehr unterschiedlich geartete Feinde: von außen die Christen, die ihre Angriffe verstärkten, und die Almohaden, die schwächer wurden, sich dafür aber im Lande befanden; die Almohaden mit ihrer Orthodoxie, welche immer von Nachteil ist, und ihrer Forderung nach religiöser Reinheit, die wir Andalusier nicht gewohnt sind und an die wir uns nie gewöhnen werden.

Alle Städte von einer gewissen Bedeutung erhoben sich, wenn auch jede für sich, da sie bereits gespalten und ohne Zusammenhalt waren. Seit dem Sturz der Omaijaden litten wir unter dieser Zersplitterung, wenn es nicht gar so war, daß diese unglückliche Situation den Sturz bewirkte. Und bis heute ist es so geblieben, und so wird es auch morgen sein – wenn es ein Morgen gibt. Die Städte suchten und wählten starke Führer, die sie verteidigen und ihnen die Sicherheit und den Lebensstil der voralmohadischen Zeit gewähren konnten. (Die Almohaden, wie vor ihnen die Almoraviden, kamen als Verbündete; aber bei uns sind die Verbündeten schließlich stets zu Feinden geworden – durch welches schreckliche Schicksal, weiß ich nicht –, so wie auch beim Spiel aus Spaß oft Ernst wird.) Zwei Anführer teilten sich wegen ihres Temperaments und ihres Charisma die Herrschaft über die Andalusier: der eine, aus der

Familie der Beni Hud, der Herr über nahezu das gesamte Gebiet war; der andere, aus der Familie der Mardanis, der sich gegen jenen erhoben hatte und Valencia beherrschte. Der erstere bezeichnete sich als Abkömmling der früheren Könige von Saragossa, und er hißte eigenhändig die schwarze Fahne der Abbasiden von Baghdad, welche bei einem Aufstand die Omaijaden von Damaskus ausrotteten. Wir Menschen wollen uns immer auf etwas stützen, was zuverlässiger ist als wir selbst und uns nicht mehr im Wege steht, wenn wir uns – im allgemeinen zu früh – selbst für zuverlässig genug halten. (Etwas in dieser Art scheint hier vorgefallen zu sein, wie ich später lesen konnte. Aben Omar Ibn Hud war ein siegreicher General Abd-al-Rahmans I. el Emigrado. Als Lohn für seine Siege verlieh ihm der umaiyadische Emir, welcher schon von Damaskus unabhängig war, die Herrschaft über Saragossa, das damals, glaube ich, Sansueña hieß. Wie immer verunstalteten die christlichen Chronisten seinen Namen und nannten ihn Omar Filius de Omar, woraus dann Marsilius oder Marsilio wurde, der Name also, unter dem er in die Geschichte einging. Und so regierten seine Nachfahren in Saragossa, bis sie durch die aragonesischen Könige von dort vertrieben wurden und zu ihrem ursprünglichen granadinischen Grund und Boden zurückkehrten. Eines der bekannten späteren Mitglieder dieses Geschlechts ist dieser Ibn Hud, von dem in meinen Schriften aus Porcuna die Rede ist. Daraus folgt, daß jener General, eine so wichtige Stütze der Omaijaden, über kurz oder lang einen Fahnenträger der Abbasiden, seiner unversöhnlichsten Feinde, hervorbrachte. Man weiß nie, wie eine Geschichte enden wird. Das bekümmert den Glücklichen und gefällt dem Unglücklichen.)

Wie es unter Andalusien häufig ist, gelang Ibn Hud ein schneller Aufstieg. Er war von angenehmem, stattlichem Äußeren, mutig und stark, und er erregte die Gemüter. Zu schnell eroberte er – besser gesagt, sie ergaben sich ihm – die Städte in weiten Teilen Andalusiens. (Nur wenige Krankheiten sind so ansteckend wie die Hoffnung; vielleicht noch die Verzweiflung.) Doch die Andalusier sind noch auf nichts anderes als Gehorsam vorbereitet, Gehorsam gegenüber jemandem, der greifbar nahe ist oder sehr gut vertreten wird. Dennoch – eine vertrauenerweckende und haltgebende Verfassung entwickelt sich daraus nicht. Deshalb stürzte das so eilig errichtete Gebäude auch schnell wieder ein. Alfons IX. von León und sein Sohn, Ferdinand III. von Kastilien, den man *den Heiligen* nannte, siegten in Mérida und Jerez; die übrigen Städte, die Hud unterstanden, suchten nur noch einen Weg, sich von ihrer lästigen, strengen Schirmherrschaft zu befreien, denn sie waren enttäuscht und unfähig, sich aus eigener Kraft zu schützen. Sie dachten – wie immer, wenn ein Volk denkt –, daß sie nichts weiter erreichen könnten, als den Tyrannen zu wechseln, und daß man für eine solche Reise keinen Mundvorrat benötige, weswegen sie sich anschickten, einen neuen Despoten zu suchen. Ein waghalsiger, ehrgeiziger Heerführer, der seinerseits auf eine Gelegenheit wartete, bot ihnen früher als erwartet Möglichkeit dazu. Damals – und ist es nicht auch heute noch so? – boten sich die andalusischen Städte wie bei einer Auktion dem Meistbietenden an. Von diesem Heerführer stamme ich ab.

Alles begann an einem milden Freitagnachmittag im Ramadan, in Arjona, unweit von Jaén. Die Dämmerung war noch nicht über die Hügel hereingebrochen, ein laues Lüftchen ließ die Weiden- und Olivenblätter erzittern. Niemand ging, sein täglich Brot zu essen, als er nach dem Freitagsgebet die nicht sehr große Moschee verließ. Begeistert und hungrig verweilten sie, um mit lauter Stimme einen Mann zum Sultan auszurufen, der sie mit den Augen eines Löwen anschaute und sie mit offensichtlicher Geringschätzung gewähren ließ. Er war nicht schön, weder groß noch stattlich; er war grobschlächtig, wußte herrisch zu befehlen, und, was das Wichtigste ist, man gehorchte ihm. Vor allem aber waren seine Möglichkeiten offenkundig. Sein Name war sehr einfach: Mohammed Ibn Yussuf. Er führte sich auf die Familien der Nasar (deshalb nennen wir uns Nasriden) und der Al Hamar (deshalb nennen wir uns Alamaren) zurück – oder die Schmeichler taten es später für ihn. Alle, die Ibn Huds Unfähigkeit, sie zu schützen, erlebt hatten, baten den neuen Anführer, der bereits für seine kriegerische Veranlagung und seinen äußerst jähzornigen Charakter bekannt war, richtig durchzugreifen. So nannte man ihn bald den *Herrn über die Angreifer* – in jenen Jahren waren es nicht wenige –, ein Name, der ihn zum Herrscher und die Almohaden zu Fremden machte. Jaén und dann Córdoba öffneten ihre Tore; doch keines von beiden war über längere Zeit in der Lage, seine unerbittlich strenge Disziplin zu ertragen. Es bleibt besser alles beim alten, als daß wir vom Regen in die Traufe kommen, sagten sie sich. Mit eingezogenem Schwanz wie ein ausgehungerter alter Hund kehrte Córdoba zu Ibn Hud zurück, der die Stadt noch schlimmer unterdrückte als zuvor. Angesichts einer solchen Lektion zog es Sevilla vor, sich von den Almohaden und Ibn Hud unabhängig zu erklären, und so ging es immer weiter dem schmerzlichen Ende entgegen, das nicht allzulange auf sich warten ließ.

Mein Vorfahre hatte sein Ziel klar vor Augen und richtete seine Bestimmung und seine Wertvorstellungen danach aus. Er handelte wie jeder, der sich auf einen weiten, schwierigen Weg macht, wobei das Ziel entweder die eigene Glorifizierung oder die Rettung seines Volkes ist – sofern man diese beiden Dinge trennen kann und sich das eine nicht zwingend aus dem anderen ergibt. Mohammed verbündete sich mit den Almohaden gegen Ibn Hud, der, in die Enge getrieben, mit den Christen einen Waffenstillstand und einen kostspieligen Tribut von täglich tausend Dinaren aushandelte, der ihn enorm schwächte. Wie üblich wurden die persönlichen Probleme des Anführers zum Problem der Allgemeinheit. Obwohl auch das Gegenteil eintreten kann – jede Zeit hat ihren Mann. Ibn Hud wurde in Aznalfarache geschlagen, und unter Jubelrufen hielt Mohammed in Sevilla Einzug. Sein Triumph währte nur sehr kurz, denn Sevilla war noch nie sehr kriegerisch veranlagt. Dort ist die Liebe zum Leben sehr stark, man opfert sich nicht gern. Nach einem Monat kehrten die Sevillaner unter das Schwert Ibn Huds zurück, denn die Forderungen Mohammeds und die Grausamkeit, mit der er sich an Verrätern rächte, erschreckten sie. Mein Vorfahre hatte von Anfang an zu hoch gespielt, er verleibte sich mehr ein, als sein Magen damals verdauen konnte. Sein Stern sank. Ich weiß nicht, ob es eine schlaue Taktik war oder ein letzter Ausweg, aber er beschloß, sich zum Vasallen Ibn Huds zu machen, zu dessen Gunsten die Waage in Andalusien im Moment ausschlug. Im Gegenzug erhielt er das Königreich Jaén mit Arjona und Porcuna. Porcuna, wo ich dies schreibe. Ich will nicht hoffen, daß die Dynastie dort endet, wo sie kraft ihres Amtes ihre Herrschaft begann – ihr Begründer zog sich schließlich nach bescheidenem Hin und Her auf dieses Gebiet zurück. Hoffentlich sind Porcuna und seine Festung nur eine vorübergehende Herberge für mich und das, was ich verkörpere. Einstweilen bin ich, zweieinhalb Jahrhunderte später, Gefangener in der Burg, die mein Ahne wieder aufbaute. *Sic transit gloria mundi,* wie die Römer sagten. Die Zeiten ändern sich, werden dunkler, sind bewegt – oder wir ändern uns, und die Zeit sieht unbeweglich zu, wie wir vorüberlaufen –, die Herrscher und das Schicksal der Städte wechseln, oder uns kommt es so vor, denn verglichen mit dem Schicksal ist unser Leben kurz. Wie relativ doch alles ist: Für die Rose ist der Gärtner, der sie pflegt, ewig; für den Garten ist er vergänglich. Obwohl das Schicksal vielleicht immer gleich bleibt: Kurz vor dem Tod fühlt man sich traurig und verlassen. Aber einen Unterschied gibt es zwischen mir und Mohammed dem *Begründer«:* Während der erste Mohammed zum Sprung ansetzte, bin ich bereits zu Boden gegangen, ohne gesprungen zu sein.

Ferdinand *der Heilige* machte sich an die Eroberung Córdobas. Zwei Gründe sprachen dafür: der Lauf des Guadalquivir und Ferdinands Meinung, der Fluß werde ihn, wenn man es geschickt anstelle, bis zur Mündung tragen. Der Guadalquivir ist niemals ein Schutzwall gewesen, sondern ein Gewässer der Verständigung, kein Hindernis, sondern ein verknüpfendes Band. Das Gute und das Schlechte, das Andalusien aus dem Norden zuteil wurde, kam diesen Fluß herab; ich weiß allerdings nicht, ob das, was von Süden nach Andalusien kam, besser oder schlechter gewesen ist. Ich muß jetzt etwas erwähnen, was vielleicht Anstoß erregt. Ich sage es besser kurz und bündig: Mohammed der Begründer unterstützte Ferdinand III. bei der Eroberung von Córdoba. Unsere Chroniken erwähnen es selbstverständlich nicht, vielleicht nicht aus Scham, ein in der Politik unbekanntes Gefühl, sondern weil sie einfach nichts davon erfuhren. Der Vertrag wurde streng geheimgehalten, um Unruhen zu vermeiden und später einen Vorteil daraus zu ziehen. Doch mir, der ich mit einigen Sekretären in den Archiven der Alhambra gearbeitet habe, wurden mein Interesse und meine Untersuchungen gelohnt, als ich die Abschrift einiger Friedensverträge fand, in denen sich der Begründer der Dynastie nach dem Fall von Córdoba mit den Christenkönigen gegen die Muslime verbündete. Der Text, welchen ich zunächst für einen Fehler der Abschrift hielt, enthielt eine rätselhafte Anspielung auf frühere Bündnisse. Die Muslime, gegen die jener Vertrag geschlossen wurde, sind diejenigen Ibn Huds, der weiterhin alle enttäuschte und an Boden verlor. Da schon zuviel Zeit vergangen ist, läßt sich nicht darüber streiten, ob damals – nicht auch heute noch? – der Zweck die Mittel heiligte. Und etwas muß ich erkennen, wenn ich in diesen Tagen lese: Unser Volk neigt nicht sehr zu Heldentaten – und vielleicht hat es sogar recht damit. Es will immer so gut leben wie möglich, es wendet sich dem zu, der ihm dabei von Nutzen ist, und es vergißt schnell. Vielleicht ist das Beständigkeit.

Mit all diesen geschickten Machenschaften, die ihn hier verlieren und da gewinnen ließen, sicherte sich der Begründer in Granada weitreichende Unterstützung, und Jaén unterwarf sich ihm gerne wieder. Sein Charakter wurde durch ein glückliches Familienleben besänftigt, und unter seinem roten Banner erlangte er die Gunst der arabischen Andalusier. Ibn Hud wurde bei einer Verschwörung, von der ich nicht sagen kann, ob mein Ahne ganz unschuldig daran war, in Almería ermordet. Nicht genug damit, er wurde von einem seiner Anhänger ermordet, dessen Namen ich hier festhalten will, als Mahnmal des Verrats, welcher bei uns nicht selten vorkommt und oft die Mächtigen trifft: Ibn al Ramimi hieß der Verräter diesmal. Seit langem schon war der Begründer Herr über Baza und Guadix; jetzt eignete er sich Almería an, die alte, einflußreiche Hauptstadt der Beni Sumadi, diese so reiche und begehrte Handels- und Seefahrerstadt, in deren Alcazaba auch ich eines Tages, falls ich von hier fortkomme, zum Herrscher ausgerufen werde. Málaga, durch die Wechselhaftigkeit erschöpft und nach Stabilität verlangend, ergab sich kurz darauf. Damit erreichte das Königreich eine Ausdehnung, die sich nicht wesentlich von der späterer Jahre unterschied und die etwas größer war als die heutige.

Unterdessen stabilisierte sich auch bei den Christen die Lage; ohne sie macht unsere Geschichte keinen Sinn, und nicht nur bei den Andalusiern gibt es Ränke und Verbrechen. Jakob I. von Aragón und Ferdinand III. von Kastilien teilten sich die christlichen Gebiete, ungefähr so, wie es uns mit unseren beiden Kriegshelden ergangen war. Der Aragonese eroberte Valencia mit Peñíscola, Játiva und Alcira; Murcia wurde noch von einem Sohn Ibn Huds regiert; ein vor den Almohaden geflohener Sevillaner, Ibn Mahfuz, riß Niebla an sich; Jerez bildete ein kleines Königreich, das Reich Abu Halids . . . In dieser Lage verspürten die Kastilier zum ersten Mal Verlangen nach Granada: ein zerstörerisches, bis heute andauerndes Verlangen. Um diese Geliebte zu gewinnen, wollten sie zuerst Jaén erringen. Mohammed I. sah das voraus und unternahm einen Überraschungsangriff auf Andújar und Martos, da sich beide gerade bei Scharmützeln um Murcia verzettelten. Er brachte dem Infanten Rodrigo, dem Bruder des kastilischen Königs, eine Niederlage bei. Aber als sie sich wieder erholt hatten, antworteten sie mit Gewalt, und Nuño González, der uns später äußerst freundschaftlich verbunden sein sollte, belagerte Arjona und entriß es uns binnen zwei Monaten. Ausgerechnet Arjona, die Wiege unserer Dynastie, die wie ein Kind gerade erst begonnen hatte, sich aus den mütterlichen Armen zu lösen. Und als reiche dieser Gegenschlag nicht aus, beschloß König Ferdinand, sich auch an Jaén zu rächen. Der Begründer verteidigte die Stadt. Der Kastilier hungerte sie aus, er sperrte die Pässe, die sie mit der Vega von Granada verbinden, und setzte seine Hoffnung ins Gebet. Sieben Monate lang leistete der Begründer Widerstand; dann ergab er sich, denn er fürchtete die schrecklichen Bedingungen, die man Murcia auferlegt hatte. Zu seiner Entlastung muß man sagen, daß auch an ihm Verrat von innen begangen wurde: Die Christen fingen, von ihren Spionen informiert, mehr als eintausendfünfhundert mit Proviant beladene Maultiere ab, wodurch Widerstand unmöglich wurde. Wie leicht war es doch in der wirren Geschichte der Dynastie, Hilfe mit Geld zu kaufen. Vergleicht man die Freunde mit den Feinden, so sind die letzteren stets beständiger gewesen. Es wurde ein Friede auf zwanzig Jahre geschlossen, doch die Bedingungen des barmherzigen *heiligen* Königs waren so unbarmherzig, wie sie keines der Schriftstücke, die ich gesehen habe, wiedergibt. Vielleicht war es auch in den Augen derer, die sie unterzeichneten, nicht klug, sie aufzuschreiben: Die Verträge wurden verfaßt, um leichter ihre Erfüllung fordern zu können, und es kommt vor, daß man, schon ehe man unterschreibt, vorhat, sich nicht an sie zu halten. Im März des Jahres 1246 zogen die Christen unter Lobgesängen in Jaén ein. Eines Mittags fand in der Moschee das letzte Gebet statt; abends war eine Kathedrale daraus geworden. Jaén, eine weitere uneinnehmbare Stadt, war eingenommen worden. So geht es, wenn die Angreifer genug Männer und Waffen haben, um einen Mythos zu zerstören. Das Gebiet von Jaén wurde nach seinem Eroberer benannt: Es hieß jetzt das *Heilige Reich*.

Dieses Unglück besiegelte nur, was bereits geschrieben stand. Nach der Schlacht von Las Navas de Tolosa, im Jahre 1212, knarrten und knirschten Andalusiens Tore in den Angeln, als sie sich zu öffnen versuchten. Das noch bestehende muslimische Königreich, Granada, konnte nur dann weiter fortbestehen, wenn es sein eigenes Todesurteil unterschrieb: die Vasallenschaft. Es war alles zwecklos, und wir alle wußten es. Früher oder später mußte uns das Unglück des Untergangs treffen. Wir lebten zur Miete, zu einem für unsere Beutel zu hohen Mietzins, und das auch nur deshalb, weil man es uns gestattete. Wenn sich die Christen eines Tages einig sein sollten – und nach dem, was ich in Lucena von General Don Gonzalo Fernández de Córdoba hörte, fürchte ich, daß dieser Tag gekommen ist –, bleibt uns nichts weiter übrig, als unser Bündel zu schnüren. Wir waren Geduldete, und Toleranz war, mit einigem Auf und Ab und abgesehen von kleineren Kriegen, das Kennzeichnende der Dynastie. Mehr noch, die Christen ließen ihren Aufstieg zu, der Bequemlichkeit halber, einen einzigen Feind zu haben, der ihnen die übrigen Feinde abnahm. Jetzt, genau jetzt, wird die wahre Schlacht geschlagen werden; jetzt, genau jetzt, werden die Könige der Christenheit, die einander nicht nur durch Bündnisse, sondern auch durch Heirat verbunden sind, in Granada erscheinen und sagen: »Hier komme ich, mein Eigentum zu holen.« Und was soll dann derjenige, der die Rolle des Herrn der Alhambra innehat, antworten? Glaubt er etwa, daß es mehr als eine Rolle ist? Wird der letzte der erste sein, der gezwungen ist, die Rolle ernst zu nehmen; der erste, der gezwungen ist, bis zum Tod, seinem eigenen und dem des Reiches, um das zu kämpfen, wofür seine Vorgänger nur einen Pachtzins zahlten?

Es ist ein Beweis für das, was ich sage, daß schon damals, in den Anfangszeiten der Dynastie, Jakob I. und sein Schwiegersohn Alfons X., der Sohn des *Heiligen*, sich in das teilten, was sie *die Reconquista* nannten, so, als handele es sich um ein Jagdrevier. Es war eine Familienangelegenheit für sie; sie zogen eine

Linie durch das Königreich Murcia, von Játiva nach Enguera, und verteilten die Territorien. Von dieser Stunde an ließen sie uns kämpfen, als seien wir die wahren Besitzer des Landes; von Zeit zu Zeit kamen sie, um ihre Territorien zu vergrößern, sich mit unserem Geld zu stärken, ihre Söhne erziehen zu lassen, sich durch unsere Gebräuche zu verfeinern. Sie haben uns ihr Land bestellen und mit dem, was wir erwirtschafteten, die Tribute zahlen lassen. Aber unsere Lage war ungewiß, und ein beherzterer, verständnisloserer Herr hätte uns vor die Tür gesetzt. Jetzt haben sie lange genug ihr Spielchen mit uns getrieben, uns genug gejagt und gehetzt. Nun sind sie es leid, zu jagen und zu hetzen, sie schlagen einen anderen Ton an. Vielleicht sieht man alles das nur von hier, aus dieser Perspektive, welche das langsame Fortschreiten der Jahrhunderte eröffnet. Aber selbst wenn man tagtäglich gesehen hätte, was ich jetzt sehe – was kann ein Volk tun, außer weiterzugehen, ein Leben lang weiterzugehen?

Mohammed der Begründer hielt Einzug in Granada. Er machte es zu seiner Hauptstadt. Er wollte das Reich ordnen. Er wußte, daß es eine langwierige Aufgabe war. Auch ich weiß es jetzt: An einem einzigen glückreichen Morgen kann man ein Feld erobern; dann muß man es einsäen und auf die Ernte warten, mit Sonne und Regen, Hagel und Schnee, Feuersbrünsten und Überschwemmungen rechnen. Dafür brauchte der erste Mohammed Ruhe und Frieden, und er mußte dafür zahlen; er brauchte Gehorsam und mußte ihn durchsetzen. Glücklicherweise war das Volk durch die schlimmen Erfahrungen zum Gehorsam bereit. Er verstand es, die christliche Bedrohung als Waffe zu verwenden: Er hat sie nicht erfunden, aber er bediente sich ihrer mit Geschick. Mit Strenge stellte er die öffentliche Ordnung wieder her, um die es nach den Kriegen schlecht bestellt war. Er nahm sich der Flüchtlinge aus den besiegten Städten an. Er öffnete die Tore von Granada und siedelte sie gegenüber der Sabîka auf dem Albayzín an, wo sie gut zu beobachten und zu überwachen waren, denn sie waren zwar eine Bereicherung seines Volkes, aber auch ein Wespennest. In Scharen kamen sie aus Murcia und Valencia; sie trauerten ihrem früheren Leben nach und wollten es wiederherstellen. Es waren meist arbeitsame Leute – mehr als die Granadiner –, die angesichts der Schönheit ihrer neuen Stadt in Verzückung gerieten. (Ich habe später noch viele wie sie kommen sehen: Einfache Ölmühlen lassen ihre Tränen versiegen; in einem Weidenkorb am Arm transportieren sie ihre Erinnerungen; auf einem Esel sitzen, zwischen Ackergeräten, ihre Frauen, und dahinter folgt eine Reihe schweigender Kinder. Die Besiegten, auf welcher Seite sie auch stehen mögen, haben immer dieselben feuchten Augen.)

Vor allem bei der Erhebung von Steuern war der Begründer unerbittlich. Steuern und Kriegsbeute waren seine einzigen Einnahmequellen: Er konnte sie nicht vernachlässigen. Er forderte sie von den Stadtbewohnern als Preis für die Sicherheit, die er ihnen verkaufte; eine unabdingbare Voraussetzung, um verteidigt zu werden. Um nicht abgelieferte Steuern einzutreiben, nahm er die Steuereinnehmer gefangen und folterte sie, bis sie Namen, Komplizen und Verstecke preisgaben. Abu Mohammed Ibn Arús etwa, der höchste Steuerbeamte von Almería, starb an den Folgen dieser Folter. Die Entscheidung des Herrschers stand unwiderruflich fest: das Reich streng und eisern zu regieren wie einen Privatbesitz, mit derselben absoluten Gewalt, mit derselben Liebe und Verantwortlichkeit. Eines Mittags erstieg er die Festung der ziridischen Könige, deren Regierungszeit ein so böses Ende fand. Diese Festung hatte der Jude erbaut, von dem der Arzt Ibrahim mir erzählt hatte. Mohammed bestieg sie und sagte: »Hier werde ich wohnen.« In Erwartung besserer Tage schlief er auf einer groben Pritsche in der heutigen Torre del Homenaje. (Genau wie ich in Lucena und Porcuna, aber er war dort der König.) In seinen weißen, strengen Gewölben, unter den primitiven Kuppeln, nährte er sich von seiner Bestimmung, zehrte er von seinem Machthunger, eine wenig nahrhafte Speise für den, der diese Leidenschaft nicht empfindet. Er errichtete das Königreich um sich herum, auf seine Person abgestimmt, wie jemand, der sich ein Gewand schneidert. Was die Außenpolitik angeht, so wandte er sich an seine muslimischen Brüder im Maghreb, um sich gegen seinen eigenen Souverän zu schützen – Kastilien, das er natürlich haßte –, in der unwahrscheinlichen Hoffnung, ihn bei der ersten sich bietenden Gelegenheit abzuschütteln. Er stellte also den Glauben über die Nachbarschaft. Er glaubte an die Religion, aber ohne Fanatismus, es sei denn, daß er einen Nutzen daraus zog; er verstand und benutzte sie als etwas Erforderliches, Vernünftiges, dessen man sich bediente, wenn es ratsam war. Denn wenn die Religion kein innerer Auftrag ist, dann ist sie ein glänzendes Blendwerk, ein Hilfeschrei oder ein Kriegsruf: Für alle Staatsmänner war, ist und wird sie immer ein solcher sein.

Das nächste Ziel König Ferdinands war Sevilla. Er zog seine gesamten Streitkräfte zusammen, um es zu belagern und zu erobern. Zu Wasser und zu Lande rückten sie an, sogar der baskische Admiral Bonifaz kam aus dem Norden. Es war ein Bissen, der die Mühe lohnte. Der Begründer Mohammed gehörte damals zu diesen Streitkräften Ferdinands des Heiligen: Er unterstützte ihn bei der Eroberung Sevillas. In diesem Fall kam die Religion also erst an zweiter Stelle: Es gab andere, dringlichere Sorgen. Wieder im Ramadan (es ist bekannt, daß die Christen gerne unsere Fastenzeit ausnutzen), nach sechs Monaten Belagerung – für sie war es der Dezember 1248 –, ergab sich die Stadt der Giralda. Als Mohammed nach Granada zurückkehrte, jubelten seine Untertanen: »Sieger! Sieger!« Doch er wußte sehr genau, warum er immer wieder entgegnete: »Es gibt keinen Sieger außer Gott.« Dieses Eingeständnis seiner Verfehlung war von da an der Leitspruch unserer Dynastie.

Da die Stärke Kastiliens ihn beunruhigte, stellte Mohammed die Religion wieder an erste Stelle: Mit einem rechtskräftigen Lehnseid verpflichtete er sich den Kalifen von Baghdad. Wenn er sich schon unterwerfen mußte, entschied er, so sollte es der am weitesten entfernte Herrscher sein. Doch die Verbindung war nicht von langer Dauer. Als er sah, daß die Almohaden in Nordafrika wieder an Stärke gewannen, kehrte er unter deren Aufsicht und Lehnsherrschaft zurück. Er verpflichtete sich dem Sultan von Marrakesch, Al-Raschid. Als dieser unmittelbar danach starb, zögerte er keinen Moment, sich an die Emire von Tunis und der Berberei zu wenden, die mit Al-Raschid verfeindet waren. So ist es nun einmal: Die Schwachen, selbst solche, die langsam erstarken, erwirken mit einer Geste der Unterwerfung am meisten; die Wirkung, nicht Heldentaten und Epos sind für sie erstrebenswert. Um der Mäusekopf zu sein, sollte man sich zuerst als Löwenschwanz versuchen und eine genaue Vorstellung vom eigenen Wert haben, um so genauer, je geringer dieser Wert ist.

Wie vorauszusehen war, währte der Waffenstillstand von Jaén keine zwanzig Jahre, und dennoch war die Zeit zu lange, in der Mohammed der Begründer in Granada auf und ab ging und seinen eigenen Schritten lauschte. Nach achtzehn Jahren flammten die Konflikte wieder auf, weil der Begründer, wie einige Quellen behaupten, die sevillanischen Mudejaren unterstützte, die planten, Alfons X. zu ermorden; andere Quellen sagen, daß ein von den Christen gesponnenes Komplott zur Ermordung Mohammeds I. der Grund war. Wenn das Blut siedet und die Kontrahenten sich bereit fühlen, ist jeder Vorwand gut genug. Ich glaube, daß hier alle Quellen im Recht sind: Der Vertrag wurde aus beiden Gründen gebrochen, auch wenn ich nicht weiß, welcher den Anfang machte oder ob beide gleichzeitig betrieben wurden. Jedenfalls bediente sich mein Vorfahre wieder der Religion: Er bat die Meriniden von Marokko, die endgültig die Almohaden verdrängt hatten, um Beistand; sie sandten die ersten *Freiwilligen des Glaubens*; es wurde ein heiliger Krieg. Im Namen Gottes gewährte man den Mudejaren von Jerez und Murcia, die keine Kraft mehr hatten,

Beistand – nachdem man sie selbstverständlich zuvor aufgewiegelt hatte. Die Jahre relativen Friedens hatten Mohammed wieder gestärkt: Er allein war jetzt der Emir, *der Ersehnte*. Vom Emir beeinflußt und durch das Beispiel der anderen bestärkt, erhoben sich auch Utrera und Lebrija gegen die Christen. Andalusien brannte wie eine Fackel; der Begründer, geschickt und mächtig, hatte den Docht entzündet. Zahlreiche Grenzdörfer stellten sich unter seinen Schutz. Kern um Kern rundete sich der Granatapfel Granada wieder.

Nur für kurze Zeit. Die verschwägerten Christenkönige belagerten Murcia und gewannen es zurück; sie unterwarfen es – im schlimmsten Sinne des Wortes. Alfons X. wagte es, Granada anzugreifen. Erfolglos zwar, aber er wagte es, und das genügte; in Jerez und Medina Sidonia war er sehr wohl erfolgreich. Der Granatapfel begann sich, noch ehe er reif und voll war, zu entkernen und sich auf seinen natürlichen Umfang zu beschränken. Denn für Mohammed, der unter anderen Umständen entschiedener gehandelt hätte, stellte sich ein weiteres, äußerst schwerwiegendes Problem, so schwer, daß sogar die Existenz und die Fortdauer der Dynastie in Frage gestellt wurden. Mohammed hatte einen seiner Schwager mit den Regierungsgeschäften von Arjona betraut, ihm Versprechungen gemacht und eine Sonderstellung zugesichert. Die Nachkommen dieses Schwagers, die Beni Asquilula, hatten ein besseres Gedächtnis als Mohammed. Als er die Zustimmung einholte – seine eigene, wie gewöhnlich –, seine Söhne zu seinen Nachfolgern zu bestimmen, und seine Tochter mit einem Neffen vermählte, der kein Beni Asquilula, sondern ein Sohn seines Bruders Ismael war, dachten die Beni Asquilula – nicht ohne Grund –, daß diese Stadt, die sie regierten, ihnen abgenommen werde. Unverzüglich unterstellten sie sich dem König von Kastilien als direkte Vasallen und verschanzten sich in Málaga. König Alfons freute sich, die alte christliche Taktik »teile und siege« anwenden zu können. Zugegeben: Jede Waffe, so schmutzig sie auch sein mag, erfüllt ihren Zweck; auch meine

Vorfahren waren in dieser Hinsicht nicht sehr wählerisch. Die Praxis, Zwietracht zu säen, war immer die einfachste und lohnendste Waffe gegen uns: War sie einmal in unsere Hände gelangt, sorgten wir selbst dafür, daß sie den größten Schaden bei uns anrichtete. Jedenfalls aber haben auch wir Andalusier sie nur dann nicht gegen die Christen angewandt, wenn sich keinerlei Möglichkeit dazu bot.

Im Falle der Beni Asquilula aber bot sie sich. Der älteste Sohn Mohammeds I., sein Nachfolger, schaffte es, seine Cousins und Alfons X. zu entzweien; mit diesem schloß er einen Friedensvertrag in Alcalá de Benzaide (dem heutigen Alcalá la Real). Es war ein sehr kostspieliger Frieden: zweihunderttausend Maravedis im Jahr, der Verzicht auf Jerez und Murcia (Murcia und Sevilla waren der größte Schatz des Königs) und die Unterwerfung der Alquilula binnen eines Jahres. Ein kostspieliger Friede, aber gewinnbringend, wenn seine Bedingungen erfüllt wurden. Aber die letzte Bedingung, deretwegen man ihn schloß, wurde nicht eingehalten. Alfons, der sich wenig darum scherte, sein Wort zu halten, schriftlich niedergelegt oder nicht, zuckte mit den Achseln: Seiner Ansicht nach handele es sich um Familienangelegenheiten. Aber er zuckte genau so lange mit den Achseln, bis die reichen Edelleute Kastiliens, seiner Vormachtstellung überdrüssig, ihm den Kopf zurechtrückten. (Natürlich wird überall nur mit Wasser gekocht). Sie wurden von jenem Nuño González de Lara angeführt, welcher uns zuvor so feindlich gesinnt war. Jetzt versprach er Mohammed Unterstützung gegen die Asquilula; doch seine Hilfe erwies sich als wertlos. Deshalb entschied Mohammed, der die Vergeltungsmaßnahmen Kastiliens für die Verbündung mit den Aufständischen fürchtete, sich direkt mit den Alquilula zu verbünden. Al-Tahurti, einer dieser Marokkaner, die sich aus einem mehr oder weniger starken Glauben heraus dem heiligen Krieg verschreiben, diente als Vermittler. Es war wieder einmal an der Zeit, Zuflucht zur Religion zu nehmen, die Augen zu verdrehen, Herz und Hand zum gemeinsamen Gott zu erheben und das Abkommen unter Segenswünschen und Koransuren zu schließen. Und kaum hatte Mohammed diesen Pakt geschlossen, der die Asquilula für den Augenblick besänftigte, als er wieder nach der Religion griff – falls es stimmt, daß die Religion uns überdauert und nicht nur von dieser Welt ist. Eigentlich griff er mehr nach dem Himmel – er wußte nicht von dem Pferd abzusteigen, das ihn zu einer Strafaktion in die Nähe von Granada getragen hatte. Es war ein nervöses, rabenschwarzes Rassepferd. Es ging durch, und der Emir, der reiten konnte wie kein zweiter, schaffte es nicht, abzusitzen. Er starb am 12. Februar 1273 nach dem Mittagsgebet, über siebzigjährig. Umsichtig und geschickt war das Reich gegründet worden. Ibn Chaldun sagt, es habe von Ronda bis Elvira gereicht, sich zehn Tagemärsche von Osten nach Westen und zwei Tagereisen vom Meer nach Norden erstreckt . . .

Ich habe viele Stunden, ganze Tage, darauf verwandt, diese Geschichte der Dynastie zu verfassen. Ich konsultierte eingehend die aus Granada geschickten Dokumente, ich verglich sie miteinander, fügte hinzu, was ich in meiner Jugend gehört hatte, was mein Verstand mir sagte und meine geringe Erfahrung mir einflüsterte; ich befragte sogar den Burgvogt, der sich in den letzten beiden Jahrhunderten ziemlich gut auskennt, auch wenn er, wie jeder Christ, dazu neigt, sich wichtig zu nehmen. Ich war so darin vertieft, daß ich von den Mohammeds, Yussufs und Ismaels, die mir vorangingen, zu träumen begann. Manchmal versetzte ich mich so intensiv in sie hinein, daß ich ihre für die Chronisten unerklärlichsten Reaktionen erklären konnte: Einige von ihnen konnten so lange warten, daß eine scheinbar unlogische Handlung erst Jahre später zu Ergebnissen führte, wenn sie vielleicht schon nicht mehr auf dem Thron saßen. Die Arbeit beanspruchte viele der geliebten karmesinroten Blätter, die mir hier eine schwache Präsenz der Alhambra bedeuten . . .

Ich habe sie heute verbrannt. Blaue Flammen schossen aus der Glut. Es kam mir vor, als habe ich mit ihnen viele Dinge verbrannt, und ich hätte noch nicht einmal mir selbst sagen können, ob ich zufrieden oder bekümmert war, als ich sie brennen sah. Bevor ich zu schreiben begann, überlegte ich, ob man den Chronisten überhaupt Glauben schenken könne. Vor langer Zeit suchte vielleicht einer von ihnen einen Sündenbock, dem er die Schuld zuschieben konnte, und die übrigen gaben den Irrtum wie eine üppige Erbschaft einer an den anderen weiter. Die Geschichte heißt es fast immer gut, denn es ist am einfachsten, nicht zu widersprechen und nicht an die ungeordnete Ordnung zu rühren, die jemand schuf, sehr wahrscheinlich, um sich vor Anschuldigungen zu bewahren oder seinen Vorteil zu vergrößern. Aber nachdem ich meine Erzählung beendet hatte, beim Durchlesen des Geschriebenen, begriff ich, daß ich zu einem weiteren Chronisten geworden war, einem, der denunziert, um sich von Anschuldigungen zu befreien oder sie zu teilen, und daß ich mir dieselben Vorwürfe machen mußte wie den anderen.

Die Geschichte, die ich erzählte – unsere und die der Christen –, ist eine zu große Anhäufung von Verrat, Treulosigkeit, Vertrauensmißbrauch, Wortbruch, die von oder an all ihren Personen begangen wurden; eine eintönige Kette von Kriegen, unterbrochen von einer eintönigen Reihe von Frieden, unentschieden wie die Schachzüge einer seltsamen Partie, deren Ende man von vornherein aufzuschieben beschlossen hat . . . Was sollten meine Söhne aus einem solchen Zeugnis lernen? Wozu die Charaktere und Regierungszeiten unbedeutender Sultane beschreiben, die nur wenige Tage währten, oder auch derjenigen, die, im Gegenteil, nachdem sie entthront wurden, noch zweimal oder gar viermal regierten? Wozu die unsinnige, unbedeutende Beschäftigung betonen, die uns, Christen und Andalusier, jedes Jahr dazu drängt, Dörfer, Häfen, Türme und

Städte zu erobern, zu verlieren, wiederzugewinnen oder anzugreifen? Fügte ich irgendein Element hinzu, fand ich irgendeine Lösung, die den Lauf der Ereignisse wirklich änderte, verdeutlichte oder rechtfertigte? War die Zuflucht zu den heiligen Kriegen, denen wir aus dem Norden und dem Süden dieser Halbinsel so zugetan gewesen sind, etwas anderes als die verzweifelte Suche nach Verbündeten? Meine Vorfahren – alle, soviel steht fest – wußten, daß nichts, was aus Afrika kam, Gutes mit sich brachte: Wer würde schon einen Wolf zum Hirten seiner Herde machen? Immer wenn sie sich an den Maghreb wandten, sahen sie sich wieder dem Schrecken der beiden historischen Fehler ausgesetzt, die uns Andalusier zu einer Herde von Schafen machte und aus denen wir gerupft hervorgingen: die Bitte um Beistand an die Almoraviden und später an die Almohaden. (Dennoch bereitete es mir Vergnügen, von Fall zu Fall zu sehen, wie der jeweilige Sultan sich fürchtete, wie ein Kind, das zuerst die Geister ruft und dann schreit, oder sich erschreckt stellte, wie einer, der Wein trinkt, um sich einmal damit entschuldigen zu können, er habe das, wovon er schon weiß, im Trunk getan.) Unser Herz und unsere Macht waren durch die Jahrhunderte auf dieser Seite der Meerenge, und sie sind es auch heute noch. Deshalb – und es fällt mir nicht leicht, es anzuerkennen, und noch weniger, es jetzt zuzugeben – sind wir eher mit den Christen auf der Halbinsel verwandt als mit den afrikanischen Muslimen: Das Zusammenleben, und sei es noch so feindselig und grausam, schafft immer eine familiäre Atmosphäre.

Für diese Ansicht spricht meine Feststellung, daß, seit es die Dynastie gibt, auf beiden Seiten der schwankenden Grenze wie in einem Spiegel dieselben Schicksalsläufe zu beobachten waren. Wenn für die Christen eine schlechte Zeit begann, dann auch für uns; gab es bei ihnen Bürgerkrieg, dann auch bei uns. Als sich zu Beginn dieses unglücklichen Jahrhunderts die Kastilier auf den Krieg versteiften, als sei er ein ritterliches Ideal, zogen wir mit der auffälligen Bestätigung der Abencerragen nach. Während der letzten Regierungsperioden haben sie eine Brücke zwischen uns und Kastilien geschlagen, mit dem sie Beziehungen am Rande der Legalität unterhielten und unterhalten; daher rührt ihr Trick, wenn niemand es erwartet, einen Thronanwärter aus dem Ärmel zu schütteln, der eher kastilisch als andalusisch erzogen ist.

Haben sich nicht, in Granada wie in Kastilien, in Friedenszeiten die Aufständischen und Unzufriedenen gemehrt, was uns so weit brachte, den Kriegsperioden nachzutrauern? Und wenn man bei uns nicht auf den Tod angewiesen ist, um den Sultan zu wechseln – ich spreche nicht von einem natürlichen Tod, obwohl der unnatürliche bei uns zum wahrhaft natürlichen geworden ist –, dann deshalb, weil unsere religiöse, gesellschaftliche und familiäre Ordnung nicht so straff und lückenlos wie die ihre ist und unsere Art der Nachfolge willkürlicher. Deshalb ist es den kastilischen Königen, bei denen es eine strenge Erbfolge gibt, egal, wer Sultan von Granada wird: Sie hoffen nur, daß er nicht unabsetzbar ist, um mittels ehrgeiziger Familien Zwistigkeiten schüren und Regierungswechsel inszenieren zu können.

Aber angebrachter wäre die Frage, ob es den Granadinern selbst etwas bedeutete, von welchem Sultan sie regiert wurden. Gut war, wer ihnen Sicherheit bot, die Steuern senkte und für mehr Frieden sorgte: das war alles, was sie wissen wollten. Abgesehen von gewissen Glanzzeiten und Glückssträhnen glichen sich alle meine Vorfahren, besonders, wenn man sie aus der Distanz betrachtet. Was war neu, als mit Ismail I. die zweite Linie unserer Dynastie an die Macht kam, kurz nachdem die Christen ihrerseits die uneheliche Linie der Trastamara inthronisiert hatten? Man sagte – und das ist schon viel gesagt –, daß die Sultane dieser Linie auf den ersten Blick von größerer moralischer und religiöser Strenge gewesen seien. Trotzdem ist es eher so, daß wir nasridischen Sultane noch nie Dichter oder Astronomen wurden: Wir hatten keine Zeit dazu; wir mußten an der Spitze unserer Truppen Festungen und Städte erobern.

Aber hatte diese Änderung, außer für die Könige, eine Bedeutung? Waren nicht weiterhin, was auch immer geschrieben wurde, die Einzigkeit und das Schwert Gottes die Pfeiler des Reiches, wenigstens dem Wort nach? Blieben nicht die beiden Konstanten dieser endlosen Auseinandersetzung bestehen: der Kampf um die Meerenge, der die zwielichtige afrikanische Hilfe fördern oder verhindern kann, und die Tatsache, daß die Waffenstillstände nur dazu dienen, sich für die nächsten Kriege zu stärken und die Verbündeten zu wechseln? Die Sultane der zweiten Linie erfüllten ihren Auftrag, wie er ihnen von Gott zu verstehen gegeben wurde: den Kampf unverändert fortzusetzen, die nützlichsten Gesetze für die Juden zu erlassen und auf die Schicklichkeit der Sitten zu achten: Das waren die drei alten Ziele meiner Vorgänger. Ich glaube dennoch, daß nichts von alldem die zweite Linie wirklich charakterisiert, sondern vielmehr die Art, wie ihre Sultane starben. Bei den ersten verwendete man Wasser oder Gift. Seit Ismail I. war da nur noch Blut, viel Blut, das Fliesen und Pfeiler bespritzte, unablässig und leidenschaftlich vergossen, von den engsten Familienmitgliedern vielleicht . . .

Wie sollte ich nicht froh darüber sein, daß solch grausame Erinnerungen, die nur noch von der Grausamkeit der Christen – sie sind noch schlimmer als wir –, ihrem Hunger, ihrem vorgetäuschten, verachtenswerten Fanatismus, ihrer Raubgier übertroffen werden können, vom Feuer verschlungen wurden? Aus den Fakten, die ich in meinem Geschichtswerk anführte, ließ sich ersehen, daß Heldentum stets weniger einträglich war als die Plünderung von Dörfern und Ernten, die Lösegelder für die Gefangenen und der Handel – der so gut wie immer unangetastet blieb, denn er war dem Gegner genauso von Nutzen wie uns. Wenn das, was der Feind *Reconquista* nennt, für ihn genau wie für uns eine endlose Kette heiliger Schlachten war, dann will ich verdammt sein. Also ruhen die Blätter, die solche Beweise liefern, gut im Feuer.

ICH FASSE NUN KURZ die letzten dreißig Jahre der Dynastie zusammen, die für mich am bedeutsamsten sind.

Vor allem auf eine bezeichnende Begebenheit möchte ich hinweisen. Im Jahre 1452 entsandte mein Großvater mütterlicherseits, Mohammed IX. der Linkshänder, den Söldnerführer Abdalbar mit nicht mehr als zweihundert Reitern und sechshundert Fußsoldaten in das Königreich Murcia. Sie siegten in Murcia und Orihuela, aber auf dem Rückweg stießen sie in Lorca auf Pedro Fajardo, einen Sohn des berühmten Yáñez, der sie in der Schlacht von Los Alporchones besiegte. Es war eine ganz normale Niederlage, aber die christlichen Troubadoure machten sie sich zu eigen und verherrlichten sie bis hin zum Epos. In dieser Epoche, die schon die meine ist, braucht man nichts weiter als Dichter, um einen Sieg, genau wie eine Niederlage, unsterblich zu machen: Es hängt davon ab, was man ihnen zahlt, vielleicht auch von anderen Dingen; ich weiß es nicht genau, obwohl ich befürchte, daß ich Gelegenheit haben werde, es herauszufinden.

Johann II. gewährte Mohammed einen fünfjährigen Waffenstillstand. Aber dem, der sie aus eigener Kraft gewonnen hatte, waren diese fünf Jahre nicht mehr vergönnt: Anfang des Jahres 1454 starb der Linkshänder eines natürlichen Todes; nur der Tod konnte ihm Einhalt gebieten, was sehr im Widerspruch zu seinen Auferstehungen stand, denn er ist dreimal abgesetzt und viermal inthronisiert worden. Mohammed XI. der Jüngling, der zweite Gatte meiner Mutter, war der Nachfolger seines Schwiegervaters. Doch die Abencerragen wollten ihn nicht; sie stellten einen anderen Kandidaten, auch er in der Verbannung am Hofe Johanns II. erzogen. Es handelte sich um Abu Nassar Sad, genannt Sidhi Sad oder – von den Kastiliern – *Cereza*. Mein Großvater väterlicherseits also.

Inzwischen war Alvaro de Luna bereits in Valladollid hingerichtet worden: Wir waren nicht die einzigen, bei denen die Köpfe von ganz oben nach ganz unten befördert wurden. Die unsinnige Verpflichtung zur Reconquista fiel Heinrich IV. zu.

Ehe sein Vater Johann II. starb, hatte mein Großvater Sad Sendboten zu ihm geschickt und ihn um sein Eingreifen in die Kämpfe um den granadinischen Thron ersucht. Der Anführer dieser Gesandtschaft, Abul Hassan Ali, mein Vater, wurde in Segovia als Geisel festgehalten; es ist unbekannt, weshalb. Er war in Begleitung einer prachtvollen Eskorte von hundertvierzig Reitern und dreißig Fußsoldaten, denen sich unterwegs weitere Anhänger meines Großvaters anschlossen: dreihundert Mann insgesamt, die in Arévalo festgesetzt wurden, vielleicht, um sie daran zu hindern, irgend jemandes Ansprüche zu verteidigen. Denn im Frühling des Jahres 1455 gab es im Reich der Nasriden drei Könige, die sich die Macht teilten – ich bin also nicht der erste, der sich in einer solchen Lage befindet: der Jüngling, auf dessen Seite Granada, Málaga, Almería und Guadix standen; Mohammed der Lahme, der sich weigerte zurückzutreten und Illora und Moclín mit seinen Burgen sowie Gibraltar hielt; und mein Großvater, der in Archidona residierte, in Ronda regierte – die dortige afrikanische Garnison hielt ihm die Treue – und in Almería auf einige Würdenträger zählen konnte. (Meine Mutter war mit den beiden ersten verheiratet und die Schwiegertochter des dritten.) Nutznießer dieser Wirren war Heinrich IV., der sich zum Kreuzzug nach Granada aufmachte.

Bei seinem ersten, vier Tage währenden Einfall brandschatzte er die Gegend von Moclín und Illora; er verbot Scharmützel, denn um seine Höflinge zu blenden, wollte er sich auf verwegene, aufsehenerregende Angriffe mit den ganzen Streitkräften konzentrieren. Bei seinem zweiten Einfall, der zwei Wochen dauerte, verwüstete er auf dem Weg nach Málaga Alora und Archidona, wo Abdalbar und Aben Comisa Widerstand leisteten. In dieser Gegend hatte er eine Unterredung mit meinem Vater, mit dem er sich gut verstand, und verpflichtete sich, keine Ernten zu rauben und die Orte zu verschonen, die zu meinem Großvater hielten. Beim dritten Einfall brach er über Alcalá la Real in die Vega ein; drei Wochen lang ließ er die am

Wege liegenden Höfe und Dörfer plündern, aber im Widerspruch zu seinen anfänglichen Plänen vermied er es, in eine große Schlacht verwickelt zu werden. Der hitzköpfige kastilische Adel murrte und beschwerte sich über die neue Taktik seines Königs, die darin bestünde, uns in einem zähen, ruhmlosen Feldzug durch Fallen und kleine Angriffe zu erschöpfen – obwohl ich glaube, daß die Unzufriedenheit nur geheuchelt war. Als er sich zurückzog, gab er dem Gouverneur von Alcalá den Auftrag, mit Mohammed XI. dem Jüngling, vertreten durch Abdalbar, einen Waffenstillstand zu schließen; die Bedingungen waren so hoch angesetzt und unangemessen, daß es den Anschein hatte, als seien sie gestellt worden, um in Kastilien verbreitet zu werden: Anerkennung der Vasallenschaft durch hohe Tribute, die Freilassung von zweitausend Christen binnen vier Jahren, die Abtretung der seit dem Tod Johanns II. eroberten Gebiete und die Verpflichtung, militärische Dienste für Kastilien zu leisten. Angesichts einer solch prahlerischen, anmaßenden Politik blieb alles beim alten.

Mein Großvater marschierte in Granada ein, wobei er Helfer innerhalb der Stadt hatte. Dort angekommen, setzte er die Verhandlungen mit dem Marschall Diego Fernández de Córdoba, Graf zu Cabra, fort (der Vater desjenigen, der sich in der Schlacht von Lucena die Feldzeichen aneignete). Er war ihm ein guter Freund und gelegentlich auch Waffengenosse, ein weitverbreiteter Sachverhalt in jener Zeit, als man das Kämpfen als eine mühselige, uralte Gewohnheit betrachtete, als der Kriegszustand, wie alles Unvermeidliche, ein Teil von uns und unserem Leben geworden war. Doch die gespannte Lage – mehr noch innen- als außenpolitisch – erfüllte meinen Großvater mit Besorgnis. Eine vielköpfige Gruppe von Anhängern des Jünglings – der schon ein Greis war – rief diesen herbei, um ihn nach Granada zu bringen. Er machte sich über die Sierra auf den Weg. Mein Vater, den man darauf aufmerksam machte, legte ihm einen Hinterhalt, brachte ihn in die Alhambra, lud ihn zum Abendessen in den Löwenpalast und enthauptete ihn mit dessen eigenem Schwert. Gleichzeitig ließ er alle Söhne des Jünglings mit den Servietten der Essenstafel ersticken. Ohne lange zu zögern, machte er dessen Frau, mit der er dann mich zeugte, zu seiner Frau.

Dann fand der vierte Einfall Heinrichs IV. statt – unter dem Vorwand, daß mein Großvater den stillschweigenden Waffenstillstand gebrochen habe. Als hätte es dieses Gebilde gegeben, wo doch sogar die ausgesprochenen, genau ratifizierten Verträge gebrochen wurden. Er nahm die Burg von Solera, eroberte Estepona, überzog die Vega mit Verderben. Er kam von Gibraltar, erreichte, daß die Verteidiger von Fuengirola sich in die Burg flüchteten, und belagerte sie. In der Nähe von Roca kam ihm Aben Comisa an der Spitze eines Reitertrupps entgegen, huldigte ihm und – welche Überraschung: Aben Comisa wußte immer einen Ausweg – lud ihn zur Löwenjagd nach Afrika ein. (Die Jagd scheint, abgesehen von den Männern, die einzige Leidenschaft dieses Königs gewesen zu sein.) Wie zu erwarten, bereiteten ihm die Stämme des Rifgebirges, die man vermutlich nicht einmal benachrichtigt hatte, einen so schlechten Empfang, daß er nach Tarifa und dann nach Sevilla zurückkehrte. Unterdessen war mein Großvater durch Scharmützel bis nach Jaén vorgerückt. Im August wurde die Vega wieder verwüstet, und als dies im Oktober noch einmal geschah, sah sich mein Großvater gezwungen, einen fünfmonatigen Waffenstillstand zu akzeptieren, welcher ihn zur Zahlung von fünftausend Golddublonen und zur Freilassung von sechshundert Gefangenen verpflichtete. (Die Verpflichtung zur Reconquista wandelte sich vom politischen Ideal zu einem Geschäft, das von Fall zu Fall und je nachdem, wer es übernahm, ein Verlust oder Gewinn war.)

In den ersten Tagen des Jahres 1457 verwandelte Heinrich IV. Jaén in einen Exerzierplatz und unternahm seinen fünften Einfall. Er eroberte Illora, Huesca und Loja, doch weil er selbst und seine Truppen schwach waren, mußte er sich zurückziehen. Währenddessen ließ der Widerstand der Adligen in Kastilien den Krieg mit Granada in den Hintergrund treten; sogar Fajardo der Tapfere erhob sich. Die Granadiner gelangten wieder bis vor die Tore Jaéns, und der König übertrug dem Grafen zu Cabra die Unterzeichnung eines Waffenstillstandes bis 1461.

Der Sommer 1462 begann mit einem Vorteil für die Kastilier, doch wenig später siegte mein Vater in der Schlacht von Madroño, nahe Estepa, über Ponce de León, den Sohn des Grafen von Arcos, der bald darauf Markgraf von Cádiz werden sollte, und über Luis Pernía, den Gouverneur von Osuna. Der Konnetabel des Heiligen Reiches, Miguel Lucas de Iranzo, griff die Burg von Arenas an und wurde besiegt; doch im Juli überzog er Aldeyra und Lacalahorra mit Schrecken und Entsetzen und kehrte, mit Gefangenen und Reichtümern beladen, nach Jaén zurück, nicht ohne vorher ein erbittertes Gefecht mit dem zu haben, der später mein Schwiegervater werden sollte und mit welchem ihn eine hinlängliche Freundschaft und gegenseitige Achtung verbanden. (An diesem Feldzug nahm Millán de Azuaga, der Maler, teil, stolz, wie ich annehme, auf sich selbst und seinen Liebhaber, den seinerseits bald ein schlimmer Tod ereilte. Jedermann baut sein Haus unwissentlich am Rande eines Abgrunds. Als Beweis dafür genügt die Bemerkung, daß ich im gleichen Jahr geboren wurde.) Der Herzog von Medina Sidonia und der Graf von Arcos rissen durch den Verrat eines Abtrünnigen Gibraltar an sich, und Don Pedro Girón, der Meister des Calatrava-Ordens, nahm Archidona in Besitz. Solcherlei Verluste waren ein schwerer moralischer Schlag. Enttäuscht und verbittert versuchten die Abencerragen (die bereits die beiden ersten Ehemänner meiner Mutter abzusetzen versucht hatten), einen weiteren ihrer erstaunlichen Thronprätendenten hervorzuzaubern. Mein Großvater Sad in Granada griff zu den nötigen Mitteln, um sich von dieser Geißel zu befreien: Er ließ die beiden bedeutendsten Vertreter der Familie hinrichten, unter ihnen Mufarrag, seinen Wesir. Die führenden Abencerragen, die in der Alhambra lebten, flohen nach Málaga und machten dort Front.

Weil sie keine Zeit hatten, aus dem Stegreif einen neuen Thronanwärter zu finden, erklärten sie sich zu Untertanen Yussufs V., der fünf Jahre zuvor für einige Monate Sultan gewesen war und den Kastilien, wie zu Zeiten des Konnetabel Luna, billigte. Durch Hinterlist, Bestechung und Erpressung rissen sie Málaga, Granada und den östlichen Teil des Landes an sich. Die Lage meines Großvaters verschlechterte sich zusehends; um die innenpolitische Gefahr auszuschalten, sah er sich im November 1463 gezwungen, einen kostspieligen Waffenstillstand mit Heinrich IV. zu unterzeichnen. Im November 1463 schließlich wurden die Abencerragen blutig aus Granada vertrieben, und im Dezember starb Yussuf V. auf Beschluß meines Großvaters.

Seinen sechsten Einfall unternahm Heinrich IV. im Februar 1464. Zusammen mit der Kälte kam er aus Ecija, um uns neue Verpflichtungen und Abgaben aufzubürden, die seine Schatzkammer bereichern sollten. In Jaén schloß er mit meinem Großvater Sad einen Waffenstillstand auf ein Jahr, von dem der Handel nicht betroffen war; aber im August verbündete sich mein Vater mit den Abencerragen, empört über die Zugeständnisse meines Großvaters an die Christen – oder wenigstens tat er so –, und versuchte zu glorreichen Zeiten zurückzukehren, die vielleicht für immer der Vergangenheit angehören. Er entthronte meinen Großvater und sandte ihn in Ketten nach Salobreña (vielleicht auch in die Festung von Moclín, ich habe es nie genau erfahren). Die Abencerragen opponierten bald darauf gegen meinen Vater und hißten das Banner meines Onkels, den sie nicht einmal nach seiner Einwilligung fragten; das war ihre bewährte Taktik. Heute frage ich mich, ob sie nicht während der letzten Jahre ständig ausschließlich auf der Seite der Christen standen, Parteien bildeten und förderten, die ohne Bedeutung waren, und ihre eigenen Absichten verfolgten, die im Königreich, in dem wir anderen entweder wie gefügige Spielfiguren agierten oder beseitigt wurden, verschleiert wurden oder nicht bekannt waren.

Kurz darauf starb mein Großvater. Mein Vater, der posthum die Königswürde achtete, veranlaßte, daß sein Leichnam nach Granada überführt wurde. Ich erinnere mich, daß mein Bruder Yussuf, noch auf dem Arm seiner Amme, und ich, an Subhs Hand, an der Beisetzung in der Rauda der Alhambra teilnahmen. Der Tag neigte sich dem Ende zu, und ich entsinne mich, daß ich zitterte, ob der Kälte oder des Anlasses wegen, weiß ich nicht. Die Feierlichkeiten waren sehr kurz und gingen ohne jeden Pomp vonstatten. Nur der Sultan und einige blutsverwandte Fürsten waren anwesend, unter ihnen der hochgewachsene, stattliche Abu Abdallah; der dicke Yussuf aber ließ sich für seine Abwesenheit entschuldigen. Der Leichnam wurde auf einer gerade erst gefertigten Bahre hereingebracht, die nach Holz und dem Zibetöl roch, mit dem man sie bestrichen hatte. Zuvor hatte der Muezzin mit seiner etwas lauten Stimme vom Portal der Moschee aus zum Leichenbegängnis gerufen und – eine Ausnahme – der Kadi das rituelle Gebet der Begräbnisfeierlichkeiten rezitiert. Dann segnete der höchste Korangelehrte den Leichnam und die Bahre mit einem Räucherfaß, dessen Duft sich mit dem des Zibet und des frischen Holzes vermischte. Ich erinnere mich vor allem an dieses Duftgemisch. Meine Mutter, vielleicht die einzige, die meinen Großvater geliebt hatte, weil er sie wieder an die faktische Macht der Dynastie gebracht hatte, war ebenfalls nicht zugegen. Es wäre aber auch nicht verwunderlich, wenn ich mich lediglich nicht an sie erinnerte, obwohl sie teilnahm. Trotz der grundlegenden Stellung, die meine Mutter in meinem Leben einnahm – nicht nur, indem sie mir das Leben schenkte, sondern auch, indem sie es in den Dienst ihres eigenen Lebens stellte –, erinnere ich mich immer nur äußerst verschwommen an sie, so, als weigere sich mein Gedächtnis in einer Geste der Verteidigung, ihr einen Platz zu gewähren angesichts meiner Unfähigkeit, sie in eine andere Mutter zu verwandeln.

Es war klar, daß der Burgvogt Alarcón nicht die rechten Worte fand, mir davon zu erzählen. Eigentlich gelingt es ihm nie, mir etwas zu erzählen, ihm fehlt der geringste Sinn für das Angebrachte. Er beginnt ein Gespräch und beendet es, indem er von seinen Heldentaten gegen *die Maurensekte* redet. Er verwechselt Daten, Namen, Waffengenossen und Völker. Ich weiß nicht, wie er alles so zurechtbiegt, daß schließlich er der Held aller Schlachten ist. Dabei hat er eine Vorliebe, die Schlacht von Estepa nämlich, bei der er, so wie er erzählt, unter widrigsten Bedingungen, mitten in einem Unwetter, während es blitzte und donnerte, gegen meinen Onkel kämpfte und aus der er ruhmbedeckt zurückkehrte. Fest steht, daß ich noch nie jemand anderen als ihn von dieser Schlacht habe erzählen hören. Aber ich lasse ihn abschweifen und denke an etwas anderes; sein kaum verständliches Arabisch tut ein übriges. Und es ist nicht etwa so, daß ich ihn für einen Lügner halten würde; er langweilt mich einfach. Außerdem bewirkt sein Tonfall, während er seine Hände streckt und ballt und verschränkt, bei mir eine unwiderstehliche Schläfrigkeit, die durch diese Hitze, die im Juli in Porcuna herrscht, noch verstärkt wird.

Bei der Gelegenheit, auf die ich mich beziehe, mußte ich ihn dazu drängen, endlich zum Ende zu kommen und mich in Ruhe zu lassen. Es war in der unpassenden Stunde der Mittagsruhe. Er fing an, mir von seiner Nichte Mencia zu erzählen: ein hübsches Mädchen, das jedoch sehr schlecht sieht; so schlecht, daß sie mich fast umstieß, als man sie zu mir führte, damit ich sie kennenlernte. Der Burgvogt versicherte, daß sie mich sehr sympathisch fände, und vielleicht war es so. Auch ich empfand Sympathie für sie oder wenigstens großes Mitleid: Sie ist hier allein mit ihrem langweiligen Onkel Martin, den Regeln der Burg unterworfen, ohne Jugendliche ihres Alters, der Geistliche – der lauter mit den Sporen rasselt als alle anderen – ist ihre einzige Gesellschaft, in einem Alter, in dem die Mädchen noch mit ihren Zöpfen spielen, jedoch langsam aufhören, Gefallen an diesem Spiel finden, und von anderen, weniger züchtigen Vergnügungen zu träumen beginnen. Der Burgvogt erzählte weiter von seinen Vorfahren aus Cuenca, der Felsenburg von Alarcón, von seiner Ernennung zum Ordensmeister und, wie zu erwarten, von der Schlacht von Estepa. Ich nickte unvermeidlich ein. Dann auf einmal verschränkte er seine schönen Hände und begann mir endlich darzulegen, weswegen er gekommen war:

»König Ferdinand hat Euch sehr liebgewonnen.«

»Das kann ich mir denken; mir ergeht es ebenso.«

Zum Glück bemerkte er nicht das geringste von der Ironie, die darin lag.

»Er hat mich beauftragt, Euch zu bitten ... Besser gesagt: Er hat einen Maler beauftragt. Er wünscht, daß er ein Porträt von Euch fertigt. Da es ihm schon nicht möglich war, Euch in Córdoba kennenzulernen ...«

»Im Haus des Bischofs hatte ich den Eindruck, durch ein Gitter hindurch beobachtet zu werden«, sagte ich, aber er achtete nicht darauf.

»Ihre Hoheit wünscht, ein Porträt von Euch zu besitzen. Ich weiß nur zu gut, daß Eure religiösen Vorschriften jegliche Abbildung des Menschen verbieten«, erklärte er lächelnd und in einem schulmeisterlichen Ton, der mich, wenn ich unbekümmerter gewesen wäre, zum Lachen gebracht hätte.

Ich wollte ihn nicht enttäuschen, indem ich ihm sagte, daß die figürliche Darstellung bei uns nicht verboten ist, da sie uns ja von Gott zur Vergnügung und Lehre geschenkt wurde; daß es die Malikiten waren, die in ihrer Strenge alles übertrieben, und daß unsere Malikiten die Entsprechung der Inquisition bei den Christen sind; indem ich ihm sagte, daß schon vor fünfhundert Jahren, als sie sich noch mit einer ungestalten, verdrehten Kunst begnügten, am Portal von Medina az-Zahra der gesamte Körper der Geliebten des Kalifen in Stein gehauen worden war; indem ich ihm sagte, daß man in unseren Bädern die herrlichsten Statuen derer bewundern kann, die Andalusien in früheren Zeiten besiedelten; indem ich ihm sagte, daß die Alhambra voller Abbildungen von Sultanen, Adligen und Heerführern ist.

»König Ferdinand schenkt Euch dieses Porträt von sich, um sich im voraus für jenes erkenntlich zu zeigen, das er von Euch erbittet.«

Er reichte mir eine Miniatur, auf der ein von glattem, kurzem Haar umrahmtes, volles Gesicht mit runden Wangen und phlegmatisch geschwungenem Mund zu sehen war. Ich dankte ihm.

»Der Wunsch des Königs ist mir Befehl. Bringt diesen Maler zu mir, wann es Euch beliebt.«

Er muß vor der Tür gestanden haben, denn der Burgvogt ging hinaus und kam augenblicklich mit ihm zurück. Als ich ihn sah, war ich bestürzt.

Er hieß Millán de Azuaga. Ich habe nicht herausfinden können, ob er aus der Rioja oder Extremadura stammt, denn er erwähnt beide ohne jede Gefühlsregung. Er ist von kleiner Gestalt, fast schon winzig, hat zarte Hände, scheinbar mehr als zwei, denn er gestikuliert ohne Unterlaß, und tiefliegende, schläfrige Augen.

»Man sagt, ich habe Araberaugen. Glauben Ihro Hoheit, daß es stimmt?« fragte er mich am ersten Tag.

»Jemand versicherte mir einmal, ich habe Odaliskenaugen«, sagte er am zweiten Tag, während er mich unruhig beobachtete.

Er war nicht sehr alt, hatte aber nur noch sehr dünnes Haar, das er kunstvoll anordnete: Er trug es sehr lang und klebte es auf die Stelle, wo er keines mehr hatte.

»So, mein Herr«, hatte der Burgvogt mir eingeredet, als wolle er mich entschädigen, »wird Euch die Zeit des Müßiggangs kürzer werden. Auch wenn mir bekannt ist, daß Ihr lest, schreibt und nachdenkt«, fügte er, halb komplizenhaft, halb feindselig hinzu, im Ton des aufmerksamen Wächters, dem nichts entgeht.

Und wirklich vertrieb der Maler mir die Zeit. Nicht nur,

weil er ohne Unterlaß schwatzte. Er hatte Witz, und er war sich nicht zu fein, arabisch mit mir zu sprechen – er beherrschte es recht gut. Man mußte seiner Unterhaltung folgen wie einem Vogel; keinem Vogel, der singt und dem man lauscht, sondern einem, der umherflattert, mit den Flügeln schlägt, sich einen Augenblick hinsetzt, wieder losfliegt und innehält, sich wieder in die Lüfte erhebt und wieder verweilt. Schließlich ruft er einen leichten Schwindel hervor; doch wenn man beharrlich genug ist, die einzelnen Flüge zu trennen, wird es sogar lehrreich. Mich jedenfalls unterhält er, auch wenn er, genau wie der Burgvogt, ein bevorzugtes Gesprächsthema hat. Ich fürchte, uns allen geht es so.

»Ich war der Leibmaler des Konnetabel Miguel Lucas de Iranzo.«

Anfangs dachte ich, daß er mit dem »Leib« zu weit ging. Heute glaube ich, daß er eher zurückhaltend war.

»Dann, als geschah, was geschah, stellte ich mich in die Dienste verschiedener Herren in den Grenzmarken – die sich, man kann sagen, was man will, immer noch wie Katz und Hund aufführen. Bis ich schließlich meinen Sitz in Córdoba aufschlug. Eine Stadt, die mir gefällt. Ernster und nicht so leichtlebig wie Sevilla, das schon; aber dort kann man zu Würden kommen . . . Denn Ihro Hoheit wissen, was geschah. Jedermann weiß es. Den Konnetabel meine ich. Er war es, der so viele Feste, Theaterstücke, Turniere, Prozessionen, Schauspiele und Farcen in Jaén veranstaltet hat. Auch wenn man es kaum glauben kann: Die Leut' konnten ihn nicht einmal auf der Leinwand ertragen – und bedenkt, daß ein Maler Euch das erzählt. Wie ein Stein lag er ihnen im Magen, denn er machte keinen Unterschied zwischen Mauren, Juden und Christen. Und das, Ihro Hoheit haben es schon bemerkt, wird hier nicht gerne gesehen, nichts weniger als das. An einem Fronleichnamstag – an Fronleichnam feiert man . . . Wir lassen besser die Theologie, wir wollen nicht anmaßend werden –, an einem Fronleichnamstag, beim Hochamt in der Kathedrale, wir waren gerade in der Sakristei darüber am Sprechen, daß ich eine Kreuzabnahme malen soll, und zur halben Stunde, Gott steh mir bei! ... Zuerst war da ein Stein ... Wenn Ihro Hoheit sich etwas bewegen würden, weil, das Licht hat sich geändert. Ein Stein zuerst, dann noch einer, und dann zehntausendfünfhundertfünfzehn. Sie steinigten ihn, zerschmetterten, zerquetschten ihn. Genau vor dem Hauptaltar bewarfen sie ihn mit Steinen. Was für eine Greueltat! Das träume ich immer noch, mehr brauch' ich Euch nicht sagen. Denn mich mocht' er sehr. Und ich ihn auch. Da lag er nun zerschmettert. Und die Gräfin wie tot, ohne ihren Blick von diesem Knäuel aus Blut und Kleidern wenden zu können. Auch tot. Gut, tot war sie nicht, aber so weiß und still, als ob. Was für eine Respektlosigkeit gegenüber dem heiligen Sakrament ... Und alles, weil sie wie Wilde sind. Die Leute im Norden, das weiß man ja. Ob Altkastilien, ob Neukastilien: alle gleich. In den Dörfern: alle gleich. Deshalb bin ich als junger Mann nach Andalusien gegangen, wo die Dinge anders liegen. Mein Konnetabel, der ein Engel war, sagte immer wieder: ›Die Leute kommen von Burgos und Palencia, als ginge es zur Hochzeit des Königs. Wenn sie nur den Hunger und die Kälte loswerden. Dies ist das Paradies auf Erden.‹ Das sagte der Arme ... ach je ... Er war ein himmlischer Engel. Ihro Hoheit werden wohl wissen, was Engel sind, denn in Eurer Religion gibt es sie doch auch, ist es nicht so? Im Grunde gleichen sich alle Religionen. Wie die Menschen. Nein, nicht wie die Menschen, denn einige sind so viel schlechter ... Ein Engel! Kann Ihro Hoheit glauben, daß er sehr, sehr viele Nächte neben seiner Frau schlief, ohne sie anzufassen, bis man sie weckte? Wie er immer sagte: ›Ja, bald wird es Zeit sein zu wachen, und es wird nicht mehr nötig sein.‹ Und in Kastilien geht es doch immer darum, von Schwulen zu reden. Wenn sie einen nicht verstehen oder wenn einer zarter ist oder ein Künstler ist – schwul. Wenn einer nach oben kommt und man ihn stürzen will – schwul. Können Ihro Hoheit mir etwa erklären, was dieses Geschrei soll ... Unsere

Zeit ist – wie soll man sagen? – reizbar. Wie eine schwangere Frau. Da gehen Dinge vor sich, die es nie hätte geben dürfen. Begierde und Herzklopfen liegen in der Luft ... Schon Johann dem II., dem Vater König Heinrichs IV. und Doña Isabellas, hatte man den Spitznamen *Liebhaber des gesamten Adels* gegeben. Ich sage nicht, daß er nicht der Liebhaber Don Alvaros de Luna war, aber ich sage auch nicht, daß er es war. Da sangen sie sofort aus vollem Halse das Lied vom Provinzial und dem suhlenden Edelmann. Natürlich war es in aller Munde, denn es war offensichtlich ... Und als König Heinrich ein Jüngling war, ging der Markgraf von Villena mit ihm ins Bett. War er nicht sein Erzieher? Eine ganz natürliche Sache ... Die arabischen Sitten am Hofe – Ihro Hoheit mögen entschuldigen, weil, ich bin da ganz derselben Meinung – waren sehr schuppig – oder sagt man nicht so? –, besonders bei den hochgestellten Leuten. Und es war nicht anstößig ... Ich weiß nicht, ob diese Sitten da arabisch sind. Das wird immer dann behauptet, wenn man ... sich einer Sach' nicht stellen will. Die Folge ist, daß es jetzt, wie man hört, von unehelichen Kindern, impotenten Ehemännern und Schwulen nur so wimmelt. Wozu diese Verstellung und diese Scheinheiligkeit? Haben sich denn die Leut' und die Sitten nicht geändert? Aber sie werden sich noch mehr ändern, wie der Konnetabel sagte. Ich habe es bei den Herren an der Grenze gesehen, weil, da muß man die Augen zumachen, um nicht zu sehen, was sie machen. Wozu diese Fratzen und Grimassen, statt mit Freuden die Dinge zu nehmen, wie sie sind? Denn das sind alles natürliche Sachen. Deshalb – Andalusien. Ich bin genauso, als wär' ich ein Sohn von hier aus einem Geschlecht von hier. Daß man mir sogar vorwirft, arabische Sitten zu haben. Sollten sie etwa recht haben, Ihro Hoheit? Ich wasche mich, ich parfümiere mich, ich lache, ich lebe ... König Heinrich nannten sie den *Impotenten*. Wie der Konnetabel sagte: Impotent bei wem? Bei der Königin vielleicht, denn mit Gómez de Cáceres, Francisco Valdés oder Beltrán de la Cueva ... Gut, es ist so, daß er für diesen, den er zum Herzog machte, alles tat, bis hin zur Lächerlichkeit. Für ihn gründete er San Jerónimo del Paso in Madrid, weil Beltrán einmal an jenem Ort bei der Bärenjagd so nett und beherzt war. Verrückt muß man sein. Und er verschwägerte ihn mit den Mendozas und brachte ihn bis in die höchsten Kreise. Aber der betrog ihn nach Lust und Laune. Ich sage nur, er ergriff nicht Partei für die *Beltraneja*; ob sie nun seine Tochter war oder nicht, er hätte es machen müssen, selbst wenn es nur wegen des Namens gewesen wäre. Man erzählt sich, daß er nachts in den Palast schlich, weil er sich in die Königin verliebt hatte. Das kann man einem anderen erzählen; bei Nacht sind alle Katzen grau. Er war ein schäbiger, von oben bis unten mit Juwelen behängter Emporkömmling. Und mit meinem Konnetabel verstand er sich nicht gut. Aber das mit dem König halte ich für natürlich. Ihm gefielen die Musik und die Jagd, und ihm gefielen seine Gesellschafter bei Jagd und Musik: eine natürliche Sache. Sie waren ja auch seinesgleichen. Na schön – aber sie waren ehrenhafter, dankbarer und ehrlicher. Anfangs wenigstens. Die Granden waren verdorben wie der König und von bester Herkunft wie der König. Kastilien brauchte frisches, unverbrauchtes Blut. Kastilien und er. Oder finden Ihro Hoheit das nicht? Die Dynastien sterben aus, das weiß man ja. Oh, die Liebe muß selbstverständlich nicht erwidert werden, oder nicht immer; eigentlich so gut wie nie. Vielleicht gehört uns das am meisten, was wir niemals ganz bekommen ... Ich habe gehört, daß Beltrán de la Cueva, der Markgraf von Villena, und Miguel Lucas eine Rauferei hatten, nicht etwa aus Eifersucht auf die Liebe des Königs, sondern auf seine Gefälligkeiten und Geschenke. Ich sage nichts dazu. Mich geht's nichts an. Ich kam aus dem Norden, um freier atmen zu können. Und weil, dort, Hoheit, kann man nur Heilige malen. Hier sind die Gebäude, die Herrschaften und die Kleidung prächtiger. Und dann das Licht, von dem ich genau weiß, daß keiner in der Lage ist, es zu malen. Und das Grün der Felder, die Blumen. Hier gibt es alles. Mit Verlaub gesagt, Ihro Hoheit, es wundert mich nicht, daß Ihr in Granada bleiben wollt. Von Politik versteh' ich nichts, sie gefällt mir auch nicht. Und Kriege auch nicht. Was man so *in den Krieg ziehen* nennt – ich bin nie mitgezogen. Was soll ich im Krieg malen? Ich male im Frieden, so wie jetzt. Und in Ruhe. Aber das mit Granada versteh' ich, weil, es ist ein Garten. Es ist der Garten Gottes, Hoheit: Jeder will ihn haben. Wenn man sich schon darüber freut, Jaén mit seinem tiefvioletten Berg zu sehen, wieviel mehr dann bei dieser niederliegenden – Verzeihung, ich meinte: sich anschmiegenden – Stadt, die aussieht, als hätte man sie gerahmt, damit sie noch schöner wirkt. Ich hab' sie nicht gesehen, aber auf keinen Fall wollt' ich sterben, ohne sie gesehen zu haben . . . Na ja, einmal war ich doch in einer Schlacht, in Lacalahorra; aber ich hab' nicht mitgemacht. Weil, der Konnetabel, der bestand drauf, daß ich ihn begleite. Seine Frau kam ja nicht mit . . . Ihro Hoheit werden mich fragen: ›Und was hat das damit zu tun, daß seine Frau nicht mitkam?‹ Es ist so, daß ich auch nicht weiß, was ich da rede . . . Es ist nicht Eure Schuld, Hoheit, sondern meine, wenn dieses Porträt schlecht gelingt. Ganz allein meine, denn man muß drauf achten, was für Gesichtszüge, welcher Blick, welcher Mund und das alles. Und welche Hautfarbe, so zwischen bräunlich und oliv: schwierig, außergewöhnlich, aber was für eine Farbe! Ich weiß nicht, ob ich es mit diesem vom Grün ins Schwarze gehenden Ton treffe. Nicht ganz, aber es geht. Von Euren Augen red' ich. Jetzt! Mein Herr, was für ein Licht! Wenn es Euch nicht stört, schwatze ich gerne ein bißchen, wenn ich arbeite. Obwohl es mich von meiner Arbeit ablenkt, nicht wahr? Und die ist das Malen. Alles andere ist Zeitvertreib, Möglichkeiten, nicht zu weinen, oder Möglichkeiten zu weinen, was weiß ich . . . Also, wie ich Euch am erzählen war, der Konnetabel war seiner Hoheit Don Heinrich stets treu ergeben. Es heißt, der habe sich beklagt: ›Meiner Hoheit ist er schon ergeben, mir selbst nicht im geringsten.‹ Er machte ihn zum Konnetabel des Heiligen Reiches; aus lauter Liebe bediente er ihn vor den Augen des

Hofstaates bei Tisch – da stehen einem die Haare zu Berge, wenn man nur daran denkt, was heutzutags geschehen würde, wenn jemand das machte ... Aber der Konnetabel entzog sich ihm, er wollte ihn nicht sehen, er ging ihm aus dem Weg. Als hätte er ihn verabscheut. Und Tatsache ist, daß er ihn verabscheute. Viele Male ließ er sich sogar verletzen, um nur eine Ausrede zu haben, seinem Ruf nicht Folge leisten zu müssen. Und so kam es, daß sich der König, als ich auftauchte, schon anderweitig umsah ... Am Hof tuschelte man. Über wen wird an diesem Hof nicht getuschelt? Daß Miguel Lucas seinem Auserwählten Martin Mirones den Baldachin geschenkt hätte, den der König ihm an dem Tag schenkte, als sie zusammen in León einzogen; daß er, als er schon Konnetabel war, in Bailén unter äußerstem Prunk Pfarrer Juán de Fox empfing, der hübsch und Junggeselle war ... Dummes, bösartiges Geschwätz. Es gibt Leute, die taugen nur zu Zitherspiel und Gesang. Ich machte mich aus dem Staub. Mir ist's egal. Ich ging, um den Vorurteilen zu entgehen. Ich glaube jedenfalls nicht, daß Gott die Erde als Tränental erschaffen wollte. Ach je, wie wenig wissen die von der Sache, die sie nicht erlebt haben; und auch die anderen, die sie erlebten, wissen nicht, wie es war ... Egal. Vorbei. Was für ein Frieden, machen zu können, wozu man Lust hat, ohne einen zu stören und ohne gestört zu werden! Drum rede ich so von Granada. Nicht nur, weil's eine herrliche Stadt in einer herrlichen Gegend ist, sondern weil man dort lebt, wie die Menschen leben sollten: seinen eigenen Willen haben und Frieden auf Erden und Seligkeit im Himmel. Seligkeit, oder was auch immer, aber erst im Himmel ... Ich weiß nicht, ob ich mich verständlich ausdrücke. Ich weiß nicht, ob ich Euch schon gesagt habe, daß ich der Leibmaler des Konnetabel Iranzo war. Er nannte mich seine Zierde – denn als er mich kennenlernte, malte ich noch nicht. Es war wie ein Scherz, ein schmeichlerischer Scherz. Seine Zierde hat er mich genannt ... Natürlich sah ich damals noch anders aus; ich war hübsch, auch wenn Ihro Hoheit das für gelogen halten.

Das Leben ist wie ein Betrunkener, den wir am Arm führen: Er taumelt hin und her und stößt uns, wohin wir nie wollten ... Ich bitte Ihro Hoheit, nicht weiterzuerzählen, was ich Euch erzähle. Auch wenn es nichts ist, verglichen mit dem, was ich Euch erzählen könnt' ... Was geschah mit mir, als der Konnetabel starb – ich stand so nah bei ihm, daß er mich mit seinem Blut bespritzte –, als er tot war? Ich denke, sie steinigten mich nicht, weil sie mich nicht sahen. Sie waren ganz blind vor Haß, weil, wenn nicht ... Als Bauersfrau verkleidet ging ich nach Jaén, was wollte ich machen ... Ich ging zuerst nach Baeza und dann nach Ubeda, und wenn nicht eine solche Kälte geherrscht hätt', wär' ich dort geblieben, denn da gibt es auch viele vornehme Herrschaften. Aber ich wollt' auch keinem festen Herrn mehr dienen. Der Konnetabel war genug Herr, ich hatte schon genug davon ... Seine Zierde nannte er mich. Und Geschenke machte er mir, gab mir einen Mallehrer, und wenn er nicht in den Krieg mußte, erfand er den ganzen Tag Feste und Bühnenausstattungen für Weihen und Komödien und Mysterienspiele. Wir richteten Kirchen her, weil, es machte ihm Freude, sie zu betreten. Seine Zierde nannte er mich ... Ich habe die Grafen von Arcos gemalt, und den Markgraf von Cádiz, und den Herzog von Medina Sidonia, das war ein Hitzkopf, der es in sich hatte. Aber das sind keine schönen Leut', man muß die Dinge beim Namen nennen. Eingebildete Leut', stolz auf sich selbst, die sich für Könige halten, weil sie noch nie einen wirklichen König gesehen haben. So wie Euch, Hoheit, Gott segne Euch, dem man auf hundert Meilen ansieht, daß Ihr als König und zum König geboren seid. Und der, wenn er stirbt – was der Himmel verhindern möge! –, der größte aller Könige sein wird.«

Mit dem Porträt geht es sehr langsam voran. Man könnte sagen, daß es keinerlei Fortschritte macht. Vielleicht im Sinne des Malers, der sich bei mir ausspricht, wobei er Kastilisch und Arabisch mischt wie einen gehaltvollen grünen Salat. Er stellt mich mit einer rotgesäumten Falknerstange und in einer halboffenen Jacke dar, welche er statt mit arabischen Buchstaben, die er nicht kennt, auf der einen Seite mit Wappenlilien und auf der anderen mit einigen kleinen Rosen bemalt hat, in Anlehnung an unseren Geschmack geometrisch angeordnet. Auf den Kopf hat er mir ein kleines Barett gesetzt, das ich nie im Leben tragen würde. Aber ich denke, daß es für den Zweck des Gemäldes schon gut sein wird. In Anbetracht der Durchtriebenheit Don Ferdinands kann ich die Absicht zwar nicht erraten, ich fürchte allerdings, daß es nicht aus Gewogenheit geschieht. Der arme Millán erwies mir bereits eine große Gefälligkeit, indem er mir eine jener Kronen malte – auch wenn sie noch nicht ganz fertig ist –, welche die Könige auf den christlichen Münzen, den Gemälden und Grabstatuen tragen und von denen es uns, aus elementaren Gründen der Bequemlichkeit, niemals einfallen würde, sie uns mitten auf die Stirn zu drücken.

Heute bin ich in der ersten Stunde des Nachmittags, nach dem Essen, eingeschlafen. Dabei war mir ein Buch Yalals al Din Rumis aus der Hand geglitten. Ich weiß nicht, mit welcher Ausrede Millán de Azuaga sich Zutritt zu verschaffen wußte. Ich tat so, als schliefe ich noch, denn mir fehlten die Nerven, seinem Geschwätz zuzuhören. Die Hitze war drückend wie eine schwere Decke; das Licht der großen Fenstern war wie Ofenglut, nicht der leiseste Windhauch bewegte die Vorhänge. Der Maler rief mich mit leiser Stimme, ich weiß nicht, ob er mich nicht wecken oder ob er feststellen wollte, ob ich nicht wach wurde.

»Hoheit«, flüsterte er, »Hoheit!«

Er schlich sich leise zum Diwan; er streifte meinen linken Fuß, von dem sich der Pantoffel gelöst hatte; seine zarte Berührung gab mir das Gefühl, ohnmächtig zu werden. Als ich mir seinen Gesichtsausdruck vorstellte, seine Augen, seine Lippen, mußte ich mich beherrschen, um nicht loszulachen, vielleicht auch, um nicht in Tränen auszubrechen. Er streichelte meinen

Fuß, immer inniger, je größer seine Gewißheit wurde, daß ich schlief. Er küßte ihn, und ich spürte die Feuchtigkeit seines Kusses auf meiner Haut. Ich hörte einen schwachen Seufzer, der fast ein Schluchzen war. Ich bewegte mich, damit er sich der Gefahr bewußt würde, der er sich aussetzte, nicht durch mich, sondern durch eventuelle Wächter. Er murmelte etwas Kurzes, Leidenschaftliches vor sich hin. Ich drehte mich zu ihm um, und durch die Wimpern hindurch sah ich ihn, wie er mich kniend, mit einem bewundernden Ausdruck und seitlich geneigtem Kopf betrachtete. Er hielt meinen Pantoffel in der Hand und drückte ihn an seine Brust. Lautlos setzte er sich auf den Schemel, den er nie benutzt, wenn er mich malt.

»Vor Ihro Hoheit«, sagt er, »steht es mir nicht zu, mich hinzusetzen, auch wenn Ihro Hoheit, der ein leibhaftiger König ist, es mir gestatten.«

Er setzte sich und preßte die Oberschenkel gegeneinander. Er krümmte sich. Er streichelte und küßte den Pantoffel, wobei er mich ansah – ohne mich zu sehen, denn wenn er mich gesehen hätte, müßte er bemerkt haben, daß ich ihn sah. Ein stoßweises Keuchen entrang sich seiner Brust. Ich bemerkte bei ihm eine so große Begierde nach meinem Körper, daß mein Herz schneller zu schlagen begann, wie bei einem, der in seiner unmittelbaren Nähe eine drohende Gefahr bemerkt. Nach einer endlos langen Zeit stieß er einen sehr tiefen Seufzer aus, ich nehme an, als er sich ergoß. Dann warf er seinen armen, fast kahlen Kopf nach hinten, ließ seine Schultern fallen, die er hochgezogen hatte, der Pantoffel entglitt seinen Händen. Einen Augenblick lang verharrte er unbeweglich. Dann stand er auf, hob den Pantoffel vom Boden auf, legte ihn hin, wo er ihn gefunden hatte, und völlig geräuschlos verließ er auf Zehenspitzen den Raum, wobei er zurückblickte, um mich noch einmal anzusehen.

Am nächsten Morgen kam Mencia, die Nichte des Komturs Alarcón, mit einem kleinen Hund auf dem Arm zu Besuch. Eine Hündin in der Burg hat neun Junge geworfen; sie haben alle in einen Sack gesteckt und in einem nahen Bach ertränkt, bis auf diesen einen. Er ist ein kleiner Dickwanst mit hellem Fell. Sein Kopf zuckt, wenn er mit der Schnauze die Zitze seiner Mutter sucht, denn er ist noch blind. Fast wie seine Herrin, die mich mit blassen, etwas schielenden Augen ansieht und nicht weiß, wo genau ich mich befinde, bis sie meine Stimme hört.

»Wie heißt er?« ließ ich sie durch den Übersetzer fragen.

Bei zwei oder drei Gelegenheiten hat sie es, ohne es beabsichtigt zu haben, mit ihrer zurückhaltenden, aufrichtigen Art geschafft, daß ich meine gespielte Unkenntnis ihrer Sprache vergaß, welche ich übrigens jeden Tag besser spreche, wenn auch nur mit mir selbst.

»Er hat noch keinen Namen. Er wurde nicht getauft.«

Bei dem Gedanken, die Erwähnung der Taufe könne mich stören, oder weil sie sich schämte, die Taufe eines Hundes gemeint zu haben, rötete sich ihr Gesicht.

»Hernán ist ein hübscher Name für ein kleines Hündchen«, sagte ich zu ihr.

»Hernán? Als ob er ein Mensch wäre?«

»Ich glaube nicht, daß es ihm etwas ausmacht: Hunde sind nicht nachtragend.«

Mencia lachte. Mit einer Hand hob sie den Welpen in die Höhe, mit der anderen streichelte sie das runde, rosige Schnäuzchen.

»Hernán. Hernán«, sagte sie zärtlich. Der Welpe bewegte zustimmend den runden Kopf.

»Seht Ihr? Er hat schon seinen Namen gelernt.«

Als sie bemerkte, welche Freude mir das Hündchen machte, schenkte sie es mir, damit es mir Gesellschaft leiste. Ich habe den Verdacht, sie gibt es mir, weil sie, vielleicht unbewußt, eine Entschuldigung sucht, damit sie kommen und fragen kann, wie es ihm geht, ob er sich gut beträgt und ob ich ihn noch mag.

»Was hat Hernán doch für ein Glück!« rief sie aus, während sie ihren Blick auf mich zu richten versuchte.

»Mehr als seine acht Geschwister jedenfalls.«

»Deswegen sage ich es nicht«, murmelte sie, und errötend fügte sie hinzu: »Leben ist nicht immer gut. Es hängt sehr davon ab, mit wem man lebt . . .«

Ich vermute, daß sie sich in mich verliebt hat. Es ist logisch: nicht weil ich gut aussehe oder liebenswert bin, sondern weil ich der einzige Mann hier bin, dessen Abstammung es zuläßt, daß sie sich verliebt. Was ich meinerseits nicht bieten kann, erfindet sie ihrerseits dazu, und noch mehr.

»Doña Mencia ist eine rechte Närrin«, sagte Millán de Azuaga, als er den Welpen sah, der noch von seiner Mutter gesäugt und mir ab und zu gebracht wird. »Dieser Köter wird Ihro Hoheit den Alkoven verschmutzen. Die einfältige Doña Mencia weiß nicht, wie sie Eure Aufmerksamkeit auf sich lenken soll. Als wären wir anderen blind und würden nichts bemerken. Wir müßten schon so blind sein wie sie, die den lieben langen Tag gegen Türen und Bedienstete rennt . . . Ihr Onkel hat mir gesagt, daß ich sie malen muß, bevor ich weggehe. Wenn das so ist, bleib' ich lieber hier. Weil, es ist kein Zuckerschlecken, eine Frau zu malen, von der man nie weiß, wo sie hinsieht. Ihro Hoheit werden noch sehen, daß ich sie im Profil malen muß.«

»Dieser Maler Azuaga«, sagte Mencia, »verehrt Euch so sehr, daß er von nichts anderem mehr spricht als von *seiner Hoheit.* Er redet, als würde er Euch ein Leben lang kennen. *Seine Hoheit mag diese Speise, Seiner Hoheit mißfällt Lärm zu dieser Stunde* . . . Er ist noch keinen Monat in der Burg und befiehlt und gibt mehr Anordnungen in Eurem Namen als Eure Bediensteten. Die Leute, wenn sie nicht dumm sind, kennen seinen wunden Punkt sehr genau.«

»Ist er etwa krank?«

»Ich, wie Ihr verstehen werdet, habe nichts davon bemerkt.«

»Ja, natürlich«, sagte ich, womit ich mich auf ihren Sehfehler bezog.

»Aber ich habe in der ganzen Burg darüber reden hören, daß er einen wunden Punkt hat.«

In dieser wunderlichen Gesellschaft, von der ich Hernán bei weitem am meisten schätze, vergehen die Tage, die Nächte, die Wochen. Unabänderlich, bedrückend eintönig. Wenigstens wächst Hernán, er ändert sich, beginnt schon völlig respektlos zu beißen. Wenn es nur das Beißen wäre, bei dem es ihm an Respekt mangelt . . .

ICH WEISS NICHT genau, wie die da draußen über mich urteilen werden, weder die Meinen, noch die Gegenpartei – falls nicht auch die Meinen Gegner sind. Es gibt Stunden, in denen mein Mut sinkt und ich lieber sterben würde, als mich weiter durch die Zeit zu bewegen wie ein Schwimmer im luftleeren Raum. Stunden, in denen ich mich frage, wozu und für wen ich lebe, was Leben bedeutet . . . Ich habe zu lesen begonnen, um mich zu zerstreuen und etwas von den vielen Dingen zu lernen, von denen ich nichts verstehe. Aus einer beharrlichen, unbegründeten Hoffnung heraus habe ich für meine Söhne zu schreiben begonnen. Mittlerweile verstehe ich nicht mehr, wozu ich das eine oder das andere mache. Mittlerweile ist es mir gleich, ob ich lese oder nicht lese, ob ich schreibe oder es lasse. Die Hoffnung ist vor mir gestorben.

HERNÁN IST JETZT ein paar Monate alt. Gestern habe ich darum gebeten, daß man ihn über Nacht bei mir läßt, und ihm ein

Kissen ans Fußende meines Bettes legen lassen. Es war die erste Nacht ohne seine Mutter, und so winselte er ununterbrochen und ausdauernd. Er fühlte die Einsamkeit wie einen ungewohnten, unerträglichen Schmerz, der nicht nachläßt. Die Diener wollte ich nicht verständigen. Als ich die Fackel entzündete, blickte er still und traurig zu mir auf, in seinen Augen sah man zwei kleine Halbmonde. Noch nie habe ich aus nächster Nähe eine solche Verlassenheit, eine solche Schutzlosigkeit miterlebt, eine lebende, mir nahestehende Kreatur so wehrlos gesehen, mich selbst ausgenommen. Din war immer selbstsicherer.

Ich hockte mich zu dem kleinen Hernán und begann ihn zu streicheln, um ihm mein Mitgefühl zu zeigen, und sofort drehte er sich um. Er legte sich auf den Rücken, mit dem Bäuchlein nach oben, schutzlos, hilflos, rundlich, die Pfoten angezogen, die Monde in seinen Augen waren größer als je zuvor. Der Mensch ist ein Tier wie alle anderen, das, wenn es lange genug darüber nachdenkt, feststellt, daß es ein Tier wie alle anderen ist: Das ist der ganze Unterschied. Es ist nur so, daß der Mensch fast nie genügend nachdenkt. Mich überkam die drängende Versuchung, den kleinen Hund in meine Arme zu nehmen und ihn zu wiegen, aber man muß sich sofort zur Ordnung rufen. Din wurde mir jede Nacht weggenommen, außer damals, als er mich voller Freude aufweckte, weil er es geschafft hatte, mich wiederzufinden und zu seinem Herrn zurückzukehren ... Din, und jetzt Hernán. Die anderen, die ich gehabt habe, waren Jagdhunde, die bei der restlichen Meute blieben. Aber dieser hier war allein. Genau wie ich. Allein, wiederholte ich lautlos, während ich die Fackel löschte. Wie mühsam ist es, sich daran zu gewöhnen. Dann sagte ich laut zu Hernán: »Du mußt gute Manieren bekommen, wenn du mit den anderen zusammenleben willst. Von euch verlangen die Menschen, was sie selbst nie tun. Ich kann dich nicht zu mir nehmen. Wir alle gewöhnen uns an die Einsamkeit, du wirst es noch merken. Habe ich mich nicht daran gewöhnt, seit ich ungefähr so alt war wie du?« Hernán winselte. Kurze Zeit sah es aus, als beruhigte er sich, aber nur, um dann noch lauter zu winseln. Gequält kam ich meiner traurigen Pflicht nach, mich taub zu stellen. Bis ich vor Müdigkeit einschlief.

Plötzlich ließ die Stille mich wach werden. ›Er ist klug‹, dachte ich. Ich machte Licht. Hernáns Kissen war leer. Ich mußte lachen. Und wie klug er war: In meine Kissen gekuschelt, war Hernán endlich zufrieden und schlief. Auch wenn er ein klein wenig seufzte. Ich ließ ihn gewähren. Wie konnte ich ihm den Körperkontakt verweigern, wenn er ihm half? Daß ich ihn angenommen hatte, war wohl der Grund dafür, daß er bei mir sein wollte. Ist es bei den Menschen nicht genauso? Seine Art der Begleitung besteht darin, uns darum zu bitten, uns glauben zu machen, daß wir für jemanden unentbehrlich seien, uns aus Liebe zu Vater, Mutter und Gott in einer Person zu machen. Überzeugt davon, daß ich auch die Schlacht um die guten Manieren verlieren würde, schlief ich mit dem Hündchen im Arm ein. Wir schliefen beide gut.

MAN HAT BEREITS Maßnahmen zu meinem Freikauf ergriffen. Mir ist klar, daß sie nicht so nachdrücklich sein werden, wie ich es mir wünschte. Der Burgvogt hat Befehl, mich genauestens über sie zu unterrichten. Ich weiß nicht, was König Ferdinand damit bezweckt: Ich denke, er will mich über das auf dem laufenden halten, was ihm gerade einfällt.

Offenbar unternahm mein Vater die ersten Schritte. Nacheinander erschienen zwei Gesandte. Zuerst schickte der Gebieter und Herr von Granada einen sevillanischen Ritter, den er aus diesem Grunde aus der Gefangenschaft entließ; wie man mir sagte, handelte es sich um Juan de Pineda. Unter dem Vorwand, die Freilassung weiterer Gefangener auszuhandeln, erschien er vor König Ferdinand, um ihm eine der beiden folgenden Forderungen darzulegen: entweder die Verlängerung meiner Gefangenschaft, oder, besser, die Auslieferung meiner Person und meiner offenkundigen Anhänger im Tausch gegen den Grafen von Cifuentes, Stadtverwalter von Sevilla, seit der Niederlage in der Ajarquía in Granada festgehalten, und weitere, von den Königen auszuwählende Ritter. Der zweite Bote – mit demselbem Vorschlag – war ein Händler aus Genua, Francisco Centurión, der durch seinen Handel Beziehungen zum christlichen Hof unterhält. Zweifellos ist es die größte Bestrebung meines Vaters, mich als Gefangenen in seine Gewalt zu bringen, weil es ihm mehr Sicherheit bietet, als wenn ich mich in der Gewalt des Feindes befinde; auch wenn es für ihn das Allersicherste wäre – und ich fürchte, daß er letztlich darauf aus ist –, wenn es mich überhaupt nicht gäbe, weder frei noch als Gefangenen. Ein toter Widersacher ist der beste Widersacher.

Meine Mutter ihrerseits hat Aben Comisa mit Ali Alacer und weiteren Edelleuten entsandt. Sie schlägt für meine Freiheit eine jährliche Zahlung von zwölftausend Zahenes vor – das sind ungefähr vierzehntausend kastilische Dukaten, sagt Alarcón – und die Anerkennung der Oberhoheit der Könige. Das heißt, daß sie sich mit der Anerkennung der Vasallenschaft abfindet, für sie eine erzwungene Liebeserklärung. Außerdem sollen vierhundert jener Gefangenen übergeben werden, die sich in den Kerkern der Alhambra befinden, zusätzlich fünf Jahre lang jeweils sechzig weitere – womit sie schlauerweise absichert, daß die Könige mir wieder zum Thron verhelfen und mich unterstützen – sowie zehn Söhne hoher, getreuer Würdenträger als Geiseln für mich. Sie deutet an, daß die Zahl der zu übergebenden Gefangenen möglicherweise steigen könne, je nach Rang und Bedeutung, und auch die Höhe des Lösegeldes. Aber es sieht so aus, als forderten die Könige zusätzlich zu den zehn oder zwölf jungen Geiseln meinen Sohn Ahmed, der erst zwei Jahre alt ist, und meinen Bruder Yussuf. Diese letzte Bedingung wird meine Mutter sicherlich entmutigen. Dort, wo sie jetzt ist, ohne mich, kann sie erreichen, daß meine Anhänger Yussuf an meiner Statt zum Sultan ausrufen oder daß man, falls die Lage sich bessert und sie genügend Einfluß hat, meinem Sohn die Regierung übergibt. Sie wird es für ein zu großes Wagnis halten, diese beiden Möglichkeiten gegen eine einzige, nur sehr schwache, auszuspielen.

Ich komme zu dem Schluß – und ich fürchte, die Könige ebenfalls –, daß ich vorläufig in Gefangenschaft bleiben werde. Hier bin ich allen am nützlichsten, das steht fest.

Es blieb nicht aus, daß mich aus Quellen, die ich nicht nennen werde, weitere Meldungen erreichten. Schon bevor sie die Angebote überdachten, wägten die Könige ab, ob es vorteilhafter sei, mich freizulassen, oder ob man mich weiter gefangenhalten solle. Im Kronrat herrschten zwei Meinungen vor: Don Alonso de Cárdenas, der Großmeister der Jakobsritter, der die eine Partei anführte, ist der Ansicht, daß es angebrachter sei, weiter Krieg zu führen, während ich in Porcuna sei und somit nicht daran teilnehmen könne; damit stünde man einem alten, kranken und unbeliebten Sultan gegenüber statt einem tapferen und äußerst geschätzten, jungen Anführer, der von vielen leidenschaftlichen Anhängern umgeben wäre. Wenn ich in Freiheit sei – meint der Großmeister, der, was mich betrifft, maßlos übertreibt –, würde die Eroberung schwieriger und blutiger.

Ponce de León hingegen, der einflußreiche Markgraf von Cádiz, ist der Meinung, daß man mich freilassen solle, wenn die günstigsten Bedingungen ausgehandelt seien. Meine Freilassung – so seine Überlegung – wäre sehr nützlich, um die Zwietracht zwischen meinem Vater und mir, seinen und meinen Anhängern, noch weiter zu schüren. Der Bruderzwist würde unser Reich endgültig aushöhlen, und wir würden unsere Kräfte in Bürgerkriegen und Parteienhaß vergeuden, so daß wir stehenden Fußes unserer eigenen Zerstörung entgegeneilten.

Es steht außer Frage, daß der Markgraf von Cádiz, der in den Grenzmarken geboren ist und dort seine Erfahrungen gemacht hat, uns besser kennt als der Großmeister des Santiago-Ordens. Aber wofür wird sich Ferdinand, der gerissener ist als alle anderen, entscheiden?

ALS DER BURGVOGT mir wieder einmal von jener unbekannten Schlacht von Estepa erzählte, in der er der Erzengel Michael gewesen war, listete er, nicht ohne Neid und mit einigen giftigen Bemerkungen, die Entschädigungen auf, welche die Könige dem Grafen von Cabra und dem Burgvogt von Donceles zugestehen mußten.

Ganz unerwartet ist es bereits ziemlich kalt geworden. Zusätzlich zu dem Kamin, der mir immer noch ungeheuer vorkommt, denn er ist so groß, daß Don Martin und ich uns in seinem Innern unterhalten könnten, habe ich noch um ein Kohlenbecken gebeten, an dem ich mich bequemer und sicherer fühle. Der Burgvogt berichtete mir über die Ereignisse in Vitoria, einer Stadt im Norden, in der die Könige zur Zeit residieren, als ob es sich um eines der kastilischen Märchen handele, die sie sich in langen Winternächten am lodernden Kaminfeuer, dem einzigen, was bei ihnen lodert, erzählen, um die Langeweile zu vertreiben. In Vitoria verhandelte die Königin über die Vermählung Prinz Johanns mit einer Prinzessin aus dem französischen Königshaus. (Diese Hochzeit fand nie statt. Der unglückliche Prinz wurde mit einer österreichischen Erzherzogin vermählt, die in bezug auf Fleischeslust unersättlich war, so sehr, daß sie die Gesundheit und das Leben aus ihrem Ehemann heraussaugte. Den Ärzten und Beichtvätern, die auf die Trennung der Körper drängten, da derjenige des jungen Ehemannes durch soviel Vereinigung verfiele, pflegte die Königin, die zu allem fähig war, um ihren Willen durchzusetzen, zu sagen: »Was Gott verbunden hat, das soll der Mensch nicht scheiden.« So verloren sie ihren einzigen männlichen Nachkommen. Nicht alle Frauen gleichen sich, aber Doña Isabella und meine Mutter schon. Und wie! Bei mir hatte die Königin keine Bedenken, mich von Moraima zu trennen; bekanntlich mißt man den Feind mit dem Maß eines anderen Gottes: dem des grausamen Kriegsgottes.)

Onkel und Neffe kamen getrennt in Vitoria an; seit dem Streitgespräch von Lucena hatten sie die Beziehungen zueinander abgebrochen. Sie waren – der Onkel dem Anschein nach in etwas besserer – Begleitung weiterer Herren und des Kardinals von Spanien. Wie bei den Christen üblich, wurden sie unter Trompetenklängen zu den Königen geführt. Man gewährte ihnen das Privileg, in Anwesenheit der königlichen Häupter zu sitzen, was eine große Ehre ist, und lud sie zum Essen ein. Zwölf Gänge wurden aufgetragen; jedesmal, wenn man einen neuen brachte, erklangen Flöten und Pauken. Dann gab es ein Fest, an dem die Infantin Doña Isabella teilnahm, welche dem König von Portugal versprochen ist, und ungefähr dreißig weitere, mit Brokat und Geschmeiden herausgeputzte Damen. (Jene Infantin, welche später die *Heilige Königin* genannt wurde. Während ihrer ersten Schwangerschaft wurde sie Witwe, und bald darauf starb auch ihr Sohn, der Spanien und Portugal erben sollte. Sie heiratete dann den nächsten König von Portugal, der bereits einer ihrer Schwestern versprochen war; sie vermählte sich unter der strengen Auflage, daß in seinem Königreich das Inquisitionstribunal eingeführt wurde, auch wenn ihm die Sache nicht behagte. Wie man hier in Fez sagt: Glücklich der Zweig, der sich seinem Stamm angleicht.) Alle tanzten, auch die Könige. Aber wie sie tanzen: die Damen mit den Damen und die Ritter mit den Rittern. Ich weiß nicht, ob das auf die Dauer vergnüglich ist. Schamhaft ist es jedenfalls. Der Burgvogt konnte mir nicht genau sagen, ob sie, als man des Tanzens müde war, wieder speisten oder ob man sie für den folgenden Tag einlud. An dieser Stelle zog es Don Martin zu seiner Schilderung der mysteriösen Schlacht von Estepa zurück; das andere war ihm zu oberflächlich. Er verweist gerne auf das *Goldene Zeitalter* der Reconquista – so sein Ausdruck –, als Heldentaten nicht so hoch belohnt wurden.

»Mit der Ausnahme natürlich, daß diese Herren das Glück hatten, einen Maurenkönig am Kragen zu packen.«

Ich lächelte, aber weder antwortete ich, noch unterbrach ich ihn oder erwähnte meinen Kragen, denn vom Glück meiner Häscher erzählte er noch lieber als vom goldenen Zeitalter. Kurz und gut: Für ihren Sieg und meine Gefangennahme gewährte man ihnen die hohe Ehre, von jetzt an den Kopf des Königs von Granada in ihren Feldzeichen zu führen.

»Ein bis jetzt einmaliges Wappen unter den christlichen Adligen«, stellte Don Martin unnötigerweise fest.

Und als Rahmen für diesen – also meinen – Kopf die zweiundzwanzig Banner, welche uns in der Schlacht entrissen wurden.

Wie der Burgvogt berichtet, der versichert, das neue Wappen gestern morgen gesehen zu haben, ist darauf, inmitten eines strahlenden, denkwürdigen Nimbus von Bannern, der Oberkörper eines Sultans mit Krone und Turban zu sehen, um dessen – also meinem – Hals zum Zeichen ewiger Knechtschaft eine Kette gelegt ist.

Ich begann zu fürchten, daß meine Freilassung doch noch auf sich warten lassen würde. Mit einem etwas dümmlichen Gesichtsausdruck faßte ich mir an die Kehle: Für diese Leute ist es etwas Besonderes, Teil eines Wappens zu sein. Die Nichte des Burgvogts nahm an der Unterhaltung teil und versuchte, der Schilderung die Spitzen zu nehmen.

»Regt Euch nicht auf, Hoheit. Sie gehören weder zu den Granden von Kastilien, noch steht Euer Name auf dem Wappen.«

Ich dachte, daß sie mit ihrer Kurzsichtigkeit ihn niemals lesen könnte, selbst wenn er daraufstünde. Und daß sie, wenn sie Granden wären, auch noch den unteren Teil meines Körpers in ihr Wappen aufgenommen hätten. Keiner dieser beiden Gedanken tröstete mich. Der Burgvogt ließ mich nicht weiter nachdenken.

»Onkel und Neffe, die sich darum zankten, wer im Mittelpunkt des Heldenstücks stehe – als wäret nicht Ihr die Hauptperson –, streiten sich jetzt um die Leitsprüche, die sie unter ihren Wappen stehen haben. Der Neffe wählte einen Vers aus dem ersten Brief des Apostels Paulus an die Korinther – das ist ein Teil unserer Heiligen Schrift –, welcher lautet: *Haec omnia operatur unus,* was soviel heißt wie: ›Dies alles wirkte einer‹, um in aller Deutlichkeit klarzustellen, daß er und niemand sonst Euch gefangengenommen hat. Doch als der Onkel davon erfuhr, wählte er ein Zitat aus dem Johannesevangelium, um den Ausgang des ganzen Abenteuers zusammenzufassen: *Sine ipso factum est nihil*, zu übersetzen mit: ›Nichts geschieht ohne ihn‹, damit die ganze Welt erfahre, daß seine Teilnahme entscheidend war. Was hätte ich nach der glorreichen Schlacht von Estepa nicht alles auf mein Wappen schreiben können!«

Ich unterhielt mich damit, daß ich mir die Frage stellte, ob die ganze Welt sich so brennend dafür interessierte, wie, wann, wo und von wem ich gefangengesetzt wurde. Ich wage wirklich nicht wiederzugeben, was ich mir antwortete.

DA IM WINTER keine Feldzüge unternommen werden, haben einige Ritter des Calatrava-Ordens Aufnahme in der Burg gefunden. Einige sehr junge sind darunter. Die Christen feierten die Geburt des Propheten Jesus und des neuen Jahres mit großen Festlichkeiten und üppigen Banketten. Einige Tage lang wirkten alle ungewöhnlich fröhlich, trotz der schneidenden

Kälte, die durch die Ritzen der Fenster und Türen dringt – alle, außer Millán de Azuaga, der vorbeigekommen ist, um sich zu verabschieden, das Gesicht in Falten gelegt wie ein erschrecktes Kind.

»Was auch geschehen mag, ich werde Euch nie vergessen, Hoheit«, sagte er, und sein Mund verzog sich vor Gram.

Er kniete nieder, um meine Hand zu küssen. Mit der freien Hand gab ich ihm ein paar aufmunternde Klapse auf den Kopf. Genau das aber ließ ihn die Fassung verlieren. Er begann zu weinen und rief in einem fort: »Ich bin unglücklich, mein Herr. Sehr unglücklich. Sehr unglücklich.«

Ein Wärter zog ihn gewaltsam aus dem Raum.

»Ich werde Euch nicht vergessen. Lebt wohl! Ich werde Euch nicht vergessen . . . Niemals . . .«

Er wimmerte, während der Wächter ihn hinausschleifte, und klammerte sich mit seinen winzigen Händen am Türrahmen fest.

Sein Abschied war so herzzerreißend und kam so plötzlich, daß ich mich für die Gründe interessierte. Einer der Diener erzählte mir, daß Millán de Azuaga dabei überrascht worden war, wie er sich vom ältesten Sohn des Zimmermanns beschlafen ließ. Man bringt beide nach Córdoba, wo ihnen der Prozeß gemacht wird. Es ist möglich, daß sie auf dem Scheiterhaufen sterben, zur Abschreckung für die anderen.

»Man muß äußerste Vorsicht walten lassen«, sagte der Ordensmeister zu mir. »Ein Apfel kann die ganze Ernte verderben. Wo kämen wir hin mit diesen Kriegen zur Ehre Gottes, wenn man die ruchlose Sünde nicht mit dem Tode bestrafte?«

Ich versuchte ihm zu widersprechen, aber er brach das Gespräch brüsk ab.

»Was von jetzt an geschieht, ist nicht mehr meine Sache. Die Sünder sind in der Gewalt des kirchlichen Arms. Durch ihn wird Gott sie bestrafen. Um nichts in der Welt würde ich mich in eine so unehrenhafte, widerliche Angelegenheit einmischen.«

Mir schaudert bei dem Gedanken, wie groß das Verlangen oder die Liebe eines Christen sein muß, damit er sein Leben – und seinem Glauben nach auch das ewige Leben – aufs Spiel setzt, um einen Körper in Besitz zu nehmen. Sie machen aus den Genüssen des Fleisches etwas so unendlich Waghalsiges und Gefährliches, daß ich dazu neige, Liebhaber zu bewundern. Die Unerschrockenheit, mit der sie für einen Kuß die ganze Ewigkeit riskieren, erscheint mir lächerlich und gleichzeitig erstaunlich. Zu Recht haben sie das erfunden, was sie Bußsakrament nennen, und die Schweigepflicht, zu der ihre Priester offenbar verpflichtet sind; gäbe es das nicht, könnten sie dieses nicht zu ersetzende Leben nicht ertragen, das für sie nichts weiter ist als der unheilvolle Wucherpreis für das nächste. Es ist mir unmöglich, sie zu verstehen.

Wie anders ist doch unsere Lehre, oder zumindest unsere Art, und, in meinen Augen, um wie vieles vorzuziehen! Der Mensch hat zu viele Sorgen, um sie durch die eiskalte Auffassung von Sünde noch zu mehren, die zu verzeihen oder zu bestrafen andere Menschen sich hier berechtigt glauben. Falls es die persönliche Sünde gibt, sollte jeder einzelne sie in seinem Inneren erkennen.

Dabei ist es ganz sicher so, daß die christliche Wertauffassung durch den unheilvollen Reiz des Verbotenen das Gefühl entflammt und die Wollust anfacht. Aber ich frage mich, welche Religion ein Recht dazu hat, die Sünden der Liebe zu verurteilen und zu verdammen oder auch nur zu denken, daß es sie gibt.

Das schlimme Schicksal des unglücklichen Millán de Azuaga und seines Zimmermannes haben mich an ein Gedicht erinnert, das mir, ich weiß nicht, warum, im Gedächtnis geblieben ist. Es stammt von einem Valencianer, der es vor mehr als dreihundert Jahren schrieb. Sein Name war Al Rusafi.

Das Handwerk des Zimmerers lernte mein Geliebter, und ich sagte mir:
Vielleicht lernte er es, während er mit seinen Augen Herzen zersägt.
Unselig die Stämme, die er bearbeitet, schneidet, die er schlägt und mit seiner Axt verwundet.
Jetzt, da sie nur noch Holz sind, zahlen sie für ihr Vergehen:
Denn als sie noch Äste waren, wagten sie, die Schlankheit seiner Taille nachzuahmen.

MAN BEHAUPTET, DASS dieser Winter besonders kalt sei; dem ist sicher so. Jedenfalls wird es in Granada noch kälter, sobald die Sonne an Kraft verliert. Wenn ich hier an meinem Kamin sitze, in den Mantel gehüllt, den Moraima mir schicken ließ – »Von mir selbst genäht«, schrieb sie in dem beiliegenden knappen Briefchen, das ein wenig nichtssagend war, um, wie ich annehme, die Neugier meiner Wächter unbefriedigt zu lassen –, fröstelt es mich schon bei dem bloßen Gedanken an die unerträgliche Kälte in den Straßen und Höfen der Alhambra. Wenn ich mich für den Palast Yussufs III. entschied, dann unter anderem deshalb, weil er der kleinste ist, denn er liegt tiefer als die Paläste Yussufs I. und Mohammeds V.

Jemand hat einmal geschrieben:

Granada – keine Stadt kommt dir an Schönheit gleich,
nicht in Ägypten, Syrien, nicht im Irak.
Granada – du bist die Braut,
die andern Städte deine Hochzeitsgabe.

Unleugbar hatte er recht. Doch auch Ibn Sara, ein Dichter aus Santarem, traf die Wahrheit, als er sich zitternd und starr vor Kälte an die Granadiner wandte:

Ihr Leute aus diesem Lande: Laßt das Beten sein,
mit Hingabe widmet euch verbotenen Dingen.
So könnt ihr euch ein Plätzchen in der Hölle sichern:
Das Feuer dort ist so angenehm,
wenn der Nordwind bläst.

Ibn al Hay – heute, das brachliegende Land vor Augen, fühle ich mit den Dichtern – hatte recht, als er schrieb:

Gott schütze die Bewohner der Stadt Granada,
denn sie ist die Freude der Trauernden, Hafen der Flüchtenden.
Doch Gram bedrückt meinen Gefährten, als er bemerkt,
daß die Wiesen ein Paradies aus Eis sind, von Kälte bedeckt.
Gott machte Granada zur Pforte seines Reiches,
und doch ist da keine Grenze, die der Kälte den Zugang verwehrt.

Wer die Sultane von Granada beneidet, weiß nicht, daß ihre Paläste eher schön als bewohnbar sind und daß man an den Frühling und den Sommer dachte, als man sie baute. Im Winter flieht man besser in mildere Gegenden; deshalb sind Almuñécar und Salobreña meine Lieblingsstädte: Ich bin sehr verfroren. Ich verstand nie, warum die Kalifen von Córdoba bequem über unterirdischen Heizsystemen lebten, die ihnen ein angenehm warmes Wohnen ermöglichten, während wir Sultane von Granada uns mit nicht immer wohlriechenden Kohlenbecken bescheiden müssen, mit peinlich sauberen Teppichen und Fensterscheiben, die den Wind nicht abhalten.

Dennoch erinnere ich mich, daß ich an einem strahlenden, eisigkalten Tag wie heute mittags zum Cerro del Sol hinaufging. Hinter mir lag die harte, weiße Sierra Mágina. Aus der Vega stiegen Dutzende von den Sonnenstrahlen versilberte und vergoldete Rauchsäulen auf. Über den Stoppelfeldern zu meiner Rechten bis zu den Hochebenen von Elvira und Parapanda erhoben sich weitere, dunkle Rauchsäulen. Im Vordergrund sah ich den belebten Hügel des Albayzín, schneebedeckt und eindrucksvoll – ich glaube ihn auch jetzt noch zu sehen. Plötzlich wanderte die Sonne in ihrem Wolkenmantel und beleuchtete den anderen Teil der Landschaft. Die dunklen Rauchsäulen entflammten, die anderen erloschen, verwandelten sich in ein Aufleuchten aus Licht und Schönheit. Ja, es gibt wirklich keine Stadt, die sich mit Granada messen könnte. Heute vermisse ich sie so sehr – nicht als Sultan, sondern als ein einfacher Bewohner –, daß es mir das Herz zerreißt.

Hernán, der sich zu einem riesengroßen, nicht sehr reinrassigen Hund mit hinterhältig schmeichlerischem Wesen entwickelt hat, ist mein bester Schutz: Er wärmt mich wie kein anderer. Ich lasse ihn nicht von meiner Seite, etwas, was andererseits auch er nicht will. Seine Verfügbarkeit tröstet und bedrückt mich. Kein Freund empfand je für mich, was er empfindet; ich fürchte, ich werde ihm nie dasselbe entgegenbringen können. Es gibt Augenblicke, in denen er besonders deutlich wird: Er leckt meine Hände, legt seine Pfoten auf meine Schultern, stupst mir seine Schnauze ins Gesicht und versucht mich zum Spielen zu überreden. Dann frage ich mich, was er wohl hat, weswegen ihn eine solch heftige Zuneigung überfällt, was er von mir fordert . . . Bis mir klar wird, daß ich der Bedürftige bin und daß er es eher begriffen hat als ich. In einer geheimnisvollen Vorahnung hilft er mir auf seine Weise über eine Traurigkeit oder Sehnsucht hinweg, die ich noch nicht bemerkt hatte. Nicht ohne Betroffenheit bedanke ich mich bei ihm; ich streichle seinen plumpen, kindlichen Kopf, und er sieht mich aus seinen goldfarbenen, unschuldigen Augen an.

OHNE JEDE VORANKÜNDIGUNG kam Aben Comisa zur Festung von Porcuna und verbrachte einen Vormittag mit mir. Der Besuch rief eine Unruhe in mir hervor, die sich immer noch nicht gelegt hat. Seine Erklärungen beruhigten mich nicht. Er sei, so sagte er, gekommen, um mit König Ferdinand – was mein Mißtrauen noch verdoppelt – die endgültigen Bedingungen für meinen Freikauf auszuhandeln. Es wurde ihm gestattet, sich mit mir zu treffen, zum einen, um sich, wie er sagte, zu vergewissern, daß ich nicht geflohen war, und zum anderen, um mir ein Geschenk zu machen. Dieses Geschenk bestand aus zwei Konkubinen, Umhängen, Kohlenbecken – jetzt, wo es Frühling ist! – Lebensmitteln, Parfums und einigen granadinischen Dienern gegen die Einsamkeit. Eine Einsamkeit, die demnach lange dauern soll.

Die Nachrichten, die er von draußen mitbrachte, weckten in mir das beängstigende Gefühl, mich in einem Traum zu befinden, den ich nicht unter Kontrolle habe. Die bedrückende Eintönigkeit meines Gefangenendaseins steht so im Gegensatz zu dem, was seinen Worten nach draußen vor sich geht, daß ich mich eingesperrt fühle wie ein Siecher in seinen Alkoven und in seine Krankheit – ein Siecher, der den Kontakt zu seiner früheren Welt in einem solchen Maße verloren hat, daß er nicht mehr dorthin zurückkehren, sie nicht noch einmal kennenlernen, nicht mehr an ihrem schwindelerregenden Lauf teilhaben will.

Aben Comisa behauptete – und ich bin nicht so erstaunt darüber, wie ich es sein sollte –, daß König Ferdinand Anfang letzten September das Gerücht verbreiten ließ, ich sei freigelassen worden. Mehr noch: daß ich plane, mich mit den christlichen Heeren zu verbünden, um gegen den Usurpator auf meinem Thron, das heißt meinen Vater, vorzugehen. Und Aben Comisa fügte hinzu, daß in der Tat zahlreiche Granadiner beteuerten, mich gesehen zu haben, wie ich zusammen mit dem Grafen von Cabra und dem Markgrafen von Cádiz die vom Sultan unternommenen Überfälle abwehrte, und zwar im letzten Oktober im Gebiet von Teba und in der Nähe von Antequera. Und daß ich, als Ponce de León zur Vergeltung Zahara zurückeroberte, an der Spitze der christlichen Truppen marschiert sei. (In gewisser Weise ist Zahara ein Symbol, denn mit seiner Eroberung erklärte mein Vater den Krieg und brach den Waffenstillstand, den er vor drei Jahren geschlossen hatte.)

»Wie hat König Ferdinand diesen Schwindel, seinen und den der Granadiner, vor dir gerechtfertigt?«

»Überhaupt nicht«, antwortete Aben Comisa, »und es wäre mir auch nicht eingefallen, eine Erklärung von ihm zu verlangen. Es wäre zwecklos gewesen, und es hätte unser Spiel verraten.«

»Welches Spiel?« fragte ich ihn.

Aben Comisa lächelte.

Wenn das so ist, dann verstehe ich jetzt die Bemühungen des Königs, ein Porträt von mir zu bekommen. Er verfolgte die Absicht, jemanden, einen Abtrünnigen vermutlich, zu finden, dessen Gesichtszüge meinen ähneln. Jemanden, den meine Untertanen, die mich nicht sehr oft gesehen haben, von weitem für mich halten können. Eine weitere widerwärtige List des christlichen Königs. Damit hat er sich das Dilemma erspart, eine der beiden Lösungen zu wählen, die seine Generäle vorschlugen. Damit hat er sich für beide entschieden: Ich bleibe in Gefangenschaft und bin gleichzeitig die wirkungsvolle Ursache einer tödlichen Spaltung des Königreiches Granada.

Aber das ist noch nicht alles; es geht noch weiter. Da ist das, weswegen Aben Comisa gelächelt hat. Weil meine Mutter sich darum sorgte, welche unmittelbaren Folgen es auf die Stimmung meiner Anhänger haben könnte, daß der junge Sultan – ich bin gemeint – bei den Feinden in Erscheinung trat, und beunruhigt, weil der alte Sultan dem nicht widersprach, da derart nämlich mein Ansehen weiter in Verruf gebracht wurde, hat sie sich für eine heroische Lösung entschieden, im schlechtesten Sinne des Wortes. Sie brachte ihrerseits das Gerücht in

Umlauf, ich sei geflohen und befände mich bei ihr, sei enthusiastischer als vor meiner Gefangenschaft und bereite eine Doppeloffensive gegen meinen Vater und gegen die Christen vor. Weil ihr Wort etwas gilt und weil ihre Gegenwart Glaubwürdigkeit garantiert, hat meine Mutter erreicht, daß man einen Dritten, der mir ebenfalls gleicht, in Guadix als Sultan anerkannte. Sie verläßt sich auf den Vorteil, den diese Sache mit Sicherheit bringen wird. Ich weiß nicht, ob sie die Feldherren und Anführer über den Schwindel und ihre wahren Pläne aufklären wird; aber der daraus entstehende Vorteil ist so groß, daß ich deren Zustimmung nicht in Zweifel ziehe.

In diesem Augenblick, während ich in dieser Burg schmachte und Kämpfen so wenig zugetan bin wie zuvor, ehe man mich hier einsperrte, gibt es also noch zwei Boabdils, die Reitertrupps anführen, mit oder ohne Erfolg Städte angreifen, Ansprachen an die Soldaten halten, Tisch und Bett mit christlichen Generälen teilen und die wichtigsten politischen Entscheidungen treffen. Das erzählte mir Aben Comisa flüsternd und mit spöttisch verzogenem Mund; ich bin davon überzeugt, daß er sich an meiner Ungläubigkeit weidete. Er ist ein zu großer Freund von Intrigen, als daß man glauben könnte, er habe mit dieser nichts zu tun.

»Der Krieg«, sagte er zu mir, »hat viele Gesichter. Er ist ein kompliziertes, eigensinniges und widerspenstiges geometrisches Gebilde. Wer weiß schon, welches das wichtigste dieser Gesichter ist? Vielleicht ist es nicht die Kraft, nicht die Rechtmäßigkeit, sind es nicht die Waffen und nicht die Ideale. In diesen Zeiten ist es vielleicht die geschickte Diplomatie.«

Aben Comisa hatte seinen Spaß daran, mir meine eigenen Abenteuer zu erzählen. Ich war der Gehilfe Don Alonsos de Aguilar; ich habe zusammen mit dem Großmeister des Calatrava-Ordens, dem Superior meines Wächters hier in Porcuna, eine Truppe befehligt; ich habe bei zahlreichen Streifzügen an der Grenze, die glücklich ausgingen (glücklich für wen?), Don Luis Portocarrero meinen Arm geliehen; und, auf der anderen

Seite, bin ich in diesem Frühjahr, vor weniger als zwölf Tagen, in Cardena zusammen mit dem Markgrafen von Cádiz und in Iznalloz mit einem anderen Großmeister geschlagen worden. Während König Ferdinand seine Angelegenheiten in Rosellón klärte, die allein ihn von der letzten Offensive gegen Granada abhalten konnten, begleitete ich Tag für Tag den Ordensmeister der Jakobsritter in die Gebiete von Alora, Almogía und in die Sierra von Cártama. Ich wartete geduldig auf die Verpflegung, die auf dem Seeweg aus Sevilla kam, bestimmt für den Feldzug gegen Churriana und Pupiana. Mit einem nagelneuen, karmesinroten Banner habe ich Coín und Alhaurín belagert, ehe ich über die Straße von Antequera und durch das Tal des Guadalquivir nach Córdoba zurückritt. Zu ihrem eigenen Vorteil zeigen die Christen jede meiner Bewegungen an, und aus dem gleichen Grunde werden sie auch von den Generälen meines Vaters herausposaunt.

»Wenn du mir gestattest, diese lange Geschichte vom Standpunkt der Christen aus zusammenzufassen, dann sage ich dir, daß Boabdil – ihrer natürlich – nichts anderes tut, als eine folgenschwere Rolle bei der folgenschweren Hetze gegen Málaga zu spielen.«

Und so frage ich mich, und diese Frage läßt mir keine Ruhe, was mein Onkel, Emir Abu Abdallah, der doch in Málaga ist, von all dem hält.

»Zum Glück haben wir noch einen Boabdil«, fügte Aben Comisa hinzu.

Einen dritten Boabdil, der ich auch bin, obwohl ich langsam bezweifle, ob ich überhaupt der erste bin. Durch ihn ließ ich mich nach der Anerkennung in Guadix mit meiner Mutter, meiner Frau, meinen Kindern und meiner ganzen Familie in Almería nieder, wo Fürst Yaya, schon immer ein Gegner meines Vaters, uns herzlich und zuvorkommend aufnahm. Durch meine Gegenwart abgesichert, hat er sich vor den Parteigängern des neuen Sultans – welcher der alte Sultan ist – verschanzt und sich zum Verteidiger meiner Ansprüche erhoben.

Ansprüche, die durch den Ruhm gemehrt werden, daß ich der christlichen Gefangenschaft ohne Geiseln, Lösegelder, Tribute und Vasalleneid entkommen bin. Ich hoffe, daß Fürst Yaya nicht blind handelt; ich hoffe, er weiß, daß es sich bei dem, der bei ihm in Almería ist, nicht um mich handelt, sondern um meinen zweiten Doppelgänger. Das verschaffte ihm das rachsüchtige Vergnügen, meinen Vater zu verhöhnen, und wäre eine äußerst wertvolle Waffe gegen meine Mutter, wenn er sich entschlösse, das ganze falsche Spiel an die Öffentlichkeit dringen zu lassen.

»In dieser Hinsicht kann ich dich beruhigen. So gerissen Yaya auch sein mag« – so wie du, dachte ich, als ich Aben Comisa so reden hörte –, »nichts wird die Ergebnisse der Auswechslung verhindern. Wenn er erst einmal darin verwickelt ist, kann er nichts verraten.«

Aben Comisa behauptet, daß die Lage – nicht durch meine Mutter provoziert, die einfach mit hineingezogen wurde – äußerst schwierig war und ist. Man könne nur für den Augenblick kämpfen, jeden kleinsten Vorteil zum Sieg, den man tagtäglich erringen könne, nutzen und aushalten, immer weiter aushalten. Wenn der Zufall uns eine Möglichkeit an die Hand gegeben habe, egal, welche, sei es weder klug noch ehrenhaft, sie auszuschlagen.

»Was ist letzten Endes ein Sultan?« schloß er. »Ein siegreicher Soldat, ein Anführer.« Und mit einer Spur von Doppeldeutigkeit, vielleicht sogar etwas drohend, fügte er hinzu: »Jeder kann es werden. Dein zweiter Doppelgänger – den ersten habe ich nicht gesehen – sieht dir so ähnlich, daß er dich noch unter den kompliziertesten, widrigsten Umständen ersetzen könnte.«

Die Drohung in seinen Augen erlosch, Ironie trat wieder an ihre Stelle.

Ich mißtraue allen. Ich mißtraue ihnen so sehr, daß ich nicht daran zweifle, daß die besagten widrigen Umstände eintreten werden. Daß sie notfalls sogar von meiner eigenen Mutter arrangiert werden. Für sie sind die Bande der Macht eine stärkere Fessel als Blutsbande. Wenn sie einen gefügigen Strohmann gefunden hat, der seinen Körper und seine Gesichtszüge in ihre Dienste stellt, wird sie wohl kaum auf ihn verzichten wollen. Die Tatsache, daß sie unwidersprochen regieren kann, wird sie reichlich über meine Abwesenheit hinwegtrösten.

»Die Sultansmutter ist schlau. Sie hat entschieden, daß sich ihr Boabdil mit seiner Moraima nach Vera zurückziehen soll, damit er seine Position nicht mißbrauchen und zu einer Gefahr werden kann. Seine Aufgabe dort ist es, die Grenze zu Murcia zu verteidigen und mit Dekreten, die sie offiziell übermitteln läßt, die Truppenbewegungen zu lenken.«

In Wahrheit beherrscht sie alles, mit Aben Comisa und Abdalbar als Mittätern.

Verschmitzt fuhr Aben Comisa fort: »Um deinen Rückzug zu entschuldigen und den Schein zu wahren, hat die Sultana gesundheitliche Gründe vorgeschoben: Deine Gesundheit sei durch die Mißhandlungen während der Gefangenschaft angegriffen. So kommt zu der heldenhaften Flucht noch die Krone des Martyriums, wodurch der Boabdil der Sultana einen Vorteil gegenüber dem abtrünnigen Boabdil hat, der uns an die Christen verrät.«

Ich könnte sagen, daß mir alles egal ist, aber ich habe Angst, daß es, wenn die Stunde kommt, dieses Dickicht zu entwirren – falls sie kommt –, schrecklich mühsam, vielleicht sogar unmöglich sein wird zu beweisen, daß sich der einzig echte Boabdil in einer Burg aufhielt, in Porcuna, wo die Wiege seiner Dynastie stand, festgehalten in den Mauern eines kärglichen Bergfrieds, während seine Doppelgänger in seinem Sinne oder dagegen handelten – vielleicht auch beides gleichzeitig.

Die Konkubinen, die Aben Comisa mitbrachte, waren streng verschleiert. Noch am gleichen Tag, nachdem der Wesir gegangen war und ich die letzten karmesinroten Blätter überlesen hatte, ließ ich die beiden in mein Zimmer rufen. Kichernd weigerten sie sich, den Schleier abzunehmen. Zwei herrliche Augenpaare waren zu sehen: ein blaues, fast türkisfarbenes, das andere dunkel und glänzend. Mit je einer Hand berührte ich die beiden Körper. Etwas trieb mich dazu, die Besitzerin der dunklen Augen an mich zu ziehen. Sie entzog sich meinen Zärtlichkeiten auf eine Weise, die mich aufseufzen ließ, dann aber kehrte sie, nachdem sie einen Schritt zurückgewichen war, plötzlich zu mir zurück. Mit einer Hand, die mir bekannt vorkam, entschleierte sie ihr Gesicht. Ich hörte ein Gelächter und sah einen sinnlichen, geliebten Mund. Es war Moraima. Unsere Zusammenkunft war so wonnevoll und ausgedehnt, daß ich nicht mehr weiter über die Sache mit den Doppelgängern nachdenken konnte. Jetzt sind wir beide an einem anderen Ort, wie zwei namenlose, allgegenwärtige Wesen.

Moraima, die ich notgedrungen Marién nennen muß, um sie nicht zu verraten, fand, daß ich durch die mangelnde Bewegung dicker geworden sei.

»Und zwar jede Art von Bewegung«, sagte sie und lachte bei der Feststellung, daß ich im Liebeskampf unternehmungslustiger sei als zuvor und unzweifelhaft siegreich.

»Mit dem Vergangenen hat es keine Eile«, erklärte ich, als es schon tiefste Nacht war. »Schlaf ein. Erzählen ist alles, was man mit ihm machen kann. Vielleicht beschreibe ich deshalb diese Blätter, die du da siehst. Mir war noch nie so klar wie heute, daß wir doch winzige, willenlose Mosaiksteinchen sind und daß man zurücktreten und Abstand nehmen muß, will man das Bild deutlich vor sich sehen. In diesem Bild fügen sich die Steinchen in Erfüllung ihres bescheidenen Auftrags zusammen, weit entfernt von ihrer individuellen Bedeutung. Durch sie wird die Perfektion der Formen und Farben erreicht, über die jemand Höheres, vielleicht auch niemand, entscheidet;

doch sie wissen nicht, welches Gesicht, welchen Körper, welche Landschaft, welche Umrisse sie mitgestalten.«

»Mein Liebling, bei dem, was draußen geschieht, hältst du nicht mehr die Zügel in der Hand«, entgegnete Moraima. »Sei nicht traurig. Die Geschichte unseres Volkes spricht dich von der Verantwortung frei. Vielleicht hättest du dir das so ausgesucht, wenn du die Wahl gehabt hättest.«

»Die Geschichte wird sich niemals um die Hirngespinste eines Boabdil kümmern. Keinem von denen da draußen steht die Entscheidung zu. Und außerdem: Ein König ohne Attribute ist kein König.«

»Dann lebe und genieße wie ein Mann.« Und verschmitzt setzte sie hinzu: »Mit den Attributen eines Mannes, die niemand dir genommen hat.«

»Aber ohne Freiheit.«

»Was glaubst du, welche Freiheit die anderen haben? Ich bin, oder ich war, die Tochter eines Spezereienhändlers, Boabdil. Du hast mich zu dir emporgehoben. Mein Vater kam durch seine Verdienste dorthin, wo er war. Ich aber wurde nur durch deine Liebe emporgehoben. Und sie hat mich für immer emporgehoben. Ich werde nie mehr fallen, so sehr du auch glaubst, gefallen zu sein. Auch wenn du aufhören solltest, mich zu lieben, du wirst mir niemals das Privileg nehmen können, einmal geliebt worden zu sein. Ich werde immer mit dir gehen; was dir widerfährt, widerfährt auch mir. Was stört es mich, ob es noch einen Boabdil und noch eine Moraima in Vera gibt, wenn ich hier bei dir bin? Wer sonst ist wirklich Moraima außer der, welche Boabdil liebt? Wer ist Boabdil, wenn nicht der Geliebte Moraimas? Miß den Namen keine Bedeutung zu.«

In welch weiter Ferne liegt der Tag, als meine Mutter mir vorschlug, mir befahl, eine für mich gesichtslose Frau zu heiraten. Wie hat doch das Schicksal seine verworrene Spule zu unserem Vorteil entrollt, trotz der Rückschritte, die wir zu machen glaubten, trotz der Episoden, die sich zu unserem Nachteil entwickelten. Der Liebe ist es zu verdanken, dieser kostbaren Wechselseitigkeit, die nicht mehr fordert, als man ihr gibt; die jeden Morgen »ja« sagt und sich anschickt, mit dem, den sie liebt, den Tag so fröhlich wie möglich zu verbringen.

Moraima sprach weiter. »Das einzige, was mich traurig macht, aber nicht traurig genug, um unser Leben nicht mehr gesegnet zu finden, ist, daß wir, du genau wie ich, jene Menschen verloren haben, die wir am meisten liebten, sieht man von dem jeweils anderen einmal ab, von dem einen Wesen, das wir beide sind.«

»Wen meinst du?«

»Wen soll ich schon meinen?« Unruhe verschleierte ihren Blick, dann sprach sie langsamer weiter. »Ich habe meinen Vater verloren, du deinen Bruder.«

»Meinen Bruder Yussuf?« schrie ich, unseren Vorsatz brechend, leise zu reden, um keinen Verdacht bei den Wächtern zu erregen.

»Aben Comisa hat dir also nichts erzählt. Ich dachte es mir. Für ihn ist es bequemer, wenn ich es dir sage. Dieser verdammte Fuchs. Deshalb hat er mich hergebracht. Das ist das einzig Gute, was er getan hat, und auch das nur ungern.«

Ganz langsam, wie eine Mutter, die ihr Kind in den Schlaf singt, erzählte sie mir, was geschehen war, sie fuhr mir übers Haar, wischte mir die Tränen ab, ließ mich an ihrer Brust weinen.

Yussuf ist tot. Yussuf ist ermordet worden.

Auf inständiges Drängen meines Vaters hatte mein Onkel Zagal, der Unbeugsame, Almería belagert. Dort bildeten einige wenige Aufständische ein Trugbild von Hofstaat um meine Mutter, meine beiden Söhne und meinen Bruder. Das erfuhr ich von Aben Comisa, aber in ganz anderen Worten. Als meine Mutter sah, daß ihre Pläne ins Wanken gerieten, floh sie mit meinen Söhnen nach Vera zum Hof des falschen Boabdil, in der Absicht, irgendeinen Trumpf in Händen zu behalten. Fürst Yaya, von dem Unbeugsamen eingekesselt, hatte keine Truppen. Seine üblichen Ränke hatten die Sultane von Granada, wer auch immer gerade an der Macht war, gelehrt, sich vorzusehen, und so mußte er sich zur Kapitulation der Stadt entschließen. Von der Alcazaba aus führte er die notwendigen Gespräche mit dem Unbeugsamen. Aber weil er befürchtete, daß mein Onkel zu Repressalien greifen könnte, wenn er weder meine Mutter noch mich anträfe, wollte er ihm einen Beweis dafür liefern, daß er sich vollständig unterworfen und seiner Partei angeschlossen habe. Hussein, der durch seine furchtbare Schule gegangen und seine Achtung gewonnen hatte, war bei ihm. Ohne zu zögern, trug er ihm auf, meinen Bruder zu ermorden, ihn zu enthaupten und sein in Kampfer gehülltes Haupt zu Abu Abdallah zu bringen. Welche Verblendung ließ ihn vergessen, daß Abu Abdallah der Onkel und Schwiegervater meines Bruders war? Glaubte er wirklich, so könne er sich wenigstens mit der großartigen Leistung brüsten, die Hoffnung des Reiches in der Mitte entzweigeschnitten zu haben? Glaubte er, dem Herrn der Alhambra wieder zu Diensten sein zu können?

Hussein machte sich auf die Suche nach Yussuf. Als mein Bruder ihn sah, wußte er, warum er gekommen war, erst recht, als er feststellte, daß sie einen Teppich auf dem Boden ausbreiteten und einen geschliffenen Krummsäbel brachten.

»Schickt dich mein Vater, der Sultan, um mich zu enthaupten?«

»So ist es, Yussuf«, log Hussein.

»Ich habe noch nie gehört oder gelesen, daß ein Vater seinem Sohn etwas derartiges antat.« Dann fügte er hinzu: »Erlaube, daß ich meinen Körper reinige, bevor ich ihn dir übergebe.«

Er ging in einen Innenhof mit Wasserbecken, legte die Kleider ab, wusch seinen jungen, nackten Körper, bat um frische Kleidung und zog sie an. Dann sah er Hussein an, der ihn nicht aus den Augen gelassen hatte, breitete die Arme aus und sagte zu ihm: »Ich bin bereit.«

Und Hussein erfüllte seinen Auftrag. Die Lade mit Yussufs Haupt enthielt auch ein rotes Kärtchen mit der Widmung: »Für den wahren Sultan von seinem Vetter Yaya.« Der Satz war doppeldeutig: Richtete er sich an meinen Vater, oder war es eine Aufforderung des Gouverneurs von Almería an den Unbeugsamen, sich zu erheben?

Schweigend betrachtete mein Onkel die traurige Trophäe und das Kärtchen. Als wäre ich dabeigewesen, weiß ich, daß er mit festem Blick Hussein ansah, der die Augen niederschlagen mußte und dem das einschmeichelnde Lächeln auf den Lippen gefror. Dann schloß er die damaszierte Lade aus Nußbaumholz und Perlmutt, in der man ihm das Haupt überreicht hatte, und befahl Hussein, ohne ihn noch eines Blickes zu würdigen, sie augenblicklich nach Granada zu bringen. Danach besetzte er in äußerster Stille Almería; seinen Truppen war es untersagt zu lärmen. In der Festung ließ er Yaya auf den Koran schwören, falls er nicht auf der Stelle durch seine Hand sterben wolle, müsse er sich für immer seinen Befehlen beugen. Yaya gehorchte. Er ist zu sehr daran gewöhnt, falsch zu schwören, als daß er einen Meineid scheuen würde. Ich weiß nicht, ob er verriet, daß der Boabdil, den er in den Mauern Almerías aufgenommen hatte, nicht der echte war – ich nehme an, daß er schwieg, zu seinem eigenen Besten.

Wie ein Vertrauter erzählte, erschrak mein Vater so sehr, als man ihm das Haupt meines Bruders brachte, daß er, von Krämpfen geschüttelt, zu Boden sank; dabei hatte er selbst ihn doch gefangennehmen lassen und ihm mit dem Tod gedroht. Der Vertraute, von dem ich nicht weiß, in wessen Diensten er steht und wen er überwacht, sagte, daß es einer jener epileptischen Anfälle war, unter denen der Alte in den letzten Jahren immer wieder litt, und fügte hinzu, daß dies in der Absicht meines Onkels lag, als er ihm die schreckliche Trophäe sandte. Als mein Vater sich erholt hatte, war er blind; er hat weder sein

Augenlicht noch die Gesundheit wiedererlangt. Deshalb, so endeten die Berichterstatter, suchten die Ulemas von Granada, unsere Rechtsgelehrten, unruhig nach einer Lösung, die weder zu Gunsten meines Vaters noch zu meinen Gunsten sei.

»Schon lange«, predigen sie, »treiben zwei Herrscher einen Keil zwischen euch, von denen keiner die nötige Autorität hat, euer Leiden zu lindern. Der Vater ist durch sein Alter und seine Gebrechen nicht in der Lage, gegen den Feind ins Feld zu ziehen; der Sohn ist ein Abtrünniger, ein Überläufer, dem sein Schicksal nicht wohlgesinnt ist. Nur wer das Schwert zu schwingen weiß, ist würdig, das Zepter zu ergreifen. Wenn ihr ihn sucht, wird er nicht schwer zu finden sein.«

Hierin stimmen sie mit der stillschweigenden Warnung Aben Comisas und dem schriftlichen Vorschlag in dem grauenhaften Geschenk Yayas überein. Sie alle meinen meinen Onkel Zagal, den Unbeugsamen.

Ich selbst habe hier in Porcuna oft darüber nachgedacht, zu seinen Gunsten auf meine Ansprüche zu verzichten. Aber wer wird sich wohl um den Willen dessen scheren, den man jetzt einen Überläufer nennt? Und wer wäre es, der da abdankt? Außer einer Handvoll Leute, die nicht daran interessiert sind, es zu bestätigen, weiß niemand, daß ich mich noch in Gefangenschaft befinde. Moraima hat recht, wenn sie sagt, daß mir die Zügel über die Ereignisse da draußen aus der Hand geglitten seien.

IN DIESEN LETZTEN Tagen habe ich, bestürzt über die Ereignisse, einige Zeilen geschrieben, bei denen es mich freuen würde, wenn der Unbeugsame sie einmal zu Gesicht bekäme. Aber ich weiß, daß er sie niemals lesen wird.

An den Gottgesandten. Den Unbesiegbaren.
Dessen Name allein die Christen in Schrecken versetzt.
Dessen Trommeln die einzige Stimme sind, welche
unbestechlich gegen die feindlichen Könige spricht.

Ich habe es verkündet, nun wiederhole ich es:
»Versuche es, zögere nicht länger:
Nicht ich, nicht du, niemand kennt den Tag und die Stunde.
Eile, zaudere nicht, du Unbeugsamer.
Erhebe deinen Arm, du Tapferer, und geh.
Wir alle lauschen gebannt deiner Stimme.
Erfülle dein leuchtendes Schicksal, sei unbesiegbar.
Hisse dein Schwert, rufe und vereine die Versprengten.
Schneller, du Tapferer, schneller!
Denn wir kennen nicht den Tag und die Stunde.
Siege du über alle, damit wir alle siegen.
Denn du bist der einzige, der vor Gott bestehen kann.«

Schweigend schreie ich mir die Seele aus dem Leibe,
in der Stille meines Kerkers schreie und flehe ich:
»Die ganze Kraft, die ich nie gehabt,
den ganzen Mut, den du ohne Mühe stets dein eigen genannt:
Zeige sie jetzt! Zeige sie, erhebe deinen ungestümen Arm.
Siege. Siege, uns lasse besiegt zurück.
Denn ohne dich gibt es kein Königreich,
nichts wird sein, was du nicht rettest.
Tag und Nacht sind eins ohne dich,
ohne dich sind Leben und Tod sich gleich.
Verteidige uns: Ich vermag es nicht.
Den Weg verlor ich, auch die Möglichkeit.
Ich weinte. Du weintest nicht.
Hier kann ich es gestehen.
Verrate mich, du Tapferer, ich lohne nicht die Mühe: Vergiß mich.
Seit jenem Tag am Ufer des Meeres,
als du für mich, ein Kind, warst wie das Meer,

und vorher schon, du Tapferer, lohnte ich nicht die Mühe: Vergiß mich.
Verrate mich, doch halte dir selbst die Treue.
Vergiß mich, doch denke an die andern.
Danken werden dir mein Volk und ich.«

In der Stille meiner Zelle schreie und flehe ich.
Der Rächer wird kommen.
Mir bleibt hier nichts zu tun. Alles ist zu Ende.
Ach, eilten auch meine Ahnen herbei, zahlreich,
zu Pferde, mit fordernden Mienen:
Alles wäre zu Ende.
Nicht darum geht es, daß ein anderer folgt;
die Folge der Nachfolger ist für immer zu Ende.

Dann werden sie erscheinen – denke nicht daran, Tapferer,
beachte sie nicht – und sagen:
»Du hast alles verloren.«
Doch nur ich weiß, was mir verlorenging, über meine Lippen wird es niemals kommen.
Je mehr man verliert, desto weniger spricht man,
denn auch die Sprache geht verloren und die Freude am Klagen und das Recht zu klagen
und die Gestalt und das Licht und die Mutter und das Wasser und der Durst und die Augen.
Und auch das Leben verliert man, und es ist schon gleich.
Ein altes Volk waren wir, und auch ein junges.
Und was sind wir jetzt? Ein Nichts.
Ein Zeugnis, das langsam und freudlos vergeht.
Ein Unterjochter, der unbesiegbar ist, denn er wehrt sich nicht.
Eine Ware, nur dazu da, gekauft zu werden, zu einem sehr günstigen Preis . . .
Ein weises Volk waren wir, jetzt sind wir ein Volk, das nichts lernt.
Das nicht alt ist, nicht jung – nur traurig.
Wie werden nicht unsere Toten beweinen, denn wir haben nicht auf sie gehört.

Wir werden nicht um unsere Kinder weinen, denn: Wer werden unsere Kinder sein?

Wir sagen dem Lebwohl, was wir schon nicht mehr sind,
was wir niemals sein sollen.
Vor allem aber sagen wir den Toten Lebwohl,
die wollten, daß wir sind wie sie.

Als ich Moraima diese Zeilen vorlas, weinte sie mit unbewegter Miene. Die Tränen flossen ungehindert über ihre Wangen. Ohne zu blinzeln, sah sie mich an, die Hände im Schoß gefaltet. Als ich geendet hatte, küßte sie mich zärtlich.

»Ich weiß nicht, ob es stimmt, was du gesagt hast, oder ob es eines Tages wahr werden wird. Aber ich bin mir sicher, daß du getan hast, was du tun mußtest. Und daß ich dich liebe.«

STATT HERNÁN, DER abends nur widerwillig weicht, leistet mir nun Moraima Gesellschaft. Aber trotz der Zärtlichkeiten, mit denen Moraima mich zuvor beschenkte, sehe ich in meiner Schlaflosigkeit Yussufs Bild vor mir.

Ich kann ihn nie sehen, wie er war – lebendig, heiter, lachend; nicht als Kind, mit seinem so hellen Haar, nicht als Erwachsenen, als sein Haar schon dunkler geworden war. Ich sehe ihn immer als Toten. Oder ich sehe nur seinen Kopf in der Luft, der nicht mit mir spricht, mich nicht ansieht, verfinstert und undurchschaubar. Und ich rieche den Kampfer, von dem er umgeben war, und ich spüre, wie jemand die blutigen Tücher, in die er gehüllt war, über meinem Gesicht ausdrückt.

Es schert mich nicht, ob mein Bruder im Paradies oder in der Hölle ist; mich interessiert nur, daß er nicht hier ist, wo ich die – mehr oder weniger unwahrscheinliche, vielleicht sogar nicht vorhandene – Möglichkeit hatte, ihn zu sehen und zu umarmen. Und als ob ich selbst unter freiem Himmel sei, packt mich das Unbehagen, das er bei Regen empfand, und die Angst, die er bei Vollmond hatte. (Als Kind zog er die Kapuze über die Augen, um ihn nicht zu sehen, und drehte sich um, wobei er ein Lachen vortäuschte, damit ich seine Angst nicht bemerkte.) Und ich frage mich, wo man wohl seinen Körper bestattet hat – nur seinen Körper, geköpft wie eine gestutzte Palme –, fern unserer Ahnen, fern der Begräbnisstätten der Familie, fern der Gärten, in denen wir spielten. Wie Speere fühle ich die dicken Regentropfen, die auf sein Grab fallen, und das zähflüssige, bösartige Licht des Mondes. Und als sei ich er, erwachen in mir der Ekel und der Widerwille und das Entsetzen, die in ihm erwachten. Ich weiß, daß der Rose und dem hundertjährigen Baum dieselbe Frist zustehen; ich weiß, daß ihnen beiden dieselbe Menge an Leben innewohnt; aber vielleicht ist es nicht mehr so, wenn der Tod naht, wenn die Rose ohne Mitleid zu früh vom Rosenstrauch gebrochen wird.

Ich kann beschwören, daß ich heute nacht völlig wach war, als ich spürte, wie mich jemand streichelte. Es begann an der Stirn, glitt über meine Wangen und endete an meinem Kinn. Ich drehte mich zu Moraima, um zu sehen, ob sie es war; aber sie schlief. Und da wußte ich mit allergrößter Gewißheit, so gewiß, wie man nur sein kann, daß diese Liebkosung von Yussuf kam, von seiner unvollständigen, verkrüppelten Hand, aber kräftig und beständig genug, um mich ganz ruhig werden zu lassen, mich davon zu überzeugen, daß er noch nicht gegangen ist, daß niemand jemals geht, daß – wie Moraima beteuert, in Bezug auf die Liebe, glaube ich –, was einmal geschehen ist, immer weiter geschieht. Es ist dasselbe Gefühl von Bescheidenheit und Größe, von Fülle und Leere, das ich in der Moschee von Córdoba hatte: Alle Musik endet, aber sie weicht einer unentbehrlichen Stille, aus der sich die wahre Musik erhebt, die niemals endet.

Wie ein altes, zufriedenes Ehepaar, dessen Kinder den heimischen Herd bereits verlassen haben, um ihrem Schicksal zu folgen – als wären nicht wir vom Schicksal verfolgt –, verbringen Moraima und ich die Abende mit Geschichtenerzählen oder beim Schachspiel. Gewöhnlich gewinnt sie. Erst gestern hat sie meinen König mit einem einfachen Bauern geschlagen. Manchmal mogelt sie, um mich gewinnen zu lassen, damit es mir nicht langweilig wird, wenn ich fast immer verliere. Dann wieder mogele ich, um zu gewinnen, wenn auch erfolglos.

»Marién, als die sanfte Konkubine, die du hier bist«, bat ich sie diese Nacht, »greife zur Laute, und unterhalte deinen Gebieter.«

Mit ihrer vollen, warmen Stimme sang sie ein altes Lied:

»Ohne Unterlaß wandern meine Augen am Himmel,
vielleicht finde ich den Stern, den du siehst.

Die Reisenden aller Länder befrage ich,
vielleicht hat dein Duft sie gestreift.

Den tosenden Lüften setze ich mein Antlitz aus,
vielleicht bringen sie Nachricht von dir.

Über die Straßen irre ich, ohne Richtung, ohne Ziel,
vielleicht nennt ein Lied deinen Namen.

Verstohlen betrachte ich alles, was ich sehe,
vielleicht erspähe ich irgendwo eine Spur deiner Schönheit.«

Nachdem ich sie geküßt hatte, antwortete ich mit einem anderen Lied:

»Nicht unbeständig nennt mich,
wenn eine singende Stimme mein Herz gefangen hat.

Zuweilen gilt es, hart zu sein,
dann, in Gefühlen zu schwelgen,
so wie das Holz, aus dem man den Bogen des Soldaten schnitzt,
doch auch die Laute jener schönen Sängerin.«

Dann gestand ich ihr, sie aus ganzer Kraft umarmend, meine Liebe, indem ich jene Liebeserklärung Ibn Hazms aus Córdoba rezitierte:

»Ich möchte mein Herz öffnen, dich hineinbitten, dann meine Brust wieder schließen.
Dann bliebest du dort und lebtest in keinem anderen bis zum jüngsten Tage.
So lebtest du in mir, solange ich lebte,
und stürbe ich, so stürbest auch du auf dem Grunde meines Herzens,
erhelltest die Finsternis des Grabes.«

Die verbleibenden Stunden der Nacht kehrten wir nicht mehr zum Schachspiel zurück, in gemeinsamem Schweigen hielten wir uns bei den Händen.

HEUTE IST MENCÍA, die Nichte des Komturs, gekommen, um sich zu verabschieden. Ihre blassen Augen waren vom Weinen gerötet. In den letzten Wochen hatte sie sich sehr gut mit Moraima verstanden. Sie tauschten kleine, verbindliche Geschenke aus und unterwiesen einander in Näh- und Stickarbeiten.

Hernán hatte sich angewöhnt, sie jedesmal anzuknurren, wenn sie unsere Gemächer betrat, als habe jemand ihm den strengen Befehl erteilt, uns vor allem zu beschützen. (Fest steht, daß Hernán sich Freiheiten herausnimmt, die einen gewissen Nutzen für uns haben: Kaum vernimmt er Schritte, die wir noch gar nicht hören, springt er auf, wird böse und knurrt und warnt uns so vor dem, was uns ohne ihn überraschen würde.)

Die arme Mencía sagte uns heute, in Tränen aufgelöst, Lebwohl. Im Morgengrauen wird sie nach Cuenca aufbrechen. Sie wird im Hause einer alten Tante leben, die in einer verlassenen Gegend am Ufer des Huécar wohnt. Mencía ist Waise; sie hatte die Hoffnung, einen Ritter aus den Grenzmarken kennenzulernen, der sie zur Frau nimmt. Es ist nicht so gekommen. Heute weinte sie nur noch.

Der Kaplan kam sie mit unbewegtem Gesicht abholen, das Klirren seiner Sporen kündigte ihn an. Rücksichtslos zog er die Schluchzende mit sich.

»Ich glaube, daß man sie wegbringt, um den Umgang mit uns zu unterbinden, und der starken Zuneigung wegen, die sie dir entgegenbringt. Hast du nicht die finstere Miene des Kaplans gesehen?«

»Doch, aber sie wird aus einem anderen Grund weggeschickt. Ihr Männer seid wirklich schwer von Begriff!«

»Ich verstehe dich nicht«, gestand ich Moraima.

»Mencía ist schwanger. Einer der Calatrava-Ritter, die an Weihnachten hier waren, hat sie verführt, oder vielleicht sie ihn. Mencía weigert sich, den Namen des Ritters zu nennen, vielleicht, weil er verheiratet ist. Und jetzt schickt ihr Onkel sie auf seine Ländereien zurück, damit sie heimlich gebären kann. Sicher gibt er sie als eine trauernde Kriegswitwe aus.«

»Wie kannst du dir nur eine solche Lüge ausdenken? Wir Männer mögen begriffsstutzig sein, aber ihr Frauen habt eine Zunge, die noch giftiger ist als flink.«

»Ob Mencía diese Lüge erfunden hat, weiß ich nicht; aber genau das hat sie mir erzählt.«

Ein Mann wird eine weibliche Seele niemals ganz durchschauen. Was ihnen durch ein Augenzwinkern, die Art, sich zu setzen oder die Nadel einzufädeln, glasklar wird, bleibt für uns ein unergründliches Geheimnis.

Wieder einmal verläßt einer meiner Gesellschafter die Burg,

aus Gründen, die sich nicht sehr unterscheiden. Zuerst ging der unglückliche Millán de Azuaga – der schließlich in Córdoba verbrannt wurde – und jetzt Mencía. Glücklicherweise hat ein gütiges Schicksal Moraima zu mir gebracht.

NASIM, DER EUNUCH, schickt mir von Zeit zu Zeit einen Boten. Ich weiß nicht, wie er es anstellt, es vor den Würdenträgern der Alhambra und auch vor meinen Wächtern in Porcuna zu verbergen. Die Listen eines schlauen Eunuchen sind unerschöpflich. Nasim bringt es fertig, heil in Granada zu bleiben und mich hier zufriedenzustellen. Mir ist klar, daß er keiner Partei die Treue hält, sondern beiden untreu ist; aber selbst so nährt seine Willfährigkeit meine Illusion, daß noch nicht alles verloren ist. Sein Bote bringt schriftliche, nicht sehr ausführliche Nachrichten über die Geschehnisse. Ich glaube, daß er dort untertreibt, wo mich etwas bekümmern könnte. Aber ich ergänze sie, indem ich dort übertreibe, wo es mir logisch erscheint, auch wenn es zu meinem Nachteil ist. Seine Botschaften helfen mir, diese Abgeschiedenheit geduldig zu ertragen.

Die Chronik, um der Sache einen Namen zu geben, mit der ich mich im September befaßt habe, macht mir Mut. Ich sehe, wie sich die Dinge entwickeln, wie sie geradewegs ihrem Ende entgegengehen, das vielleicht auch unseres ist.

Seit dem Frühjahr sind die Christen nicht mehr zur Ruhe gekommen, wobei sie nicht verschleiern, daß sie es eilig haben, das ganze Gebiet zu beherrschen. Die Tatsachen sprechen für sie: Anfang des Jahres hat mein Vater aufgrund seiner Entkräftung seine Vollmachten meinem Onkel Zagal übertragen, dessen Stern Tag für Tag steigt und immer heller leuchtet.

Der kastilische Feldzug begann im April mit einigen nebensächlichen Unternehmungen: der Besetzung von Coín und Cártama, zwei befestigten Orten, und der Eroberung der Burgen von Almara und Xitinin. Wenig später ergaben sich zwei belagerte Städte, die ganz in der Nähe von Málaga liegen, das König Ferdinands nächstes Ziel ist: Schließlich öffnen Campanillas und Churriana ihm den Zugang zu unserem wichtigsten Hafen. Aber mein Onkel hat die Stadt befestigt und verfügt über eine starke Besatzung, so daß Ferdinand für den Augenblick davon Abstand nahm. Jedoch nur, um eine Falle zu stellen: Hinterlistig unternahm er einen Scheinangriff auf Loja, eine strategisch wichtige Stadt, denn sie ist der Schlüssel auf dem Weg nach Granada. Er erreichte, daß mein Onkel sich mit seinen Truppen dorthin begab. Er ging in die Falle, denn der Großteil des christlichen Heeres nahm in Ronda Aufstellung, dem Ort, welcher die ganze nasridische Bevölkerung bis zur Küste beherrscht und verteidigt, über den aber schon Ibn al-Khatîb schrieb, daß die Feinde ihm die Fransen der Tunika gestutzt hätten.

Ronda wurde von seinen zahlreichen Bewohnern verteidigt, unterstützt durch die Gomeren, vor allem aber durch die Lage der Stadt. Am 8. Mai näherte sich die kastilische Vorhut unter der Leitung des Markgrafen von Cádiz der Stadt, die, auf weißen, schroffen Klippen thronend, für jeden Eroberer so begehrenswert war wie keine zweite, gerade wegen ihrer langen Geschichte mißglückter Eroberungsversuche. Der fortwährende Artilleriebeschuß, für den sie nicht vorgesehen waren, ließ am 17. Mai die Mauern nachgeben. Und am 19. unterbrachen die Angreifer die Wasserversorgung, wodurch in einem heißen Mai schrecklicher Durst drohte. Zwei Tage später schickte Wesir Ibrahim al Hakim einen Unterhändler mit dem Kapitulationsangebot. Die Halsstarrigkeit der Christen und ihr unerschütterlicher Entschluß, nicht zu weichen, ließen die Belagerten den Mut verlieren. Der Wesir ging besonnen vor, um ein unnötiges Massensterben zu vermeiden, obwohl viele, die nicht in Ronda dabei waren und deshalb seine Befürchtungen nicht teilten, anderer Meinung sind. Am 20. Mai kapitulierte Ronda. Folglich kapitulierten auch die Serranía und Marbella. Von dieser Stunde an war der nasridische Widerstand an der Westgrenze gebrochen.

Mit welch knappen Worten man doch einen tödlichen Fall wiedergeben kann! Das Entsetzen der Menschen über ihre Zukunft kommt nicht darin vor, auch nicht ihr Hunger und das Geschrei der Kinder, auch nicht das Blut, die schwarze Witwenschaft der Frauen, die Qualen der Männer, die Niedergeschlagenheit der Verantwortlichen, der Untergang aller. In den Chroniken wird stehen »Ronda wurde erobert« oder »Ronda wurde verloren«, je nachdem, von wem sie verfaßt werden; in diese drei Worte drängt man den ganzen Schmerz einer Welt.

Wütend über die Täuschung, vernichtete mein Onkel, der Tapfere, der gar nicht die Zeit fand, die Belagerten zu trösten, eine mit der Versorgung von Alhama beauftragte Abteilung und ließ die Köpfe der Christen auf Lanzen stecken, aus Rache und um sein Heer anzuspornen, das durch den Verlust von Ronda und die grauenhafte Bedeutung dieser Niederlage entmutigt war. Dann kam er nach Granada, wo er begeistert empfangen wurde. Aber er erkannte, deutlicher als jeder andere, die augenblickliche Gefahr. Oft müssen die Regierenden den Lorbeer und den Jubel billigen, um ihre Untertanen nicht zu entmutigen, wohl wissend, daß sie ihnen damit unheilvolle Illusionen machen. Aber was ist besser für einen Todkranken: wenn man ihm mit grausamer Offenheit sein Ende ankündigt oder wenn man ihn stärkt, bis kommt, was unweigerlich kommen muß? Nicht immer ist Aufrichtigkeit die beste Waffe.

Auch Soraya in der Alhambra kannte diesen Gewissenskonflikt sehr genau. Weil sie mit der Ankunft des Tapferen rechnete, hatte sie zwei Tage zuvor ihren Gemahl, den Sultan, heimlich nach Salobreña geschickt, da die Nähe des Meeres, das milde Klima und das Fehlen von Hetze und Zwang seiner Gesundheit vielleicht gut täten. Abul Kasim Benegas, der Wesir, der nicht mehr in der Gunst der Sultana stand und meinem Vater ein kurzes Leben und eine kurze Regierungszeit prophezeite, hatte einige Volksaufstände verursacht, indem er dafür zahlte. Dort forderte man die Abdankung des Sultans, um sich bei dem einzuschmeicheln, der ihm selbstverständlich auf den Thron folgen sollte. Dennoch trachtete mein Onkel offensichtlich nicht nach der Krone, auch wenn das ganze Volk nach einem jungen, energischen, entschiedenen König verlangte, fähig, sein Heer persönlich anzuführen.

Soraya, fast am Ziel ihrer Wünsche, unternahm einen verzweifelten Versuch. Ehe er sich nach Salobreña zurückzog, zwang sie meinen Vater, zugunsten ihres ältesten Sohnes abzudanken und ihr die Regierungsgeschäfte zu übergeben. Doch einige Beauftragte Abul Kasim Benegas' bestanden darauf, dem Sultan von dem kläglichen Zustand der Situation zu berichten, wobei sie so taten, als wüßten sie nicht von seiner Abwesenheit. Soraya versuchte sie abzulenken; sie sprach von einem vorübergehenden Unwohlsein des Sultans, welches ihn in seinen Gemächern zurückhielte, und bat um eine Vertagung der Audienz. Aber angesichts der Hartnäckigkeit der Besucher ließ sie die Maske fallen und wurde fast ausfallend gegen sie.

»Noch lebt der rechtmäßige Herrscher, geschmückt mit den Ehrenzeichen des Emirats und stolz darauf, mehr für Granada getan zu haben als irgendeiner der Dynastie. Er befindet sich krank an der Küste, und ich vertrete ihn hier. Doch wenn ihr einen Kranken für einen Toten haltet, dann ruft jetzt sofort seinen Sohn zum Sultan aus. Ihr könnt gewiß sein, daß ihr damit dem König dient, den Gott euch gegeben hat: einem Helden, der an der Küste seine Gelassenheit wiedergewinnen und mit dem Schwert in der Hand zurückkehren wird, um seinen Thron in Besitz zu nehmen.«

Nach einer von Benegas und seinen Anhängern einberufenen Zusammenkunft kamen alle Männer, die in Granada etwas zu sagen haben, zu einem vorhersehbaren Schluß: Weder ein sterbenskranker noch ein kindlicher König seien wohl das richtige.

»Es liegt auf der Hand«, schrie der rachsüchtige Benegas,

»wer am meisten für dieses Reich tun kann. In diesem Moment hat er sich in der Moschee der Alhambra vor Gott niedergeworfen.«

Die Versammelten liefen zur Moschee und kamen gerade recht, um Zagal hinauskommen und auf sein Pferd steigen zu sehen, mit dem er nach Salobreña reiten wollte, um seinem Bruder einen Höflichkeitsbesuch abzustatten. Ohne daß er auch nur die Sabîka verlassen konnte, riefen sie ihn an Ort und Stelle zum Sultan aus.

Zagal duldete die Gegenwart Sorayas und ihrer Kinder in der Alhambra, obwohl ihr Platz an der Seite des Kranken war. Doch es dauerte nicht lange, bis er begriff, daß Soraya ihn verführen und die Ehe mit ihm eingehen wollte. Dafür hätte sie sogar die Vergiftung des sterbenden Sultans in Kauf genommen; sie war entschlossener als je zuvor, nach oben zu kommen. Angesichts dieses unverbesserlichen Verhaltens schickte mein Onkel sie und ihre beiden Söhne nach Salobreña, und kurz darauf, als ihm klar wurde, daß der Sultan nicht mehr genesen würde, brachte er ihn mit seiner Familie nach Mondújar, nachdem die Ärzte ihm dazu geraten hatten, in der Meinung, daß das Klima dort gesünder für ihn sei. (Einer meiner Anhänger, dem Glauben zu schenken ich mich sträube, beteuert, wenn er Soraya gestattete, in der Alhambra zu bleiben, und wenn er – nicht sie – von Ehe sprach, dann nur, damit sie ihm verrate, wo die für eine Fortsetzung des Krieges dringend benötigten königlichen Schätze versteckt waren.)

Die Vorfreude auf einen mutigen, beliebten Sultan, der nicht in niederträchtige Intrigen verstrickt war, ließ Granada in Jubel ausbrechen; trotz allem hielt mir ein kleiner Teil des Albayzín die Treue. Die Erhebung des Tapferen auf den Thron freute auch König Ferdinand, der so unsere Monarchie noch gespaltener wähnte. Er zweifelt nur noch, wann der richtige – für uns also der schlechteste – Moment sein wird, mich freizulassen und gegen meinen Onkel und die rechtmäßigen Anhänger meines Vaters kämpfen zu lassen.

Seine Freude wurde durch die erste Ruhmestat des Zagal etwas gedämpft, mit der jener die in ihn gesetzten Hoffnungen rechtfertigte. Ferdinand beschloß, seinen Sommerfeldzug, wenn auch verspätet, in der Vega zu beginnen. Er schickte seine Vorhut voraus, befehligt durch den Grafen von Cabra, welcher den Weg über Moclín einschlug. Doch Zagal ahnte dieses Ausweichmanöver und fand sich unverzüglich mit einem starken Kontingent an Soldaten ein. In einer erbitterten Schlacht erlitt der Graf eine furchtbare Niederlage. Nachdem ihre Kampfordnung zerstört war, starb der größere Teil der Christen in einer Schlucht, die von den Unsrigen »La Matanza«, das Gemetzel, genannt wurde, der Graf selbst entkam geschlagen und schwer verwundet. Mit unverschämter Dreistigkeit war mein Onkel obendrein so verwegen, den christlichen König herauszufordern und zwei Tage lang an dem Ort seines Sieges zu lagern, um Ferdinand die Möglichkeit zu geben, seine Herausforderung anzunehmen und die offenkundige Schlappe eines seiner Lieblingsgeneräle zu rächen. In Wahrheit hatte man sich meinetwegen an dem Grafen von Cabra gerächt.

Nasim teilt mir mit – und ich gebe seinen Brief fast wörtlich wieder –, daß man, wäre es nach Ferdinand gegangen, den christlichen Feldzug auf das kommende Frühjahr verschoben hätte. Zu der Niederlage von Moclín kamen das Unbehagen und die Trauer der ganzen Christenheit und das durch die Pest verursachte enorme Massensterben in Sevilla, wo man Berge von Menschen begrub. Doch Königin Isabella stellte sich hoch zu Pferde vor die Soldaten, um die Gemüter ihrer Untertanen zu festigen und sie aus ihrer Verzagtheit zu reißen, und forderte sie auf: »Meine kastilischen und aragonesischen Söhne, euren Waffen will ich das Schicksal unserer Königreiche anvertrauen. Von Stund an werden sich weder Kastilien noch Aragón mit unbeständigen Waffenstillständen zufriedengeben, auch nicht mit der Anerkennung unserer Oberhoheit, welche bei der erstbesten Gelegenheit widerrufen werden könnte. Mit

Rücksicht auf euch und eure Familien, Uns dem Willen Gottes beugend, verfügen der König und Wir, daß die Kriege fortgesetzt werden, bis die Ungläubigen aus diesem Land vertrieben sein werden, welches uns gehört.«

So gab sie, als Frau und als Königin, ihrem Heer neuen Mut. Diese Ehe hat sich als sehr ausgewogen erwiesen. Die Gatten sind wie die Schalen einer Waage, deren Zünglein die Eroberung ist: Ermattet einer der beiden, so wächst der andere und bekommt Auftrieb, von der gleichen Kraft angetrieben, welche den anderen nach unten zieht. Deshalb halten sie sich für unbesiegbar.

Nur wissen sie nicht – und solange es an mir liegt, werden sie es auch nicht erfahren –, daß ich, im Einverständnis mit Moraima, einen Entschluß gefaßt habe, der ebenso unerschütterlich feststeht wie der ihre. Viele werden glauben, daß ich mich nur aus Egoismus und meiner Ruhe wegen dazu entschlossen habe, doch ich schwöre, daß es vor jeder anderen, persönlichen Erwägung zum Wohl meines Reiches geschah, dessen Schicksal mir mehr bedeutet als mein eigenes. Und sollten seine Tage gezählt sein, so werde ich mit meiner ganzen Kraft dafür Sorge tragen, daß sie so angenehm, glanzvoll und glücklich sind wie nur möglich. Auch wenn ich dafür mein Leben opfern müßte, was gleichbedeutend damit ist, meine Thronansprüche zu opfern.

GONZALO FERNÁNDEZ DE CÓRDOBA hat den heutigen Tag mit mir verbracht. Wir haben zusammen gefrühstückt. Moraima bediente uns. Wir sahen uns höchstens zweimal an, aus lauter Angst, daß schon ein Blick uns verraten könnte. Nachdem er gegangen war, sprachen Moraima und ich über den Eindruck, den wir von ihm hatten.

Gonzalo wirkte noch starrer und männlicher als letztesmal.

Seine Ungezwungenheit war jetzt gepaart mit einer gewissen Würde, seine Freundlichkeit mit Strenge. Seine ernsten Gesichtszüge sind klar und harmonisch. Vielleicht ist er mit seinem Lächeln besonders vorsichtig; darum wirkt es, wenn er lächelt und seine weißen Zähne zeigt, so, als ob die Sonne über einer Landschaft aufginge, über der noch das Morgengrauen liegt. Seine Hände sind vom Reiten und vom Waffengebrauch ausgetrocknet und gezeichnet, gleichzeitig aber von einer nicht zu verbergenden Eleganz. Sein Körper ist schlank und wohlgeformt; obwohl er nicht sehr groß ist, scheint er seine Umgebung zu überragen, denn von seiner Gestalt geht eine ungemeine Würde aus. Ich habe, glaube ich, außer meinem Onkel Zagal, dem Tapferen, noch nie jemanden gesehen, der gleichermaßen zum Befehlen geschaffen ist. Ich bin sicher, daß Don Gonzalo weder laut werden noch sich aufregen muß, damit man seinen Befehlen Folge leistet. Ich bezweifle, daß ihm eines Tages das geschieht, was mir in Lucena widerfuhr, als meine Männer mich im Stich ließen. Er hat es nicht nötig, Ansprachen zu halten, um seine Soldaten zurückzurufen, die den Tod einem abschätzigen Blick von ihm vorziehen werden. Mit einem Wort, er ist dafür geschaffen, sein Volk zum Sieg zu führen. Er ist der christliche General, den ich am meisten fürchte, und der einzige, den ich schätze. Denn seine Worte und Taten zeugen von einer klaren Zielstrebigkeit und einer eisernen Ausdauer, doch es liegt kein Haß in ihnen; er versteht sich als das geeignete, schneidende Werkzeug von etwas, das erreicht werden muß, woran jedoch sein Herz keinen Anteil hat.

Als er bei mir war, hielt er einen so lückenlosen, klaren Vortrag über Waffen und den Krieg, daß es mir schwerfällt, ihn getreulich wiederzugeben. Er zeichnete Pläne und Artilleriegeschütze auf meine karmesinroten Blätter, er schrieb Zahlen und verschob Heeresabteilungen wie ein General vor der Schlacht. So höflich und herzlich, als wäre er ein Verbündeter und kein Gegner. Verständlich, daß die Könige trotz seiner Jugend ein unerschütterliches Vertrauen in ihn setzen. Er ist der beste unter ihren neuen Generälen, die alle sind wie er, die seine Ideale teilen und nicht durch die Beteiligung an den persönlichen Zwistigkeiten von einst verdorben sind, welche uns so nützlich waren. Aus dem Gehörten lassen sich zwei Schlüsse ziehen. Zum einen, daß ihn seine neue Auffassung von Strategie und Taktik, seine militärischen Kenntnisse, von denen man gelegentlich sagen könnte, daß sie angeboren sind, und vor allem seine Übereinstimmung mit den Königen in bezug auf Planung, Standfestigkeit und Entschlossenheit zum perfekten Vasallen machen. Zweitens läßt sich darauf schließen, daß er auf eine zurückhaltende Art in seine Königin verliebt ist – ob gegen seinen eigenen Willen oder gar unwissentlich, das weiß ich nicht. Moraima sieht es noch klarer als ich: Wenn er von ihr spricht, verraten seine entrückten Ansichten und seine Lobesreden, daß sie für ihn das größte Wunder ist, das es gibt, und daß er es für seine größte Auszeichnung hält, mit ihr zusammengetroffen zu sein.

»Es ist verblüffend« sagt er, »wenn man sieht, wie sich eine Frau höchstpersönlich mit Schlachtplänen beschäftigt, zusammen mit den ältesten und erfahrensten Generälen abstimmt, auf Du und Du mit ihnen steht, die Vorbereitungen mit einer Kenntnis in die Wege leitet, die nur schwerlich von den Kriegern früherer Zeiten erreicht wurde. Das ist die Neuerung, die ganz deutlich einen Meilenstein setzt für das, was kommen wird oder schon eingetroffen ist; das ist es, was unser Scheitern verhindert, wenn Ihr meine Worte verzeihen wollt, mein Herr. Letztlich«, entschuldigte er sich, »liegt der Ausgang in Gottes Hand; seine Wege sind geheimnisvoll, sein Urteil unerforschlich.«

Ich bewunderte und beneidete, wie er Anmut mit Autorität verband.

»Die Kriegsunternehmungen werden nicht länger von blindem Heldenmut geprägt sein«, fügte er hinzu. »Die Kraft wird zu einem Werkzeug der Umsicht und der Intelligenz. Der Krieg um Granada, da bin ich sicher, ist eine Schule der

Kriegskunst, in der wir das Handwerk für wesentlich schwierigere Unternehmungen erlernen, die uns bevorstehen. Hier werden Soldaten herangezogen, die ein Vorbild für alle und die Zierde des ganzen Militärs sein werden. Denn man wird nichts dem Zufall überlassen, der unser größter Feind sein wird. Es existiert ein wohldurchdachter Plan, den man befolgen und der uns, zusammen mit den diplomatischen Bemühungen des Königs, zum Sieg führen wird. Mein Herr, ich weiß, daß es hart ist, wenn da ein christlicher General kommt und Euch von solchen Dingen spricht, doch ich schätze, daß sie Euch am meisten interessieren und auch, daß die Positionen, die wir beide in dieser Auseinandersetzung innehaben – Ihr eine viel höhere als ich –, kein Hinderungsgrund für Kameradschaft und Höflichkeit sind. Versteht es als Beweis meines Respekts und meines Vertrauens zu Euch, denn Ihr seid anders als die vorherigen Sultane. Dies ist der einzige Grund meines Hierseins und unseres Gesprächs.

Dann legte er mir aufgrund meiner Fragen – die ich nicht nur aus Neugierde stellte, sondern auch, weil mich seine Antworten verwirrten – seine Vorstellungen und Erwartungen dar.

»Es geht darum, bei der Eroberung des Königreichs Granada dieselben Regeln anzuwenden wie bei der Einnahme einer Festung. Vor allem muß man die Verständigung nach außen und eventuelle Hilfsmaßnahmen von außen unterbinden, um den Feind auf seine eigenen Kräfte und Mittel zu beschränken. Ich bitte Euch noch einmal um Verzeihung«, unterbrach er mit einem schwachen Lächeln. »Wir, mein Herr, haben den Vorteil, die Schlacht auf dem offenen Feld auszutragen, welches dabei am meisten in Mitleidenschaft gezogen werden wird. Andererseits ist es erforderlich, oder wir müssen uns dazu zwingen, nicht zu improvisieren, sondern uns im voraus zu wappnen. Für uns ist es eine grundlegende Angelegenheit, den Granadinern alle im Lande verbliebenen Güter zu entziehen, vor allem bei einem Land, das so dicht bevölkert ist und so viele Bedürfnisse hat wie das Eure. Verzeiht, daß ich von den Granadinern spreche, als gehörtet Ihr nicht dazu; ich mache es der Bequemlichkeit halber: So ist der Ton unserer Überlegungen weniger schneidend. Es handelt sich also um genau denselben traurigen Auftrag der Zerstörung wie zuvor, doch jetzt geregelt und mit System: Man muß die Wälder roden, Mühlen und Ernten zerstören, die Brunnen zuschütten, jegliches Versorgungspotential zerstören. Schon seit unserem zweiten Feldzug wird das Heer von nicht weniger als dreißigtausend Fußsoldaten begleitet, die ausschließlich mit diesen Obliegenheiten betraut sind. Denn in diesem Krieg geht es nicht mehr um Scharmützel und Kleinkriege, sondern um Belagerung und Besiedlung, und die Hauptstadt Granadas ist als der wichtigste Teil der Festung zu sehen, mit welcher wir das ganze Reich zuvor verglichen. Die übrigen Städte, die befestigten Orte, die Burgen, Festungen, Wacht- und Wehrtürme sind ihr äußerer Verteidigungsring. Sie muß man erobern, um sich allmählich dem endgültigen Ziel zu nähern, das heißt der Zitadelle, womit ich zum einen Granada selbst und, innerhalb der Stadt, in ihrem Herzen, die Alhambra meine.«

Angesichts seiner kalten Präzision wollte ich mich lieber einen Augenblick erholen und befragte ihn über die Königin. Er lächelte.

»Die Königin kümmert sich um die Munitionsherstellung, um den Ankauf von Pulver und Holz, Angelegenheiten der Intendantur und der Aushebung von Soldaten, und um die Stabilität diesseits der Grenze, welche den Kriegsverlauf nicht behindern darf. Dieser Krieg muß mehr oder weniger langsam, aber ununterbrochen geführt werden. Sie beschäftigt sich außerdem intensiv mit der Nachrichtenübermittlung, für die sie ein Postensystem aufbauen ließ. Und zu guter Letzt, als ich anläßlich der Belohnung Eurer Häscher in Vitoria weilte, erließ sie eine Verfügung über die Art, wie die Seemacht mit uns zu kooperieren habe, um die afrikanische Küste zu überwachen und die Landung von Männern und Proviant zu verhindern.

Sie bestimmte, daß sich die Flotte zu diesem Zweck von der Biscaya ins Mittelmeer zu begeben und zerstreut, aber in großer Zahl an der Meerenge und entlang der Küste Aufstellung zu nehmen habe, die Karavellen von den Besten geführt: Martín Díaz de Mena, der Ire Charles von Valera, Garcilópez de Arriarán, der Pfarrer von Requesséns, Álvaro de Mendoza und Antonio Bernal.«

»Und zu welchen Waffen wird man greifen müssen, Don Gonzalo, um Ansprüche zu befriedigen, die zwar nicht ganz neu, jedoch wesentlich größer sind als bislang?« Diesmal war ich es, der lächelte, als ich die Frage stellte.

»Zu sehr viel stärkeren Feuerwaffen, mein Herr. Die Muslime vertrauen in die Verteidigung ihrer Dörfer durch die Lage, an der man sie erbaut hat; deshalb pflegen sie keine Gräben, keine Wälle und keine festen Mauern zu errichten, sondern schwache, wirr angeordnete Lehmmauern, die den enormen steinernen Kugeln unserer Kanonen mit Sicherheit nicht standhalten werden. Außer den Bombarden verfügen wir bereits über Ribaudequins, Donnerbüchsen, Feldschlangen, den Strauss und andere Apparaturen. Und so werden die Granadiner, die Hunger und Durst geduldig ertragen, die sehr mutig sind bei der Verteidigung ihrer Orte und zu fürchten bei ihren Angriffen, entsetzt und verwirrt sein, wenn sie feststellen, daß unsere Artillerie ihre Befestigungen mit Leichtigkeit dem Erdboden gleichmacht. So wird nicht nur der Materialschaden, den wir verursachen, zu unserem Vorteil sein, sondern auch der moralische Niedergang ... Mein Herr, wenn ich mich mangelnder Ehrfurcht schuldig mache, indem ich so zu Euch spreche, dann deshalb, weil ich der Ansicht bin, daß ein General, der wie Ihr als Gefangener weitab der Schlachtfelder weilt, ein Recht darauf hat, alles zu erfahren, was jene wissen, die ihn gegenwärtig dort draußen ersetzen.«

»Ich danke Euch und bitte Euch, fortzufahren.«

»Die ersten Waffenmeister dieser Artillerie kamen aus Italien, Frankreich und Deutschland. Doch schon vor acht Jahren wurde in Toro Micer Domingo Zacharias zum obersten Artillerie-Offizier ernannt, und vor sechs Jahren in Sevilla Alonso und Tomás Bárbara zu Geschützmeistern. Das Oberkommando untersteht Francisco Rodríguez aus Madrid, den der König *in pectore* zum Ritter geschlagen hat. Das Pulver und die Steinkugeln werden direkt in den Feldlagern hergestellt. Das Heer wird begleitet von Zimmermännern, Schmieden mit ihren Essen, Ingenieuren und Steinmetzen, die Steinbrüche suchen, Quadersteine behauen und Kugeln fertigen. Holzfäller werden dabeisein, Schanzarbeiter, Schmelzer, Maurer, Köhler und sogar Korbflechter. Ein Feldlager, Ihr wißt es, ist wie eine Stadt. Deshalb besteht die Schwierigkeit, einen Krieg über das ganze Land auszudehnen, darin, daß wir auf alles, oft Unvorhergesehenes, genau vorbereitet sein müssen, und zwar durch Vorstellungskraft und sehr wohl dafür vorgesehene Mittel. Trotz alledem ist der Pulververbrauch so hoch, daß man zusätzlich zu jenem, das man in den Feldlagern in Steinmörsern herstellt, weiteres aus Barcelona und Valencia, aber auch aus Portugal, Sizilien und Flandern herbeischafft. Denn der Krieg um Granada hat, wie ich Euch bei unserer ersten Unterhaltung sagte, die Grenzen der Halbinsel überschritten; jetzt ist Europa auf uns angewiesen.«

Er sprach genauso zurückhaltend wie bestimmt vom Krieg, so, als beschriebe er sein eigenes Zuhause. Wenn man ihm zuhörte, war es schwer, an Tod, Plünderung, Blut, Verrat und Vernichtung zu denken. Hätte ich es nicht besser gewußt, weil ich seine Siege kannte – ich hätte geglaubt, einem großen Theoretiker gegenüberzusitzen, der sein Studierzimmer noch nie verlassen hat und noch nie vor die Tür seines Hauses getreten ist. Etwas an ihm bestätigte mir, daß die Welt sich verändert hatte. Ich fühlte eine unerklärliche Sehnsucht nach der erlernten, überkommenen Ordnung, die ich vergessen mußte.

»Und was hat man mit den alten Geräten gemacht, General? Ich bin schon seit Jahren in Gefangenschaft, und bei der Schnellebigkeit unserer Zeit . . .«

»Sie sind nicht gänzlich abgeschafft. Wie ehedem feuert man Steine mit ihnen ab, aber auch Karkassen, das sind Brandkugeln, die verheerende Schäden in den Pulvermagazinen und Scheunen anrichten können.«

»Ich verstehe«, sagte ich, und um etwas hinzuzufügen, stotterte ich: »Aber der Transport . . .«

»Ihr habt recht. Der ist schwierig und kostspielig. Man muß ihn verbessern. Oft werden an die zweitausend Karren für die Artillerie gebraucht. Sie werden von Ochsen gezogen und sind in Gruppen zu hundert aufgeteilt. Die Mitführung eines solchen Trosses verlangt nach geeigneten Straßen, und die gibt es nicht immer in einem solch morastigen, unebenen Land. Zu diesem Zweck haben wir die Schanzarbeiter und Brückenbauer. Ein Beispiel: In diesem Jahr bahnten dreitausend Schanzarbeiter in zwölf Tagen einen Weg von drei spanischen Meilen, um die Artillerie nach Cambil zu befördern. Man mußte Hügel abtragen, Täler zuschütten und Pfade durch unwegsames Gelände schlagen, das sich noch in Feindeshand befindet . . . Der Artillerietroß führt Karren mit sich, deren Zweck es ist, das für die Brücken benötigte Holz zu transportieren, welche Gräben und Bäche überspannen und die Überquerung von Schluchten und Flüssen ermöglichen. Über diese freie Strecke ziehen dann die Fuhrwerke die Bombarden, mit denen wir die starken Türme Eurer Festungen zerstören werden . . . Verzeiht, mein Herr: Ich habe mich erregt.«

»Fahrt nur fort. Schließlich und endlich ist dies Euer Fachgebiet.«

»Habt Dank, mein Herr. Wenn es sich nicht umgehen läßt, errichten wir große Umwallungsanlagen, dazu geeignet, den ganzen Ort, um den es geht, zu isolieren. Gräben in der benötigten Länge und Tiefe, mit Lehmfesten und Schanzen alle dreihundert oder vierhundert Schritt, außerdem zerlegbare Burgen aus Holz, an den Stellen errichtet, die später zur Erbauung soliderer Burgen gedacht sind . . . Natürlich ist für alles, was ich Euch hier wie ein Kindermärchen erzähle« – ich mußte unweigerlich lächeln, wenn auch mit einem bitteren Beigeschmack –, »eine große Zahl von Arbeitern und Soldaten vonnöten, die zuerst bauen, dann standhalten und bewachen. In manchen Fällen wird man nicht weniger als achtzigtausend Fußsoldaten und fünfzehntausend Pferde benötigen, aber wir sind dafür gerüstet.« Er ließ eine verständliche Eitelkeit durchblicken, wie der Jüngling, der die Welt entdeckt – oder sie zu entdecken glaubt. »Und für die Unterbringung dieser Menschenmenge sorgt die Königin. Sie kümmert sich um die Intendantur und die Feldlazarette: sechs große Zelte mit Betten und Wäsche in ausreichender Menge, des weiteren Chirurgen, Wundärzte, Arzneien und Männer, die sie verabreichen. Und alles dort ist frei, denn unsere Herrin bezahlt es. Unsere Herrin, die sich in höchsteigener Person um die Errichtung dieser Feldlager kümmert, dieser wandernden Dörfer, in denen es an nichts mangelt, was zu den Bedürfnissen des täglichen Lebens zählt, die eine eigene Polizei, eine eigene Aufsicht und eigene, strenge und unantastbare Vorschriften haben.«

»Ich gebe zu, daß die Krone von Kastilien und Aragón über sehr viel mehr Mittel verfügt als wir, dem Gerücht vom Reichtum der Alhambra zum Trotz. Aber gibt es wirklich einen Staatsschatz auf der Welt, mit dem man solche Ausgaben bestreiten kann?«

»Wohl nicht. Im Prinzip decken sich die Kosten mit den gewöhnlichen Ausgaben des Staatsschatzes. Aber es gibt auch zusätzliche Einnahmen für ein Volk, welche da sind: das Geld des Adels, der über viele Jahre hinweg, Jahrhunderte sogar, Begünstigungen erhielt, ohne sich an den allgemeinen Kosten zu beteiligen, von den Hebräern und der Händlerzunft gedeckte Anleihen, bis hin zur Besteuerung der persönlichen Juwelen der Königin, die zur Zeit in jüdischen Truhen in Valencia ruhen«, fügte er begeistert hinzu. »Zu besonderen Gelegenheiten, wie etwa dem Feldzug, bei dem Alora erobert wurde, gewährte der Papst außerdem stets Ablaßbriefe für jene, die daran teilnahmen oder ihn durch Spenden unterstützten.«

»Ablaßbriefe?« fragte ich mit hochgezogenen Augenbrauen.

»Ja. Für gespendete Güter oder für die Teilnahme am Krieg erteilt die Kirche bestimmte Ablässe – als ich in Lucena mit Euch sprach, habt Ihr Euch darüber lustig gemacht – oder einen bestimmten Dispens, wie etwa, in der Fastenzeit Fleisch essen zu dürfen.«

»Es wäre mir lieber, wenn Ihr mir weiter vom Krieg erzählen würdet; wenn Ihr von Eurer Religion sprecht, kann ich Euch nicht folgen.«

Nach einem kurzen Zögern lachte er kurz und gekünstelt auf und fuhr fort.

»Ich werde Rücksicht auf Euch nehmen. Ihr habt mich nach den Einnahmequellen gefragt. Die Kirche in Rom ist eine der ergiebigsten, wenn sie sich dazu entschließt. Vor kurzem ermächtigte der Papst, ein Aragonese, die Krone von Aragón, hunderttausend Florin von den Kirchen und Klöstern seines Reiches einzufordern. Aber ich muß Euch darauf aufmerksam machen, mein Herr, daß das Volk der Christen, wie alle anderen, nachlässig und opportunistisch ist. Es murrt sehr über die Abgaben, und manchmal begegnet es den Steuereintreibern sogar mit Gewalt.« Jetzt lachte er offen. »Angesichts der Geldknappheit riet der Schatzmeister letzten Monat der Königin, die kastilische Bevölkerung mit einer neuen Abgabe zu belegen. Die Königin weigerte sich und sagte ihm ganz aufrichtig: ›Die alten Frauen in meinen Königreichen fürchte ich mehr als die leibhaftigen Mauren.‹«

Genauso liebenswürdig, wie er gelacht hatte, und genauso plötzlich, wurde er wieder ernst.

»Wo unser Geldbeutel ist, ist unser Herz«, sagte ich und ergänzte ironisch: »Wem auch immer der Geldbeutel gehören mag. Die alten Frauen sind überall gleich. Sagt das Eurer Königin, wenn Ihr sie seht.«

Ich sah in seine unergründlichen, stolzen Augen.

»Daher also Eure tiefe Überzeugung, mit einem Mal diesen jahrhundertelangen Krieg gewinnen zu können, General.«

»Ich bin überzeugt, mein Herr, daß wir alles Menschenmögliche tun werden, um zu gewinnen.« Er verabschiedete sich. »Ich hoffe, daß ich Euch nicht gelangweilt habe, indem ich ohne Unterlaß – so ununterbrochen, wie der Krieg sein wird – über das einzige Thema oder über die wenigen gesprochen habe, die mich begeistern. Und über das einzige, was ich vielleicht mit Euch gemein habe, wenn auch auf die unterschiedlichste Weise.«

»Habt Dank, General, daß Ihr mich Eurer vertraulichen Mitteilungen für würdig befunden habt. Ich meinerseits hoffe, daß Eure Aufrichtigkeit nicht dazu diente, mich einzuschüchtern. Denn selbst wenn ich es wäre, machte es keinen Sinn: Hier liegt es nicht in meiner Macht, meine Ängste oder meine Hoffnungen an irgend jemanden weiterzugeben.«

»Ich wünsche mir, daß diese Ohnmacht nicht von langer Dauer sei. Nicht aus Mitleid, sondern aus inniger Freundschaft bat ich um die Erlaubnis, Euch besuchen zu dürfen. In meinen Augen könnte mir nichts Schlimmeres widerfahren, als mich in Eurer Lage zu sehen: Nur abwarten zu können, abhängig von den Entscheidungen anderer, nicht wissend, was in Eurem Königreich vor sich geht, und daran gehindert, an der Spitze Eurer Soldaten zu kämpfen, auf die Entwicklung Eures Schicksals Einfluß zu nehmen. Dem Komtur habe ich gesagt, daß es ein Werk der Barmherzigkeit sei, einen Gefangenen zu besuchen. Euch aber sage ich ganz offen in meinem schlechten Arabisch, daß Ihr für mich sehr viel mehr seid als ein Gefangener, sehr viel mehr als ein König: Ihr seid ein Waffengefährte, dem ich von ganzem Herzen bald auf dem Schlachtfeld gegenüberzustehen wünsche. Der Herr segne Euch und gebe, daß Ihr dort nicht mehr lange fehlt.«

Ich habe erfahren, daß den ganzen Oktober hindurch große Ruhe an der andalusischen Front herrschte, wodurch es General Gonzalo de Córdoba möglich war, mich zu besuchen – sicher im Einvernehmen mit den Königen. Seit September regnet es im ganzen Land in Strömen – was Porcuna angeht, kann ich es bestätigen –, und in Sevilla richtet die Pest weiterhin große Verheerungen an, die Zahl der Toten steigt noch. Nicht anders ist die Lage auf unserer Seite: Jeden Tag werden mehr Granadiner von Erschöpfung befallen, Mutlosigkeit hat sich ihrer bemächtigt; sie träumen davon, in ihre eigenen Kissen zu sinken, bei ihren Frauen zu schlafen und ihre Kinder in die Arme zu schließen. Für jeden, der sich im Feld befindet, gibt es einen Augenblick, da ihn eine unwiderstehliche Sehnsucht nach seiner Heimat ergreift und er ihren Ruf fast körperlich verspürt.

Man hat mir gesagt, daß sich im Oktober einige Burgen in der Ajarquía, die mir bisher die Treue hielten, zur Partei Zagals bekannt haben. Und ich weiß, daß meine Mutter jetzt mit ihrem Boabdil in Huéscar residiert, unweit von Baza, wo sie sich verschanzt hat. Einmal der Gefahr entronnen, daß man ihren Betrug in Guadix oder Almería entdecken könnte, wird sie es, so glaube ich, vermeiden, mit ihm in die großen Städte zu reisen, deren Bewohner meine Besonderheiten kennen könnten: meine Art zu gehen, mich zu bewegen, meine Stimme, meine Angewohnheit, in meiner Zerstreutheit zu verharren, während ich von Problemen umgeben bin, oder meinen Blick, der sich wegen der Gleichgültigkeit gegenüber meiner Umgebung plötzlich verfinstert. Natürlich hat dieser Krieg nicht für jeden die gleiche Bedeutung. Die Herrscher suchen in ihm sich selbst, die Adligen die Vergrößerung ihres Edelmuts. Aber was hält die Leute aus dem Volke im Krieg? Ob es nun durch Predigten entfachtes Entsetzen ist oder Angst vor der Obrigkeit, ob mögliche Vorteile oder, falls man in den Grenzmarken lebt, Rache an einem lästigen Feind – keiner dieser Gründe ist geeignet, sie länger als einen Monat im Felde zu halten.

KÖNIG FERDINAND, der trotz des durch die Erschöpfung bedingten Friedens nie ruht, ließ schließlich durch seine Spione und bezahlte Leute eine Nachricht über den Boabdil meiner Mutter verbreiten. Demzufolge hatte Boabdil, aus Furcht vor einem Angriff Abu Abdallahs, von Huéscar aus den aragonesischen Kronrat von Murcia um eine Hilfslieferung an Lebensmitteln ersucht, welche man ihm gewährt hat. Oder der Christenkönig beabsichtigt, das Spiel jenes Doppelgängers, der nach der Pfeife meiner Mutter tanzt, herabzuwürdigen und ihn zu verleumden, indem er ihn des Verrats beschuldigt, während er den anderen Doppelgänger, der wiederum nach seiner Pfeife tanzt, verschwinden läßt. Moraima und mir blieb nichts übrig, als zu lachen, trotz der Arglist der beiden gegnerischen Parteien und trotz unserer durch den ständigen Regen verursachten Gereiztheit und Langeweile. An diesem Nachmittag amüsierte uns der Gedanke an die Wut meiner Mutter, als in Huéscar ein paar Esel eintrafen, beladen mit christlichen, zudem vielleicht vergifteten Lebensmitteln.

Der Regen fällt ununterbrochen Tag und Nacht, unempfänglich für den Zwist der Menschen.

IN DER FESTUNG von Porcuna hat es einen Fall von Pest gegeben. Ein Soldat ist gestorben, Mitglied einer Eskorte, die Gefangene von Jaén nach Córdoba gebracht hatte. Auf Veranlassung des Komturs, von dem ich nicht weiß, ob er unverzüglich eine Untersuchung einleitete oder nicht, bin ich mit meinem lächerlichen Hofstaat evakuiert worden.

Man hat uns zur Burg von Castro gebracht, deren Herr der Graf von Cabra ist, jener mit dem *haec omnia operatur unus*. Der Gastgeber, der noch nicht ganz von den Verwundungen aus Moclín genesen ist, empfing uns mit verbundenem Arm. Er ist kräftig, barsch, mit einer dröhnenden, aber offenen und herzlichen Stimme. Er hat eine von Wind und Wetter gegerbte Haut, sein Gesicht ist von wenigen, aber sehr tiefen Falten zerfurcht. Er muß ein sehr gläubiger Mensch sein, denn wenn man zur Mittags- oder Abendstunde mit ihm zusammentrifft, unterbricht er, wenn er eine Glocke hört, die Unterhaltung und murmelt einige lateinische Gebete vor sich hin, die er »Angelus« nennt. Er hat mir erklärt, daß man mit diesem Gebet des Augenblicks gedenkt, als der Engel Gabriel vom Himmel herabstieg, um Maria mitzuteilen, daß sie dazu ausersehen sei, die Mutter des Propheten Jesus zu werden. Und daß ihre Jungfräulichkeit unversehrt blieb, vor, während und sogar nach der Geburt. Diese Tatsache hielten Moraima und ich für ein ebenso übertriebenes wie überflüssiges Wunder.

Vielleicht sind genau das die Eigenschaften eines Wunders: Übertreibung und Entbehrlichkeit – etwas Zusätzliches, ein Luxus der Natur, um ohne weiteres als Einwirkung des Übernatürlichen erkennbar zu sein. Dennoch verabscheue ich jene Wunder, die dem Augenschein oder gar der Vernunft widersprechen; nicht solche, die übernatürlich sind und den Begabungen und Fähigkeiten der Natur wie auch des Menschen entspringen, sondern jene, die irrational, oder, noch schlimmer, antirational sind. Mir erscheint es widerrechtlich, dem Menschen einen Kniefall abzuzwingen und ihm das »Warum« vorzuenthalten: Ein Gott, der so handelte, wäre der Verehrung nicht würdig. So ergeht es mir mit jenem christlichen Dogma, das uns am stärksten trennt: der Dreifaltigkeit. Für mich ist sie ein armseliger Versuch des Menschen, eine Mißgeburt zu schaffen, eine Monstrosität. Göttlichkeit darf nie erklärbar, aber auch nicht unerklärlich sein. Vorausgesetzt, daß sie über uns, nicht gegen uns zu sein hat, die wir ihr Werk sind. Sie überragt uns, doch sie tadelt uns nicht.

Die Gräfin ist eine Frau, die sich andächtig ihrem Gatten und, wie ich vermute, auch den Gebeten ihres Gatten widmet. Sie ist klein, farblos, und obwohl ihre Gesundheit angegriffen zu sein scheint, muß sie aus Eisen sein, denn sie ist überall, mischt sich ein, richtete im Handumdrehen ein Gebäude her, das nicht in dem Zustand war, uns aufzunehmen. In der kurzen Zeit, die ich sie kenne, bin ich zu der Überzeugung gelangt, daß sie es ist, die hier das Sagen hat. Überall, sogar bei ihrem Mann, der sich, hochgewachsen und widerborstig, wie er ist, in ihrer Gegenwart in ein harmloses Schoßhündchen verwandelt.

Wo wir von Hunden sprechen: Auf meine Bitte hin ist Hernán mit uns gekommen. Als ich mein Pferd bestieg, sah ich eine solche Angst und unendliche Trauer in seinen Augen, daß es mir unmenschlich vorgekommen wäre, ihn von mir zu trennen. Die beiden Frauen – Moraima und Zahira, die Konkubine mit den blauen Augen – reisten in einer Sänfte, streckenweise auch Hernán. Aber er litt und streckte dauernd den Kopf heraus, um zu sehen, ob ich ihn nicht verlassen hätte und weiter bei ihm bliebe, während ich vor, neben oder hinter der Sänfte ritt. Ich mußte ihn aus der Sänfte lassen; nun war er es, der keuchend und glücklich um mein Pferd galoppierte. Ich bin sicher, das jetzt auch Hernán an Wunder glaubt.

Wie beiläufig habe ich gegenüber dem Grafen meine Doppelgänger im christlichen Heer erwähnt. Ohne ein Zeichen der Zustimmung oder Verneinung blickte der Graf aus dem Fenster.

»Im Krieg ist alles erlaubt«, sagte er dann.

Soweit ich sehen kann, sind diese frommen Männer sich bitter feind. Mit unangebrachter Bewunderung fügte er hinzu: »Unser König ist ein großer Stratege.«

Dann aber gab er mir zu verstehen, daß er von der Existenz des zweiten Doppelgängers, desjenigen meiner Mutter, wisse. Er ist also auf dem laufenden über das, was in meinem Reich vor sich geht; die große Zahl und der Erfolg seiner Spione beweisen es. Aber ich glaube nicht, daß seine Auskünfte so wahrheitsgetreu sind wie diejenigen seines Verwandten Don Gonzalo de Córdoba. Im übrigen traue ich dem Grafen nicht. Ich vermute, daß er über weniger Berichte aus erster Hand verfügt.

Zumindest ist das, was er erzählt, von einer gewissen Wahrscheinlichkeit. Er sagt, daß Boabdil – derjenige meiner Mutter – durch seine Anhänger einen großen Teil des Albayzín für seine Sache gewinnen konnte. Die Bevölkerung dieses Hügels setzt sich aus Gebildeten und Bauern zusammen, mit einem Wort: aus Einwohnern, die in Frieden leben wollen, wer auch immer an der Macht sein mag. Dagegen hielten die Stadtviertel zu Zagal. Wie der Graf erzählt, hat es zwischen den einen und den anderen eine heftige Auseinandersetzung gegeben. Die Granadiner schossen gnadenlos von der alten Festung Quadima aus auf den Albayzín. Es erschüttert mich, daß die älteste aller Festungen, die es schon länger gibt als die Nasriden selbst, dazu benutzt wurde, Brüder zu vernichten. Zu wissen, daß in meinem Namen unser eigenes Blut vergossen wird, ist unsagbar schmerzlich für mich.

Der Graf hat mir mitgeteilt, daß es ein ungleicher Kampf gewesen sei: Die Parteigänger Boabdils waren weit weniger an der Zahl, ihre Kräfte unterlegen; sie hatten nichts weiter als ihre Hände und ein paar behelfsmäßige, selbstgemachte Waffen. Boabdil – also meine Mutter – hatte zu erscheinen versprochen, um seine Anhänger zu ermutigen, des weiteren sollte eine Hilfstruppe kommen; doch weder er noch die Hilfstruppe wurden gesichtet. Er beschränkte sich darauf, unablässig Boten zu schicken, die den Widerstand anfachen sollten; er selbst blieb unterdessen in Loja, wo er zur Zeit residiert. Es läßt mich verzweifeln, diejenigen, die mich lieben, sogar durch betrügerische Vertreter zu enttäuschen.

Zwischen den Bewohnern des Albayzín und den Granadinern waren Verhandlungen notwendig geworden. Diese wurden von den Fakhis geführt, den Hauptverteidigern meines Onkels in

Granada, auch wenn ein kleiner Teil von ihnen meine Partei unterstützt. Die Folge war, daß meine Mutter – ich selbst also, oder besser gesagt: der falsche Boabdil – meinen Onkel als den Souverän der Alhambra und Granadas anerkannte. Andererseits hat sie durch diese Übereinkunft ihre Macht und ihre Besitzungen im östlichen Teil des Emirats gefestigt, mit Loja als Zentrum, das mein Doppelgänger nicht verläßt. Meine Mutter und Aben Comisa hingegen sind nach Vera aufgebrochen. Ich kenne meine Mutter, ich weiß, daß sie im Grunde genommen erreicht hat, was sie wollte. Der Bruderkrieg, von dem sie wußte, daß sie ihn verlieren würde, war nichts weiter als ein Mittel, um wieder in einem Teil unseres Landes Fuß zu fassen. Es quält mich, wie sinnlos Blut vergossen wurde – nur einer Intrige wegen.

Überall sehe ich Intrigen, und Moraima auch. Alles wird zu Botschaften, die sich gegenseitig aufheben; wir wissen nicht, welche der Wahrheit entsprechen, falls es überhaupt eine gibt. Ich weiß nicht, was Aben Comisa vorhat, und ich frage mich, ob er nicht heimlich etwas mit meinem Onkel plant, um gemeinsam gegen die Christen vorzugehen. Das wäre nicht schlecht, aber ich bezweifle, daß meine Mutter dem zustimmt; es müßte hinter ihrem Rücken zustande kommen. Es wäre allerdings genauso möglich, daß er heimlich mit den Christen verhandelt.

Dem, was mir der Graf erzählt, der einige Tage abwesend war, und einer in Vélez abgeschickten Botschaft Aben Comisas entnehme ich folgendes: König Ferdinand belagerte an der Spitze eines starken Heeres Loja. Weil sich ihr Sultan dort befand, zog ein Trupp vom Albayzín aus, um sich mit ihm zu vereinen und der Pflicht des heiligen Krieges nachzukommen. Die Anhänger Zagals aus Granada wie auch aus der Umgebung eilten dem Ort nicht zu Hilfe; sie argwöhnten, daß die Belagerung von Loja, wie schon in Ronda, nur eine Falle sei. Aber unglücklicherweise war diese Belagerung echt, soviel war gewiß – wenn es in diesem Durcheinander überhaupt eine Gewißheit gibt. Die Christen umgaben die Stadt mit einem dichten Ring von Schanzen und Gräben, und unter den Belagerten ging das beunruhigende Gerücht, das alles sei eine abgemachte Sache zwischen dem aragonesischen König und Boabdil, während dieser in Gefangenschaft war. In Wirklichkeit war nichts eingefädelt: Zwar war der Boabdil von Loja wirklich falsch, aber nicht er ist es, der den Christen dient. Die Eroberung eines Vorwerks durch den König, die Zerstörung eines Großteils der Mauern, der Tod der unerschrockensten Verteidiger, das Nichterscheinen des fingierten Sultans wegen einer ebenfalls fingierten plötzlichen Erkrankung und die Überzeugung, daß Granada ihnen nicht zu Hilfe kam, weil es auf der Seite Emir Abu Abdallahs stand, zwangen die Bewohner von Loja, sich zu ergeben. So geschah es am 29. Mai nach tapferem, erfolglosem Widerstand, der mich aus ganzem Herzen betroffen gemacht hat. Die Kapitulation versprach freien Abzug für die Bewohner, ihre Kinder, Pferde und Lasttiere mit allem, was sie tragen konnten. Alle wurden freigelassen, außer Boabdil, der zum zweiten Mal von den Christen gefangengenommen wurde – zum zweiten Mal, dabei habe ich keinen Schritt getan außer von Porcuna nach Castro –, in der Absicht, ihn als Mittel zu benutzen, um ganz Andalusien zu unterwerfen.

Diese Tatsachen haben die Bewohner von Granada, wohin viele der aus Loja Vertriebenen flohen, davon überzeugt, daß diese Eroberung nur dem einzigen Zweck diente, als Teil des Lösegeldes die Abmachungen zwischen den Königen und dem Sultan zu erfüllen; ein schändlicher Preis, der die Übergabe gewisser Städte beinhaltete, unter dem Deckmantel mehr oder weniger großer Schwierigkeiten – um den Schein zu wahren.

Ferdinand ließ ein Kommando in Loja zurück und ließ verkünden, daß er sich mit seinem Gefangenen Boabdil nach Córdoba zurückzöge. Doch einige Tage später griff er die Burg von Elvira an und zerstörte die Hälfte der Wehrmauer. Daraufhin ergab sich die Besatzung unter denselben Bedingungen wie in Loja. Dann verlagerte er sein Feldlager nach Moclín, wo beim letzten Feldzug der Graf von Cabra von meinem Heer geschlagen worden war und wohin er, wie ich aus der Dauer seiner Abwesenheit errechne, auch diesmal seinen König begleitete, um sich für die Niederlage schadlos zu halten. Seiner Schilderung entnehme ich, daß sie die Festung bei der Belagerung mit Kanonen bestrichen, darunter einige, die Brandkugeln verschossen – so erzählte man mir, und jetzt kann ich die Ausführungen Gonzalos von Córdoba besser verstehen –, Kugeln, die durch die Luft flogen und dann über dem anvisierten Punkt niedergingen, wobei sie ihn in Brand setzten. Eine von ihnen ließ das Pulvermagazin in Flammen aufgehen, und so waren die Unsrigen gezwungen, sich zu ergeben. Die Bewohner der Städte, die von Ferdinand erobert wurden – in meiner Vorstellung sind sie schutzlos, verfolgt, durch die Ungläubigen bereits geschwächt –, flüchteten nach Granada und ließen so die Zahl der Anhänger Zagals wachsen.

Das gleiche Schicksal ereilte dann die Muslime von Colomera, Salar und Illora, die angesichts der Vorgänge auf den benachbarten Burgen ihre eigenen widerstandslos übergaben. Der König nahm Montefrío ein, dessen Proviant- und Waffenlager verbrannte, Adaha, Sagra und weitere Festungen an der Straße zur Hauptstadt; er ließ Männer, Vorräte und Artillerie zurück, in der Absicht, einen engen – und immer enger werdenden – Belagerungsring um Granada zu legen.

Schließlich wandte sich König Fedinand stolz und zufrieden nach Córdoba. Der Graf sagte mir, daß er jetzt nicht mehr lange zögern wird und daß er immer in Begleitung seines Gefangenen Boabdil sei. Ich weiß schon nicht mehr, ob es der in Loja ergriffene ist – der meiner Mutter also – oder jener, den er schon hatte; auch weiß ich nicht, ob derjenige, welcher überflüssig ist, verschwunden ist oder ob man ihn hingerichtet hat. Vielleicht bin ja auch ich selbst dieser überflüssige Boabdil.

MAN HAT MICH nach Córdoba gebracht, mich allein und in äußerster Eile. Wir reisten nachts. Bei der Ankunft hat man mich sofort inkognito zum Bischofspalast geführt. (Dort sollte ich auf das Eintreffen des Königs warten.)

Jedesmal, wenn ich die Luft dieser Stadt einatme, die duftet, wie es im Paradies duften muß, jedesmal, wenn ich mir ihre Größe vorstelle, die ihre Spuren hinterlassen hat, jedesmal, wenn ich Zeuge ihrer Heiterkeit bin, die Spur des Universellen bewundere, das dort fortbesteht, und die Kraft der Kultur erlebe, welche durch die unendliche Folge von Machthabern nicht beeinträchtigt wurde, bestätigt sich meine Meinung. Eine Meinung, die auf zahlreiche, wenn auch wenig wohlklingende Zeugnisse zurückgeht, auf Erwähnungen in Büchern der Bibliothek der Alhambra und auf meine eigenen, gewagten, doch unumstößlichen Schlüsse. Hier in Córdoba, wie auch an jedem anderen Ort der Halbinsel, zogen die Araber nicht zu Pferde ein, sondern zu Fuß, einer nach dem anderen. Was ich sagen will: Auf dieser Halbinsel hat es niemals eine gewaltsame Invasion gegeben, wie es die Geschichtsschreiber beider Seiten glauben machen wollten.

Die Islamisierung der Halbinsel – ich vertreibe mir die Zeit mit Schreiben, bis mir jemand sagt, wozu man mich hergebracht hat – ist nicht auf eine von Afrika ausgehende arabische Eroberung zurückzuführen. Es hat mich Mühe gekostet, vorurteilslos die Texte zu studieren, Daten und Zahlen zu vergleichen und mich davor in Acht zu nehmen, nicht ebenfalls eine vorgefaßte Meinung nachträglich darzulegen. Denn darin liegt gewöhnlich der Fehler der Chronisten, die oft keinen weiteren Beweis für ihre Behauptungen haben, als daß sie schon vorher von anderen aufgestellt worden seien.

Im Jahre 711 der christlichen Zeitrechnung war der Islam noch keine hundert Jahre alt. (Nebenbei bemerkt: Welche Anmaßung ist es doch, daß jede Religion den Anspruch erhebt, die Wiege der unfaßbaren Menschheitsgeschichte zu sein.)

Nordafrika war selbstverständlich noch nicht islamisch – es war stets Nachahmer, nicht Vorreiter der Entwicklungen in Andalusien – und noch viel weniger arabisch. Was hatten die Araber und ihre Sprache dort zu suchen, so erstaunlich weit weg von Damaskus? Wie konnten sie, die in kleinen Nomadenstämmen organisiert waren, in so kurzer Zeit ein so ungeheures Imperium erobern? Um so schneller, so sagt man, je weiter sie von Arabien weg waren: Tunis in fünfzig Jahren, Marokko in zehn Jahren und die Iberische Halbinsel in drei. Und mit welchen Mitteln? Man konnte weder Pferde noch Kriegsausrüstung über solch weite Strecken mit sich führen. Und wie überquerte ein nicht seefahrendes Volk die Meerenge, die immer schwer zu befahren gewesen ist? Mit wie vielen Schiffen? Und wie oft?

Ich fragte mich, wer jene Sarazenen waren, die bald ohne Vorwarnung hier auftauchten. Wer war ihr Herrscher? Wo kamen sie her? Warum setzten sich die für ihre Tapferkeit und Freiheitsliebe bekannten Hispanier nicht gegen sie zur Wehr, da sie doch mit zehn Millionen Mann jenen fünfundzwanzigtausend gegenüberstanden, die an Land gingen und sie in drei Jahren vernichteten? Aber wurden sie überhaupt von ihnen vernichtet? Man weiß es nicht; niemand berichtet darüber, was mit jenen Hispanorömern geschah, die damals die Halbinsel bevölkerten. Wesentlich später werden nur zwei Minderheiten erwähnt: die Juden und die Goten. Das bedeutet also, daß die Goten gegen diese geheimnisvollen Sarazenen aus den Chroniken um Hispanien kämpften; so beschränkte sich alles auf eine Auseinandersetzung zwischen zwei landfremden Gruppen vor einem Publikum von Einheimischen, das sich nicht äußerte.

Ich habe mich stets für den Namen Tarik interessiert – er lebt fort in dem Wort Gibraltar, dem »Felsen des Tarik« –, der so wenig an die arabische Namensgebung erinnert und so sehr an die germanische. Die Namen der gotischen Könige haben ähnliche Endungen: Von Ilderich über Amalarich und Teodorich bis hin zu Roderich, Don Rodrigo. Wer mag dieser General gewesen sein? Die hispanischen Goten hatten außer den Provinzen auf der Halbinsel noch einige andere jenseits der Pyrenäen – Septimania und Narbonne – und eine in Nordafrika, Tingitana bei der Stadt Tanger, von der sie den Namen hat. Der letzte Gotenkönig, Witiza, hatte dort Statthalter eingesetzt. Als sich Graf Roderich in der Baetica gegen Witizas Söhne erhob, baten diese ihre Brüder in der Tingitana um Beistand. Als Heerführer kam der Statthalter von Tanger, Tarik – an der Spitze seiner Goten selbstverständlich, vielleicht unterstützt von einer beduinischen Hilfstruppe. Es gab immer afrikanische Söldner, die jemandem in diesem Land zu Hilfe kamen – oft auch das genaue Gegenteil. Das erklärt das Übersetzen vom einen Ufer der Meerenge zum anderen, denn bei Angehörigen der gleichen Nation war das nichts Ungewöhnliches, und den ungeheuren Sieg von ein paar tausend Mann. Denn sie eroberten nicht, sie überzeugten; sie griffen in ihrem eigenen Land in den Machtkampf ein. Die Schlacht von Guadalete war ein unbedeutender Einzelfall, der keinerlei strategischen Vorteil brachte und in sumpfigem, von kargen Gebirgsmassiven beherrschtem Gelände stattfand. Dennoch will man von dieser Schlacht einen entscheidenden Sieg ableiten, und zwar nicht über einen Teil von Andalusien oder die ganze Halbinsel, sondern über ganz Europa; mit anderen Worten sollen sich also ein paar von Afrika anstürmende asiatische Nomaden darangemacht haben, das ganze Abendland zu unterwerfen. Das ist absolut unwahrscheinlich.

Wahrscheinlich ist, daß die Hispanorömer, der Unterwerfung durch die Goten und der Religionskriege, in denen die Anhänger der Dreifaltigkeit über die Arianer siegten, überdrüssig, ihren König stürzten – ein bei uns sehr häufiger Vorgang – und sich in mehr oder weniger unzusammenhängende Teilreiche spalteten. Die unheilvolle Verpflichtung zur Reconquista wird aus dem – von einer Gruppe im Norden ausgehenden – Versuch entstanden sein, ebendiese einzige Monarchie wiederherzustellen. Warum aus dem Norden? Weil Asturien und das Baskenland wegen der schlechten Verkehrswege am wenigsten von der Befreiungswelle erfaßt wurden, welche den Rest der Halbinsel überflutete.

Aber welche Welle meine ich? Die überwältigende Mehrheit der Einwohner dieser Zeit waren Hispanorömer, Anhänger des Arianus, die nicht an die Dreifaltigkeit glaubten und deshalb als Häretiker verfolgt wurden. Sie atmeten noch die Kultur Roms und verachteten und fürchteten die Goten, die ihnen ihre aristokratische Regierung aufgezwungen hatten. Deshalb waren sie geneigt, ihre Tore und ihre Herzen einer Strömung zu öffnen, die ihnen willkommene Neuerungen brachte: eine Religion, die ihrer eigenen wesentlich verwandter war; einen umfassenderen, ertragreicheren Handel; eine durch Persien und Byzanz bereicherte, über Syrien, Baktrien und Indien hellenisierte und romanisierte Kultur; eine Sprache, welche ihre eigene Sprache ersetzen sollte, die verwandt, doch nicht identisch mit dem Lateinischen war, das sich nie ganz durchsetzen konnte und zudem an Ansehen verloren hatte, weil es von der dreieinigen Kirche verwendet wurde.

Dennoch ging dieser Wandel mit der unermeßlichen Geduld vor sich, welche der Geschichte eigen ist. Bei Invasionen siegen nie die Besseren, sondern die Stärkeren, die weniger Kultivierten also, auf deren Seite sich dann das kleinmütige Volk schlägt. Hier geschah das Gegenteil. Die Hispanorömer nahmen die islamische Kultur an und ersetzten durch sie die westgotische Barbarei, die sie störte und gegen die sie oft rebellierten. Diese neue Kultur hielt unmerklich Einzug durch den Handel, durch bedeutende Gelehrte und Denker, Vertreter von Kunst und Literatur, durch Exilierte der abbasidischen Revolution gegen die Omaijaden und vor allem durch den Fortschritt im Orient, ein anziehender Spiegel, in dem sich, vor allem für die Andalusier, die glücklichen phönizischen und tartessischen Zeiten aufs neue zeigten.

Es gab keine Invasion und auch keine Araber. Wer war dann Musa, wird man mir entgegnen. Aber gab es ihn überhaupt?

Meinen Studien zufolge war er über sechzig, als er kam. Welcher Heerführer setzte sich in diesem Alter der Gefahr eines solchen Unternehmens aus? Woher hatte er sein Heer, selbst wenn es so klein war, wie behauptet wird? Entsprechen seine Ruhmestaten nicht genau jenen, von denen die Legenden immer wieder berichten, die jedem Feldherrn gewidmet werden und in denen sich nur der Name ändert? Wenn er gelebt hat, dann mag Musa ein Heiliger oder ein Prediger gewesen sein, der vielleicht von dem damaligen Kalifen oder den nächstgelegenen muslimischen Laienbruderschaften ausgeschickt wurde, um zugunsten des Islam in die Religionskriege zwischen den trinitarischen und arianischen Christen einzugreifen; doch es ist so unglaublich, daß ich auch dem widerspreche.

Und wer war Abd al-Rahman I. el Emigrado – der Fremdling? Es heißt, er sei ein Omaijade gewesen, der dem Blutbad der Abbasiden entkam. Aber nirgendwo werden vor ihm eindringende Feldherren erwähnt; vor ihm gab es keinen anderen Helden arabischen Namens; kein Araber war an Schlachten oder Siegen beteiligt. Wie kann das sein, da man doch zu Recht von den Arabern sagt, sie seien phantasievoll und neigten zu Übertreibungen? Und wenn es keine arabische Invasion gab, was hatte dann ein Omaijade hier im äußersten Westen zu suchen? Warum kam er? Ist ein Flüchtling von so großer Bedeutung? Was sagt sein Stammbaum aus? Diesem zufolge stammt er von Mohammed ab – welcher muslimische Führer täte das nicht? Wir neigen sehr dazu, Wurzeln hinzuzufügen, wenn es darum geht, einem so heiligen Geschlecht anzugehören. Meine Familie ist ein Beispiel dafür. Warum mußte Abd al-Rahman, wenn man ihn mit den Omaijaden in Zusammenhang brachte, dreißig Jahre lang gegen alle arabischen Invasoren kämpfen, ohne daß sich jemand ehrfürchtig vor seiner Abstammung verneigte? Und alle, die ihn beschreiben, beschreiben ihn als germanischen Typ: rötliches Haar, weiße Haut, helle Augen – dieselben Merkmale, die er an seine Nachfahren weitergab. Um das Unerklärliche zu erklären, kam jemand auf die Idee, seine Mutter sei eine Berberin gewesen. Aber was machte eine Berberin mit omaijadischen Kindern in Damaskus?

Die arabische Kultur hielt sehr langsam Einzug, die Sprache noch langsamer: Die ersten Emire von Andalusien sprachen sie nicht, ebensowenig wie ihre Minister und Günstlinge. Was sie sprachen, nannte man Arabisch, ohne daß es Arabisch war. Mit der Religion ging es noch langsamer voran: Bis zu Abd al-Rahman II. blieb der Islam unbeachtet, und Eulogio, Bischof von Córdoba, erfuhr erst im Jahre 850 – im Kloster von Leyre, in Navarra! –, wer Mohammed war. Außerdem gab es in Andalusien eine ganz besondere Form des Islam, offen und verständlich, aus einer Mischung von Islam und Arianismus entstanden. Sie bestand aus einer Reihe von Vorschriften zur gesellschaftlichen Eingliederung; dieses Gleichgewicht wurde durch die Ankunft der afrikanischen Almoraviden zerstört, die zu rufen man wegen der christlichen Angriffe gezwungen war: Diese Ankunft war der Beginn des Niedergangs Andalusiens und der Anfang des orthodoxen Dogmatismus, Feind der Schönheit und Wissenschaft. (Wie leichtfertig verwenden doch die Chronisten den Ausdruck »afrikanische Araber«. Der almoravidische Heerführer Yussuf – wir befinden uns bereits im XII. Jahrhundert – sprach noch kein Arabisch. Als ihn die gespreizten Poeten des sevillanischen Hofes mit Lobreden und Gedichten empfingen, verstand er sie nicht; aber seine Antwort war deutlich: »Ich weiß nicht, was sie mir sagen, doch ich weiß, was sie wollen: Brot. Man gebe ihnen zu essen!« Hier haben wir ein trauriges Beispiel für alles, was ich sage.)

Im Laufe der Zeit einigten sich die Geschichtsschreiber beider Seiten darauf, an eine gewaltsame Invasion zu glauben und glauben zu machen. Den Christen diente die durchschlagende Kraft des Angreifers als Entschuldigung für ihren Untergang, »wegen unserer Sünden«; die Muslime nutzten die beeindruckende Geschwindigkeit der Eroberung zu ihrer Glorifizierung. Doch solcherlei schrieb man erst seit dem IX. Jahrhundert. Es handelt sich dabei um erfundene Angaben: Manche kamen über Ägypten aus dem Süden, andere über die Chronik eines gewissen Alfons III. aus dem Norden, die neben anderen Dummheiten auch berichtet, daß in Covadonga, wo der erste Widerstand aufkeimte, durch ein Wunder Gottes, der die Seinen wieder bevorzugte, an die dreihunderttausend Araber ums Leben kamen. Es muß ein Wunder gewesen sein, denn weder gab es Araber, noch paßten mehr als fünftausend Menschen in dieses Tal. Wie dumm oder wie blind ist der Mensch, wenn er die für ihn vorteilhaften Fabeln als gesichert anzunehmen beschließt und die Quellen zerstört, die sie Lügen strafen. Schenkt man diesen Fabeln Glauben, so war jener äußerst langwierige Prozeß des Anpassens und Verschmelzens nach drei Jahren abgeschlossen; die Gegenoffensive hingegen hat acht Jahrhunderte gedauert, und, so es Gott gefällt, wird sie weitergehen.

Um zu erfahren, wer wir wirklich sind, muß man genauer hinsehen. Die andalusische Kultur und Architektur sind, wie diese Moschee in Córdoba beweist, vormuslimisch, mit Einflüssen dessen, was man bald darauf passender als orientalisch bezeichnete, Erbe des byzantinischen und persischen Vermächtnisses. Die Araber, Bewohner der Wüste, wußten nichts von Seefahrt, Feinheit und prachtvollen Bauwerken. Sie lebten in Zelten, umgeben von Sand; ihr Auftrag war die Bekehrung, nicht die Übermittlung von Kulturen, die der ihren überlegen waren. Hier in Andalusien, wo die Nasriden ihren Ursprung haben, gab es bereits Tartessier, ein Volk, dessen Gesetze in Versen verfaßt waren. Es war noch nicht einmal Rom, das Andalusien zivilisierte – ganz im Gegenteil: Andalusien bescherte den Römern einige der besten Kaiser und hob das Ansehen seiner Soldaten, wie es später den Islam um seine hochentwickelte Architektur und seine literarische und wissenschaftliche Weisheit bereicherte. Wie es Europa, als Anregung für seine Troubadoure, mit Gedichten und Versen beschenkte. In Andalusien, das stets seine Eroberer eroberte und sie eher zu begeisterten Besuchern machte, lebten alle Kulturen zusammen, befruchteten sich gegenseitig und entwickelten sich weiter. Die Unversöhnlichkeit der Christen einerseits und die Unnachgiebigkeit der Almoraviden andererseits erstickten das wunderbare Freudenfeuer einer Halbinsel, die, dank der Andalusier, zu einem strahlenden Licht geworden war.

Es ist Anfang Juli. Große Hitze liegt über der Stadt. Doch in der alten Residenz der Kalifen merkt man kaum etwas davon. Die weiten Räume bewahren ihre Kühle durch dicke Mauern, hohe Dächer, verhängte Fenster und die Springbrunnen in den Innenhöfen. Von ihren Fenstern sieht alles weiß aus: Die Sonne schluckt die Farbe der Steine, der Fassaden, der Lebewesen, der Kleider. Wie es da in der flimmernden Luft so weiß daliegt, ist Córdoba eine gespenstische Stadt. Trotz allem ist die Hitze nicht erstickend, sondern, wie soll man sagen . . . heilsam: unmittelbar und überall, ein Zeichen des Lebens.

Ich sitze in einem Mirador, oder wie immer man ihn hier nennen mag, meines Kerkers, von wo aus ich die dunkle Sierra sich vor dem Horizont abzeichnen sehe, und ich sehe den Dschebel al Arus, den »Berg der Braut«. Kürzlich habe ich erfahren, warum er diesen Namen trägt. Gerührt von der Sehnsucht Zahras nach dem Schnee, denn sie war in Elvira geboren, ließ ihr Geliebter Abd al-Rahman III. auf diesem Berg unzählige Mandelbäume pflanzen, damit sie während der Blüte im Januar wie ein ausgedehntes Schneefeld aussähen. Der Anblick dieser duftenden weißen Fläche erinnerte Zahra Jahr für Jahr daran, daß Liebesbeweise unendlich sein können. Und sie weinte vor Glück in der Stadt, der sie ihren blumigen Namen gab.

Ich spüre, daß etwas geschehen wird. Ich weiß nicht, was, und auch nicht, weswegen. Vielleicht wegen dieses auffälligen Ausbleibens von Nachrichten, und weil sie auch meine Aufzeichnungen und Bücher aus Castro mitnahmen, oder wegen der Zurückhaltung des Bischofs, wenn er meine Zukunft erwähnt. Er spricht nur von Religion und der Güte Gottes, während er mit seinen dicklichen, mit Ringen überladenen Händen herumfuchtelt.

Auf meine Frage, ob ich bald von den Königen empfangen würde – eine hinterlistige Frage –, antwortete er: »Was geschehen soll, wird geschehen«, und wechselte das Thema.

Seine Antwort erscheint mir als Inbegriff jenes Fatalismus, den sie uns vorwerfen.

ENDLICH WEISS ICH etwas. Heute ist Aben Comisa im Palast erschienen. Er benahm sich verdächtig und war verblüffend natürlich, als hätten wir uns erst vor zwei Tagen gesehen. Ich weiß, daß er mir weder jetzt noch später in allen Einzelheiten erzählen wird, was vorgefallen ist. Ich werde es selbst herausfinden müssen; ich werde die Wahrheit stückchenweise aus seiner Schilderung heraussuchen und mir den Rest denken müssen.

Zunächst teilte er mir unter Lobreden auf meine Mutter und seine eigenen Bemühungen mit, daß die für den damaligen, ersten Freikauf gestellten Bedingungen mit einigen Änderungen akzeptiert worden seien. Diese bestünden in einer Zahlung von jährlich zwölftausend Zahenes im Rahmen des Tributs und im Hinblick auf die Vasallenschaft, die ratifiziert werden müsse, ferner in der stufenweisen Freilassung von tausend jener Gefangenen, die noch von meiner Partei festgehalten werden, denn ich gehe nicht davon aus, daß in jüngster Zeit neue Gefangene gemacht wurden, und selbstverständlich in der Übergabe von zwölf jungen, vertraglich bestimmten Geiseln und meines Sohnes Ahmed, der sechs Jahre alt wird, falls ich nicht die Zeit mitzuzählen vergaß, die ich ihn nicht sah. Außerdem werde mir vorgeschrieben, mich in Vélez niederzulassen, in der Ajarquía, die zur Provinz Málaga gehört und deren Garnison mir die Treue hielt. Im Gegenzug gewähre man mir die Herrschaft über ein Gebiet, welches von Guadix und Baza bis Vélez Blanco, Vélez Rubio und Mojácar reiche. Unter einer lästigen Bedingung: Ich müsse es mit meinen Soldaten erobern, mit christlicher Hilfe, nehme ich an, und zwar innerhalb einer Frist von acht Monaten gerechnet ab der Niederlage von Loja, dem Zeitpunkt also, als ich nach Ansicht aller wieder in die Hände meines Feindes fiel. Seither ist bereits mehr als ein Monat vergangen.

Eine Geheimklausel verbietet es mir, mich zugunsten meiner Glaubensbrüder einzuschalten, wenn die Christen Städte angreifen, die Zagal, dem Unbeugsamen, unterstehen. Es liegt auf der Hand, daß sie unsere Spaltung vertiefen wollen, indem sie im östlichen Teil des Reiches eine Art unabhängiges Emirat schaffen, dessen Regierung sie mir anbieten und das sie von Granadas Zentralgewalt entbinden. Ihre Politik ist leicht zu durchschauen: Sie gewähren mir Unterstützung, damit ich ihnen meinen Onkel vom Halse schaffe.

Durch diese Vertragsbestimmung liegt die Wahl jetzt bei mir: zwischen der Freiheit, die mit Verrat belastet ist, oder weiterer Gefangenschaft, in der ich ebenfalls jeder Art von Verrat und Machenschaften ausgesetzt bin. Meine Mutter und Aben Comisa zweifeln nicht daran, daß ich das erstere wählen werde; sie sind sich dessen so sicher, daß Aben Comisa mit meinem Sohn Ahmed an der Hand nach Córdoba gekommen ist. Deshalb weiß ich nicht, inwieweit es mir freisteht, eine Wahl zu treffen, die man schon für getroffen hält. Was könnte ich nach drei Jahren und drei Monaten in Gefangenschaft anderes wählen als die Freiheit um jeden Preis? Wieder einmal zeigt sich König Ferdinands Verschlagenheit.

Aben Comisa weigert sich, über die Sache mit den Doppelgängern zu sprechen.

»Das ist Schnee von gestern. Es gibt keinen mehr. Ich weiß nicht, was der König mit ihnen gemacht hat, aber ich kann es mir vorstellen. Wenn du frei bist, gibt es keinen Boabdil außer Boabdil.« Und lächelnd fügte er hinzu: »Wie es keinen Gott gibt außer Gott.«

»Und Aben Comisa ist sein Prophet?« fragte ich boshaft.

»Und Aben Comisa ist sein Prophet«, antwortete er. »Du sagst es.«

Dann fuhr er in einem sehr viel weniger entschiedenen Tonfall fort: »Im Kronrat sagte man, du müßtest dem König die Hand küssen, wenn du den Vertrag unterzeichnest, der dich zum Vasallen erklärt. Dem habe ich mich rundweg widersetzt; man sollte es nicht glauben, aber die Feinheiten des Protokolls sind von großer Bedeutung. Großherzig hat der König entschieden, daß er dir die Hand zum Kusse reichte, wärest du frei und in deinem Königreich. Da du dich jedoch in seiner Gewalt befändest, könne er sie dir nicht reichen. Nun sag: Ist er geschickt oder nicht?«

HEUTE, AM 7. JULI, wurden die Verträge unterzeichnet. Komtur Martin de Alarcón kam zum Palast, um mich abzuholen. Ich stellte fest, daß sein Verhalten anders war als sonst: unterwürfig und zuvorkommend. Ich bin wieder viel mehr als sein Gefangener.

»Es ist soweit, Hoheit«, sagte er. »Es erfüllt mich mit Freude, Euer Wächter gewesen zu sein und daß ich es bin, der Euch zum König bringt.«

Dann fügte er ohne das geringste Taktgefühl hinzu: »Ich weiß nicht, ob Euch bekannt ist, daß sich auch Euer Sohn meiner Obhut anvertraut hat.«

Eine bunte Menge drängte sich auf den Straßen und Plätzen, an Bogenfenstern, Gitterwerken und Balkonen. Aben Comisa hatte mir ein Gewand gebracht, für meinen Geschmack viel zu überladen, in dem aber, so nehme ich an, das christliche Volk einen Maurenkönig zu sehen wünscht. Die Edelleute und Würdenträger trugen prächtige Festkleider, die wohl nicht weniger überladen waren als meine: Die Könige machten sie glauben, daß die Größe der Herrscher im Reichtum und in der Bedeutung ihrer Vasallen liege. Ich wurde von den jungen Männern begleitet, die für mich in Gefangenschaft gingen, und von anderen, die aus meinem Königreich gekommen waren, um meine Freilassung zu bezeugen. Es werden an die fünfzig gewesen sein. Überhaupt war es ein prächtiger Zug. Er wird die Erwartungen der Menge nicht enttäuscht haben, die gekommen war, um ihn zu sehen.

Nachts hatte ich schlecht geschlafen. Oft wachte ich schweißgebadet auf. Ich muß Alpträume gehabt haben, an die ich mich beim Aufwachen nicht mehr erinnern konnte, denn ich fühlte Beklemmung und einen großen Druck in meiner Brust. An diesem Morgen erhob ich mich mit ausgedörrter Kehle und einem Kopf, der sich anfühlte, als wäre er mit Watte gefüllt, wie nach einer bei Tanz und Wein verbrachten Nacht. Durch mein körperliches Unwohlsein war ich nicht imstande, dem Akt irgendeine Feierlichkeit zu geben. Ich wünschte nur, er würde zu Ende gehen. Ich sah mich selbst, als hätte ich mich verdoppelt – dieses Mal allerdings aus eigenem Willen und aus eigener Kraft, ohne politische Hinterlist: Zum einen führte ich mechanisch die vom Protokoll vorgesehenen Gesten aus; zum anderen beobachtete ich finster und lustlos die Bewegungen der übrigen um mich herum. Nicht eine Sekunde lang hatte ich irgendwie den Eindruck, einen, wie Aben Comisa stolz sagte, »historischen Augenblick« zu erleben. Selbst wenn es ein solcher gewesen sein sollte: Es war mein größter Wunsch, er möge vorübergehen, damit ich meinen Körper in kühles Wasser tauchen, die Augen schließen, den Kopf zurücklehnen und all jenen entfliehen konnte, die sich darum rissen, mich zu berühren und mit vor Lobhudelei verzerrten Gesichtern zu begrüßen.

Schon beim Verlassen des Palasts, auf der Türschwelle, bekam ich Nasenbluten, Gott sei Dank nicht sehr stark. Ich erinnerte mich an jenes andere Mal, als mein Onkel Abu Abdallah das Blut stillte, damals, als an einen solchen Kummer noch nicht zu denken war. Ich dachte so intensiv an ihn, daß meine Augen sich mit Tränen füllten, während der Arzt der Könige, dem jetzt eine ungeahnte Verantwortung zufiel, in den Alkoven eilte, in Schweiß ausbrach und mir ein kaltes Tuch auf die Nase preßte. Schließlich war es Moraima (ich verlangte, daß sie mit Martin de Alarcón aus Castro käme; ob sie mit ihm oder mit dem Grafen von Cabra kam, weiß ich nicht), die den Blutfluß mit einer sehr einfachen Methode stoppte: Sie bog meinen Kopf nach hinten und drückte die Schneide eines Degens gegen den unteren Teil der Nase. Natürlich unter dem Protest des Arztes, der ungläubig den Kopf schüttelte, als seien meine Gemahlin und ich elende Wilde. Ihm ist wohl entfallen, daß es unseren Ärzten und unseren Übersetzern zu verdanken ist, wenn er etwas über Hippokrates und Galen weiß.

Unter solch widrigen Umständen konnte ich die Könige nur sehr schlecht einschätzen, die ich, mit verschleiertem Blick, einen Augenblick lang gesehen habe. Die beiden kamen mir noch glanzloser vor, als ich erwartet hatte. Überraschenderweise hat der König große Ähnlichkeit mit der Miniatur, die er mir schicken ließ. Die Augen der Königin sind wach, vorstehend, etwas schräg und sehr flink: Es machte mich schwindlig, ihrem Blick zu folgen. Sie hat ein rundes Gesicht, ihre Wangenknochen stehen nur wenig vor. Sie scheint blond zu sein, wenn auch nicht allzusehr. Beeinflußt von der Verehrung, mit der Don Gonzalo de Córdoba von ihr spricht, gebe ich zu, daß ich von ihr enttäuscht war.

Don Gonzalo stand bei den übrigen Generälen. Er hob sich von ihnen ab. Mit der Hand entbot er mir einen kameradschaftlichen Gruß, den ich als ein herzliches »Bis bald!« deutete. Später erfuhr ich, daß man ihn zum Burgvogt von Loja ernannt hat. Ich konnte mich nicht freuen.

Zu meiner Rechten schritt Martin de Alarcón, der sein Knie – das linke? – vor den Königen beugte. Ich konnte mich nicht recht daran entsinnen, welches Verhalten von mir erwartet wurde, verbeugte mich und streckte die Hand aus. Man hat mir gesagt, daß meine Geste von den Christen als Zeichen der Unterwerfung und Hochachtung verstanden wurde: als Andeutung eines Kniefalls und als Bitte, mir die königlichen Hände zum Kuß zu reichen. Von den Meinen hingegen wurde sie als Geste der Höflichkeit unter Gleichen gedeutet. Wie auch immer, der König umfing mich mit seinen Armen, als wolle er mich aufheben. Nur zum Schein, denn ich hatte mich bereits aufgerichtet.

Dann verlas ein einfältiger, schwülstiger und hochtrabender Dolmetsch einen von Aben Comisa verfaßten Text. Die Lobreden auf die Langmut und Großzügigkeit der Könige waren so seltsam und hochtönend, daß die Königin den Finger auf die Lippen legte, um ihn zum Schweigen zu bringen. Nach dieser Unterbrechung sagte der König folgendes, was keiner Übersetzung bedurfte: »Ich erwarte von Euer Gnaden, daß Ihr alles tun werdet, was ein guter Mensch und guter König tun muß.«

Zum Schluß schwor ich auf den Koran, die Bestimmungen des Vertrages zu erfüllen, welcher schon unterschrieben war. Mit Geschenken der Könige an mich, bestehend aus Pferden, Zaumzeug und Kleidung, endete der Festakt. Ohne sie eines Blickes zu würdigen, gab ich Befehl, sie unter meinen Begleitern zu verteilen.

»Mein Sohn – erlaubt, daß ich Euch wegen meiner Achtung vor Euch so nenne –, es liegt in Eurer Hand, diesen Krieg zu beenden, den Eure und unsere Vorfahren fast achthundert Jahren lang führten und den nun Ihr und wir weiterführen, und dem Verlust an Leben und Ländereien ein Ende zu machen, der unsere Reiche vom rechten Wege abbringt. Wir Könige wurden von Gott auserwählt, unsere Völker zum Glück zu führen, nicht ins Verderben. Der Königin und mir wurde die Ehre zuteil, zum Werkzeug der katholischen Kirche ausersehen zu werden, durch welches Gott, unser Herr, SEinen seit ewigen Zeiten bestehenden Plan verwirklichen will, Spanien zur größten Nation Europas zu machen. Wir haben uns diesem göttlichen Auftrag zu beugen, fern von persönlichem Ehrgeiz und persönlichen Empfindungen. Denn SEin ist das Reich, und die Kraft, und die Herrlichkeit. Solltet Ihr billigen, was wir Euch vorschlagen, dann wird alles so sein, wie wir wollen, daß es ist, und es soll nicht zu Eurem Schaden sein.«

Das oder etwas Ähnliches sagte der König im Alcázar zu mir, als Moraima und ich uns von unserem Sohn verabschiedeten und beide Könige unangekündigt dazukamen.

Während der König sprach, fühlte ich, und es tat mir weh, wie Ahmed seine schönen, unschuldigen, riesengroßen Augen auf mich heftete. Sein Blick ähnelte dem Hernáns, für den ich ohne Zweifel allmächtig bin. Und so entgegnete ich: »Mein Herr, es gibt keinen Krieg, der achthundert Jahre währt. Was im Laufe einer so langen Zeit zwischen Euch und uns entstand, ist offenbar etwas anderes.«

Als Moraima sich hinunterbeugte, um Ahmed zu küssen, befürchtete ich, die beiden könnten das nicht verkraften. So war es aber nicht. Sie streichelte Ahmeds kleines, maßlos erstauntes Gesichtchen und sagte mit leicht zitternder, aber heiterer Stimme zu ihm: »Sei brav, erfülle die Pflichten eines guten Muslim, und vergiß uns nicht. Dein Vater und ich werden jede Minute an dich denken.«

Das Kind richtete wieder seine Augen auf mich.

Königin Isabella legte ihre nicht ganz saubere Hand auf Moraimas Arm.

»Seid versichert, daß ich persönlich über die Erziehung dieses kleinen Mauren wachen werde und daß man ihn behandeln wird, als wäre er ein Infant von Kastilien. Geht unbesorgt.«

Schweigend, um unseren Kummer nicht noch zu mehren, indem wir darüber sprachen, machten wir uns unverzüglich auf den Weg nach Vélez. Weder war ich länger ein König im Exil noch ein König in Gefangenschaft. Vielleicht war ich überhaupt kein König. Ich wußte nicht, was ich war.

Als wir in unser Gebiet kamen, wurde es mir bedrückend deutlich klargemacht. Dieselben, die meinen Onkel Zagal, den Unbeugsamen, nannten, riefen mich el Zogoibi, das heißt »der Unglückliche«. Der Ton, in dem sie es aussprachen, verriet mir das Mitleid oder die Verachtung, die in diesem Beinamen lagen.

IN DER ERSTEN Nacht in Vélez, nachdem man uns herzlich empfangen hatte, weinte Moraima lautlos und untröstlich. Ich fragte sie nicht nach dem Grund: Es gab so viele. Ich nahm sie in die Arme und las zu ihrer und meiner Zerstreuung ein Gedicht König Almutamids von Sevilla vor, der als Jüngling den Waffen nicht sehr zugetan war. Es war Al Radi gewidmet, seinem Lieblingssohn, der ihm darin sehr ähnelte. Diesem hatte er die Leitung eines Feldzugs gegen Lorca übertragen, aber Al Radi, dem Kriegsruhm nichts bedeutete, gab vor, unpäßlich zu sein. Es fiel ihm nicht schwer, sich zwischen dem Schrecken der Kämpfe und dem Reiz von Studium und Lektüre zu entscheiden. Sein Vater akzeptierte wissentlich die Ausrede und übergab seinem jüngeren Sohn Al Mutad die Leitung des Feldzugs. Unglücklicherweise dauerte es nicht lange, bis man ihm sein Scheitern meldete. Zu seinem eigenen Bedauern trug er es Al Radi nach, sei es, weil er ihn verstand, sei es, weil er selbst bald erfahren sollte, daß seine Waffen nichts gegen seine Gegner ausrichteten. Doch um sich über den friedliebenden, gelehrten jungen Prinzen lustig zu machen und ihm eine Lektion zu erteilen, widmete er ihm einige Verse, die sich wenig überzeugend und sehr ironisch gegen die neue Generation von Fürsten richten, die genauso oder noch andalusischer sind als ihre eigenen Väter.

»In der Beherrschung dicker Bücher liegt heute des
Herrschers Würde; das Führen der Heere läßt er sein.
Von den Ritualen des Pultes wende dich ab, um den
Schwarzen Stein zu küssen – ihm wende dich zu, den
Büchern sage Lebewohl.
Ziehe aus gegen die Heere des Wissens, den Weisen zu
besiegen, der mit dir streiten wird.
Mit den Schreibfedern schlage dich, als seien es
Lanzen: Einen großen Sieg wirst du erringen über die
Tintenfässer der Studierstube.
Statt mit dem scharfen Kurzschwert ficht mit dem
Federmesser der Schreiberlinge.
Spricht man von den größten Philosophen – bist nicht du Aristoteles?
Spricht man von Al Jalil – bist nicht du Grammatiker und Dichter?
Was Abu Hanifa betrifft – in deiner Anwesenheit wird
man seine Meinung verschmähen.
Wenn du eine Polemik beginnst – was sind da Hermes,
Sibaway und Ibn Fawrak?
In dir vereinen sich all jene edlen Eigenschaften – ist
es nicht so? Der Dank deines Beschützers sei dir also gewiß.
Bleibe an deinem Platz, wohlgenährt und gut gekleidet.
Doch frage dich, ob dies die einzigen Titel des Ruhmes sind.«

Danach las ich die Antwort Al Radis an seinen Vater, den König, bewegt von dem feierlichen, aber bitteren Ton des Gedichts:

»Hier bin ich, Herr. Den dicken Büchern schwor ich ab.
Die Federmesser der Schreibstube sind schartig, die Federn zerbrach ich.
Nun weiß ich: Der Königstitel wird durch das Eisen der
Lanzen errungen und die breiten Schneiden der Säbel.
Das Aufeinanderprallen der Heere allein bringt Ruhm und
Größe, nicht der Zusammenprall der Meinungen, deren
Spuren vergänglich sind.
Aus Dummheit glaubte ich, sie seien der tragende Stamm des Glanzes.
Doch nicht mehr sind sie als unwichtige Zweige:
Unwissenheit ist des Menschen Ausrede.
Denn nur die geschmeidige Lanze und der scharf
geschliffene Säbel vermögen den Jüngling zu adeln.
Herr, die floh ich, welche du nanntest – nicht länger
sind sie große Männer für mich.«

Ganz langsam wiederholte ich den vorletzten Vers:

». . . denn nur die geschmeidige Lanze und der scharf
geschliffene Säbel vermögen den Jüngling zu adeln«

Für einen Augenblick blieben die Worte zitternd im Raume stehen. Moraima hob den Kopf. Sie weinte nicht mehr. Die Erhabenheit der Botschaft erkennend, sah sie mich an. Mutlos schlug ich die Augen nieder. Sie lehnte ihren Kopf an meine Brust. Sie weinte wieder. Flüsternd sagte sie: »Gottes Wille geschehe, Boabdil; aber sein Wille sei für uns beide gleich.«

Es gibt mehrere Orte mit dem Namen Vélez. Für mich gibt es nur einen, der unvergeßlich sein wird: Jener, an dem ich in einer Oktobernacht, als die wachsende Mondsichel am Himmel stand, mit Blick auf das Meer und in völliger innerlicher Verlassenheit, die schwerwiegendste Entscheidung meines Lebens traf.

Heute erhielt ich die Nachricht vom Tod meines Vaters. In den Wochen vor seinem Tod litt er unter den schrecklichsten Halluzinationen und den grauenhaftesten Alpträumen: Vor dem Leben verlor er den Verstand. Jetzt stehen wir uns von Angesicht zu Angesicht gegenüber: Zagal, der Unbeugsame, der Mann, den ich auf dieser Welt am meisten liebe und achte, und ich, Zogoibi, der Unglückliche. Zagal ist nicht imstande, mit den christlichen Königen zu paktieren: Er wird unser Volk mit offenen Augen in den Tod treiben, bis zum letzten Mann und solange die Mittel reichen. Ich bin zu dem Schluß gekommen, daß niemand die Augen verschließen darf, daß niemand sagen kann »Ich bin unabhängig, und ich bin anders«, sondern daß es im Leben eines jeden einen Moment gibt, in dem er sich für die eine oder die andere Sache entscheiden muß. Es ist der schwere Augenblick der Wahl. (Ich wählte das Leben, sehr bald schon und genau im Gegensatz zu dem, was ich schrieb.)

Ich liebe und wünsche den allgemeinen Frieden. Der Frieden ist die Erde, in der unsere Söhne gedeihen, in der wir wirklich wir selbst sind, er ist die Rose, die jeden Frühling in sich trägt, die wahre Güte Gottes, der Garten, den wir im Schweiße unseres Angesichts bearbeiten und bepflanzen, in den wir die Hoffnung säten. Wozu also Kriege? Sie sind hier überall, große und kleine – falls es kleine gibt, denn für jeden ist derjenige der größte, in dem er untergeht. Wohin ich auch schaue, er ist überall, starrt aus leeren Augenhöhlen, streckt seine Stümpfe aus, seine verstümmelten, grauenhaften, unbeweglichen Gliedmaßen. Der Krieg ist schrecklicher als der Tod, denn der Tod ist etwas Natürliches, der Krieg jedoch nicht, obwohl es dem Menschen gewöhnlich so scheint. »Willst du Frieden, dann kämpfe«, so heißt es, und es ist gelogen. Es ist die plumpe Geschichte aller Reiche dieser Welt: Kriege führen unter dem Vorwand des Friedens, das Land in einen Friedhof verwandeln und ihn Frieden nennen. Diesen Betrug tragen wir auf der Zunge. Jeder Waffenstillstand hier ist eine Ruhepause, damit die Streitenden ihre Wunden lecken und sich auf noch grausamere Gefechte vorbereiten können. So wie heute nacht das sternenüberzogene All erzitterte, so zittert die Erde, überzogen von Kriegen und Katastrophen. Ohne Unterlaß, ohne Pause.. Und wer will sie, diese Kriege? Jene Männer vielleicht, die ihr Haus und ihre Familie zurücklassen und das Zurückgelassene im Herzen tragen? Oder jene Männer, angestachelt von den Versprechungen eines ewigen Paradieses, das dieses bescheidene und kurze weltliche Paradies ausradiert? Oder jene Männer, die man davon überzeugt, daß Gott von ihnen verlange, in seinem Namen ihresgleichen zu töten? Die Frauen vielleicht? Trauernde Witwen, die den Mittelpunkt ihres Lebens verlieren, ohne den sie kein Ganzes sind? Oder die Kinder, jedes von ihnen einzigartig, die in den Kriegen verstümmelt werden wie Würmer, die jemand in zwei, fünf, sieben Stücke reißt, ehe er gleichgültig weitergeht? Nein, nein, nein! Die Kriege werden von jenen gemacht, deren Aufgabe es wäre, sie zu verhindern, das Leben ihrer Völker zu verbessern, sie mit Freude, Licht und Wohlstand zu überhäufen . . . Doch das Brot, das sie ihnen geben, schmeckt nach Blut, der spärliche Wohlstand, den sie ihnen schenken, ist auf den Knochen anderer Menschen erbaut. Menschenfresser sind wir, wie jene, von denen Muley mir erzählte. Wir verschlingen uns gegenseitig. Sieg ist immer Vernichtung, siegen heißt zerstören. Wer spricht da von Frieden? Warum kann man Frieden nur mit Waffen schaffen? Warum sind die schönsten Dinge jene, die sich nicht selbst verteidigen können? Die Friedfertigen müssen den Frieden verteidigen – aber wer sind sie? Die Demütigen, Entwaffneten, Verfolgten, die Barmherzigen, die Ehrlichen, die Kleinen: die Untauglichen also. Untaugliche wie ich, die sich wissentlich betrügen lassen und in ihren durchwachten Nächten vom Frieden träumen. Weil nicht ich es bin, der die Welt erfunden hat. Weil ich mich der Realität nicht verschließen kann.

Weil es mir nicht gestattet ist, mich in den Büchern zu vergraben oder in unbestimmten Sehnsüchten. Für mich schrieb Al Mutanabi:

Wenn ich leben muß, wird der Krieg meine Mutter sein,
der Säbel mein Bruder, mein Vater das Schwert.

Also muß ich heucheln; so tun, als sei ich weiter der alte, obwohl ich mich entschieden habe, von jetzt an ein anderer zu sein. Ich muß weiter die Rolle des charakterlosen Mannes spielen, mit dem keiner zufrieden ist, denn sollte irgendeiner mit mir zufrieden sein, wäre alles verloren. Und man muß retten, was noch zu retten ist.

Ich werde die christlichen Könige täuschen, indem ich vorgebe, die Geheimklausel unseres Vertrages zu erfüllen. Ich werde meine Mutter täuschen, indem ich vorgebe, mich ihren Befehlen mit jener Sanftmut unterzuordnen, für deren Personifizierung sie mich immer hielt. Ich werde Aben Comisa täuschen, der nur dafür lebt, uns alle um seines eigenen Vorteils willen zu täuschen. Ich werde Zagal täuschen, indem ich vorgebe, ihm notfalls einen Krieg zu erklären, den ich niemals erklären könnte, weil ich denke, daß er mehr »ich« ist als ich selbst: Er ist, was ich sein wollte. Ich werde mein Volk täuschen, indem ich vorgebe, in einer hoffnungslosen Lage zu hoffen, damit es nicht in Verzweiflung versinkt. Ich werde mich selbst täuschen, indem ich vorgebe, daß es noch Schlachten zu gewinnen und Siege zu erringen gilt. Nur Moraima werde ich nicht täuschen: Ohne sie wäre ich nicht dazu in der Lage, diesen steinigen Weg der Täuschungen einzuschlagen.

Heute nacht betrachte ich die Sterne und folgere, daß es andere Welten geben muß, in denen der Friede gedeiht. Ich fühle, daß auch sie mich betrachten, wie die Augen der Toten, die für das kämpften, wofür auch ich ohne die geringste Überzeugung kämpfen muß. Wie ein Pferd bin ich, das beim Rennen seinen

Reiter verloren hat und eine Stimme hört, die ihm sagt: »Lauf!« – »Aber wohin? Wo ist das Ziel?« – »Lauf!« befiehlt man ihm. Und blindlings läuft es, ohne »wozu« und »warum«, ohne zu wissen, wer ihm zusieht, wer zu ihm spricht, wer auf es achtgibt.

Hier werde ich diese Aufzeichnungen beenden. Vor mir liegen sehr schwere Aufgaben. Ich weiß nicht, ob ich Welterschütterndes leisten werde. Daß ich nicht dafür geeignet bin, ist alles, was ich weiß. Die Stunde des Edelmuts ist gekommen, eines Edelmuts, der uns – ich ahne es – genau dorthin bringen wird, wohin uns auch der Egoismus bringt: Vielleicht führen alle Wege zum gleichen Ziel, nichts ändert sich, welchen Weg man auch wählen mag. Ein Edelmut, der offensichtlich wider die Vernunft ist – doch was ist Vernunft anderes als das Altern der Unschuld? Heute, nachdem mein Vater in der Trostlosigkeit des Wahnsinns gestorben ist, denke ich an die Augen meines Sohnes Ahmed in Córdoba: Er sah mich an und versuchte stolz auf mich zu sein – der Stolz eines Kindes ist ein stolzer Vater. Wie ein Kind muß ich von jetzt an vorwärtsgehen – von Verstellung angetrieben, denn ich bin kein Kind – und zu überhören versuchen, was der Verstand mir sagt; versuchen, meinem Volk zu gefallen, das ebenfalls ein Kind ist, damit es an mich glaubt und sich auf mich verläßt. Als wäre ich stark genug, die Last seiner Teilnahmslosigkeit auf mich zu laden . . .

In dieser Oktobernacht, während die wachsende Mondsichel am Himmel steht, ohne Glauben und bar jeder Hoffnung, überfällt mich die Befürchtung, daß es mir nicht gelingen wird, irgend jemanden zu täuschen: nicht die Christen, nicht meine Mutter, nicht Zagal und auch nicht mich selbst. Die Befürchtung, daß vielleicht Moraima die einzige ist, die ich täuschen kann.

Hier beende ich diese Aufzeichnungen, die zu nichts nutze gewesen sind.

Der Tag ist schon fast vorüber, und mir fällt ein, daß es mein vierundzwanzigster Geburtstag war.

III. In erhabenem Glanz

»Was sind das für Schlösser, die dort sich erheben?
Sie strahlten weit in erhabenem Glanz . . .«
»Herr, die Alhambra war's,
und daneben die Moschee . . .«

Romanze von Abenamar

Sechs Jahre sind vergangen seit meiner letzten Eintragung in diese karmesinroten Blätter. Nun habe ich wieder Zeit, mich ihnen zu widmen – Zeit ist das einzige, was ich jetzt noch besitze.

Wenn ein Mensch schon bei der Geburt einen ruhmreichen oder unglückseligen Auftrag erhält, dann sollte sein Leben zusammen mit diesem Auftrag zu Ende sein. Was soll er sonst mit der verbleibenden Zeit anfangen? Seine Erinnerungen in jenen konfusen Bogen, Gedächtnis genannt, einreihen, sie übertragen, zusammenstellen, neu zusammenstellen, ihnen einen Platz zuzuweisen versuchen, sie zu einem stimmigen Teil des Ganzen machen? Doch das ist unmöglich, denn die Realität gleicht nicht im entferntesten der Geschichte, die man aus ihr macht. Jeder erzählt das, was er sah, zu sehen glaubte oder zu sehen wünschte; ein anderer wird etwas anderes, vielleicht sogar Gegensätzliches berichten, seinen Eindrücken oder Absichten entsprechend. Selbst dann, wenn alle ehrlich wären (was unwahrscheinlich ist), wenn alle unparteiisch wären, wenn alle den gemeinsamen Gegenstand unvoreingenommen darstellten (was unmöglich ist).

Ich war voller Zweifel, die Christenkönige hingegen hatten keinen einzigen. Sie verfolgten ein konkretes, einleuchtendes Ziel;

ich konnte nichts weiter tun, als es zu verschleiern, zu stören, aufzuschieben.

Durch Krieg hätte Zagal, der Unbeugsame, nicht mehr erreicht, als uns über kurz oder lang zu vernichten. Die Christen hatten wesentlich bessere und umfangreichere Mittel an der Hand; außerdem trafen sie im günstigsten Augenblick, in einer Zeit der Begeisterung und der Wiedergeburt, eine unwiderrufliche Entscheidung. Wieder und wieder vernahm ich den entmutigenden Refrain: »Keiner kann uns helfen, und wir alle wissen es.« Es blieb nur die eventuelle – nicht sichere – Möglichkeit, den Sturm hinauszuschieben, noch einen Tag, einen Monat, ein Jahr in der maskierten Verzweiflung weiterzumachen, die unser Leben bestimmte. Die Kapitulationsverträge von Córdoba und Loja hatten den Christen den Weg nach Granada geebnet; ich unterzeichnete sie, um ihr Ziel wissend: unseren Untergang.

Meinen Anhängern wurde darin der Rang von Mudejaren zugestanden: das Recht, in ihre Häuser zurückzukehren, über ihre Güter zu verfügen, ihre Moscheen und Gebetshäuser zu unterhalten und zehn Jahre lang von Steuern, Tributen und der Einquartierung von Soldaten befreit zu sein, sowie das Recht, straffrei und sogar auf Staatskosten nach Afrika zu gehen. Man milderte also das Unglück der Verlierer, nachdem sie verloren hatten. Den Anhängern Zagals hingegen wurden keinerlei Rechte zugestanden, und nur aus Barmherzigkeit durften sie in jenen Stadtvierteln wohnen, die man als Maurenviertel auswies.

Meine größte Hoffnung war es nicht mehr zu siegen – welch absurder Gedanke! –, sondern besiegt zu werden und den Schaden möglichst gering zu halten. Aber es war ebenso absurd, daß alle diese »großzügigen Zugeständnisse« an meine Anhänger nur dann in Kraft treten sollten, wenn ich das Königreich und die Stadt Granada übergeben würde. Vor allem sollte ich meinen Onkel von dort vertreiben. Resigniert erkannte ich Ferdinands Scharfsinn an, doch ich hatte nicht die

Absicht, mich von ihm bezwingen zu lassen; bei jeder sich bietenden Gelegenheit wollte ich ihm trotzen. Die Kapitulationsverträge enthielten Klauseln wie diese: »Ist die Stadt Guadix gewonnen, werden Ihre Hoheiten den Krieg, wie sie ihn augenblicklich gegen Zagal führen, unverzüglich gegen Boabdil fortsetzen müssen, damit Boabdil halten kann, was er in diesem Kapitulationsabkommen zusichert.« Man gab mir also Gelegenheit, mein Volk zu verraten und dabei den Anschein zu erwecken, es zu schützen. Dieser Vorschlag rechtfertigte jeden Verrat, den ich an jenen begehen konnte, die mich zu einem solchen Verrat zwangen. Und das beabsichtigte ich zu tun, ohne vor irgendeiner Form von Abtrünnigkeit und Ungehorsam zurückzuschrecken, unter Zuhilfenahme jeder Art von Täuschung und Betrug.

Nur sehr wenige meiner Glaubensbrüder schenkten den christlichen Friedensversprechungen Glauben; eigentlich waren es nur die Bewohner des Albayzín. Und weil ausschließlich ich ihnen zu diesem Frieden verhelfen konnte, wurden sie meine treuesten Anhänger. Tagtäglich überhäuften sie die Bewohner Granadas, die zu Zagal hielten, mit Schmähungen. Damit förderten sie, was die Könige Isabella und Ferdinand wollten: Rivalität und Zwietracht. Dennoch dauerte es nicht lange, bis beide Gruppen etwas gemeinsam hatten: die Überzeugung, daß ich beide verriet. Wollte ich meinen Vorsätzen treu bleiben – auch wenn ich überhaupt nicht wußte, worin genau diese bestanden –, mußte es mein erster Entschluß sein, dieses Opfer auf mich zu nehmen.

Es gab zwei Königreiche in Granada, deren Grenze der Lauf des Darro war. In den Straßen und auf den Plätzen wurde Tag für Tag gekämpft, wobei jede Partei hoffte, die Stadt zu beherrschen und die andere Partei zu zerschlagen. Ich wollte dieses Blutvergießen möglichst schnell beenden. Ich verließ Vélez und erschien eines Nachts auf dem Albayzín. Man schrieb den 14. Oktober des Jahres 1486. Meine Anhänger erhielten neuen

Auftrieb, als sie mich nach dem Abendgebet in eigener Person vor sich stehen sahen. In jener Nacht wurde ich überraschenderweise ein zweites Mal gekrönt. Fackeln wogten auf und ab, in der schon kühlen Oktoberdunkelheit zogen sie ihre roten Schöpfe hinter sich her. Einige Knaben hoben mich auf ihre Schultern, dann auf die Einfassung einer Zisterne. Dort stand ich, wieder einmal allein, mit feuchten Augen, von den glühenden Hochrufen derer bedrängt, die mich so sehnsüchtig erwartet hatten.

»Gott der Allmächtige segne dich, er schütze dich um unseretwillen!« riefen sie.

»Habt Dank, meine Söhne«, antwortete ich, das Schwert in der einen, den Degen in der anderen Hand. »Ich danke euch, weil ihr euer Leben gefährdet habt, um meines zu retten, weil ihr ehrenhaft und geduldig an mich glaubtet, weil ihr unverdrossen auf diese Stunde gewartet habt. Und ich verspreche, daß euer Mut nicht unbelohnt bleiben wird.«

Ich glaubte an nichts von dem, was ich sagte; aber um ihretwillen bemühte ich mich, sie daran glauben zu machen. Ich ließ meine Verträge von Ausrufern auf den Plätzen der Vorstadt verlesen und sicherte allen Schutz zu, die meine Sache unterstützten. Die Bevölkerung am anderen Ufer des Darro erinnerte sich an die Ereignisse in Loja – wie sollten sie wissen, daß ich damals noch in Gefangenschaft war? –, schimpfte mich von den Christen gekauft und zeigte ihr Mißtrauen mir gegenüber. Sicher aber hofften sie genauso inständig auf Frieden wie die Bevölkerung des Albayzín.

Mein Onkel Zagal, der die Alhambra besetzt hielt, weigerte sich, meinen Botschaften Gehör zu schenken, in denen ich ihm eine Unterredung vorschlug. In diesem Gespräch wollte ich meine Entschuldigung vorbringen, meine Argumente und Absichten darlegen. Ich wollte ihm sogar meine Abdankung anbieten, wenn er die Gründe verstand, die mich dazu bewegt hatten, die Kapitulationsabkommen in der Absicht zu unterzeichnen, sie nicht zu erfüllen. Alle meine Angebote stießen bei ihm auf taube Ohren. Zwei Tage später erklärte er mir den Krieg.

Es war ein heller, klarer Morgen. Die Nachricht war wie ein Schlag für mich. Ich wankte. Ich stützte mich mit den Händen auf eine Fensterbrüstung; von dort aus sah ich die Alhambra, wie sie in ihrer unerschütterlichen Schönheit steil und schroff die grüne Sabîka überragte. Gegen sie ging es, die alles für mich bedeutete, gegen sie mußte ich kämpfen. Ich unterdrückte meine Niedergeschlagenheit und entließ die Sendboten Zagals. Den Blick auf den geliebten Hügel gerichtet, dachte ich nach. Über zwei Dinge mußte ich mir im klaren sein: Emir Abu Abdallah hielt mich für einen Büttel im Dienste der Christen. Und Aben Comisa hatte recht, als er mich darauf aufmerksam machte, daß es nun um die kleinen, stückweisen Siege ginge und ich meine Lage durch Teilerfolge festigen müsse. Die großen Worte und die großen Ideale mußte ich vergessen. Sie waren für immer gestorben. Für mich war in der Geschichte nicht der Platz eines Helden und Retters vorgesehen; ich mußte mich dazu bequemen, den einer berechnenden, unbeliebten, verachteten Ameise einzunehmen, die im Untergrund klammheimlich den Fortbestand ihres Ameisenhaufens betreibt.

Aus diesem Grund ließ ich meine Friedensverträge entlang der gesamten Grenze öffentlich verkünden. Damals berief ich Hernando de Baeza zu mir, meinen späteren Sekretär und Chronisten. Er lebte in Alcaudete. Durch Bobadilla, meinen Ausrufer, ein Mudejar-Ritter, ließ ich Baeza einen Brief zukommen. Darin ersuchte ich ihn, zum Albayzín zu kommen und die Verhandlungen mit den Christenkönigen zu übernehmen, die immer komplizierter wurden. Hernando de Baeza hielt das Betreten des Albayzín für zu gefährlich und lehnte ab. Ich bedauerte es, denn ich hatte ihn kennengelernt, als ich kurz nach meiner Freilassung die bedeutenden andalusischen Ritter, die auf meiner Seite standen, nach Alcaudete berief. Es kam so gut wie niemand, und um mich abzulenken, bemühte

Al Haje, der Kommandierende der Wache, einen seiner Bekannten, einen gewissen Hernando de Baeza, der des Arabischen mächtig war. In jener traurigen Nacht teilten wir Speise und Unterkunft, welche er uns liebenswürdigerweise in seinem Hause gewährte.

Mittlerweile lagen mein Onkel und ich im Krieg. Mir war sehr daran gelegen, ihn so schnell wie möglich zu beenden, um Leben und Besitz zu schonen. So nahm ich die Unterstützung Kastiliens an und versuchte zu vergessen, daß jene, die sterben mußten, einen Namen, Freunde, Kinder und Mütter hatten. Es ging mir nur darum, ihre Zahl gering zu halten – anders als der unnachgiebige Zagal, der bereit war, bis zum letzten Mann gegen mich zu kämpfen.

In der Tat verkündeten seine Ulemas, daß sich jeder, der mit den Christen paktiere oder mein Vorhaben unterstütze, der Rebellion gegen Gott und seinen Propheten schuldig mache. So machten sie aus einem Zwist einen heiligen Krieg und aus der Religion eine tödliche Waffe unter Brüdern, die alle dieser Religion angehörten. Es ging sogar so weit, daß Zagal beschloß, den Albayzín im Sturm zu nehmen; er selbst und sein General Riduán Benegas sollten das Kommando übernehmen. Er ließ die Granadiner und die Bewohner des Umlands zusammenrufen.

»Das Blut und die Habe dieser Leute dort drüben gehören euch. Wer sich mit den Christen verbündet, verdient nichts als Verachtung und das Schwert«, sagte er zu ihnen.

Er verfälschte und entstellte meine Absichten. Er beschuldigte mich öffentlich, ein Abtrünniger und bestochen zu sein, und brachte seine Anhänger gegen mich auf, zu denen nicht nur die Granadiner, sondern auch die Bewohner von Baza, Guadix und Umgebung zählten.

Diese letzteren setzte er über seinen Plan in Kenntnis: Während die Granadiner durch die Puerta de Hierro, die Puerta de Oneidir, die Puerta de Caxtar, den Portillo und die Puerta de Vivalbonuz vorrückten, sollten sie zum Alfacar hinaufsteigen und die Puerta de Fajalaúza bedrängen, um uns auf dem Albayzín von allen Seiten zuzusetzen. So geschah es. Unmittelbar vor dem Angriff sammelte ich meine Anhänger und hielt eine Ansprache, worin ich sie bat, mir zu vertrauen. Ich konnte ihnen gegenüber keine allzu deutlichen Worte sprechen.

»Abu Abdallah und seine haltlosen Truppen sind zur Zeit der Haupthinderungsgrund für den Frieden«, sagte ich zu ihnen. »Wir sind ihnen noch verhaßter als die Christen, sie wollen uns über die Klinge springen lassen und die Straßen des Albayzín mit unserem Blut besprengen. Nur durch ihre Mordlust und Rachegelüste sind wir keine Brüder mehr. Weder Gott noch ich kennen einen anderen Grund, ich schwöre es euch.«

Die Bewohner des Albayzín eilten geordnet und mit dem Beistand Gonzalos de Córdoba – nicht umgekehrt, wie mein Onkel mir vorwarf – zu ihren Stadttoren, warfen sich ihren Feinden entgegen – jene so nennen zu müssen, die soviel mit uns gemeinsam hatten: Glauben, Gott, Stadt, Geschichte, alles! – und trieben sie auseinander. Von meinem Kommandopunkt aus wurde ich Zeuge meines ersten Sieges gegen meine eigenen Untertanen und sah, wie das Schicksal mit den Beweggründen der Menschen spielt. Die Besiegten zogen sich ungeordnet zurück, und weil sie ihren eigenen Kräften nicht trauten, verbarrikadierten sie ihre Stadttore und Seitenpforten. So war jede Möglichkeit der Unterhaltung, auch einer sachlichen, ausgeschlossen.

Während die kleinen Scharmützel weitergingen und es tagtäglich Beleidigungen, Steine und Hiebe hagelte, berief der Sultan der Alhambra die Burgvögte von Málaga, Baza, Guadix, Vélez, Almuñécar und anderer Distrikte zu sich. Alle verpflichteten sie sich, gemeinsam vorzugehen und sich gegenseitig Beistand zu leisten für den Fall, daß einer von ihnen von den Feinden unserer Religion angegriffen werde. Ich versuchte meinerseits Vertreter zu dieser Zusammenkunft zu entsenden. Ich bemühte mich darum, daß die Glaubenseiferer beider Parteien über ein Bündnis verhandelten. Ich versuchte sie von meinen Absichten zu überzeugen, was mir jetzt, da sie eine Niederlage erlitten hatten, leichter erschien. Vergeblich. Ich scheiterte an dem hartnäckigen Schweigen Zagals. Also sandte ich Abul Kasim el Maleh, den ich zum Wesir ernannt hatte, zu den Burgen von Vélez, Almogía und Málaga, um sie über meine Friedensabkommen mit Ferdinand in Kenntnis zu setzen und ihnen sagen zu lassen, daß wir seinen Unmut provozierten, wenn wir uns nicht daran hielten. Málaga und Almogía schlossen sich mir an. Nicht so Vélez, dessen Burgvogt Abul Kasim Benegas war, mein früherer Lehrmeister in Politik.

»Ein Verräter rechnet immer mit dem Verrat der anderen. Sag deinem Herrn, er soll sich an meine Lektionen erinnern. Hätte sein Vater bloß auf die Sterne gehört!« So lautete Benegas Antwort.

Wie oft habe ich seitdem gesehen, wie sich Herrscher vom Eigensinn ihrer Untertanen leiten lassen, der, einmal entfesselt, nicht mehr zu bezähmen ist. Wie oft habe ich seither gesehen, wie die Wünsche eines Menschen solche Ausmaße annehmen, daß sie schließlich nicht mehr wiederzuerkennen sind. Wie die Leidenschaft, welche wir kühl erdachten, schließlich stürmischer von uns Besitz ergreift, als wenn wir sie wirklich empfunden hätten. Daß uns jenes Licht blendet, wie von einem Spiegel reflektiert, das wir entzündeten, damit die anderen, nicht wir, es betrachteten. Dies widerfuhr meinem Onkel Zagal. Vielleicht hätte man es verhindern können, wenn wir beide uns allein getroffen hätten, ohne das Drängen jener, die jeder für sich »die Unsrigen« nannte.

Aufgrund der Weigerung Vélez', seine Abmachungen mit Zagal zu brechen, setzte sich König Ferdinand dorthin in Marsch und belagerte es. Vélez war das Tor nach Málaga. Es war der 10. April 1487. Als die Botschaft Granada erreichte, versammelte Zagal jene Leute, die er gegen mich vereint hatte; ihr Bündnis wurde schneller beansprucht und unter größeren Gefahren als vorgesehen. Er bat um ihre Meinung, und sie entschieden aufgrund des vor einigen Wochen Beschlossenen, Vélez zu Hilfe zu eilen. Mein Onkel beauftragte den obersten Fakhi, den Schrein mit dem Koran in die Hände zu nehmen, und sagte zu seinen Burgvögten:

»Schwört auf die Worte, die hier geschrieben stehen, daß keiner von euch, sei er anwesend oder abwesend, solange ich unseren Brüdern diese Entsatztruppen bringe, etwas tun oder sagen wird, noch etwas beschließt, was dem Dienst an meiner Sache entgegensteht und die meines Neffen unterstützt.«

Am 19. April verließ er Granada und ließ nur eine kleine Besatzung zurück. Als er in Vélez ankam, hatten die Christen ihre Belagerung zu Wasser und zu Land gefestigt. In der Burg von Ben Tomiz schlug er sein Lager auf. Er hatte es eilig damit, die Schlacht hinter sich zu bringen und zurückzukehren; deshalb griff er unverzüglich den Feind an. Ihr Kriegsgeschrei hallte in den noch grünen Weinbergen wider.

Unterdessen riß ich, fast ohne Blutvergießen, Granada an mich. Es war am Morgen des 29. April. Ein skrofulöser, bettelnder alter Maure, der den Frauen oben am Eingang zu den öffentlichen Bädern Duftstoffe verkaufte, erklomm den Turm der nahen Puerta Mazdal und schloß sich darin ein. Womöglich war er von einem meiner Anhänger bezahlt worden. Ich glaube nicht mehr, daß irgend etwas umsonst ist. Oben angekommen, riß sich der Alte den Turban vom Kopf, rollte ihn auf, knüpfte ihn an seinen Krückstock und begann lauthals zu verkünden: »Gott schütze Boabdil! Gott schütze Muley Hassans Sohn! Er ist es, der über uns wachen wird. Laßt uns ihm nicht die Treue brechen. Gott schütze ihn!«

Andere Stimmen fielen ein, von den Dachterrassen und Mauern kamen Rufe und Gegenrufe, bis ich selbst sie schließlich auf dem Albayzín hörte. Es war ein Einfaches, die Granadiner, die ohne Verteidigung waren, für meine Sache zu gewinnen. Ich nahm den Talisman, die Alhambra, in Besitz, und wurde Granadas einziger Sultan. Es war ein finsterer Morgen, trotz des Jubelgeschreis, mit dem meine Getreuen das klare Licht der Gärten zerspringen und erzittern ließen. Vor den Pforten des Palasts Yussufs erwartete mich der Eunuch Nasim, als hätte ich ihn herbestellt. Er begrüßte mich mit demselben Lächeln wie damals im Morgengrauen, als ich nach Lucena aufbrach. Er fragte nach Moraima und nach meinen Söhnen. Er zeigte mir die aufgeräumten Alkoven, die sauberen Wasserbecken, die Bäder, die ungeduldig darauf warteten, in Gebrauch genommen zu werden. Es war überflüssig, ihn nach seinen Ansichten oder seiner Zugehörigkeit zu irgendeiner Partei zu befragen. Er hatte sich nicht für meinen Onkel oder mich entschieden. Er hielt zu nichts: Sein Platz war in der Alhambra, ihr hielt er die Treue, seine Sorge galt dem, der sie besaß.

Als die Neuigkeit in Zagals Heer die Runde machte, ließ es vom Kampf ab und zog sich ungeordnet zurück, noch bevor das Gefecht richtig begonnen hatte. Die Christen, die den Belagerungsring aufgehoben hatten, um gegen Zagal vorzugehen, machten sich jetzt noch nachdrücklicher ans Werk und schlossen Vélez endgültig ein, nachdem sie die Vorstadt im Sturm genommen hatten. Das Heer meines Onkels löste sich auf; die Soldaten gaben Vélez auf und kehrten nach Hause zurück. Angesichts der Entschlossenheit des Feindes, die Stadt mit Waffengewalt zu erobern, ohne Hoffnung auf Beistand, boten die Belagerten die Kapitulation an. Am 3. Mai wurde der Ort den Christen übergeben.

Zagal zog sich nach Almería zurück, wo immer noch Yaya al Nagar regierte. Von einem, wie er sagte, Verräter geschlagen, floh er in ein wahres Verräternest. Bei einer solchen Fehlentscheidung ließ sein Schicksal keine Gnade walten.

Nach der Kapitulation von Vélez ergaben sich die dazugehörigen Landgüter und die Orte östlich von Málaga, einschließlich der Festung von Comares. Dergestalt, mit meinem Onkel als Werkzeug, rächten die Christen ihre verheerende Niederlage in der Ajarquía, jener Schlacht, deretwegen man ihm den Beinamen Zagal, der Unbeugsame, gegeben hatte. Und diesmal wurde meinem Häscher von Lucena – so er es überhaupt war –, dem Burgvogt von Donceles, der Titel des Markgrafen von Comares zuerkannt. Wie üblich hält die Geschichte ihre Spielkarten willkürlich zurück oder deckt sie auf.

Ich traf in Granada drei Entscheidungen. Zum einen wollte ich wieder mit meiner Familie in der Alhambra wohnen. Meine Mutter, die außer sich war vor Freude, bezog die Paläste meines Vaters. Nasim sorgte dafür, daß man Hernán aus der Ajarquía herbrachte. Eines Morgens sah ich ihn zaudernd auf mich zulaufen. Er mußte viele Male davon geträumt haben, mich wiederzufinden, und viele Male enttäuscht aufgewacht sein, denn er sah mich traurig an, ungläubig und bewegungslos. Erst als er meine Stimme seinen Namen sagen hörte, war der Bann gebrochen, und er sprang mich an. Der Diener, der ihn führte, versetzte ihm einen Schlag mit einem Stock, weil er glaubte, er wolle mich angreifen; ich wehrte ihn mit meinem Arm ab und verletzte mich daran. Später entdeckte ich, daß Hernán vor Freude auf meine Kleider gepinkelt hatte.

Zum zweiten entschloß ich mich, neue Kapitulationsverträge mit Ferdinand auszuhandeln, um zu sehen, in welche Richtung sich seine Forderungen entwickelten und inwieweit sie sich geändert hatten. Aus diesem Grunde schickte ich erneut den Mudejaren Bobadilla nach Alcaudete, mit dem Auftrag, jetzt, wo die innere Ruhe der Stadt gewährleistet war (wenn auch nur relativ, wie sich bald darauf zeigte), Hernando de Baeza mitzubringen, genau wie ich ein wenig kriegerischer Mann. In den neuen Kapitulationsabkommen wurde vereinbart, daß ich Granada zu übergeben hätte, wenn der »geeignete Zeitpunkt« gekommen sei – den es für mich niemals geben würde. Im Gegenzug erhielte ich ein Fürstentum, welches aus den schon aufgeführten Städten in Loja bestünde, außerdem ganz Cenete, das Tal des Almanzora und den östlichen Teil der Alpujarras. Die Zustimmung meines neuen Wesirs El Maleh, durch den ich vergeblich den undurchsichtigen Aben Comisa zu ersetzen versucht hatte, wurde mit der Schenkung des Distrikts Andarax entlohnt, und noch weiteren Adligen wurden Güter zuerkannt. Den Bewohnern des Albayzín sei es erlaubt, völlig frei im Gebiet Granada zu siedeln, des weiteren sollten sie zehn Jahre lang von Steuern befreit sein. Als Gegenleistung verpflichteten wir uns, zusammen mit den Christen gegen Zagal zu kämpfen.

Meine dritte Entscheidung, die im Grunde genommen der zweiten widersprach, bestand darin, einen Botschafter zu dem Mameluckensultan von Ägypten, Quait Bey, zu entsenden und ihn um Beistand gegen die Feinde unserer Religion zu bitten. Der Sultan schrieb an die Geistlichen der Grabeskirche in Jerusalem, das zu seinem Herrschaftsbereich gehörte; er bat sie, dem König von Neapel zu schreiben, damit dieser seinerseits ein Schreiben an Kastilien richte mit der Bitte, sich nicht in andalusische Angelegenheiten einzumischen und unser Land zu verlassen. (Nichts als leere Worte. Zwei Jahre später – die Könige belagerten bereits Baza – zeigte mein Gesuch Folgen, und zwar in Gestalt zweier Franziskaner vom Heiligen Grab, welche Briefe des Königs von Neapel und des Papstes Innozenz VIII. mitbrachten, die zu einer Beendigung des Krieges um Granada rieten. Diese Formulierung war mißverständlich: Es war nicht ganz klar, ob sie den Königen rieten, den Krieg aufzugeben, oder ob sie sich beeilen sollten, ihn zu gewinnen. Später erfuhr ich, daß die Königin den Franziskanern eine lebenslängliche Unterstützung von jährlich tausend Dukaten aussetzte und ihnen ein von ihr selbst besticktes Velum übergab, um das Grab des Propheten Jesus zu bedecken. Außerdem waren Quait Beys Vergeltungsdrohungen lediglich verbaler Art, abgesehen davon, daß sie nur halbherzig waren. Genau wie die Warnungen des Pontifikats, denn 1488 bat Ferdinand den Papst um Erlaubnis, dem Mamelucken Getreide verkaufen zu dürfen, um die Hungersnot in Syrien zu lindern. Mit den Einnahmen aus dieser Getreidelieferung bestritt Ferdinand die

Kosten des Krieges in Granada. Mit diesem Verkauf – so der schlaue Fuchs in seinem Bittschreiben – begünstige man Ägypten gegenüber den Türken, »deren wachsende Macht die wahre Bedrohung für uns darstellt«. Wie man sieht, gab es zu viele Interessen, als daß irgend jemand uns Andalusiern hätte helfen wollen.)

König Ferdinand kümmerte es nicht, daß er einen Vertragsbruch nach dem anderen beging. Begeistert davon, wie leicht die Eroberung von Vélez gewesen war, glaubte er, daß es jetzt an der Zeit sei, Málaga an sich zu reißen. Doch Málaga hatte sich mir unterstellt, war deshalb Teil des Friedensabkommens und seinem Zugriff entzogen. Durch Aben Comisa, der Málaga in meinem Namen regierte, und den kastilischen Burgvogt von Jerez, das seit der Schlacht in der Ajarquía uns unterstand, legte ich Beschwerde ein. Ferdinand, um Winkelzüge nie verlegen, antwortete mir, daß zwar die Alcazaba zu mir halte, die Festung auf dem Gibralfaro jedoch, befehligt von Ahmed el Zegrí, halte zu Zagal. Und spöttisch fügte er hinzu, daß ich aufgrund der letzten Verträge dazu verpflichtet sei, Truppen zur Unterstützung seiner eigenen zu entsenden; es sei seine Strategie, auf eine Beschwerde mit einer Forderung zu antworten. Ich schickte ihm fünfzig christliche Gefangene und flüchtete mich in die Ausrede, daß ich vollauf damit beschäftigt sei, mich in Granada zu behaupten. Unverzüglich gab ich Aben Comisa Befehl, seine Streitkräfte mit denen el Zegrís zu vereinen – der zwar über wesentlich weniger Soldaten verfügte, aber der wesentlich bessere General war – und vorzugeben, dieser habe sich durch einen Handstreich der Stadt und ihrer Besatzung bemächtigt.

Málaga war unsere Stadt der Freude. Unsere Vorfahren hatten einen guten Platz gewählt: die abfallenden Hänge einer Hochebene, bestanden mit Weinstöcken, Mandel-, Feigen- und Olivenbäumen, eine fruchtbare Ebene direkt am Meer, von der Sierra geschützt. Ihre beiden Festungen, lange vor unserer Zeit erbaut, erhoben sich zuverlässig und unvergleichlich über die Häuser; sie waren durch unterirdische Gänge miteinander verbunden und zeigten stolz den staunenden Seeleuten ihren Leuchtturm und ihre Fahnen. Ihr bedeutender Handel und die festen Bastionen hatten Málaga, zwischen dem Flußbett des Guadalhorce und der gebirgigen Ajarquía gelegen, zu einer stolzen, unvoreingenommenen Stadt werden lassen. In jenem heißen Sommer hatte ich sie blau und weiß in Erinnerung, wie ich sie in meiner Jugend sah, durch ihre beiden Vorstädte in die Länge gezogen, von einem Ring aus Gärten und Obstplantagen umgürtet, ausgebreitet unter einem durchsichtigen, lauen Himmel. Ich erinnerte mich an die aufragenden Festungstürme, die das Genueserviertel bewachten, an die dicken Mauern, die hohen Türme der Arsenale, gegen deren Sockel die Wellen schlugen, an die sich an die Hänge schmiegenden, friedlichen Stadtviertel, an die sanften Hügel und die orangenbestandene Vega, an den immerwährenden Frühling, an das wonnevolle Leben der Menschen . . Schon diese Stadt allein ist ein Königreich, sie konnte nicht anders, als Neid entfachen. Ihre ganze Geschichte hindurch war es so.

Die reicheren Malagener – das Geld kennt keine Religion und kein Ideal außer sich selbst – traten heimlich mit Ferdinand in Verbindung; der Gouverneur aber ließ alle enthaupten, die beschlossen hatten, die Stadt zu übergeben, unter ihnen einen Bruder Aben Comisas. Und auf ein neuerliches Angebot des Königs antwortete er: »In ganz Aragón und Kastilien gibt es keine Schätze, die ausreichten, um unsere Treue zu erkaufen.« Auf diese Weigerung hin zog Ferdinand seine königlichen Truppen von Vélez ab und marschierte gegen Málaga. Das war am 7. Mai 1487. Er kam mit zwölftausend Reitern und fünfzigtausend Fußsoldaten. Er rückte über die Einöde von Bezmiliana heran, während eine Schwadron unter dem Befehl des Katalanen Galcerán de Requesséns den Hafen blockierte. (Später ließ er mir durch Martin de Alarcón diese Meldungen überbringen, um mir eine Lehre zu erteilen.) Diese Streitkräfte hätten ausgereicht, um die ganze Stadt zu verwüsten, aber Ferdinand suchte nur einen schnellen, unumstößlichen Sieg: Er fürchtete Málagas Tradition als rebellische, standhafte Stadt. Deshalb vergrößerte er den Belagerungstroß: Schiffe luden kleinere Geschütze ab, schwere Artillerie rückte aus Antequera an. Die verträumten Strände wurden aus ihrem Schlaf gerissen, als zwei Schiffe aus Flandern ankamen, auf denen der deutsche Kaiser (der spätere Schwiegervater seiner Kinder Juan und Juana) Geschütze unterschiedlichen Kalibers schickte, eine große Menge Pulver und erfahrene Männer zur Bedienung der Lombarden und Kanonen. Darunter waren die Deutschen Peter und Sanceus Manse, Nikolaus von Bern, der Portugiese Alvaro de Braganza, viele französische Gießer und zahlreiche Söldner aus anderen Gegenden Europas.

Das Zugangstal war auf der einen Seite vom Gibralfaro, auf der anderen von den letzten Ausläufern der nördlichen Sierra bewacht. Trotz großer Verluste gelang es diesem riesigen Heer, die Stadt zu erreichen und zu Lande und zu Wasser einen Belagerungsring um die Stadt zu ziehen. Die Malagener verteidigten sich beherzt; sie machten das königliche Zelt zur Zielscheibe, und Ferdinand mußte sich hinter einen Hügel zurückziehen. Die ersten Tage waren eine Prüfung für die Belagerer; ihre Truppen bröckelten auseinander wie schlecht angerührter Mörtel. Der König griff zu einem schon zur Gewohnheit gewordenen Mittel und verlangte nach der Anwesenheit der Königin, die in Córdoba weilte. Der geschickterweise prächtig ausgestattete Begleitzug Isabellas machte den Truppen wieder Mut. Bedrängt von seiner Gattin, beschloß der König, Kanonen von größerem Kaliber zu verwenden, nachdem er bislang nur kleinere Geschütze benutzt hatte, um die Stadt ohne weitreichende Schäden zu erobern. Zerstörung und Tod waren unermeßlich. Zudem ermöglichte die Verengung des Belagerungsringes den Angreifern ein genaueres Zielen und die Besetzung eines der hohen Befestigungstürme, von dem aus sie größere Verwüstung anrichten konnten.

Mein Onkel ließ einen Trupp Freiwilliger aus Adra kommen, der in Vélez ein Ablenkungsmanöver unternahm, sowie ein Morabetenkorps, das die Wachen überlistete und in die Stadt vordrang, um neue, wenn auch immer mühsamere Ausfälle zu unterstützen. Es war völlig vergeblich. Der Hunger wurde zusehends schlimmer; der Weizen war aufgebraucht und wurde durch Gerste ersetzt. Man mußte zu radikalen Maßnahmen greifen; alle Lebensmittel wurden beschlagnahmt und eingelagert; die Kämpfenden erhielten morgens vier, abends zwei Unzen Brot; die Rationen wurden immer kleiner, bis es schließlich keine mehr gab. Danach verzehrten die Malagener ihre Esel und Maultiere, dann die Pferde, schließlich Hunde, Katzen, Ratten und alle Arten von unreinem Getier. Es war nur ein Versuch, den Tod aufzuhalten. Sie griffen zu gekochten oder gemahlenen Palmschößlingen und Baumrinde, zu faulen, in Öl eingelegten Weinblättern. Nichts Eßbares wurde in der Stadt verschmäht, auch wenn es ungenießbar war. Durch die Unterernährung und Vergiftung brachen Krankheiten aus; die Todesfälle häuften sich, und dennoch verharrte das Volk in seinem eisernen Widerstand. Wer nicht kämpfte – Frauen, Greise, Kinder –, besserte rastlos und tapferen Herzens die Schanzwerke aus, fertigte Munition, trocknete den Schweiß der Soldaten, munterte sie auf, bis er selbst sterbend niederfiel, von Schwäche ausgezehrt. Die bewundernswerten Malagener schrien nach Beistand, den ihnen niemand gewährte. (Einem Trupp Freiwilliger, den ich heimlich entsandte, gelang es nicht, in die Stadt zu kommen.) Ich kaute an meinen Fäusten, während ich die blutroten Sonnenuntergänge Granadas betrachtete. Ich sah malagenisches Blut.

Auf Wunsch des Königs versuchte der Markgraf von Cádiz, el Zegrí zu kaufen. Er bot ihm die Stadt Coín, viertausend Golddublonen und Vergünstigungen für seinen Stellvertreter, den Burgvogt und die Offiziere. El Zegrí spuckte dem Gesandten ins Gesicht. Und da die Belagerung aufgrund des hoffnungslosen Widerstands länger dauerte, fanden sich im Juli

Abenteurer und Glücksritter von der ganzen Halbinsel und anderswo ein. Das christliche Heer erreichte schließlich eine Stärke von neunzigtausend Mann, der Ruhm el Zegrís ging von Mund zu Mund. Ein anderer aber wurde zum Schwachpunkt der Belagerung, seine Schande befleckte auch mich. Aben Comisa wurde ins Feldlager der Christen bestellt. Weil man ihm für den Fall, daß er sich weigere, den Tod androhte, setzte er sich über meine Anweisungen hinweg. Er zettelte schließlich unter den nach dreieinhalb entbehrungsreichen Monaten Entmutigten einen Aufstand gegen el Zegrí an und übergab die Stadt.

Am 18. August des Jahres 1487, im Monat des Raya, in der sengenden Hitze, passierte der Komtur von León an der Spitze seiner Reiterei die Tore Málagas – derselbe, welcher später, ebenfalls als erster, die Alhambra betrat. Am 19. August fiel der Gibralfaro, nachdem seine Verteidiger den Tod gefunden hatten. El Zegrí wurde in Ketten – so sah für ihn der Ruhm aus – nach Carmona in ein elendes Verlies gebracht. Dies waren seine letzten Worte, als er sich von seiner Heimat verabschiedete: »Ich schwor, mein Vaterland zu verteidigen, das Gesetz, und die Ehre dessen, der mir vertraute. Mir fehlte es an Händen, die mir geholfen hätten, im Kampf zu sterben. Es ist nicht meine Schuld, daß ich noch lebe.«

Zwanzigtausend Andalusier hatten in Málaga den Tod gefunden. Die ungefähr fünfzehntausend Überlebenden wurden von den christlichen Königen für sechsundfünfzig Millionen Maravedis verkauft. Man statuierte an der Stadt ein Exempel für die noch zu erobernden; hier brach Ferdinand sein letztes und vorletztes Versprechen. Er beschlagnahmte alle Besitztümer und beauftragte seinen Truchseß und General Alonso Yáñez Fajardo damit, die einschlägigen Häuser zu übernehmen und alle jungen Frauen des Bezirks dorthin zu bringen. (Ihm hatte man das ausschließliche Recht auf alle im granadinischen Königreich zu errichtenden Bordelle übertragen, ein enorm einträgliches Geschäft: In solchen Schiebereien endet der Kampf der Tapferen.) So wurde aus der Stadt, die einmal reich und glücklich und dann heldenhaft gewesen war, eine Stadt der Prostitution und der Sklaverei. Ausnahmslos allen Bewohnern, bis hin zu den Kindern, wurde dieses Schicksal zuteil. Ihr Unglück war ebenso groß, wie es zuvor ihre Verwegenheit war. Málagas Schicksal zerriß jedem das Herz, quälte die Gemüter und ließ Ströme von Tränen fließen. Keine Stadt und kein Ort in der Umgebung verspürte länger den Wunsch, Widerstand zu leisten. Doch ihre Einwohner riefen umsonst nach dem vereinbarten Frieden: Sie wurden unterworfen und versklavt, ohne daß es einen Kampf oder eine Belagerung gegeben hätte. Ich empfand ihr Leiden, als sei es mein eigenes, und genau wie sie fand auch ich, daß ich für die Tragödie verantwortlich war.

Die Ereignisse in Málaga brachten viele Muslime dazu, sich gegen mich zu erheben und nach der Führung Zagals zu verlangen, denn sie waren enttäuscht von den Versprechen, die ich gegeben hatte und die man mir gab. Die Granadiner kehrten zu ihrer feindseligen Haltung zurück, der Albayzín wankte. Nur die Streitkräfte Gonzalos de Córdoba retteten meinen Kopf und sicherten meine Macht. Allerdings war Ferdinands Hilfe nicht unentgeltlich: Ich mußte versprechen, ihm dreißig Tage nach der Eroberung der von Zagal gehaltenen Gebiete Granada zu übergeben. So sah ich mich erneut im Zwiespalt. Einerseits war in mir der Wunsch, mein Onkel möge möglichst lange widerstehen. Andererseits mußte ich mich zum Kampf gegen die Christen rüsten, sobald er ihn aufgab. Unter größter Geheimhaltung ließ ich ihm eine Botschaft überbringen, in welcher ich ihm meine Meinung darlegte. Er ging nicht darauf ein und zieh mich einen Lügner und Treuebrüchigen. Ferdinand seinerseits, der Verdacht schöpfte, teilte mir mit, daß jeder Versuch einer Versöhnung zwischen Zagal und mir ein Vertragsbruch und ein Bündnis gegen Kastilien wäre und einen erbarmungslosen Krieg nach sich zöge.

Während eines gemeinsamen Frühstücks beklagte ich mich

bei Gonzalo de Córdoba über die mir unbegreifliche Unnachgiebigkeit seines Königs.

»Hoheit«, entgegnete er mir, »die Zeiten sind vorbei, als die Ritter zugleich mit dem Schwert auch ihr Ideal in der Hand trugen. Die Zeiten sind vorbei, als zwei Recken Mann gegen Mann um das Schicksal der Königreiche stritten, die sie vertraten. Die heutigen Kriege sind ganz anders, sie werden weniger auf den Schlachtfeldern als vielmehr in den Kanzleien gewonnen. Von Kanzleien verstehe ich nichts, und ich will es auch nicht verstehen. Und ich versichere Euch – ich sagte es Euch bereits in Porcuna –, daß Euer Platz der letzte ist, den ich einnehmen möchte. Denn auch wenn das Verhalten meines Königs undurchsichtig ist, so erklärt er gleichwohl deutlich seine Absicht, Eurer Herrschaft ein Ende zu machen, koste es, was es wolle. Außerdem sind seine Gegner auch nicht geradeheraus, weder in ihren Absichten noch in ihren Methoden. Sie hätten mehr Grund, über ihre Ungeschicklichkeit zu klagen als darüber, daß sie hintergangen werden. Die von meinem König Geschädigten sind es nicht wegen ihrer größeren Ehrlichkeit, sondern wegen ihrer geringeren Geschicklichkeit. Es wird der Tag kommen, an dem Ihr Euch dessen erinnert, was ich Euch jetzt sage, und Ihr mir recht geben werdet. Wenn Ihr diese Zeit braucht, so mag sie vergehen.«

Damit gab er mir zu verstehen, daß er Verständnis dafür hatte, daß auch ich mich nicht an die Abmachungen hielt. Denn es ist begreiflich, daß man jede List anwendet, wenn die Zukunft eines Landes auf dem Spiel steht. Auch wenn es nicht gerade den Gesetzen der Ritterlichkeit entspricht.

In Granada gab es Anschläge auf meine Person. Es verging kaum ein Tag, an dem nicht irgendein Fanatiker, durch die Predigten der Priester Zagals aufgehetzt, die Dreistigkeit besaß, seine Drohungen und auch seine Waffen gegen mich zu richten. Moraima lebte in ständiger Angst; jeden Morgen flehte sie mich an, den Palast nicht zu verlassen. Meine Mutter hingegen trieb mich an – falls man durch Verachtung jemanden antreiben kann –, sowohl gegen meinen Onkel als auch gegen die Christen etwas zu unternehmen. Ihrer Ansicht nach war die Ermordung der Botschafter, Gonzalos de Córdoba an erster Stelle, ein guter Anfang. Sie weigerte sich, die Nichtigkeit meiner Möglichkeiten anzuerkennen, zu akzeptieren, daß ich ein Witz von einem König war, dessen Taktik darin bestehen mußte, sich wie ein Schilfrohr im Wind zu biegen, um sich, wenn es windstill wird, mühsam wieder aufrichten zu können.

Ich bezeuge hiermit, daß ich nur für mein Volk aushielt, nicht aus persönlichen Gründen, denn die Gegenleistungen für mein Aufgeben wären um so geringer geworden, je länger ich damit wartete. Wenn ich mein Volk hätte verraten wollen, so wäre es einträglicher und bequemer gewesen, mich mit den Angeboten des Königs zufriedenzugeben und nicht weiterzukämpfen.

In dieser Situation war meine Feindin, die Zeit, zugleich meine einzige Verbündete: Da war die Hoffnung, sie könne das Blatt zu unseren Gunsten wenden. Oder es käme die Hilfe, um die ich mich bemüht hatte. Oder Zagal bequeme sich zu einer Versöhnung und zum gemeinsamen Einsatz unserer Mittel. Oder Kastilien und Aragón widmeten sich so intensiv der internationalen Politik, daß ihnen keine Zeit für anderes bliebe. Oder eine Entscheidung des Großtürken bewirke, daß ganz Europa sich gegen ihn verbündete und seine Heere gen Osten sandte. Unterdessen aber konnte ich nichts weiter tun, als den Attentaten zu entkommen und am Leben zu bleiben. Auch wenn es Momente gab, in denen ich es vorgezogen hätte, von eigener oder fremder Hand den Tod zu finden. Die Stunden der Besorgnis wurden jeden Tag länger. Die Nächte in der Alhambra waren voller Angst und Einsamkeit, und obwohl sogar der Weg in den Untergang zur Gewohnheit werden kann, brachte jeder Morgen eine neue Sorge, die anders war als die vorige und die folgende.

Doch als sollten wir unsere Kräfte sammeln, gewährte uns das Jahr 1488 einen Aufschub; einen Aufschub, von dem wir wußten, daß er vorüberging, der aber dennoch in unseren Gemütern eine gewisse Gelassenheit bewirkte. Eine Gelassenheit – auch das wußten wir –, die der letzten Katastrophe vorausging.

Der Grund dafür lag in einer Vielzahl von Umständen: Da war die Erschöpfung der Sevillaner nach einer langen, ununterbrochenen Reihe von Feldzügen, die Ausbreitung von Epidemien im christlichen Teil Andalusiens, die zahlreichen Fälle von Fahnenflucht, die Weigerung der Dörfer, weitere Abgaben zu leisten, denn man habe zu viele Forderungen an sie gestellt und sie seien nicht mehr in der Lage, diese zu erfüllen, die wegen Rosellón und Cerdaña neuerlich aufflackernde Rivalität mit Frankreich und schließlich die Weigerung des Papstes, weiterhin Ablässe für den Kreuzzug zu gewähren, wenn nicht die Hälfte der Einnahmen an ihn gingen – eine merkwürdige Vorstellung von Spiritualität.

Aber noch während dieser Waffenpause erwog Ferdinand die Möglichkeit, Almería zu erobern. Er entsandte einige Erkundungsabordnungen zu Yaya al Nagar, dem Zagal die Verteidigung übertragen hatte. Yaya, unschlüssig und argwöhnisch, ließ die Sache scheitern. Und als Zagal Baza und Guadix befestigte, um der voraussehbaren kastilischen Offensive standzuhalten, wandte sich Ferdinand der anderen Seite zu. Anfang Juni eroberten der Markgraf von Cádiz und der Statthalter von Murcia ziemlich überraschend Vera. Die Kapitulation betraf das gesamte Gebiet: Cuevas, Mojácar, das Tal des Almanzora, die Sierra Filabres, beide Vélez und Níjar, jenen Distrikt also, der mir in dem imaginären Vertrag von Loja zugestanden worden war. Diesmal war der Eroberer »großmütig«, da es sich ja um Ländereien meines zukünftigen Fürstentums handelte: Entsprechend dem Mudejaren-Statut konnten die Bewohner in ihren Dörfern bleiben. Die wahre Absicht des Königs war eine andere: Er wollte meine freundschaftliche Beziehung zu ihm betonen und liebenswürdigerweise noch mehr Städte und Ortschaften davon überzeugen, sich zu ergeben. Genau das erreichte er: Meine Untertanen zürnten mir, das Umland von Baza – Huéscar, Orce, Galera und Benamaurel – ergab sich.

Den Rest des Jahres setzte er die im Juni besetzten Festungen instand und versorgte sie mit Proviant. Und um mir den Wind aus den Segeln zu nehmen, schloß er mit mir eine Neufassung des zweijährigen Waffenstillstands.

Unterdessen zog Zagal, zorniger denn je, gegen die Ländereien von Alcalá la Real und bemächtigte sich der Güter und Viehbestände. Dann eroberte er Níjar, Filabres und das Almanzora-Tal zurück, stürmte Almuñécar, nahm Nerja und Torrox und, als er schließlich in die Vega kam, Alhendín und Padul. Von den Mauern der Alhambra sah ich seine Truppen. Als ich an einem strahlenden Morgen an den Zinnen lehnte, spürte ich ein Zittern; ich schrieb es dem verrückten Vergnügen zu, meinen Onkel dabei zu beobachten, wie er unermüdlich die Reihen seiner Soldaten abschritt. Der Boden unter meinen Füßen schwankte, und ich dachte, die Gefühlsregung habe mich wanken lassen. Aber es war eines der in Granada häufigen Erdbeben. Verängstigt kam Moraima heraufgestiegen, unseren kleinen Sohn auf dem Arm.

»Sogar Gott und die Erde sind gegen uns«, schluchzte sie.

Zusammen beobachteten wir den Truppenaufmarsch Zagals zu Füßen der Burg von Alhendín, weit weg und doch so nah. Ich dachte, daß wir wenigstens das Erdbeben gemeinsam hatten.

Am Nachmittag des gleichen Tages erfuhr ich, daß Ponce de León, unser eifrigster Gegner, von Ferdinand die alleinige Befehlsgewalt über die Grenzfesten erhalten hatte. Der Schreck traf mich wie ein Schlag, stärker als jeder zuvor, und hallte als Echo in mir wider: Drängend klopfte das Schicksal an unsere Pforten.

Dann wurde Baza zum nächsten Ziel erklärt. Ferdinand wollte Zagal vernichten, ehe er gegen Granada zog. Seiner Lage wegen war Baza besser erreichbar als Almería und günstiger für die Verpflegung der Angreifer: Auf dem Lande über Quesada und das Tal des oberen Guadalquivir, zu Wasser über Vera und die Strände Murcias. Es war alles so gewissenhaft geplant, daß man auf den mathematischen Geist Gonzalos de Córdoba schließen konnte. Zagal seinerseits bereitete seine Antwort vor: Er schickte dem Kommandanten von Baza, Mohammed Hassan, Hilfstruppen, die dem Befehl Yaya al Nagars unterstanden. Damit beging er den schwersten Fehler seines Lebens.

Wer ist dieser verhängnisvolle Mann? In ihm fließt das Blut zweier Führer im Kampf gegen die Almohaden: Ibn Hud, ein al Nagar, und Mohammed al Ahmar, der Stammvater unserer Dynastie. Über Jahrhunderte waren die beiden Familien untergründig oder offenkundig verfeindet. Aus einem Verhältnis Yussufs IV. ging der Zweig Ibn Salim Ben Ibrahims – das war Yayas Vater – hervor. Schon dieser hatte mit Ferdinand von Aragón gegen meinen Großvater konspiriert. Von seinem Vater erbte Yaya die Neigung zum Verrat: Er vereinbarte mit dem aragonesischen Kronprinzen die Übergabe von Almería. Meinem Vater, bereits Sultan, kam es verdächtig vor, wie sich die Bevölkerung auf dem Weg von Murcia bis Almería einfach widerstandslos ergab. Er erschien persönlich in der Stadt, befestigte sie wieder, beschickte sie mit Truppen und verbannte Yaya, der damit seine Ehre und sein Land verlor. Er wurde ins christliche Heer aufgenommen, wenn auch unter Schwierigkeiten, denn Ferdinand, obwohl vom Gegenteil überzeugt, schien es ratsam, ihn der Unfähigkeit oder Unaufrichtigkeit zu beschuldigen, bis er ihn schließlich sogar von seiner Seite verstieß. Als mein Vater später Yayas Rachegelüste bemerkte, machte er ihn wieder zum Gouverneur von Almería. Jetzt sollte er den Beweis dafür liefern, daß, wer einmal zum Verräter wurde, den Verrat selten lassen kann.

Andererseits aber hatte Yaya, um seine Stellung zu festigen, seine Nichte Merién Benegas geheiratet, die Schwester Abul Kasims und Riduáns, der höchsten Würdenträger Zagals, und jener wiederum vermählte sich mit einer Schwester Yayas. Außerdem war er höflich, galant und sehr mutig. Sein Kriegsruhm war nur noch zu vergleichen mit seinem Erfolg bei Frauen in Friedenszeiten. Er hatte hellblondes Haar, himmelblaue, wache Augen, eine große Nase, vorstehende, gerötete Wangenknochen, einen Spitzbart und einen oft lachenden Mund. Er war von großer Gestalt, sein Benehmen martialisch und herrisch. Wer ihn zum Verbündeten hatte, war gut bedient. Wer gegen ihn war, hatte einen Todfeind. Zagal kannte die Vorzüge und Nachteile unseres Verwandten. Seiner – irrigen – Meinung nach überwogen die ersteren. Er überlegte, daß sein Haß auf Ferdinand, verursacht durch die Vereitlung seiner Absichten, und die kritische Lage für den gesamten Islam Argumente seien, die sein Schwager nicht von sich weisen werde.

Also entsandte er Yaya nach Baza. Aus Almería, Almuñécar und den Alpujarras ließ er die kriegserfahrenste Besatzung kommen, die es je in einer andalusischen Festung gab, und versah sie mit den besten Waffen, über die wir verfügten.

Auf der gegnerischen Seite saugte Königin Isabella ihre Untertanen noch weiter aus: Sie forderte neue Tribute von den Dörfern im Süden, die sich weigerten; daraufhin hielt sie sich an den kastilischen Dörfern schadlos, wo man murrte, daß die Königin besser gleich die ganzen Landgüter nehmen solle. Sie forderte Gelder von Kirche und Klerus, Bruderschaften und Fiskus und sogar von den Ketzern und Juden, denn bei den bevorstehenden Kosten war man auf jede Unterstützung angewiesen. Sie stellte ein Heer von nicht weniger als dreizehntausend Berittenen und vierzigtausend Fußsoldaten auf, diejenigen nicht mitgerechnet, die als Hilfstruppen dazukamen. Angeführt wurde dieses Heer von den tapfersten Rittern der Grenzmarken, in Romanzen und Liedern gerühmt und besungen: dem Markgrafen von Cádiz als Oberbefehlshaber, den Siegern von Málaga und Ronda, dem Mann, der Alhama verteidigt hatte, indem er bemalte Leinwand aufhängen ließ, um Verteidigungsanlagen vorzutäuschen, die er nicht besaß, des weiteren dem Grafen von Cabra und dessen Neffen, Hernando de Pulgar, meinem Kerkermeister Martin de Alarcón, der nun an einem wirklicheren Ereignis als jenem von Estepa teilnehmen sollte, und natürlich Gonzalo de Córdoba.

Nicht zufrieden damit, erbat König Ferdinand meine Vasallenhilfe in Form von Männern und Geld.

»Mir steht kein Gold zur Verfügung«, antwortete ich ihm, »ganz im Gegenteil: Ich bräuchte welches, selbst für die allerkleinste Ausgabe meines winzigen Hofes. Eines Nachmittags ging ich mit meiner Gattin Moraima in die Säle hinunter, in denen ich als Jüngling den Schatz der Nasriden bewundert hatte. Nur die Säle sind geblieben, ein paar Spinnen in den Ecken und einige Fledermäuse. Was ich damals sah, verwendeten die folgenden Besatzer der Alhambra zur Bezahlung von Erkundungszügen und Kriegen, während Ihr mich gefangenhieltet. Es ging so weit, daß ich Euch, wenn Ihr mich bei der Wiederherstellung von Ruhe und Ordnung in Granada unterstütztet, mit dem Geld entlohnen mußte, welches ich von den Rädelsführern des Aufstandes beschlagnahmen ließ, den Ihr niederschlugt. Und was die Männer angeht: Kein einziger Granadiner würde gegen seine Glaubensbrüder kämpfen. Euer Hoheit sollten sich, wie ich, mit diesen fünfzig christlichen Gefangenen begnügen, die ich Euch übersende, fünfzig jener äußerst wenigen, die es in Granada noch gibt.«

Im Juni zog das große Heer nach Baza. Zuerst nahm es Zújar mit den umliegenden Festungen und Burgen; dann begann die Belagerung. In den ersten Schlachten behielten die Belagerten die Oberhand; sie brachten so vielen Feinden den Tod, daß diese zurückwichen und sich nur noch durch Brustwehren und Gräben verteidigen konnten. Sie gaben es auf, die Festung im

Sturm nehmen zu wollen; statt dessen bauten sie ihre Stellungen vor den Mauern aus und überlegten, ob sie den Belagerungsring aufheben und einen günstigeren Zeitpunkt abwarten sollten. In dieser Zeit gingen die Einwohner von Baza unbehelligt ein und aus, und so ging es den Juli und August hindurch: Der Feind lagerte in einiger Entfernung, man verhinderte das Näherrücken der Artillerie und der Geschütze, Angriffe wurden mühelos abgewehrt.

Im September besuchte die Königin das Feldlager – man bediente sich ihrer häufig zu diesem Zweck – und tadelte das Heer für seine Zaghaftigkeit. Durch sie ermutigt, zogen die Christen den Belagerungsring enger. Mittels einer hölzernen Wehrmauer und eines breiten Grabens, beide mit Wachen und Fußsoldaten bemannt, versperrten sie den Belagerten den Ausgang und den ankommenden Hilfstruppen den Zugang. Obwohl die Feuergeschütze vorgerückt waren, verließen die Verteidiger ihre Stadt durch die Seitentörchen und über die Mauer und griffen ihrerseits das Feldlager an, verursachten beträchtlichen Schaden und raubten von den Vorräten des Feindes. Im Oktober und November verschlechterte sich die Lage der Eingeschlossenen, denn die Lebensmittel wurden knapp; als die Heerführer die Menge begutachteten, stellten sie fest, daß es nur noch für wenige Tage reichte. Um nicht den Mut zu verlieren, trösteten sie sich mit der Hoffnung, der Feind werde sich angesichts des herannahenden Winters zurückziehen. Wie groß wird ihre Überraschung gewesen sein, als sie sahen, wie dieser Steine behauen und schützende Gebäude errichten ließ! Die Belagerten begannen das Allerschlimmste zu befürchten.

Aber auch für die Christen war die Lage wenig angenehm. Der Winter überfiel das Feldlager. Die Soldaten erfroren und verhungerten, Frostbeulen und Erfrierungen hinderten sie am Gebrauch der Waffen. Angesichts des Scheiterns eines Feldzuges unter so großen Verlusten besann sich Ferdinand auf seine bevorzugten Fähigkeiten: Hinterlist und Bestechung. Über

Gutierre de Cárdenas, Komtur von León, mit dem ich später näher zu tun haben sollte, als mir lieb war, nahm er Kontakt mit Fürst Yaya auf. Ich bewahre die Abschriften einiger jener Briefe auf, die sie miteinander wechselten – er übersandte sie mir, um meinen Hochmut zu beugen. Der König schlägt dem General die Übergabe vor, als Gegenleistung Schenkungen und Vergünstigungen. Der General antwortet, daß er den Vorschlägen des Königs keinerlei Glauben schenke, denn er habe seine Unzuverlässigkeit und Heimtücke nicht vergessen. Daraufhin verspricht der König, hinsichtlich des jetzigen Angebots seinen Verpflichtungen gewissenhafter nachzukommen, und zeigt sich sehr zerknirscht darüber, bei jener bewußten Gelegenheit, die nichts anderes war als der doppelte Verrat an Almería, sein Wort nicht gehalten zu haben.

Und so geht es weiter mit Verhandeln, Versprechen und Garantien für die Versprechungen, ohne daß der König angesichts des erbitterten Mißtrauens des Generals aufgäbe oder der General sich völlig verweigerte. Die Absicht Yayas bei diesem ausgedehnten Intrigenspiel von Gauner zu Gauner war es, zu einem für ihn vorteilhafteren Abschluß zu gelangen; Ferdinand wartete auf die Erschöpfung der in Baza Eingeschlossenen. Um etwas über die tatsächliche Versorgungslage zu erfahren, entsandte der König einige Männer mit dem Ziel, Gespräche zu führen. Doch als die Eingeschlossenen diese Absicht durchschauten, trugen sie alle verbliebenen Lebensmittel zusammen – Gemüse, Früchte, Getreidevorräte, ein paar mit Stroh gefüllte Ziegenhäute – und brachten sie auf jene Märkte, welche die Gesandten passieren würden, um ihnen zu zeigen, daß man noch lange durchhalten könne. Der Krieg ist, wie ich bei meinem ziridischen Vorgänger Abdallah gelesen habe, nichts weiter als List und Trug, und die Kriegslist des darin bewanderten Yaya war erfolgreich. Der König lief in seine eigene Falle und erhöhte die Belohnung des Generals, dergestalt, daß er ihm schließlich alles gewährte, worum er gebeten hatte.

Aber Yaya forderte noch mehr. Seine Bedingungen waren so

hoch gegriffen, daß sie unmöglich zu erfüllen waren. Eine solche Menge an Vergünstigungen, Ländereien, Privilegien und Zugeständnissen überstieg den Wert der Stadt, die er übergeben sollte. Die Christen verlegten sich wieder aufs Stürmen und Sterben, die Generäle entwarfen neue militärische Operationen, die Königin trieb in Kastilien Lebensmittel und Geld auf, und Ferdinand verfaßte Briefe voller Schwüre und mit immer besseren Angeboten. Die Wirkungslosigkeit hielt ihn nicht davon ab, vielmehr betrieb er die Sache mit unvergleichlicher Geschicklichkeit. Er deutete dem General an, daß die Möglichkeit bestünde, ihm alles zu gewähren, was er verlange – unter einer einzigen Bedingung: Zusammen mit Baza müsse er Zagals ganzes Gebiet übergeben.

Dazu mußte Yaya den betrügen, dessen Vertrauter, oberster General, rechte Hand und Ratgeber er war, seinen Vetter, Emir, Freund und Schwager. Ein Experte in schändlichen Taten, überschlug er, was ihm dies einbrächte, und während er weiterhin Baza verteidigte, um seinen Wert in Ferdinands Augen zu erhöhen, entwarf er seinen Plan in bezug auf Zagal. Im Einvernehmen mit dem Christen verließ er heimlich die Stadt, um sich in Guadix mit seinem Opfer zu treffen; seine Untergebenen, auch Mohammed Hassan, glaubten, er wolle ihn um Hilfstruppen bitten oder um die Erlaubnis, die Stadt zu übergeben. Doch das Ziel der Reise war ein anderes.

Niemand außer mir kann die Wahrheit und Falschheit der Darlegungen Yayas meinem Onkel gegenüber verstehen: Die Wahrheit seiner Falschheit und die Falschheit, mit der er die Wahrheit handhabte. Der General schilderte ihm die wahrhaft entsetzliche Sitution der Stadt: ohne Lebensmittel, ohne Waffen, ohne Hilfsmittel, in einem Winter, der wie eine weiße Marmorplatte auf der Stadt lastete; die Einwohner, durch die Belagerung, Epidemien und Hunger dezimiert; die an Entkräftung und Ungeziefer sterbenden Kinder; die Mütter, die lauthals die Aufgabe verlangten; die Männer, die sich weigerten, auf die Wehrgänge zu gehen; die ausgehungerte, undisziplinierte Soldateska, die sich zu kämpfen weigerte. Und wie sieht es andererseits bei den Belagerern aus? Zur Eroberung um jeden Preis entschlossen, hätten sie ein Feldlager aus Stein errichtet; sie besäßen die sehr viel besseren Waffen und würden immer noch zahlreicher; ihre Verpflegung ließe die Belagerten vor Neid erblassen; sie säßen jede Nacht um ihre Feuer und sängen Lieder der Liebe und der Freude. König Ferdinand sei entschlossen, Baza für diesen unnützen Widerstand zu strafen, der seine Pläne durchkreuze und hinauszögere. Die Überlebenden sollten zur Sklaverei verdammt und verkauft werden; über der zerstörten Stadt werde sich das Unglück ausbreiten. Das sei die wirkliche Situation, alles andere Tarnung. Diese Tragödie – so der General, der es ganz genau weiß – könne nur durch baldige Kapitulation verhindert werden, welche Leben, Freiheit und Ehre rette.

Niedergeschlagen bat Zagal einige Berater um ihre Meinung; diese Berater waren zuvor von Yaya mit kastilischem Gold gekauft worden. Zagal zog sich in die entlegensten Winkel der Festung zurück. Seine Ohnmächtigkeit verfluchend, dachte er nach. Herz und Verstand widersprachen sich; er durchlitt einen Todeskampf, wie ihn nur die Herrscher in ihren schlimmsten Momenten kennen. Verzweiflung ergriff ihn. Ein Tag verging, zwei, drei, und er zeigte sich nicht. Yaya ging nur zu ihm, um ihn zu drängen und zu einer Entscheidung zu nötigen. Eines Morgens bei Tagesanbruch, die Kälte kroch die Wände herab, rief Zagal Yaya zu sich.

»Handle so, wie es für meine Leute in Baza am besten ist«, sagte er mit erstickter Stimme. »Gottes Wille geschehe. Wäre die Niederlage nicht von Gott beschlossen, so hätten mein Arm und mein Schwert, auch sie allein, die Stadt zu verteidigen vermocht.«

Zagal vergaß, daß Gott nur sehr wenige Dinge anordnet und daß sein Wille sich nicht immer Vermittler aussucht, die seiner würdig sind. Und er wußte nicht, daß dies erst der Anfang von Yayas finsteren Machenschaften war. Bis zum Heft würde er das Schwert in die schon offene Wunde stoßen. Zagal war abgemagert und zittrig, er verschüttete das Wasser aus dem Glas, aus dem er trank. Seine schlaflosen Augen, rotgerändert und mit tiefen Ringen, konnten dem Gewicht der Lider nicht mehr standhalten. Yaya legte seine rötlich behaarte, feingliedrige Hand auf die Schulter des Emirs.

»Laß mich dir sagen, als der Bruder, der du für mich bist, was ich in den eisigen Nächten von Baza zu mir selbst sagte. Du, mein verehrter, geliebter Abu Abdallah, bist nicht in der besten Verfassung, um diesem Feldzug zu widerstehen, einem Feldzug, aufreibend wie eine Wüste und abschüssiger als die Sierra Solena. Ich versichere dir, daß jeder Schritt, den wir in ihm machen, sich gegen uns richtet. Die Kräfte der Christen sind unermeßlich, ihre Hilfsquellen unerschöpflich; ihr Heer glüht vor Eifer; jeder einzelne ihrer Männer wiegt heutzutage zehn von unseren auf. Im Vergleich mit ihnen sind wir Invaliden; wir sind am Boden, umgeben von den Verrätereien deines Neffen Boabdil: Er sitzt in Granada, eine Marionette der Christen, und Granada ist der Kopf des Reiches. Wenn wir Baza aufgeben, wird sich König Ferdinand gegen Guadix oder Almería wenden, und binnen nicht allzu langer Zeit wird er deine Bastionen schleifen. Ich, der ihn haßt, weiß, wozu er fähig ist; darum hasse ich ihn . . . Und bedenke außerdem, daß deine Generäle und Ratgeber ehrenhaft kapitulieren. Du hast genug für dein Volk getan: Man nennt dich Zagal, den Unbeugsamen, und man hat dir stets die Treue gehalten; bis hierher sind sie dir gefolgt, aber keinen Schritt weiter. Abu Abdallah, meiner Meinung nach ist der gefürchtete Augenblick gekommen, das Schwert in die Scheide zu stecken, um das Volk nicht in die Verliese der Sklaverei oder in die Kälte des Grabes zu führen. Es verehrt dich und gehorcht dir; doch du solltest ihm nicht aus Stolz noch weitere Opfer abverlangen. Ergib dich den Christen, Emir. Sie bieten deinen Untertanen ehrenhafte Bedingungen, besser als Krieg und Tod, und dich wird man mit der Ehrfurcht behandeln, die deiner Herkunft und Größe angemessen ist. Dies ist nicht die Stunde der Schlachten, es ist die Stunde der Verträge. Das sagt dir einer, der sich nicht aufs Paktieren, sondern aufs Kämpfen versteht. Das sagt dir einer, der seinen eigenen Tod nicht fürchtet, aber den seiner Soldaten. Das sagt dir einer, der dich sehr schätzt und zu unterscheiden weiß, wann Blut etwas ausrichtet und wann es sich wie in einem Schlachthaus in unfruchtbaren Strömen ergießt.«

Niemand begreift besser als ich – ich sage es noch einmal –, was an den Überlegungen Yayas wahr und was unwahr gewesen ist.

Selbst von Zweifeln bedrängt, ohne irgendeinen Halt, rief Zagal nach seinem ersten Sekretär. Mit ausdrucksloser, unbewegter Stimme hieß er ihn eine Generalvollmacht zugunsten Yayas aufsetzen, damit dieser in seinem Namen mit den Christen verhandle. Das Zusammenspiel von Ferdinands Hinterlist und niederträchtigstem Vertrauensmißbrauch hatte wieder einmal gesiegt.

Ferdinand gab vor, die vorteilhaften Kapitulationsbedingungen hätten sich nur auf die Bewohner von Baza bezogen, nicht auf diejenigen, die ihnen aus Guadix, Almería, Almuñécar und den Alpujarras zu Hilfe geeilt waren; diese sollten vor Unterzeichnung der Verträge die Stadt verlassen. Dieser Vorschlag wurde zurückgewiesen, und die Verhandlungen wurden für einige Tage unterbrochen. Schließlich gab der christliche König nach, wobei ich davon ausgehe, daß dieses Verhalten nur ein Ausweichmanöver war, um die Belagerten irgendwie zufriedenzustellen. Von den beiderseitig vereinbarten Vertragsbestimmungen waren einige öffentlich, andere wurden geheimgehalten. Ich erfuhr von den letzteren, weil der Aragonese mir eine getreue Abschrift zukommen ließ, zu meiner Aufklärung und als Anspielung.

Die Christen ließen die Reiter und Fußsoldaten, die zur Besatzung gehörten, mit ihren Pferden und Ausrüstungen nach Guadix ziehen. Am 3. Dezember übereigneten die Burgvögte der Stadt dem König die Festung, nicht aber die Bevölkerung. Dieser sagte man, daß jeder, der in der Stadt bleiben wolle, aufgrund des Abkommens Frieden und Sicherheit genieße, und daß jeder, der zu einem anderen Ort ziehen wolle, dies unter Mitnahme seiner Waffen und seiner Habe tun könne. Viele brachen nach Granada auf. Aus Angst vor Aufständen wurden diejenigen, die blieben, wenig später aus der Stadt vertrieben und gezwungen, im Umland zu leben.

Es wurde vereinbart, daß Zagal innerhalb einer Frist von längstens zwei Monaten alle Städte, Dörfer, Gehöfte, Burgen und Festungen seines Machtbereichs zu übergeben habe. Das war alles – außer dem kleinen Gebiet um Granada, wo ich eine Schattenherrschaft unter der Vasallenschaft Kastiliens unterhielt –, was vom andalusischen Islam geblieben war.

Im Gegenzug erhielt Zagal die Distrikte Lecrín, Andarax und Lanjarón mit allen Orten, Steuerrechten und den dort lebenden Untertanen, die Hälfte der Salinen von La Malahá und einen beträchtlichen Anteil am Gewinn der anderen Hälfte: zwanzigtausend kastilische Dublonen. Weitere Klauseln waren: Der Emir, der keiner mehr war, könne sich mit seiner Familie an einem beliebigen Ort des christlichen Gebiets niederlassen, den kein Ungläubiger ohne seine Erlaubnis betreten dürfe. Wenn er seine Besitzungen zu veräußern wünsche, würden die Könige sie zu einem Preis von dreißigtausend Dublonen erwerben. Wenn er nach Afrika gehen wolle, gewähre man ihm und den Seinen freie Überfahrt, samt seiner Güter und Waffen, ausgenommen Feuerwaffen. Und wenn die christlichen Könige Granada eroberten, gäben sie ihm sowie seinen Verwandten und Bediensteten, seinen Heerführern, Soraya, ihren Söhnen Cad und Nassar das Vermögen zurück, welches ich konfisziert hatte. In einem Nachtrag versichern die Könige, daß derlei Gefälligkeiten nicht zum Verdruß »unseres äußerst verehrten, allerchristlichsten Heiligen Vaters, der Prälaten und Ritter oder anderer Personen jedweden Rangs und jedweder Herkunft« geschähen. (Mit diesem Zusatz hatte mein Onkel mehr Glück als ich, obwohl es ihm auch nichts nützte.)

Abul Kasim Benegas, die Burgvögte des Städtebundes, die Scheichs, Kadis, Minister und Würdenträger erhielten, je nach ihrer Bedeutung, Besitzungen, Geld und Juwelen. Fürst Yaya wechselte kurze Zeit später den Glauben. Don Pedro de Granada Venegas ist sein neuer Name; man ernannte ihn zum Ritter des Santiago-Ordens und zum Herrn von Marchena de Almería; man gestand ihm sechzigtausend kastilische Golddublonen zu, Ehrentitel, die ihn in die Nähe der spanischen Granden rückten, unzählige Privilegien und das Recht, hundertvierzig von Kastilien besoldete Lanzenreiter zu befehligen. In sein Wappen ließ er den Leitspruch prägen: *Servire Deo reinare est*, in Anspielung auf seine Ansprüche auf den nasridischen Thron. Und um sich bei den christlichen Königen einzuschmeicheln, die ihn mit jener Zurückhaltung betrachteten, die Treuebrüchige verdient haben, erklärte er sich bereit, sie bei ihren Eroberungen zu unterstützen.

König Ferdinand zog nach Almería. Auf seinem Weg fand sich keine Burg und keine Ortschaft, die sich nicht unterworfen hätte. Kastilische Truppen besetzten die Festungen, unmittelbar nachdem die Burgvögte sie verlassen hatten – nicht ohne zuvor die vereinbarte Bezahlung eingesteckt zu haben. Nur einer verweigerte sich.

»Meine Herren, ich bin Andalusier«, sagte er zu den Königen, »ich habe andalusische Vorfahren und bin Burgvogt von Purchena. Man hat mich dorthin gestellt, damit ich sie bewache. Ich stehe nicht hier vor Euch, um an Euch zu verkaufen, was mir nicht gehört, sondern um Euch zu übergeben, was Euch vom Schicksal zuteil wurde. Und seid versichert: Wenn mich nicht die Schwäche derer schwächte, die mich stärken sollten, dann wäre der Tod der einzig zulässige Preis für die Verteidigung Purchenas und nicht das Gold, welches Ihr mir bietet, damit ich verkaufe. Übernehmt diese Stadt, die das

Glück zu der Euren machte. Meine einzige Bitte ist es, daß Ihr die Andalusier in der Stadt und die Bewohner des Tales verschont, und daß Ihr ihnen ihren Grund und Boden, ihre Religion und ihre Gebräuche laßt. Und daß ihr mir einen Geleitbrief gebt, damit ich mit meinen Rittern und meiner Familie, den Blick zurückgewandt, nach Afrika gehen kann.«

Nicht alle Andalusier waren wie er.

Tage zuvor war Zagal aufgebrochen, um den Aragonesen zu empfangen, sich zu seinem Vasallen zu erklären und ihm alles zu übergeben, was unter seinem Befehl stand. Nach Abschluß der Formalitäten reisten die beiden zusammen nach Guadix, und Zagal übergab jene Zitadelle, wo man mich zum ersten Mal zum Sultan ausrief und wo Zagal nun aufhörte, ein Sultan zu sein. Von einem Augenblick zum nächsten war alles anders: Nicht mehr ich war der Verräter. Der König ließ einen christlichen Burgvogt in der Festung zurück, der über die umliegende Bevölkerung walten sollte, welche durch die Verträge bereits zu Mudejaren geworden war. Von nun an sollten sie, wie so viele, Geduldete im eigenen Land sein. In der Absicht, die Kapitäne und Heerführer für sich einzunehmen, wies der König seine Leute an, ihnen jede Aufmerksamkeit zu erweisen und ihnen gegenüber großzügig zu sein. Dementsprechend erklärten sich Zagal und die Seinen bereit, ihn bei dem Unternehmen zu unterstützen, das sein brennendster Herzenswunsch war: die Einnahme von Granada. Zu Recht – heute kann ich es schreiben, ohne daß mir das Herz zerreißt – dachten meine Leute, daß Zagal sein Herrschaftsgebiet verkauft habe, um sich an mir zu rächen, und daß es nicht lange dauern könne, bis auch ich den Feinden in die Hände fiele, obwohl ich mich im Frieden mit ihnen befand und es einen besiegelten Waffenstillstand gab.

Dem Granatapfel wurde ein Kern nach dem anderen gewaltsam entrissen. Mit welcher Wehmut gedachte ich jener Zeilen, die ich während meiner Gefangenschaft Zagal, dem Tapferen, gewidmet hatte:

Eile, zaudere nicht, du Unbeugsamer.
Erhebe deinen Arm, du Tapferer, und geh.
Wir alle lauschen gebannt deiner Stimme.
Erfülle dein leuchtendes Schicksal, sei unbesiegbar.
Hisse dein Schwert, rufe und vereine die Versprengten . . .

So ging, unheilvoll für mich, das Jahr 1489 seinem Ende entgegen, und mit ihm noch vieles andere.

DAS NÄCHSTE JAHR begann noch schlimmer. Ferdinand brach die Verträge und eroberte die Burgen von Malahá und Alhendín, verstärkte die Verteidigungsanlagen und ließ eine Besatzung mit großen Lebensmittel- und Munitionsvorräten Stellung beziehen. An jenem unheilvollen Tag, da es zu unserer Belagerung kommen sollte, würden sie Schlüsselstellungen sein, da sie sich in nächster Nähe befanden. Ich stand mit dem Rücken an der Wand: Je näher die Christen rückten, desto unbeliebter wurde ich in Granada. Ich entsandte meinen Vertrauensmann, den Wesir El Maleh, um die Verhandlungen wieder aufzunehmen. Er kehrte mit zwei christlichen Offizieren zurück, die ich bereits kannte: Es waren Martin de Alarcón, jetzt Burgvogt von Moclín, und Gonzalo de Córdoba, jetzt Burgvogt von Illora. Nie werde ich den unruhigen Blick des ersten und die niedergeschlagenen Augen des zweiten vergessen, als sie mir die Forderung ihres Königs offenbarten: sofortige Kapitulation.

»Don Gonzalo –«, flüsterte ich.

Er blickte noch angestrengter nach unten. Don Martin war es, der zu sprechen begann.

»Überall in Andalusien ist ein großes Rüsten im Gange. Wenn wir Euch unsere Unterstützung entziehen, werden Eure eigenen Untertanen Euch zugrunde richten: Don Gonzalo mußte Euch ja bereits mehrmals von ihnen befreien.«

Ich sah zu Hernando de Baeza hinüber, der an der Unterredung teilnahm; auch er blickte nach unten. Die Generäle verabschiedeten sich ohne ein weiteres Wort. Sie gaben mir zwei Tage, um ihnen meine Entscheidung mitzuteilen. Ohne zu wissen, warum, bat ich um zwei weitere Tage.

Am dritten Tag kehrte Aben Comisa aus Sevilla zurück, wohin ich ihn zu Verhandlungen entsandt hatte, wohlwissend, daß er auf eigene Faust in Verhandlungen mit den Königen stand.

»Du mußt den Tatsachen ins Auge sehen, Boabdil. Gemäß den Vereinbarungen von Córdoba und Loja fordern die Könige die vollständige Übergabe Granadas.«

»Das stimmt so nicht. Hier habe ich den wortwörtlichen Inhalt der Kapitulationsverträge«, antwortete ich, wobei ich ihm diese zeigte.

»Auch daran haben sie gedacht. Für den Fall, daß du dich darauf berufen solltest, teilten sie mir mit, daß sie die Anerkennung jeder früheren Übereinkunft verweigern, die ihren jetzigen Weisungen widerspricht.«

Noch vor Ablauf der viertägigen Frist ließ ich die beiden Ritter zu mir rufen.

»Kraft der Geheimverträge zwischen Euren Staatsoberhäuptern und mir, aus freiem Willen und eingedenk meiner Bedürfnisse und derjenigen meines Volkes, habe ich beschlossen, Stadt und Land Granada zu übergeben gemäß den Kapitulationsverträgen, welche mittels ihrer und meiner Unterhändler geschlossen wurden. Geht zu Euren Königen und teilt ihnen dies so mit.«

Ich bemerkte ein Aufleuchten in den Augen Gonzalos de Córdoba; ich weiß nicht, ob es Verachtung, Freude oder Kummer war. In den Augen Martins de Alarcón war nichts zu erkennen, aus denen von Hernando de Baeza sprach tiefe Bestürzung.

Sie hatten Granada noch nicht verlassen, als ich die Minister einberief, die nur sehr wenige waren, die Heerführer, die Fakhis, die Adligen und die Vertreter der Innungen, Zünfte und Stadtviertel. Mit bebender Stimme sagte ich zu ihnen: »Indem sich mein Onkel, den ihr zu Recht den Unbeugsamen nennt, den Christenkönigen unterstellte, hat er die von mir geschlossenen Friedensverträge zunichte gemacht. Wir haben keine andere Wahl, als uns zu unterwerfen oder zu den Waffen zu greifen. Es liegt nicht in meiner Absicht, wie dies undurchsichtige Gerüchte verlauten lassen, den Ungläubigen die Alhambra oder eure Stadt zu überlassen. Ich habe euch hier in diesen Comaressaal rufen lassen, wo man in anderen Zeiten Botschaftern einen hoheitsvollen Empfang bereitete, damit ihr mir eure Ansicht unterbreitet. Ich weiß, daß viele von euch gegen mich konspiriert haben, weil sie mich dem Gold und den Mächten der Christen verschrieben glaubten.« Mit einer Handbewegung brachte ich ein aufkommendes Murmeln des Protests zum Schweigen. »Ich weiß, daß ich für euch der Zogoibi, der Unglückliche, bin.« Ich wiederholte meine Handbewegung noch bestimmter. »Aber vielleicht hatte ich bis heute keine Möglichkeit, euch zu zeigen, wie ich bin. Ich habe immer geglaubt, ich könnte mich mit Zagal, dem Unbeugsamen, versöhnen, dem ihr folgtet und den ihr bewundert habt.« Ein drittes Mal machte ich die Handbewegung. »Wenn auch nicht so sehr wie ich. Es ist anders gekommen. Zagal hat euch und mich verraten.« Der Satz kam nicht so klar über meine Lippen, wie ich es wollte. »Jetzt hat sich das Schicksalsrad gedreht, hat die Plätze verkehrt, und ich bin der einzige Sultan, auf den ihr setzen könnt. Antwortet mir: Werdet ihr mit dem Zogoibi, dem Unglücklichen, kämpfen, um Granada zu verteidigen, oder wollt ihr, daß der Unglückliche seinem Namen gerecht wird und den Christen Granada übergibt? Zwingt ihr mich, ein Schicksal zu akzeptieren, das mir zuwider ist, werdet ihr zu einer Entscheidung kommen, die mein Herz bluten ließe?«

Ein einziger Schrei erfüllte den ganzen Saal; alle erklärten sich bereit, wie ein Mann zu mir zu stehen, um den Gegner zu schlagen. Die erste Stimme, die ich hörte, war die Abrahams el Caisí; zum Zeichen meiner Dankbarkeit schloß ich halb die Augen. Ich hatte beobachtet, daß viele bekümmerte Blicke gewechselt wurden, aber ich bemerkte auch, daß niemand es wagte, sich der Versammlung zu widersetzen. Für alle Fälle beharrte ich noch einmal: »Schwört ihr es?«

Das Ja stieg bis zur Kuppel des Saales empor und glitt an den Wänden entlang wieder nach unten.

»So laßt uns mit Gottes Hilfe wie unsere Vorfahren in den heiligen Krieg ziehen.«

Bevor sich die Versammlung auflöste, wurde mir mitgeteilt, daß sich das Volk im Abenmordi-Gebiet erhoben habe und lauthals den Krieg fordere; eine Abordnung komme von der Puerta de la Explanada herauf. Unverzüglich ging ich ihnen entgegen, umgeben von den Honoratioren. Mit erhobenen Armen versprach ich ihnen den Krieg, als handele es sich um eine lang ersehnte Auszeichnung.

Ich – und mit mir vielleicht alle – war davon überzeugt, daß es Andalusiens letzter werden sollte. Und mit aller Andacht, derer ich fähig war, flehte ich zu dem Allmächtigen, daß ich sterben möge, ehe er zu Ende ging.

DAMALS, ALS FESTSTAND, daß ich früher oder später – jedenfalls in absehbarer Zeit – nicht mehr Sultan sein würde, fühlte ich mich als solcher. Meine erste Entscheidung bestand darin, das Sekretariat zu ordnen. Ein Sultan wie ich war damals mit

Sekretären besser bedient als mit Waffen. Geschicklichkeit, Genauigkeit und das Handeln zur rechten Zeit mußten meine vorrangigsten Waffen sein. Zeit war alles, was ich gewinnen konnte. Deshalb mußte ich die Verhandlungen in die Länge ziehen, wohlwissend, wohin sie mich führten. Und Zeit wozu? Um von irgendwoher Beistand anzufordern. Ich mußte die andalusischen Gebiete und jedes andere Land, in dem man unseren Gott verehrte, mit den karmesinroten Blättern meiner Kanzlei überschwemmen, und zwar alle gleichzeitig und blitzschnell, denn es galt viel zu gewinnen in kurzer Zeit. Ich rief Wesir El Maleh zu mir, des weiteren den obersten Stadtgouverneur Aben Comisa und Abraham el Caisí, der geschäftliche Verbindungen mit jenen Christen hatte, die mich interessierten, und mit den meisten Muslimen, deren Hilfe ich benötigen würde. (Dazu muß ich erläutern, daß sich dieser Mann, der in Granada El Caisí hieß, bei den Christen Abraham de Mora nannte.) Für den Fall, daß er ihnen nicht bekannt war, wovon ich jedoch nicht ausging, teilte ich ihnen den Inhalt der Geheimklauseln von Córdoba und Loja mit. Glaubte ich an die Zuverlässigkeit Aben Comisas? Nein, aber es schien mir ratsam, so zu tun, als ob: Der Verdacht ist es, der den in die Untreue treibt, an dessen Treue man zweifelt. Die drei stimmten mit mir darin überein, daß man die Erfüllung der Vereinbarungen umgehen müsse. Ich ernannte sie zu Sonderbotschaftern, übergab ihnen Beglaubigungsschreiben und sandte sie zum Hof nach Córdoba, wo sie versuchen sollten, eine annehmbare Lösung zu finden. Es waren Männer, die unerbittlich zu feilschen und zu verhandeln verstanden; sie konnten meine Lage nicht verschlechtern.

Es gab viele Gründe für unseren Widerstand. Die Könige erkannten keinen davon an; aber wir mußten darauf beharren, sie wiederholen, ausschmücken, drehen und wenden. Erstens war der letzte, zweijährige Waffenstillstand noch nicht abgelaufen. Zweitens war es noch nicht an der Zeit, die Verträge zu erfüllen, wenn man sich an ihren Wortlaut hielt; darin war die

Übergabe von Granada vereinbart worden, »sobald es möglich ist«, und es war nicht möglich: Die militärischen Verbände, die granadinischen Gläubigen, das durch die Reden der Glaubenskrieger aufgewiegelte Volk hätten schon bei der bloßen Ankündigung der Kapitulation meinen Kopf rollen lassen, und damit wäre die Übergabe gescheitert. Das Land mußte vorbereitet werden, und wir hätten einige Monate dafür gebraucht. Denn auch wenn die Könige Baza und Guadix hätten übergeben können, weil sie ihnen gehörten: Ich konnte nicht über Granada, Stadt und Land, alles zusammen, verfügen, ohne einen Aufstand zu provozieren. Ich bat weniger um die Entbindung von meiner Verpflichtung als vielmehr um einen Aufschub, der es mir ermöglichte, ihr auf friedliche Weise nachzukommen. Darin bestand meine Botschaft.

Unterdessen richtete ich einen Aufruf an die angesehensten Muslime der von Zagal übergebenen Orte. Ich wies sie auf ihre religiösen Pflichten hin; ich stachelte sie zur Rebellion und zum heiligen Krieg an; ich verlangte von ihnen, mit ihrem Gut und Leben das Überdauern des Islam im Okzident zu unterstützen; ich forderte sie auf, sich der Siege ihrer Großväter zu erinnern und die spätere Reue zu bedenken, wenn wir in unserer Zeit aus Feigheit so viele glänzende, herrliche Siege an uns vorüberziehen ließen; und schließlich machte ich ihnen deutlich, was mit ihnen geschehen würde, wenn die Könige wie gewöhnlich ihre Versprechungen nicht hielten und sie zu unerwünschten Gästen im eigenen Haus würden. Deshalb bestärkte ich sie, Widerstand zu leisten, über geheime Boten mit mir in Verhandlung zu treten, sich zu verschwören, sich heimlich zu rüsten und unter Ausnutzung jeder Unachtsamkeit der Eroberer ihre Festungen und Burgen anzugreifen.

Meine drei Botschafter kehrten mit einem Ultimatum Ferdinands aus Córdoba zurück; er hatte sich nicht überzeugen lassen. Er bot mir das vereinbarte Fürstentum im Tausch gegen die unverzügliche Übergabe Granadas. Das war alles. Andernfalls werde er mit aller Schärfe vorgehen, die wohlwollenden Verträge annullieren und ohne Erbarmen die grausamsten Kriegsgesetze anwenden; ich selbst würde ihm als Sklave auf Gedeih und Verderb ausgeliefert sein. »Wer vorher warnt«, schloß er, »ist kein Verräter.«

Fast gleichzeitig erreichte der erste Widerhall meines Aufrufes zur Rebellion Granada. Er war begeisterter als ich angenommen hatte. Ich brauchte Zeit, Zeit, Zeit . . abgesehen von allem anderen. Ich schickte meine Vertreter zum Markgrafen von Villena, der während Ferdinands Abwesenheit den Oberbefehl in Alhama hatte. Wie erwartet erklärte sich der Markgraf für nicht befugt, aber ich gewann ein paar Tage. Noch einmal entsandte ich Aben Comisa mit neuen Aufschubvorschlägen zum Hof nach Córdoba; darin machte ich die Übergabe, »die ich genauso wünsche wie Ihre Hoheiten«, von den Bedingungen für mein Volk abhängig, welche meiner Einschätzung nach sehr ungünstig seien. Der König empfing meinen Bevollmächtigten äußerst ungnädig. Schon nach einer knappen Stunde entließ er ihn mit einem Brief an mich, in dem er mir drohte, Hunderte von Kopien der Geheimklauseln in ganz Granada in Umlauf zu bringen, damit alle erführen, wer ihr König sei und wie er sie im Tausch für die Unterstützung gegen Zagal verkauft habe. Ich hielt es nicht für den rechten Zeitpunkt, mich in meiner Ehre verletzt zu fühlen. Diesmal sandte ich El Maleh zu ihm und teilte ihm mit, genau dieser Volksaufstand gegen mich und folglich gegen ihn sei es, den man um alles in der Welt vermeiden müsse. Und um alles persönlich besprechen zu können, schlug ich ihm ein Treffen in Alcalá la Real vor, wobei ich ihm versicherte, daß wir zu einer freundschaftlichen Einigung kommen würden. Ferdinand nahm an. Aber von seinen Spionen darüber in Kenntnis gesetzt – wer, bei Gott, waren diese Spione? –, was ich im Schilde führte, erschien er mit einer Truppe in Alcalá, die das Umland und den Stadtbezirk besetzte. Als ich dies wiederum von meinen Spionen erfuhr, während ich mich, in einer Karawane El Caisís als Maultiertreiber verkleidet, der Stadt näherte, hielt ich es für besser umzukehren. Es bedeutete das, wovor ich mich fürchtete: eine offizielle Kriegserklärung. Ich hatte kaum einen Monat Zeit gewonnen.

Meine Taktik bestand nun darin, nicht zu antworten. Von Alcalá aus zog Ferdinand mit wehenden Fahnen in die Vega. Seine Generäle stritten sich um die Ehre, als erster die Alhambra zu betreten. Wir hörten das Geschrei ihrer Soldaten, den fliegenden Galopp ihrer Reiter und das Wiehern ihrer Pferde. Ich ließ die Stadttore und Nebenpforten verrammeln, die Eingänge verbarrikadieren und die Burg von Alfacar verschließen, meine einzige Bastion außerhalb der Mauern. Ich untersagte das Verlassen des befestigten Bereichs und verbot sogar, sich auf den Zinnen zu zeigen. Niemand sollte schießen oder auf Herausforderungen antworten. Vom Turm der alten Alcazaba aus sah ich, hinter eine Zinne geduckt, wie Ferdinands Truppen Felder verwüsteten, die Saat zerstörten, Mühlen niederrissen, Gehöfte anzündeten. Ich sah die königlichen Truppen wie eine Heuschreckenplage durch die grüne, fruchtbare Weite der Vega ziehen. Die Christen verschonten keinen Baum und keinen Turm. Aber sie begegneten keinem Andalusier, den sie hätten töten, verfolgen oder besiegen können.

Granada war nur im Sturm oder durch Belagerung einzunehmen. Das eine wie das andere verlangte nach vielem, was unmöglich vorauszusehen war. Als meine ziridischen Vorgänger ihre Hauptstadt von Elvira nach Granada verlegten, wußten sie, wo sie Sicherheit fanden. Um uns zu erobern, brauchten die Christen Zeit, wie ich. Bis zum Frühjahr würden sie nicht bereit sein: Das war meine Hoffnung – nicht auf Rettung, denn die gab es nicht. Es war meine einzige Hoffnung, hoffen zu können. Und so war es: Nachdem sie einige Forts wie jenes in Gabia zerstört und die Burgen von Alhendín und Malahá wieder instandgesetzt hatten, mußten sie sich zurückziehen. Der König kehrte nach Córdoba zurück; vor Wut biß er sich die Fingernägel ab. Ich machte mir keine Illusionen: Ich wußte, daß die Würfel gefallen waren – doch diesmal zu meinen Gunsten.

Einige Generäle schlossen sich dieser Reise, die sie schon in- und auswendig kannten, nicht an. Nachdem sie so nahe an Granada herangekommen waren, wollten sie die Zeit der Winterfröste in irgendeiner Grenzstadt verbringen. Es gab eine Reihe von persönlichen Aufeinandertreffen zwischen diesen Adligen und den meinen, Forderungen und Duelle, die eher Turnier als Krieg waren, mehr Wetteifern als Gefecht. Es kam zu einzelnen Heldentaten, von denen ich glaube, daß sie in vielen Fällen übertrieben oder von unbeteiligten, übereifrigen Dichtern ersonnen wurden. Eine davon rankt sich um Hernando del Pulgar, der, so erzählt man sich, ein Pergament mit einem christlichen Gebet an das Portal unserer Großen Moschee spießte. Ich habe das Pergament nicht gesehen, auch keinen Dolch oder ein christliches Gebet. Ich glaube, daß niemand in Granada derartiges gesehen hat. Jedenfalls untersagte ich, Kräfte, die wir so nötig haben würden, bei Ehrenhändeln und Aufschneidereien zu vergeuden. Wieder einmal behielt Gonzalo Fernández de Córdoba recht: Die Kriege der Geplänkel und Heldenlieder waren vorbei.

Und dann kam der März. Eines frühen Morgens – der zunächst klare Himmel begann sich zu bewölken – griff ich Padul an, Ferdinands letzte Eroberung. Im Sturm nahm ich die Burg und ließ Besatzung und Mortadies über die Klinge springen. Mein Haß auf die Mortadies, jene Abtrünnigen, welche die Christen berieten und zu den weniger gut befestigten Orten führten, hatte sich verdoppelt. Als ich nach Granada zurückkehrte, wurden mir viele Botschaften von Gemeinden in den Alpujarras überreicht, in denen sie mich um Hilfe dabei baten, ihr Joch abzuschütteln. Ich versprach es, ohne die geringste Vorstellung, wie ich das bewerkstelligen sollte. Am nächsten

Tag machte ich mich mit meinen Truppen auf den Weg nach Lanjarón. Wir beherrschten unsere Pferde so sicher – ich glaube, nur dies war der Grund –, daß wir verschiedene christliche Besatzungen in die Flucht schlugen, auf die wir an einigen Orten stießen. Unser Feldzug schien kein konkretes Ziel zu haben, doch ich wußte ganz genau, wohin er uns führte. Er führte uns zur Burg von Andarax, von der ich wußte, daß sich Zagal mit vielen seiner Anhänger dort aufhielt. Ich schickte eine Einheit von Soldaten voraus, um die Straße nach Almería zu blockieren, denn ich war sicher, daß Zagal sich auf diesem Wege kampflos entfernen wollte. Ich schärfte den Meinen ein, wie ein Luchs achtzugeben, da ich befürchtete, er könne verkleidet entkommen. Aus Vorfreude auf die Rache gehorchten meine Männer; doch sie freuten sich zu früh.

Er brauchte sich nicht zu verkleiden. Als man ihn, von einigen Mortadies umringt, zu mir brachte, hatte ich Mühe, ihn zu erkennen. Nur seine Augen verrieten ihn, denn sie wichen meinem Blick aus. Hussein begleitete ihn. Er allerdings war verkleidet. Es war eine sehr klare Nacht. Ein Steinkauz war zu hören und ein wilder Hund, der einem anderen antwortete. Das Flackern der Lagerfeuer huschte über den Abhang. Ich nahm mir vor, alles genauso in Erinnerung zu behalten, wie ich es sah, mir alles für später einzuprägen. Ich glaube, ich schaffte es nicht. Zagal stieg von seinem Pferd, gefolgt von Hussein. Er hatte sich einen kleinen Rest seiner Einzigartigkeit bewahrt. Vor allem seine etwas starre Art zu gehen deutete darauf hin. Aber er war älter und dick geworden. Ein brauner Burnus entlarvte es gnadenlos. Mit ausgestreckten Armen kam er auf mich zu; Hussein ahmte seine Unterwerfungsgeste nach. Einige Soldaten wollten ihnen die Hände binden; ich hielt sie zurück. Ich nahm Zagals Hände in die meinen. Wir sahen uns sehr lange an. Ich flüsterte: »Abu Abdallah. Abu Abdallah . . .«

Ohne den Blick von ihm abzuwenden, deutete ich mit dem

Kopf auf seinen Begleiter und sagte zu meinen Männern: »Den da will ich nicht sehen. Schneidet ihm den Kopf ab.«

»Aber Herr!« schrie Hussein und wandte sich um.

Als man ihn fortschleifte, schrie ich ihm, ohne mich umzudrehen, nach, den Blick immer noch auf Zagal gerichtet: »Denke an meinen Bruder. Ich habe ihn nicht vergessen.«

Ich hatte nichts vergessen: weder den regnerischen Abend, an dem ich ihn kennenlernte, noch meinen Hund Din, noch Jalib, nichts. Denn man vergißt nichts. Aber dies war nicht der Augenblick, sich zu erinnern.

Immer noch Zagals Hände festhaltend, flüsterte ich: »Ich habe dir schwere Vorwürfe zu machen. Wir hätten uns schon vor langer Zeit treffen sollen.«

»Jetzt ist es für alles zu spät«, entgegnete er mir.

»Verstehst du mich? Du mußt mich verstehen!«

»Es ist zu spät für alles. Auch dafür, dich zu verstehen. Und außerdem wäre es gleich: Es ist, als ob ich schon tot sei.«

»Stell dich auf meine Seite. Zusammen werden wir neu anfangen.«

»Nein. Jetzt bist du Zagal, der Unbeugsame, und ich bin der Zogoibi. Niemand wird ihn vermissen. Versteh das, Boabdil. Dies ist deine Stunde; lerne von mir.«

Er wand seine Hände aus meinen.

»Laß mich gehen«, sagte er. Es klang eher wie ein Befehl, nicht wie eine Bitte. »Seit langem schon gehen wir getrennte Wege. Ich erinnere mich an nichts. Und ich werde mich an nichts erinnern: Diese Nacht existiert nicht ... Ich existiere nicht. Was ich aufgab, ist hier, in deinen Händen. Laß mich gehen.«

»Wir können noch siegen, du und ich gemeinsam, wie ich es mir immer erträumt habe. Du und ich, wir können noch erreichen, daß unser Volk siegt. Sieh mich an, Abu Abdallah: Selbst wenn wir in den Schluchten der Alpujarras Zuflucht suchen müßten. Bleib! Bleib hier!«

»Ich bin die personifizierte Niederlage. Der Zogoibi würde

dir kein Glück bringen. Leb wohl, Boabdil. Töte auch mich, und zeige deinen Soldaten meinen Kopf, auf eine Pike gesteckt. Das ist wohl die einzige Art, wie ich dir von Nutzen sein kann.«

Wieder drückte ich seine Hände; er entzog sie mir wieder.

»Wenn du nicht, wie bei Hussein, mein Leben willst, dann laß mich gehen. Gott möge dir den Sieg schenken. Aber lerne von mir.«

Ich hielt ihm die Zügel, während er aufs Pferd stieg. Er saß nicht mehr so gewandt auf wie früher. Er legte sein Hand auf mein Haar.

»Leb wohl, Boabdil.« Sein Gesicht verzog sich ein bißchen, als wolle er lächeln. »Auf ein andermal, Hoffnung.«

»Ich werde dich nie vergessen!« schrie ich.

Aber er hörte mich nicht mehr. Der Galopp der Pferde verlor sich in der Nacht. Ich schaute mich um. Ich war allein. Plötzlich bekam ich Angst. Zu viele Dinge trug er auf seinem Pferd mit sich fort; ohne es zu merken, nahm er mein Leben mit. Es kam mir wie eine Lüge vor, daß alles, was zwischen ihm und mir war, alles, was hätte sein können, so enden sollte: ein Hufschlag, der sich in der Dunkelheit verliert.

In den darauffolgenden Tagen gewann ich die Alpujarras, Dalías und Berja zurück. Ich ernannte Vögte für ihre Festungen und kehrte nach Granada zurück. Aber ich war nicht mehr derselbe wie damals, als ich es verließ.

IM APRIL SANK mir der Mut. Ich war erschöpft davon, täglich so viele und so dringliche Entscheidungen treffen zu müssen; ich fand mich allein gelassen, denn weil ich Moraima nicht bekümmern wollte, war mir ihre Hilfe genommen. Vor allem aber erkannte ich, was Zagal mir angedeutet hatte: die völlige

Aussichtslosigkeit, gegen die anzukämpfen vergeblich und töricht war. König Ferdinand, den die Spannungen mit Frankreich beschäftigten, verschob seinen Feldzug. Ich fing an, die Tage untätig verstreichen zu lassen oder über meinen Büchern zu verbringen. In den Gärten des Generalife gewann der Frühling seine Schlachten, die sich so sehr von den unseren unterscheiden. Das Summen der Bienen und der Duft der Rosen zerstreuten mich. Ich versuchte nur an das zu denken, was ich mit Händen fassen konnte. Und ich atmete. Mein Herz machte seine Ansprüche geltend: Gegen meinen eigenen Willen vermißte ich die wunderbaren, unaufschiebbaren Unruhen der Liebe. Ich schalt und tadelte mich, denn dies war nicht der geeignete Augenblick, es war weder das, was mein Volk von mir verlangte, noch das, was ich selbst von mir erwartete. Doch inmitten dieser Widersprüche scheiterte ich. Sogar meine Spaziergänge durch die Alhambra verdüsterten sich.

Die Alhambra ist wie ein Körper. Wie alle hat sie ihre Melodie und ihren Duft, die sich je nach Stimmung und Tageszeit ändern. In ihr hört man – und damals vernahm ich ihn deutlicher als je zuvor – den beständigen Herzschlag, das Zeichen des Lebens. Flatternd wie zwei Schmetterlinge verfolgen sich Wasser und Licht. Irdenen Venen gleich, verteilen die in den Mauern verborgenen Wasserrohre unablässig ihr rauschendes, klares Blut, die Arterien ergießen sich in die Bäche. In der scheinbaren Ruhe ist alles Bewegung. Überall stimmt das Wasser seinen Gesang an, der den kristallklaren Ton des Sichtbaren unterstreicht. Die Wände mit ihren bis zum Unendlichen wiederholten Versen schweigen nie. Der Stuck und die Kassettendecken, bemalt, um ein Gefühl von Leichtigkeit zu erzeugen, geben ihre Schwingungen an die Verzierungen aus Elfenbein und Zedernholz weiter. Die Fenster setzen sie noch stärker in Bewegung, wenn ihr gefärbtes Licht auf die Farben der Wände trifft. Die sich wandelnden Reflexe bei Tag und nachts die zitternden Kerzen lassen unruhige Schatten entstehen, von denen die Paläste von oben bis unten erschüttert werden. Die Doppelarkaden im Löwenhof, mit einer Kuppel in der Mitte, in der die Vögel nisten, beben vor Leben, durch sie hindurch hört man, wie in den Windungen einer Muschel, das Brausen des Wassers. Alles hier ist durchscheinend, filigran, bedeutungsvoll, wie die Tätowierungen der Beduinen ... Von den hohen, durchfurchten, fast in Dunkelheit versunkenen Stuckdecken her habe ich oft den Namen der Gestirne vernommen. Und ich habe sie schwanken, erbeben, stammeln sehen, wenn das Licht über die Arabesken huschte und nach oben bis zu ihnen kletterte, sie streichelte und einen Augenblick lang genießen ließ ... Wie verwirrend sind die Abbilder der Wirklichkeit, mit denen die Alhambra uns aufwartet! Gott ist ihr Licht? Vielleicht ist ihr Licht Gott. Aber hier ist das Leben, sagte ich mir. Uns allen, die wir irgendwann die Alhambra bewohnten und bewohnen, war die Überzeugung gemeinsam, daß wir endlich sind; es war eine Frage der Zeit. Deshalb wählten ihre Erbauer die Möglichkeit, nicht zwischen Wirklichkeit und Illusion wählen zu müssen. Von unten betrachtet, pulsieren die Wände, aus ihren Nischen strömt ein flackernder Glanz, und wenn sie sich zudem noch im Zittern der Wasserbecken oder im heiteren Kräuseln der Teiche widerspiegeln, glaubt man eher zu träumen als zu wachen. Im Wasser betrachtet, sieht man die großen, mannigfaltigen Bögen, wie man sie sehen sollte: von oben nach unten, nicht umgekehrt. Vielleicht liegt hierin das Geheimnis dieser körperähnlichen, in Wasser getauchten Stadt, wie die Liebe von Anbeginn an zum Vergehen bestimmt. Wie die Liebe ist sie etwas Zerbrechliches, Flüchtiges, bei dem man nie weiß, was man bekommt: das zerbrechliche Gut selbst oder dessen Nachahmung. Welches ist die Torre Real: die vom Menschen erbaute oder ihr Abbild, das im Brunnen versinkt? Was währt länger: die Materie oder die Vorstellung, die man von ihr hat? Was bleibt uns: das Gefühl oder das Vorgefühl? Oder vielleicht die Erinnerung ... Denn in meinem Leben und in der Alhambra war die Wirklichkeit immer weiter weg als das Spiegelbild der Wirklichkeit. Womöglich sind das Leben und die Liebe nur das spiegelnde Wasser, das flimmernde Licht, und dieses Spiegeln und Flimmern ist greifbarer als das, was man mit Händen greifen kann ...

So verabschiedete ich mich in jenem April von allem, was ich geliebt hatte, vielleicht auch von dem, was ich lieben konnte. Und bevor sich alles zu verdüstern beginnen konnte, las ich, an einem Bogenfenster sitzend, den Hügel des Albayzín vor Augen, zu meinem Kummer noch einmal jene glühenden Verse Yalal al Din Rumis:

Die Liebenden schlagen jeden Ratschlag in den Wind;
denn die Liebe ist ein Wildbach, keine Hand vermag sie aufzuhalten ...

Von ihrer Krone ließen die Könige ab, empfingen sie nur einen Hauch jenes Weines, den die Liebenden in der Vereinigung ihrer Herzen trinken.

Eisig ist das Leben ohne diesen süßen Geist, faul der Mandelkern, wenn er sich nicht zerschmelzend verliert in jenem geheimnisvollen Mandelteig ...

Als ich mich umblickte, fühlte ich mich vom Tod umgeben. Wenn ich in der Rauda zwischen den Gräbern spazierte, fühlte ich mich von Leben und Tod umgeben. Ich war versucht zu fliehen. Es war gieriges Verlangen und gleichzeitig völlige Unlust. Wie ein Genesender, der hofft und zugleich verzagt. Wie ein blinder Geist aus einer anderen Welt, der aufs Geratewohl durch die Säle und den Garten tappt, in denen er, als er noch lebte, glücklich war und vor Liebe schluchzte. Jenem Gespenst, mir, rannen die Tränen aus den Augen, die nur noch zum Weinen taugten, wie bei Egas Benegas in Lucena. Denn das ganze Leben war zu einem einzigen, unerreichbaren Tag geworden.

Denn ohne Unterlaß begriff ich, was mein Onkel Abu Abdallah mir zu verstehen gab, was noch nicht einmal er selbst verstanden hatte. Was hatte ich also von der Glut dieser Verse?

Tausende Liebende lassen dankbar ihr heiliges Leben,
wenn der Liebe Schwert eines Liebenden Herz erringt.

Wie? Nach Liebe verlangst du und fürchtest den Untergang?
Du schnürst dein Bündel und folgst den
zuckersüßen Lippen der Liebe?

Nein. Wende deinen Blick ab. In einem sicheren Winkel
verharre: Eine so kleine Hand soll nicht nach der
hohen Zypresse greifen –

Liebender, bist du nicht weniger als ein Falter der Nacht?
Und welcher Falter entging je der feurigen Flamme?

»Es ist unauffindbar«, so sagte man mir. »Auch wir
suchten danach.« Etwas, das man nicht finden kann –
das ist es, wonach ich suche . . .

Verwildert ist der Garten: Was ist Blatt? Was Blume?
Verstört die Vögel: Was ist Falle? Was Futter?

Schweig still, zerreiß nicht den Schleier. Leere den
Krug der Schweigsamkeit. Verblende, verhülle alles,
gewöhne dich an die unerschütterliche Güte Gottes.

Über meine Schweigsamkeit betrübt, leistete Moraima mir Gesellschaft, aber sogar ihre Gegenwart war mir zuwider. Denn ich konnte ihr nicht erklären, was meine Seele so quälte, ohne daß ich schamrot geworden wäre, aber ich konnte auch über nichts anderes mit ihr sprechen.

Unfähig, mir zu helfen, überließ sie ihren Platz einigen offenen und zugleich verschlossenen Männern, von denen ich nicht wußte, woher sie kamen. Sie sahen weder aus wie Muslime noch wie Christen oder Juden. Sie waren weder alt noch jung. Sie betrachteten die Welt mit leuchtenden Augen, die nirgendwo verweilten, und sie lächelten immerzu. Sie wirkten, als besäßen sie die Lösung zu Rätseln, die wir uns noch nicht einmal gestellt hatten, oder, besser gesagt, als wüßten sie von allen Rätseln, so, als bestünde die Lösung darin, sich keine Frage mehr zu stellen, die man einmal kannte. In jenen Tagen, als sie mich aufsuchten, konnte ich nicht herausfinden, was sie von mir wollten. Vielleicht wollten sie gar nichts, und das war es, was sie so geheimnisvoll machte. Sie behandelten mich mit derselben brüderlichen Achtung wie meinen Hund Hernán oder die Bäume.

»Wir sind Geschöpfe«, war ihre Antwort auf alle meine Fragen. »Wir sind hier, um dir zu helfen. Um uns zu helfen, indem wir dir helfen.«

Und sie lächelten. Sie lebten anscheinend in einer Einsiedelei an den Hängen der Sierra Solera – oder in verschiedenen, ich weiß es nicht. Irgend jemand hatte sie gerufen, und sie waren gekommen. Vielleicht hatte ihnen auch gar niemand gesagt, daß sie kommen sollten. Moraima war es jedenfalls nicht. Und man schien sie nicht darüber in Kenntnis gesetzt zu haben, daß ich der Sultan war. Ihre Körper sahen aus wie etwas, was von ihrem Geist vor langer Zeit vergessen worden war, aber auch sie waren Geist. Ich weiß nicht, wie ich es sagen soll. Sie sprachen nicht. Sie standen da, blickten geradeaus und lächelten – Zeit zählte nicht. Um sie herum erstand etwas wie eine durchsichtige Glocke aus Unerschütterlichkeit, die sie entrückte und doch näher brachte. Eines Mittags summte im Schatten eines Baumes eine Fliege; ihr surrender Flug lenkte mich vom Lächeln jener Männer ab. Und plötzlich sah ich, wie die Fliege in der Luft verharrte. Nein, nicht in der Luft, sondern im durchscheinenden Glas jener Glocke, von der ich sprach. Und dort blieb sie, die Beine deutlich auf irgendeine Oberfläche gestützt, und saß ruhig und zufrieden in der Maisonne. Jene abwesenden und doch so lebendigen Männer lächelten weiter. Mir kamen die Sätze Al Arabis, des größten, göttlichen Sufimeisters, in den Sinn, der die Tugend des Unbedeutenden pflegte:

Vor meiner Stunde floh ich unter den Schatten ihrer Flügel.
Mein Auge sah die Welt. Doch die Welt sah mich nicht.

Fragst du die Tage nach meinem Namen, so werden sie sagen
»Wir kennen ihn nicht«. Selbst der Ort, an dem
ich weile, weiß nicht um meinen Aufenthalt.

Eines Tages traf ich sie nicht an. Ich dachte: Vielleicht waren sie nie hier. Bald darauf erfuhr ich, daß Aben Comisa sie vertrieben hatte. Oder möglicherweise hatte er sie nicht vertrieben, sondern ihnen mit einer Handbewegung wieder den Weg in die Sierra gewiesen. Für sie hätte es genügt: Der Wind trug sie fort. Er ersetzte sie durch einen bußfertigen Fanatiker, der ohne Unterlaß mit lauter Stimme von Gott und seinen Botschaften sprach. Er war ein berühmter Heiliger, den mein Vater in seiner ersten Regierungszeit von Zeit zu Zeit konsultierte.

»Auch wenn dir das Licht nichts bedeutet«, sagte er mir, »ist das Licht trotzdem da. Wer sich aus dem Tod nichts macht, der bringt das Leben. Du weigerst dich, deine Pflichten zu erfüllen, aber hinter der Ecke lauert die Stunde, in der alles um dich herum zerbrechen wird. Wie eine zu lange getragene Tunika wirst du es an dir hinabgleiten sehen . . . Vorwärts!« schrie er. »Verlasse die Mauern! Suche keinen Schutz in ihnen, suche keinen Schutz in dir. Schütze dich nicht länger. Wenn du deinen Rocksaum hochhebst, damit er nicht vom Wasser durchnäßt wird, mußt du tausend und abertausendmal im Meer versinken. Jetzt ist der Augenblick, deine eigene Arznei zu erproben. Du wirst keine Hilfe von außen erhalten. Suche sie. Vorwärts! Du brauchst dich nicht einmal zu verabschieden. Geh schon. Vorwärts!«

Ich glaube nicht, daß es daran lag, daß mich jemand beeinflußte. Ich selbst nahm Stück um Stück an, was mir auferlegt war. Ich nahm es an wie eine Last, die man so weit tragen muß, wie man kann, ohne Fragen, ohne weitere Begründungen, denn man kann sich nicht von ihr befreien – vielleicht aus diesem Grund. Und schließlich begriff ich, ohne daß mein Verstand es begriff, daß gegen das Unmögliche zu kämpfen weder vergeblich noch unnütz ist. Ich weiß, daß ich nicht erklären könnte, was in jenem April und Anfang Mai in mir vorging; aber ich weiß auch, daß, wer sich in einer ähnlichen Lage befindet, mich verstehen wird, es wird ihm auch niemand erklären müssen. Und wer nicht, der wird es nie verstehen.

Als ich wieder aus meiner Lähmung zu erwachen begann, hatte eine freudige Botschaft mich dazu angespornt. Zagal hatte mir Andarax entrissen und ließ mir folgendes mitteilen: »Sage meinem Neffen, dem Sultan, daß Andarax dank ihm – er wird dich verstehen – in meinen Händen sicherer sein wird als in seinen. Er hat bedeutendere Siege zu erringen.«

Noch am gleichen Tag rief ich mein geschrumpftes Heer zu den Waffen. Auf der Suche nach einem Zugang zum Meer ritt ich nach Adra und eroberte es – mit der seltenen Hilfe afrikanischer Freiwilliger. Was hatte es für eine Bedeutung, daß ich einige Wochen zuvor unter die Herrschaft der Christen zurückkehren wollte? Ich saß schon wieder zu Pferde und war, wo ich sein sollte.

Dennoch blieb ein dunkle Ahnung in mir. Damals hatte ich die ersten Alpträume mit schwarzen Vögeln. Sie waren oft in meinen Träumen vorgekommen, begnügten sich jedoch damit, in meiner Nähe zu schweben oder über mir zu kreisen. In diesen Träumen kam ich nicht vor, ich sah nur zu. Ich will damit sagen, daß ich nicht mich selbst sah, sondern eine von diesen unheimlichen Vögeln bevölkerte Landschaft, manchmal auch das Zimmer, in dem ich schlief, während sie kreischend und plump gegen die Fenster flatterten. Je öfter sich der Alptraum wiederholte, desto schlimmer wurden die Nächte. Zwar versuchte ich tagsüber mich von vielen ernsten Motiven der Angst und Besorgnis zu befreien oder sie aus meinem Gedächtnis zu verbannen; sie aber, vergessen und untot, kehrten des Nachts gegen meinen Willen in Gestalt dieser großen, schwarzen Vögel wieder, die sich mit kämpferischen Lauten auf mich stürzten, mich mit ihren Flügeln schlugen, mit Wucht die Luft um meinen Kopf zerfetzten, herabstießen, um meine Augen und Ohren zu zerhacken, gegen meinen Körper prallten und mich verletzten, mir weh taten ... bis ich keuchend aufwachte, als wäre ich unendlich weit gelaufen, um ihnen zu entkommen.

Der Juni – es war sehr heiß – verging ohne größere Ereignisse, abgesehen von einigen Scharmützeln, die wir einem von den vorangegangenen Feldzügen erschöpften Heer lieferten, dessen einzige Aufgabe darin bestand, präsent zu sein. Es wurde angeführt von tapferen Generälen, die darauf brannten, wieder in einen richtigen Krieg zu ziehen, weil sie es leid waren, mit blitzenden Waffen und leuchtenden Federbüschen vor ihren Soldaten oder irgendeiner Dame großzutun. König Ferdinand wollte jene Tage durch eine feierliche Zeremonie, die an einem milden Tag unter freiem Himmel stattfand, zu etwas Besonderem machen. Vor unseren Augen erteilte er seinem Sohn, Prinz Don Juan, der zu diesem Zeitpunkt zwölf Jahre zählte, die Schwertleite. Meine Untertanen nahmen an dem umständlichen Ritual teil; sie taten, als ob sie sich lustig machten, aber sie waren beeindruckt. Zwei unversöhnliche Rivalen waren die Paten des Novizen: der Herzog und Markgraf von Cádiz und der Herzog von Medina Sidonia. Moraima und ich verfolgten von der Torre de las Armas aus das fröhliche, prächtige Schauspiel, wobei wir, ohne es auszusprechen, daran dachten, wie anders doch die Lebensumstände unseres Sohnes waren, der nicht sehr viel jünger war als der Christenknabe.

Wir versuchten die stillschweigenden und offensichtlichen Herausforderungen und die boshaft gemeinten Vorführungen zu ignorieren und widmeten uns der Bestellung des Landes, soweit es uns nach den vorangegangenen Verwüstungen möglich war. Weil wir dem Frieden nicht trauten, schafften wir eine beträchtliche Menge Proviant in die Stadt und hielten unsere Verbindung zu den Bauern in den Alpujarras aufrecht, Menschen, die sich ihrer wilden Umgebung angepaßt hatten, begeisterte Gläubige, durch ihre Unterwerfung und Ausplünderung schwer getroffen. Dann erfuhren wir von einem Zwischenfall an der nahen Torre Román, wohin sich die Ackerbauern aus der Vega geflüchtet hatten. Eines Nachts suchte dort eine Truppe von Granadinern Schutz vor nachsetzenden Christen. In brüderlicher Freude gewährte man ihnen Einlaß, und einen Augenblick später zogen sie die Krummsäbel und eroberten die Burg. Die Truppe wurde angeführt von Fürst Yaya, der so König Ferdinand seine Treue beweisen wollte – als ob dies der rechte Weg dazu sei. Die ganze Stadt war außer sich vor Zorn, als der Streich bekannt wurde, und ich selbst dachte, daß es zuweilen nichts Schöneres gibt als Rache.

In jenem Monat war es, als ich, über eine Karte gebeugt, eine Taktik entwarf, um das Meer zu erreichen. Ich brauchte eine Landungsstelle, denn der Sultan von Marokko hatte mir seine Hilfstruppen mit der Entschuldigung verweigert, er wage es nicht, sie zu einer feindlichen Küste zu entsenden. Ich hatte vor, über Alhendín zu den traditionellen Häfen meines Reiches, Almuñécar und Salobreña, zu gelangen. Es war unmöglich, das Meer zu erreichen, ohne sie zu erobern.

Obwohl ich mit der größten Zurückhaltung vorging, verbreitete sich die Nachricht von der Unternehmung wie ein Lauffeuer. An den Hängen der Sierra Solera, die trotz der zunehmenden Hitze noch schneebedeckt war, versammelte sich eine Menschenmenge, die darauf brannte zu kämpfen; je mehr man sie gedemütigt hatte, um so begieriger war sie auf Kampf. Zu ihr gesellte sich die aufgeregte Jugend, die sich für ihre eigene Zukunft verantwortlich fühlte, ein paar fremdartige, wild aussehende Hirten, die sich dagegen wehrten, geknechtet zu werden, und einige Gläubige, die sich in den ewigen Schnee zurückgezogen hatten und bis zu diesem Zeitpunkt nichts davon wußten, daß Granada mittlerweile zur letzten Bastion des Islam in Spanien geworden war. Dieser ganze Troß, der dem Ruf seiner Anführer und Fakhis folgte, verstärkte das nicht sehr glanzvolle Heer, das wieder einmal durch die Puerta Elvira zog. Es war im Morgengrauen des Mittsommertages. In meinen Steigbügeln stehend, sagte ich lediglich zu ihnen: »Der Ruhm Gottes liegt in unserer Hand. Wer von uns heute nacht tot auf jene Erde niederfällt, die unsere Spuren trägt und die uns entrissen wurde, der wird den morgigen Sonnenaufgang im Paradies erleben.«

Alhendín wurde von einer trutzigen Burg bewacht und war mit Männern und Artillerie ausgerüstet. Ich belagerte sie, obwohl ich sie aufgrund ihrer massiven Bauweise und erhöhten Lage für uneinnehmbar hielt. Aber Vernunft war hier fehl am Platze. Obwohl ich wußte, was ich mir da vorgenommen hatte, oder genau deswegen, gab ich meine Befehle. Wir beschossen die Mauern; mit unseren bescheidenen Mitteln schlugen wir Breschen; unzählige Male stürmten wir vor und griffen an, obwohl wir dabei große Verluste erlitten. Die Nacht war unendlich, vielleicht, weil die Zeit stehenblieb. Blut und Schweiß durchtränkten uns und machten uns blind, als wir versuchten, die ersten drei Verteidigungsringe zu durchbrechen und ihre Wehrtürme zu zerstören. Die Verteidiger zogen sich in die Zitadelle, die größte und wichtigste Befestigungsanlage, zurück. Unter Schutzschilden aus Holz und Leder rückten meine Truppen bis zu ihrem Fuß vor, um den von den Zinnen abgefeuerten Geschossen zu entgehen. Sie unterhöhlten und schwächten das Mauerwerk. Und schließlich – später stellte ich fest, daß es am fünften Kampftag war – ergab sich der Burgvogt Don Mendo de Quijada mitsamt dem Troß, seinen Männern, Lebensmitteln und Waffen, denn die Burgmauern waren durchlöchert und kurz davor, einzustürzen und unter sich zu begraben, was von der Besatzung übriggeblieben war. Zusammen mit Alhendín gewannen wir verschiedene Burgen in den Alpujarras zurück sowie das Lecrín-Tal, von uns das Tal der Freude genannt.

Meine Rückkehr nach Granada wurde gefeiert, als sollte ich ein weiteres Mal gekrönt werden. Die Voreingenommenheit und Abneigung der Granadiner mir gegenüber wandelten sich in Ergebenheit und Dankbarkeit. Am folgenden Tag ließ ich auf allen Plätzen eine große Mobilmachung verlesen: Erhabene und Niedrige, Adel und Volk, Reiche und Arme seien aufgefordert, mit mir gegen Almuñécar zu ziehen. Stolz und hoffnungsfroh, wie sie waren, erklärten sie sich bereit, mir zu folgen.

Es war in der Mitte des Ramadan, als nach dem zweiten Freitagsgebet Moraima zu mir kam, um sich von mir zu verabschieden, unseren kleinen Sohn Yussuf an der Hand. Er hatte bernsteinfarbene Augen, ganz anders als die seines Bruder Ahmed, die ich nicht vergessen konnte, und Lippen wie runde Blütenblätter. Ich nahm ihn in den Arm, und während der Kleine mein Kinn streichelte, munterte ich seine Mutter auf.

»Ich war ein kleiner Kerl wie er, und nun bin ich ausgewachsen. Jetzt bin ich mir sicher, daß der Löwe sein Königreich zurückgewinnen wird.«

Ich küßte die beiden. Yussuf weinte, weil er sich nicht von mir trennen wollte, und klammerte sich mit seinen Händchen an meinen Kleidern fest. Mit einem Kloß im Hals wandte ich mich jäh um.

Ich stieg auf mein Pferd und galoppierte an die Spitze des singenden und lärmenden Heeres. Auf unserem Weg schleiften wir den Turm von Padul, den die Christen zurückerobert hatten. Ungestüm erstürmten wir danach Salobreña, mit Ausnahme der Festung, in der so viele granadinische Fürsten Gefangenschaft oder den Tod erlitten und mancher abgesetzte Sultan mit seinem Kummer und Leid zurückblieb. Die Besatzung wurde mit Truppen verstärkt, die auf dem Seeweg aus Málaga und zu Lande unter der Führung Hernandos del Pulgar eintrafen. Es war offensichtlich, daß die Festung verzweifelten Widerstand zu leisten gewillt war. Wir umzingelten sie und unterbrachen die Wasserversorgung. Es war äußerst heiß. Schwärme von Aasgeiern tauchten am Himmel auf, als die Lasttiere und Reitpferde verdurstet waren.

Nach fünfzehn Tagen, die wie Jahre erschienen, als die Kapitulation schon absehbar war, erhielt ich zwei Meldungen: daß die Ankunft christlicher Hilfstruppen unmittelbar bevorstehe und daß König Ferdinand in großer Eile nach Granada zog, das ich so gut wie unbemannt zurückgelassen hatte. Ich war so erschöpft, daß ich nicht weiß, ob ich diese Nachrichten verfluchte oder ob ich ihnen dankbar war, weil sie es mir erlaubten – es sogar erforderlich machten –, diese unerträgliche Folterstätte ehrenvoll zu verlassen, diese pulvergeschwängerte Luft, diesen Morast in Augen und Mund. Ich hob die Belagerung auf und marschierte unverzüglich zur Hauptstadt zurück, dem Ort, der mir am meisten bedeutete.

In der Abenddämmerung konnten wir sie in der Ferne ausmachen. In den ersten Stunden der Nacht kamen wir an. In der Stadt herrschte eine Stille, als sei sie ausgestorben. Jeder Hufschlag hallte von den Steinen zurück. Die Türen schienen verriegelt zu sein, die Vorhänge zugezogen, die Miradore und Dachgärten verwaist, die Straßen menschenleer. Die Stadt, von ihren Soldaten im Stich gelassen, hatte sich auf sich selbst besonnen. Es war das genaue Gegenteil jener lebhaften Stadt, die uns nach dem Sieg von Lecrín begrüßt hatte. Niedergeschlagen und erschöpft begannen meine Männer sich ihrer Rüstungen zu entledigen, ohne daß freundliche oder liebende Hände ihnen dabei geholfen hätten. Obwohl an die Stimmungswechsel meiner Untertanen gewöhnt, erschien mir dieser Empfang ungerecht, nachdem wir einen schrecklichen Monat lang ständig im Freien gelagert und Gefahren, Stürme, Ängste und Entbehrungen ausgestanden hatten. In den Gärten umhüllten Grillen und Blumen die Nacht. Ich betrat die Alhambra, als ginge ich in die Vergessenheit.

Während der letzten Feldzüge hatte ich Freundschaft mit einem jungen Hauptmann geschlossen. Er war ein Flüchtling aus Baza, nicht sehr viel älter als zwanzig. Wir nannten ihn Farax el Bastí. Wie in vielen Fällen die Liebe, so entstand auch unsere Freundschaft ganz unvermittelt. Unter dem Wachtturm von Alhendín hatte er mich heftig angestoßen, zu Boden gezogen und sich über mich geworfen. Ich dachte an ein Attentat, bis ich genau dort, wo ich vorher gestanden hatte, einen dicken Stein einschlagen sah, der mir gegolten hatte. Ich dankte ihm, und wir kämpften zusammen weiter. Von diesem Zeitpunkt an wich er nicht mehr von meiner Seite. Unsere Freundschaft wuchs und trug Früchte in fortwährender Fürsorge und Achtsamkeit.

Wie er mir schüchtern und ohne etwas zu verschweigen erzählte, hatte er ein Mädchen von ausgezeichneter Herkunft heiraten sollen. Durch einen schrecklichen Zufall des Schicksals war sie beim Fall von Málaga, wo sie bei ihrer Familie zu Besuch weilte, in die Sklaverei geraten. Er hatte nie mehr etwas von dem Mädchen gehört, deren Name Widad war, was soviel heißt wie »Zärtlichkeit«. Ermittlungen und Nachforschungen führten zu keinem Ergebnis, auch nicht der Einsatz mächtiger Verbindungen. Seine Widad, seine Liebe, war spurlos und für immer verschwunden. In Farax' Herz keimten zwei widersprüchliche Empfindungen: Die eine, aktive, war Abscheu gegen diese Ungläubigen, die das Objekt seiner Liebe zerstört hatten; die andere, passive, war ein Schmerz, der seine Augen mit Tränen füllte, kaum daß er aus der Schlacht gekommen war. Noch mehr als jene erste Empfindung – die ihn stets dorthin trieb, wo die größte Gefahr lauerte – weckte die zweite meine Neugier. Farax' Trauer erinnerte mich an frühere Zeiten der Trauer, deren Leblosigkeit ich überlebt hatte. In den langen Kriegsnächten, wenn die Unruhe den Schlaf vertreibt und die Gefahr den Panzer des Argwohns zerbricht, der die Menschen voneinander trennt, hatten Farax und ich Ansichten ausgetauscht und über Dinge gesprochen, die nicht immer etwas mit Sieg oder Niederlage zu tun hatten. Wir hatten entdeckt, daß wir uns ähnlich waren wie Brüder. Er war ein schlanker Jüngling von heller Hautfarbe, mit einem Lächeln, das sich, wenn er einmal von seinem Schmerz abgelenkt war, nicht von dem lebhaften, strahlenden meines Bruders Yussuf unterschied. Ganz langsam, unmerklich, durchdrang ich ihn und er mich. Als wir es bemerkten, war er schon seit Wochen meine rechte Hand. Es war keine Beförderung, sondern eine Tatsache, daß er zu meinem Stabsgeneral geworden war, mit dem ich die Schlachtpläne beriet und der die Entscheidungen weitergab, die ich mit seiner Hilfe gefällt hatte. Ich weiß nicht – und ich habe mir diese Frage auch nicht gestellt –, ob ich deshalb darauf beharrte, ihn ständig an meiner Seite zu haben, weil er mir nützlich war, oder ob ich ihn daran hindern wollte, in der vordersten Schlachtreihe sein Leben zu riskieren. Denn sein Bestreben schien weniger Rache an den Christen als der Tod durch ihre Hand zu sein.

Bis zu jener Nacht, in der wir nach Hause zurückkehrten, hatten wir nie außerhalb der Schlacht Umgang miteinander gehabt. In Granada ging er in sein Viertel und ich in den Palast. Doch das kühle Verhalten der Granadiner bereitete mir solchen Kummer, daß ich Farax zu einem Fest in mein Haus einlud. Es war, als kehre plötzlich und gierig das Leben in mich zurück, nachdem mich der Tod mit seinem eisigen Hauch gestreift hatte. Wir beide feierten allein. Nach einem gemeinsamen Bad scherzten und tranken wir bis in den frühen Morgen. Wir lauschten zwei Sängerinnen, Schwestern aus Alcalá, deren fröhliche Schelmenstücke uns erfreuten. Es erschien uns unglaublich, daß es in dieser Welt noch Musik und Tanz geben sollte und die unberührte Andeutung des neuen Tages, dem wir uns, mitten im Garten liegend, überließen, der Körper und Geist überflutete. Dann verließen wir auf Zehenspitzen den bewachten Bereich und stiegen mit einigen Mundschenken auf die Torre del Homenaje, um es Tag werden zu sehen. Ich weiß nicht, wodurch ich mich so genau, als hätte ich es vor Augen, an das sich uns bietende Panorama und gleichzeitig an Farax' Profil erinnern kann, eine ebenfalls veränderliche und so zarte Landschaft. Der fast übersüße Duft der Gärten stieg bis zu uns herauf, spürbar und intensiv wie eine Liebkosung. Der Schatten umriß noch die Türme und Gebäude der Alhambra, als der Himmel eine grünliche Färbung annahm, und im Kontrast dazu verdunkelte sich der Palacio de la Quinta, Bewacher der weiter oben am Generalife verlaufenden Hauptwasserleitung. Wir standen unter einer blauen Kuppel, die im Westen ins Schwärzliche spielte. In einer schwingenden Vorahnung des Tages zwitscherten die ersten Vögel, und ein wirrer Lärm begann aus der Stadt emporzusteigen. Dort ließ sich das Licht früher als anderswo nieder, während die Häuser und Gärten des Albayzín nur wenig vibrierten und pulsierten, auch wenn sich dunkelblaue Schattierungen formten. Hunde bellten, nacheinander begannen uns Stimmen zuzujubeln, die bei unserer Ankunft noch nicht da waren. Noch schwebten Nebel über der Vega. Hinter den ersten stummen Gebirgsausläufern zeichneten sich die schneebedeckten Hügel der Sierra Solera ab, wie ein Zeigefinger wies das Minarett der Alhambra-Moschee auf sie. Die kühneren Vögel riefen und lockten einander bereits, und links des Palacio de la Vigilancia blühte ein fast malvenfarbenes Morgenrot auf, während der äußerste Westen schon von der Sonne beschienen wurde, die noch nicht hinter jenem Cerro hervorgekommen war, der ihren Namen trägt.

»Das Licht der Sonne erreicht uns früher als die Sonne selbst«, flüsterte ich, als sei ich in einem Tempel.

Zwei Tränen liefen über seine Wangen. Ich streckte die Hand aus und drückte die seine. Mit einem Seufzer, der an einen von ganz tief unten kommenden Schrei erinnerte, preßte er meine Hand, so fest, daß es weh tat. Mit unerklärlicher Freude fühlte ich den Schmerz.

Die linke Seite der Quinta flammte auf, der Generalife färbte sich weiß. Der Albayzín trat ganz klar hervor, die zuvor von den Schatten verwischten Entfernungen wurden deutlicher. Gegenüber war der Himmel grün wie ein Apfel. Unter dem Turm zeigten sich allmählich die Mannschaftshäuser. Nach einem Trommelsignal wurden der Lärm und das Lachen lauter, die Bewegungen schneller; noch schläfrig stolperten und schlurften die jungen Soldaten mit der Ungeschicklichkeit von Novizen zum Waschen.

»Noch wissen sie nicht, daß sie schon besiegt sind«, wisperte ich.

Farax drückte meine Hand.

»Herr, sag das nicht wieder. Vertraue auf Gott, den Einzigen, Höchsten.«

Wie zustimmend verwandelte sich der Montevive im Südwesten, inmitten der bleiernen Bergnebel am Rande der Nebel, in eine Feuerlohe. Jenseits des Cerro del Sol waren keine Farben mehr am Himmel, nur noch Licht. Die Welt kleidete sich wieder in ihre täglichen Farbtöne, wie jemand, der im Morgengrauen zur gewohnten Kleidung greift. Alle Vögel besangen miteinander den neuen Tag. Uns gegenüber eine Aussicht aus Perlmutt, der Albayzín unter einer glanzlosen, deutlichen Helligkeit. Die Sonne erhob sich, stimmte ihre goldene Hymne an. Und dennoch begann Farax zu weinen. Ich umarmte ihn. Er schluchzte und schluckte, sein Weinen klang bebend wie bei einem Kind. Ich klopfte ihm auf die Schulter, ich sagte ihm unsinnige Dinge, versuchte ihn zu besänftigen. Mit seinen von Wein und Kummer geschwollenen Lippen küßte er mich auf die Wange. Arm in Arm stiegen wir über die schmalen Stufen vom Turm hinunter. Arm in Arm und leicht schwankend erreichten wir den Palast Yussufs, und Arm in Arm schliefen wir ein, als befänden wir uns wie in den langgezogenen, zitternden Nächten des Krieges zusammen in einem Zelt oder unter freiem Himmel.

DER FEIND – SPIONE hatten es mir gemeldet – wartete nicht länger. An jenem Nachmittag erschien er in der Vega. Er war in Begleitung zahlreicher Mudejaren, die ihm als Berater dienten. Acht Tage lang verbrannten und verwüsteten sie Felder, Getreidesaaten und Weinberge; sie rissen Türme nieder, wie etwa die Malahá. Soweit ich erfuhr, wurde Granada nicht belagert, weil die Königin von Fieberanfällen geschüttelt wurde. Aber sie befahl dem Markgrafen von Villena, dem Grafen von Tendilla, Alonso de Aguilar und Portocarrero, unseren Streifzügen unverzüglich und ohne Rücksicht Einhalt zu gebieten und sich keinen einzigen der von ihnen eroberten Orte entreißen zu lassen. Dann wandte sich König Ferdinand nach Guadix und vertrieb in einer Vergeltungsmaßnahme die Mudejaren. Unterwegs schleifte er die Burgen. Weder in Guadix noch im Umland blieb ein einziger Moslem zurück. Danach ordnete er die Zerstörung der Burg von Andarax an und die Vertreibung der sich dort aufhaltenden Abtrünnigen. Dieser Befehl betraf auch meinen Onkel Zagal, dem er ohne Erklärung seine Wertschätzung entzog und ihn seines Ranges enthob. Wozu auf ihn Rücksicht nehmen, wenn man ihn nicht mehr brauchte?

In der Zurückgezogenheit des Comares-Turmes, in dem ich als Kind vor Angst gezittert hatte, dachte ich über das Leid Zagals nach: vom Unglück verfolgt, unfähig, die wenigen Anhänger zu halten, die ihm geblieben waren, beschämt über seine Abtrünnigkeit, entmutigt und verhärmt, außerstande, dort Untertan zu sein, wo er einmal König war ... Ich war nicht erstaunt, als man mir mitteilte, daß er Ferdinand bat, ihn zu den ausgehandelten Bedingungen nach Afrika gehen zu lassen. Er hatte sein Leben und seine letzte Kraft verlorengegeben. An dem Tag, als er, der Unbeugsame, sich dem Wohlwollen seines Bezwingers anvertraute, zerbrach er das Wappen, auf dem jenes Leitwort zu lesen war, das bis zu dieser schlimmen Stunde sein Schicksal bestimmt hatte: »Wille ist Macht.« Zagal, das Sinnbild für den Mut des ganzen Volkes, hatte keinen Mut mehr; er wollte nur noch leben, unerkannt und von allen anderen getrennt, an einem Ort, wo niemand wußte, wer er, nun ein Nichts, einmal gewesen war. Im Comares-Turm kam ich, auf den nasridischen Thron gestützt, zu dem Schluß, daß derjenige am besten lebt, der sich am besten versteckt, und daß in die Nähe eines Thrones geboren worden zu sein genausoviel heißt, wie an einem Abgrund geboren zu werden.

Als man ihm die Erlaubnis gegeben hatte, sein Heimatland zu verlassen – als müsse man darum bitten, sterben zu dürfen –, veräußerte Zagal seine Besitzungen an die kastilischen Könige. Bevor Anfang Oktober die Stürme in der Meerenge losbrachen, verließ der Mann Andalusien, der sein bester Sultan hätte sein können. Wer kann sich schon vorstellen, was dies bedeutete? Ein neues Leben beginnen, wenn das wirkliche Leben uns den Rücken gekehrt hat, wenn es zur Gewißheit geworden ist, daß die beständigsten, glänzendsten und leidenschaftlichsten Momente eines Lebens bereits vorüber sind und nichts weiter bleibt als eintönige Monotonie, von den Mittelmäßigen Leben genannt. Welche Ungerechtigkeit, daß Helden nicht auf dem Gipfel ihres Ruhms sterben! Einmal zur Vollendung gelangt, muß die Größe ihren Besitzer verschlingen, denn bald wird dieser sich zermürben, sich verausgaben, kleiner werden, und von ihr wird lediglich eine quälende, mörderische Erinnerung übrigbleiben. Jener Mann, der eine Legende gewesen war, stach von Almería aus in See, seiner selbst beraubt, von einigen wenigen seiner Anhänger begleitet, die darum baten, ihm folgen zu dürfen. Er ging nach Oran, um sich dort zu verkriechen und sehnsüchtig den Tod zu erwarten. Einen Tod, den ihm sein Schicksal zur rechten Zeit verwehrt hatte, als er Krieger und König war.

Durch diese Ereignisse sicher geworden, begab sich Ferdinand an die Nordgrenze seines Reiches, wo ihn die Franzosen in Unruhe versetzten. In seiner Abwesenheit unternahm ich, der Zagal stets im Herzen trug, mit meinen Soldaten eine Art Pilgerfahrt nach Andarax, um seinet- und um meinetwillen. Ich bin davon überzeugt, daß es im Krieg wie im Frieden Momente gibt, in denen jeder Mann unbezwingbar ist; wenn er sein ganzes Wollen auf ein Ziel richtet, dann wird er es erreichen, ohne daß sich ihm Hindernisse in den Weg stellten, die ihn aufzuhalten versuchten. Ich bemerkte Farax' Bewunderung und den Eifer, die sich in seinen Augen widerspiegelten, als ich an der Spitze eines heruntergekommenen Heeres ohne Zögern und Zaudern wild entschlossen jene Burg angriff. In ihr hatte jener Mann unendlich gelitten, war innerlich zerbrochen, der seit meiner Kindheit das Objekt meiner Verehrung gewesen war. Ich konnte nicht mehr für ihn tun, als dort zu siegen, wo man ihn besiegt hatte. Ende September nahm ich Andarax in Besitz, und die Ortschaften jenes Bezirks kehrten wieder unter meine Hoheit zurück. Als ich sie besetzte, spürte ich, daß ich stellvertretend für Zagal herrschte und handelte. Besser so, sagte ich mir, denn in seiner letzten Botschaft wies er mich darauf hin, daß dieses Land in seinen Händen sicherer aufgehoben sei als in meinen.

Während ich so meinen Gedanken nachhing, legte Farax seine Hand auf meine Schulter.

»Du mußt deinem eigenen Stern folgen, Herr. Sein Licht führe dich, und auf daß ich bei dir sei.«

Voller Dankbarkeit antwortete ich: »Wenn alle meine Männer wären wie du, wäre es viel leichter, meinem Stern zu folgen.«

Nach Andarax eroberte ich Purchena zurück, wo ich im Namen jenes stolzen Burgvogts Rache nahm, der es ablehnte, sich kaufen zu lassen. Die Besatzung geriet in meine Gefangenschaft, und angesichts meiner Überlegenheit kehrten die abgefallenen Bewohner zu unserem Glauben und unseren Gesetzen zurück. Durch ihr Beispiel ermutigt, erhoben sich die Leute aus Fiñana gegen die Besatzer ihrer Festung. Doch der Burgvogt von Guadix wurde gewarnt; überraschend fiel er ein und enthauptete mit Hilfe derer, die mit gezogenen Schwertern von der Festung kamen, so viele Einwohner, wie er konnte. Die Überlebenden setzte er gefangen und nahm mit, was er finden konnte. Die anderen Ortschaften des Cenete waren beunruhigt und baten mich, ihnen mit Soldaten, Maultieren für ihren Hausrat und Lebensmitteln zu Hilfe zu eilen. Das tat ich. Der September ging zu Ende, und noch hatten sich die Wälder nicht zu färben begonnen. Ich ließ nach Lasttieren zur Beförderung des Getreides jener fruchtbaren Erde suchen und verfügte, daß die Bewohner in Granada, Anlaufstelle all jener, die sich gegen die Ungläubigen in ihrer Umgebung wehrten, Schutz suchen sollten. Da wir nicht voraussehen konnten, was uns im nahenden Winter erwartete, war ich froh, daß es eine solche Menge an Weizen, Gerste und Hirse war, daß sie nur äußerst mühsam zu transportieren war. In Jerez erhielt ich Nachricht, daß die Christen sich anschickten, uns anzugreifen. Ich kehrte nach Granada zurück. Genau an meinem achtundzwanzigsten Geburtstag erfuhr ich, daß die Christen, als sie die Höfe im Cenete verlassen vorfanden, jenen, die zurückkehrten, Schutz versprachen. Viele vertrauten dem Versprechen und kehrten zurück, nach einer Woche fast alle. Nur einige wenige blieben auf muslimischem Boden. Es war ein prächtiges Geburtstagsgeschenk, feststellen zu müssen, wie unstet die Versprechungen und Wünsche der Menschen doch sind.

Bis zum Frühling war die göttliche Vorsehung uns gnädig. Sie ließ uns wieder an die Illusion glauben, wir seien trotz allem ein – wenn auch gestutztes – Königreich; sie lullte uns mit einem brüchigen, vergeßlichen Glücklichsein in den Schlaf, diesem Glück, das oft eine Maske für die Unterbrechung des Unglücks ist. In behaglicher Eintönigkeit vergingen die Tage – die ersten und letzten, an denen ich in den Genuß relativen Friedens kam. Ich sprach Recht, das in Kriegszeiten stets gebeugt wird, denn weil der Krieg das größte Übel und die schlimmste Zügellosigkeit ist, scheint man die kleineren, weniger schlimmen zu entschuldigen. Ich bemühte mich, bei Verbrechen, Vergewaltigung und Raub äußerst strenge Urteile zu fällen, um meine Untertanen davon zu überzeugen, daß Ordnung – eine Ordnung, von der alle wußten, daß sie künstlich und vergänglich war – das höchste Gut ist, welches wir trotz allem bewahren mußten. Ich nahm regelmäßig und andächtig an den Gebeten teil, die in meinem Namen abgehalten wurden. In den Palästen gab ich Feste für die höchsten Würdenträger des Hofes, der so winzig geworden war, daß sich alle seine Mitglieder kannten – zu gut kannten. Mit mehr oder weniger ehrlicher Freude hieß ich jene in Granada willkommen, die aus Gebieten kamen, in denen das Joch des Siegers immer drückender wurde, versuchte, das Leid des Verlusts aus ihren Augen und Herzen zu löschen. Nach meiner Arbeit entspannte ich mich bei Farax und Moraima. Jeder von uns versuchte, die anderen beiden das Unvergeßliche vergessen zu machen, in derselben gutgemeinten und nutzlosen Absicht, in der man einen Todkranken an einer Parfumflasche riechen läßt. Und es machte mir jeden Tag mehr Freude festzustellen, wie mein Hund Hernán offensichtlich meinen Sohn Yussuf, mit dem er sich nach einiger Zeit anzufreunden begonnen hatte, mir vorzog, und wie seine Zuneigung mit derselben Offensichtlichkeit erwidert wurde. Ich versuchte also einerseits, allen – auch mir selbst – den Eindruck zu vermitteln, daß wir uns in keiner außergewöhnlichen Lage befanden, und andererseits die Bedrohung zu verheimlichen, die wie ein Damoklesschwert über unseren Köpfen schwebte.

Das Unabänderliche lauerte vor den Türen unserer Häuser, man brauchte nicht hinzusehen. Aber der Mensch, bereits daran gewöhnt, mit der Gewißheit des eigenen Todes zu leben, ist das anpassungsfähigste Lebewesen der Schöpfung. Vom Volk wurde meine gespielte Ahnungslosigkeit willig aufgenommen. Es sah weg und vergnügte sich, bekümmerte sich übermäßig wegen Kleinigkeiten, von denen es so viele im Leben derer gibt, die von den Unglücklichen für glücklich gehalten werden – als könne man je vollständig glücklich sein. Der Kranke lebt mit seinem Schmerz, macht sich so weit mit ihm vertraut, daß er ihn, wenn er verschwände, vermissen würde. Wer in einer ungesunden, von Stürmen heimgesuchten Stadt lebt, wird sich dort so sehr zu Hause fühlen, daß er sich weigern wird, sie zu verlassen, selbst wenn er die Möglichkeit dazu hätte. Und so hielten sich die Granadiner für privilegiert im Vergleich mit anderen, unglücklicheren Muslimen – Flüchtlinge aus den besetzten Gebieten oder gar jene, die es noch nicht einmal wagten, von dort wegzugehen. Sie machten einander etwas vor, wenn sie sich von ihren Häusern, ihren Kindern und ihren Frauen umgeben sahen. Sie sangen, wenn sie auszogen, um das Land zu bestellen, das sich, unberührt von der Schlechtigkeit der Menschen, der neuen Saat öffnete, und sie sangen, wenn sie von der Arbeit zurückkehrten. Sechs Monate lang breitete der Himmel einen Mantel des Mitleids und des Erbarmens über uns und unser Land: die unerläßliche Gefühllosigkeit, mit welcher der Mensch, um nicht zu sterben, seinen Sorgen und seinen quälenden Vorstellungen die Schärfe nimmt.

Doch die Christen blieben nicht ganz tatenlos. Der Graf von Tendilla in Alcalá und die übrigen in ihren Grenzorten bedienten sich ihrer Spione und Ortskundigen. Sie alle versuchten, angetrieben von eitlem Siegesdrang, jenen von uns den größten Schaden zuzufügen, die ihrerseits von einem noch eitleren Siegeswahn getrieben wurden. So wurden zum Beispiel – es war schon Winter – hundertzwanzig meiner Reiter gefangengenommen, die ich widerwillig hatte ziehen lassen, um die völlig arglosen Christen zu überfallen. Ein übergelaufener Muslim warnte diese jedoch. In einer bewaldeten Gegend wurden meine ahnungslosen, frierenden Reiter um Mitternacht von Don Gonzalo de Córdoba und seinem ehemaligen Todfeind, Don Martín de Alarcón, überrascht. Mit lautem Geschrei warfen sich ihre Soldaten von allen Seiten auf meine Reiter, brachten sie zu Fall, fesselten sie und führten sie nach Alcalá la Real.

Kurz darauf stieß der Markgraf von Villena mit seinen Männern zu den Grenztruppen. Er stattete seinem Schwager Tendilla und seiner Schwester einen Besuch ab, nachdem er den Winter über in Torredonjimeno Quartier bezogen hatte. Die gestärkten Truppen unternahmen Ausfälle bis zu den Stadtgrenzen von Granada und zündeten uns das Getreide in den Tennen und Mieten an, die seit der Ernte prall gefüllt waren. Von unseren Fenstern aus konnten wir sie brennen sehen; die Frauen schrien und jammerten, Tränen der Wut in den Augen. Aber ich untersagte es bei Todesstrafe, die Stadt zu verlassen, denn ich vermutete, daß diese Provokation eine Falle war.

Zu seiner Zerstreuung legte Don Gonzalo, ein hervorragender Kenner der Gegend, Hinterhalte, fiel mit seinen verborgenen Truppen über unsere Soldaten und Hirten her und erbeutete die Herden, wie umgekehrt auch wir es bei anderen Gelegenheiten getan hatten – als wolle er mich mit seinen Streifzügen an sich erinnern. Und so verging der Winter mit Vormärschen und Rückzügen, mit Gewinnen und Verlusten und mit unbedeutenden Abenteuern – welche die Anzahl meiner Ritter langsam, aber stetig verringerten.

Unterdessen plante ich unverdrossen mit meinen engsten Beratern den unvermeidlich näher rückenden Feldzug. Ich betete zu Gott, daß die Meinungsverschiedenheiten mit den Franzosen lange andauern würden, damit das christliche Heer unseren Gebieten fernblieb. Aber meine Gebete verloren an Inbrunst mit der Gewißheit, daß selbst eines der Wunder, die ich für zulässig halte, es nicht für immer aus dem Wege schaffte. Die Offensiven der Christen gegen unsere Mauern kamen pünktlich, wie der Wandel der Jahreszeiten. Ich wußte darum, mit einer Ausschließlichkeit, über die ich selbst erstaunt war, bis ich schließlich daran zweifelte, ob mich die falsche Zuversicht je angesteckt hatte, die ich bei den übrigen verbreitete. So kümmerte ich mich um die Verproviantierung, die Zuteilung und Einlagerung von Lebensmitteln, die Bestandsaufnahme und Instandsetzung der Waffen, die Heeresübungen und alle Erfordernisse des täglichen Lebens, jedoch mit derselben Zurückhaltung, mit der man den letzten Augenblicken den Anschein des Alltäglichen gibt, obwohl wir alle, besser als jeder andere, wissen, daß der Tod bevorsteht. Und bis zum Ende der kurzen Wintertage blieb mir noch etwas Zeit, über meinen Büchern wieder zu einer zerbrechlichen Gelassenheit zu finden, hinter der ich diese Todesangst verbergen konnte.

In diesen sechs Monaten geschah nichts Erwähnenswertes – es waren glückliche Monate. Weder war Moraimas Liebe so übermäßig groß wie in Porcuna, noch bereitete die Gesundheit des kleinen Yussuf uns Sorgen. Nur wenn es unvermeidlich war, wenn die Realität uns einholte, hörte ich Moraima seufzen. Ohne daß sie etwas gesagt hätte, verstand ich, daß sie Ahmeds Blick und sein Lachen vermißte. Es war ein allzu großes Unglück, daß sich unser Erstgeborener in der Gewalt derer befand, die unser Brot, unser Wasser und unsere Luft vergifteten. Dennoch sage ich immer wieder: Der Mensch gewöhnt sich an alles, sogar an den Verlust dessen, den er am meisten liebt. Farax war der beste Beweis dafür: Er schaffte es, sich von seinem großen Kummer zu befreien; er griff nach dem Leben, der

Trophäe seiner Jugend; er zerstreute sich mit Waffenübungen; er suchte einen Ersatz in meiner Freundschaft und seiner Hingabe an mich. An einem Tag im Dezember hörte ich ihn zum ersten Mal laut lachen. Es war, als Aben Comisa aus dem Thronsaal kam und eine Stufe hinabstieg, während er sich mit El Caisí unterhielt; er trat auf sein Gewand, stolperte bis zu dem Springbrunnen im Innenhof und fiel der Länge nach hinein. Farax, selbst überrascht, schämte sich für seinen Lachanfall und sah mich erschreckt an.

»Ich gratuliere!« sagte ich zu ihm. »Du hast das Lachen nicht verlernt.«

Er versuchte, wieder sein trauriges Gesicht aufzusetzen. Aber es hatte sich etwas Grundsätzliches verändert.

Eines Nachmittags gestand er mir: »Du bist in jeder Hinsicht mein Gebieter. Bei dir habe ich doppelt zurückbekommen, was mir geraubt wurde. Ich bin dein, Herr.«

»Nur in einer Hinsicht möchte ich nicht dein Gebieter sein: genau in dem Sinne, wie ich es für die übrigen bin.«

Ich dachte an Jalib, und ein dünner Nebel der Trauer verdüsterte den Morgen. Er löste sich bald wieder auf.

DER FRÜHLING KAM, und mit dem milden Wetter wurde uns die Möglichkeit genommen, uns weiter etwas vorzumachen. Unbeweglich verharrten die Granadiner pötzlich an Ort und Stelle und blickten zum Horizont. Sie stiegen auf die Aussichtspunkte, lehnten sich gegen die Mauern und hielten Ausschau nach einer herannahenden Staubwolke; sie schärften ihr Gehör in Erwartung dessen, was sie befürchteten. Für ein Volk, das seinen Gegner erwartet, ist der Frühling eine tödliche Jahreszeit.

Es geschah am 22. April. Als die Weizenfelder grün wurden, fiel Ferdinand über Alcalá la Real in die Vega ein. Nachdem er das Land verwüstet und die Gehöfte zerstört hatte, marschierte er in das Tal des Lecrín, der wie ein herrlicher Spiegel glänzte, und vernichtete, ermordete und versklavte alle, die dort lebten. Als wir ihn in die Vega zurückkehren sahen, ohne sich mit uns zu verständigen, wußten wir alle, daß er gekommen war, um dort zu bleiben. In Gozco schlug er sein Lager auf. Er kam mit einer Streitmacht von nicht weniger als vierzigtausend Fußsoldaten und zehntausend Reitern, wohlversehen mit allem, was für einen schnellen Sieg nötig war. Sein Erscheinen ließ Granada verstummen.

Dort lag es vor uns – jenes Lager, das die Felder bedeckte, Zeugnis unserer Schwäche, ein Vorwurf an unseren Irrtum, ein Sendbote, der sich noch nicht entschließen konnte, seine Botschaft zu überbringen. Flaggen in verschiedenen Größen und Farben, Zelte, Hütten, große Ställe, geräumige Vorratslager, Standarten, Banner: eine Stadt, nur errichtet, um zu siegen, um ohne Eile abzuwarten. Denn Aushungern ist die wirksamste Methode, eine befestigte Stadt zu erobern. Das Umland war bereits verwüstet, die Ernten vernichtet, die Brunnen trockengelegt, die Bewässerungsgräben zugeschüttet; man mußte nur noch die Stadttore von der Außenwelt abschneiden, die Straßen zu den Alpujarras versperren und alle abfangen, die helfen konnten. Ganz ohne Eile – zum Abwarten hatte man diese Stadt aus Zeltplanen und Laubhütten errichtet. Eine Stadt, die sie auf den gewaltigen Namen Santa Fe, »Stadt des heiligen Glaubens«, tauften, um sie auf ein festeres Fundament zu stellen. In den dufterfüllten Nächten, die in früheren Zeiten nur zu Entspannung und Liebe einluden, sahen die Granadiner von ihren Dachterrassen aus, wie dort Tausende von Lagerfeuern entzündet wurden. Sie hörten – vielleicht nur in ihrer Einbildung – das Gelächter der Soldateska, die Lieder, in denen sie ihrer Heimat gedachten, Gesang und Tanz. Und sie hörten – vielleicht nur in Gedanken – jene andere, feinere und höfischere Musik der prächtigen Empfänge, die man hier genauso feierlich ausrichtete wie in den Palästen, um allen klarzumachen, wie ernst es ihnen mit dem Warten war. An Feiertagen und bei Turnieren hörten sie den lauten Jubel der Festbarkeiten und der lärmenden Vergnügungen und, gleichsam als Kontrapunkt, die Rufe der Wachen und die Schreie der Posten. Sie mahnten uns daran, daß wir es waren, denen diese ganze Betriebsamkeit galt, daß man unseretwegen auf der Lauer lag – wie ein geducktes Raubtier, das sich den Anschein von Achtlosigkeit gibt, bevor es zum Sprung ansetzt.

Es war noch nicht Mitte Mai, als sich eines Nachts der Himmel im Westen in eine ungeheure Fackel verwandelte. Das Licht war so hell, daß es aus der Entfernung aussah wie Morgenrot. Die wachenden Granadiner schüttelten die Schlafenden, weil sie glaubten, es handele sich um eine Kriegslist. Ich befahl, Moraima nicht zu stören, und lief mit Farax zur Torre de la Guardia. Dort auf den Zinnen war schon meine Mutter.

»Das Feldlager brennt, mein Sohn! Es brennt!« schrie sie, außer sich vor Freude. »Gott ist mit uns.«

Die Nachtluft fachte den Brand an. Das Gewieher der verstörten Pferde drang bis zu uns, das Geschrei der im Schlaf überraschten Menschen, die Explosionen in den Pulvermagazinen, die das schreckliche Unglück noch verschlimmerten. Meine Untertanen beklatschten das Schauspiel, als handele es sich um ein vergnügliches Feuerwerk, von einer höheren Macht für den Menschen ersonnen. Wieder einmal bedeutete das Unglück des Bedrohers eine Erleichterung für die Seele des Bedrohten, es weckte die Illusion aus ihrem leichten Schlaf: Die Belagerung würde aufgehoben werden; Gott und der Zufall, wie meine Mutter ohne Unterlaß rief, neigten sich auf unsere Seite; die Christen müßten sich zurückziehen und ihre Vorräte erneuern, ihre Lebensmittel, ihre Waffen, ihre zerstörerische Raserei. Gnadenlos und unbestechlich wütete das Feuer gegen alles, was sich ihm entgegenstellte. Wie ein riesiges Spielzeug, durch die Unvorsichtigkeit eines Kindes entzündet, verbrannte es alles, was bis zu diesem Augenblick unseren Mut hatte sinken lassen. Es verzehrte die flatternden Fahnen, die herrlichen Banner, die Zelte, die Verschläge, die Hütten, die Menschen. ›Alles, nur nicht den Haß‹, dachte ich. Der Wind trieb den Gestank nach versengtem Fleisch bis zu uns herüber ...

Es überlief mich heiß und kalt. Der Morgen war kühl. Ich stellte mir die Hitze vor, in dieser Hölle dort bei den Christen. Ich hatte einen bitteren Geschmack im Mund. Es war vielleicht nicht der rechte Augenblick, aber ich dachte daran, wie bedeutungslos und vergänglich doch alles Menschliche war, Reichtum und Macht, Größe und Erhabenheit. Als sei das Feuer entstanden, damit mich der Schaden anderer eines Besseren belehre.

Aufgeschreckte Vögel flohen vor den Flammen. Herrenlose Pferde galoppierten durch die Nacht.

»Eine gute Gelegenheit, sie anzugreifen«, sagte langsam Aben Comisa, ohne mich dabei anzusehen.

»Was würde uns das einbringen?« fragte Abdalbar, der Abencerrage.

»Ihre Vernichtung«, schrie meine Mutter, die von Zinne zu Zinne lief, »ihre Vernichtung!«

»Macht das nicht gerade das Feuer für uns?« murmelte ich. »Eine Schlacht läßt sich nicht improvisieren.«

»Improvisieren?« Der Zorn ließ das Gesicht meiner Mutter flammend rot werden, mehr noch als der Brand. »Wir befinden uns seit acht Jahrhunderten im Kampf. Gib Signal, Boabdil! Laß Signal geben! Granadas Männer sollen hinausgehen und zu Ende bringen, was das Feuer begonnen hat. Der Krieg kennt keine Gesetze.«

Der Geschmack in meinem Mund wurde noch bitterer. Erneut überlief mich ein Schauder und ein Anflug von Gewissensbissen. Ich dachte an meinen Sohn Ahmed, an die Knaben, die als Geiseln in Córdoba zurückgeblieben waren. Ich blickte in die Flammen, die in den Himmel schossen. Ich dachte an die schreckliche Rache der Überlebenden. Ich sah auf die

Stadt hinunter, dann zum Albayzín. Ich sah mein Volk, das im Widerschein des Feuers auf den Mauern tanzte und sang. Es tanzte und sang vor freudiger Überraschung über die Zerstörung des Feldlagers, das es bis zu diesem Abend in Schrecken versetzt hatte, jenes unbezwingbare, volkreiche Feldlager. ›Wenn Gott mit uns ist‹, dachte ich, ›dann wird er es auch weiterhin sein.‹

»Abdalbar hat recht«, sagte ich. »Was würde es uns bringen?«

»Gibt es etwa keine Männer mehr in Granada?« tobte meine Mutter.

»Doch«, gab ich traurig zurück, »hundertfünfzig Reiter. Mag sein, man kann eine Schlacht improvisieren. Ein Heer jedoch nicht.«

Ich ging zum Palast zurück. Ich beruhigte Moraima, die im Widerschein des Feuers noch schöner aussah. Ich überredete sie, wieder in ihre Gemächer zurückzukehren. Eine große Erschöpfung ergriff mich. Ich schlief wie ein Stein.

Es war noch dunkel, als Farax mich weckte.

»Die Christen ordnen sich wieder, Boabdil.« Er nannte mich bei meinem Namen.

»Ist das Feuer gelöscht?«

»Ja. Es hat alles verschlungen, was es zu verschlingen gab. Aber das Heer formiert sich in Kampfordnung.«

Ich sprang aus dem Bett. Es stimmte. Ein Spion, der keuchend angerannt kam, bestätigte es mir. Um zu verhindern, daß seine Truppen den Mut verlören, hatte Ferdinand beschlossen, uns zu einem Scharmützel herauszufordern. Er wollte so viele wie möglich von uns vor die Mauern locken und sich uns dann entgegenstellen, nicht um uns zu verwunden oder zu töten, sondern um durch die Tore in die Stadt einzudringen, selbst wenn es einen Kampf auf Leben und Tod gäbe. Der Spion hieß Abul Kasim, wie mein Wesir und oberster Burgvogt – ich weiß nicht, warum ich mich daran erinnere.

Schon glitt das Licht über die Sierra Solera, ein aschfahles Licht, das unserem Blick die riesige, ebenfalls aschgraue Fläche enthüllte, in die Santa Fe sich verwandelt hatte. Noch schwelten Rauchschwaden; der Geruch nach verbranntem Fleisch unterscheidet sich nicht von dem beißenden Gestank der Schlachten. Plötzlich wußte ich ganz genau, was ich tun mußte, was ich tun würde.

»Ich weiß nicht, ob man eine Schlacht improvisieren kann oder nicht, Farax, aber noch bevor es Mittag ist, werden wir es wissen. Wenn es hell geworden ist, werden wir durch die Puerta de Elvira ziehen. Man rufe meine Leute zusammen. Auf zum Kampf! Der Vorteil eines so kleinen Heeres besteht darin, daß es sich schnell sammeln läßt. Jetzt, wo es zum Ende geht, ganz bestimmt.«

Als Farax meine Befehle weitergegeben hatte, kam er zu mir in die Bäder meines Palasts. Er zog sich langsam aus. Ich war im Schwitzraum. Unschuldig und stark, hager und ernst trat er ein. Als er näher kam, malte das bunte Glas der Oberlichter grüne, rote und blaue Flecke auf seinen Körper. Wie magnetisiert heftete er seine Augen auf mich. Ich ließ meinen Blick über seinen herrlichen Körper wandern. Dann meine Hand. Im Ruheraum liebten wir uns wild. Nie zuvor gab ich mich den Gesten der Liebe mit so zerstörerischer, zügelloser Wonne hin. Man hätte glauben können, es wäre für uns beide das erste Mal. Oder war es das letzte Mal?

Wie immer vor einer gefährlichen Unternehmung salbten uns die Masseure mit strenger Härte. Dann bat ich um frische Kleidung für Farax und mich, ließ meine Waffen in den Palast meiner Mutter bringen und befahl die Frauen dorthin: Es war nicht das erste Mal, daß wir uns verabschiedeten, während ich mich rüstete.

Strahlend und warm kündigte sich der Morgen an. ›Bald wird sich die Sonne in diesem Wasserbecken spiegeln‹, dachte ich. Ich wollte den Worten und Gesten ihre Bedeutung nehmen. Bevor ich den Helm aufsetzte, dachte ich an die Wärme, die sie mir bald spenden würde. Aber es würde nicht sehr lange sein.

In gleichgültigem Ton sagte ich: »Verzeiht mir all die Sorgen, die ich euch bereitet habe. Es waren viele, ich weiß. Verzeiht mir.«

Moraimas Gesichtszüge verzerrten sich. Sie begann lautlos zu weinen. Mich überraschte die Sanftmut dieser Klage. Mit dem linken Arm zog ich sie an mich. Sie sträubte sich wie ein Kind, bei dem man sich nach einer ungerechtfertigten Tracht Prügel einschmeicheln will.

»Was sind das für neue Töne, Boabdil?« fragte meine Mutter aufgeregt.

»Es ist überhaupt nichts Neues. Hör auf.«

»Du bist mir Gehorsam schuldig. Also sage mir, was du vorhast und wohin du gehst.«

»Ich gehe dorthin, wohin mich dieser Gehorsam treibt. Heute nacht auf der Mauer fragtest du mich, ob es in Granada keine Männer mehr gebe. Es gibt sie. Und wir werden unserer Pflicht nachkommen.«

So knapp wie möglich erläuterte ich ihr meinen Plan. Wir würden nicht länger die Hände in den Schoß legen und den Angriff abwarten. Besser wäre es, ihn abzumildern, indem wir zuerst angriffen. Wenn die Christen uns bis zu den Mauern verfolgten, träfen sie dort auf die übrigen Granadiner, die ihnen zusetzen würden. Abends dann würden wir zurückkehren. Aber das stimmte nicht. Das war es nicht, was ich mir ausgedacht hatte. Nicht ganz. Meine Mutter, die mich immer ungläubiger anstarrte, spürte es ganz genau. Sie hatte herausgehört, was ich nicht gesagt hatte. Und Moraima, die jetzt laut schluchzte, ebenfalls. Die Frauen in ihrer Begleitung begannen eine nach der anderen mit ihrem Wehgeschrei. Alles war schwieriger geworden, als ich mir vorgestellt hatte. Verärgert wandte ich mich zum Gehen. Meine Mutter hielt mich zurück.

»Du suchst einen Ausweg, den es nicht gibt, Boabdil. Ich kenne dich. Du versuchst durch ein Tor zu gehen, das nichts weiter ist als ein Gemälde an der Wand.« Ich fühlte mich von ihrem Blick durchbohrt. »Denke genau nach. Wem vertraust du uns an, unsere Kinder, diese Stadt, dieses Volk? Du läßt uns in schlechter Obhut zurück: Wenn es dich nicht mehr gibt, werden alle versklavt, die nicht sterben. Große Ratschläge nützen bei großen Gelegenheiten.«

»Ich verstehe dich nicht.«

»Du verstehst sehr wohl!« Ihre Augen funkelten.

»Besser einmal sterben als zu Lebzeiten viele Tode erleiden.«

»Solange nur du stirbst und die anderen sich retten können. Wirst du sogar beim Sterben selbstsüchtig sein? Komm zu dir. Wem sollte mit deinem Tod gedient sein, Boabdil?«

Ihr leicht behaartes Kinn zitterte, ob vor Kummer oder Zorn, weiß ich nicht. Wieder einmal stellte ich fest, daß meine Mutter niemals einer Sache zustimmen würde, die von mir ausging.

»Laß mich!« sagte ich und machte mich von ihr los. »Die Soldaten warten auf mich.«

»Ich werde dich nicht lassen«, erneut klammerte sie sich an mich, »wenn du mir nicht schwörst, daß du dich nicht in Gefahr begibst und auch nicht zuläßt, daß sich unsere Leute von den Toren entfernen.« Sie nahm das heilige Buch und hielt es mir vors Gesicht. »Schwöre es. Schwöre auf den Koran!«

»Wozu schwören? Hört Gott uns etwa zu, sieht er uns? Siehst du denn nicht, an welchem Punkt wir angelangt sind?« Ich sprach leise und eindringlich, damit nur sie es verstehen konnte. »Leb wohl, Mutter.«

Ich küßte ihre Hand. Moraima, die sich jetzt an mich schmiegte, küßte ich auf die Wangen. Ich bemerkte den Geschmack ihrer Tränen. Über ihre Schulter hinweg sah ich Farax im Hauptportal stehen, der mir bedeutete, mich zu beeilen. Mit behandschuhten Händen verabschiedete ich mich von den Frauen, deren Wehklagen noch lauter wurde, als sei ich schon tot, dann verließ ich die Alhambra.

An den Stadttoren warteten die Soldaten auf mich, lärmend und nicht sehr geordnet. Ich stellte fest, daß es nur wenige waren.

»Sprich zu ihnen«, riet mir Abdalbar. »Mach ihnen Mut. Sie werden ihn brauchen.« Meine Miene zeigte ihm, daß ich mich dagegen wehrte. »Sprich zu ihnen, Boabdil. Es ist so Brauch. Überdies wird es die letzte Schlacht sein«, ergänzte er.

Ohne meine Stimme zu erheben, richtete ich einige Sätze an sie, die von ihren Offizieren wiederholt wurden.

»Soldaten! Meine Freunde! Heute werdet ihr nicht kämpfen, um den Ehrgeiz eines Sultans zu befriedigen. Heute werdet ihr nicht für die Unabhängigkeit eures Vaterlandes kämpfen. Ihr werdet heute nicht zum Ruhme Gottes, nicht für die Verbreitung des Glaubens, nicht zu seiner Verteidigung kämpfen und auch nicht, um das Paradies zu erlangen. Für all das kämpften eure Vorfahren. Jetzt ist es an euch, für euch selbst zu kämpfen, um eure Häuser, eure Stadt, diesen Garten, den ihr so liebt, für den Wohlstand, den ihr im Schweiße eures Angesichts erarbeitet habt. Und für alles, was es in eurem Leben gibt: die Ehre der Frauen, die Liebe der Gattin, die Jungfräulichkeit der Töchter. Heute werdet ihr um das Leben kämpfen. Und solltet ihr sterben, werdet ihr für das Leben sterben. Das Leben sei uns allen gnädig.«

Das Tor wurde geöffnet. Im Galopp ritt ich hinaus. Farax folgte mir, Abdalbar ritt zu meiner Linken.

»Wenn der letzte Soldat draußen ist, verriegle man das Tor. Und nur auf meinen Befehl wird es wieder geöffnet.«

»Willst du uns zur Schlachtbank führen?« fragte mich Abdalbar.

Ich zügelte das Pferd. Ich wandte den Kopf und sah ihn an, ohne ihm zu antworten.

»Das Tor wird nur auf meinen Befehl wieder geöffnet«, wiederholte ich, dann ritt ich zur Seite, um die Truppe vorbeizulassen, und rief ihnen zu: »Bleibt auf jeden Fall zusammen. Trennt euch nicht: Es wird euch das Leben kosten.«

»Davon haben sie schon nicht mehr viel«, hörte ich Abdalbar murmeln.

Ohne ihm Beachtung zu schenken, hob ich die Hand. Ich sah mich nicht um. Ich wußte, dort war Farax. Ihm befahl ich: »Du kommst mit mir.«

Ich galoppierte zu einer Anhöhe in der Nähe der Mauer. Dort sah ich die Granadiner stehen, die in der Stadt geblieben waren – Kinder, Alte, Krüppel, und bei ihnen die Frauen, bereit, die Christen zu zermalmen, wenn sie herannahten. ›Dummköpfe‹, dachte ich. Dann: ›Nein, Ahnungslose.‹ Ich empfand Mitleid für sie und so etwas wie Zärtlichkeit. ›Noch sehe ich sie, aber innerhalb kürzester Zeit werde ich sie nicht mehr sehen können. Ahmed, mein Sohn, ist in Moclín und weiß nichts von dem, was hier geschieht. Moraima und Yussuf werden vergeblich auf mich warten.‹ Ich sah das gegnerische Heer, ungeduldig, tänzelnd wie die Pferde, in geordneten Reihen. Ohne mir dessen bewußt zu sein, suchte mein Blick nach Gonzalo de Córdoba. Ich sah ihn nicht. Ich dachte: ›Für einen so großen Schlund sind wir nur ein kleiner Bissen. Je eher er uns verschlingt, desto besser.‹ Ich gab Befehl, ein wenig vorzurücken. ›Es ist wie beim Stierkampf. Um das Tier zu reizen, bewegt man sich, damit es losrennt und angreift. Mit Sicherheit haben sie dasselbe vor. Der Trumpf des guten Stierkämpfers besteht darin, sich nicht die Initiative entreißen zu lassen. Die Christen wollen, daß wir uns möglichst weit von der Stadtmauer entfernen; dann werden sie schneller sein als wir, uns den Rückweg abschneiden und uns unmittelbar vor den Stadttoren schlagen.‹

»Wartet doch! Bleibt stehen! Das reicht!« befahl ich.

»Sie kommen!« Das war Farax' Stimme.

Ich drehte mich um. Aufrecht in den Steigbügeln stehend und mit lang gestrecktem Hals starrte er angespannt auf das gegenüberstehende Heer. Wie ein Kind, das sich auf eine Beschäftigung konzentriert.

»Sie greifen uns an. Sie greifen an!« sagte er wie zu sich selbst.

In der Tat griffen sie uns an. Aber statt sich zu sammeln, öffneten sie sich wie ein großer Fächer. Wollten sie uns umzingeln? Ihre Front war viel länger als unsere. Sie teilten sich in zahlreiche Einheiten. Ohne mir Zeit zum Verstehen oder Entscheiden zu lassen, sprengte Abdalbar den Abhang hinunter. Seine plötzliche, unabgesprochene und unerklärte Entscheidung lenkte mich ab. Dieser kurze Augenblick der Unachtsamkeit genügte; als ich wieder hinsah, trennten sich auch meine Männer. Sie versuchten den verschiedenen angreifenden Einheiten entgegenzuhalten; unschlüssig und ungeordnet ritten sie hin und her. Abdalbar erteilte verzweifelte Befehle. Alles war zwecklos. Aber nein: In meinem Plan war nichts zwecklos.

»Ich verlasse dich, Herr«, schrie Farax wild.

»Ich befehle dir zu bleiben!« schrie ich laut zurück, so laut, daß meine Stimme den erbitterten Lärm der Gefechte dort unten übertönte.

Der Staub wurde dichter. Wir konnten kaum etwas wahrnehmen, aber die Beherztheit meiner Männer war ganz deutlich zu erkennen, auch wenn sie vom Staub verschleiert wurde. Ein versteckter Stolz ließ mich tief einatmen.

»Mutig, mutig«, sagte ich und wandte mich nach Farax um. »Aber wozu noch?«

Farax hörte mir nicht zu. Er war so aufgeregt, daß es sich nicht beschreiben läßt. Er hieb mit dem Schwert durch die Luft, schüttelte den Kopf und lachte und weinte zur gleichen Zeit. Wie ein Junge, der sich für ein Spiel begeistert, bei dem er anderen, Glücklicheren, zusieht.

Die Einzelgefechte wurden zahlreicher. Meine Männer vergeudeten ihre Tapferkeit. Vier, zehn, zwanzig Christen auf jeden Moslem, getrennt von den übrigen. Und plötzlich sah ich von beiden Seiten in der Ferne zwei Staubwolken herannahen. Wie ich befürchtet hatte: Sie umzingelten uns. Die bis jetzt unsichtbar gebliebenen Heeresflügel schickten Reserven gegen meine ermüdeten Männer. Wieder einmal besiegte mich Ferdinand mit einer neuen Hinterlist. Mein Herz, das bisher ohne die geringste Beschleunigung seinen Rhythmus beibehalten hatte, begann zu rasen. Ich empfand Haß und Wut. Einen blinden Haß und eine blinde Wut auf diese Fremden, deren Stärke das einzige war, worin sie uns überlegen waren: Sie waren stärker, ihr Haß war stärker, ihre Wut war stärker. Wenn man den Tod herbeiwünschen könnte, wären sie in diesem Augenblick alle vor meinen Augen tot umgefallen. Die Verstärkung – ich glaubte Don Gonzalo an ihrer Spitze erkennen zu können – riß meine Truppen noch weiter auseinander. Meine Fußsoldaten zogen sich zurück. Nicht weil sie sich darüber verständigt hatten oder auf einen Befehl hin: Sie versuchten einfach, sich zu retten. Ich sah Farax an. Er hielt sich eine Hand vor die Augen.

»Vorwärts, Farax!«

Er richtete sich auf, als hätte ich ihm einen Tritt mit den Sporen verpaßt.

»Es ist höchste Zeit.«

Wir mischten uns unter die Kämpfenden. Nur ein paar Schwarze begleiteten mich: die Überreste der königlichen Leibgarde. Ich wollte die versprengten Reiter sammeln; es gelang mir nicht. Die Infanterie wich bis zur Stadtmauer zurück. ›In einem Gefecht weiß man bis zum Schluß nicht, wer gewinnt‹, dachte ich. ›Alles ist so durcheinander. Solange es dauert, hat nur verloren, wer sein Leben verliert.‹ Als hätten sie mich gehört, folgten meine Fußsoldaten ihrem Instinkt, drehten sich alle auf einmal um und liefen, so schnell sie konnten, diesmal nicht mit dem Rücken zur Mauer, sondern zum Feind. Ich hörte Farax schreien: »Öffnet die Tore! Man soll die Tore öffnen!«

»Nein! Nein!« brüllte ich. Aber ich wußte, daß man sie öffnen würde: Er war mein Befehlsüberbringer.

Entweder wir kehren um, oder von dieser Nacht an wird Granada ihnen gehören, sagte ich mir.

»Nein!« rief ich wieder.

Meine Leibwache war von mir getrennt worden. Ich spürte

einen Schlag auf die Sturmhaube. Keinen Schmerz, nur den Schlag. Ich weiß nicht, ob er mich verletzte oder nicht. Wenn man sich in der Schlacht befindet, merkt man nichts. Ich rechtfertigte den Ungehorsam meiner Truppen: Nur Langerprobte und Erfahrene hatten genug klaren Verstand, um zu sehen, worauf es ankommt. Der Rest war Lärm, Chaos, Durcheinander. Das war keine Schlacht, das war eine Demütigung.

»Gehen wir, Herr. Laß uns gehen. Schnell!« Es war Abdalbar, der sein Pferd neben meinem zügelte.

»Geh. Geh du. Ich komme schon.«

Inmitten von Staub und Grausamkeit flogen ein paar graue Tauben am blauen Himmel. ›Narren‹, dachte ich. ›Was haben Tauben dort oben zu suchen, wo sind die Geier? Was machen wir hier unten?‹ Ich hörte auf zu denken. Ich gab meinem Pferd die Sporen und preschte nach vorn. Nur ein paar Reiter waren bei mir und Farax. Ich wäre gerne auf Gonzalo de Córdoba getroffen. Er wäre wenigstens . . . Aber es tat nichts mehr zur Sache, wer es war. Vorwärts! Ich wunderte mich, daß ich mit lauter Stimme »Lebwohl« sagte. Es war niemand mehr bei mir. Auch wenn ich es hätte verhindern wollen, jetzt konnte ich es nicht mehr. Es war gut so. Es war gut gewesen. Ich dachte nicht. Ich kann mich an nichts genau und klar erinnern, da ist nur diese Verwirrtheit des Traumes, die uns untergehen und versinken läßt, in der kein Bestandteil eine wirkliche Daseinsberechtigung hat. Wenn ich mich bemühe, sehe ich ein weit aufgerissenes Auge, eine zerissene Tunika, aus der Blut quillt, eine abgeschlagene Hand auf der Erde, das engelhafte, helle Gesicht eines Knaben, einen blutspeienden Mund, eine seltsame Grimasse, die ein Lächeln nachäffte – vielleicht ein Lächeln war. Mit Gewißheit weiß ich nur, daß ich meinem Pferd die Sporen gab. Und mitten in diesem schrillen Lärm, dem Geschrei, den Schmerzensschreien, dem Aufeinanderprallen, dem Laufen, den Befehlen hörte ich hinter mir ganz deutlich einen Hufschlag. Warum höre ich ihn? fragte ich mich, als jemand mit einem Säbelhieb mein Zaumzeug durchtrennte.

Dann schlug er mit der flachen Klinge auf die Flanke meines Pferdes und zwang es zu einer Kehrtwendung. Schließlich stach er es in die Kruppe und versetzte es in Galopp. Gegen meinen Willen ritt ich wie der Blitz in Richtung Granada.

Ich sah das, was noch von meinem Heer übrig war – konnte man das ein Heer nennen? –, vor mir herlaufen. Es dämmerte. Wurde es Abend? Ich weiß es nicht. Der Schweiß vielleicht, der Staub, das Schwindelgefühl von den Zusammenstößen, irgendeine schmerzende Beule . . . Ich weiß es nicht. Das Feld flog an mir vorüber. Das Feld bewegte sich, nicht ich, so zügellos lief mein Pferd. Die Tore standen sperrangelweit offen. War ich der letzte? Ich hörte »Los! Voran! Schneller!« Krachend hörte ich die Tore zufallen, das Knirschen der schweren Riegel und die ersten wütenden Stöße gegen die metallbeschlagenen Balken. Ich hörte das Geschrei auf den Mauern. Ich konnte nicht feststellen, ob es Schreie des Kummers oder der Freude waren. Auch die Geschlagenen lieben zuweilen das Leben . . . Mein Pferd, mit dem ich noch nicht ganz vertraut war und das meiner Stimme noch nicht gehorchte, trabte trotz seiner Erschöpfung eilig den Hang der Sabîka zur Alhambra hinauf, um in seinen Stall zurückzukommen.

»Verzeih mir.« Es war Farax, der neben mich geritten kam.

Ich wollte ihn nicht ansehen.

»Nicht wahr, du bist es gewesen?«

»Verzeih mir.«

»Alle haben mich verraten: du und der Tod.«

»Verzeih mir.«

»Ich glaubte, sterben sei leichter.«

»Jedem schlägt seine Stunde zur rechten Zeit.«

Farax blieb ein paar Schritte zurück und wiederholte flehentlich: »Verzeih mir, Herr.«

Ich ließ einen Augenblick verstreichen.

»Heute morgen hast du mich Boabdil genannt.«

Er ritt erneut an meine Seite, und wir durchquerten gemeinsam das Tor der Alhambra.

Am nächsten Morgen sahen die Granadiner von den Mauern aus außergewöhnliche Betriebsamkeit an dem Ort, wo das christliche Lager gewesen war. Am Anfang freuten wir uns, weil wir dachten, sie bereiteten die Aufhebung der Belagerung und den Rückzug vor. Nachmittags erfuhren wir die Wahrheit. In der Frühe war die Königin mit ihren Kindern aus Alcalá gekommen, wo sie Hof hielt. Sie sprach unter vier Augen mit ihrem Gatten, und die beiden teilten den Offizieren und Generälen ihre Entscheidung mit: Es sei nicht klug nachzugeben; es sei nicht klug, den Auftrag zu vertagen. Man müsse das Eisen schmieden, solange es noch heiß sei, »und heißer als nach dem Brand wird es nicht mehr werden«, scherzte die Königin. Noch an diesem Tage – also sofort – würde mit der Errichtung eines Feldlagers begonnen, daß nicht brennen könne: eine gemauerte Stadt mit wirklichen Fundamenten aus Stein, wirklichen Straßen und wirklichen Brunnen. Mit der Dauer der Belagerung würde die Stadt wachsen und gedeihen. Aus noch triftigeren Gründen als zuvor hieße sie Santa Fe. Wir Muslime sollten entgeistert auf die unverrückbare Herausforderung der Christen starren. Sie wollten unter unseren Augen den faßbaren, den besten Beweis dafür errichten, daß sie nicht weichen würden: einen gegen Regenfälle und Feuersbrünste, Mutlosigkeit und Unschlüssigkeit gefeiten Beweis. Die Königin hatte es gesagt.

»Ich wünsche keine untätige Armee. Während die Ungläubigen ermatten, werden wir etwas Gutes leisten: ein Quartier, befestigt wie eine Stadt, das uns selbst überdauern wird, bei dem die Menschen späterer Tage sich fragen werden, ob wir verrückt waren. Durch dieses Santa Fe, durch unseren heiligen Glauben, werden wir die Alhambra erklimmen. An die Arbeit, Soldaten! Unser Gott ist nicht nur der Gott der Schlachten, er ist auch der Gott der herrlichen Feldlager mit Türmen, Gräben, Mauern und Ställen. Soldaten – bekreuzigt euch, und an die Arbeit!«

Als wir Granadiner und die Flüchtlinge aus dem Umland

sahen, wie sie die ersten Gräben aushoben und mit Kalk ein großes Gelände absteckten, wie sie Standarten einrammten und Schlachtordnungen festlegten, wie man auf Karren von den zerstörten Gehöften Material für die Errichtung fester Gebäude herbeischaffte, bestand für uns kein Zweifel mehr. An jenem Abend gingen wir früh zu Bett: Schweigend begaben wir uns in unsere Häuser; als das christliche Lager nicht mehr zu erkennen war, leerten sich die Plätze. Obwohl Mai war, verspürte niemand Lust zum Singen. Das Wasser der Zisternen und Springbrunnen plätscherte einsam, von niemandem gehört. Von meinem Alkoven aus – Farax schlief ununterbrochen seit der vergangenen Nacht – hörten Moraima und ich die Nachtigall singen. Ich fand, daß dieser unerschrockene, siegesgewisse Gesang nicht an diesen Ort paßte. Ich war kurz davor, sie töten zu lassen.

ES IST KEINE leichte Aufgabe, zu berichten, was in den folgenden Monaten geschah. Ich werde versuchen – jetzt, da ich es kann –, nicht an mich selbst zu denken, abseits zu bleiben, auch wenn ich immer schon ein wenig im Abseits gestanden habe oder man es schaffte, mich dorthin zu drängen. Ich werde versuchen, objektiv zu sein, meiner Schilderung nicht das Gefühl von Scheitern und Enttäuschung beizumischen, die Unsicherheit und auch Unausgeglichenheit, die mich damals beherrschten und die mich häufig und ohne offensichtlichen Grund dazu bewegten, von der Alhambra in die Alcazaba des Albayzín umzuziehen und umgekehrt. Ich werde versuchen, die Geschehnisse der Reihe nach aufzuzählen – falls man Unordnung ordentlich aufzählen kann, ohne sie zu verfälschen: Will man unförmig aufgehäufte Gegenstände beschreiben, so muß man sie einen nach dem anderen hervorziehen, ihre Eigentümlichkeiten hervorheben und sie in eine Reihenfolge bringen, selbst wenn man sie danach wieder genauso durcheinanderbringt, wie sie es zuvor waren.

Nachdem ich viel über die folgenschwerste Episode meines öffentlichen Lebens nachgedacht hatte (in das ich vom Schicksal gedrängt wurde – seine Entscheidung zu achten war alles, was man von mir erwartete), bin ich zu dem Schluß gekommen, daß drei Wege zu den Verhandlungen mit den Christenkönigen führten. Sie alle führten zum gleichen Ziel, aber sie verliefen nicht immer parallel. Anhand dieser Wege will ich die Ereignisse aus heutiger Sicht darstellen, vollständiger und deutlicher, als sie es damals für mich waren. Die Chronisten – sogar so Gewogene wie Hernando de Baeza – werden immer nur den einen oder anderen der Wege berücksichtigen, doch die drei existierten nebeneinander.

Der erste lag in der Situation der Stadt, die sich augenscheinlich jeden Tag verschlimmerte, auch wenn die Gründe und erschwerenden Bedingungen nicht immer klar zu erkennen waren. Der zweite Weg hatte nichts mit materiellen Dingen zu tun, er war nicht wahrnehmbar für die Bewohner Granadas, die unglücklichen Protagonisten des ersten Weges – die nicht handelten, sondern erduldeten. Diesen zweiten Weg schlugen meine Bevollmächtigten und jene der christlichen Könige heimlich ein. Der dritte, der nicht nur von den Granadinern unbemerkt blieb, sondern auch von mir, bestand aus einem undurchdringlichen Dickicht von Veruntreuungen, Ausflüchten und Spitzfindigkeiten, durch die sich an beiden Höfen – es ist eine schmerzliche Erkenntnis, daß es vor allem an meinem war – gewisse Personen auf Kosten meines Landes bereicherten. Und schließlich muß wohl nicht wiederholt werden, daß die Wirklichkeit stets komplexer ist als die Schilderung der Wirklichkeit, so wie auch die bereits erwähnte Anhäufung von Gegenständen komplexer ist als die Summe oder Aufreihung all dieser Gegenstände. Denn diese drei Wege, von denen ich spreche, standen nicht für sich, und sie waren schon gar nicht scharf voneinander getrennt; zur Bequemlichkeit derer, die sie beschritten, trafen sie sich und fielen zusammen, sie kreuzten und überlagerten sich. Ihr Entstehen und ihre Richtung wurden von den wechselnden Interessen der Personen und dem Zusammenspiel der Details innerhalb der allgemeinen Stimmung bestimmt.

Im Juni begann Granada eine kopflose Stadt zu werden, und damit meine ich nicht nur mich, der weiterhin eigentlich mehr dem Namen nach das Oberhaupt war. Kaum spürbar, aber rasch und stetig wurde die Stadt von Panik und einer düsteren Vorahnung der Katastrophe erfaßt. Zuerst reagierte das Volk mit einer Art schweigsamer Resignation: Wie in jenen Fällen, bei denen man das Reden unterläßt, weil man das Unglück für unabwendbar hält. Die Leute versuchten nicht nur, ganz normal weiterzuleben, sondern allem, was sie taten, einen Anschein von Normalität zu geben. Außer daß man die Stadtmauern nicht verlassen konnte – eine Erschwernis, die für die Bauern tödlich war –, wurde eine annehmbare Nachahmung der Normalität erreicht. Aber mit der Zeit reizte die Unaufrichtigkeit dieses Zusammenlebens die Gemüter. Nicht nur das Eingeschlossensein, auch das Wissen darum und die stillschweigende, gegenseitige Übereinkunft, es nicht öffentlich auszusprechen, führten zu Spannungen, Streit und Schlägereien. Einige Stadtviertel prangerten offen an, sie würden gegenüber anderen benachteiligt. Einige Ausschüsse entzweiten sich mit den Einwohnern, eine noch nie dagewesene Sache. Einige Bürger drohten mit der Abschaffung dessen, was sie für übertriebene Privilegien hielten. Die Armen, die sich in Granada immer durch eine besondere Fröhlichkeit ausgezeichnet hatten, bei der so wenig Neid auf die Reichen zu erkennen war, erhoben sich, als sie diese Fröhlichkeit verloren, gegen jene, die, so sagten die nun traurig gewordenen Armen, nie verloren hatten und auch, wenn man die Stadt verlöre, nicht verlieren würden. Die Betrügereien aller Parteien gingen vor allem auf Kosten der Armen, die, um zu überleben, auf solche Staatsdiener angewiesen waren, die für das öffentlich Wohl die eigene Bereicherung hintanstellten. Andererseits waren grundsätzlich nur die Reichen von den Steuerabgaben betroffen, die man für die Bewaffnung, den Unterhalt des Heeres und die Errichtung von Verteidigungsanlagen dringend benötigte, um uns der Belagerer erwehren zu können. So waren die Kriegskosten – vielmehr nicht des Krieges, sondern lediglich des Widerstands – allen ein Dorn im Auge. Um so mehr, als sie glaubten, durchzuhalten sei zwecklos. Arme wie Reiche hatten die Illusion verloren, alle waren von Schwarzseherei beherrscht.

Die Bauern versanken angesichts der unbestellten Felder in feindselige Fassungslosigkeit. Kaum war es hell geworden, sah man sie, die Ellenbogen auf die Mauern gestützt, wie ihr tränenverhangener Blick die Vega nach den Scheunen, Gehöften, Obstplantagen, den öden Stoppelfeldern absuchte, in die sich ihre üppigen Pflanzungen verwandelt hatten. Wer sein Land nicht liebt, wie unsere Bauern es lieben, wer nie ihr sorgsames, liebevolles Handwerk ausgeübt hat, durch das sie die Natur nicht unterwerfen, sondern liebkosen und verschönern, die sie so verehren, daß sie sie mit ihren Terrassenfeldern, Bewässerungsgräben und Schöpfstellen urbar machen, derjenige, so behaupte ich, wird nie wie sie jeden Morgen den Ruf dieser Natur fühlen können, die jeden einzelnen beim Namen rief, ihm nachtrauerte und nach ihm verlangte, mehr noch als ihre Herren in politischer Hinsicht, eine Sache, die sie nichts anging und die sie schließlich haßten – so sehr haßten, daß sich ihr ganzes Sinnen darauf richtete, sich zu verschwören, Rachepläne auszuhecken und nach einer Lösung zu suchen, durch die sie möglichst schnell wieder auf ihr Land zurückkehren könnten.

Es gab den Handel nicht mehr, der früher jeden Morgen zum Leben erwachte und unsere Sukhs bereicherte, Grundlage für den Wohlstand unserer Handwerker, deren Waren von Kaufleuten aus Granada mitgenommen wurden, die gleichzeitig Erzeugnisse aus anderen Ländern herbeischafften, jener Handel, der über Berge und Meere hinweg enge Bande knüpfte, im Grunde genommen die einzigen, die von Dauer sind. Die Stadt lebte von dem, was sie selbst erzeugte, aber es wurde nicht mehr alles hergestellt, und auch die Mengen wurden geringer. Viele Kaufleute, die mit Luxuswaren handelten, blieben ohne Beschäftigung, die übrigen stellten wegen der geringen oder gänzlich ausbleibenden Nachfrage bei weitem nicht so viel her wie sonst. Umfangreichere Geschäfte, der Geldwechsel, Importe, der Seehandel und internationale Beziehungen wurden eingestellt. Und auch diese Geschädigten fanden keinen vernünftigen oder ideologischen Grund, der ihren Verlust entschuldigt hätte.

Das Heer wiederum war in einem dermaßen schlechten Zustand und bei den Bürgern so unbeliebt, daß es statt Bewunderung oder Respekt Angst einflößte. In Zeiten der Niederlage hat der Soldat eine ebenso undankbare Aufgabe wie der Fakhi unter Ungläubigen. Zudem war die Elite unserer Armee während der Wintermonate bei Ausfällen umgekommen, die man unternommen hatte, damit das Heer beweglich und in Übung blieb. In den Gebieten von Alfacar und Puliana, in Maracena, Tafía, Jaragüi und Armilla, in El Rebite und El Monachil ließen unsere besten Krieger ihr Leben oder kehrten verkrüppelt von dort zurück. So sah es bei uns aus, selbst wenn die Verluste der Christen doppelt oder dreimal so hoch gewesen wären, was nicht der Fall war. Aber wir hätten auf jeden Fall gekämpft, um uns nicht geschlagen zu geben, ehe wir geschlagen waren.

Moralisch war die Situation also ausweglos. Und sie war es schon, lange bevor sie sich den Granadinern als solche zu erkennen gab.

Was die Lebensmittelknappheit betraf, so war sie noch nicht so drastisch wie in Málaga und Baza vor deren Kapitulation. Jedenfalls aber steht fest, daß die Granadiner und die Flüchtlinge die Verantwortung für den Untergang des Islam an niemanden weiterreichen konnten: Diese Kapitulation war nicht irgendeine weitere Kapitulation. Sie bedeutete das Aufgeben all dessen, was ihr Glaube und ihre Vorfahren verkörperten, die sie gelehrt hatten zu sein, und die sie seit Jahrhunderten ermutigten, sich zur Wehr zu setzen. Was kümmerte es sie, daß Granada nicht im Sturm und nicht in einem Überraschungsangriff zu nehmen war, sondern nur durch eine Belagerung, die lange dauern würde und keine Zeit für Unruhen ließ? Was kümmerte es sie, daß die Christen uns nicht vollständig eingeschlossen hatten, daß die Hochtäler des Darro und des Genil mit ihren Obstgärten und die Viehweiden in den Ebenen von Zenes, Dúdar, Quéntar, Beas, Pinos Genil und Güejar-Sierra noch zugänglich waren, ebenso wie die felsigen, aber begehbaren Wege zu den Gehöften und Weilern der Alpujarras, von denen viele noch muslimisch waren? Auch wenn sie es nicht zugaben, wünschten die Granadiner nichts sehnlicher, als Bedingungen zu entfliehen, die ihnen unerträglich schienen, und die Flucht vor dieser Situation hielten sie, allein um des Fliehens willen, für ein unschätzbares Gut.

Und auch der Widerstand anderer Orte, ebenfalls ein unschätzbares Gut, kümmerte sie nicht. So etwa der Widerstand in Alfacar, gegen den keiner der wiederholten Angriffe der Christen auf die Festung etwas auszurichten vermochte. Ebensowenig beruhigte es sie, die beiden meines Wissens nach größten Zitadellen Europas in ihren Mauern zu haben: die Alcazaba des Albayzín und die Alhambra – zwischen denen ich, begleitet von Farax, mit Moraima und meinem Sohn Yussuf hin und her zog, scheinbar planlos zwar, normalerweise aber, weil ich Drohungen und Anschlägen ausweichen mußte. Die Granadiner blieben sogar unempfänglich für jene Heldentaten, die ich, wenn auch nicht offiziell, zuließ, um ihnen Mut zu machen. Ich meine die schnellen, effektiven Ausfälle verwegener junger Männer, die sogar im Lager Santa Fe Unruhe auslösten. Sie ritten einige Male des Nachts dorthin, überraschten und töteten die Wachtposten oder überfielen die Nachschubtruppen. Doch die Granadiner hatten nur Augen für ihren Schaden, nicht für das, wodurch sie sich davon befreien konnten, und auch nicht für den Schaden des Gegners, der auf eine bittere Weise ihren eigenen aufwog.

Oder hatten die Christen etwa optimale Bedingungen? Durch den Schmutz, durch Läuse, Wanzen und Flöhe brachen Epidemien in ihrem Lager aus, die trotz der guten Ausstattung der Lazarette zu Verlusten und Fahnenflucht führten. Es fehlte an Geld, weil die Steuern nicht immer eingezogen werden konnten, weil entweder die Dörfer die Zahlung verweigerten, die Eintreiber die Gelder veruntreuten, der Papst sich an ihnen bereicherte oder die Orden sie zurückbehielten, denn alle litten unter den sich immer länger hinziehenden Feldzügen. Auf die Dauer kann man weder von Untertanen noch von Verbündeten so große Opfer verlangen. Es war von großem Nachteil, daß die Kassen leer waren, daß Kastilien keine Kenntnisse über Stadt und Reich Granada hatte. Ihr Bedarf an Männern stieg mit der Häufigkeit unserer Überfälle; sie mußten Lanzenreiter in die Vega schicken, die täglich zweimal ausgewechselt wurden, und in der Umgebung von Santa Fe errichtete man Schützengräben, Brustwehren und bemannte Vorposten. Ihnen sank der Mut, denn diese unablässige Geschäftigkeit machte aus den Belagerern Belagerte. Die Situation war so drängend, daß die Könige, wenn schon nicht die Eroberung, so doch die Übergabe Granadas vorantreiben mußten. Sie mußten schnellstens zu unlauteren Mitteln greifen, um die Granadiner physisch und moralisch zu schwächen und uns so zu Verhandlungen zu zwingen. Wir erhielten Meldungen über die schlechte Verfassung der Christen, von ihrem Wettlauf mit der Zeit, ihren Geldproblemen und ihren unbedeutenden Rückeroberungen, die sie keinen Schritt weiterbrachten. Wir erfuhren, daß Ferdinand versucht war, die Zelte abzubrechen, eine Garnison als Mahnung zurückzulassen und die endgültige Offensive auf das nächste Jahr zu verschieben, in dem es Granada dann schon nicht mehr geben sollte. Von unseren Spähern – die meiste Zeit pendelten sie hin und her – erfuhren wir von den schlechten Neuigkeiten, die den Königen aus anderen Gebieten gemeldet wurden: Da war die Feuersbrunst in Medina del Campo, einer der reichsten Städte Kastiliens, deren Verehrung für die Königin sie zu einem der besten Lieferanten machte. Zudem war der Kronprinz von Portugal gestorben, der sich erst kürzlich mit der ältesten Tochter von Ferdinand und Isabella vermählt hatte. Sie fand Aufnahme in den Mauern von Santa Fe, das sich in ein Trauerhaus verwandelte, bis man sie schließlich nach Illora schicken mußte, weil die Soldaten zur Genüge mit ihrer eigenen Niedergeschlagenheit zu kämpfen hatten. Sie war in Begleitung von Don Gonzalo, der für ihre Sicherheit sorgen sollte. Doch seit die Granadiner beobachteten, daß die Christen das Feldlager fast täglich weiß kalkten, damit es schon aus der Ferne zu erkennen und zu bestaunen war, lebten sie nur noch in Sorge um ihre eigenen Wunden, die sie unablässig betrachteten und noch vergrößerten, indem sie darin herumstocherten. Als diese Wunden mit dem Einbruch des Winters für alle, Belagerte wie Belagerer, tiefer und schmerzlicher wurden, erreichte die Verzweiflung der Granadiner ihren Höhepunkt und entlud sich.

Als Schnee und Eis die Verbindung zu den Alpujarras unterbrachen, als es kaum noch möglich war, einträgliche Reisen zu unternehmen und die Christen, deren Kenntnisse der Pfade und Abkürzungen besser geworden waren, das Betreten und Verlassen der Stadt zu verhindern begannen, wurden die Lebensmittel knapp. Dadurch kam es zum Aufruhr unter der Oberschicht, die der Meinung war, das Recht schütze ihre Güter, Häuser und Besitzungen nicht in ausreichendem Maße. Es kam zu Plünderungen, bei denen die Armen auf Kosten der Reichen ihren Lebensunterhalt zu sichern versuchten. Es waren hemmungslose Plünderungen, es kam zur Ermordung von Besitzenden, Wohnungen wurden zerstört oder von den Entfesselten besetzt. Sie verwüsteten die Gärten, hausten in den prunkvollen Salons und mißhandelten die Frauen in den Harems. Die Unruhen in der Stadt, früher ausgelöst durch politische Differenzen, beruhten jetzt auf tiefgreifenden wirtschaftlichen Unterschieden, die viel unüberwindlicher und schärfer waren. Wie ein unerwünschter Gesandter hielt der Hunger Einzug in diese Gegend und stiftete Aufruhr unter jenen, die ihm in einer Art Wahnsinn zum Opfer fielen. Zu den Essenszeiten standen die Hungernden auf den Stadtmauern und stellten sich vor, wie sich die Christen die Bäuche mit den Lebensmitteln vollschlugen, die uns hier fehlten. Niemand dachte mehr daran, daß wir vor nicht allzu langer Zeit, als unsere Truppen Kühe und Schafe aus den Beständen der Christen erbeuteten, einen solchen Überfluß an Fleisch hatten, daß man für einen Dirhem ein Pfund davon kaufen konnte; der Körper vergißt, wenn alles verdaut ist, und verlangt nach neuer Nahrung. Zu sehen, wie die Frauen mit ihren Kindern auf dem Arm durch die Gäßchen liefen und ihr Elend, ihre Not hinausschrien . . . die Alten auf den bloßen Steinen in der Sonne sitzen zu sehen, wie sie sich einem vorzeitigen Tod überließen, gegen den sie keinen Ausweg wußten . . . das Geschrei unzähliger Gruppen zu hören, die in Ermangelung einer anderen Beschäftigung danach verlangten, daß man zu einer Einigung mit den Christen gelangen oder es ihnen überlassen solle, es zu tun . . . die Radikalsten darum bitten zu hören, man möge die Tore öffnen und sie zum Lager des Gegners gehen lassen, um sich zu ergeben . . . die fortwährenden Herausforderungen christlicher Ritter zu erleben (selbst wenn es nur den Anschein hatte – sie wirkten gut ausgerüstet und wohlgenährt), die mit Federbusch und Standarten geritten kamen, um uns zu provozieren und die Bevölkerung zur Revolte anzustacheln – es waren alles Bilder, die bei uns, die wir regierten, schwere Zweifel an unseren Entscheidungen aufkommen ließen – wenn auch, wie ich gleich berichten werde, nicht bei allen.

Welche Entscheidungen? Ich vermute, daß sie sowohl bei uns wie auch bei den Gegnern unfreiwillig und aus denselben Beweggründen getroffen wurden. Bei unserem hartnäckigen Widerstand gingen wir von denselben Dingen aus wie sie bei ihrer hartnäckigen Belagerung: Beide Seiten waren davon überzeugt, daß der Winter die Ausdauer des anderen besiegen werde. Sie nahmen an, der Hunger würde uns zur Kapitulation zwingen; wir, daß sie sich wie bei ihren früheren Feldzügen gezwungen sähen, die Belagerung aufzuheben. Aber die Zeit verging, die Lage wurde schlimmer, und keine von beiden Seiten gab nach, auch wenn die Zahl der Granadiner, die für den Widerstand waren, immer geringer wurde: ein kleiner Teil des Heeres, die Fakhis, meine Vertrauten und ich. Vielleicht hatten wir mehr zu verlieren – wenn es überhaupt noch etwas zu verlieren gab. Ich kann gar nicht sagen, welche Anstrengung es mich angesichts der verlogenen Hoffnung auf ein Ende der Belagerung kostete, den Überlegungen des Volkes nicht zuzustimmen. Eines Volkes, dem es davor schauderte, daß Tod oder Sklaverei warteten, wenn die Stadt im Kampf bezwungen würde. Man brauchte ein feines, ausgeprägtes Gespür für die richtige Gelegenheit, um zu merken, bis zu welchem Zeitpunkt die Kapitulationsbedingungen günstiger und ab wann sie vernichtend sein würden. Und letzten Endes war es ganz allein ich, der diese Entscheidung tragen mußte. Doch besonders meine ungeübten Schultern vermochten diese Last nicht zu tragen.

Diese Überlegungen waren es, die tyrannisch Einzug in meine Nächte hielten, mich bald dazu bewegten, unverbindliche Beziehungen aufzunehmen, um, wenn es soweit sein sollte, die notwendigen Schritte zu erleichtern. Diese Beziehungen waren der zweite Weg, von dem ich sprach.

In seiner Ungeduld handelte Ferdinand überhastet. Kaum war mit der Errichtung des zweiten Feldlagers begonnen worden, als er einen Boten schickte, nicht an mich persönlich, sondern über Abraham el Caisí. Sein Name war Juan de Bazán. Bis die letzten Kontakte abgebrochen wurden, hatte er mir monatelang Briefe des Königs überbracht. Darin versicherte er mich seiner großen Wertschätzung, brachte seinen Wunsch zum Ausdruck, mir seine Gunst zu bezeigen, er entschuldigte sich für die Verluste, die er uns zufüge, was einzig der geringen

Neigung zuzuschreiben sei, ihm zu dienen, wozu meine Stadt und ich verpflichtet seien, außerdem unserem Trachten nach Streit und Unruhe. Zudem drängte er immer wieder darauf, die Abmachungen einzuhalten. Aber in keinem seiner Briefe erklärte er seine eigenen, gerade begangenen Vertragsbrüche. Bei der Gelegenheit, von der ich spreche, blieb Juan de Bazán einige Tage in Granada. Er wurde unter strengster Geheimhaltung in einem Haus unterhalb des Castillo del Aceituno auf dem Albayzín untergebracht. Die Wachen, die ich dort abgestellt hatte, berichteten mir, daß sich in der Nacht viele meiner Höflinge und Minister in Vermummung einfanden, um mit ihm zu reden. Da ich die Großzügigkeit des christlichen Königs in dieser Hinsicht bereits kennengelernt hatte, konnte ich mir die Angebote vorstellen, die er ihnen machte, wenn sie mich verrieten oder umstimmten. Um ihm eine – zweifellos inkonsequente – Lektion zu erteilen, weigerte ich mich, seinen Brief anzunehmen. El Caisí, der mit mir einer Meinung war, brachte ihn zum Überbringer zurück; einer meiner Sekretäre hatte ihn sorgfältig verschlossen und neu gesiegelt, nachdem ich ihn gelesen hatte. (In diesem Brief wiederholte der König die üblichen Angebote, die vielleicht noch etwas großzügiger ausfielen, wenn ich die Stadt ohne weitere Verzögerungen übergäbe; aber er erwähnte nur meine persönlichen Vorteile. Aus der Botschaft und dem Verhalten des Boten zog ich zwei Schlüsse: erstens, wie eilig es dem König aufgrund seiner Aufschneiderei damit war, das Thema der Übergabe so schnell wie möglich aus der Welt zu schaffen; und daß er, zweitens, mit allen Mitteln versuchen würde, mir den Boden unter den Füßen wegzuziehen.)

Ferdinand und ich hatten schon vorher über Mittelsmänner in Verbindung gestanden. Der Markgraf von Villena machte versprecherische Andeutungen gegenüber Adligen meines Hofes, die entweder skrupellos oder leicht zu verleiten waren oder durch ihre feindselige Haltung mir gegenüber auffielen. Andere adlige Christen – nicht Don Gonzalo Fernández de Córdoba und auch nicht Don Martin de Alarcón, die mir am nächsten standen – waren mit zurückhaltenden, eher angedeuteten als offen ausgesprochenen Drohungen an die Väter jener Knaben herangetreten, die als Geiseln in Córdoba weilten. Und ebenjener Abraham el Caisí hatte unter dem Deckmantel von Handelsreisen manche Depesche von mir befördert, in der ich mich zum einen nach dem Wohlergehen meines Erstgeborenen erkundigte und zum anderen die Möglichkeit voraussichtlicher Gespräche andeutete, oder besser: andeuten ließ. (Er brachte mir sogar einen Brief von Ahmed aus Moclín. Moraima freute sich so über diesen Brief, daß sie vor lauter Tränen nicht lesen konnte und ich ihn ihr vorlas. Auf demselben Wege ließen wir ihm einige Goldstücke und ein paar kleine Dinge zukommen, damit er sich zu Ostern unseren Bräuchen gemäß kleiden konnte. Moraima küßte den Stoff, der die Haut ihres Sohnes berühren würde. Ich schaute lange auf den Briefbogen und dachte, daß mein Sohn älter geworden war und bereits in anmutigen Buchstaben zu schreiben wußte. Nichts auf der Welt hatte einen schöneren Klang für mich als seine knappen Worte.) Aber von diesen ganzen verschwommenen Bemühungen durfte das Volk nichts erfahren, denn es hätte sie womöglich vereitelt, indem es sich dagegen auflehnte oder sie über die Maßen lobte. Wichtig war, daß sie geheim blieben, ihr einziger Wert lag darin, daß die linke Hand sie ausführte, so daß die rechte nicht nur ihre Ausführung verweigern, sondern sogar ihre Existenz leugnen konnte.

Genauso unterhielten auch Aben Comisa und der Wesir von Granada, El Maleh, inoffizielle, nicht konkrete Beziehungen – so dachte ich jedenfalls – mit dem christlichen Hof, wo sie bereits anläßlich der früheren, offen geführten Verhandlungen die Bekanntschaft einiger Sekretäre gemacht hatten. Im christlichen Feldlager trafen sie auf ihr getreues Ebenbild, Hernando de Zafra. Er und El Maleh versprachen sich Aufrichtigkeit und herzliche, gegenseitige Freundschaft, wobei ich vermute, daß keiner der beiden dem anderen Vertrauen schenkte; aber Zafra ging ziemlich weit, indem er meine Vertreter dazu anspornte, sich mir in dieser Angelegenheit deutlich und rundheraus zu widersetzen. Soweit ich wußte, sträubten sich meine Männer gemäß meinen Weisungen, stotterten und begannen zu bitten. Ich hatte ihnen befohlen, die Verhandlungen zu verschieben, nicht aber abzubrechen, zu versichern, mein Entschluß, nicht in Verhandlungen zu treten, stehe unumstößlich fest, und auch auf Drängen Zafras hin vorzubringen, daß sie es nicht wagten, meiner Empörung zu trotzen, wenn sie eine Übergabe der Stadt auch nur andeuteten. Aber Zafra war noch hinterlistiger als sein König, vielleicht, weil er von ganz unten kam. Er war Diener bei Heinrich IV., dann drittrangiger Sekretär der Königin. Servilität und Geduld hatten ihn vorwärtsgebracht: Er wurde zum Vertrauten und Ratgeber Ferdinands. Und als dieser die Zuversicht verlor und sich damit abfand, die Belagerung auf nächstes Frühjahr zu verschieben, riet er ihm davon ab und unternahm die schmutzige Wühlarbeit, der sich in Baza der König höchstpersönlich gewidmet hatte und derer er überdrüssig war. Mit diesem begabten, aber bäurischen Mann, den niemand von seinen Zielen abbringen konnte, traten meine vornehmsten Vermittler in Verhandlungen – und nur sie, so dachte ich.

Was ich nicht wußte, wenigstens nicht in allen Einzelheiten: Bereits seit April hatten nicht nur Aben Comisa, sondern viele meiner Höflinge solche Gespräche geführt. Alles war doppelzüngig, vorgeblich, waren flüchtige Worte, und ich hätte tausend Augen haben müssen, um alles zu sehen, was hinter meinem Rücken vorging. So aber geschah es. Vielleicht ging die andere Seite davon aus, daß ich mehr wußte, als ich wußte, und daß ich diese Schritte stillschweigend genauso guthieß und genehmigte wie diejenigen des obersten Burgvogts und des Wesirs auf höherer Ebene. Die Kunst der Diplomatie besteht darin, das Hypothetische, das Erfundene glaubwürdig erscheinen zu lassen, das Illusorische auszuschmücken und das Imaginäre als Wahrheit auszugeben; sich neben anderen Dingen auch auf die Sehnsüchte des Betrogenen zu stützen, um Andeutungen als gesichert darzustellen. Bei diesem Durcheinander offizieller, halboffizieller und leider sogar gänzlich privater Bemühungen – die mit den Interessen Granadas unvereinbar waren – war für jeden, auch für mich, sehr schwer festzustellen, wo die einen anfingen und die anderen endeten. Gefangene, die ohne meine Genehmigung freigelassen wurden, übermittelten Vorschläge nach Santa Fe, von denen ich nichts wußte. Treulose, stets bereit, sich zu verkaufen, kamen und gingen mit Nachrichten, die nur einer erfunden haben konnte, der ein Interesse an ihrer Verbreitung hatte – König Ferdinand also.

(Aber wie sollte ich, lange bevor ich mich zu Verhandlungen entschloß, ahnen, daß jene, denen ich am meisten vertraute, bereits heimlich damit begonnen hatten?) Wie sollte ich ahnen, daß El Maleh, den ich stets für einen Getreuen hielt – auch heute noch –, schon seit Monaten dagegen war, Aben Comisa in die Gespräche einzuschalten, den er in seinen Briefen an Zafra einen Dummkopf und Geizhals nannte, und die alleinige Befugnis für sich forderte, eine Sache, die er mit Aben Comisa gemein hatte, der ebenfalls der Ansicht war, alles müsse in der Hand eines einzigen liegen? Wie sollte ich ahnen, daß die beiden bereits mit dem Gegner den genauen Preis für ihre Vermittlung festgelegt hatten, nämlich zehntausend kastilische Golddublonen für jeden, außerdem die Besitzungen des Templerordens mit allen Gehöften als erbliche Schenkung, mit der unumschränkten Herrschaft über bewohnte und unbewohnte Gebiete, mit allen Verträgen, Einnahmen, Abgaben, Zehnten, Zöllen und Gerichten? Wie sollte ich ahnen, daß mir El Maleh später, als ich mich schon in die Verhandlungen eingeschaltet hatte, zwar die Briefe übergab, jedoch Teile davon für sich behielt, die Zafra in den gleichen Umschlag steckte, damit er sie lesen konnte, ohne daß der oberste Burgvogt und ich davon erfuhren? Sollte ich El Maleh glauben – und ich glaubte ihm –, wenn er mir erklärte, daß es so mit mir abgemacht war und daß auch er geheime Botschaften an Zafra schicke, denn es sei nicht gut, wenn sich ein König zu sehr aufrege, seine königliche Würde gefährde, von den Lappalien und Haarspaltereien erfahre, derer sich die Untergebenen in seinen Diensten gezwungenermaßen bedienten, oder um die so unerläßlichen Lügen und Scheinheiligkeiten wisse – nur so könne man verhindern, daß er schließlich sogar diesen treuen, wenn auch nicht immer aufrichtigen Untergebenen mißtraue? Gewiß wußte ich mehr, als es den Anschein hatte, denn ich wollte die anderen in Sicherheit wiegen, und meine Höflinge waren nicht so anständig, sich nicht gegenseitig bei mir anzuschwärzen. Aber leider war es unmöglich, auf diesem Wege den wahren Stand der Dinge zu erfahren.

Es dauerte seine Zeit, bis ich dahinterkam, daß die Aufstände in Granada von Agenten König Ferdinands – und mit seinem Geld – provoziert wurden. Langsam, aber sicher hetzte er sogar die Fakhis auf. So wie auch die Plünderungen der wohlhabenden Häuser geplant waren (zu Anfang jedenfalls; schon bald folgte eine auf die andere, denn nichts zieht weitere Kreise, als wenn man den Umsturz gut bezahlt), mit der beabsichtigten Wirkung, die Beraubten gegen mich aufzubringen, weil ich so unentschlossen reagierte. Es dauerte seine Zeit, bis ich dahinterkam, warum man mich dazu ermutigte, die Aufständischen mit besonderer Härte zu behandeln, indem man mir immer wieder sagte, die Strafaktionen gegen sie und ihr Vermögen brächten mir außer Ruhe auch genügend Gelder, um die Belagerung durchzustehen. Wie konnte ich ahnen, daß diese Ratschläge genau von denen kamen, die für die Beendigung des Widerstandes waren? Und so verlor ich durch den Aufruhr der Oberschicht, die scharfen Strafen, mit denen ihnen zu begegnen man mir riet, und die ständigen Raubzüge des Pöbels nach und nach die Wohlhabenden, die Händler, jeglichen nennenswerten Einfluß auf die einfachen Leute und überhaupt die Achtung der Granadiner, denen man den Sachverhalt völlig anders schilderte als mir.

Ich muß noch hinzufügen, daß meine Mutter zumeist gegen

mich Partei ergriff, eine Folge ihrer stetigen Abneigung mir gegenüber und ihrer Freundschaft zu Aben Comisa, von dem der Vorschlag stammte, den Aufständischen mit Härte zu begegnen. Meine Mutter vergaß nicht, daß der Adel eher legitimistisch eingestellt war und immer auf seiten meines Vaters und dann meines Onkels gestanden hatte. Sie hatte eher auf die Reichen und einen großen Teil des Heeres zählen können, auf diejenigen also, die jetzt am nachtragendsten und rebellischsten waren: Es waren beides im Niedergang begriffene Mächte. Ihre Feindseligkeit gegenüber dem Adel, dem sie mißtraute und den sie für gefährlich hielt, war auf den Einfluß Aben Comisas zurückzuführen. So plädierte sie für die Notwendigkeit, dem Adel einen gezielten Schlag beizubringen und ihn aus dem Weg zu räumen.

»In dieser Lage kannst du dir nicht den Luxus erlauben, Feinde in deinem Haus zu beherbergen. Dieses Gesindel wird dich verkaufen, sobald man ihm ein gutes Angebot macht. Wenn sie dich schon öffentlich niederschreien, dann stell dir vor, was sie erst hinter deinem Rücken machen werden.«

»In dieser Lage, wie du sagtest, Mutter, kann man nicht unter den Bürgern aufräumen. Wir werden alle unsere Kräfte benötigen. Laß uns nicht handeln, als wären wir selbst unser ärgster Feind. Ob sie mir nun die Treue halten oder nicht: Es sind Granadiner, Mutter. Es sind Muslime. Vielleicht geht es nicht in deinen Kopf hinein« – ich hatte damit begonnen, ihr gegenüber so barsche Ausdrücke zu verwenden, wie ich es mir vorher nie hätte träumen lassen –, »daß ich nicht mich verteidige, und auch nicht meinen Thron, der wankt und untergeht: Ich versuche Granada zu verteidigen. Seien wir ehrlich: Wenn die Stadt gerettet wird, hat es wenig Bedeutung, daß weder die Monarchie noch der Islam zu retten sind. Und wenn man das Königreich nicht rettet, können weder Monarchie noch Islam gerettet werden.«

Ich will nicht wiedergeben, was meine Mutter darauf antwortete. Außer daß sie mich einen Verräter meines Blutes und einen Gotteslästerer schimpfte, warf sie mir vor, die Traditionen und Gebote zu leugnen, die der Emir seit der Entstehung der Dynastie verkörpere.

»Daß ich auf dich angewiesen bin, das ist mein größtes Unglück«, warf sie mir unter anderem vor. »Der Emir ist der Gebieter, und als Gebieter hat er sein Land und seine Untertanen zu schützen. Nur als Gebieter. Wenn er das nicht mehr ist, müssen seine Stadt und sein Volk sich selbst schützen.«

Die Unterscheidung, ja sogar Gegensätzlichkeit, die ich zwischen den Granadinern und uns sehe – sie sprach von *uns*! –, sei eine Täuschung. Wir und Granada, wir und der Islam seien ein und dieselbe Sache, und was mit dem einen geschehe, betreffe alle. Der Umstand, daß Ferdinand uns dort gegenüberstehe wie eine Köchin, die ein Huhn schlachten wolle oder es gar schon für tot halte, es gemächlich rupfe und in seine einzelnen Teile zerlege – Flügel, Schenkel, Kehllappen, Kamm, Gurgel, Schnabel –, dieser Umstand beweise es ganz deutlich. Was sei letzten Endes das Huhn? Worin liege das wahre Wesen des Huhns? Wo endet es? Wann hörte das Huhn, gerupft und zerteilt, auf zu sein? Ein Granada ohne Gutshöfe und Festungen im Umland, ohne Tore, Mauern und Einwohner bliebe weiterhin Granada, und *wir* wären in der Alhambra, und die Alhambra habe eine Moschee.

»Erinnere dich«, sagte ich zu ihr, »daß ich jetzt die Alcazaba gegenüber bewohne.«

»Ich weiß. Wieder eine von deinen Ungeschicklichkeiten.«

»Wenn ich von Zeit zu Zeit in der Alcazaba wohne, dann deshalb, um mich dem Leben in der Alhambra zu entwöhnen. Hier habe ich immer das Gefühl, es könne jeden Augenblick jemand kommen und das Urteil zur Zwangsräumung sprechen.«

»Sehr geistreich«, erwiderte sie mit zusammengebissenen Zähnen. »Das Volk ist davon überzeugt, daß der Herr der Alhambra der Herr des Reiches ist. Deine Unachtsamkeit und deine mangelnde Achtung vor Symbolen zwingen mich, in dem Palast zu leben, den dein Vater und seine Favoritin bewohnten, was mir ganz bestimmt nicht gefällt.«

Ich wußte, daß es nicht so war, aber ich widersprach ihr nicht. Ich wollte meine Kräfte für andere Dinge aufsparen.

»Nach dem, was mir über einige sehr seltsame Machenschaften zu Ohren gekommen ist, befürchte ich, daß die Heftigkeit, mit der Aben Comisa und du den Unruhen, die zu einem großen Teil aufgrund niederer Beweggründe aufgebauscht wurden, begegnet seid, fehl am Platze gewesen ist. Ihr habt erreicht, daß ich über keine adligen, wohlhabenden Bürger mehr verfüge, Bürger, die aus Mut und Rechtschaffenheit dazu bereit waren, unverhohlen die Wahrheit zu sagen, Bürger, die mir in der Stunde der Erschütterung, die so nahe bevorsteht, sehr geholfen hätten. Die einzigen, die mir hätten helfen können. Und auf wen kann ich jetzt zählen? Auf das Volk, dessen Zorn zu entfesseln sich irgend jemand die Mühe gemacht hat, das unsere Honoratioren niedergestochen und die Mächtigen ausgeplündert hat? Auf die überlebenden Adligen, die als Bauern verkleidet die Stadt verlassen haben, um sich in Dörfern und Gehöften in Sicherheit zu bringen? Auf jene, die hoffen, daß die Christen hier einmarschieren, um Ruhe und Ordnung zurückzubringen, die es nicht mehr gibt? Auf die Gekauften und die Käufer, die mich unter dem Vorwand, mir helfen zu wollen, verlassen haben, um so nicht von jenen enttarnt zu werden, die mir ihre Ehrlichkeit, ihre Unterstützung und ihren Rat anboten? Auf wen kann ich mich verlassen? Sag du es mir, Mutter, denn ich weiß es nicht.«

Es war die Wahrheit: Ich konnte mich auf niemanden verlassen. Mittlerweile mißtraute ich jedem, und das Volk mißtraute mir. Ich verringerte die Anzahl meiner Diener, je länger ich auf mich selbst gestellt war. Es gab Tage, an denen Moraima das Essen auftrug. Wir schliefen niemals öfter als drei- oder viermal am gleichen Ort, weil ich Angst hatte, ermordet zu werden, und nicht die geringste Ahnung, wer mir den Stoß versetzen würde.

»Mutter, hör auf, mir vom philosophischen Wesen des Huhns zu erzählen. Denn im Federnlassen und Zerissenwerden habe ich mehr Erfahrung als du. Im ›Haus der Freunde des Generalife‹ empfing ich vor Monaten ein paar Dutzend Granadiner, deren Familien so sehr mit Granada verbunden sind, die Granada so verkörpern, wie ich es tat und noch tue: Minister, entfernte Verwandte, Turmverwalter, die Verwalter der Stadtviertel, Scheichs, Kaids, Wasids. Ich wunderte mich, daß einer nach dem anderen nicht mehr zu meinen Versammlungen kam. Ich mußte feststellen, daß sich diejenigen, die du nicht vertrieben, ermordet oder verurteilt hattest, in einem anderen Haus mit anderen Freunden trafen: in einem Haus, das Ferdinand von Aragón führte. Feder um Feder, Stück um Stück bin ich ohne Huhn geblieben. ›Er fühlt sich nicht wohl‹, sagte man mir, ›er hat zu tun‹ oder ›er muß einen Kaufvertrag unterzeichnen‹, oder ›seine Frau kommt nieder‹. Bis ich schließlich begriff, woran es lag. Während man diese Entschuldigungen vorbrachte, dachte ich: ›Morgen wirst du es sein, der nicht kommt.‹ Und so war es dann auch. Jetzt bin ich allein, Mutter. Ich werde das Schiff kentern lassen; ihr habt die Besatzung über Bord geworfen; es sind nur Ratten um mich herum, und es ist ja bekannt, was Ratten machen, wenn das Schiff sinkt. Sollen wir auch über das philosophische Wesen der Ratten sprechen? Wo eine Ratte anfängt und aufhört und wer sie ernährt? Was man einer Ratte abreißen muß, damit sie keine mehr ist?«

»Ich finde deine Ironie nicht sehr witzig. Ich dulde das nicht. Wenn du meine Meinung hören willst, was ich bezweifle: Ich rate dir, eine Versammlung der Honoratioren und Räte einzuberufen und sie anzuhören. Ich weiß, daß sie so denken wie ich. Aber auf sie wirst du eher hören als auf mich, wie du es immer getan hast.«

»So soll es geschehen«, unterbrach ich sie.

Und ich berief zwei Tage später eine Versammlung der Vögte, Statthalter, Fakhis, Würdenträger und Vertreter der Zünfte ein, im Comaressaal natürlich, dem prunkvollen Sinnbild der Dynastie. Dort liefen dann endgültig jene drei Wege zusammen, über die ich einige Seiten zuvor schrieb. Ich weiß nicht, ob man es Glück oder Pech nennen soll, aber alle Anwesenden waren völlig einer Meinung. An jenem Tag, in jenem Saal traten die zuvor verborgenen, wesentlichen Linien zutage, die gemeinsam mit den tiefschwarzen Umrissen die traurige Realität zeichneten.

HINTER EINER SCHALE mit Quitten und Granatäpfeln sah ich Ende September den Abendhimmel golden aufleuchten. Der Welt entrückt, war die Zeit stehengeblieben. Nasim wies mich darauf hin, daß es Zeit sei.

»Es wird kühl, Herr.«

Er legte mir einen dunklen Umhang über die Schultern. Als ich an einem Spiegel vorbeiging, blickte ich unwillkürlich flüchtig hinein. Ich sah ein schmales Gesicht mit tiefen Ringen unter den Augen. Es fiel mir schwer, mich selbst darin zu erkennen.

Vor dem Palast Yussufs III. spielte Farax mit meinem Sohn und dem Hund Hernán. Gestikulierend kletterte das Kind auf den geduldigen Hund; Farax half ihm mit seinen starken Händen. Ich hatte bei einem Sattler ein winziges Stühlchen für Yussuf in Auftrag gegeben. Anmutig und gewandt hielt er sich daran fest. Ich blieb einen Augenblick stehen. Mein Sohn zog mit seinem Geschrei meine Aufmerksamkeit auf sich. ›Das quengelnde, lärmende Wohlbehagen der Kinder‹, dachte ich.

»Gehen wir, Farax.«

Wußte er, wohin wir gingen? Ganz gleich: Er wäre mir überallhin gefolgt. Er setzte das Kind auf den Boden, nahm seinen Burnus und kam mit. Der Abend war mild und angenehm, zu sehr für das, was mir bevorstand. Es hätte mir mehr zugesagt, schweigend mit Farax durch die Gärten zu wandeln, zu beobachten, wie die ersten Blätter fielen, wie das Licht verschwand, jene geheimnisvollen Farbenspiele des Himmels, der schließlich das dunkle Blau der anbrechenden Nacht annahm, in diesen Tagen besonders schön. Ich ging bis zum Ausgang. Der Hund wußte nicht, ob er mit mir kommen oder bei dem Kind bleiben sollte. Für einen Hund ist eine Trennung immer verwirrend; vielleicht denkt er – ob ein Hund nun denken kann oder nicht, er spürt es –, daß jede Trennung endgültig sein könnte. Unentschlossen, fast ratlos, wandte Hernán seinen Kopf von einem zum anderen. Ich wollte ihm helfen.

»Bleib hier, Hernán. Paß auf den Jungen auf. Ich werde bald zurück sein. Im Comaressaal sind genügend Hunde.« Ohne hinzusehen, wußte ich, daß Farax lächelte. »Viel bösere als du.«

Als wir dort ankamen, war noch eine Wand des Innenhofes von der Sonne beschienen. Die andere verblaßte bereits unter den Schatten. Das still daliegende Wasserbecken sah viel tiefer aus, als es ist. Marmorne Rinnen trugen das murmelnde Wasser herbei, dessen tiefgrüne Farbe mich traurig stimmte. Eine unselige Heiterkeit. Man roch den Duft der Spezereien, die in den Räucherpfannen verbrannt wurden. Durch die stille Luft schwebten sie bis zu uns herüber. Meine Mutter kam aus ihren Gemächern und begab sich an meine Seite. Wir traten ein. Die Versammelten hießen mich unerwartet herzlich willkommen. In der Mitte des Raumes erwarteten mich der oberste Burgvogt und der Wesir von Granada. Sie verbeugten sich. Ich ließ mich auf den Kissen nieder und bedeutete allen, sich zu setzen. Sie schienen überrascht zu sein, denn sie zögerten. Sie warteten ab. Ich war entschlossen, ihnen keineswegs entgegenzukommen; ich würde ihnen nur zuhören.

»Sprecht«, sagte ich.

Nichts weiter. Ich nannte keine Gründe für die Zusammenkunft. Ich legte keine Redefolge fest. Ich erteilte niemandem das Wort. Wir alle wußten, warum wir dort waren. Und sie wußten noch besser als ich, was sie mir um jeden Preis sagen wollten. Nach einem – ich nehme an, vorgetäuschten – Zögern, während dessen sie sich verhalten flüsternd miteinander berieten, stand einer auf, in dem ich jemanden zu erkennen glaubte, der ein wichtiges Amt im Markt der Stadt innehatte, vielleicht der Marktaufseher selbst, doch in diesem Moment war mir sein Name entfallen. Er begann mit seiner Rede. Ich nehme an, daß er lange sprach. Ich sah, wie die Abenddämmerung langsam ihre Flügel über die Sabîka und den Albayzín spannte. Möglicherweise erlebe ich die Abenddämmerung nicht mehr oft genug in der Alhambra, um eine davon mit etwas zu vertun, was schon feststeht, so ging es mir durch den Kopf. Meine Mutter saß zu meiner Rechten, in eine ockergelbe Tunika gehüllt. El Chorrut. Der erste Redner hieß Mohammed Ibn Halimet el Chorrut. Möglicherweise war er Kadi – ich war mir nicht sicher. Es war nicht von Bedeutung. Ich fuhr mit dem Daumen der rechten Hand über die Finger der linken. Ich atmete schwer, vielleicht seufzte ich auch. Ich suchte nach Farax; er sah mich unverwandt an. Er verzog keine Miene, als bemerke er nicht, daß ich ihn ansah, obwohl unsere Blicke sich trafen. Ich sah wieder weg. Das Licht im Patio wurde schwächer. Wir im Inneren waren von einem zarten Dämmerlicht umgeben. Verschwand das Licht, oder blieb es da und willigte ein, den Saal mit dem Halbdunkel zu teilen, das aus den Ecken hervorkam? Die Fackeln wurden entzündet. Das Tageslicht rang mit dem Feuerschein. Zu Beginn siegte das erstere, sinnlich und sanft. Dann beugte es sich dem anderen, das wechselhafter und zugleich einförmiger war, zitternd und doch starr. Über diesem Firmament aus Stuck, genau über dem Turm, würde jetzt schon an Gottes Firmament richtungsweisend und verächtlich der Polarstern stehen, der höchste von allen, in dem sich alle Pfade der Symmetrie vereinen, dem einen Freund, dem anderen Feind.

»Sie werden dieselben Lebensbedingungen haben wie immer, selbst wenn die Belagerung Jahre dauern sollte«, fuhr der

Redner fort. »Sie verfügen über eine riesige Menge von Soldaten. Wie von Zauberhand haben sie diese Stadt erbaut, die wir von unserer Stadt aus sehen können: mit Mauern, unüberwindlichen Schanzanlagen, geraden, ebenen Straßen, Lazaretten, Ställen. Sie haben Märkte, auf denen es Lebensmittel, auserlesene und warme Kleidung im Überfluß gibt. Sie haben alles, dessen sich Granada in besseren Zeiten erfreute. Sie feiern Feste und veranstalten Turniere. Ihre Damen eilen aus den mehr oder weniger nah gelegenen Städten herbei, um sie zu zerstreuen und zu ermutigen. Sie leben in Sicherheit und Hoffnung.«

»Es hat den Anschein, als seist du dort gewesen«, unterbrach ich ihn.

Er errötete, oder jedenfalls dachte ich das.

»Man muß nicht hingehen. Bedauerlicherweise kann man es von unseren Mauern aus sehen«, fuhr er fort. »Und außerdem«, betonte er, »haben sie einige Jünglinge in ihrer Gewalt, unsere Söhne, der Preis für deine Freiheit. Unser Volk aber, hungernd und verzweifelt, muß zusehen, wie seine Feinde zufrieden unter dem Baum liegen und abwarten, bis die schon fast reife Frucht zu Boden fällt. Es ist wie mit dem Knaben, der einen Vogel besitzt und ihm eine Schnur um den Fuß gebunden hat. Sind wir etwa frei, weil wir uns heute hier versammeln können? Halten wir uns für frei, weil man uns noch nicht als Sklaven hält? Weil man uns gestattet, noch ein wenig zu fliegen, nur ein klein wenig, soweit die Schnur reicht, solange es dem Knaben gefällt?« – Ich dachte an meinen Sohn, an meine Söhne. – »Wer weiß, ob er uns nicht eines Tages, wenn er Langeweile hat oder unser überdrüssig ist, mit einer Stecknadel die Augen aussticht oder uns mit einer Hand erdrosselt . . .«

»Natürlich, alles ist möglich«, murmelte ich. »Kinder sind grausam. Vielleicht auch die Vögel. Es hängt davon ab, wie groß ihre Feinde sind.«

»Widerstand ist unmöglich. Die Vorräte in den Lagern und Scheunen werden keine zwei Monate mehr reichen, wenn die

Straßen unter dem Schnee verschwinden. Höchstenfalls fünfzig Tage. Zur Zeit teilt man den Bäckereien Getreide zu, damit die Leute soviel Brot bekommen, wie sie wollen; bald werden sie nur noch soviel Brot bekommen, wie man ihnen geben kann.«

Wieder wurde ich abgelenkt. Das Licht eines Kandelabers am einen Ende des Saals fiel auf eine einzelne, goldbesetzte Tunika und ließ sie leise funkelnd in der Dunkelheit vibrieren. Nein, es war mir nicht egal, was der Kadi, oder wer er war, mir sagte: Es war nur so, daß ich es schon Hunderte Male gehört hatte. Seit Hunderten von Tagen sagte ich selbst es mir immer wieder.

Der Redner schloß schneller als geahnt, vielleicht durch meine Unlust entmutigt. Ich konnte mich nicht dagegen wehren, aber obwohl ich es überhaupt nicht wollte, dachte ich an den Weg, der hierhin geführt hatte; nicht mein Weg, sondern der meiner Vorfahren. Ruhmreiche Zeiten, wie unsere Dichter sagen, Siege, die einen Freudenschauer durch die Glieder jener Kette laufen ließen, die wir bis damals waren. Klangvolle Triumphe. »Keiner ist Sieger außer Gott . . .« Die eitle, verblendete Annahme der Unterstützung durch eine Gottheit. Hatte keiner meiner Vorfahren geahnt, daß es so kommen würde? Hatten alle sich etwas vorgemacht, gar geglaubt, es könne ein dauerhaftes Gleichgewicht geben? Sollte ich mich der Verantwortung entziehen, indem ich jene der Verblendung beschuldigte, die früher den Platz eingenommen hatten, der jetzt mir zustand? Steht wirklich alles geschrieben? War es meine Schuld, wenn dieser Haufen egoistischer Wänste mich heute mit seinem klagenden Gewäsch langweilte? Was hatten sie Verdienstvolles geleistet? Hatten sie mich gegen Zagal verteidigt – mich verteidigt! –, oder hatten sie ihre eigenen Interessen in Granada verteidigt, sich zu ihrem eigenen Vorteil mit dem Wind gedreht und ihre Ansichten geändert, je nachdem, wer in der Alhambra regierte? Und was hatten sie jetzt vor? Wollten sie wieder den Herrscher wechseln, die jahrhundertelangen Herren verjagen und durch einen anderen ersetzen, der reicher, mächtiger, sicherer war, unter dessen Regierung ihre Geschäfte gedeihen würden? War ich der Verräter? War ich der Gleichgültige? Sie mit ihrem umgehängten Koran, nach dem sie sich vorgeblich bei wichtigen Fragen richteten; sie, deren Herz, deren Glaube, deren Gott, deren alles dort war, wo ihr Schatz lag. Ich sah sie einen nach dem anderen an. Mein Blick glitt über ihre Kleidung, von der sie die Stickereien und Tressen entfernt hatten, um das Volk nicht zu provozieren, über ihre glänzenden Wangen, ihre dicken, unersättlichen Bäuche. Lieber hätte ich einer schreienden und gestikulierenden, zerlumpten und hungrigen Bevölkerung gegenübergestanden. Diese Leute hätten mir kurz und bündig gesagt, was sie wollten: leben, um jeden Preis leben. »Gott leitet nicht die Ungläubigen. Gott leitet nicht die Ungerechten«, sagte das Buch, das sie um den Hals oder am Gürtel trugen. »Ist es etwa eine Lüge, was uns Gott und sein Gesandter versprachen?« So würde ich dieses Volk fragen. »Verdienen wir etwa nicht die Hilfe Gottes? Was haben wir getan? Wir haben unsere Brüder bekriegt und ermordet, wie Raubtiere haben wir uns zerfleischt und ausgeblutet. Und jetzt hoffen wir auf den Schutz des Allmächtigen.« – »Leben«, so würde das Volk sagen, »das ist es, was wir wollen. Wenn der Prophet sogar die religiöse Scheinheiligkeit erlaubt, weil das Leben das höchste Gut ist, das uns von Gott geschenkt wurde, wenn es zulässig ist, vom wahren Glauben abzufallen, um sein Leben zu retten – wie kann man uns dann verbieten, uns zu ergeben und auszuliefern, um zu leben?« Das würde mir das Volk sagen. Aber würde es nicht genügen, laut und inbrünstig von Gott und seinem Paradies zu sprechen, von ihrer Ehre und der Ehre ihrer Großväter, um sie erneut entflammen zu lassen? Beim Volk vielleicht schon; diesen hier sagte ich: »Wir befinden uns an einem Ort, da erstrahlte die Glorie des Islam wie das funkelndste Geschmeide der Welt. Lest die Verse um euch herum. Die Sultane meiner Dynastie erbauten und schmückten diese Wände, auf daß sie vom Stolz unserer Religion, der Weisheit unseres Volkes und der Feinheit unserer Künste kündeten. Ihr seid aus euren Häusern in diesen Palast gekommen, mit dem uns einige Männer, die schon tot, aber unsterblich sind, das Kostbarste hinterließen, was sie besaßen, damit wir es noch größer machen. Granada ist weit mehr als eine Stadt und ein Land: Es ist eine Form, gelebt zu haben, zu leben, weiterzuleben. Heute seid ihr an genau diesem Ort, im Herzen des Granatapfels, und pessimistische Gedanken beherrschen euch.«

Ich wußte, daß alles, was ich sagte, geschwätzige, armselige Worte waren; doch wenn man einer Sache besonders fern steht, kann man die Feinheiten der Rhetorik besser anwenden, das wirkungsvolle Heben der Stimme, die vorgetäuschte Emotion. Ich wollte sie beleidigen, ihnen beweisen, daß sie nicht mehr fähig waren, ihr Vaterland zu verteidigen, zu stärken und sich ihm angehörig zu fühlen. Der Ehrgeiz war ihr Vaterland, und ich würde nicht dulden, daß sie die Tatsachen verdrehten und ihre Abtrünnigkeit mit ihrer aufopferungsvollen Liebe und ihrem Mitgefühl für das Volk begründeten. Aber ich konnte sie noch nicht einmal verhöhnen: Sie geeint – und das waren sie – vermochten mehr als ich. Ich sah, daß Farax' Augen, die einzigen, die meinem Blick standhielten, in grenzenloser Bewunderung leuchteten.

Ich schloß: »Stimmt ihr den Ausführungen eures Sprechers zu?«

Wie von schwerem Kummer gebeugt, neigten sich die Köpfe noch tiefer. Ich ließ das niederschmetternde, drückende Schweigen im Raum stehen. Ich wandte mich zu Aben Comisa um, dann zu El Maleh. Der eine bewegte die Lippen, der andere hob die Augenbrauen, um mir etwas mitzuteilen, was zu verstehen ich mich weigerte.

»Ich nicht. Für mich spricht er nicht.« Es war meine Mutter; sie hatte den gewichtigen, wohlmodulierten Tonfall, dessen sie sich bei wichtigen Vermittlungen bediente. »Ich bin mein eigener Fürsprecher, mein Blut ist meine Stimme. Durch Gottes Willen sind wir Nasriden die Bewahrer des Glaubens gewesen.

Seit Hunderten von Jahren ist es uns aufgetragen, diese große Moschee Gottes, Granada, an unsere Erben weiterzugeben, damit diese sie wiederum an ihre Erben weitergeben.«

Das hatte ich auch die christlichen Könige in Córdoba über sich sagen hören. Alle Herrscher, die sich nicht zu Gottheiten ernennen, setzen sich früher oder später in eine enge Beziehung zu Gott. Es ist ihre Art, sich zu verherrlichen und unsterblich zu werden. Im Himmel sind die Menschen leichter zu versöhnen, mit nicht sofort zu erfüllenden Versprechungen und mit Einschüchterungen, die andere, nicht faßbare Mächte ausführen werden – oder auch nicht. Meine Mutter fuhr fort.

»Beschämt es euch nicht, wenn wir die Bindungen lösen, die uns an Gott fesseln? Was wollt ihr damit sagen, wenn ihr versichert, die Situation sei unerträglich? Mein ganzes Leben bestand aus unerträglichen Situationen; das Leben selbst ist eine solche. Deshalb errichten wir Mauern um uns herum. Was für Granadiner seid ihr, daß ihr damit großtut, die Christen lebten besser als ihr? Kommt es jetzt darauf an, besser zu leben? Wenn ihr sagt, daß sie Lebensmittel und Waffen haben, warum nennt ihr dann nicht auch den Zeitpunkt, zu dem wir sie ihnen entreißen werden? Wollt ihr dem Verräter und Verkäufer des Reiches nacheifern, Abu Abdallah, den so viele von euch den Unbeugsamen nannten? Was wollt ihr? Ich verstehe euch nicht. Mag sein, daß ich schon alt bin. Mag sein, daß mich meine Toten, Emire zumeist, schon zu sich nach unten ziehen. Mag sein, daß ich nichts mehr zu verteidigen habe außer meiner Ehre und der meines Landes. Eines Landes, das nach dem Recht des Eroberers meiner Familie gehört. Denkt daran. Denkt daran! Aber solange es in diesem Land noch Männer mit Blut in den Adern gibt, werde ich ihr Fürsprecher sein, denn nur darauf höre ich. Ich glaubte, daß nach den schmerzlichen Säuberungen, nach der Amputation so vieler brandiger Gliedmaßen am Ende die rechten Söhne übriggeblieben seien, die Getreuen. Ich glaubte, daß ihr mir nach soviel Leid und Ungemach, nachdem ich wie ein Mann um Städte kämpfte, während mein Sohn, der Sultan, in Gefangenschaft war, die Verehrung entgegenbringet, wie sie einem Banner gebührt. Ist dem nicht so?« Geschickt verharrte sie einen Augenblick. Sie hob die Stimme. »Ist dem nicht so? Wollt ihr eure Sultana so enttäuschen, daß sie tausendmal lieber tot wäre, als zu sehen, was sie sieht? Wenn unser Volk verzweifelt ist, so wird es durch diese Verzweiflung seine größte Schlagkraft erlangen. Wenn unser Volk hungert, so wird dieser Hunger seine Sättigung sein. Auf, gegen die Christen! Die Ausrufer sollen die Männer sammeln. Ich werde mit den Frauen in Granada bleiben, und zusammen werden wir die Stadt verteidigen. Zieht gegen die Feinde des Glaubens. Legt erneut Feuer an ihr Lager. Die Zurückkehrenden werden eine Stadt vorfinden, die geschaffen ist für das Glück und das Leben. Wer fällt, wird das Paradies erlangen. Oder haben unsere Ahnen uns etwa belogen? Alles soll Lüge sein, wofür wir kämpften und woran wir glaubten? Plötzlich soll es gelogen sein? Antwortet. Antwortet!«

Niemand leistete ihrer wortreichen Aufforderung Folge. Es war, als ob das niederschmetternde, drückende Schweigen, das ihrer Rede vorangegangen war, nicht zu durchbrechen wäre. Als ob ihre Worte sich in Luft aufgelöst hätten – *flatus vocis* –, ohne daß irgend jemand sie vernommen hätte. Es ist zwecklos zu wiederholen, was einer, der schon in eine andere Richtung blickt und die in Fleisch und Blut übergegangene Gefahr gegen eine unversehrte, wunderbare Perspektive ausgetauscht hat, nicht mehr hören will. Hätte es die Christen nicht bereits gegeben – die Muslime dort vor uns hätten sie erfunden. Die meisten von ihnen hielten für eine Wiedergeburt, was nur einigen wenigen wie Selbstmord vorkam. ›Sie haben genug von uns, Mutter‹, dachte ich. ›Spare dir deine funkensprühenden, vergeblichen Reden. Man kann nichts mehr tun.‹ Farax blickte sich um. Er ging einen Schritt nach vorn. Mit einer für die übrigen unsichtbaren Geste hielt ich ihn zurück. Dann brach ich das Schweigen.

»Mir ist bewußt, daß ihr euer Gewissen prüft. Mir ist bewußt, daß ihr behutsam das Für und Wider abwägt.« Was natürlich nicht stimmte. »Wenn ihr euch dafür entscheidet, mit mir zusammen Widerstand zu leisten, werden wir alle miteinander das Reich erneuern. Gottes Wege sind unergründlich: Wer könnte also vorhersagen, was uns nach dem Winter erwartet? Kommt nicht nach ihm stets der Frühling?«

Die Argumentation war sehr brüchig; es war überhaupt keine Argumentation. In Zeiten wie diesen konnte man nicht vernünftig sein. Heldenhaft mußte man sein, aber die Sprache des Heldenmuts verstanden meine Zuhörer nicht. Meine Untertanen hatten noch nie etwas von Numantia oder Sagunt gehört und wären in Lachen ausgebrochen, hätte jemand die Kühnheit besessen, ihnen solcherlei Geschichten zu erzählen. Sie waren die Vernünftigen. Sie schlossen sich zusammen, jedoch nicht um zu kämpfen, sondern um zu überleben; sie erklärten sich solidarisch, aber nicht um sich aufzuopfern, sondern um bestehen zu können. Ich war ihr Sultan, theoretisch herrschte ich über sie: eine weitere Farce. Mich abzusetzen würde ihre erste Maßnahme sein, um zu überleben. Die zweite bestünde darin, mir die Kehle durchzuschneiden. Ohne sie war ich kein Sultan. Mit ihnen auch nicht. Ihr Schweigen war eine lautstarke Bestätigung.

Ein sehr kleiner Mann kam mit kurzen Schritten näher. Ein Bart bedeckte sein gesamtes Gesicht. Er hatte winzige, forschende Augen und stark behaarte, überproportional große Hände. Es war ein Fakhi, ein Korangelehrter, der sich in den letzten Wochen große Achtung verschafft hatte. Er kam aus Huenajar oder Huájar, oder was weiß ich woher. Selbstverständlich hieß er Mohammed el Pequení, »der Kleine«.

»Mein Gebieter! Meine Gebieterin! Verwechselt nicht den Willen Gottes mit dem euren. Zuweilen liegen seine Entscheidungen im dunkeln, ein andermal aber sind sie von unzweifelhafter Klarheit. Wenn der Untergang Granadas in Gottes Buch geschrieben steht, so werden wir nichts damit erreichen, uns gegen das Schicksal aufzulehnen. Er weiß, wann er belohnt und wann er bestraft. Er weiß, wann man es wert und wann man es nicht wert ist, sein Vorkämpfer zu sein. Beharrt nicht darauf, den Todeskampf unseres Volkes zu verlängern; die Agonie wird ihm weder Rettung noch Sieg bringen. Wenn also dem Kranken eine andere Haltung Erleichterung verschafft, so laßt uns ihm helfen, sie zu ändern. Mein Herr, meine Herrin, erforscht die Tiefen eurer Herzen. Vielleicht stehen weder Granada noch der Glaube, noch der Islam auf dem Spiel, sondern einzig und allein eure Dynastie. Erlaubt mir die Bemerkung, daß dieses unser schwer leidendes Volk uns mehr Achtung und Mitleid gebietet als die Dynastie. Wenn wir zwischen dem Untergang des einen oder der anderen wählen müssen, so kann es gar keinen Zweifel geben, für wen wir uns entscheiden.«

El Pequení, fast ein Zwerg, hatte genau auf den Punkt gebracht, was alle dachten – auch ich. Ich stand ruckartig auf. Mit einem Seufzer der Erleichterung erhoben sich auch die übrigen, denn sie hielten die Versammlung für geschlossen. Ich aber hob, innerlich lächelnd, die Hände, um sie zurückzuhalten.

»So denkt ihr also? Ihr stimmt dem zu? Keiner verläßt diesen Saal, bevor er sich geäußert hat!«

Ich wollte sie bloßstellen. Ich wollte sie in die Enge treiben. Ich wußte von Anfang an, wie die Versammlung ausgehen würde, aber nun wollte ich es jeden einzelnen mit vernehmlicher Stimme aussprechen hören. Das zerknirschte Benehmen genügte mir nicht mehr, der verlogene Edelmut, die gespielte Geste des Schulterzuckens, mit der man der eigenen Meinung ein »Es steht geschrieben . . .« vorschob. Zuerst wandte ich mich an den obersten Burgvogt.

»Du. Sprich!«

»Ja«, antwortete nach einem Zögern Aben Comisa.

Ich stellte mich vor den Wesir.

»Du.«

»Ja«, antwortete El Maleh.

Langsam ging ich von einem zum anderen. Der Zorn ließ mich das Haupt erheben, den Körper straffen; ich habe wohl nie zuvor eine solche Würde ausgestrahlt. Ich ging von einem zum anderen und hörte, wie sie ja sagten. Mein Zorn jedenfalls war relativ: Nicht ihre Antworten waren der Grund, sondern ihre Mienen, ihre widerliche Selbstsucht, die ich entlarven wollte. Je länger ich fragte, desto vernehmlicher und stärker wurde das Ja. Vor Farax blieb ich nicht stehen: Er hätte nein gesagt. Als ich mich der hintersten Reihe zuwandte, war ich in die Nähe der Saaltüren gelangt. Draußen brach eine sanfte, laue Nacht herein. Aus den Gärten kam Jasminduft. Ich hörte, wie sich das Wasser an den Längsseiten des Teichs leise hinwegschlich. Irgendwo sang ein Vogel.

»Ja«, antwortete der letzte.

»Ich danke euch, daß ihr mich an eurem Urteil habt teilhaben lassen.«

Ich und sie, wir wußten, daß schon seit geraumer Zeit verhandelt wurde. Möglicherweise hatte man jedem von ihnen schon eine Entlohnung oder ein Versprechen zukommen lassen. Man hörte das Gezwitscher des Vogels, wodurch das Schweigen noch deutlicher wurde.

»Kommst du, Mutter?« Sie war blaß, fassungslos, fast unsichtbar in ihrer Enttäuschung. »Kommst du, Mutter?« wiederholte ich.

Ihre Stimme war wie ein Strahl siedenden Wassers.

»Nein. Ich bleibe. Ich bleibe hier. Ich gehe nicht von hier fort. Laß mich allein. Wenn ich es mir recht überlege, dann bin ich immer allein gewesen, glaube ich.«

Als wir zum Palast Yussufs III. zurückgingen, sagte Farax zu mir: »Sie haben dich nicht verdient. Du bist der beste Sultan, den Granada je gehabt hat. Du warst bewundernswert.«

»Das bin ich nicht. Aber selbst wenn ich es wäre: Wie du sehen konntest, nützt es nichts, im schlechtesten Moment der beste Sultan zu sein.«

Ich wollte in Yussufs Alkoven gehen, um etwas Reines anzufassen. Moraima lächelte mir zu und legte einen Finger auf den Mund: »Das Kind und der Hund schlafen zusammen. Die beiden haben sich übernommen.«

»Auch ich habe mich übernommen. Endgültig, glaube ich«, sagte ich und legte meinen Arm um ihre Schultern.

»ES IST NICHT DIE ZEIT für Vorwürfe«, warnte ich Aben Comisa und El Maleh, als ich sie einen Tag später zu Gesicht bekam.

Und als ich merkte, wie sie sich schräg von der Seite ansahen, kam ich ihnen zuvor.

»Es ist auch nicht die Zeit, euch gegenseitig zu beschuldigen: Ihr seid beide schuldig. Es ist Zeit zu handeln. Geschickt zu handeln, so zu handeln, daß wir möglicht viel gewinnen. So, daß wir möglichst wenig verlieren, sollte man besser sagen. Was die Geschicklichkeit angeht, so habe ich in euch und König Ferdinand die skrupellosesten Meister dieser Kunst erlebt. Zeigt mir die Briefe, die euch vom Bevollmächtigten des Königs überbracht wurden, und die Abschriften der anderen, die ihr eigenmächtig an ihn gerichtet habt. Keine Widerrede!« Sie setzten gerade dazu an. »Zeigt mir die Briefe!«

Offensichtlich zeigten sie mir die für sie vorteilhaften Briefe und die wohl abgeänderten Entwürfe ihrer eigenen Botschaften. Hernando de Zafra nannte El Maleh, dem er sehr viel öfter geschrieben hatte, einen »ehrenwerten Herrn«, einen »besonderen, guten Freund, einem wahren Bruder gleich«. Aus dem Gelesenen ließ sich ersehen, daß sie schon sehr viel länger konspirierten, als ich gedacht hatte. Jeder, der diese Blätter liest, wird sich fragen, warum ich es zuließ, daß die beiden mich weiterhin vertraten. Ich war in einer Situation, die mir keine Wahl ließ.

Später, als ich darüber nachdachte, begriff ich, daß alles von vornherein feststand. Erstens – die vollendeten Tatsachen sprachen für sich – hatten beide zusammen oder jeder für sich eine Richtung vorgegeben, was wichtig war in diesem äußerst kritischen Augenblick, in dem ich mich nicht protokollgemäß bewegen konnte. Zudem hatten sie – um ihre Bemühungen einmal zu loben – dem Gegner immer wieder beteuert, wie schwierig und mühsam es sein würde, mich zu überzeugen. Zweitens mißtraute ich allen anderen noch mehr als ihnen. Schließlich und endlich waren die beiden meine Berater seit der ersten Stunde, und sie waren den Christen aus anderen, mühseligen Verhandlungen bereits als meine Unterhändler bekannt. Das hatten sie sich natürlich auch zunutze gemacht. Drittens waren sie, wie sich aus den Briefen schließen ließ, bereits mit Gefälligkeiten und Bestechungsgeldern bedacht worden, und das hatte ihre Habgier, wenn auch nicht befriedigt, so doch gemäßigt, womit wir einen Fortschritt gemacht hatten.

In jedem Fall stand ich allein. In letzter Instanz würde die Verantwortung bei mir liegen. Vor allem, wenn es ein schlechtes Ende nähme.

So nebenbei fragte ich mich, was Loyalität bedeutete und wer dazu fähig wäre in diesen Tagen, die wir durchlebten und deren Parole lautete: »Rette sich wer kann«. Seit ich mich kenne – und ich weiß nicht, ob ich mich völlig kenne –, habe ich nach Getreuen gesucht. Als ich schwach war, oder besser: als ich ein Kind war, hatte ich einige davon um mich, und sie alle waren noch schwächer als ich. Jetzt konnte ich von niemandem Treue auf Leben und Tod verlangen; das gibt es nur in der Liebe (mit ihrer zuweilen ungerechtfertigten Ausschließlichkeit). Daß ich mein Herz blindlings Eingang in meine Amtsangelegenheiten finden ließ oder sich, umgekehrt, die Amtsangelegenheiten in mein Herzen eingruben, liegt an meiner Sehnsucht, wenigstens eine treue Person zu haben. Farax ist eine solche Person gewesen, auch Moraima auf ihre Weise. Sie sind die beiden einzigen Getreuen, die ich habe. In gewisser Weise wenigstens, denn sie sind eher wie ich selbst. Aber es ist nicht klug, eine solche Sicherheit von jenen zu verlangen, die uns beim Regieren zur Seite stehen, und noch weniger von denen, die uns abzusetzen versuchen. Kann ein Herrscher jemals wissen, wer ihm die Treue hält – besonders dann, wenn eine Kluft zwischen ihm und dem Land entstanden ist? Kann es nicht sein, daß einer, der sich dem Herrscher gegenüber nicht loyal verhält, genau dadurch für das Land von Vorteil ist?

Daß Aben Comisa und El Maleh mir gegenüber früher – und auch jetzt – nicht aufrichtig waren, glich sich andererseits dadurch wieder aus, daß sie auf eine jämmerliche Weise auch untereinander nicht aufrichtig waren. Das war es, was mich in Alarmbereitschaft versetzte, ob einer von ihnen mit seinen Verrätereien oder aus Eifersucht und Neid etwas wirklich Gefährliches anzettelte. Und letztlich – damit schloß ich meine Überlegungen – waren sie gegenüber den anderen, den Christen und den übrigen Honoratioren Granadas, noch unaufrichtiger. Aben Comisa und El Maleh waren auf nichts anderes als ihren Nutzen bedacht, und der Gegenstand war zu umfassend, als daß man sich mit überflüssigen Feinheiten aufhalten konnte. Auch wenn es kein großer Trost für mich war: Ich konnte sicher sein, daß ihre Wahl auf mich fiele, wenn sie sich zwischen den anderen und mir entscheiden müßten. Obwohl ich mir genauso sicher war, daß ihre Wahl auf sich selbst fiele, wenn sie sich zwischen sich und mir entscheiden müßten.

Daß der oberste Burgvogt des Reiches und der Wesir der Stadt nun offiziell die Verhandlungen führen sollten, war meine Entscheidung, die ich ohne Zögern traf. Darauf waren sie so stolz, daß sie sich mir buchstäblich zu Füßen warfen. Selbst über den kleinsten ihrer Schritte würden wir drei strengstes, absolutes Schweigen wahren.

Sie teilten mir mit, Sendbote sei normalerweise der von Hernando de Zafra ausgewählte Hamet el Ulailas, halb Abtrünniger, halb Händler, der keinerlei Moral habe, doch vielleicht gerade deshalb von Vorteil sei. Dennoch sei es von jetzt an ratsam, wenn man sich persönlich träfe, da sie – mein Gott, ausgerechnet sie! – dem Übersetzer mißtrauten, einem Juden namens Simon. Ich fragte sie, ob sie eher seiner Person oder seinen Übersetzungen mißtrauten. Sowohl als auch, antworteten sie mir.

Den ersten Brief, dessen Entwurf ich vor mir liegen habe, schrieb El Maleh in meinem Beisein an Zafra. Es war die Antwort auf einen früheren Brief von ihm. Er begann mit *»Geschätzter Herr und wahrer Freund«* und beinhaltete eine solche Reihe von Komplimenten an Zafra und die Könige, daß ich mich des Lächelns nicht erwehren konnte.

El Maleh las laut, während er schrieb:

»An Eure Hoheiten, die ich bis zu meinem Tod nicht vergessen kann . . .«

»Ich auch nicht«, unterbrach ich ihn.

Er sah mich vorwurfsvoll an und fuhr fort: *». . . denn ich weiß um das Gute, das sie uns taten.«*

»Es wird mit dir sein, das Gute«, sagte ich.

»Man muß so schreiben, Herr. Wenn es dir nicht gefällt, mache ich nicht weiter«, sagte El Maleh halb empört, halb komplizenhaft.

Ich lernte meine Lektion.

»Bei Gott und meinem Gesetz – wenn Granada mir gehörte, ich übergäbe es Euren Hoheiten, das werdet Ihr mir glauben müssen, und Gott möge mich vernichten, wenn ich lüge.«

»Übertreibe nicht, El Maleh.«

Er lächelte verstohlen und schrieb weiter

»Und ebenso wünsche ich meinem Herrn viel Gutes, denn ich zog ihn auf, sein Wohl und seine Güte ruhen auf mir und meinem Hause, und es ist mein Wunsch, daß er am Ende diesem närrischen Volk unbeschadet entkomme, auch wenn es mich sehr schlecht behandelt hat.« Dann kam er der Vorsicht Zafras zuvor: *»Ich möchte nicht, daß Ihr jedem Wort, welches ich an Euch richte, mit einem Schutzschild begegne und daß Ihr glaubt, einem Feind zu antworten, sondern denkt daran, daß ich ein Diener bin.«* Er

kehrte Zafras Argumente in einem Sinne um, der ihm dienlich war: *»In dem, was Ihr über die Feinde sagtet, die mein Herr, der König, und wir in dieser Stadt haben, und daß letztere mit vielerlei Arten von Leuten bevölkert ist, so habt Ihr recht in allem, und darum hat mein Herr beschlossen, kein Wort verlauten zu lassen, denn die Leute sind noch nicht reif dafür.«*

Er sah von dem Brief auf und sagte zu mir: »So beginnen wir den Termin der Übergabe zu verzögern und ihn selbst zu bestimmen. Jetzt werden wir über die Geheimhaltung sprechen, die uns sehr am Herzen liegt.«

Und er schrieb, daß der Bote Ulaila Diebesgut aus Santa Fe mitgebracht und es einem Vetter gegeben habe, damit der es im Marktviertel verkaufe, und daß es einen Volksauflauf gegeben habe und zu Ermittlungen gekommen sei und daß ich und die Bevölkerung wissen wollten, woher die Waren stammten.

»Und ich verstellte mich, und es gefiel Gott, daß ich bei einem Treffen mit den Leuten ihre ganzen Beschlüsse zunichte machte.« Er fuhr fort: *»Mein Herr sagte mir, daß Ihr Hamet keine Briefe mehr geben sollt und daß wir, falls wir Euch zu schreiben wünschen, einen gefangenen Christen nehmen, mit ihm reden und ihn in einen Mauren verwandeln werden, und wir werden ihn mit dem Brief schicken.«* Und falls dies nicht ginge, bat er ihn, zehn oder zwanzig Tage verstreichen zu lassen, ohne Hamet el Ulaila einzusetzen (»Eine weitere Verzögerung«, sagte er zu mir), bis die Granadiner das Vorgefallene vergessen hätten. Und um ihn noch mehr zu betrüben, erzählte er ihm, daß ein gefangengenommener Gomere aus dem christlichen Lager entflohen sei und in Granada damit prahle, daß er mehr berichten könne als jeder andere und daß er wisse, daß bald der Kardinal eintreffe und man das Lager auflöse, und daß König Ferdinand es nur deshalb noch nicht aufgelöst habe, weil sich keine Offiziere und Generäle bereitfänden, dort zu bleiben.

»Das wird ihn beunruhigen und ihm klarmachen, daß wir über alles unterrichtet sind, was er uns verheimlichen möchte«, kommentierte er. »Jetzt zum Schluß.«

»Es war sehr zum Gefallen meiner Gebieter, des Sultans und der Sultana, daß Ihr ihrem Sohn, dem Infanten, Kleidung überbringen ließet, sie übersen-

den Ihren Hoheiten die besten Empfehlungen und flehen innigst zu Gott, daß diese Feindschaft ein Ende finde, darum bemühen sie sich durch Gott, und ich mich gemeinsam mit Euch.«

Er unterzeichnete und siegelte. Dann sah er mich belustigt an. Ich merkte, daß ich mit ihm keine schlechte Wahl getroffen hatte.

Kurz darauf, als die Beziehungen legitimiert waren, schlug Zafra meinen Vertretern ein persönliches Gespräch mit sich und den Königen vor und wiederholte dies in jedem seiner Briefe. El Maleh antwortete, daß es leichter und vertraulicher sei, wenn Zafra selbst zu meinen Vertretern komme, wenn dies sein Wunsch sei. Aber in Zafra hatte er seinen Meister gefunden. Der erklärte nämlich: *»Ich schrieb Euch nicht, daß ich mich mit Euch treffen wolle, sondern daß Ihr zu einer Unterredung mit Ihren Hoheiten kommen könntet, denn so könnte man die Geschäfte sicherer und schneller abschließen und zu einer besseren Lösung kommen«* (Genau das suchten wir zu verhindern, um die Frist zu verlängern und größere Vorteile zu gewinnen.) Als Zafra von unseren »Bedürfnissen« sprach – ein geheimnisvolles, unklares Wort – und ihm Unterstützung anbot, wies El Maleh dies zurück und behauptete, daß wir kein Bedürfnis nach irgend etwas hätten, um so zu verhindern, daß er uns bedrückt und beunruhigt wähnte. In seiner Antwort strich Zafra die Segel, um sie dann wieder zu setzen: *»Man sollte nicht so verstehen und beantworten, was in guter Absicht und zu einem guten Zweck geschrieben wurde, und wenn Ihr ohne Bedürfnisse seid, nach dem, was Ihr, mein Bruder, sagtet, so hört besser auf meinen Rat, auch fürderhin keine solchen zu haben. Und je weniger Not Ihr leidet, desto besser solltet Ihr Euch jetzt in den Dienst Ihrer Hoheiten stellen.«* (Desto besser werden sie euch entschädigen, gab er zu verstehen.) *»Was mit Liebe gegeben wird, soll mit Liebe angenommen und erwidert werden. So, mein Bruder, sollten wir alles Unnütze unterlassen und zur Tat schreiten. Denn Ihre Hoheiten gehen nur den Weg der Wahrheit, welches sie, so sie etwas anderes wünschten, ebensogut würden unterlassen können; dergestalt, daß es, so Ihr keine Bedürfnisse habt, zweckmäßiger und ange-*

brachter wäre, die Zeit und die Verhandlungen abzuwarten. Denn Ihre Hoheiten verspüren Lust, dies baldigst zu einem Ende zu bringen, und das ist zu Eurem Vorteil – Ihr solltet dies ebenso wünschen.« Ganz klar. Aber er steckte eine Botschaft in den Umschlag, die nur für El Maleh bestimmt war. Darin beschwerte er sich über Aben Comisa, *»der nicht sehr klar und deutlich zu Diensten und zugunsten des Sultans handelt, und ich argwöhne, daß er Verzögerungen erreichen will, um den Sultan auf einen anderen Weg zu bringen.«* (Was weder für den Sultan noch für Euch gut wäre, so ließ er durchblicken, denn Ihr würdet Eurer Belohnung verlustig gehen.) *»Und der Burgvogt«,* so schloß er, *»sieht nicht, was bevorsteht, auch nicht, daß sich der Sohn seines Gebieters in Gefangenschaft befindet, daß die Person und die Stellung seines Herrn an jedem Tag, zu jeder Stunde, in jedem Augenblick in Gefahr sind.«* Im Klartext: Denke auch du stets daran, und halte es dir vor Augen, *»... denn Ihr seid gescheit und wißt, warum ich dies erwähne, und versteht alles sehr wohl.«* Und er schloß mit der Erklärung, daß, wenn wir keine Not litten, *»... Ihre Hoheiten, Gott schütze sie, noch sehr viel weniger Not leiden.«*

Ich verheimliche nicht, daß mich ein solches Gefecht ergötzte, bei dem alles, was gesagt wird, vor allem das Gegenteil meint, etwas noch nicht Ausgesprochenes vorwegnehmen will, noch sehr viel mehr andeuten und etwas anderes andeuten soll, was ebenfalls niemals ausgesprochen werden würde. Auf meinen Befehl hin verschob El Maleh den von Zafra geforderten Besuch bei den Königen. Zuerst wollte ich mich davon überzeugen, daß die Darstellung, die Zafra sich anmaßte, glaubwürdig war, und das war es, was die Könige ihrerseits bezüglich Aben Comisa und El Maleh durch dieses Treffen feststellen wollten. Aber wir waren geduldiger und geschickter. Auf das Bittschreiben El Malehs, es sei ratsam, daß die Könige Aben Comisa und mir schrieben, um uns zu beschwichtigen (in Wahrheit wollte er, daß sie ihnen bei ihrem Glauben und bei ihrer Ehre versicherten, ihnen eine gute Behandlung zukommen zu lassen, körperliche Unversehrtheit, Sicherheit und Vergütung), antworteten die verärgerten Könige mit zwei Briefen:

mit einem an mich und einem anderen an meine Vertreter. Den an mich hatte mit Sicherheit Zafra aufgesetzt. *»In Anbetracht der Zuneigung, die Ihr bei uns genießt und von der Ihr wißt, und in Anbetracht der Güte, die wir von Euch kannten, nicht glauben könnend und wollend, daß jedwede vorgefallene Sache Eurem Willen entsprang, und ebensowenig wünschend, daß alle diese Anläße zu Euerm endgültigen Verderben führen . . . unterdessen es an der Zeit ist, uns zu Diensten zu sein, hielten wir es für gut, daß unser Sekretär Eurem Burgvogt und Diener schriebe, von welchem Schreiben wir glauben, daß ihr es gesehen habt, und weil alles unserem Willen gemäß geschah und geschieht und er in unserem Auftrag schrieb, beschlossen wir, Euch dieserart zu schreiben, damit ihr hiervon Kenntnis besitzt.«* Das hieß, daß die verschlüsselte Botschaft hervorragend verstanden worden war und ihr genauso hervorragend Genüge getan wurde.

Wenn dieser Brief an mich klar war, so war jener an die anderen beiden noch klarer: *»Wir haben den Wunsch und das Verlangen gesehen, das Ihr, wie Ihr sagt, verspürt, uns zu dienen, was wir nicht in Zweifel ziehen, da wir stets den Wunsch hatten, Euch Gefälligkeiten zu erweisen . . . Wir glauben, daß der Sultan und Ihr nun mit unserer Hilfe und Gottes Gunst Eure ganze Kraft darauf verwenden werdet, von allem Vergangenen zu lassen und es zu beseitigen . . . Solltet Ihr also bald in unsere Dienste treten, so wird Euch alles Gute zuteil und Sicherheit und Ruhe, und wir sind gewiß, daß Euer Herr, der Sultan, in allen Dingen Eurem Rat und Denken folgt, und geben Euch den Auftrag, alles baldigst zu diesem Ende und diesem Ergebnis zu lenken, der unserem Dienste, Eurem Wohl und dem Wohl Eures Herren dient, und wir bescheinigen, daß Ihr, wenn Ihr dergestalt zu Werke geht, von den angedeuteten Gefälligkeiten erhalten werdet . . . und so Ihr gegenteilig handelt – was wir bezweifeln –, werdet Ihr von nun an, was auch geschieht, keinen triftigen Grund und keinen rechten Anlaß zu Klagen haben, und die Schuld für alles wird bei Euch liegen. Und glaubt nicht, daß ein Aufschub dieser Angelegenheit Eurem Handeln zugute käme, seid im Gegenteil versichert, daß jede Verzögerung zu Eurem Schaden sein wird.«* Sie verblieben mit einer Garantie bezüglich der Zuständigkeit anderer Unterhändler: *»Glaubt nicht, es sei zu unserem Gefallen, daß diese Verhandlungen auf anderen Wegen oder gar von anderer Seite* *geführt werden.«* Wenn auch mit einer Warnung: *»Denn auf diese Weise werden wir schneller und besser zu einer Lösung finden, die Euch zusagt.«*

An jenem Abend trafen wir drei uns in der Alcazaba, um die beiden Briefe durchzusprechen und zu beantworten. Wie war die Unterredung mit den Königen noch länger hinauszuschieben? Denn wenn sie so ungeduldig waren, erhielten wir um so bessere Bedingungen, je länger wir Widerstand leisteten. El Maleh beschloß, an Zafra zu schreiben, daß wir sehr zufrieden mit den königlichen Briefen seien, über die er außerdem hinzufügte: *»Wir küßten ihren sehr ehrbaren Brief, hielten ihn über unsere Häupter und entschlossen uns, ihnen mit unserem ganzen Wollen zu dienen und alles zu tun, was sie uns auftragen.«* Damit nicht alles Lüge sei, befahl ich ihm, sich den Brief über den Kopf zu halten. Unter Scherzen tat er es. Was die Unterredung anging, so ergaben sich viele Schwierigkeiten: Einer von den beiden mußte sie führen, denn der Einsatz einer dritten Person hätte die Verhandlungen hinausgezögert und die Geheimhaltung gefährdet; aber auch sie selbst könnten dieses Geheimnis gefährden, *». . . weil wir unseren Herrn niemals allein lassen können, denn es ist Brauch, daß alle Edlen und das Volk uns stets beieinander wissen, damit sie die Scheu verlieren«*, und daß man Verdacht schöpfte, wenn man sie nicht anträfe, und es sei nicht gut, wenn die Bevölkerung vor Abschluß der Verhandlungen von diesen erführe. So schlage man vor, die Unterredung zu vertagen, *». . . bis wir mit Ihren Hoheiten zu einem Abschluß gekommen sind und wir Eure Mitteilung empfangen haben und uns Eurer sicher sein können; dann geben wir Befehl und bedenken den Ablauf der Verhandlung und beschwichtigen die Leute.«* Geschickt lenkte er sodann ein: *»In jedem Falle wird einer von uns kommen, doch muß es so geschehen, daß er noch in derselbigen Nacht zurückkehrt und sich bei Morgengrauen in seinem Hause befindet.«* Deshalb sei die Absicherung des Kommens, des Aufenthalts und der Rückkehr durch ihre Hoheiten notwendig, und niemand dürfe davon erfahren außer ihren Hoheiten und Zafra.

In ihrer Antwort an die Könige warfen sich Aben Comisa

und El Maleh diesen wie ein Teppich zu Füßen. *»Es ist unser ganzes Wollen und Streben, Euren Hoheiten zu dienen, bis daß ihre Ziele und Wünsche erreicht sind, und aus diesem Grunde schreiben wir an Euren Diener und Sekretär, unseren Freund Hernando de Zafra . . .«*

Meine Antwort war schlicht. Ich erwiderte ihre zwiespältigen Gunstbezeigungen, indem ich ein dutzendmal das Wort ehrbar wiederholte: Mich bezeichnete ich so, ihren Brief, sie, ihren Sekretär, meine Burgvögte, noch einmal ihren Brief und noch einmal sie. Ich beteuerte, *»daß unsere Freundschaft niemals unterbrochen wurde und niemals enden wird«*, und erklärte, daß ich sie bezüglich ihrer Bitte, *»uns bald in Eure Dienste zu stellen, ehe wir Not und Mangel erlitten«* (damit sie verstanden, daß ich ihre Drohung verstanden hatte), wissen lasse, daß, *»wenn Euer Diener nicht in Euren Diensten steht, dies ein Bedürfnis der Leute dieser Stadt ist und daß er, ob es eine Not gibt oder nicht, immer in Euren Diensten stehen wird.«* Wenn ich diesem Auftrag nicht nachkäme, dann geschehe dies, *»weil die Zeiten unpassend sind und dessentwegen, was mit den Leuten dieser Stadt geschieht«*, die mir nach dem Leben trachteten, *»wobei sie sagen, daß sie sehr stark seien und keinerlei Not litten«* (das mußte betont werden), denn hier *»gibt es viele Leute, und sie sind sehr unhöflich zu ihrem Gebieter, und in Zeiten des Zwists pflegen sie sich gegen ihn zu empören«* (jetzt nicht mehr), *»und sie brauchen jemanden, der schlichtet und sie beschwichtigt.«* Dann bestätigte ich meine Diener als meine Stellvertreter. *»Aufrichtigste Grüße, der Segen und die Güte Gottes mögen auf Euren Hoheiten ruhen.«*

Nachts kam El Maleh mit einer Notiz zu mir, die er ohne Aben Comisas Wissen dem Brief an Zafra beifügen wollte.

»Herr, Zafra mißtraut Aben Comisa.«

»Wenn Zafra ihm mißtraut, sollte ich ihm vertrauen.«

»Wenn er ihm mißtraut, dann deshalb, weil der Burgvogt ein Tor ist, nicht weil er aufrichtig zu dir ist.«

»Auch Torheit kann nützlich sein: Täusche du sie zuweilen vor, und der Erfolg wird größer sein.«

In seiner Notiz teilte er Zafra mit, daß, *»bei Gott!«*, der Brief ihrer Hoheiten *»bei Gott nicht nötig gewesen«* sei; Aben Comisa habe sich nur schlecht ausgedrückt. *»Er ist plump, und man muß ihn beraten. Mit Gottes Hilfe und dem festen Willen, Ihren Hoheiten zu dienen, werde ich ihn und die anderen leiten. Ich quäle ihn damit, daß er zu der Unterredung gehen müsse und ich nicht mitgehen könne, und es scheint, daß er sehr ängstlich ist«* (eine Lüge: Er wollte gehen), *». . . und aus diesem Grunde bitte ich um einen Geleitbrief für uns beide«* (hatte er nicht gerade den anderen bezichtigt, um den Brief der Könige gebeten zu haben?) *»denn ich bin Euer Diener, ob ich komme oder nicht.«* Dann erging er sich in immer neuen Versicherungen, daß er das Geheimnis bewahre, *». . . sogar vor Aben Comisa«*, um somit Zafra nahezulegen, dasselbe zu tun, *». . . und ich schwöre bei Gott, daß ich Ihren Hoheiten lieber heute als morgen gegenüberstehen möchte und daß mir jeder Tag wie ein Monat vorkommt«*; doch sei er äußerst unglücklich vom Pferd gestürzt und erhole sich langsam, dank Gottes Hilfe und des guten Inhalts des Briefes Ihrer Hoheiten. *»Ich bete zu Gott, daß ich nicht falsch von Euch denke und Ihr nicht falsch von mir denkt, und daß wir zum Wohle unserer Herren beitragen, und daß wir beide«* – hier vermied er Zweideutigkeiten: Nur sie beide meinte er – *»die Ehre und den Ruhm und den Ruf und die Gunst des Königshauses erlangen.«*

Auf meine Mahnung, daß ich einige Widersprüche bemerke, antwortete er mir: »Meine Widersprüche, Herr, werden dabei helfen, daß auch sie sich widersprechen. Und durch die eine oder andere Widersprüchlichkeit werden wir Klarheit erlangen.«

In der Nacht, als El Maleh schließlich die Unterredung mit den Königen hatte, stand ich sehr früh auf. Während ich auf ihn wartete, lief ich unruhig auf und ab. Ein kalter, grauer Oktobertag war angebrochen. Kurze Zeit später kam El Maleh humpelnd zurück.

»Nur deinetwegen habe ich es getan. Keine Gefälligkeit, kein Geschenk, keine Belohnung ist eine angemessene Bezahlung dafür. Beim nächsten Mal soll Aben Comisa gehen. Er ist gerissener, er ist gebildeter, er ist mutiger.«

»Aber Zafra hast du etwas anderes erzählt. Bist du in Gefahr gewesen?«

»Mitten in der Nacht alleine unter Feinden herumzulaufen – wenn das nicht ausreicht ... Am Gehöft von Churriana haben sie mich in Empfang genommen. Was für ein Weg, Herr! Die Könige erwarteten mich. Die beiden sind alt geworden. Man sieht, daß es ihnen nicht bekommt, diese feuchtkalten Nächte im Freien zu verbringen. Dennoch ist sie dick geworden, und das, wo sie in Trauer ist.«

»Was ist geschehen?«

»Weswegen sie dick geworden ist? Du wirst verstehen, daß ich sie nicht danach fragte.«

»Es interessiert mich nicht, ob sie dick geworden ist oder nicht. Die Bedingungen meine ich.«

»Ach so, ich glaubte schon ... Ich verlas die Noten und Eingaben, die wir zugunsten der Stadtbewohner verfaßt hatten, die allgemeinen Forderungen, deine Privilegien und die deiner Familie.«

»Und deine, nehme ich an.«

»Ja, und meine. Meine ebenfalls. Warum sollte ich sie nicht verlesen. Schön und gut. Sehr gut. Sie stimmten ohne weiteres zu. Sie sahen sich an und stimmten zu. Zafra war hoch erfreut. Ohne zu feilschen, nickten sie mit dem Kopf. Und plötzlich unterbrachen mich beide gleichzeitig. Sie wollten den Zeitpunkt wissen, an dem Granada sich ergebe. Schweigen. Langes Schweigen. Mir kam es wie eine Ewigkeit vor. Dann sagte ich: ›So bald wie möglich.‹ – ›Wann wird das sein?‹, fragte sie, auch wenn er gerissener ist. Er läßt sie fragen und sich für die Schlauere halten. ›Bald‹, antwortete ich. Er schlug auf die Lehne seines Sessels. ›Bald für euch oder bald für uns? Wann?‹, und er hieb noch einmal auf den Stuhl ein. ›Wenn wir uns sehr bemühen, könnte es am letzten Tag des kommenden Mai sein‹, sagte ich. Er stand auf, wahrscheinlich, um dem Fußtritt mehr Nachdruck zu verleihen, mit dem er den Boden traktierte. Verärgert berieten sie sich miteinander. Sie berieten sich so lange und sie waren so verärgert, daß ich mir erlaubte, die Frist um drei Monate zu verkürzen, weil ich dachte, daß sie mir an Ort und Stelle die Gurgel durchschneiden würden, wenn ich es nicht täte. Augenscheinlich gereizt berieten sie sich wieder. Ich versuchte mit dem Verlesen der Bedingungen fortzufahren, aber sie sagten mir, daß die Unterredung beendet sei. Wenn sich die Stadt nicht an einem Freitag – es muß ein Freitag sein – innerhalb der nächsten dreißig Tage ergebe, neunundzwanzig jetzt, würden die Verhandlungen nicht fortgesetzt. Ich dachte, mit mir sei es aus. Um mein Leben zu retten, sagte ich, daß ich mich mit dir beraten müsse, und zog mich tief gedemütigt und beschämt wie ein begossener Pudel zurück. Und da bin ich.«

Es vergingen keine zwei Tage, ohne daß Zafra und die Könige geschrieben hätten, um den Vorschlag, den sie El Maleh gemacht hatten, zu bekräftigen und eine weitere persönliche Unterredung vorzuschlagen. Wieder mußten wir Zeit gewinnen. Das granadinische Volk würde nicht einwilligen, bevor der Winter begann und die Lebensmittel spürbar knapper wurden. Andererseits verbesserte es die Übergabebedingungen für meine Untertanen, wenn wir uns entschlössen, die von uns vorgeschlagene Frist zu verkürzen. Ich versicherte El Maleh, daß nun ich Zafra und den Königen antworten werde, er müsse sich nicht mehr damit befassen. Ich verabschiedete ihn, aber es dauerte nicht lange – es war zwar schon Nacht –, bis er ganz außer sich zurückkam.

»Herr, durch Umstände, die hier nichts zur Sache tun, habe ich entdeckt, daß der Fakhi Mohammed el Pequení mit Zafra in Briefwechsel steht.«

»Sicher hast du seinen Boten abgefangen oder ihm mehr gezahlt als jener, damit er dir den Brief gibt.«

»Das tut nichts zur Sache, Herr. Das Entscheidende ist, daß man uns verraten und verkauft hat.«

»Ich bin auf dem laufenden darüber« – ich begann zu lachen, um ihn zu beruhigen –, »daß Zafra mit vielen in Briefwechsel steht. Viele kenne ich nicht, einige kenne ich, doch weiß ich nicht, was sie ihm schreiben: Tag für Tag verringert sich die Zahl meiner ›Freunde des Generalife‹.«

Mir blieb das Lachen im Halse stecken. An jenem Nachmittag war ich so gut wie allein. Der Ort und die Tageszeit machten mich traurig. Ich verabschiedete die drei Freunde, die gekommen waren, bat Farax, mich auf dem Weg zur Alhambra zu begleiten, und beobachtete, wie um mich herum und über mir allmählich der Nachmittag zerfiel. Ich fühlte die endlose Melancholie des Wassers, das heranfließt und davonrinnt, das in den Springbrunnen singt und weiterfließt, immer gleich und immer anders. Wie die Freunde – wenn ich jemals Freunde hatte.

Hier, so sagte ich bei mir, liebte ich und wurde nicht geliebt, und dann liebte ich und wurde geliebt, fern der Welt und ihrer Kämpfe, fern der Ruinen, in deren Schutt ich heute ersticke ... Keine Liebe kann eine andere ersetzen. Ich weiß nicht, ob es mehr ist als Liebe oder weniger, was ich heute empfinde. Es ist eine Verschmelzung, eine Vereinigung voller Freundschaft, die sich von Zeit zu Zeit in einer Vereinigung der Körper äußert. So ist es mit Farax, und so ist es mit Moraima ...

Zwischen der Alhambra und dem Albayzín versank die Sonne, zwischen dem roten Hügel und dem gegenüberliegenden mit seinen ansteigenden, harmonischen Obstgärten. Wenn die Sonne untergegangen sein würde, wäre alles wieder einmal zu Ende, wie bei einem magischen Spiel, dessen Trick wir kennen. Auf dem Mirador bewegte der Wind meine Kleider, die für diese Stunde fast zu leicht waren. Ich sah die Alhambra mit ihren Gruppen schlanker, im Gegenlicht verblassender Türme. Die weiße, stumme Sierra. Widerstandslos ließ die Sonne sich fallen, versank in ihrem eher dunkelvioletten als roten Blut. Vom Albayzín erklang Musik, das Werk ungeschickter Hände und Münder. Das Murmeln der Wassergräben hinter mir, das ich an anderen Abenden als so fröhlich empfand – heute war es wie ein Weinen. Wie allein ich war! Wie einsam war ich doch! Ich wandte mich zum Palacio de la Quinta, ich konnte ihn fast berühren, stolz und unbrauchbar wie ich selbst ...

Im Sonnenuntergang hatte die Zitadelle ihre Farbe gewechselt: Sie wurde golden und rosenfarben. Vielleicht muß die Sonne untergehen, damit alles so wird, wie es in Wahrheit ist. Es gibt keine wilden Tiere mehr in den Wäldern der Alhambra, keine exotischen Vögel am Comaresturm. Nur die Sage bleibt. Die Sonne ist verschwunden. Trotzdem kann ich noch die harte Üppigkeit der Vega sehen. Ohne Sonne sind wir alle gleich: Wir alle haben unseren Schatten verloren. Der Duft einiger Kletterpflanzen schlüpfte durch die ausgestreckten Finger der Nacht. Die letzten Amseln sangen. In einem letzten Schauder war der Himmel gelb und grün wie eine Zitrone. Hier liebte ich und wurde geliebt, und alles ist wie zuvor, nur ich nicht ...

Ich hatte El Maleh vergessen. Er belauerte mich, und ich lächelte ihm wieder zu.

»Wegen El Pequení brauchst du dir keine Sorgen zu machen: Ich habe seine Briefe.«

»Herr, wieso hast du das nicht gesagt?«

»Wie kannst gerade du mir diese Frage stellen, Sohn der Finsternis?«

»Würdest du sie mir zeigen?«

Ich zeigte sie ihm. Einige Passagen las er laut, andere für sich.

»Mir will scheinen, es wäre Ihren Hoheiten zuträglich, wenn sie den Sultan sehr beschwichtigten und ihm und genauso den Leuten süß zuredeten, denn nur mit guten Manieren und guten Schmeicheleien lassen sich bedeutende Städte nehmen ... Unsere Herrin, die Königin, sollte der Frau des Sultans und seiner Mutter, der Königin, schreiben, um sie zu beschwichtigen ... Narren brauchen jemanden, der sie beschwichtigt.« – »An soviel Beschwichtigung werden wir am Ende scheitern«, bemerkte El Maleh verächtlich. *»Ich empfehle Euch, diese Verhandlungen vor Mauren und Christen verborgen zu halten, bis sie zu einem Ergebnis führen.«*

»Mit den Mauren müssen Aben Comisa und ich gemeint sein.« El Maleh nahm einen anderen Brief.

»Es ist ein Zeitraum von wenigstens zwei Monaten vonnöten« – »Was ist dieser Fakhi für ein Abschaum!« empörte er sich. *». . . und in diesem Zeitraum mag man die Leute beschwichtigen, und der Sultan mag mit den Leuten machen, was er will, und auf dem bewährten Weg, der Sierra Nevada, wird kein Durchkommen sein, und es wird die Zeit der Saat kommen, und die Leute werden sich äußern . . . Der Sultan muß notgedrungen Gespräche führen, aber er will verzögern . . .«* – »Herr, was ist das?«

»Lies weiter«, sagte ich.

»Euer Gnaden schreibe El Maleh lediglich, um ihn zu einem Treffen mit Euch zu drängen und daß ihr keine weiteren brieflichen Äußerungen von ihm annehmt und daß er mit einem Fakhi kommen soll, den er nicht auszuwählen habe.« – »Daher weht der Wind: Er will sich in die Verhandlungen einschalten.« – *»Brecht unbesorgt das Gespräch mit ihnen ab, denn sie müssen sich auf jeden Fall in Eure Hände begeben.«* – »Er verleumdet uns und bringt uns in Verruf.«

»Nein. Er setzt Vertrauen in sie. Oder sind deine Mittel etwa redlich? El Pequení macht ihnen weis, daß sie nichts verlieren würden, selbst wenn sie einer Unterbrechung zustimmten – es ist im Grunde genommen das, was wir wollen. Du wirst in deinem Schreiben an Zafra ebenso diese Meinung vertreten wie ich in meinem an die Könige. Sag ihm, daß ich mich darüber beklagte, daß man den Zeitpunkt nicht annehme, den du mit jenem guten Willen vorschlugst, mit dem er festgesetzt wurde. Und daß ich dir gesagt habe: ›Genug für den Augenblick. Wir haben verstanden. Vielleicht ein andermal‹, und damit ist die Frage geklärt.«

Ich schrieb den Königen, daß El Maleh die Frist nur deshalb um drei Monate verkürzt habe, um ihnen gefällig zu sein. Es sei ohne meine Zustimmung geschehen, ich billigte es jedoch. *»Ich schwöre bei unserem allmächtigen Gott, daß es ist, wie ich Euch sage, und ich kann Euch keine zweifelhaften Dinge zusichern, und ich möchte nicht mehr versprechen, als ich halten kann . . . Der Zeitpunkt wird der erste*

Märztag sein, wenn es nicht mehr weit ist zum April, und wir werden keine weiteren Gespräche mehr führen und keine weiteren Briefe mehr wechseln . . . Sollten Eure Hoheiten nicht zufriedengestellt sein, so liegt es nicht länger in meiner Hand, und ich kann nicht mehr tun, und die Verhandlungen werden währen, solange es Gott gefällt.« Zum Schluß – und auch zu Beginn – machte ich ihnen Hoffnung: *»Mit Gottes Hilfe werde ich zu den Leuten sprechen und nach den Burgvögten der Alpujarras schicken und mich um eine Lösung vor Ablauf der Frist bemühen.«*

»Das mit dem ersten Märztag, der nicht weit ist vom April, das verstehe ich nicht«, sagte El Maleh mit gerunzelten Brauen.

»Aus diesem Grunde steht es da. Bis es sich aufklärt, werden wir etwas gewinnen. Man muß sich der Verschiebungen unseres und ihres Kalenders bedienen, der unterschiedlichen Wochenrechnung und der Übersetzungsfehler. Je dichter der Nebel, desto besser werden wir vorankommen. Schreib du an die Könige.«

Unter meiner Anleitung teilte er ihnen mit: *»Es ist uns unmöglich, den ausgebetenen Zeitpunkt einzuhalten, und es ist niemandem begreiflich, daß die granadinische Angelegenheit in solcher Eile vor sich gehen soll, und wir schwören Euren Hoheiten bei unserem Gesetz, daß es nur Gott, nicht uns, möglich wäre, dies innerhalb jener Frist zu tun. Seit dem Tag, an dem Ihr uns dies mitteiltet, können wir nicht mehr essen und nicht mehr trinken, wir denken nur noch daran, wie wir dem entsprechen könnten, damit dem Willen Eurer Hoheiten Erfüllung widerfahre.«*

»Sehr gut. Küß ihre Füße. Und setze das Datum von Sonntag darauf.«

»Heute ist nicht Sonntag, Herr.«

»Ich weiß. Schreib Sonntag hin. Jeder Belagerungstag mehr bedeutet ein Opfer und sehr hohe Kosten für sie. Und mit den Jahren vervielfältigen sie sich, als ob jeder Tag aus tausend Tagen bestünde. Wenn wir es hinziehen, heben sie entweder die Belagerung auf, oder sie willfahren unserer Bitte.«

»Oder sie greifen an.«

»Es ist schlecht angreifen, wenn der Winter vor der Tür

steht. Man muß die Sache hinauszögern, bis alle Granadiner sich über die Situation im klaren sind.« Und während er mich verblüfft ansah, fügte ich hinzu: »Auch andere können verschlagen sein.«

SO WAR ES. Den Königen war es so eilig, daß Hernando de Zafra mich um einen Geleitbrief bat, um unbehelligt nach Granada zu gelangen. Er wurde ihm ausgehändigt. El Maleh brachte ihn in dem gleichen Haus unter, in dem Juán de Bazán gewohnt hatte.

Nach Mitternacht verließ ich den Generalife, um mich mit ihm zu treffen. Er war, wie ich ihn mir vorgestellt hatte: das Gesicht einer Maus, die Hände einer Maus, die Augen einer Maus. Er stand still, und doch bewegte sich alles an ihm: Er biß sich auf die Lippen, seine Nasenflügel bebten, sein Schnurrbart flatterte, er trommelte mit den Fingern, seine Augen huschten hin und her. Das alles gegen seinen Willen, denn ob er stand oder saß, er verharrte wie eine Statue.

Die Streitfrage war der Zeitpunkt der Übergabe. Zafra war nicht befugt zu verhandeln. Er überbrachte lediglich einen Vorschlag: dreißig Tage.

Ich fragte ihn: »Geht es Ihren Hoheiten so schlecht, sind ihre Untertanen so rebellisch und ihre Geldtruhen so leer, daß sie nicht abwarten können, bis die Frucht reif ist? Schriebt Ihr nicht, daß sie nicht die geringste Not litten?«

»Ihre einzige Not ist es, diese Verhandlungen zu Ende zu bringen, deren Ausgang bereits feststeht. Denn vielerlei Dinge harren ihrer: Hochzeiten, Seefahrten, Verträge, Eroberungen in Europa – und Granada ist ein störendes Sandkörnchen in ihrem Auge.«

Seine eigenen Augen bewegten sich, als habe er das Sandkörnchen darin.

»Seit Jahrhunderten haben Aragón und Kastilien dieses Sandkörnchen Granada im Auge gehabt«, entgegnete ich. »Ich denke, sie werden nicht erblinden, wenn sie es noch drei Monate länger ertragen.«

»Gerade weil es sich seit Jahrhunderten dort befindet, muß es um so schneller entfernt werden. Vor allem, weil es eine beschlossene Sache ist. Es ist, als ob man einen Toten im Hause habe – verzeiht mir den Vergleich. Je früher der Arzt den Tod feststellt und den Leichnam entfernt, desto eher erholt sich die Familie.«

»Zuerst einmal wird sich die Familie von seinem Tod überzeugen, ihn beweinen, Trauerkleider anlegen und den Leichnam verhüllen müssen. Doch wer sollte die Familie überzeugen, ihn zu bestatten, wenn sie noch nicht einmal um die Schwere der Krankheit weiß, geschweige denn um seinen Tod?«

»Der Leichnam wird unter Euren Händen zu riechen anfangen.«

»Gestattet, daß wir unseren Bräuchen folgen, ihn waschen, parfümieren und einbalsamieren, um zu verhindern, daß er riecht. Es hilft nichts, wenn wir den Dahinsiechenden überhastet ermorden, außer daß wir als Mörder bezeichnet werden. In seinem eigenen Hause kennt sich der Narr besser aus als der Kluge in der Fremde. Die Waschbecken und Tücher liegen bereit. Und auch das Wehklagen ist vorbereitet, mein Herr; wenn Eure Könige Sandkörnchen im Auge haben – in unseren Augen stehen Tränen. Doch solltet ihr eure Reiterei nicht mutwillig in den Töpferladen treiben, denn es werden nur Scherben übrigbleiben.«

»Deshalb, Hoheit, geben wir Euch eine Frist von dreißig Tagen, um alle Töpfe in die Regale und Schränke zu stellen. Wenn Ihr wolltet, hättet ihr mehr als genug Zeit dafür. Und wir würden Euch auch dabei helfen, jeden Topf an seinen Platz zu stellen« – seine Absicht wurde deutlicher – »und sogar solche zerbrechen, von denen Ihr es wünscht.«

Ich stellte fest, daß jeder von uns die Argumente des anderen zu seinen Gunsten verdrehte. Deshalb sagte ich ihm in etwa folgendes:

»Wenn es Euch gestattet wurde, unser Haus zu betreten, so nicht deshalb, damit ihr spioniert und herumschnüffelt, Zafra, mein Herr, sondern damit Ihr meine Beweggründe anhört, von denen es viele gibt, und ich kenne sie besser als jeder andere, so wie Ihr Eure besser kennt. Euren Königen ließ ich durch El Maleh die Bedingungen zukommen, die ich stellte, damit die Religion, das Vermögen, die Gesetze und die Unabhängigkeit meiner Untertanen in jeder Hinsicht geschützt sind. Ich wollte, daß sie Punkt für Punkt gelesen und bestätigt würden – dies war mir wichtiger als alle Privilegien und Titel, die man mir zugestehen mag. Dieses Land gehört mir, ich bin dafür verantwortlich. Eure Könige erwähnen nur die Angebote an mich persönlich und die Frist, die ich akzeptieren soll. Ich weiß nicht, ob ihre Untertanen so verschieden sind von den meinen und ob Eure Könige sie hin und her schieben wie die Bauern beim Schach. In mir haben meine Untertanen einen Schutzschild, ob sie selbst dieser Ansicht sind oder nicht. Ich bin es, der darüber zu wachen hat, daß mein Volk gut beschützt ist, wenn ich nicht mehr da bin – denn ich, und nicht mein Volk, bin der Leichnam, von dem Ihr spracht. Und ich bin es auch, der weiß, wann ich meinem Volk zu sagen habe, daß nicht mehr ich der Herr bin, daß es nun einen anderen Herrn hat, den es genauso anerkennen soll, wie ich ihn anerkannte. Wenn das nicht so ist, sehr verehrter Zafra, dann hat dieses Gespräch nicht stattgefunden. Weckt dieses Erbarmen in den Gemütern Eurer Könige: Bevor wir über Termine sprechen, sollten wir über das sprechen, was zu tun ist, und wenn das erreicht ist, sollten wir unterzeichnen. Sonst zäumen wir das Pferd von hinten auf und verlangen, daß es nach vorn läuft.«

Solange ich sprach, und noch danach, war Zafra in Bewegung wie ein ganzer Ameisenhaufen.

Wie ich vermutet hatte, empfing Hernando de Zafra in Granada recht viele Honoratioren und beriet sich mit ihnen, und er überhäufte sie mit Schmeicheleien und Geschenken: grüne Florentiner Seide für Gewänder, Samt für Röcke, Scharlachtuch aus London für Hosen. Als könnten Stoffe eine andere Scham verbergen als jene, die eigentlich keine ist. Als Maultiertreiber verkleidet ging der Verachtenswerte zum Albayzín, auf seinen Eseln führte er eine Menge von Burnussen mit sich, um mit ihnen Leute zu bestechen und die Stimmung gegen mich anzuschüren. Doch was interessierten mich zehn oder zwölf Verräter mehr, wenn das Wohlergehen meines Volkes mein größtes Anliegen war?

Kaum war Zafra nach Santa Fe zurückgekehrt, schrieben die Könige an Aben Comisa. (Vielleicht hatten sie El Maleh aufgegeben; jedenfalls mußte ich mir dessen Klagen anhören.) *»Ihr werdet von uns den Lohn erhalten, der Euch zusteht... Wir können uns nicht vorstellen, was Euch dazu bewegt, diese Angelegenheit hinauszuzögern, denn mit Gottes Hilfe wird es, da wir hier sind, weder für den König noch für Euch schwer sein, bald eine Entscheidung zu treffen, wie sie unserem Ansinnen entspricht.«*

Auch mir schrieben sie, um mir in einem gnädigen Ton vorzuwerfen, daß ich möglicherweise ihre Gesuche nicht verstanden habe. *»Denn nach dem, was Ihr geschrieben habt, scheint es, daß Euch nicht gut verständlich war, was wir Euch geschrieben haben, weswegen wir Euch erklären ließen, was wir Euch zuvor schrieben.«* (Das war der Grund für den Besuch Zafras, der mir zwar nicht vieles klarer werden ließ, dem jedoch ich etwas klargemacht hatte.) *»... nämlich daß es zu unserem Gefallen wäre, die Frist, um die Ihr gebeten habt, sehr zu verkürzen, und die Frist von dreißig Tagen, die wir Euch gaben, zu verlängern, womit dem entsprochen wäre, worum Ihr ersuchtet.«* Sie akzeptierten meine Bedingungen so leichthin, daß es mir sehr verdächtig war – als hätten sie schon im voraus die Absicht, ihnen zuwiderzuhandeln. Sie gaben mir zehn Tage, um einen meiner Unterhändler zu der endgültigen Zusammenkunft zu entsenden, anderenfalls drohten sie mir: *»Solltet Ihr dem hier Gesagten und zuvor Geschriebenen nicht in dieser Weise nachzukommen wünschen, so denkt und glaubt nicht, daß wir verpflichtet seien, Euch in einem jener Dinge zu willfahren, die man uns zuvor gesagt oder geschrieben hat.«*

Sie waren so nervös, daß es sich anbot, sie noch nervöser zu machen. Ich entsandte niemanden in diesen zehn Tagen; ich beauftragte lediglich El Maleh, an Zafra einen Brief mit Ausflüchten zu schicken. Der Brief war, wie er sein mußte: zusammenhanglos. Er teilte ihm mit, daß er von ihm einen Geleitbrief erhalten habe, *». . . und ich bin verwundert, daß Hamet el Ulaila Euch nicht von meiner Erkrankung erzählt hat«* – die ein Phantasiegebilde war – *»denn seit dem Tag, da Ihr von hier weggegangen seid, habe ich das Bett nicht mehr verlassen, und ich schwöre Euch bei Gott und meinem Gesetz, daß ich jede Nacht zehn- oder zwölfmal zum, mit Verlaub! Nachtgeschirr laufe, und ich glaube, daß ich impotent bin, und ebenso glaube ich, daß ich Furunkel auf dem Arm habe.«* – Wer sollte da nicht lachen, auch wenn die Lage ernst war? – *»Und ich kann nichts anziehen, außer einem Hemd, und mittlerweile denke ich, daß der Chirurg sie aufschneiden muß.«* Wegen dieser verschiedenen, äußerst bejammernswerten Zwischenfälle könne er sich nicht mit den Königen treffen: *»Ich schwöre bei Gott und der Unschuld meiner Frau, daß ich von Herzen und mit redlichem Willen der Diener Ihrer Hoheiten bin, und so Ihr diese Stadt zu besitzen wünscht, so soll dies auch mein Wunsch sein.«* Und falls sie darauf bestehen sollten, daß es keine Briefwechsel mehr gebe, und sie auf eine persönliche Unterredung verwiesen und er nicht gehen könne, *»dann seht zu, so Ihr es für gut befindet, daß Ihr hingeht und eine Vollmacht von Ihren Hoheiten erlangt, um den Vertrag hier abschließen zu können. Sendet Hamet zu mir, und ich werde, falls Ihr es wünscht, meinen Vetter und eine Wache entsenden, um Euch zu empfangen.«* In einer geheimen Note bot er ihm sein Kommen an, wenn es ihm besser ginge, doch könne er nicht länger als eine Stunde in Santa Fe bleiben und müsse noch in der gleichen Nacht zurückkehren, *». . . denn diese Leute lassen mir keine Ruhe und* *fordern Verhandlungen von mir, als ob ich gesund sei: Wenn Ihr hier wäret, könntet Ihr Euch selbst überzeugen.«*

Ich stellte mir den fassungslosen Zafra vor, wie er nach allen Richtungen Botschaften und Noten verschickte. An einem einzigen Tag erfuhr ich von fünf granadinischen Persönlichkeiten, die er zu bestechen versuchte. Es war nicht ratsam für meine Leute und mich, uns zuviel herauszunehmen. Die Verhandlungen mußten von El Maleh geführt werden, und niemand durfte davon erfahren – auch wenn ich nicht glaubte, daß Zafra sich selbst schaden würde, indem er etwas an die Öffentlichkeit dringen ließ. Deshalb schrieb El Maleh ihm nochmals. Er berichtete, daß es mit seinem Bauch besser geworden sei, auch wenn er noch Kopfschmerzen habe. *»Dennoch bin ich mit Gottes Hilfe dazu entschlossen, mich in die Anwesenheit Ihrer Hoheiten zu begeben, und es scheint mir gut, falls es Euch gut erscheint, den Sohn Aben Comisas mit mir zu bringen, denn wenn man den Sohn mitnimmt, verpflichtet man sich den Vater, und er wird mit uns zusammenwirken.«* Das Treffen finde in der Nacht von Freitag auf Samstag statt; Donnerstag nacht werde die Zustimmung gegeben, und am Freitag sollten bei Tag als vereinbartes Zeichen Rauchsignale im Landgut von Churriana gegeben werden. Don Gonzalo Fernández de Córdoba solle dort sein, um für El Malehs Sicherheit zu sorgen. Das Ende des Briefes war ein Galopp: Er könne nur eine Stunde bleiben ... die allgemeinen Kapitulationsbedingungen der Stadt ... die Zuwendungen und Bestechungsgelder sollten bereits schriftlich festgehalten sein ... die Privilegien der königlichen Familie bespreche man nach der Unterredung mit Ihren Hoheiten ... seine Zuwendung von jährlich zweitausend Reales solle auf viertausend verdoppelt werden ... Grüße an Don Gonzalo und an den Schreiber Samuel, der alle Schriftstücke ins Arabische bringe, und Grüße, und Datum von Montag. In einer persönlichen Notiz bedankte er sich für die beiden Lammfelle, die man ihm geschenkt hatte, damit er sich warm zudecken könne, und fragte Zafra, welche Funktion ich fernerhin wahrnehmen solle: *»Auch wenn in meinen Augen nichts dergleichen nötig ist, werde ich meinen Herrn darum ersuchen, als was mein anderer Herr, der Sultan, verbleiben soll.«* Ich weiß nicht, ob er es schrieb, damit ich es läse und ihm mehr vertraute; aber ich weiß ebensowenig, ob er noch eine zweite Notiz zusammen mit derjenigen über die Felle in den Umschlag steckte. Ich ziehe es vor, nicht daran zu glauben.

In jener Nacht fing ich einen Brief El Pequenís ab, den El Maleh mir nicht gezeigt hatte. Ich schrieb ihn ab und ließ ihn weiterlaufen. El Pequení schlug vor, die Bedingungen zu verbessern: eine Frist von zwei Monaten oder fünfzig Tagen; die Übergabe von ein oder zwei Orten – Mondújar, Andarax oder Dalías – vor Ablauf der Frist, wodurch man die Leute »besänftige« und was gleichzeitig dazu diene, guten Willen zu zeigen; die Bitte um einen Geleitbrief für einen Boten; die Erlaubnis zur Aussaat, wenn die Gemüter einmal »besänftigt« seien (was für eine Manie dieses Fakhis – wie aller Priester –, Schlag auf Schlag besänftigen zu wollen!); die Erlaubnis, ein und aus zu gehen, *». . . was die Leute sehr besänftigen wird; und was die Gefangenen angeht, so werden der Nutzen und die Beruhigung um so größer sein, je zahlreicher sie sind, und daß ich zum Burgvogt gemacht werde im Gebiet der Alpujarras, wie es zuvor Muley Zuleigui war, und ich bitte jetzt darum, weil ich glaube, daß auch andere darum ersuchen werden; und was mein Kommen angeht, so habe ich einen Gast, der mich daran hindert.«* – Wieder ein Phantasiegebilde. – *»Nehmt meine Entschuldigung an, daß ich erst gehen werde, wenn Hamet zurückkommt.«* (Hamet war es, der mir den Brief gab. Im Grunde genommen waren sie alle gleich: Verräter nach beiden Seiten – den Esel gut verkaufen, der ihnen zudem nicht gehörte, und um nicht für etwas einstehen zu müssen, erfanden sie Gäste oder Durchfall.)

Als El Maleh Samstag morgen bei Tagesanbruch aus Santa Fe zurückkehrte, fand ich ihn in sich gekehrt und nachdenklich.

»Ich weiß selbst nicht, warum«, erklärte er mir. »Es ist alles gutgegangen. Zu gut. Vielleicht bin ich deshalb besorgt. Es gelingt mir nicht, diesen Königen zu trauen. Dieses Mal haben sie nicht auf der Frist beharrt. Es hatte den Anschein, als hofften sie, auf einem anderen Wege, durch andere Ränke ihr Ziel zu erreichen. Da ist etwas faul. Und zu guter Letzt ist mir auf dem Rückweg eingefallen, daß einige allgemeine und dich betreffende Punkte – auch einige von meinen – fehlten. Da sie sich nachgiebig zeigen, sollten wir entschlossener vorgehen, denn bald wird es zu spät sein. Wenn du mir die Erlaubnis gibst, werde ich jetzt sofort an Zafra schreiben, und danach hat es ein Ende mit diesen Papierbergen.«

Als er sich hinsetzte, um zu schreiben, fügte er hinzu: »Ich sah Don Gonzalo. Er sagte mir, eine Einladung von dir, dich zu besuchen, nehme er gerne an.«

In seinem Brief kündigte El Maleh die Übersendung weiterer Eingaben und eines Paares Leinenschuhe für Zafras Frau an. Und natürlich bat er für sich um die Kontrolle des Fischmarkts mit allen Rechten und Vorteilen, und, falls nicht, den Markt der Schuhmacher und das Vorrecht, das Vieh im Grenzgebiet zu schlachten,*» . . . obwohl Ihr mir den größen Gunstbeweis gewährtet, wenn ich die Ehre hätte, im Hause Ihrer Hoheiten unter all ihren Dienern zu sein und sie mich als einen von ihnen betrachteten und mir das Haus Ihrer Hoheiten offenstünde, damit ich ihnen stets in allem diente, worum sie mich ersuchten, so wie ich es heute im Hause meines Gebieters halte. Nicht daß man alles tut, wozu Ihr mich gebraucht habt, und Ihr mich dann fallenlaßt.«* Er bat noch einmal um Geheimhaltung und daß man jeden in Santa Fe bestrafen solle, der irgendwo mit einem Mauren spräche, und daß man das Verbot öffentlich verkünden solle, denn er habe im Lager etwas gehört, was ihm nicht gefalle. (Wie er mir sagte, hatte man ihn einen Hurensohn genannt.) Und wie trunken fügte er noch hinzu, gestern seien in Adra zwei Schiffe mit je tausend Maß Weizen und der Nachricht angekommen, daß in Vélez elf Schiffe gespendetes Getreide und Pferde ausluden, *» . . . und ich bin erstaunt, wie Eure Armada sie entwischen lassen konnte. Merkt es Euch gut, und teilt ihnen mit, sie sollen das Meer besser bewachen. Grüße.«*

»Stimmt es, was du da schreibst?«

»Nun, das wünschen wir uns doch! Und so stellen wir klar, daß, wenn es stimmt, wir nicht so schlecht sind – und sie keine so guten Belagerer. Wer zuletzt lacht, lacht am besten.«

»Ich befürchte, daß uns bis dahin das Lachen vergangen sein wird.«

El Pequení wiederum quälte Zafra mit der beharrlichen Bitte, daß die Unterzeichnenden der Kapitulationsbedingungen in Begleitung eines Fakhis sein sollten: Als Priester könne dieser das Dokument besser beglaubigen, es »besänftige« die übrigen Korangelehrten und verleihe dem Akt mehr Feierlichkeit. Damit Zafra aus den inständigen Bitten nicht schließe, El Pequení meine damit sich selbst, bekräftigte er: *»Ich würde es auch gerne tun, doch El Maleh nimmt nur einen mit, der weniger weiß als er und Ihren Hoheiten nicht so genehm ist.«* Die Folge war, daß man gegen El Malehs Willen El Pequení zu seinem Begleiter bestimmte.

Unter diesem ständigen Hin und Her von zwei, drei, vier Briefen täglich ging es auf den November zu.

Der Bote der Wache kam herein, gefolgt von einer Gestalt mit ins Gesicht gezogener Kapuze und einem schwarzen, bodenlangen Umhang. Als er sich enthüllte, erkannte ich Don Gonzalo. Obwohl es schon tiefste Nacht war, hatte ich ihn nicht so früh erwartet. Überrascht, wie ich war, konnte ich nicht verhindern, daß er mir die Hand küßte.

»Was macht Ihr?« rief ich.

»Das seht Ihr doch, Herr: Euch meinen Respekt erweisen.«

Ich war mit so vielen Einzelheiten und Ereignissen befaßt, die täglich nach mir verlangten, daß ich bis zu jenem Augenblick noch nicht die Zeit gefunden hatte – vielleicht wollte ich sie mir auch nicht nehmen –, über die Bedeutsamkeit der Vorgänge nachzudenken. Angesichts der eher mitleidigen als unterwürfigen Geste Don Gonzalos wurde es mir plötzlich bewußt. Es erging mir, wie ich es mir bei jemandem denke, dessen Sohn jung gestorben ist: Er kümmert sich um die Formalitäten und Feierlichkeiten, darum, daß man das Essen rechtzeitig aufträgt und sich um die Gäste sorgt; bis dann der Verwandte kommt, der seinen Sohn am liebsten mochte. In diesem Augenblick wird ihm die Größe seines Verlustes bewußt, mit einem Schlag erinnert er sich an die herrliche Kindheit des Söhnchens, das niemals sterben sollte, an seine sanften Augen und an seine zarte Hoffnung, und ihm wird klar, daß etwas geschehen ist, woran niemand gedacht hätte, und daß er selbst noch lebt, und er bricht weinend in den Armen des Verwandten zusammen. Ich mußte all meine schwachen Kräfte zusammennehmen, um mich nicht in Don Gonzalos Arme zu werfen. Ich schaffte den Versuch eines kümmerlichen Lächelns und breitete zum Zeichen meiner Ohnmacht die Arme aus, und weil ich nicht wußte, was tun mit den ausgestreckten Armen, wies ich auf einen Lehnstuhl. Er blieb stehen und wartete, daß ich mich setzte, dann setzte er sich neben mich auf den Diwan.

»Herr, niemand hat mich beauftragt. Ich spreche in niemandes Namen. Ich danke Euch, daß Ihr die Erlaubnis zu diesem Besuch gegeben habt, der grundsätzlich einzig dem Ziel dient, Euch meiner Zuneigung zu versichern.«

Ich verspürte ein Brennen im Hals. Ich schluckte ein paarmal, damit es wegginge. Mir kamen die Tränen, und ich schämte mich, daß meine Augen feucht wurden. Ich mußte verhindern, daß sie herunterkullerten, und wandte mich ab, ließ etwas Zeit verstreichen.

»Kann ich Euch etwas zum Essen oder Trinken anbieten?« fragte ich ihn, als ich mich wieder gefaßt hatte.

»Was ich hier zu finden hoffte und was ich bereits voraussah, habt Ihr mir schon gewährt: eine Lektion Eurer Unerschrokkenheit. Der Sieg ist nicht das geeignetste Maß für die Beurteilung von Menschen, noch weniger von Herrschern.«

»Es tröstet mich, Euch dies sagen zu hören. Es ist, glaube ich, noch nie jemandem eingefallen, mich so zu beurteilen, wie Ihr mich beurteilt, und es wird auch niemals jemandem einfallen, es sei denn aus Schmeichelei oder Höflichkeit.«

»Ich bin nicht in aller Heimlichkeit hierhergekommen, nur um Euch zu schmeicheln. Mich interessiert auch nicht, was jene berichten könnten, welche die Ereignisse niederschreiben werden, die wir leben. Sie werden später kommen; ihre Hände werden unbefleckt sein, und mit diesen Händen werden sie ein verstehbares Bild zeichnen und eine unüberwindliche Grenze zwischen uns beiden ziehen. Und sie werden mit lobenden oder, je nach Standpunkt, verbitterten Worten schildern, wie diese Grenze schließlich fiel. Chroniken sollen dem Volk und den Kindern verständlich sein: Sie müssen sehr einfach sein und rühmen, was zu rühmen ihnen Vorteile bringt. Der Verlierer ist der Böse, und der Sieger ist der Gute. Zudem ist es immer der Sieger, der die Geschichte erzählt.«

»In dieser Hinsicht, Don Gonzalo, mache ich mir keine Illusionen. In einer Sache werden beide Parteien übereinstimmen: Für die einen wie für die anderen werde ich der Böse sein. Der Böse ist es, der mit seinem Siegel die Katastrophe zuläßt, der aufgeben und gehen wird.«

»Aber ich weiß, was die anderen nicht wissen werden: Die Eurigen haben Euch, einer nach dem anderen, von vornherein verlassen. Sie haben sich auf die Suche nach einer neuen Sonne gemacht. Sie haben Euch allein gelassen. Ich habe sie in Santa Fe gesehen, Herr: je reicher, desto früher; je mächtiger, desto unterwürfiger. Es gibt keine zuverlässigen Männer mehr in Granada außer jenen, die nichts zu verlieren haben als das Leben – und noch nicht einmal die. Vor dem Zelt meiner Könige drängten sie sich und rempelten einander an; sie fielen einander ins Wort; wenn es ihnen von Vorteil schien, versuchten sie stets, Euch zu verkaufen; sie unterzeichneten den Mietvertrag mit dem neuen Hausherrn, noch bevor der alte ausgezogen ist.«

»Ich weiß, ich weiß. Aber sie werden die Geschichte erzählen.«

»Verzeiht mir, falls Euch schmerzt, was ich Euch nun sagen werde: Mit einem Volk wie dem Euren ist nichts anzufangen. Man kann es lediglich wie ein Kind bestrafen, ohne ihm eine Erklärung zu geben, oder es unterhalten wie ein Kind, ohne ihm eine Erklärung zu geben.«

»Vielleicht ist das Erziehen die erste Pflicht eines Herrschers.«

»Man erzieht niemanden in *articulo mortis*. Zusammen mit dem Thron habt Ihr ein Volk geerbt, dessen Schicksal feststand. Ihr habt es geschafft, den Urteilsspruch aufzuschieben und abzumildern, damit er weniger schmerzlich ist. Euer Volk begreift nicht, daß man über Hunderte von Jahren unermüdlich ein Ziel verfolgen kann. Deshalb haben wir den endgültigen Sieg errungen. Eure persönliche Größe, mein Herr, besteht genau in dem, was man Euch womöglich zum Vorwurf macht: Ihr habt es fertiggebracht, nicht mehr benötigt zu werden. Ihr habt in diesen letzten Monaten dafür gekämpft, daß alles so weitergeht wie bisher, doch von jetzt an ohne Euch. Und außerdem werdet Ihr die undankbare, schändliche Verantwortung auf Euch nehmen, welche die Geschichte auf diese einzigartigen Schultern laden muß.«

Meine Stimme bebte, als ich flüsterte: »El Zogoibi – der Verräter.«

»Dieser würdevolle Verzicht ist es, dessentwegen ich hier bin. Euer Onkel Zagal wird immer der Unbeugsame sein. Euch wurde der schlechtere Part zugeteilt, und der letzte. Ihr verliert alles, was Ihr besitzt; Ihr verlaßt die Alhambra und schlagt die Tür hinter Euch zu, daß man es in der Welt hören wird, und genau diese Seelengröße wird man Euch ungerechterweise zur Last legen. Nur sehr wenige von uns werden wissen, daß der Schwache der Starke ist.«

»Es ist recht, daß es so ist. Es ist schwer, sich auf die Tugend der Fügsamkeit zu stützen, wenn einem von klein auf die Tugend der Widerspenstigkeit eingeschärft wurde. Jedenfalls ist das Netz der Intrige, in das ich verwickelt bin, so dicht gesponnen, daß selbst ich nicht sagen kann, wo die Schuld beginnt und wer der Schuldige ist. Es hat sich alles auf eine Art und Weise um mich herum verdichtet, daß es sich nicht entschlüsseln läßt. Vielleicht gibt mir das Leben die Zeit, dieses Knäuel zu entwirren; doch jetzt habe ich diese Zeit nicht. Kann sein, daß es so besser ist ... Nun muß ich aufhören, mich zu beklagen, und Euch um einige Dinge bitten.«

»Ihr könnt Euch auf mich verlassen.«

»Hört mich an. Wenn Granada Euren Königen gehört, wird es keine Hoffnung mehr geben für alle muslimischen Gefangenen, wo auch immer sie sich befinden. Die Vögte, Muftis und Gelehrten dieser Stadt denken, genau wie ich, daß Gott uns die Sünde nicht vergeben wird, sie nicht zuvor befreit zu haben.«

»Das denkt Ihr, Herr, nicht die Muftis.«

»Auch Gott denkt es. Deshalb bitte ich Ihre Hoheiten um die Freiheit aller, seien sie aus Granada, vom Albayzín, aus den Vorstädten oder aus den Landgemeinden. Sie sollen nicht mehr verlieren als alle anderen. Und Ihre Hoheiten mögen ihre Besitzer auszahlen, denn meine Granadiner wollen nichts weiter dazu tun, als den frommen Wunsch zu äußern, sie als Freie zurückzuerhalten.«

»Seht Ihr, Herr? Wie ich Euch sagte.«

»Des weiteren, Don Gonzalo, bitte ich Euch, Euer Wort darauf zu geben, daß den fünfhundert Geiseln nichts geschieht, Söhne und Brüder der Würdenträger, die man für eine Frist von zehn Tagen von mir fordert, um die friedliche Inbesitznahme der Stadt zu garantieren. Das Wort des Königs, welches er den Mudejaren gegenüber so wenig hielt, wird meinem Volk als Garantie nicht genügen, es käme zu Aufständen und Unruhen, und ich wäre der erste, der Verständnis dafür hätte.«

»Euretwegen verspreche ich es. Noch etwas?«

»Daß die Juden genauso in den Genuß dieser Kapitulationsbedingungen kommen wie die Muslime. Wir haben die Geschichte dieses Landes zusammen gelebt, und auch wenn sie vielen Christen verhaßt sind, ist es nicht recht, wenn wir sie in dieser Stunde von uns stoßen. Bei einem Schiffbruch sind alle gleich, die sich auf dem Schiff befinden.« Ich machte eine Pause. »Und hört mich an: Wenn Eure Truppen anrücken . . .« Meine Lippen bebten. Don Gonzalo sah taktvoll weg. »Bei der Liebe Gottes, es ist nicht nötig, daß sie von der Alhambra mehr betreten als nach und nach den äußeren Bereich. Sie können durch die Puerta del Refugio kommen, die ganz in Eurer Nähe liegt, oder, wenn Euch dies besser erscheint, durch die Puerta de Loma, Ihr wißt schon, zwischen der Acequia Grande und der Acequia del Cadi. Und ich wage es, darum zu bitten, daß jene Generäle mit der Besetzung der Paläste betraut werden, von denen die Mudejaren am besten behandelt wurden: Don Rodrigo de Ulloa, dem Ricote gehört, oder Portocarrero, dem La Palma gehört, oder Ihr, dem Illora gehört und dem ich gehöre.« Eine widerspenstige Träne benetzte meine Lider; rasch wischte ich sie weg. »Und man soll alle Klauseln der Kapitulationsverträge einhalten, vor allem jene bezüglich der Bevölkerung der Stadt und der Sultansmutter. Kein Imam und kein Fakhi soll einen Grund zu Widerspruch finden, kein Punkt soll durch einen anderen ersetzt werden oder ihm widersprechen, denn das hieße, Öl ins Feuer zu gießen. Und ich bitte Euch inständig, daß Euer Kronprinz und Eure Granden, außerdem die Könige, Eure Bischöfe und Euer Papst in Rom dies aufrichtig und mit voller Verantwortlichkeit bezeugen. Denn man kann nicht genug Vorsichtsmaßnahmen treffen, wenn man ein Königreich übergibt und seine Untertanen fremden Händen anvertraut.«

Meine Stimme brach. Als Don Gonzalo es merkte, gab er dem Gespräch eine andere Wendung.

»Und für Euch bittet Ihr um nichts über das Vereinbarte hinaus?«

»Da sogar meine Reittiere zum Siegerpreis zählen« – ich lächelte ihm zu –, »erlaube ich mir, um vier gute Esel und zwei Maultiere zu bitten, von denen eines groß und breit sein sollte, damit es El Maleh aushalten kann, der ebenfalls groß und breit ist.«

Don Gonzalo lachte und sagte: »Eigentlich müßte El Maleh bereits Maultiere besitzen, die ihn tragen können, nach dem, was er von den Königen bekommen hat. Aber es wird geschehen, wie Ihr sagt, selbst wenn ich dieses Maultier bezahlen müßte, das die Last des größten Verräters auf seinem Rücken trägt.«

»Sie sind einer wie der andere. Und zu guter Letzt, Don Gonzalo, sprecht mit Eurer Königin, der Ihr so geneigt seid wie sie Euch. Alle Abmachungen wurden niedergeschrieben, um innerhalb der vereinbarten Frist erfüllt zu werden. Aber wenn man zu keiner Übereinstimmung bezüglich der Frist gelangt? Wird nichtig sein, was wir mit so großer Anstrengung erreicht haben? Sollten wir nicht vom Tag der Vertragsunterzeichnung an wenigstens sechzig Tage haben, um alles zu ordnen?«

»Ich, der ich in meinem eigenen Namen, und nur in diesem, zu Euch gekommen bin, kehre mit lauter Nachrichten zum Lager zurück, die ich in Eurem Namen übermitteln soll.«

Er sah mich an und lächelte. Ich lächelte zurück.

»Man mißt die Menschen und die Herrscher an ihren Niederlagen, so sagtet ihr zuvor; aber man mißt sie auch an der Art, wie sie zu gewinnen wissen. Ich war ein Jüngling, als ich Euch zum ersten Mal sah. Mein Vater empfing Euch zusammen mit anderen Rittern. Damals ging es um ganz andere Dinge, aber etwas in mir sagte mir, daß auch Ihr anders wart als die anderen. Mein erster Eindruck täuschte mich nicht ... Heute sehen wir uns zum letzten Mal allein.«

»Wer kann das wissen?« unterbrach er mich.

»Jeder, Don Gonzalo. Ich hätte mir gewünscht, daß Eure und meine Leute, hinter jenen Teppichen verborgen, bei diesem Gespräch dabeigewesen wären. Die wahre Geschichte dieser Halbinsel, dieser Stierhaut, wird nun zu Ende gehen; ich weiß, daß Ihr anderer Meinung seid, aber es ist so. Jetzt werden goldene Zeiten kommen, aber wir werden nicht darin vorkommen. Ich sage wir und meine damit die Muslime; ihr jedoch seid gewiß die Hauptdarsteller.«

»Wieso solltet Ihr nicht darin vorkommen? Man wird jede einzelne Eurer Eigenarten achten: Ich habe es Euch versprochen.«

»Wir werden nicht vorkommen. Eure Könige sind sehr überzeugt von sich und dem, was sie wollen; die Dienstboten bestimmen niemals die Führung des Haushalts. Und ohne uns wird die Geschichte Spaniens eine andere sein. Ihr Christen und wir Muslime haben acht Jahrhunderte lang voneinander gelebt und sind gegeneinander gestorben. Wir haben uns beobachtet, gehaßt, verfolgt, imitiert. Wir haben miteinander gelebt. Wie werdet ihr jetzt ohne den anderen leben, in welchem Spiegel werdet ihr euch betrachten, nach welchem Granada werdet ihr euch sehnen, welches verlorene Paradies wollt ihr zurückerobern, welche phantastischen Gärten werden euch fehlen, wenn es Winter ist? Ihr werdet Sehnsucht nach uns haben, denn ihr werdet nicht wissen, was ihr mit Granada anfangen sollt ... Alles, was unser Leben farbig machte, wird man für Sünde und Verbrechen halten: die Vielfältigkeit der körperlichen Liebe, die grundlegende Liebe zu dieser Welt, die Raffinesse und die Trägheit. Was wird Granada sein ohne diese Dinge, außer ein schön ausgestatteter Tunnel, der nicht ans Licht führt? Eure Gebete sind erhört worden – vielleicht das Schlimmste, was einem kriegerischen Volk passieren kann. Jetzt werdet ihr neue Abenteuer erfinden müssen, neue unvorstellbare Unternehmungen, andere Feinde. Denn was wäre Kastilien ohne Feinde, Don Gonzalo?« Er lachte. »Ihr und ich, wir verkörpern in dieser eiskalten Nacht die wahre Wahrheit: die Kälte von Granada, und darin die Umarmung der beiden Gegenspieler. Für die anderen bleibt die einbalsamierte Wärme einer Stadt, die ihr so viele Jahrhunderte lang heiß ersehnt habt, und es ist nur Schein, und auch der Angriff und die Besitznahme sind nur Schein. Für die anderen bleiben Gott und Santiago, die Fahnen im Wind, das Kreuz auf den Minaretten, das *plus ultra* und das Y und das F eurer Könige, die das Geometrische unserer Fliesen zerstören werden – Prahlerei also und Erregung. Das alles hier hat sich auf ein erzwungenes Geschäftemachen reduziert. Damit alles möglichst so bleibt, wie es ist, verschwinde ich. Dennoch wird es euch damit nicht genug sein. Man wird zusehen, daß alles verschwindet; man wird versuchen, uns so schnell wie möglich auszulöschen, samt unseren Gütern und samt unserer Religion, vor allem aber samt unseren Gebräuchen, die ihr ausschweifend nennt, und unserer Sprache und unserer Kultur, die ein Hindernis sind für die künstliche Einheit, die eure Könige anstreben. Nicht nur der Gebieter über dieses Paradies wird wechseln – man wird auch die Zeit aus der Geschichte tilgen, in der es uns gehörte. Achthundert Jahre werden zu zwei Wimpernschlägen. Dann werden sogar unsere Namen fremd klingen und in Vergessenheit geraten, und unser Antlitz wird, am Halse abgeschnitten, so allein auf dem Wappen zweier Adliger zurückbleiben, wie es niemals sein sollte. Alles muß wieder seine frühere Ordnung haben; deshalb ist das Ausrotten der Religion, der Sprache, der Gesetze und Gebräuche eine unabdingbare Vorsichtsmaßnahme ... Und da stehen wir und verabschieden uns, die beiden letzten, die das Ungeheure dieser Jahrhunderte verkörpern. Bei diesem Zusammenprall zweier Welten, auf diesem Schlachtfeld, das bereits Spanien heißt, sind Funken entstanden, denen die Fremden alle Wissenschaften und alle Künste verdanken. Doch eine dieser Welten ist bei dem Zusammenprall entzweigegangen. Diese Vereinigung zweier Körper, auf diesem Lager, das bereits Spanien heißt, hat eine unvergeßliche Faszination hervorgebracht; aber in der Liebe ist stets einer der beiden Liebenden der Verlierer ... Vergeßt uns nicht, Don Gonzalo, wenigstens Ihr. Die Seele eines Volkes kann nicht sterben. Sie kann sich verstecken wie eine Rose, sie kann trocknen wie eine Rose, aber sie bleibt, wie auch ihr Duft bleibt. Sagt mir – sollten die Beduinensöhne bereits vergessen sein? Niemand weiß es. Und dennoch – in dieser Nacht schlägt in mir das Herz eines Beduinen.«

Wir erhoben uns gleichzeitig. Er umarmte mich. Erschreckt über seine impulsive Geste wollte er sich losmachen, aber ich umarmte ihn.

Er sagte zu mir: »Hätten zu diesem Treffen doch, *inch Allah,* die Euren und die Meinen teilgenommen. So würden sie nie das begeisternde und stürmische Abenteuer vergessen, das sie gemeinsam gelebt haben.«

Erst als Don Gonzalo gegangen war, fiel mir auf, daß wir unser Gespräch ohne Unterschied auf arabisch und kastilisch geführt hatten. Doch er redete mehr arabisch und ich mehr kastilisch.

SCHLIESSLICH GELANGTE ICH zu der Überzeugung, daß alles Menschenmögliche getan worden war. Für meine Untertanen waren die Kapitulationsbedingungen dank unserer Vorspiegelungen die vorteilhaftesten, die jemals christliche Könige unterzeichneten, um in den Besitz einer Stadt zu kommen. Ich verlor am meisten, aber ich besaß auch am meisten: Aus dem Souverän wurde ein Vasall. Im Ausgleich gewann ich diesen fast todesähnlichen Frieden, der, einmal gültig und sich abnutzend, Unglück bringen würde.

Dennoch war es gerade diese Großzügigkeit Ferdinands, die mich mißtrauisch machte. Wegen seiner Begierde auf Granada und weil es ihm so eilig war, hatte er leichthin ein Menge akzeptiert. Deshalb verlangte ich, daß jede Klausel ganz genau in eine hieb- und stichfeste, exakt formulierte, unterzeichnete und gesiegelte Übereinkunft gefaßt werde. Und damit sie auch künftig Geltung hätten, ersuchte ich um die Bestätigung durch den Kronprinzen (ich wußte damals nicht, daß er niemals die Krone seiner Eltern erben würde), den Kardinal von Spanien, die Großmeister der Kreuzritterorden, die Prälaten und Erzbischöfe, Markgrafen, Statthalter und höchsten Würdenträger. Ich wollte, daß sie alle unterschrieben, daß sie den Vertrag kannten, bezeugten und dafür garantierten. Das Wort jedes einzelnen von ihnen sollte das Wort der Könige, dem nicht zu trauen war, bekräftigen, so daß der Inhalt der Kapitulationsbedingungen jetzt und immer und für alle Zeiten gültig und unantastbar sei. Und weil ich auch der Unterschrift all dieser Männer noch nicht traute, bat ich darum, daß der Papst in Rom mit seiner Unterschrift die Abmachungen beurkundete. Sie würde dem menschlichen Wort das Unsichere nehmen. Man entsprach jeder meiner Bitten, doch diese letzte Vorsichtsmaßnahme wurde mir nicht gewährt. Die Könige verwahrten sich gegen die Einmischung des Oberhauptes der Christenheit in ihre Angelegenheiten – die, je nachdem, ob es ihnen paßte oder nicht, von dieser Welt oder eine Sache Gottes waren. Sie lehnten die Forderung mit der Ausrede ab, daß die Einholung dieser Unterschrift den Vertragsabschluß noch länger hinauszögere. Sie boten meinen Emissären Güter und Geldsummen, die jene einsteckten in der Gewißheit, daß es auch dann nicht zu einer Unterschrift des Pontifex käme, wenn sie sie zurückwiesen. Als ich den Vertrag las, empfand ich das Fehlen dieser Unterschrift als ein schlechtes Vorzeichen.

Das Wichtigste – der Rest bestand in einer Aufzählung vorsorglicher Anmerkungen – wurde wie folgt zusammengefaßt:

»Ihre Hoheiten und Prinz Juan, dessen Sohn und dessen Nachfahren, nehmen in Besitz und nehmen auf den genannten König Muley Boabdil und die genannten Vögte, Kadis, Fakhis, Gelehrten, Muftis, Stadtgouverneure und Ritter und Knappen und Gemeine, Alte und Junge, Männer und Frauen, die Bewohner der genannten Stadt Granada und des genannten Albayzín und

seine Vorstädte und Städte und Orte des Umlandes und der Alpujarras und der übrigen Ländereien, welche in diesem Hoheitsgebiet der Kapitulation unterliegen, in welchem Zustand oder welcher Verfassung sie sich immer befinden mögen, mit ihren Vasallen und Untertanen und Einwohnern, so diese von nun an unter königlichem Schirm und Schutz und Verteidigung stehen, und man wird ihnen ihre Häuser und Gehöfte und Güter und Hausrat und Wurzeln und Gesetze und Religion und Gebräuche belassen, für jetzt und immer und alle Zeiten, und ihnen soll keinerlei Schaden oder Unrecht wider die Gerechtigkeit geschehen, auch soll ihnen kein Teil ihres Eigentums genommen werden, indessen sollen sie von Ihren Hoheiten und den Ihren als Diener und Untertanen ehrenhaft und begünstigt und gut behandelt werden.«

Mich beruhigte, daß man uns alle als Diener und Untertanen besser behandeln wollte; es beunruhigte mich allerdings, daß dies nicht geschehen würde. Die Beunruhigung war angebracht.

ABEN COMISA KONNTE sich nicht damit abfinden, daß El Maleh allein die Verhandlungen führen sollte. Kurz vor der Unterzeichnung schrieb er dem kurz zuvor aus Alcalá la Real gekommenen Grafen von Tendilla, zu dem er eine enge Verbindung unterhielt und von dem ihm bekannt war, daß er zur höchsten militärischen und zivilen Autorität von Granada ernannt werden würde. Diese Verbindung war Monate zuvor entstanden, als der Graf eine Nichte Aben Comisas gefangennahm, die auf dem Weg nach Tetuán war, um sich mit dem dortigen Burgvogt zu vermählen. Die Lösegeldverhandlungen gestalteten sich schwierig. Ich bot die Übergabe einiger christlicher Priester und weiterer hundert Gefangener an. Tendilla brachte die junge Fatima vor die Tore Granadas und posaunte bei den Christen aus, wie ritterlich sein Handeln sei, und damit nicht genug: Als er von ihrer Herkunft und ihrer Situation erfahren habe, habe er ihr Geschmeide als Brautgeschenk verehrt. Es war alles pure Angeberei des Grafen, der auf diesem Wege zur Erfüllung seiner Absichten und dem unverdienten Ruf kam, galant und ein Ehrenmann zu sein.

In seinem jetzigen Schreiben teilte der kriecherische Aben Comisa ihm niederträchtigerweise mit, daß innerhalb der Stadt die Dinge nicht so gut liefen, wie man vorgab; daß es *». . . schwierig ist, ein so großes Volk zu besänftigen, wenn es sich einmal erhoben hat«*, und daß alle um *»die wankelmütige Veranlagung des Sultans«* wüßten. Aufgrund dieser Warnungen wollte der Graf eine Unterredung mit mir, um sich ein Bild von der Lage zu machen. Ich empfing ihn in der Alhambra, im Löwenhofpalast.

Ich war etwas zu früh da und befahl, daß man mich allein lasse. Ich verabschiedete mich von jedem Kapitell, von dem Licht, dem Wasser und von mir selbst. Keck, wie ein Lachen, blitzte das fahle Blau des Mondes durch die verflochtenen Filigranarbeiten der Arkaden. Weder die Arkaden noch der Mond wissen es bereits, sagte ich zu mir. Ich spürte die Anwesenheit so vieler: jener, die hier lebten und sich Illusionen machten. Ich dachte an die vielen, die von einem Mirador aus zugesehen hatten, wie sich die Gärten versilberten, so wie sie sich auch jetzt versilberten, und ich lauschte dem flüssigen Gebrüll der Löwen, die einander im Kreise den Rücken zuwandten, sich gegen eine Gefahr verteidigend, die bis heute imaginär gewesen und jetzt Realität geworden war.

Geschmolzenes Silber fließt zwischen Perlen,
in seiner makellosen, klaren Schönheit ihnen gleich.

Zu verschmelzen scheinen Wasser und Marmor,
wer von ihnen seine Bahn verließ – wir wissen es nicht.

Diese Verse, die die Ränder der Brunnenschale zierten, sprachen die Wahrheit. Alles hier war schwerelos. Der ganze Hof schwebte in der Luft, von allem losgelöst, nicht an die Erde gefesselt. Die Gemächer an den Stirnseiten waren das Ergebnis einer Täuschung: Da war kein Verweilen, keine Dauer – nur Bewegung. Ich war mir nie sicher, ob diese Architektur, dieser Zauber, nach einer ganzen Nacht noch dort wäre – vielleicht verflüchtigte sie sich in den Frühnebeln, und wenn sie in der Morgendämmerung wieder Form annähme, wäre sie nicht mehr dieselbe ...

Irgend jemand, ein Wachtposten, betrat eilig die Galerie und kam mit einem Kienspan in den Händen näher. Die Pavillons erzitterten, wechselten den Platz, die schlanken Säulen wellten sich, als ob man mit einem Zweig auf eine Wasseroberfläche schlüge, um ein sich darin spiegelndes Bild zu zerstören. Oben setzten sich die Sterne gegen das Licht der Fackel durch, die der Eindringling trug; unten plätscherte das Wasser lauter, als wolle es seine allumfassende Macht behaupten. Ich versteckte mich im südlich gelegenen Saal. Wahrscheinlich suchte der Wachtposten nach mir, und als er mich nicht fand, ging er wieder. Alles kehrte in seinen Traumzustand zurück, sein feines Nichtvorhandensein, seine Grabesstille, wie ein diszipliniertes Wäldchen, das zur Ruhe gekommen oder vielleicht für immer entschlafen ist. Ich fuhr erschrocken zurück. Wie damals, als ich ein Kind war, kam es mir vor, als hätten sich die Löwen umgewandt und auf die Lauer gelegt, entschlossen, über mich herzufallen.

Wer diese bedrohlichen Löwen sieht, der erkennt:
Einzig die Achtung vor dem Emir besänftigt ihren Zorn.

Die Achtung vor welchem Emir? Bestürzt gerann die Totenblässe des Mondes. Die Gewölbe wurden dunkler und undurchdringlicher. Mein Herz schlug schneller. Ich sah, wie sich die juwelenbesetzte, glitzernde Ausgeglichenheit der Muquarnaskuppel im Wasserbecken des Saales spiegelte. Und als ich zurücktrat, sah ich auch das Spiegelbild des Säulengangs ein wenig vor dem nördlich gelegenen Saal.

Ein Garten bin ich, Verehrer der Schönheit.
Betrachte mich, und so erkenne mein Wesen.

So ist es: nur Schönheit. Grundlos, ziellos, endlos . . . Es kann nicht sein, sagte ich mir. Wie sollte ich es in diesem Wasserbecken sehen können? Nein. Ich war lediglich benommen und lag auf den Knien. Ohne zu wissen, warum – oder doch? – und wie, hatte ich mich zu Boden geworfen. Ich hob die hilflosen Augen. Mein Blick traf auf die endlosen Kaskaden der Stalaktiten, die sich in sternförmigen Ansammlungen an der Decke verbündeten. Verbündeten sie sich gegen mich? Ich schluchzte: Wasser, immer wieder Wasser. Ich schöpfte es in meine Hände und befeuchtete mein Gesicht. *»Hier ist ein Liebender, mit Tränen sind seine Lider benetzt, die er verbirgt – daß sie ihn verrieten, ist seine Sorge«*, so lauteten die Verse auf dem Brunnen. Ich trocknete mich mit dem Umhang ab. Es war kalt. Ich hörte eine Stimme nach mir rufen. Ich nahm an, daß der Graf von Tendilla angekommen war. Langsam ging ich bis zum Kernstück des Traktes, dem Königssaal.

DER GRAF IST faltig und ausgetrocknet, mürrisch, mit einem schmalen, langen Gesicht, großer Nase, sehr engstehenden Augen und einem Mund, der sich beim Sprechen kaum bewegt, schmallippig, verzogen zu einem Ausdruck von Verachtung oder Ekel. Seine Hände sind knochig und nervös. Bei uns waren Aben Comisa, El Maleh und Hernando de Baeza, der für uns übersetzte, wenn es nötig war. Nun verlas Baeza jeden einzelnen Punkt der Kapitulationsbedingungen. Er blickte von dem Schriftstück auf und sah mich an, um sich zu vergewissern, daß ich einverstanden war. In einigen Fällen wurde eine Erklärung hinzugefügt oder ein Kommentar ergänzt, um das Vorgelesene genauer zu fassen. Der Graf neigte zustimmend den Kopf. Es war offensichtlich, daß der Vorgang ihn langweilte und er weniger gekommen war, um meine Zustimmung und mein Siegel einzuholen, als um eine leicht zu erratende Frage zu stellen.

Ich erinnere mich beispielsweise, daß ich bezüglich der Verpflichtung ihrer Besitzer, die christlichen Gefangenen zu übergeben, um den Zusatz bat: *»Wenn jemand einen solchen besessen und ihn an das andere Ufer des Meeres verkauft haben sollte, so ist er nicht verpflichtet, ihn zu übergeben, so er schwört und Zeugen anbringt, die unter Schwur belegen, daß der Verkauf vor diesen Verhandlungen getätigt worden ist, daß die fragliche Person sich nicht mehr in seinem Besitz und in seiner Gewalt befindet.«* Oder daß man den Juden, die zuvor Christen waren, eine Frist von drei Monaten gewähre, gerechnet ab dem 18. des kommenden Dezember, um sich nach Afrika einzuschiffen. Daß man die Christen, die nun Mauren waren, nicht gegen ihren Willen zwänge, sich wieder zum Christentum zu bekennen. Daß die Gelder der Laienbruderschaften, der Koranschulen und Almosenbeutel unter der Aufsicht der Fakhis blieben, damit sie den Bedürfnissen gemäß verteilt würden, ohne daß sich die Könige einmischten, daß sie weder etwas davon nähmen, noch sie beschlagnahmten. Daß meine Untertanen zu keinem Krieg in die Armee einberufen würden und daß, falls die Könige Berittene mit Waffen und Pferden brauchten, diese kämen, wenn man nach ihnen verlangte, jedoch nicht außerhalb Andalusiens und mit Besoldung von dem Tag an, da sie ihre Häuser verließen, bis zum Tag ihrer Rückkehr. Des weiteren erbat ich die Einsetzung der Bestimmung, daß die Ernennung zu Aufgaben und Ämtern auf Mitglieder unserer Gemeinde fiele und daß die Plätze und Fleischereien der Christen von unseren getrennt sein sollten, daß ihre Märkte nicht bei unseren Sukhs liegen dürften und daß man die Rechtsbrecher bestrafen müsse.

Nach der Verlesung des Dokumentes, das auf Pergament geschrieben war und ein Bleisiegel erhielt, das an Seidenbändern hing, bemerkte der Graf: »Daß Ihre Hoheiten großzügig sind, haben sie bewiesen. Es ist nur rechtens, wenn Ihr es ihnen nun gleichtut.« Ich schwieg und wartete auf das, was ich befürchtete. »Vielleicht hätte Don Hernando zuerst dies verlesen sollen.«

Er reichte ihm ein beschriebenes Papier. Hernando de Baeza las es vor.

»Man hat beschlossen und ist übereingekommen, daß der König von Granada und dessen Fürsten und Gemeinde und jene vom Albayzín und aus den Vorstädten sich friedlich und einträchtig, wirklich und in Wahrheit dem alleinigen Befehl Ihrer Hoheiten zu ergeben haben, wozu man ihnen die dreißig nun folgenden Tage gibt, gerechnet vom fünfundzwanzigsten dieses Monats November an, welches der Tag ist, an dem man dieses Schriftstück verfaßt –«

»Lest nicht weiter«, unterbrach ich Hernando de Baeza. »Ihr habt recht, dies hätte man zuerst verlesen müssen. Wir wären sehr viel früher fertig gewesen.«

Gleichgültig ließ ich meinen Blick durch den Saal schweifen, der im Fackelschein erstrahlte. Ich sah die Gemälde in der Kuppel, Verkörperung der überreichen, fröhlichen Vergangenheit. Ich sah mich selbst, in Weiß und Gelb gekleidet, was ich zuvor nicht bemerkt hatte. Ich ließ den Siegelring auf dem kleinen Finger meiner linken Hand auf und ab gleiten. Ich bemühte mich, Schweigen zwischen uns einkehren zu lassen wie einen Ehrengast . . .

»Wollt Ihr mir zu verstehen geben, daß Ihr mit der Frist nicht einverstanden seid?« fragte mich der Graf dermaßen erstaunt, daß es vorgetäuscht schien.

»So ist es.«

Noch verächtlicher verzog sich sein Mund zu einem Lächeln, das uns beleidigte.

»Mein Herr –«, begann Aben Comisa, aber sein Blick gebot ihm Einhalt.

»Was verlangt Ihr also?« fragte der Graf nach einer Pause äußerst bekümmert.

»Mindestens sechzig Tage, um das Volk zu besänftigen.« El Pequení kam mir in den Sinn. »Um die Übergabe vorzubereiten und mögliche Aufstände zu verhindern. Eine Sache, die für Eure Könige ebenso von Belang ist wie für mich.«

»Für alles dies braucht man weniger als die dreißig Tage, die ich Euch biete. Ich könnte die Stadt an einem einzigen Tag vorbereiten und ihre Bewohner ›besänftigen‹.« Er amüsierte sich über das »besänftigen«.

»Ihr vielleicht. Ich nicht. Unsere Vorgehensweisen sind verschieden: Genau das ist es, was mich am meisten beunruhigt.«

Der Graf rutschte auf seinem Lehnstuhl hin und her. (Als er kam, hatte er sich geweigert, auf Kissen Platz zu nehmen, wie es bei uns – und mittlerweile auch bei ihnen – Brauch war. Damit wollte er wohl zeigen, daß er nicht verführbar war.)

»Mein Herr, ich habe Anweisung, das Problem mit der Frist endgültig abzuschließen: Entweder Ihr übergebt die Stadt zu diesem Zeitpunkt, oder wir werden sie gleich morgen mit Feuer und Schwert stürmen.«

»Ich weiß nicht, ob Eure Anweisung wirklich so lautet, was mich wundern würde. Wenn es Euch möglich gewesen wäre zu stürmen, dann säßen wir nicht hier beisammen, tränken Apfelsirup und äßen Mandelgebäck. Aber sicher wünscht Ihr ein etwas stärkeres Getränk?«

»Ja!« rief er gereizt. »Ich hätte lieber etwas Stärkeres. Wenn es nach mir ginge, wären diese albernen Gespräche schon längst beendet.«

»Graf, Herr –«, begann Aben Comisa.

»Laßt mich in Frieden!« fiel Tendilla ihm ins Wort, und ich merkte, daß diese scharfe Antwort mir galt.

El Maleh ergriff das Wort.

»Da wir uns inhaltlich bereits einig sind, könnten wir die Sache mit der Frist auf die nächste Unterredung verschieben. Wir sollten gehen . . .«

»Nichts da mit Verschieben. Ihr würdet die Übergabe bis zum Jüngsten Gericht verschieben. Jetzt oder nie!«

»Mein Herr«, sagte ich leise, »ich bin der Sultan dieses Reiches, ich entscheide darüber, ob ich es übergebe oder nicht. Und folglich bestimme ich den Zeitpunkt, zu dem ich es übergebe. Eure Könige schlagen Bedingungen vor, die ich annehmen oder abschlagen kann.«

»Denkt an die Folgen!« Er schrie fast.

»Verging ein Tag, an dem ich sie nicht bedacht hätte? Das mindeste, was man von den Mächtigen erwarten kann, sind gute Manieren.«

»Man hat mir bereits gesagt, daß Ihr zweiflerisch und wankelmütig seiet.«

»Ja, ich pflege mich nicht Hals über Kopf in eine Sache zu stürzen. Ich weiß, daß man es Euch gesagt hat.« Ich sah Aben Comisa an, der verlegen wegblickte. »Aus Höflichkeit wiederhole ich nicht, was man mir von Euch erzählt hat und was jetzt auch ich gesehen habe.«

Sein Zorn ließ ihn die Fassung verlieren.

»Ihr zwingt uns, etwas zu tun, was wir nicht wollten. Morgen werden fünfhundert der gefangenen Mauren freigelassen, die wir in Santa Fe haben. Und sie werden nach Granada kommen, jeder mit einer Abschrift des Geheimvertrags, in dem Euch und Euren Beratern unverschämte persönliche Vorteile zugestanden wurden. So wird das Volk erfahren, wie man es verkaufte.«

»Ich antworte Euch, Herr Graf«, erwiderte ich lächelnd, »weil Ihr Euch in meinem Hause befindet und ich nichts Besseres zu tun habe. Mein Sohn schläft zu dieser Zeit; wenn nicht, ginge ich, um mich mit ihm zu unterhalten. Es wäre eine geringere Zeitvergeudung. Wenn Ihr in einer Nacht fünfhundert Abschriften eines Dokuments herstellen könnt, dann ist das Lager von Santa Fe besser organisiert, als ich glaubte. Wenn Ihr wolltet, daß meine Untertanen mich umbringen, so habt Ihr bessere Gelegenheiten dazu gehabt, denn die Aufstände gegen mich waren allesamt von Ihren Hoheiten angezettelt. Warum also bis jetzt warten?« Der Graf verschüttete etwas Saft aus seinem Glas. »Ihr regt Euch zu sehr auf. Und Ihr droht auch zuviel: entweder mit einem Angriff oder mit öffentlichem Verrat. Was wollt Ihr verraten? ›Unverschämte persönliche Vorteile‹ zugesichert zu haben? Ich spreche nicht von meinen Beratern. Es ist Eure und deren Sache, was Ihr ihnen hinter meinem Rücken gegeben habt. Ich weiß davon nichts, ich stecke meine Nase nicht in die Angelegenheiten der Bediensteten. Aber nennt Ihr es wirklich ein gutes Geschäft, wenn ich mein ganzes Königreich gegen ein paar ausgedörrt Ländereien in Andarax und Ugíjar eintausche? Nennt Ihr es ›unverschämte Vorteile‹, wenn meine Mutter nur einen Teil ihres Besitzes behält, ihrer Ersparnisse, die ihr persönliches Eigentum sind, nicht das der Krone? Nennt Ihr es ›persönliche Vorteile‹, am Ende unendlich viel schlechter dazustehen als jeder einzelne meiner Untertanen, die, so versichert Ihr, alles behalten sollen, was sie besitzen? Und mit dem Beweis dieses schlechten Handels wollt Ihr sie gegen mich aufbringen? Herr Graf, Ihr gefallt mir nicht, und auch Euer Benehmen und Euer Ton gefallen mir nicht, aber ich werde in demselben Ton mit Euch sprechen, damit Ihr hört, wie er klingt.« Ich hob die Stimme. »Ich bin der Eigentümer dieses Landes. Wenn Ihr von Verkaufen sprecht, so verkaufe ich, was mir gehört. Mein Volk aber verkaufe ich nicht. Ich denke, das wird klar durch das, was uns vorgelesen wurde. Und auch durch die Frist, die ich fordere.«

»Ich durchschaue Euch. Ich habe mein Leben in Andalusien verbracht. Ich kenne die Listen und Tücken Eurer Rasse.«

»An Listen und Tücken mußten wir Andalusier noch viel lernen; seit einigen Jahren wissen wir mehr. Auch ich kenne Euch, Herr Graf. Ich habe sogar die Gedichte Eures Großvaters Santillana gelesen, wobei ich mir nicht sicher bin, ob Ihr selbst sie kennt, und ich weiß, daß Ihr der Neffe des Kardinals von Spanien seid, was Euren Adel mir gegenüber aufwertet. Aber so lange Ihr auch in Andalusien gelebt haben mögt, selbst wenn Eure Vorfahren hier geboren sein sollten, habt Ihr kein andalusisches Blut, und Ihr werdet es niemals haben. Glücklicherweise, werdet Ihr sagen . . . Wir haben Andalusien geschaffen, mein Herr. Euch gebührt der zweifelhafte Lorbeer, es zu zerstören. Eitelkeit steht Euch nicht zu. Eure Titel, die Euch so groß erscheinen, wurden von Glücksrittern auf Kosten unseres Glücks errungen.« Er schnitt eine hochmütige, wütende Grimasse. »Beruhigt Euch. Es wird viele Generationen brauchen, diese Ursprünge vergessen zu lassen. Auch ich besitze solche Ursprünge, aber die Sultane aus meiner Dynastie waren einunddreißig an der Zahl. Mein Onkel Zagal war der dreizehnte mit dem Namen Mohammed: Wahrhaftig eine Unglückszahl.« Meine Hände zitterten; ich preßte den Ring, mit dem ich zuvor gespielt hatte, damit niemand es bemerke. »Ihr seid erst der zweite Graf von Tendilla; erst vor kurzem hat Euer Aufstieg begonnen. Deshalb verzeihe ich Euer Ungestüm. Seht mich hingegen: Ich bin nicht ehrgeizig. Natürlich dank der Tatsache, daß meine frühen Ahnen es sehr wohl waren. Ich habe alles gehabt, Herr Graf. Ich hoffe nicht auf mehr. Ehrgeiz ist im Grunde genommen eine Sache der Untertanen.« Ich zeigte auf Aben Comisa und El Maleh. »Dieser meiner Untertanen, aber auch jener Eurer Könige. Wer aufzusteigen beginnt, ist stets habgierig. Wer absteigt, ist es nicht mehr.« Ich konnte seinen Zorn mit Händen fassen; ich spürte ihn um mich wie ein Reptil. Ich änderte den Tonfall. »Verzeiht, wenn Euch diese Überlegungen gelangweilt haben sollten. Wenn Ihr nicht ausreichend Vollmachten besitzt, um über die Frist zu verhandeln, die ich Euch vorschlage, so überbringt Euren Königen meine Eingabe. Ich weiß nicht, ob diese sie akzeptieren werden, aber in jedem Fall wird sie ihnen verständlicher sein als Euch.«

Die Provokation zeigte ihre Wirkung. Der Graf sprang auf.

»Zweifelt Ihr daran, daß meine Vollmachten als Stellvertreter nicht ausreichen?«

»Ich habe nichts dazu zu sagen. Wenn es so ist, dann entscheidet.«

»Nur weil ich an den Langmut des Königs und an die mütterliche Nächstenliebe der Königin dachte, habe ich es ertragen, diesen Unfug anzuhören, den Ihr Überlegungen nennt. Wir Mächtigen müssen schließlich den Besiegten gegenüber höflich sein.«

»Ihr erinnert Euch etwas spät daran, mein Herr.«

»Auf daß Ihr einmal mehr die großen Ziele unserer Religion vor Augen habt, die nicht den Tod des Sünders wünscht, sondern daß er sich bekehre und lebe, und auf daß Ihr merkt, daß wir in unserem Bündnis mit der göttlichen Vorsehung sicher ruhen und daß wir lieber etwas mit brüderlichen Pakten erreichen wollen, obwohl wir auch zu den Waffen greifen könnten, gewähre ich Euch im Namen Ihrer Hoheiten der Könige von Kastilien und Aragón die Verlängerung der Frist, um die Ihr batet: sechzig Tage ab der Unterzeichnung, die Ihr jetzt, am vierundzwanzigsten November, vornehmen werdet.«

»Während unserer liebenswürdigen Unterhaltung ist die Zeit vergangen: Wir haben bereits den fünfundzwanzigsten.«

»So werdet Ihr einen Tag mehr für Eure Machenschaften haben.«

Hernando de Baeza schmolz das Wachs über dem Pergament, das man mir hinhielt. Ich siegelte mit dem Ring. Ich hatte unendliche Lust zu weinen – zu sehr hatte ich mich angestrengt und im Zaum gehalten. Aben Comisa und El Maleh seufzten auf und tauschten zufriedene Blicke.

»Herr Graf«, schloß ich, »ich bedaure, daß Ihr es seid, dem man die Herrschaft über Granada und die Alhambra überträgt. Doch vermute ich, daß Ihr Euren Hoheiten gute Dienste leisten werdet. Wenigstens ihnen.«

»Das und nichts anderes strebe ich an.« Brüsk wandte er sich zum Gehen.

»Wartet, mein Herr.« Er blieb stehen und drehte sich mit verkniffenem Mund zu mir um. »Gute Nacht.« Ich vollführte eine angedeutete Abschiedsgeste in der Luft. »Ich sollte Euch nicht länger hier aufhalten, wo Ihr zum letzten Mal als Gast seid. Ich gebe Euch die Erlaubnis, Euch zurückzuziehen.«

Nach einer angedeuteten Verbeugung ging er schweigend hinaus.

In der folgenden Nacht sollten meine Delegierten den christlichen Königen den Eid abnehmen. Im Verlaufe des Nachmittags ging ich zum Comarespalast, um meine Mutter von den Vorgängen zu unterrichten. Wir beide waren allein. Während ich die Bedingungen auflistete, rollte über ihr bereits runzliges Gesicht eine Träne, von der sie glaubte, ich sähe sie nicht. Sie atmete schneller, einige tiefe Seufzer entrangen sich ihrer Brust. Ich tat, als hörte ich es nicht. Sie entriß mir das Schriftstück und zog sich ins Licht eines Bogenfensters zurück. Dort saß sie und las lange Zeit. Dann faltete sie die Bögen und blieb stumm; sie betrachtete die vergoldete Landschaft, ohne sie zu sehen.

»Es ist geschehen«, murmelte sie. »Hätten meine Augen es doch niemals gesehen.«

Mit einer Geste der Besorgnis ging ich zu ihr, um sie zu trösten. Ich wagte es, ihre Schulter zu streicheln. Sie stand plötzlich auf.

»Wie wird die Übergabe vonstatten gehen?«

»Die Truppen werden durch die oberen Tore kommen –«

Sie unterbrach mich.

»Soweit es dich betrifft, meinte ich.«

»Die beiden Kanzleien meinen, daß ich persönlich die Schlüssel an Don Ferdinand übergeben soll.«

»Und ihm dabei die Hand küssen?« schrie meine Mutter, als hätte sie in ein Nest von Skorpionen gefaßt.

»Ich glaube, ja«, stotterte ich.

»Niemals! Noch haben wir die Mittel und die Gelder und

die Männer, um uns auf dieses dreckige Feldlager zu stürzen und ihre verfluchten Kreuze umzuwerfen. Niemals! Wenn es nach mir ginge – ich übergäbe ihnen einen Berg von Asche und Knochen. Wenn es nach mir ginge – ich risse sie in Stücke, wenn sie drinnen wären und nicht mehr hinauskönnten. Gott segnet den Hinterhalt gegen den Feind, wenn man ihn in seinem Namen legt. Wenn es nach mir ginge – ich bestellte sechs oder sieben Abtrünnige, um diese Könige, diese Usurpatoren, mit List und scharfen Dolchen zu ermorden –«

»Ich weiß, Mutter, ich weiß. Wenn es nach dir ginge.«

»Und du wirst dich niederwerfen und die Hand küssen, die uns demütigt und beraubt? Dies ist keine Kapitulation, es ist ein Abkommen zwischen zwei Souveränen. Auch wenn es dir so vorkommt: Du bist kein Besiegter, sondern ein Emir, der ein Übereinkommen schließt. Ein Übereinkommen, das es nicht zuläßt, dich zu degradieren. Jetzt und hier endet ein uralter Zwist, aber er endet mit einem Vertrag. Das ist alles. Es hat nichts mit Armeen und Siegesparaden zu tun. Mach mit deiner Ehre, was du willst. Ich aber, die Tochter, Witwe und Gattin eines Sultans –«

Ich unterbrach sie. »Und Mutter und Schwägerin eines Sultans. Einverstanden: Man wird machen, was sich machen läßt.«

»Man wird machen, was man machen muß. Solange noch einer zu mir hält, werde ich den Königen ins Gesicht spucken, und wenn sie mich dafür enthaupten und mein Blut die Granadiner zum Aufstand treiben wird«, sagte sie und verließ den Raum.

Ich ließ einen Brief aufsetzen, den Aben Comisa bei der Eidesleistung an König Ferdinand überbrachte. Obwohl er vom Burgvogt unterschrieben war, berichtete ich darin von der Drohung der Sultana – eine sehr heikle Sache, wenn es dazu käme. »Sie will lieber sterben als nachgeben«, teilte ich ihm mit, »und man muß sich darüber beraten, was wichtiger ist: daß man Euch die Hand küßt oder daß man Euch ein Königreich übergibt.«

Der König war schlauer und praktischer veranlagt als meine Mutter und verzichtete auf das Zweitrangige; er hatte schon in Córdoba darauf verzichtet. Er sagte mir, daß ich ihm lediglich meine Hochachtung entgegenbringen müsse, indem ich einen Fuß aus dem Steigbügel nähme und meine Hand an die Kopfbedeckung führe. In diesem Moment würde der König mir Einhalt gebieten und mich als ebenbürtigen König umarmen. Ich dachte, daß dieses Ritual viel schwieriger zu erlernen und auszuführen wäre als das vorgesehene. Begonnene und nur halb ausgeführte Bewegungen waren mir immer sehr kompliziert erschienen. Ich war unsicher, wann genau ich einhalten und auf die Unterbrechung des Königs warten sollte, ohne daß dessen Boshaftigkeit mich in einer läppischen Haltung verharren ließ. Später dachte ich, daß ich lange Zeit in der schlimmsten Haltung verharrte.

In den darauffolgenden Tagen mußte ich bezüglich gewisser Geschäftigkeiten ein Auge zudrücken. Ich vermutete – Farax und Nasim bestätigten es –, daß die Könige durch Zafra, El Pequení und El Maleh Geld und Geschenke schickten, um, wie sie sagten, »Freunde zu gewinnen«. So förderten sie bei den Fakhis und angesehenen Persönlichkeiten eine günstige Stimmung.

Mit dem gleichen Ziel und um mich zu zwingen, den Granadinern mein Wissen nicht vorzuenthalten, richteten die Könige am 29. November ein Schreiben »an jung und alt«. Darin bestätigten sie – ich habe es aufbewahrt und lese es nun wieder – ihren Entschluß, »so Gott will«, das Heer und das Feldlager vor Granada zu belassen. Und sie machten darauf aufmerksam, daß für die Stadtbewohner »kein Grund besteht, sich selbst Verderben zu bringen wie jene aus Málaga«, wenn sie in

Kürze in ihre Dienste träten, »sondern ihre Person und ihre Habe werden gesichert sein, anderenfalls ihre Überfahrt nach Afrika«, nachdem sie ihren Landbesitz an eine Person ihrer Wahl verkauft hätten, und sie könnten draußen ihre Felder bestellen und sich überall in den Königreichen frei bewegen. Das Wichtige aber stand am Schluß: Sie bestimmten eine zwanzigtägige Frist von diesem Tage an, in der die Gemeinde einen Vertreter mit ihrer Kapitulation entsenden müsse; nach Ablauf dieser Frist, so schworen sie bei ihrem Glauben, »werden wir kein Wort in dieser Angelegenheit zulassen oder anhören. Sodann liegt die Verantwortung und Schuld für ihr Verderben bei den Empfängern dieses Schreibens selbst.« Entgegen dem plumpen Plan der Könige und entgegen ihrer gerissenen Absicht freute ich mich, daß sie sich direkt mit dem Volk verständigten.

Durch die stärker werdenden Schneefälle in der Sierra und das Hamstern aus den Vorratslagern verschlechterte sich die Lage in der Stadt. Am 16. Dezember kam in aller Frühe eine Abordnung von Fakhis, Vertretern der Innungen, Scheichs, Offizialen, Alten und Weisen zu mir. Ohne auch nur im geringsten auf den Brief der Könige anzuspielen – als hätte es ihn überhaupt nicht gegeben –, baten sie mich, unverzüglich die Bewohner der Stadt durch die Ausrufer versammeln zu lassen und ihnen die Situation der Stadt zu schildern, wie sie wirklich war: die zur Neige gehenden Lebensmittelvorräte, die man, was noch schlimmer sei, nicht erneuern könne, weil die Wege nicht begehbar seien und es an Händen für die Feldarbeit mangele. Das Heer sei erschöpft, da es ebensowenig Reiter wie Fußsoldaten gebe und die Hilfstruppen aus Afrika ausblieben, denen wir nie sonderlich viel Vertrauen entgegenbrachten. Außerdem erwähnten sie beschämt, daß viele Granadiner desertiert seien und den Christen bei ihren Einfällen als Kundschafter und Führer dienten.

»Es ist Winter, Herr«, fügten sie hinzu, »und die Christen

haben ihre Feindseligkeiten eingestellt. Sie werden uns nicht anhören, wenn wir jetzt mit ihnen verhandeln; aber wenn wir es nicht tun, obwohl wir uns unmöglich bis zum Frühjahr halten können, werden sie ein noch größeres Heer aufstellen und uns angreifen, und dann werden wir ihrem Zorn schutzlos ausgeliefert sein. Herr, wir bitten dich, dies dem Volk mitzuteilen.«

Ich antwortete, daß ich ihre Gründe verstünde und daß ich es zwar ihres Ansehens wegen für besser hielte, wenn sie mit dem Volk sprächen, daß aber auch ich gerne bereit sei, dies mit ihrer Unterstützung und in ihrer Anwesenheit zu übernehmen.

Noch für den gleichen Nachmittag berief ich die Versammlung der Stadtbewohner auf der Tabla ein, jenem Ort, an dem mein Vater unbedingt jene Parade veranstalten mußte, mit welcher der Niedergang seinen Anfang nahm. Aus allen Vierteln, auch aus den abgelegensten, kamen die Leute herauf, obwohl es nicht zu einem Fest ging. Man sah es ihren Gesichtern an. Ich konnte nicht verhindern, daß Lieder, Lachen, Spiele, Märsche von vor dreizehn Jahren mein Gedächtnis bestürmten und auch die schreckliche Katastrophe, in der alles endete. Nur die Vertreter der Viertel der Alcazaba und der Puerta de Elvira fehlten.

Umringt von Würdenträgern wandte ich mich an die sehr große Menschenmenge, als Waffenlärm zu vernehmen war oder Stimmen, die Waffenlärm ankündigten. Wieder erinnerte ich mich an das verhängnisvolle Ende der Parade. Die Bewohner des Albayzín und des Zisternenviertels riefen mir zu: »Fürchte dich nicht, Herr, denn wir werden vor dir sterben«, und liefen in wilder Hast bergab.

Ein Mann von schlanker Gestalt mit großen Augen, der angab, in der Antequeruela zu leben, gab Auskunft darüber, was da vor sich ging: Die Bewohner der Alcazaba und der Puerta de Elvira hätten sich, zum Kampf entschlossen, in ihren Straßen und, weil die Puerta de Guadix und die Puerta de Osario verschlossen waren, am anderen Ufer des Darro verbarrikadiert. Ich bat den Mann näherzutreten. Er trat aus der Menge. Ihm fehlte der linke Arm.

»Warum?« fragte ich ihn und dachte augenblicklich, daß er mir nun bezüglich seiner Einarmigkeit antworten würde, aber nein.

»Weil sie sagen, daß man die Geiseln aus ihren Reihen rekrutieren wird und daß sie nicht zurückkehren werden, so wie auch du seit Tagen nicht mehr zur Alcazaba zurückgekehrt bist, und daß die Christen kommen und ihnen ihre Häuser nehmen werden.«

»Das sind Marodeure und Tagediebe«, rief ein dicker Mann mit zwei Kindern auf den Armen.

»Sind sie etwa keine Soldaten? Sie sollen in den Krieg ziehen. Uns reicht es jetzt!« schrie ein Greis, der sich auf einen gedrechselten Stock stützte.

»Kommt«, sagte ich zu den Würdenträgern, und zusammen mit ihnen und vielen Einwohnern machte ich mich auf die Suche nach den Unzufriedenen.

Als sie mich kommen sahen, packten sie die Werkzeuge noch fester, die sie zur Errichtung der Barrikaden benutzten. Es war nicht der Augenblick, viele Umschweife zu machen. Ich sprach mit Überlegung.

»Ich habe erfahren, daß eine große Zahl von granadinischen Rittern und einige Vögte der Umgebung gegen meine Absicht mit den Christen verhandeln. Ihr und ich, wir sind es, die dies tun sollten. Eure Oberhäupter sind mit dieser Bitte zu mir gekommen, und ich denke nicht daran, zurückzunehmen, was ich in ihrem Namen tat. Sollte einer mit ihnen und mir kämpfen wollen, so wird er uns in der Alhambra finden. Wer aber eine Bitte hat oder sich über etwas vergewissern will oder der Ansicht ist, daß etwas nicht rechtens war, der teile seine Angelegenheit dem Sprecher seines Viertels mit und gebe ihm seine Vollmacht, und diese mögen mir darlegen, was sie beunruhigt und woran es ihnen mangelt. Und ich will Granada nicht anders als tot verlassen, wenn ich meine Untertanen ohne Schutz lasse. Das, und nichts anderes, heißt es, Sultan zu sein.«

Genau wie bei anderen Gelegenheiten sah ich, wie sich Farax' Augen an meiner Stimme begeisterten. Er lauschte mir mit offenem Mund, und ich mußte unwillkürlich lächeln. Damals beschloß die gesamte Bevölkerung, eine Gesandtschaft der Gemeinde zu den christlichen Königen zu schicken. Selbstverständlich dachten viele, daß alles eine Kriegslist sei und daß mich die Bevölkerung am Ende um dasselbe gebeten habe, was ich bereits vertraglich ausgehandelt hatte. Vielleicht ist Politik nichts anderes als diese Vorwegnahme. Tatsache ist, daß Aben Comisa und El Maleh diese Gesandtschaft leiteten. Sie trafen den König gnädig und »besänftigt« an, und er gewährte ihnen, worum sie baten. Niemand kam auf die Idee, mehr zu fordern, als in den Kapitulationsbedingungen bereits zugestanden worden war. Er beschenkte die Gesandten mit Geld und Juwelen, die einen waren für sie selbst bestimmt, das andere dazu, Widerstand zu »besänftigen«, obwohl ich bezweifle, daß dieses Geld seiner Bestimmung zugeführt wurde.

Doch von Tag zu Tag gingen mehr Einzelgesandtschaften nach Santa Fe, und mir kam zu Ohren, wie weit die Verhandlungen mit den Burgvögten von Alfacar gediehen waren, der einzigen Festung außerhalb der Stadt, die sich noch in meiner Hand befand. Diese Verhandlungen wurden ohne meine Einwilligung geführt und genau am 20. Dezember abgeschlossen.

ICH SAGTE »GENAU«, weil ich an diesem Tag die Überreste meiner Ahnen aus der Alhambra entfernte. Ich, der für viele die Schande meiner Ahnen war, mußte verhindern, daß man sie schändete. Da sie schon aus unserem Kampf gegangen waren, hatten sie ein Recht darauf, in Frieden zu ruhen.

Es waren so viele Gräber, daß mich die Vorstellung bedrückte. Ich bat Farax, mir zu helfen; aber wir brauchten jemanden, dem wir mehr als völlig vertrauen konnten. Ich wandte mich an einen Sekretär, der nach einer der häufigen Versammlungen der letzten Tage zu mir gekommen war und mit einer Aufrichtigkeit, die damals selten war, zu mir gesagt hatte: »Herr, ich habe keine Meinung über das, was geschieht – wenn etwas geschieht. Ich habe nur meinen Arm, und der gehört dir.«

Ich sah ihn an, dankbar für eine Erklärung, die vor kurzem noch eine Selbstverständlichkeit gewesen wäre, ließ meine Hand, und wohl noch mehr als diese, auf jenem Arm ruhen, den er mir bot, und antwortete ihm: »Vielleicht werde ich ihn eher in Anspruch nehmen müssen, als wir glauben. Danke.«

Ich nahm ihn für die Sache in Anspruch, von der ich sprach. Der Name des Sekretärs war Bejir el Guibis.

Ohne ein Familienmitglied einzuweihen, denn ich fürchtete Meinungsverschiedenheiten in einer Sache, die eine schnelle Lösung erforderte, beschloß ich, die Gebeine nach Mondújar zu überführen. Dort ruhte bereits mein Vater, und es erschien mir vernünftig, sie alle im Tal des Lecrín zu vereinen, in jener Landschaft, die, rötlich und fruchtbar wie der Leib einer Frau, unterhalb der schroffen Ausläufern der Alpujarra gelegen ist – ich hatte ihnen nichts zu bieten, was dem Paradies nähergekommen wäre.

Als es dunkel wurde, machten wir uns an die Arbeit. Es betrübte mich, daß wir eine Zeremonie, die große Feierlichkeit verdient hätte, heimlich vornehmen mußten, als handele es sich um ein Verbrechen. Aber es war nicht vernünftig, die Gereiztheit der Granadiner noch mehr auf die Spitze zu treiben. Ich bestellte keinen Fakhi. Die Toten erfreuen sich bereits der Versprechungen, mit denen sie lebten, sie brauchen keinen Mittler, der ihnen eine Brücke zu Gott schlägt. Wir hatten zehn Männer aus dem Volke, deren Loyalität erwiesen war, acht von ihnen Gärtner der Alhambra wie Faiz. Mein Vorhaben verlangte unbedingte Geheimhaltung sowohl der Exhumierung als auch der Umbettung an den neuen Ort, dessen Name ebenfalls nicht bekannt werden durfte. Ich glaube, das ist uns gelungen.

Als wir durch das Portal der Rauda gingen, das mich mit seiner eindrucksvollen, hohen Kuppel von Kind an fasziniert, überkam mich ein leichtes Schwindelgefühl, vielleicht eine Folge der durch die Ereignisse in mir hervorgerufenen Anspannung. Mir wurde schwarz vor Augen; ich lehnte mich an eine Mauer. Ich glaubte die Stimme El Malehs vor zwanzig Jahren zu hören, als er mir zum ersten Mal eine etwas unverständliche Erklärung zu diesem Portal gab.

»Das«, sagte er und zeigte darauf, »und die Zisterne, die den Comarestrakt mit seinen Bädern speist, sind die einzigen Überreste« – das Wort »Überreste« hallte in meinem Kopf nach – »des Palasts des ersten Ismail, des Ermordeten« – jetzt setzte sich das Wort »ermordet« in mir fest –, »der mit den übrigen Sultanen in der Rauda ruht. Sein Sohn Yussuf erweiterte diesen Palast und machte daraus den Comarespalast. Und sein Neffe Mohammed erbaute den Löwenpalast, und ihm verdankt der Comarespalast seine schönsten Portale ... Heute ruhen sie alle in dieser Rauda, so nah bei ihren unsterblichen Werken ...« »Unsterblich«, hörte ich wieder und wieder.

Mit Farax' Hilfe richtete ich mich wieder auf, und wir gingen hinein. Dies war mein vielleicht liebster Garten, klein und einladend, das Wasser bestimmte seine Anlage, Vögel wiegten sich dort. Ich stellte mir immer vor, daß es sich dort gut ruhen ließ. Im Sommer lag er in einem sanften, grünlichen, frischen Halbschatten, im Winter hielten seine Lage und die hohen Bäume den Wind ab. Aber da es in der Alhambra noch andere, ältere Ruhestätten gab, schickten wir fünf der zehn Männer dorthin und verabredeten uns zum baldmöglichsten Zeitpunkt in Mondújar.

Es war eine zeitweilig unterbrochene, bedrückende Arbeit. Wir konnten nicht so sorgfältig vorgehen, wie ich es gewünscht hätte. Die Zeit arbeitet gegen uns, sogar dann, wenn wir sie bereits verlassen haben. Die Särge waren zerfallen, die Gebeine verstreut, die steinernen Stelen und Gedenktafeln zerborsten.

Ich mußte mich über die Beklemmung hinwegsetzen, die Überreste aufzuhäufen, ohne mit Sicherheit zu wissen, zu wem sie gehörten oder zu wem sie gehört hatten. Ich ließ sie in umgekehrter Reihenfolge auf die Karren legen, in der sie am folgenden Tag bestattet werden sollten. Und ich betete auf meine Weise; auf meine Weise bat ich um Verzeihung für diese störende Einmischung vor dem Tag des Jüngsten Gerichts und der Auferstehung.

Dort waren die stolzen Sultane der besten Jahre, die gescheiterten Fürsten, die königlichen Mütter unserer Emire und Heerführer, die Toten der zweiten Linie der Dynastie, gefällt durch eine erzürnte Hand . . . Aller Glanz und alles Unrecht hatten hier ihre letzte Ruhestätte gefunden: der Ruhm und die sterbliche Hülle, Träume, Eitelkeiten, Sehnsüchte, wohlgestalte Körper, die unendlichen, farbigen Welten, die in den kleinen Schädeln der Menschen Platz finden; die schlanken oder verkrümmten Skelette, manche noch vollständig, andere bereits zerbrochen; die kurzen, übertriebenen Schilderungen nicht immer wahrheitsgetreuer Heldentaten, sorgfältig in längliche Steinplatten gehauen, die länger Bestand haben als das, wovon sie berichten . . . Hier endet alles, sagte ich mir; doch ich sagte es schnell und unbestimmt, denn ich mußte dieser Schädelstätte, diesem schrecklichen Markt der Demut, eine Ordnung geben. Zwischen den Gebeinen blitzten von Zeit zu Zeit die zerstreuten Perlen oder das filigrane Gold einer Halskette auf. Von dem Benannten bleibt nicht einmal der Name: Wer begreift, was die Ruinen uns sagen? Wie über die Nichtigkeit des Lebens meditieren, wie daraus Schlüsse ziehen, die mich über das erbärmliche Ende hinweggetröstet hätten, das ich dem Reich gebracht hatte? (Vielleicht war ich auch lediglich eine Ausrede, das Ende eine Notwendigkeit meiner Epoche.) Wie mich anklagen, wie Entschuldigungen erbitten? Jetzt hatte ich, beschienen vom gespenstischen Licht des Mondes und einiger Öllampen, nichts weiter zu tun, als das aufzuhäufen, was von jenen übriggeblieben war, die mir aus der feuchten Ruhe ihrer

Gruften stillschweigend ihr Vermächtnis übertragen hatten, die ich zweifellos enttäuscht hatte. Mein Auftrag war es, sie von den unseligen Gefahren zu befreien, die ich heraufbeschworen hatte. In der kältesten Nacht im Dezember kam ich diesem Auftrag ohne Angst nach.

Jetzt ruhen sie in Mondújar, vereint in einer Ehrfurcht gebietenden Versammlung. Auch ich werde dort begraben werden. Falls der Tod dem Menschen die Weisheit verleihen sollte, an der es ihm mangelt, gehe ich davon aus, daß sie meine Unschuld erkennen und mich aufnehmen werden, wenn meine Stunde kommt. Falls der Tod den Menschen nicht vervollkommnet, wird es bedeutungslos sein, denn dann werden sie genausowenig tugendhaft sein wie zuvor. Sollte der Tod den Schritt ins Nichts bedeuten, so werden wir nicht sein, sie nicht und ich nicht. Das letztere wäre das Beste, es ist auch das Wahrscheinliche. Nachdem ich so viele schweigende, ausdruckslose sterbliche Überreste in Händen gehalten habe – wie kann es da einen Tag des Jüngsten Gerichts und der Auferstehung geben? Es gibt nur wenige Menschen, die so verderbt sind, daß sie einen posthumen Urteilsspruch verdienten. Nur wenige waren so herausragend, daß sie einer Auferstehung würdig wären. Jene, die durch ihre Taten in der Erinnerung derer weiterleben, denen sie Gutes taten, müssen nicht von den Toten auferstehen; sie genießen die schönste Art der Unsterblichkeit, die ich kenne. Vielleicht erlischt das Leben nicht, sondern nimmt eine andere Form an, wird schillernd und allgegenwärtig. Nicht deshalb, weil es über den Tod triumphiert, sondern weil es alles überflutet, und alles – das ist diese und jene Erscheinungsform des Lebens, während der Tod naht, und auch der Tod ist so. Doch der Mensch, dem fast nichts begreiflich ist außer sein eigenes Leben – und auch das kaum –, hofft nur auf die Auferstehung, um in dieses Leben zurückzukehren. So klein ist er – und dennoch: welche Begierde, zu überdauern! Als Eigenheit zu überdauern, er selbst zu bleiben, anstatt sich mit der Natur zu vereinen, jener großen Mutter, die nichts erklärt, denn selbst wenn sie erklärte, bliebe es unerklärlich. Sie ist die Quelle, sie ist das Meer. Sie kennt keine Grausamkeit und auch keine Barmherzigkeit. Sie richtet sich nicht nach unseren kleinen, unbedeutenden Angelegenheiten. Jede ihrer Wellen nimmt ein paar Lebewesen mit sich und spült andere an den Strand. Das Leben bewegt sich nicht: Das Leben verharrt unbeweglich, von geheimnisvollen Mauern umgeben, die an den Tod grenzen. Wir gehen in oder aus dem Leben – wir dauern, das Leben überdauert.

Könnte man also sagen: Das Leben hat recht? Nein, denn das hat es nicht nötig. So wie es auch keine Flügel hat, keinen Duft, keine übertriebene Üppigkeit. Das ist Sache der Vögel oder Blumen, der Stuten oder Barsche; es sind Besonderheiten. Und eine belanglose Besonderheit des Menschen ist der Verstand, so wie er auch erröten oder lächeln kann, wodurch er sich von den Tieren unterscheidet. Doch er denkt – wir denken –, daß der Verstand eine Krönung und ein unendlicher Weg ist, und so verliert er die Möglichkeit zum Glücklichsein. Seine Unbescheidenheit ist es, die ihn zugrunde gehen läßt. Das Glück besteht darin, die eigene Geringfügigkeit zu erkennen und zu verstehen, darin, den Verstand zu gebrauchen, um zu wachsen, sich zu vermehren und sich zu freuen, zu erröten und zu lächeln. Aber nein: Der Mensch bläst sich auf und trägt eine Maske. Er will stärker erscheinen und größer . . .

Es ist eitel, ein Wahn. Als ob unsere Lebensform das Leben sei. Als seien die unendlichen Sterne eine prachtvolle Erfindung unserer Stuckdecken. Welch törichte Überheblichkeit! Wir sind wie meine Mutter, wie diese verwirrten Alten, die ihren Alkoven für die Welt halten, die in der Überzeugung leben, daß die ganze Außenwelt ihnen Achtung zollt, und die Außenwelt weiß noch nicht einmal, daß sie existieren. Dieser prahlerische Drang, ewig Bestand zu haben! Noch nicht einmal die Hilflosigkeit, Gott und ein künftiges Leben und eine unwahrscheinliche Belohnung erfinden zu müssen, ist uns ein Zeichen dafür, wie armselig wir sind. Denn falls Gott ein uns überlegenes Urwesen ist, sind wir von Göttern umgeben; und falls Gott das Bedrohliche und Schreckliche ist – was sehr traurig wäre –, ist fast alles Gott ... Das Leben ist mit Gewißheit ein Gott. Ein sich stets offenbarender und zugleich schweigender Gott, umsichtig und mütterlich, der uns erschafft und benutzt, wie man ein Werkzeug erschafft und benutzt, der uns stützt und verläßt. Doch das wollen wir nicht, nicht nur das: Wir wollen überdauern, glücklich überdauern. Wir wollen Götter sein.

IV. Alle Musik verklingt

> Wenn ich mich heute meinem Gehör überlasse, höre ich von weit weg eine schon längst verklungene Musik, eine Musik aus längst vergangenen Tagen und längst vergilbten Notenzeichen, Musik aus dem Gestern, aus einem anderen Leben. Vielleicht ist unsere Musik – und wir sind wie sie – nicht anders als jene vergangene. Denn wir alle waren einmal besser, glücklicher, würdevoller. Dennoch – alle Musik verklingt. Sogar in unserer Erinnerung.
>
> Boabdil

Jetzt, da die Fäden dieses mühevollen Komplotts geordnet waren, ging ich darauf ein, den Tag der Übergabe vorzuziehen, um zu verhindern, daß neue Übereinkommen der Könige die zwischen uns geschlossenen beeinträchtigten. Man einigte sich auf den 6. Januar. Obwohl meine Vertrauten dies mir gegenüber abstritten, bemerkte ich eine erkennbare Niedergeschlagenheit bei den Granadinern, eine gewisse Unruhe und Zügellosigkeit wie bei jenen, die ihre Sache bereits verlorengegeben haben, den Gehorsam verweigern und versuchen, in den noch verbleibenden Tagen wie ein König – welcher König? – zu leben. Häuser von Juden waren überfallen worden, und des Nachts häuften sich die Verbrechen. Es war also klug, die Ereignisse voranzutreiben.

Der erste Tag des Sonnenjahres war ein Sonntag. Es war der finsterste Tag, den ich je erlebte. Ich hatte beschlossen, an diesem Tag die fünfhundert Geiseln zu entsenden, mit Aben Comisa und El Maleh an der Spitze. Es war noch nicht sehr spät abends – die ersten Schatten der Nacht sanken gerade herab –, als sich die Geiseln in der Nähe des Töpferviertels sammelten. Obwohl die Kälte die Leute in ihren Häusern zurückhielt, ließ es sich nicht vermeiden, daß das Gerücht die Runde machte und Unruhen wegen dieser Personen entstanden, denen ich befohlen hatte, von der Huerta Chica de la Almanjara aus durch das Westtor die Stadt zu verlassen. Ich befürchtete, ein Aufruhr könne einen friedlichen Ablauf vereiteln und als Anlaß oder Entschuldigung für ein Eingreifen des christlichen Heeres dienen, was ein Blutvergießen zur Folge gehabt hätte. Unter dem Vorwand, er solle einige Pferde und ein Schwert in Empfang nehmen, die ich König Ferdinand verehren wolle, berief ich Aben Comisa zurück und gab ihm einen Brief, den er höchstpersönlich überbringen solle. Darin bat ich den König, noch in dieser Nacht unter strengster Geheimhaltung Truppen zur Übernahme der Alhambra zu entsenden. Am folgenden Tag würden jene, die noch meine Untertanen waren, angesichts der Unwiderruflichkeit die Übergabe Granadas akzeptieren, ohne der Versuchung eines bewaffneten Aufstandes zu verfallen. So schalte man Gefahren und Ungewißheiten aus.

Als er meine Nachricht erhalten hatte, ließ der gierige Ferdinand keine Zeit mehr verstreichen. Um Mitternacht entsandte er eine Truppe unter dem Befehl des Großkomturs von Léon, Gutierre de Cárdenas. In die Kälte gehüllt, kamen sie durch das Zisternenviertel, dessen Zugangsstraße die versteckteste und abgelegenste war. Am Wasserturm erwarteten Farax und Nasim die Christen. Sie führten sie durch die Puerta de los Pozos in die Alhambra. Es war noch dunkel – falls es überhaupt je wieder Tag werden sollte . . .

Ich befand mich mit zwölf Würdenträgern im Saal des Löwenhofpalasts. Ich sah den ein wenig bleichen Farax eintreten, und ich wußte, daß das Schicksal eingetroffen war. Ich verabschiedete meine Ritter und befahl ihnen, in die Stadt zurückzukehren. Ich ging allein in den Comarespalast. Unterwegs entledigte ich mich der königlichen Insignien und gab sie Farax, der meine Hände küßte, als er sie in Empfang nahm. Don Gutierre hatte seine nicht sehr zahlreichen Soldaten in zwei Flügel geteilt, damit sie nötigenfalls Aufstellung nehmen konnten. Ich empfing ihn im Comaressaal, den ich mit siebzehn Bannern hatte schmücken lassen, die wir im Laufe der Zeit den Christen entrissen hatten. Einige davon befanden sich seit zweieinhalb Jahrhunderten in unserem Besitz. Der Komtur war von einigen wenigen Offizieren umgeben. In ihren Gesichtern spiegelte sich ein solch hingerissenes, maßloses Staunen über den Palast, als ständen sie im Paradies vor Gottes Angesicht. »Im Vergleich mit diesem hier ist Sevilla eine Strohhütte«, hörte ich einen sagen. Sie waren so gebannt, daß ich mit den Schlüsseln der Alhambra zu Don Gutierre gehen mußte. Schweigend übergab ich sie. Er erkannte mich, und auch er küßte meine Hände, als er sie nahm. Die anderen taten es ihm nach.

Leise – die Benommenheit und die Erwartung der Nacht ließen meine Stimme lauter erscheinen – ersuchte ich den Komtur von León, er möge mir ein mit seinem Namen unterzeichnetes Schriftstück geben, in dem er bezeuge, wie er die Festung übernommen habe und daß die Unternehmung zu seiner Zufriedenheit vonstatten gegangen sei. Ein Priester aus seinem Gefolge verfaßte das Dokument. Er war rundlich und kahlköpfig, und beim Schreiben biß er sich auf die Zunge. Don Gutierre streckte es mir wortlos hin; lediglich ein schüchternes Lächeln huschte über sein Gesicht. Der ganze Innenhof war ein stummes Gewölbe. Jemand ließ ein Schwert fallen. Das Klirren setzte sich über die Bodenfliesen und das gefrorene Wasser des Teichs fort.

»Wir haben nichts mehr hier verloren. Gehen wir«, sagte ich zu Farax. Und zu Nasim: »Du begleitest die Gäste. Und bleibe bei ihnen, wenn du möchtest.«

Als wir die Alhambra verließen, um zur Alcazaba hinüberzugehen, in die ich am Nachmittag meine Mutter und Moraima mit ihren Hofdamen hatte bringen lassen, sah ich, daß die Truppen Don Gutierres bereits die Türme und die wichtigsten Punkte des Geländes besetzten. Die Verse Yarirs kamen mir in den Sinn.

Wer sind diese Gebäude, die einem Trauernden die Antwort
verweigern?
Sind sie verstummt? Oder nur noch Ruinen?
Zu jenem unvergeßlichen Abend des Glücks kehrt zurück.
Kehrt zurück!
Denn der Tod dieser Mauern – unseren Tod bedeutete er.

Der vorherige Tag war stürmisch gewesen. Dieser hingegen war klar und blau. Wäre da nicht die Kälte gewesen – man hätte meinen können, es wäre Frühling.

»Und Aben Comisa und El Maleh?« fragte ich Farax.

»Sie waren nicht bei Don Gutierre. Sie wollten lieber in Santa Fe bleiben.«

»Feige bis zum Schluß«, murmelte ich und sah in den unermeßlich weiten Himmel.

Wir stießen auf eine Gruppe gefangener Christen, die den Hang der Sabîka hinaufstieg. Ich erinnere mich, daß ich dachte: Schon erkennt mich niemand mehr.

»Sie werden wohl zu den anderen gehen«, sagte ich. »Sie werden zusammen eine Dankmesse feiern. Welchen Ort werden sie wohl zuerst entweihen? fragte ich mich, um mir dann zu antworten: Es geht mich nichts an. Das ist Gottes Angelegenheit.

Als wir die Alcazaba betraten, hörten wir drei Kanonenschüsse. Farax sah mich erstaunt an.

»Es ist das Signal für das Feldlager.«

Ich schaute in Richtung Osten.

»Die Sonne ist treulos: Sie geht auf, während für den Islam der Neumond beginnt.«

Dann, als wir zu meinen Gemächern kamen, sagte ich zu meinen Begleitern: »Wer kann, soll ein wenig schlafen.«

»Erlaubst du mir, bei dir zu bleiben?« fragte mich Farax.

»Ist es dir ein Bedürfnis?« Er nickte unglücklich. »Dann komm herein.«

Es war kalt im Alkoven, oder mich fror. Ich ließ die Kohlebecken anfachen. Eines davon rußte.

»Man soll es hinausschaffen«, bat ich. »Und man lasse etwas Sandelholz verbrennen.«

Farax legte seine Hand auf meine.

»Wie fühlst du dich?«

»Ich fühle mich nicht. Ich will mich nicht fühlen. Stell mir keine Fragen. Ich möchte schlafen und erst wieder aufwachen, wenn man all dies zu vergessen beginnt. Oder besser noch, nie mehr wieder aufwachen.«

Ich konnte nicht schlafen. Ich schloß die Augen so fest, daß es mich am Einschlafen hinderte; ich strengte mich so sehr an, die Ohren vor dem zu verschließen, was zu hören ich fürchtete, daß ich Tausende von inneren Geräuschen vernahm – als herrsche ein Sturm in meinem Kopf. Ich preßte die Kiefer so fest aufeinander, daß es schmerzte. Mein Körper war angespannt wie die Saiten einer Laute. Ich konnte nicht schlafen. Farax schlug mir vor, in die Bäder zu gehen. Die Hitze und die Massagen würden mir vielleicht Linderung verschaffen. Ich sah ihn lange an, sehr lange. Und plötzlich begann er fürchterlich zu weinen, wie ein Kind, und drückte mich an seine Brust. Als seine Tränen versiegten, löste ich mich von ihm. Ich beneidete ihn darum, daß er weinen konnte, und auch darum, daß er mit dem Weinen wieder aufhören konnte.

Gegen Mittag kam Hernando de Baeza zu mir. Er war sehr erschüttert. Rücksichtsvoll versuchte er es zu verbergen, was seine Erschütterung noch größer erscheinen ließ.

»Die Trauerzeit ist vorbei, Herr.«

»Welche Trauerzeit?«

»Um den Tod des Kronprinzen von Portugal.«

»Ach so, bei ihnen. Du sprichst von ihnen. Unsere Trauerzeit beginnt heute.«

Ich sah nichts. Ich hörte nichts. Erfolglos bemühte ich mich um das genaue Gegenteil dessen, worum ich mich im Bett erfolglos bemüht hatte. Jetzt wollte ich sehen und hören und konnte nicht. Man hatte mich gebadet. Man hatte mich parfümiert. Man hatte mich angekleidet. Am Portal warteten fünfzig Reiter auf mich. Auch ich stieg aufs Pferd. Der Morast hatte einen meiner Schuhe beschmutzt. Die ganze Welt reduzierte sich plötzlich auf diesen Schlammfleck. Ich konnte meinen Blick nicht davon abwenden. Ich ritt und sah ihn an. Auf dem hellen Leder wirkte er wie ein Gerinnsel aus einem fremden, abstoßenden Leben.

Tage später übergab mir Hernando de Baeza, überzeugt davon, daß ich einen bedeutsamen, unvergeßlichen Tag erleben würde – was hätte ich darum gegeben, ihn zu vergessen! –, ein Blatt mit der Ankündigung der Parade, die König Ferdinand geplant hatte. Sie war maßlos, genau wie jene Parade meines Vaters. Ich weiß nicht, ob er damit eher Furcht einflößen als Freude zum Ausdruck bringen wollte. Ich weiß nicht, ob er damit den leichtfertigen, aufsässigen Mauren imponieren oder vor uns seinen Sieg zur Schau stellen wollte. Ich für meinen Teil kann nichts über diesen Triumphzug berichten: Ich sah ihn nicht, hörte nicht die Instrumente, die Jubelrufe, die Gesänge. Wie ich aus diesem Blatt ersehen konnte, führten der Burgvogt von Donceles, der Herzog von Alburquerque, jener Beltrán de la Cueva, der Geliebte seines Königs, und die Marschalle das kastilische Heer an – was mich nicht verwunderte. In der Vorhut ritten der Großmeister des Santiago-Ordens und die Ritter seines Ordens, seiner Domäne und der Bruderschaft. Am rechten und linken Flügel die Truppen der Herzöge von Plasencia und Medinaceli. Dahinter marschierte der Markgraf von Cádiz mit den Leuten Gonzalo Mejías. Das dritte Bataillon bildeten der Graf von Ureña und Don Alonso de Aguilar, das vierte die Leute des Erzbischofs von Sevilla, des Pedro de Vera und des Burgvogts von Morón, das fünfte der Herzog von Medina Sidonia, das sechste der Meister des

Calatrava-Ordens, das siebte der Graf von Cabra, das achte Kardinal Don Pedro González de Mendoza, das neunte der Herzog von Nájera, das zehnte der Graf von Benavente, der Burgvogt von Atienza und Don Alvaro de Bazán. Das königliche Bataillon setzte sich aus einer starken Abteilung von Lanzenreitern und Fußsoldaten aus Galicien, Asturien, Santander und von der Biscaya zusammen, auf den Flügeln marschierten die Kontingente aus Sevilla und Córdoba. Der Geleitzug des Königsbanners bestand aus vierhundert Rittern und den Höflingen ihrer Hoheiten. Die Bewachung und der Schutz des Zuges oblag zweihundert Mann aus Jerez und einer vielköpfigen Abordnung der Infanten. Den Abschluß bildeten schließlich Francesco de Bobadilla mit den Leuten aus Jaén und Andújar sowie Diego López de Ayala mit jenen aus Ubeda und Baeza. Die Artillerie, die auf mehreren Straßen in Granada einzog, wurde von zahlreichen Reiterschwadronen und Fußsoldaten eskortiert und stand unter dem Befehl des Großmeisters des Alcántara-Ordens, des Grafen von Feria, des Martin Alonso, des Burgvogts von Soria und Henao sowie Lope Hurtado.

Alle Nachfahren derer, die bei der Sache gegen uns gekämpft hatten, die fälschlicherweise den Namen »Reconquista« trägt, nahmen hier an dem Höhepunkt ihres Lebens teil.

Ich wußte nicht, wohin wir ritten. Niemand war auf der Straße. Ich fragte mich: Wo sind sie alle? Wo sind sie hingegangen? Heute vermute ich, daß sie auf den Mauern standen und sich das Schauspiel ansahen. Vielleicht war Zerstreuung alles, was sie wollten. Und ich war ein Teil dieses Schauspiels. Nachdem wir ein Stück des Wegs zurückgelegt hatten – wann genau, kann ich nicht sagen –, stellte ich fest, daß Gonzalo Fernández de Córdoba neben mir ritt. Ich war nicht in der Lage, ihn zu begrüßen. Am Ufer des Genil sah ich vor einem Morabetenkloster, dessen Anblick mich als Kind, wenn wir nach Alhama reisten, erfreut hatte, denn es war das Zeichen, daß wir Granada hinter uns gelassen hatten, eine kleine Gruppe von Rittern stehen, auf die wir uns zubewegten.

»Dort ist der König, Herr.« Es war Don Gonzalos Stimme.

»Danke«, sagte ich zu ihm. Aber ich konnte nicht herausfinden, welcher es war. Don Gonzalo bemerkte es.

»Es ist der in der Mitte.« Er wies mit dem Finger auf ihn. »Küßt ihm nicht die Hand.«

Jetzt endlich konnte ich mich dazu entschließen, ihn anzusehen. Die Gesichtszüge des Generals waren angespannt, und auch er sah mich an. Ich ritt weiter. Ich nahm einen Fuß aus dem Steigbügel. Dieser Schlammfleck, sagte ich zu mir, dieser Schlammfleck ... Ich führte die rechte Hand zum Kopf, die linke an den Sattelbogen. Ich wußte nicht, was das zu bedeuten hatte; vielleicht, daß ich absteigen würde. Ich zögerte. Ich schaute umher. Der König kam mit ausgestreckter Hand auf mich zu, als wolle er mir Einhalt gebieten. Ich wußte auch nicht, was das zu bedeuten hatte, denn als ich sie ergreifen wollte, zog er sie zurück. Ich sagte mir, vielleicht hat er es so verstanden, daß ich sie ergreifen sollte, um sie zu küssen ... Nein, man hat mir gesagt, so sei es nicht. Ich hielt ihm die Schlüssel hin, die mir einer der Meinen reichte. Wer, das weiß ich nicht.

»Dies sind die Schlüssel zu Eurem Paradies. Gott liebt Euch sehr«, sagte ich, ohne zu wissen, warum, ohne zu wissen, ob er mich verstand. Ich glaube schon, denn Hernando de Baeza übersetzte für ihn. Dann übersetzte er für mich.

»Seid versichert, daß wir unsere Versprechen halten werden. Euer Unglück möge Euch nicht verzweifeln lassen.«

Während ich Baeza zuhörte, beobachtete ich, wie schlecht dieser König sein Frohlocken verbarg, und ich betrachtete noch einmal den Schlammfleck auf dem Schuh.

»Überreicht dem Grafen das Siegel«, flüsterte Don Gonzalo mir zu.

»Welchem Grafen?« fragte ich.

Er deutete mit den Augen auf ihn. Es war der Graf von Tendilla, der hochmütig abwartete. Ich gab ihm schweigend das Siegel. Ich sah seinen schmallippigen Mund. Hernando de Baeza murmelte ein paar Worte. Später erfuhr ich, wie sie lauteten: »Mit diesem Siegel regierte ich Granada. Gott möge Euch gewogener sein als mir.« Baeza versicherte mir, daß ich das sagte, doch ich konnte mich nicht erinnern.

Wir ritten im Trab ein ziemliches Stück Weges, bis wir hinter Armilla zu einem hohen Hügel kamen, von dem aus man die Stadt und die Sierra überblicken konnte. Das Pferd scheute und schlug mit den Hinterbeinen aus, und so sah ich Granada. Es wirkte, als sei auch die Stadt gestürzt worden: Die Alhambra stand nicht an der höchsten Stelle, wie man sie von Granada aus sah, sondern war Teil eines Ganzen, das viel höher war als sie, weiß und noch hochmütiger als Tendilla. So ergeht es wohl Herrschern, wenn sie auf andere, mächtigere treffen.

»Die Königin, Herr«, bedeutete mir Don Gonzalo. »Zwischen dem Kardinal und dem Kronprinzen.«

Ich blickte auf und entdeckte sie sofort. Hinter ihr standen weitere Frauen. Ich hatte den Eindruck, daß ich eine der Damen sehr gut kannte, doch ich schenkte ihr nur einen kurzen Moment lang Beachtung. Ich begrüßte die Königin genauso wie ihren Mann. Am Ende werde ich diese unverständlichen Gesten gut beherrschen, ging es mir durch den Kopf.

Hernando de Baeza, der neben mir stand, sagte zu mir: »Ihre Hoheit sagt, daß Ihr immer auf ihre Freundschaft und ihre Unterstützung zählen könnt, solange Ihr Euch an die Abmachungen haltet.«

»Es wird nicht für immer sein«, bemerkte ich mit einem bitteren Lächeln.

»Und der Kardinal sagt Euch, daß die Tage des Menschen gezählt seien und voller Betrübnis. Daß Gott gebe und Gott nehme und daß es unsere Pflicht sei, seinen geheiligten Willen zu preisen.«

»Wenn er gibt, ist er leichter zu preisen. Aber übersetzt das nicht«, flüsterte ich. Mein Pferd wurde unruhig. Auch ich wurde unruhig. »Kehren wir zurück. Wo ist mein Sohn?« Ich machte einen Schritt auf Don Gonzalo zu und schrie ihn fast an: »Ich bin meinen Verpflichtungen nachgekommen. Ich wünsche meinen Sohn zu sehen.«

Don Gonzalo wechselte einen Blick mit einem anderen Ritter, der neben ihm stand und von dem ich später erfuhr, daß es Don Rodrigo de Ulloa war.

»Herr, er befindet sich im Lager von Santa Fe. Wir werden ihn jetzt holen.«

»Schnell. Ich bin diese ganze Zeremonie leid. Mag sein, daß es für Euch eine Taufe oder eine Hochzeit ist; für mich ist es ein schreckliches Begräbnis.«

Aus meiner Eskorte wählte ich Farax und Bejir aus, dessen lakonische Art und dessen intelligenter Blick ihn mir immer angenehmer werden ließ. Die übrigen schickte ich in die Stadt zurück. Im Galopp nahmen wir den kürzesten Weg. Hernando de Baeza blieb zurück. Er mußte langsamer reiten. Auf halbem Wege kreuzte ein Bachlauf den Weg. Er war durch die Schneeschmelze angeschwollen. Das Wasser reichte den Pferden bis unter die Brust. Ich gab dem meinen die Sporen.

»Herr!« schrie Bejir. »Herr!«

Er und Farax schlossen zu beiden Seiten auf. Sie wollten dem traditionellen Protokoll nachkommen und die Steigbügel des Sultans mit ihren eigenen schützen.

»Damit ist es jetzt vorbei. Ich danke euch, aber das ist vorbei.«

Don Gonzalo hatte uns eingeholt.

»Für uns wirst du immer der Sultan sein«, sagte Farax.

»Dann laßt uns meinen Erben befreien«, murmelte ich und ritt ins Wasser.

Don Gonzalo ritt an meine Seite. Gerade als wir im Lager ankamen, verwandelte sich die Luft in ein einziges Getöse, was uns in Unruhe versetzte. Don Gonzalo lächelte ein wenig und wies beruhigend hinter uns. Es war der letzte Höhepunkt der

Proklamation der christlichen Könige zu den neuen Herren von Granada: eine ohrenbetäubende Salve aller Feuerwaffen und Kriegsinstrumente. Bombarden und Kanonen vermischten sich mit Signalhörnern, Arkebusen mit Trompeten, Musketen mit Pauken und Trommeln. Die Erde schien zu erzittern, und ich behaupte nicht, daß sie es nicht tat: Sie hatte Grund dazu. Auch ich zitterte, ob aus demselben Grund, weiß ich nicht.

Ich schenkte dem Feldlager keine Beachtung. Es mußte einen zentralen Platz geben, von dem vier gerade Hauptstraßen ausgingen, die von kleineren gekreuzt wurden.

»Kardinal Mendoza bittet Euch in sein Quartier«, sagte Don Rodrigo de Ulloa zu mir.

Man führte mich zu einem großen Rundzelt, das in der Nähe eines anderen, sehr kostbar aussehenden stand, von dem ich vermutete, daß es den Königen gehörte. Die christlichen Generäle entfernten sich. Ich war zu ungeduldig, im Sitzen zu warten, und lief unaufhörlich in dem großen Zelt umher, unter den Augen eines Mannes, den man mir als den Bruder des Kardinals vorgestellt und den man zu meinem Wächter bestellt hatte. Meinem Wächter? Die Mienen Hernando de Baezas und Farax' – die von Bejir war undurchdringlich – ließen mich vermuten, daß mir meine Gemütsregung zu sehr anzusehen war. Ich versuchte mich zu beherrschen, doch gewiß gelang es mir nicht. Um mir nichts anmerken zu lassen, gab ich vor, mich mit der Betrachtung des Mobiliars zu beschäftigen. Da war ein sehr schöner, transportabler Altar mit Szenen aus dem Leben Jesu, Leuchter und Kandelaber aus vergoldetem Silber, ein Betstuhl aus Gold und Purpur . . . Nein, nichts davon interessierte mich. Ich wollte meinen Sohn haben. Ich wollte meine ganze Familie nehmen und Granada verlassen. Don Gonzalo und Don Rodrigo ließen sich Zeit. Als sie zurückkamen, sahen sie so betrübt aus, daß ich Schlimmes befürchtete.

»Herr«, sagte Don Gonzalo aufgeregt, »da wurde ein falscher Befehl ausgegeben, oder es gab einen Gegenbefehl. Regt

Euch nicht auf. Es ist nichts geschehen, was nicht wiedergutzumachen wäre. Don Martin de Alarcón hat Euren Sohn von Moclín in die Alcazaba gebracht. Es ist anzunehmen, daß er sich in diesem Augenblick bereits in den Armen seiner Mutter befindet.«

Ich sagte nichts dazu. Ich befürchtete etwas Schlimmeres. Eine Stunde später sollte ich es erfahren.

In diesem Moment betraten Aben Comisa und El Maleh das Zelt. Sie hatten ein Gesicht aufgesetzt, das ihnen den Umständen angemessen erschien. Fast hätten sie mich zum Lachen gebracht. Gespielt betrübt und unterwürfig küßten sie meinen Arm und meine Hand. Ich fragte sie nicht, warum sie in der vorigen Nacht nicht in die Stadt zurückgekehrt waren. Ich wußte es. Ich fragte sie auch nicht, warum sie sich nicht bemüht hatten, meinen Sohn Ahmed zurückzubekommen. Dennoch beeilten sie sich, mir eine dürftige Erklärung zu geben.

»Man hat uns gebeten«, ergriff Aben Comisa das Wort, »bei den Geiseln zu bleiben, die wir gestern aus Granada brachten. Unsere Anwesenheit, so sagten Ihre Hoheiten, erhöhe ihre Sicherheit.« Dann stotterte er, als zögere er, mir zu sagen, was folgte, oder als wisse er nicht, wie es sagen. Gewarnt horchte ich auf. »Herr, der Befehlshaber dieses Feldlagers bat mich, Euch zu ersuchen hierzubleiben – in diesem Zelt des Kardinals. Es ist Befehl ergangen, daß es Euch an nichts mangele, bis Eure Untertanen . . .« – wieder zögerte er – »bis Eure Untertanen den Eroberern ihre Waffen übergeben haben . . .«

Unvermittelt befiel mich eine große Kälte. Ich setzte mich.

»Sie sind keine Eroberer, Aben Comisa. Du hast soviel intrigiert, du solltest es am besten wissen.« Ich wandte mich an Don Rodrigo. »Welche Waffen sollen übergeben werden?«

»Alle«, antwortete er. »Angriffs- und Verteidigungswaffen. Und einer nach dem anderen muß sie aushändigen. Das wird die Angelegenheit in die Länge ziehen. Danach wird der Stadtkommandeur die Feldschlangen und die Pulvergeschütze übergeben.«

»In den Kapitulationsverträgen« – ich sprach betont langsam – »ist ausgehandelt worden, daß Ihre Hoheiten mit Ausnahme der Pulvergeschütze den Granadinern nicht ihre Waffen nehmen und sie ihnen auch nicht wegnehmen lassen. Weder ihre Waffen noch ihre Pferde, noch irgendeine andere Sache. Weder jetzt noch irgendwann, auf immer und ewig.« Schweigen. »Ist es nicht so, El Maleh?«

»Soweit ich mich erinnern kann, Herr, ist es so.«

Don Gonzalo griff ein. »Vielleicht wurde diese Entscheidung getroffen, um in den ersten Tagen der Besitzergreifung den Frieden in der Stadt zu gewährleisten.«

»Selbst wenn es so sein sollte, hätte man mich zu Rate ziehen müssen. Man hat es mehr als eilig damit, die Klauseln zu brechen. Selbst ich, der so oft verraten wurde, bin erstaunt.«

Der Bruder des Kardinals bot uns einen Imbiß an, um die Situation zu entspannen. Ich versuchte etwas zu essen, vor allem, um der zärtlichen, stummen Bitte Farax' zu willfahren. Aber ich konnte nicht. Während ich zäh kaute, ertappte ich mich dabei, wie ich darüber nachdachte, wo meine Untertanen ihre Waffen verstecken könnten. Sie sind nicht mehr meine Untertanen, sagte ich mir. Sie könnten sie leicht in ihren Häusern verbergen, wenn niemand ohne die Zustimmung unserer Richter hineingehen durfte. Und wie leicht könnten sie eine Höhle finden, die den Christen unbekannt war und in der sie ein ansehnliches Waffenarsenal zusammentragen könnten ... Erregung stieg in mir auf. Wie ein Holzwurm nagte die Reue an mir. Ich konnte sie hören. »Ein Pakt mit diesen Königen ist wie ein Pakt mit dem Wind.«

Das Licht wurde schwächer. Fackeln wurden entzündet. Don Gonzalo und Don Rodrigo verabschiedeten sich: Wenn ich gestattete, sie hätten etwas zu erledigen.

»Bin ich die Geisel für die Übergabe der Waffen, oder verhindert man meine Anwesenheit in Granada, weil sich meine Untertanen erheben könnten, wenn sie mich sehen? Habe ich meine guten Absichten nicht zur Genüge unter Beweis gestellt?«

»Herr, glaubt nicht, daß Don Rodrigo oder ich etwas mit dieser Sache zu tun haben. Wir haben zur gleichen Zeit davon erfahren wie Ihr.«

In seiner Stimme, in seinen Augen, an seinen Händen bemerkte ich das Unbehagen, das ihm die Sache bereitete. Ich wollte es nicht noch schlimmer machen mit meinen Anklagen. Ich gab ihnen die Erlaubnis, sich zurückzuziehen. Der Bruder des Kardinals, dick und einfältig, watschelte durch das Zelt.

»Auch Ihr könnt Euch zurückziehen, wenn Ihr es wünscht«, sagte ich zu ihm, und das tat er auch.

Die Zeit war stehengeblieben, und dennoch war es bereits Nacht. Hernando de Baeza und Bejir spielten Schach auf einem Brett aus Ebenholz und Elfenbein, das auf einem niederen Tischchen stand. Außer dem Altar war alles maurisch. Wie schwer würde es für sie sein, unsere Spuren zu tilgen . . . Farax und ich verharrten in Schweigen. Wenn ich ihn ansah, entdeckte ich, daß er mich ansah; dann blickte er weg. Er erinnerte mich so sehr an meinen Hund Hernán, daß ich ihm einen leichten Klaps auf den Kopf gab. Müdigkeit überkam mich; ich wollte allein sein. Ein Diener führte mich hinter ein paar geschmacklose Teppiche in einen Alkoven, in dem ein breites Bett stand. Mit wem der Kardinal, dessen Sünden – dessen Kinder also, so dachte ich – wahrscheinlich sehr schön sein werden, wohl hier schlafen wird? Mit einem Seufzer ließ ich mich fallen und schloß die bleischweren Lider. Ich würde sofort einschlafen . . .

Es war nicht so. Im Gegenteil: Die Gespenster nahmen Gestalt an, bekamen eine Stimme, wurden feindseliger. Ich stellte mir vor, was in der Stadt geschah, und ich stellte mir das Schlimmste vor, die Wahrheit also. Einige waren angesichts der völligen Schutzlosigkeit, welche die Übergabe der Waffen zur Folge hatte, in die Sierra geflohen, und dort waren sie jetzt, entwurzelt, mittellos, in jeder Hinsicht geschlagen, im Schnee, und verfluchten meinen Namen. Andere wurden in der Stadt Zeuge von Vertragsbrüchen, von denen ich nie erfahren würde: Soldaten in ihren Häusern, die mit lüsternen Augen die Frauen anstarrten; erschreckte, zitternde Höflinge, die Schutz bei den Offizieren suchten; eine vom Wein berauschte und vor Staunen stotternde Soldateska die sich in den Sälen der Alhambra drängelte; von ungebärdigen, störrischen Massen verstopfte Straßen; der Kardinal, in dessen Zelt ich mich notgedrungen aufhielt, wie er Gesänge an einen anderen Gott anstimmte, die unsere Mauern empörten und das Wasser unserer Springbrunnen erzittern ließen, die bis zu den Stuckdecken emporstiegen und sie vor Bestürzung und Trauer erschütterten; die Pferde der Christen, wie sie in unseren Ställen wieherten – falls man ihre Futterkrippen in die Ställe und nicht in die Wohnhäuser gestellt hatte ... Und meine Söhne? Und Moraima? Würden die Christen in ihrer Niedertracht so weit gehen, noch nicht einmal mich zu respektieren und zu fürchten? Ich verspürte einen starken Drang, hier wegzugehen und mich an die Spitze meiner Granadiner zu stellen oder Farax Befehl zu geben, nach Granada zu galoppieren und von Mund zu Mund ein Todesurteil weiterzugeben gegen alle Christen, derer man habhaft werden konnte; die Betrunkenen zu enthaupten, die Schlafenden zu erdrosseln, die Wachen hinterrücks zu erdolchen. Die Welt stürzte über mir zusammen. Ich sah mich aufs Geratewohl durch dunkle, unbekannte Gassen taumeln, Menschen mit verwirrten, blutverschmierten Gesichtern begegnen, Frauen, die mir Verwünschungen entgegenschrien und ihre toten Kinder im Arm wiegten, Soldaten, denen Arme und Beine fehlten, die hoch aufgerichtet und würdevoll ihren Kopf in den Händen hielten ... Wie rhythmische, wilde Schläge schmerzte mich das Klirren der Waffen, die sich in der Mitte eines Platzes aufeinanderstapelten, im Schatten eines Elsbeerbaumes, dessen Früchte Augäpfel ohne Antlitz waren ... Ich schrie, schrie ... Farax stand neben mir.

»Du hattest einen Alptraum.« Ich schwitzte, ich fröstelte, ein heiserer Klageton entrang sich meiner Kehle. »Willst du den Tag abwarten, um in die Alcazaba zurückzukehren?«

»Kann ich denn zurückkehren?« fragte ich unruhig.

»Wenn du willst, ja.«

»Dann laß uns möglichst schnell aufbrechen.«

Karren und Artillerie verstopften die Straße nach Granada, Maultiere, die Nachschub und Proviant transportierten. Wir waren in Begleitung einiger christlicher Ritter und kamen nur mühsam voran. Die Nacht war klar; die Kälte glättete den Himmel und polierte die Sterne. Ein starker Wind fegte die letzten Wolkenfetzen hinweg, die schneller dahinzogen als wir. Schließlich erreichten wir durch die Puerta de la Acaba die Stadt. In der Alhambra brannten Lichter; wahrscheinlich bemühte sich Nasim, der ihr so treu ergeben war, sie in Gang zu halten und die Truppen und die Herrschaften zu beherbergen. Vielleicht hatte sich der unsympathische Graf von Tendilla bereits im Palast Yussufs einquartiert. Was tat es zur Sache? Wenn man gezwungen ist, ein neues Leben zu beginnen, sollte man möglichst früh damit anfangen.

In der Alcazaba teilte man mir mit, daß Don Martin de Alarcón meinen Sohn Ahmed gebracht habe und daß er im oberen Stockwerk schlafe, im gleichen Alkoven wie sein jüngerer Bruder. An der Treppe zog ich meine Schuhe aus. Wieder dem Hofprotokoll folgend, ergriff Bejir mein Schuhwerk.

»Verzeiht, Herr, aber hier ist niemand von höherem Rang.«

Ich war kurz davor, in Tränen auszubrechen. Vorsichtig nahm ich ihm meine Schuhe aus der Hand und stellte sie auf den Boden.

»Von jetzt an, mein Freund Bejir, vergiß die Zeremonien der Sultane. Da wir uns an rauhere Sitten gewöhnen müssen: Fange an, die oberflächlichen zu verbannen.«

Ich betrat den Alkoven meiner Söhne. Etwas sprang mich an

und gab mir einen gewaltigen Schubs. Es war Hernán. In unbezähmbarer Freude wedelte er mit dem Schwanz. Er sprang um mich herum, als sei ich der Stein der Kaaba. Er lief von mir zum Bett und vom Bett zu mir zurück. Er umkreiste mich. Die beiden Knaben schliefen fest, der Kleine hatte eine Hand auf die Brust des Älteren gelegt. Sie waren sehr verschieden und doch sehr ähnlich. In dem Licht, das Farax hielt, beschattete der Bogen ihrer Wimpern ihre glänzenden, geröteten Wangen. Ihre Lippen waren halb geöffnet; ich hörte ihr gleichmäßiges Atmen. Ahmeds schön geformte Hände, die noch nicht mit Schuld befleckt waren, steckten fast gänzlich unter dem Bettzeug; an der linken sah ich eine kleine Wunde, von einem Dorn vielleicht oder einem jener kleinen Dolche, für die Kinder sich begeistern. Diese kleine Hand war dabei, als eine Welt unterging: die Welt, die sie einmal regieren sollte. Ich nahm sie, um sie unter die Decke zu stecken. Zuvor küßte ich sie; vielleicht drückte ich sie versehentlich. Mein Sohn wachte auf. Er sah mich aus schlaftrunkenen Augen an, Angst stand darin. Er erkannte mich nicht wieder. Ich lächelte ihm zu, doch die Angst ließ ihn immer noch die Augen weit aufreißen.

»Ich bin dein Vater, Ahmed«, sagte ich.

Ich wollte seinen Nacken streicheln. Er entzog sich der Liebkosung, indem er den Kopf zurückwarf. Diese Haltung verlieh ihm etwas Herausforderndes.

»Warum hast du mich geweckt?« Sein Ton war unverschämt.

Farax nahm mich beim Arm und zog mich aus dem Alkoven.

»Du brauchst Ruhe.« Liebevoll streichelte er meinen Nacken. »Du kannst jetzt nichts weiter tun als ausruhen.«

Hernán, der immer noch mit dem Schwanz wedelte, jetzt jedoch verhaltener, war hinter mir aus dem Alkoven gelaufen. Ich legte meine Hand auf seinen Kopf.

Ich fiel in den Schlaf, wie ein Stein in die Tiefe des Brunnens fällt. Als ich wieder zu mir kam, war es Mittag.

Als erstes teilte man mir mit, wen König Ferdinand zu Verwaltern der Stadt ernannt hatte: Vögte, Mukaddams, Richter und Torwächter. Alles war bereits festgelegt. Er hatte zuviel Zeit gehabt. Die Ernennungen waren die Bestätigung dessen, was ich geahnt hatte. Auf der Liste standen die Namen derjenigen, die nach und nach meinen Versammlungen im Generalife ferngeblieben waren. Und El Pequení, für die einträglichsten Ämter, und El Chorrut und alle anderen, die mit oder ohne meine Genehmigung mit El Maleh und Aben Comisa kollaboriert hatten. Hier waren bereits alle ernannt, die man für die Erledigung der alltäglichen Angelegenheiten benötigte. Don Gonzalo de Córdoba hatte recht: Mein wichtigstes Verdienst war es, überflüssig zu sein.

Ironischerweise befanden sich Farax und Bejir unter den zur Regierung der Stadt Bestimmten. Die beiden, die ihre Ernennung ungläubig zur Kenntnis nahmen, baten mich, sie mitzunehmen, wenn ich wegginge, und sagten, daß sie sich bis dahin meinem Befehl unterstellten. Es stand eine so liebevolle Sehnsucht in Farax' Augen – und der Rest meiner Umgebung war so feindselig –, daß ich meine Zustimmung einen Augenblick hinauszögerte, um mich wenigstens so lange von jemandem gebraucht zu wissen.

Noch in dieser Woche, so sagte man mir, würden in der ersten Ratsversammlung der Majordomus der Stadt und die Finanzverweser gewählt. Die Richter und Zunftmeister waren schon Tage vor der Übergabe in Santa Fe ernannt worden und übten ihre Ämter bereits aus. König Ferdinand hatte die Ämterfrage, die uns soviel Ärger, Reibereien und Verdruß bereitet hatte und die so schwer zu lösen war, mit einem Federstrich geklärt.

»Für alle Zünfte?« fragte ich bestürzt.

»Sogar jene der öffentlichen Ausrufer. Ihr Meister ist Mohammed el Azeraqui. Mit Sicherheit haben sie die Umbesetzungen seit Monaten vorbereitet.«

»Das freut mich. So wird Granada mich nicht vermissen. Darum ging es.«

Das Herz ging mir über vor Trauer.

Ich bat darum, meine Mutter sehen zu dürfen. Eine Dienerin brachte mir die Nachricht, daß die Sultana unpäßlich sei; wenn es ihr bessergehe, lasse sie mich rufen. Es war klar, daß sie sich weigerte, mich zu empfangen.

Moraima hingegen kam mit einem Strauß Blumen in der Hand zu mir, als sei nichts Besonderes vorgefallen. Lächelnd und sehr schön.

»Hast du Ahmed gesehen?« Ihr Lächeln wurde stärker.

»Nein«, log ich.

»Er ist so gewachsen. Er ist so hübsch. Er gleicht dir noch viel mehr als zuvor. Geh zu ihm, sobald du kannst.« Sie schmiegte sich an mich. »Wann werden wir aus Granada fortgehen?«

Ich sah sie neugierig und aufmerksam an. Spielt sie das? fragte ich mich. Will sie mir angesichts dieses unsinnigen Verlusts Mut machen, oder ist sie wirklich zufrieden, diese Heimstatt des Scheiterns, der Mißgunst und der Heimtücke zu verlassen, um wieder, wie in Porcuna, mit mir allein zu sein? Wie auch immer, gab ich mir zur Antwort, sie liebt mich. Sie handelt so, weil sie mich liebt. Ich küßte sie. Sie schlang ihre Arme um meinen Hals und sah mich mit ihren ehrlichen Augen an, die unmöglich lügen können.

»Ich liebe dich mehr als je zuvor, Boabdil. Es kommt mir unmöglich vor, aber es ist so.«

Es bestätigte mir etwas, dessen ich mir nicht sicher war: Gewiß kann der Mensch nicht vollständig glücklich sein. Doch er kann auch nicht vollständig unglücklich sein. Ich flüchtete mich in diesen Gedanken.

Meine Familie und ich waren wesentlich weniger vorausschauend gewesen als die christlichen Könige. In Anbetracht der Umstände war es unumgänglich zu entscheiden, was für Moraima, meine Mutter und meine Schwester am vorteilhaftesten war hinsichtlich ihrer Güter – ihrer Gärten, Felder, Mühlen, Bäder und Sommerhäuser in Granada und auch in Motril und den Alpujarras. Sie zu verkaufen erschien mir, als brächen wir jede Beziehung zu unserem Leben ab, aber es bedeutete auch eine Ungebundenheit, die uns eine größere Freiheit beim Beginn eines völlig neuen Lebens brachte, ohne daß wir jemandem Vollmacht über Einkünfte und Erträge erteilen mußten, die, wenn man nicht selbst genau darüber wachte, geschmälert werden würden. Vielleicht war es kein schlechter Zeitpunkt, um zu verkaufen, denn viele christliche Adlige würden sich in Granada niederlassen wollen; doch es war ebensogut möglich, daß die unsichere, ungefestigte Lage das ungünstigste Ergebnis zur Folge hätte. Ich schilderte Moraima das Problem. Ihr war es lieber, wenn ihre Güter weiterhin von den gleichen Personen verwaltet wurden, die bis jetzt damit betraut gewesen waren.

»Auf jeden Fall«, meinte sie, »sollte der Verkauf unseren Söhnen vorbehalten sein, falls es ihnen, wenn die Stunde kommt, so gefällt. Es würde mich schmerzen, ihnen nichts zu hinterlassen in einem Land, das einmal ganz ihnen gehören sollte.«

Aus ihrer Stimme war kein Vorwurf herauszuhören, nur natürliche Aufrichtigkeit. Sie lächelte bezaubernd. Ich nutzte die Gelegenheit.

»Dein Sohn Ahmed mag mich nicht. Ich bin sicher, daß er mißbilligt, was ich getan habe.«

»Er ist elf Jahre alt, Boabdil. Es hat niemand mit ihm gesprochen, der die Gründe kennt. In seinem Alter hofft man nur, der Vater möge ein Held sein. Liebe verbindet sich mit Bewunderung.«

»Du wurdest von dem deinen nie enttäuscht, und ich als Kind auch nicht von meinem.«

»Es gibt offensichtlichere Arten der Heldenhaftigkeit, Boabdil. Deine ist verborgen und für jeden schwer zu erkennen, um wie vieles mehr für ein Kind! Er wird sie schon noch entdecken. Mach dir keine Sorgen deswegen. Jetzt werden wir allein sein, wie eine gewöhnliche Familie, die zusammenlebt und keine andere Aufgabe hat als sich selbst. Ich garantiere dir, daß Ahmed dich mehr liebt als mich, und deswegen fordert er von dir mehr als von mir. Seine Reaktion ist der deutlichste Beweis.«

Meine Mutter, die angeblich immer noch krank war, ließ mir durch eine Dienerin eine Botschaft zukommen, die mich nicht überraschte: »Was mich und deine Schwester angeht, so kümmere dich um nichts. Du hast mehr als genug mit deinen eigenen Sorgen zu tun.« Sie hatte bereits die erforderlichen Entschlüsse bezüglich ihrer unbeweglichen Habe getroffen. Meine Mutter habe sogar, so die Dienerin, von den Königen eine eigene Abschrift der Kapitulationsverträge, soweit es um sie ging, gefordert und erhalten. Diese von ihren Hoheiten unterzeichnete Kopie trug das Datum vom 15. Dezember, war also mehr als zwei Wochen vor der Übergabe erstellt. Ich wußte nicht, ob ich betrübt sein sollte über das Mißtrauen oder ob ich mich über die Verschnaufpause freuen sollte, die dies bedeutete. Eine Sache ließ sich nicht leugnen: Besser konnte man mir nicht zu verstehen geben, daß meine Mutter weiterhin die freie, unabhängige Frau bleiben würde, die sie bisher war.

Wenn es um das Verständnis oder die Auslegung der ausgehandelten Klauseln oder um die Lösung nicht immer einfacher rechtlicher Probleme ging, die unser Exil mit sich brachte, wandten sich alle Angehörigen an mich – an mich, der wohl am wenigsten geeignet und informiert war, da ich meine ganze Aufmerksamkeit anderen, weniger persönlichen Angelegenheiten gewidmet hatte. Das ließ mich den Weggang aus Granada verschieben, mit dem es mir stündlich dringlicher wurde.

Nach einigen Tagen brachte man mir an einem stürmischen

Abend die Nachricht, daß Fürst Yaya anstelle Aben Comisas zum obersten Burgvogt ernannt werden würde; in dieser Funktion obliege ihm die Überwachung der Kapitulationsbedingungen. Als ich es erfuhr, konnte ich nur lächeln. Zwei Tage später ersuchte er darum, von mir empfangen zu werden. Ich lehnte ab, unter anderem, weil ich annahm, daß in Wirklichkeit auch er nicht wollte, daß ich ihn empfing, und daß sein Gesuch nichts weiter war als eine bloße Etikette des gefallenen Emirats. Er hatte den Tod meines Bruders Yussuf angeordnet. Er hatte Zagal und mein Volk verraten und verkauft. Er hatte sich gegen uns und in die Dienste des Feindes gestellt. Welchen Sinn hätte unser Treffen nach so langer Zeit und nach so viel Leid haben sollen, wenn nicht den, ihm mit meinen eigenen Händen Gerechtigkeit widerfahren zu lassen? Es war eine bessere Rache, ihn lebend bei den Königen zu lassen.

In einem der Säle der Alhambra – weil ich Nasim nie wiedersah, weiß ich nicht genau, in welchem, aber irgend jemand erzählte mir, daß es der Thronsaal war – hatte man in Erwartung weiterer Entscheidungen eine provisorische christliche Kirche eingerichtet. Ich konnte mir vorstellen, was das für Entscheidungen sein würden, und meine Ungeduld wegzugehen wurde größer. Eine der ersten religiösen Feierlichkeiten, die dort begangen wurden, war die Taufe meiner Stiefbrüder Cad und Nassar, der Söhne Sorayas. Sie, die öffentlich bekannte, zum Übertritt gezwungen worden zu sein, nahm wieder ihren Namen Isabel de Solís an. Ihre Söhne nannten sich Ferdinand und Juan, denn ihre Taufpaten waren der König und der Kronprinz.

Als man mir davon berichtete und davon, daß die Könige ihnen den Titel Infanten von Granada verliehen hätten, fiel mir ein, daß es sich bei jener Hofdame der Königin, deren Gesicht ich am Tag der Übergabe schon einmal gesehen zu haben glaubte, um Soraya gehandelt hatte. Mit kastilischen Hofgewändern, anders frisiert und geputzt, hatte ich sie nicht erkannt. Aber in diesem Moment hatte ich wieder ganz genau vor Augen, mit welcher herausfordernden und hochmütigen Art und mit welcher unbeschreiblichen Verachtung sie mich angesehen hatte. Zu meinem eigenen Mißfallen mußte ich lächeln; ich frage mich, warum ich immer über die kleinen Nöte der Menschen lachen muß – bin ich nicht selbst ständig von solchen betroffen?

Mit der nicht ganz unangenehmen Ungezwungenheit, die bei gewissen nebensächlichen Gelegenheiten aufkommt, waren wir in der Alcazaba beim Frühstück, als eine Botschaft des Grafen von Tendilla eintraf. Der Graf bewohnte, genau wie ich mir gedacht hatte, meinen Palast in der Alhambra, weil er »am besten hergerichtet und am wohnlichsten« sei, »aus keinem anderen Grund«, wie er erklärt hatte. Seine Nachricht beendete das Frühstück jäh. Es handelte sich um einen Brief, in dem er mir neben – kurz gehaltenen – Höflichkeitsfloskeln mitteilte, daß er mir dankbar sei, wenn ich mein Bleiben in Granada so kurz wie möglich gestaltete. Wie es meinem Scharfsinn sicher nicht entgehe, leiste es Mißverständnissen Vorschub, wecke gewisse Gefühle, die in den Gemütern der Bürger schlummerten, stehe dem natürlichen Ablauf der Übergabe im Wege und behindere die Durchführung einiger Vorgänge, an deren Beschleunigung den Königen gelegen sei. Im Namen seiner Souveräne – es sei denn, ich hegte eine andere Meinung, was ihnen nicht gefiele – wage er, der Graf, mir nahezulegen, daß das Landgut in Andarax im Zentrum des gleichnamigen Distrikts der ideale Ort sei, um mich mit meiner Familie zurückzuziehen. »Der ganzen Familie«, erläuterte er, »mit Ausnahme der Prinzen Ahmed und Yussuf, über die die Könige beschlossen haben, daß sie in Moclín bleiben sollen«, und zwar unter der Aufsicht des mir bereits bekannten Don Martín de Alarcón. Sicher sei es nicht zuviel verlangt, mich um Verständnis dafür zu bitten, daß meine Söhne keine Geiseln seien – auf gar keinen Fall! –, sondern zur Zerstreuung des Argwohns dienten, der ihre Hoheiten befallen könne angesichts der Möglichkeit – die sie natürlich für unwahrscheinlich hielten – eines Aufstandes der Einwohner »dieses Landes«, so wie es war, solange sein Fürst sich dort aufhielt.

»Ich kann es nicht verstehen, weil es mir nicht klar ist«, sagte ich. »Wenn ich aus Granada weggehe, dann werden meine Söhne mich begleiten. Das ist es, was der Ausdruck ›dieses Land‹ sagen will.«

»Es bedeutet anscheinend etwas Umfassenderes«, erklärte mir der Bote. »Ich würde sagen, es bezieht sich auf alle Herrschaftsgebiete Ihrer Hoheiten.«

Moraima schluchzte. Ich konnte sie nicht ansehen.

Es half nichts, daß Moraima versuchte, mit Königin Isabella zu sprechen. Man gewährte ihr keine Audienz. Ich für meinen Teil suchte in ganz Granada nach Don Gonzalo; nach vielen Nachforschungen gab man mir zu verstehen, daß er sich in seine Vogtei Illora zurückgezogen habe, weil er nicht damit einverstanden war, welche Wendung die Dinge nahmen. Ich versuchte, inkognito die Alcazaba zu verlassen, um zu ihm zu gelangen. Ich wurde entdeckt; ich habe den Verdacht, daß mich genau jener Wachtposten verriet, den ich bestochen hatte. Man ersuchte mich, innerhalb der nächsten zwei Tage Granada zu verlassen und mich bis dahin nicht außerhalb meiner Residenz zu zeigen, vor deren Toren man unauffällig eine Wache postiert hatte. Erneut bestach ich einige hohe christliche Ritter – zum Glück gibt es überall, nicht nur bei uns, käufliche Leute, die, anders als der Wachtposten, ihr Wort halten – und überreichte ihnen einen Brief an Don Gonzalo. Darin schilderte ich die Sache, die uns quälte, und erinnerte ihn in größter Verzweiflung an seine Versprechungen.

Alle sagten uns bereits Lebwohl. Am 25. Januar brachen wir aus Granada auf. Es war noch dunkel.

Am Abend zuvor hatten Moraima und ich uns von unseren Söhnen verabschiedet. Don Martin kam, um sie abzuholen. Ich versuche nicht zu beschreiben, was wir empfanden. Die Gewißheit, daß kein Opfer, keine der schmerzlich angenommenen Bedingungen, kein Verzicht auch nur den geringsten Erfolg gebracht hätte, ließ uns die Lippen verschließen, damit wir nicht vor den Kindern in Wehklagen ausbrachen. Beide sahen uns an, ohne zu verstehen, warum wir auseinandergehen mußten. Vergebens versuchte ich dem Älteren das Unglück begreiflich zu machen, von dem das Schicksal von Herrscherfamilien häufig bestimmt wird, und daß man Privilegien stets mit grausamen Pflichten aufwiegen muß.

»Das weiß ich«, warf er mir entgegen und sah mich herausfordernd an.

Einerseits war ich stolz auf ihn, andererseits verletzte es mich, daß ich viele Dinge nicht zu erklären imstande war, Dinge, die man keinem erklären kann, der sie sich nicht von selbst vorstellen kann. Ich kam in den Sinn, ihm Hernán anzuvertrauen, als Pfand dafür, daß die drei sehr bald wieder bei uns sein würden, und mit gebrochenem Herzen ließen wir sie mit dem Komtur nach Moclín ziehen, der jetzt sie bewachte, wie er zuvor mich bewacht hatte.

Den Rest des Tages verbrachte ich an einem Bogenfenster mit der Betrachtung der Sabîka, gekrönt von dem wunderbaren Diadem der Alhambra. Auf der Torre de Homenaje erhob sich ein großes Kreuz, über dem Comaresturm wehten die Banner des Santiago-Ordens und der Krone. Man hatte mir gesagt, das Kreuz gehöre Kardinal Mendoza, und der Beichtvater der Königin habe es errichtet. Diesen habe man bereits zum Bischof von Granada geweiht: einen abgezehrten Ordensbruder mit großem Adamsapfel und flackernden Augen, den ich einmal auf einem schmutzigen Maultier am Tor der Alcazaba hatte vorbeireiten sehen. Gutierre de Cárdenas hatte die Flagge der Jakobsritter gehißt, der Graf von Tendilla die königliche. Es war erstaunlich, wie sehr sich eine Stadt in so kurzer Zeit verändern konnte. Während sich eine eisigkalte, seidige Nacht über das Tal und die Hügel breitete, zog meine ganze Kindheit an mir vorüber, Glück und Unglück, mein eiserner, unbegreiflicher Lebenswille, der mich jetzt verließ. Ich hörte die Befehlsrufe der Wachtposten, die schon nicht mehr in meiner Sprache ausgegeben und beantwortet wurden, ein Wiehern, Pferdegetrappel auf dem Pflaster: Geräusche, manche so gewohnt, andere so ungewohnt, daß ich mich betrügen wollte, indem ich mir vorstellte, ich hätte geschlafen und träumte noch. Farax' Stimme hallte aus dem Innenhof empor. Er kümmerte sich um die Reisevorbereitungen, denn er und Bejir, Aben Comisa, El Maleh, El Caisí und viele andere begleiteten uns. Die schneidenden Befehle meiner Mutter waren seit einer Weile nicht mehr zu hören. Sie würde mit all ihren Hofdamen gehen; ihr Gepäck stand seit dem vorigen Tag bereit. Eine plötzliche, absolute Stille erfüllte das Land, die Stadt, das Gebäude. Um mich zu trösten, hätte ich gerne die schweigsame Musik der Sterne betrachtet; statt dessen hörte ich Ibn Zamrak:

Eine Krone auf Granadas Stirn ist die Sabîka,
es wünschen die Sterne, von ihr ein Teil zu sein.
Ein Rubin ist die Alhambra im Zenit der Krone.
Die Gnade Gottes ruhe allzeit auf ihr!
Der Generalife ist ihr Thron, ihr Spiegel der Grund der Teiche.
Ihre Ohrgehänge, das sind die Perlen aus Tau.

Granada, so dachte ich, ist dasselbe für mich, was Jalib damals für mich war: jemand, den man liebt und den zu lieben man aufhört, dem es jedoch niemals möglich ist, diese Liebe zu erwidern. Ich sagte mir: Flieh von hier, und rede dir ein, daß diese Stadt nicht mehr existiert, daß sie niemals existiert hat. Aber . . . was ist mit Subh, mit Faiz, dem Gärtner, den geliebten Stützen meiner Kindheit, was mit meinem Bruder Yussuf und schließlich mit Jalib, der in einem Ausläufer jener Sierra gestorben ist, die dort im Dunkel der Nacht weißlich schimmert? Und was ist mit mir? Werde ich jetzt geboren, ohne Vergangenheit, ohne jegliche Gegenwart? Ich schlug die Hände vors Gesicht, gebeugt von einer unerträglichen Last, die um so schwerer wurde, je mehr ich sie vor den anderen zu verbergen suchte. Jemand strich mir übers Haar, wie man es mit einem zerzausten Kind tut; ein mütterlicher Mund formte dieses zarte Summen, mit dem man ein Kind beruhigt, das aus einem schlimmen Traum erwacht. Moraima – denn sie war es – beugte sich herab und küßte mich auf die Stirn. Ich weiß nicht, wie lange sie bei mir blieb, auch nicht, wie sie den Raum betreten hatte, ohne daß ich es bemerkte. Wir blieben beieinander, bis es Zeit zum Aufbruch war. Wir sprachen nichts.

AUF DER STRASSE durch die Alpujarras gibt es auf der Höhe von Padul einen Punkt, von dem aus Granada zum letzten Mal zu sehen ist, um sich bald darauf der Sicht zu entziehen. Dort scheiden sich die Wasser von Genil und Guadalfeo; dort schied sich mein Gestern von meinem Morgen. Die höchsten Gipfel wurden bereits von der Sonne vergoldet. Durch die Vega zog Nebel, die Ankündigung eines herrlichen Morgens. Ich hatte beabsichtigt, diese Stelle schon früher zu erreichen oder achtlos an ihr vorüberzuziehen. Ich wußte und ich weiß immer noch ganz genau, mit geschlossenen Augen, was von dort aus zu sehen ist: Hügel, Dörfer, Landhäuser, Gehöfte, Moscheen, Minarette, Gärten, Baumpflanzungen, Mauern: alles, wodurch Granada den Neid derer entfacht, die es nicht ihr eigen nennen; alles, was zur Freude derer beiträgt, die es ihr eigen nennen; alles, was jenen Kummer bereitet, die sie nicht länger ihr eigen nennen. Auch Ibn al Khatîb machte diese Erfahrung:

Unselig der Tag, da sie mich zwangen, dich zu verlassen.
Das Unglück zog mit mir.
Ich sah nur zurück auf dieser Reise, die uns trennte.
Bis mein Gefährte die Frage stellte: »Was hast du zurückgelassen?«
»Mein Herz«, antwortete ich.

Ich trieb gerade mein Pferd zur Eile an, als ich Rufe hörte, die mich baten, Rast zu machen. Ich wollte mich nicht umdrehen; ich wollte Granada nicht noch einmal sehen; ich wollte die Vertreibung aus dem Paradies nicht spüren wie ein Flammenschwert. Farax merkte es und begann hastig mir von den Details der Organisation der Abreise und der Ankunft zu erzählen und von den Schwierigkeiten, die bei der Beladung der Lasttiere und mit den Eselstreibern entstanden seien. Ich hörte das Heulen der Frauen, ihr Wehklagen, das sich wie eine Schlingpflanze von einer zur anderen rankte und stärker wurde. Sie nahmen Abschied von dem Platz in der Welt, ohne den sie sich ihr Leben nicht vorstellen konnten. Jetzt waren wir Vertriebene; wir waren die Karawane, welche die überreiche Oase der Freude verläßt und noch die Zeltstangen sieht, die Abdrücke der Lagerstätten im Sand, die Hügel, in denen die Liebe Zuflucht suchte, das Gesicht der Geliebten, tränennaß im Augenblick des Abschieds. Ich wollte mich nicht mehr umdrehen; ich wollte Granada nicht mehr sehen. Ich merkte, daß ich nicht würde wiederstehen können, und ohne auf das Geplauder zu achten, mit dem Farax mich ablenken wollte, gab ich meinem Pferd die Sporen und ritt im Galopp davon, um möglichst schnell dem zu entfliehen, was ich einmal war.

Wir sagen oder lesen: »Der entthronte Sultan wurde in Salobreña festgehalten, oder er flüchtete sich nach Almuñécar, oder man gestattete ihm, mit seinem Hof in die Verbannung nach Guadix zu gehen.« Wie einfach – doch wie anders ist es, wenn man selbst der Entthronte ist. Und noch mehr, wenn man selbst es ist, der, wenn er geht, die Pforten des Palastes für immer hinter sich schließt. Was hat Geschichte mit dem Leben zu tun? Erwähnt die Geschichte, was in den Herzen vorgeht? Kümmert es sie überhaupt? Spricht sie von dem steinigen Weg, der dem Blick entschwindet und kein Zurück kennt? Welcher Leser denkt an das Leid des Vertriebenen, der rechts und links seines Weges die Gleichgültigkeit dieser Welt spürt? Eines Weges, von dem er nicht einmal weiß, wohin er ihn führt, denn er hat die Bedeutung verloren, das Ziel und das Wozu. Was gibt es für eine Hoffnung, wenn nicht die geringste Möglichkeit zur Rückkehr besteht; wenn die Trümmer der Erinnerung zusammenstürzen und derjenige, der sie zurückläßt, nicht einmal mit dem Opfer eines Erdbebens zu vergleichen ist, das acht oder zehn oder zwölf Tage überlebt und sich an dem wenig befriedigenden Trost festhält, gerettet zu sein, daß jemand auf den kaum hörbaren Rhythmus seiner Atmung achtgibt, daß eine Hand alles Übriggebliebene an die Oberfläche befördert und wieder zugänglich macht. Eine solche Rettung gibt es für ihn nicht; für ihn wird es keinerlei Rettung geben. Er verhüllt sein verhärmtes Haupt und hofft noch nicht einmal darauf, dieser seiner Verwüstung zu entfliehen, denn er würde auf der Erdoberfläche weder die Stadt noch die Straßen, noch den Alkoven wiedererkennen, wo er zuvor glücklich oder doch wenigstens lebendig war. Und auch er würde nicht wiedererkannt werden von jener Stadt, jenen Straßen, jenem Alkoven, die nun einem anderen gehören. Stück für Stück durchsucht er die Trümmer, seinen einzigen Besitz, sucht nach einem Zeichen dessen, was sie waren und was sie verkörperten, und er kann kaum begreifen, daß dies vor gar nicht allzu langer Zeit ein Teil von ihm waren, daß er dies einmal war ... Wird er von jetzt an diese Trümmer sein, oder haben sie, bereits tot, sein wahres Leben mit sich fortgerissen, und er lebt schon nicht mehr? Ist der Mensch eine fortlaufende Geschichte oder eine Folge unzusammenhängender Augenblicke? Verfolgt er ein angestrebtes Ziel, oder ist er wie ein Kork, der von den Wellen ohne Sinn und

Ziel hin und her geworfen wird? Ist der Vernichtete, der ich bin, der Zogoibi, der ich bin, sind alle Boabdils, durch die ich bis hierhin gelangt bin, an diese endgültige, unsinnige oder, was noch schlimmer wäre, für keinen anderen vorhandene Mauer gestoßen? Ist der Unglückliche derselbe, der er gestern war, jetzt nur von der Niederlage gezeichnet, oder ist er ein anderer, neugeboren aus dem Tod allen Lebens, das er besaß, allen Lebens, das ihm stets Lieder vorsang, die nicht enden würden? Und was macht es in dem Abgrund, in dem er sich befindet, noch aus, was er ist oder nicht ist? Er ist allein – denn die Liebe ist keine Verbündete in dieser Einsamkeit –, und einem Einsamen wird nichts gewährt als die nichtssagende Erleichterung, daß es ein flüchtiges Gleichgewicht gibt zwischen dem, was er ist (wenn er noch etwas ist), und dem, was er tut (wenn ihm noch etwas zu tun bleibt). Ein Gleichgewicht, das es ihm – selbst wenn es Einbildung ist – verbietet, nun, da er keine Zeugen mehr hat, in der vollständigsten und finstersten aller Dunkelheiten zu versinken.

Nahe Lújar waren der Sierra noch die schweren Schäden durch die Scharmützel anzusehen, gefällte Bäume, Vernachlässigung und Verwahrlosung. Unter dem grauen Himmel nahm das Grau der Steine einen grünlichen Ton an. Wir zogen an den schroffen Felsen zu Füßen der hohen, schwarzblauen Berge, die sich in dichten Wolken verloren, vorüber. Von Zeit zu Zeit erquickten ein paar orangefarbene Flecken über dem Schiefergebirge das Auge.

Als wir in die Alpujarra kamen, schickten einige Glockenblumen uns ihren Willkommensgruß entgegen. Blau, weiß, rosa streichelten sie mit zarten, liebevollen Fingern die Täler und die Abgründe. Sie und das Wasser ließen die Landschaft sanfter werden. Das Wasser machte sie runder und wiegte sie mit seiner ewigen Eile, intonierte ein Lied ohne Strophen und Ende. Die kleinen Häuser auf den Terrassenfeldern, in denen die Liebe meines Volkes zur Erde zu Hause ist, rührten mich, der zu Geometrie gewordene Ackerbau, der Aufwand und die Freigebigkeit, mit denen jene die Erde pflegen, die in Höhlen und Lehmhütten ein ärmliches Leben führen. Mich rührten – und darin war ich nicht anders als zuvor – die Entsagungen der Menschen in den Höhen der steinigen Schluchten (der unbewegte Blick derer, die durch Stille und Einsamkeit geprägt wurden); die Einschnitte, die das Wasser zwischen die Höfe gräbt; die steilen Pfade, die durch mühsame Arbeit und Beharrlichkeit vor dem Verfall bewahrt werden, die unnachgiebigen Flußbette der Wildwasser, die sich in winzige Gärten verwandelt haben; das Aufblitzen der glatten Steine, die im Sonnenlicht immer regennaß erscheinen; das tiefe, faßbare Schweigen, gestreift von den Vögeln und den ewigen Insekten; der Nebel, der dem Reisenden lediglich drei oder vier Blicke in die Ferne gestattet, um ihn nicht zu entmutigen . . . All dies rührte mich viel mehr als die verwerfliche menschliche Unruhe: die herrliche, endlose Welt, die in einer Sekunde ihrer unendlichen Bewegung stehengeblieben ist, zerrissen, gezackt, ausgewaschen, abweisend, voller überraschender, schroffer oder verstümmelter Formen, wie eine gigantische Tropfsteinhöhle, deren Gewölbe der weite Himmel ist. Wenn die Kuppeln der Säle in der Alhambra dem nicht ähneln sollen – wem dann?

Die Kälte war schneidend. Ich sorgte mich um Moraima; aber jedesmal, wenn ich zurückblieb, um nach ihr zu sehen, stieß ich unverändert auf ihr Lächeln.

»Geht es dir gut?« fragte sie mich. »Möchtest du etwas? Brauchst du etwas?«

Dann warf ich ihr mit meiner dick behandschuhten Hand einen Kuß zu.

Die Nacht verbrachten wir ganz dicht beieinander. Wir waren wie zwei Beduinen, die im nächtlichen Frost der Wüste zusammenrücken; wir waren zwei Waffengefährten, die nicht wissen, was am nächsten Tag mit ihnen geschehen wird, und sich aneinanderschmiegen, um sich Mut und Wärme zu spenden.

Gegenüber dem Dunkelgrün, dem Indigo, den kräftigen Blautönen der anderen Sierras weist die Sierra de Gádor einen rosafarbenen Widerschein auf. Sie ist sanfter, femininer. Ihre Anhöhen sind gerundet, sogar die großen Felsen, aus denen sie bestehen, sind mild und sanft. Hier zeigt die Natur nach der Bestätigung der extremen ihre freundliche Seite.

ALS WIR IM Tal des Andarax ankamen, waren wir am Ende unserer Kräfte. Diese wohltuende Ermattung war es, die mich davon abhielt, an den Auftritt meines Onkels Abu Abdallah zu denken – was die Situation noch herzzerreißender gemacht hätte. Ich überlegte, daß König Ferdinand Andarax als Strafe für meine Eroberung von damals und für den vorausgegangenen Aufstand Zagals zum Sitz meiner Verbannung bestimmt hatte und zum Mittelpunkt der abgelegenen Domäne, die mir zuzusprechen er sich herabließ.

Ich betrachtete meine Umgebung, wie ein Gefangener seine Kerkerzelle betrachtet, wenn man ihn hineinstößt und er das Schloß hinter sich zufallen hört. Ein unwirtliches Gebirge im Nieselregen hatte in unseren Augen nichts Gastliches. Wir befanden uns in einem durch die Kriegswirren unbestellten, trostlosen Landstrich. Eine Schlucht in der Nähe einer Senke, dann eine leichte Anhöhe. Zur Rechten erstreckte sich ein von düsterem Gestrüpp bewachsener Höhenzug. Auf der kahlen Hochfläche hatte man an einem sanften Abhang die Alcazaba erbaut – und niedergerissen –, gegenüber lagen niedrige, kahle Hügel, die ganz langsam schöner wurden, wenn die Sonne es schaffte, sich gegen den Regen durchzusetzen. Der Regenbogen spannte seine wippenden Pfauenfedern mitten durch die Himmel. Ich sah Moraima an und sie mich. Ein Schwarm Ringeltauben zog durch die Lüfte . . . Würden wir den Rest unseres Lebens hier verbringen müssen? »Im Augenblick ist dies mein Zuhause«, sagte sie zu mir.

Bevor meine Mutter die Alcazaba betrat, heftete sie ihre frostigen, harten Augen auf mich. Die Frauen weinten; die Höflinge, die mir gefolgt waren, begannen es wohl zu bereuen; die Dienerschaft bereute es schon lange.

Moraima wartete auf mich, um an meiner Seite hineinzugehen.

»Jetzt bin ich dein Königreich; was bedeutet schon der Rest?« sagte sie zärtlich zu mir.

Farax und Bejir eskortierten uns, mit einer Ehrfurcht, die nicht frei war von höfischer Etikette, so, als seien diese Ruinen einer der Paläste der Alhambra. Hinter uns kamen Aben Comisa, El Maleh und, fröhlicher als alle anderen – was nicht sehr schwer war –, Abraham el Caisí.

Hier war es, wo ich diese meine letzten Eintragungen zu Papier brachte.

HEUTE HABE ICH mich mit einer Frage beschäftigt, die in engem Zusammenhang mit meinem Kummer steht. Wenn Gott uns die Religion geschenkt hat, dann doch wohl zu unserem Trost. Wie kann sie also ihr Ziel verfehlen und sogar zum Ursprung größten Unglücks werden? Auch wenn er es verdrängen sollte – der Mensch ist ein schwaches, vergängliches Wesen, das ein wenig lebt und dann stirbt, ein Wesen, das in einem gleichgültigen Universum vergeht. Die Absicht der Religionen ist es, ihn zu festigen, ihm Kraft und Gewicht zu geben. Es ist wie mit den Steinen, die manche Bauern ihren Kindern in die Taschen stecken, um zu verhindern, daß der Wind sie umbläst. Woher also dieser als Uneigennutz daherkommende Drang, der die einen auf die anderen losgehen läßt, weil sie Gott in unterschiedlicher Form verehren? Wurden diese Formen nicht geschaffen, um miteinander zu leben? So viele Widersprüche gibt es im Verhalten des Menschen – und nicht nur in seinem Verhalten, sondern auch in seinem ureigensten Wesen. Es sei denn, hinter diesen Widersprüchen fände sich ein bleibender Grundgedanke ... Aber welcher?

Im Grunde genommen ist unsere Religion rücksichtsvoll: Für uns sind das Judentum und das Christentum keine fremdartigen Religionen; man kann den Glauben nicht erzwingen, und auch auf ihren Wegen ist es möglich, das Heil zu erlangen. Sagte nicht Al Arabi: »Eine Weide für die Gazellen ist mein Herz, ein Kloster für die Mönche der Christen, ein Götzentempel, die Kaaba des Pilgers, die Tafeln der Tora und das Buch des Koran«? Und sagte er nicht weiterhin: »Der Religion der Liebe hänge ich an. In welche Richtung ihre Karawane auch ziehen mag – mein Pfad ist die Liebe, mein Weg der Glaube«? Verstehen nur jene die Gebote, die einen höheren Grad der Verzückung erreichen, jene, deren Entwicklung weiter geht? Und warum es ihnen nicht nachtun? Ist es nicht so, daß niedrige Menschen – auch niedrige Herrscher – sich in Wirklichkeit nicht den religiösen Vorschriften beugen und ihr Handeln nicht danach ausrichten?

Unsere Feindseligkeit gegenüber den Juden beruht darauf, daß sie den Propheten Jesus verrieten; unsere Feindseligkeit gegenüber den Christen beruht darauf, daß sie ihn zu einem Gott machten. Denn der Islam hat den Anspruch, die Religion Abrahams zu erneuern, aus der das Buch stammt, das den drei Religionen zugrunde liegt. Und auch so noch betrifft nach den Worten des Propheten der große heilige Krieg unsere eigene Religion in ihrem Inneren; der kleine ist gegen Angreifer von außen gerichtet. Mehr noch: Wenn diese sich ergeben, bevor sie besiegt werden, kommen sie in den Genuß des »Aman«, das heißt der Unversehrtheit und Vergebung. Synagogen und Kirchen blieben daher stehen; die Ausübung ihrer Riten wurde toleriert. Die Kopfsteuer, mit der wir Andalusier die Christen und Juden belegten, war lediglich ein Ersatz für den Militärdienst. Wer nicht zu diesem verpflichtet war – Frauen, Kinder, Mönche, Kranke –, mußte auch nicht die Steuer zahlen. Wurde das Leben der Mehrheit durch den Islam nicht besser? Wurden die großen Latifundien früherer Zeiten nicht verteilt und besser bestellt? Konnten die Sklaven nicht durch Konversion die Freiheit erlangen – denn ein Muslim kann nicht Sklave sein – oder durch Freikauf, etwas, was zuvor nicht erlaubt war? Und beschränkte sich die Konversion nicht auf die Anerkennung des Islam als ein gesellschaftliches Gesetz? Nur das im Koran festgelegte äußere Verhalten ist verpflichtend; in welchem Grad dieses Verhalten verinnerlicht wird, ist nicht Gegenstand der Vorschriften. (Hierin ist es genau umgekehrt wie bei der Architektur: Die unsere begreift sich von innen und nach innen, ihr Aussehen ist uns gleichgültig; die Außenwelt wird durch mit Gitterwerk versehene Fenster betrachtet, welches die Intimität uneingeschränkt wahrt. Die Christen hingegen bauen, um von denen gesehen zu werden, die auf der Straße gehen; sie wollen von ihnen beneidet werden.) Doch wegen dieser einzigen Verpflichtung bezüglich des äußeren Verhaltens klagen uns die Christen an, Heuchler zu sein, genau wie sie, die noch viel größere Heuchler sind, indem sie von allen eine unerreichbare Vollkommenheit fordern. Es gleicht dem, was mit den Mystikern geschieht, die spirituelle Wege beschreiten: Bei uns sind sie lediglich Berufene, die zwanghaft einer Stimme folgen; bei den Christen sind ab dem Zeitpunkt der Taufe, ihrem Aufnahmeritus, alle berufen, wenn auch nur sehr wenige standhaft bleiben. Aus diesem Grund – aus diesen Gründen – gab es viel mehr Bekehrungen zum Islam als umgekehrt. Sie wurden nicht von uns forciert. Wir Muslime haben stets neugierig an den christlichen Riten teilgenommen, es war verlockend für uns, während der Feierlichkeiten zu Ehren ihrer Heiligen ihre Klöster zu besuchen. Niemals wendeten wir Gewalt an, damit jemand abschwöre, auch wenn es nur aus einem niederen Beweggrund geschah, denn mit jedem Christen, der sich bekehrte, verloren wir einen Tributpflichtigen.

Ich frage mich, wie es möglich war, zu der jetzigen Erbitterung zu gelangen. In den muslimischen Anfängen in Spanien war die Religion nicht trennend. Der Krieg war im wesentlichen keine religiöse Frage; oft kämpften die andalusischen Christen auf unserer Seite gegen die Heere aus dem Norden; die aus dem Norden schickten ihre Söhne, um sie bei uns erziehen zu lassen, und sie vermählten ihre Prinzessinnen mit unseren Anführern, je höher ihr Stand, desto häufiger. Wie viele Königstöchter, Töchter von Sanchos, Garcías, Alfonsos und Bermudos vermählten sich mit unseren Almansors! Die Christen, mit denen wir zusammenlebten, beherrschten das Arabische schließlich so gut, daß Alvaro von Córdoba sich daranmachte, die Bibel zu übersetzen, nicht um uns zu bekehren, sondern damit sie selbst sie lesen und verstehen konnten. Was geschah dann? Die Schlacht von Zagrajas unter Teilnahme des orthodoxen Almoraviden Yussuf, an den wir Andalusier uns wenden mußten, um uns gegen Alfons VI. zu verteidigen, veränderte alles. Der eindeutig politische Krieg um einen Landstrich, den die Christen wiederhaben wollten, wurde zu einem viel erbarmungsloseren und unversöhnlicheren Religionskrieg. Nun ging es darum, ob der Islam oder das Christentum die Halbinsel beherrschen sollte. Doch dies war keineswegs ein andalusisches Dilemma; es war aus Afrika importiert. Unsere Schwäche verlangte nach Hilfe von außen; diese Hilfe kam von den Afrikanern, und mit ihnen hatten wir nichts gemein außer der Religion. Zum Unglück aller – wer auch immer den Vorteil auf seiner Seite hatte – setzte sich diese Form des Krieges von damals bis heute fort. Doch wie ich Don Gonzalo Fernández de Córdoba sagte, haben wir Muslime, Juden und Christen, jeder nach seinem Glaubensbekenntnis, bis gestern – wenn auch immer weniger – zwischen Kämpfen und Raubzügen, Hoffnung und Verzweiflung in einer geistigen Welt gehofft und geatmet, von der ich nicht weiß, ob sie für alle gleich war, doch jedenfalls war sie wechselseitig begreifbar. Von heute an gibt es diese Welt nicht mehr. Eine andere Geschichte hat ihren Anfang genommen. Was ist da wirklich geschehen? frage ich mich immer wieder. Dienten die Religionen nicht lediglich als Vorwand? Häufig werden die Menschen von Umständen beeinflußt, die sie selbst nicht verstehen, wie einer, der von einem Sturm mitgerissen wird, ohne etwas dagegen tun zu können.

König Ferdinand der Heilige von Kastilien war der erste, der sich irrte, als er sich gegen die von uns vorgenommene Teilung der Latifundien aussprach und beschloß, seinen Adligen als Anreiz für ihre Hilfe bei der Eroberung die ausgedehnten eroberten Ländereien zu schenken. Die reichen weltlichen oder kirchlichen Domänen bildeten eine starke Kraft, ohne daß die Kraft des Volkes und der Kaufleute ein ausreichendes Gegengewicht dargestellt hätte. Pedro I. erkannte dies und tat etwas dagegen. Aber er war ein Exot in Kastilien: Er war natürlich arabisiert. Sein Bruder aber gründete seinen Ehrgeiz auf den geschädigten Adligen. Er verließ sich auf die Unterstützung der Herren, deren Überlegenheit in Gefahr war. Der eingeschlagene Ausweg war versperrt, für sie und auch für uns. Denn Kastilien ist von einer ansteckenden Armut; wenn ihre Hirten unter dem Schutz der religiösen Orden zu uns nach Andalusien kamen, brachten sie ihren Hunger und ihr Elend mit und erschöpften den Reichtum unseres Kalifats. Kastilien schafft nichts: Es verbraucht. Es arbeitet nicht: Es führt Krieg. Das war sein Auftrag. Mit dem Militarismus kam nicht nur die Verarmung der Wirtschaft zu uns, sondern auch die Verarmung der Kultur und unserer gerechteren gesellschaftlichen Organisation.

Mit der integrativen Absicht des Islam, durch welche die Bewohner einer Stadt oder eines Dorfes ineinander aufgehen und eine ausgewogene Verbindung eingehen, war es vorbei. Durch den Mißbrauch der Privilegierten hatte sich der Kampf für die Gerechtigkeit erschöpft.

Im Laufe der Zeit verschärfte sich diese zerstörerische Wirkung nur noch. Kastilien wurde entvölkert. Alle wollten in den Süden. Die unentwickelte Landwirtschaft kam zum Stillstand;

die zerstörerischen Weidemethoden der Mesta zeigten verheerende Wirkung; man duldete fremde Händler, welche die Wolle kauften, das einzige, was Kastilien außer der Kälte hervorbringt. Und nun, da man vor dem Ruin stand, griff man auf die Geldbörsen der Hebräer zurück, die zum größten Teil ebenfalls Andalusier waren. Die Kastilier verließen sich auf nur zwei Einnahmequellen, um weiterhin zu essen und Geld auszugeben: die Feldzüge gegen uns und die Massaker an den Juden. Bei der Begleichung ihrer Schulden griffen die säumigen Zahler zu der feinen Methode, ihre Gläubiger kurzerhand zu ermorden. Diese Verhältnisse wurden gerne unter dem Deckmantel der Religiosität verborgen – je fanatischer, desto blinder und darum um so praktischer. Aber kämpften die Kastilier für ihren Glauben, oder kämpften sie um ihr Fortbestehen? War es nicht das Geld, dessentwegen sie mit denen kämpften, die es besaßen? Weil sie aber nicht daran gewohnt waren, einen Beruf auszuüben oder eine Technik zu beherrschen – darin waren zum einen wir, zum anderen die Juden bewandert –, nutzte es ihnen wenig, Land zu besitzen, wenn sie es nicht bestellten, und Ämter an sich zu reißen, wenn sie sie nicht auszuüben und zu nutzen wußten. Kann man jemanden den Besitzer einer Wasseruhr, eines Astrolabiums oder eines Kompasses nennen, wenn er sie nicht zu benutzen weiß, oder eines Gartens, wenn er keine Früchte darin zieht und sie genießt? Das unbedeutende Volk der Kastilier erhielt sich nur durch Kriegsbeute und die Plünderung der Judenviertel; aus Eigennutz war es stets bereit, dem Ruf Folge zu leisten, der es gegen Granada und die Juden führte. Am entgegengesetzten Ende der Hierarchie übten sich ihre Könige mit ungestrafter Sicherheit darin, diese mörderischen Argumente anzuführen, keine auf ein jenseitiges Leben ausgerichteten, religiösen Argumente, sondern wirtschaftliche, die dieses Leben im Sinn haben, auch wenn sie mit himmelwärts gerichtetem Blick Verehrung vortäuschen mögen.

Diese jetzigen Könige, Isabella und Ferdinand, haben zwei

Neuerungen eingeführt: Die Vereinigung von Aragón, das von anderen Ländern lebte, mit dem hungernden Kastilien; und sie haben ihre Stellung gegenüber den Ritterdomänen gestärkt, indem sie das bettelarme Volk, einmal entflammt, mit Versprechungen überschüttet und auf ihre Seite gebracht haben. Einmütig stärken und stützen die beiden sich gegenseitig: Um eine dauerhafte Monarchie zu schaffen, muß die Macht in einer Hand liegen. Nach den Nachrichten, die ich besitze, war Kardinal Mendoza der erste, der ihre Absichten erkannte und seine bedeutende Familie dieser ausschließlichen Befehlsgewalt unterstellte. Nicht im Dienste des Vaterlandes, das für sie ein bedeutungsloser Begriff ist, sondern zu seinem eigenen Wohl: Die Mendoza überschwemmten die Verwaltungen der Kirche, des Staates, des Heeres, der Städte – doch jetzt nicht mehr in ihrem eigenen Namen, sondern im Auftrag derer, von denen sie ernannt wurden. Wenn auch nicht die Amtswürde, so war doch die Gewinnsucht die gleiche geblieben.

Ganz deutlich sehe ich, daß das notleidende gemeine Volk nicht wirklich an seinen Gott glaubt, wie auch die großen Herren nicht an ihr Volk glauben und die Könige an ihre bedeutenden und unbedeutenden Untertanen, wie groß sie auch sein mögen. Die Könige lügen, wenn sie demütig ausrufen: »Herr, nicht uns, sondern Dir gebührt die Kraft und die Herrlichkeit.« Jeder Mensch sucht seinen Vorteil. Zuweilen setzt er ihm die prunkvolle Maske der Uneigennützigkeit auf und nennt ihn Gott, König oder Vaterland; zuweilen läßt er die Maske fallen und kämpft wie ein einsamer Wolf. Um nicht auf einen Schlafplatz, Nahrung und einen Partner verzichten zu müssen, muß er sich unter dem Dach einer staatlichen Gewalt mit anderen Menschen zusammenschließen, welche diese drei Bedürfnisse befriedigen und ihn dann dazu einladen soll, in einer richtigen Stadt zu leben, wo das Zusammenleben mit anderen das Leben jedes einzelnen bereichert, welchen Gott er auch anbeten, welche Sprache er sprechen und welcher Hautfarbe er sein mag. Das war die Absicht, die der Islam auf der Halbinsel verfolgte.

HEUTE NACHT QUÄLTE MICH ein verheerender Alptraum. Lebensecht und genau bis in alle Einzelheiten träumte ich, wie ich Granada verlor, es übergab und wie ich von dort vertrieben wurde. Dennoch gab es in diesem Traum eine verschwommene Milderung des Leidens: Auf geheimnisvolle, nur in Träumen mögliche Weise wußte ich, daß ich träumte. Moraima weckte mich, um mich aus diesem Angstzustand zu reißen, der mich stöhnen ließ. Damit stieß sie mich in einen noch schlimmeren Alptraum: denjenigen der Wirklichkeit des Wachzustands, in der alles, wovon ich träumte, schon geschehen ist.

Die Chroniken reduzieren jede Regierungsperiode und jede Schlacht auf eine Schachpartie – ich weiß nicht, ob sie zukünftigen Lesern den Zugang erleichtern oder die Geschichte vereinfachen wollen, die man nie nacherzählen kann. Auch ich neige dazu. Die Leidenschaft des Menschen zum Spiel ist so groß, daß er auf eine gewisse Weise seine Fehler mit dem Zufall entschuldigt.

Bei der Eroberung von Toledo stieß ein Gelehrter, Abu Mohammed al Asal, diesen Warnruf aus:

»Den Streitrössern gebt die Sporen, ihr Andalusier!
Jetzt zu verweilen – eitle Illusion.
Gewänder fransen an den Säumen aus.
Spanien jedoch zerreißt von innen.«

Die Bauern der Partie ziehen über die Mitte des Spielbretts – und jedes Spielbrett ist eine Schaubühne der Gegner einer Welt, sei diese nun groß oder klein. Tollkühn waren die Wetten, zahlreich die Trümpfe; unvermeidlich folgte ein Spielzug auf den anderen. Zu Recht nennen die Christen »Schachmatt«, was bei uns *al sak mat* heißt. Für uns bedeutet es: Der König ist tot. Das ist bei meiner Partie, auf meinem Spielbrett, geschehen. Vom Wesen her sind alle Sprachen gleich.

In diesen Nächten, die so lang sind, daß sie nicht enden zu wollen scheinen, die wie dunkle Tage sind, spiele ich zuweilen Schach mit Bejir oder Farax. Sie lachen, wenn sie mich besiegen; das heißt, sie lachen immer. Moraima sieht von ihrer Handarbeit auf und schilt sie aus. Wenn sie mit mir spielt, spielt sie nicht gegen mich: Sie vergißt, den Zug zu machen, der ihr den Sieg brächte. Doch ich weigere mich, gegen Aben Comisa oder El Maleh anzutreten. Selbst wenn sie mich nicht beschwindeln, kann ich nicht verhindern, daß ich es vermute. Lieber sehe ich zu, wie sie gegeneinander spielen und sich in endlosen Diskussionen verstricken, die am Ende zu einem Unentschieden führen, mit dem keiner von beiden sich zufriedengibt.

Ich nahm meine Lieblingsbücher aus der Alhambra mit und andere, noch ungelesene. Viele haben einen wunderschönen, roten oder blauen Ledereinband mit Fibeln aus ziseliertem Silber. Aber ich ziehe die benutzten den übrigen vor, solche, bei denen ich, wenn ich sie berühre, merke, wie der Druck meiner Hände mit jenen verschmilzt, von denen sie schon ganz abgenutzt sind. Unzählige Generationen lasen ihre Seiten, die nun ich lese. Wie ein schweigender Bote wird das Buch weitergegeben, von Jahrhundert zu Jahrhundert, von Land zu Land, von Mensch zu Mensch. Es enthält das Gedächtnis der Welt und auch die Prophezeiung der Welt, die vergangene Geschichte der Menschheit und die unklare Geschichte der Zukunft. Alles ist zusammengefaßt und vorbereitet in dieser Fackel, die von Hand zu Hand wandert und dabei die Finsternis erhellt.

Es erregt und bewegt mich, diese nahezu unendliche Fortdauer und unermeßliche Erbfolge der Bücher heraufzubeschwören, in deren Schoß die Weisheit, die Neugier, die Niederlagen und die Liebe der Menschen ruhen. Sie führen mich zu einer Heiterkeit, und jeden Tag kann ich mir weniger vorstellen, ohne ihre freigebige Gesellschaft zu sein.

Diese Bücher aus der Alhambra belehren mich nicht nur durch ihren Inhalt, sondern auch durch das Ambiente, das sie umgab und durchtränkte: die unordentlichen Regale, in denen sie ruhten, die pedantische Arbeit derjenigen, die sie verfaßten, kopierten und banden, ein unverwehter Duft nach Feuchtigkeit und Leder; ihre geflüsterten Worte, die Ergriffenheit, die sie in manchem Herzen hervorriefen, die Trauer, die sie linderten. Gegenstände, denen wir niemals genug Achtung entgegenbringen, werden durch jene wertvoller, die sie über Jahre, über Jahrhunderte hinweg benutzten. Gelegentlich nehme ich Bücher zur Hand, die meinem Vorfahren Mohammed el Fakhi gehörten; andere stammen aus der omaijadischen Bibliothek al Hakams II., der über 600.000 Bände in Medina az-Zahra zusammentrug, bis sie durch menschliche Barbarei zerstört wurden. Ich bin überwältigt und wage nicht weiterzulesen – als hielte ich ein Herz in Händen oder einen reglosen, schnell atmenden Vogel, der plötzlich zu zwitschern beginnen könnte. Hier in Andarax gibt es Stunden, in denen das Buch, unabhängig von Inhalt und Bedeutung, in sich selbst ruht, es regt sich, es verströmt, es brennt, es beschleunigt den Rhythmus der Mittagsstunde und bereichert die Abende. Am stärksten ergreift mich in diesen Stunden, daß jene, die sie schrieben und herstellten, und die früheren Leser mit mir verschmelzen; das Band, das mich mit den vorangegangenen Besitzern verbindet, die vielleicht einmal, so wie ich jetzt, ihre Vorstellungskraft rückwärts wandten und sich mit der Vergangenheit verflochten, so wie ich es heute mit meiner Vergangenheit tue, von der sie bereits ein Teil sind. Oder vielleicht schauten sie in ihre Zukunft und erahnten oder prophezeiten mich, ihren Ururenkel, den gestürzten Sultan, ebenfalls ein Leser. Oder sie sahen noch weiter als bis zu mir, in die Zeit nach mir, wenn ich schon ein Teil der Vergangenheit anderer sein werde, zu den künftigen Lesern, die keine Alhambra und keinen Thron mehr haben werden, die vielleicht nichts mehr mit unserer Dynastie und ihren Ängsten verbindet. Ich erfreue mich an der Vorstellung, daß Hände, die nicht mehr existieren – ich frage mich, ob sie wirklich nicht mehr existieren –, diesen Einband aufschlugen, diese Seiten durchblätterten; daß ein Blick, der nicht mehr existiert – vielleicht nur noch durch dieses Buch existiert –, über diese Zeilen glitt, diesen Satz entzifferte, sich in das Labyrinth dieser Kalligraphie versenkte. Mich verjüngt der Gedanke, daß jemand, so wie ich heute, doch bereits vor Jahrhunderten, einen Moment lang die Lektüre unterbrach, und, mit einem Finger zwischen den Seiten, nachdachte, dabei so wie ich ins Leere blickend, in einem Gebäude, das vielleicht schon verfallen, in einer Landschaft, die vielleicht nicht wiederzuerkennen ist.

Das Leben erscheint – oder wir erscheinen im Leben – überwältigend, tänzelnd, frisch, fröhlich; es blendet uns, und dann geht es ohne uns weiter. Jetzt bin ich hier, in dieser abgelegenen Festung, an diesem jungfräulichen Morgen Ende Februar, dem schon ein Hauch von Frühling innewohnt. Ein Morgen, den meine Vorfahren möglich machten, indem sie mich schufen und diese herrlichen Bücher. Deshalb fühle ich mich an diesem intensiven Morgen trotz des Gefühls des Scheiterns, das mich erfüllt, dazu verpflichtet, zu hören, zu sehen, zu fühlen ... mit einem Wort: zu leben. Denn durch meine Augen, durch meine Ohren und durch meine Hände sehen und hören und spüren jene, die wir – vielleicht zu Unrecht – Tote nennen. Noch andere klare Morgen werden kommen, und ich werde nicht mehr sein. Die Bücher werden sein und ein anderer Leser. Und vielleicht wird er sich an meinen gesichtslosen Namen erinnern, und ich werde durch seine Augen sehen, durch seine Ohren den Wohlklang der Welt hören und durch seine Hände die blaue, heitere Luft streicheln. Dann wird für mich, der auf immer schläft, der ungestüme Lauf des Lebens zu Ende sein, das mir heute Zeichen gibt, den Standpunkt jener einzunehmen, die es zuvor durchliefen.

Ich lese die Gedichte der antiken Poeten aus Baghdad, Córdoba, Sevilla oder Murcia oder aus noch früheren Zeiten und entfernteren Ländern, deren Sprache fast unverständlich ist, denn die Ausdrucksformen des Lebens haben sich noch mehr geändert als das Leben selbst. Mit den Dichtern reise ich

in Begleitung lockiger Krieger, die dem Tod ins Auge sehen,
mit einem Lächeln, als sei Sterben ihres Lebens Sinn:
Beduinen reinsten Blutes – sie sitzen auf mit Ungestüm,
voller Anmut und Freude, wenn die Pferde schnauben ...
Ihrer Feinde Tod ist ihr höchstes Glück.
Doch stirbt das Opfer, so bemißt das Schicksal auch ihre Frist ...

Diese Verse stammen von einem Dichter aus Kufa, der von sich selbst das hielt, was ich über die Bücher denke:

Meine Verse werden nach Osten ziehen, bis dorthin, wo
es kein Osten mehr gibt.
Und nach Westen, bis dorthin, wo der Westen endet.

In den Gedichten der antiken Poeten lese ich so lebendige Liebesklagen, und ich lese von den Vorgängen in ihren Herzen, wenn ihre Liebe erwidert wurde.

Dichtung berührt mich am tiefsten, wenn sie aus dem Buch hervorkeimt, wenn sie sich daraus erhebt wie von einem Ruhelager, wenn sie von einer Stimme umarmt wird und sich in Musik rekelt. Mir gefällt es, wenn ich sie in Begleitung eines Instrumentes Moraima und Farax vortragen kann, wenn die anderen sich schon zurückgezogen haben, und in ihnen den *tarab* hervorzurufen: den körperlichen Wechsel von Trauer und Freude, Extase und Verzückung.

»Wenn der *tarab* dich schüttelt«, sagte Moraima heute abend zu mir, »wird wohl nichts verloren sein.«

Und das sagte sie mir, die, in die Kissen zurückgelehnt, bei dem Gedicht, das ich vorlas, geschluchzt hatte, während Farax in seiner Verzückung die Datteln von einem Tablett aus dem Fenster warf und sich dann das Tablett gegen die Stirn schlug. So erzählte das Gedicht:

Ruf meinen Namen, wenn ich sterbe.
Hier ist nicht der Ort für Tränen:
Noch schmeckt mein Mund nicht nach Asche.

Das reglose Licht
überflügelt den Garten.
Müde und unverwelkt
kehrt es zu den Gestirnen zurück, von denen es kam.
Vergebens wird die Finsternis über uns kommen.
Die Sonne lauert auf ihrem Lager.
Sie sinnt nach Rache.

Verbannte des Mittags,
wird die plötzliche Höhlung des Abends
uns verschlingen – wie der Saft eine Pampelmuse.
Verirrte Sterne bewachen uns.
Weit öffnen wir uns der Nacht.
Die Schlaflosigkeit ist unsre einzige Waffe,
und die duftende Ebene nahe dem Wasser.

Die Dämmerung schickt ihr mattes Grün und Gelb
vom Schnee herab . . .
Wer schließt diese Augen, diesen Mund, dieses Fleisch?
Niemand befreit sich vom letzten Tag, vergißt die Trauer.
Das Licht entschwindet,
doch das Leben und du, ihr bleibt.

Wenn das Licht erstirbt, dann ruf meinen Namen.
Mein Name und du, ihr seid bereits
in der Sicherheit des Gartens.
Fern aller Zeit, wird seine Verwünschung euch nicht berühren.

IN SEINER FUNKTION als Burgvogt von Andarax hat Bejir in meinem Namen bereits zwei Briefe an die Könige von Kastilien geschrieben, um sie darum zu bitten – was sonst kann ein Besiegter tun? –, mir meine Söhne zurückzugeben. Obwohl wir nicht darüber sprechen, gehen sie Moraima und mir nicht aus dem Sinn. Yussuf wird uns wohl noch mehr vermissen als Ahmed, der getrennt von uns erzogen wurde, selbst wenn Moraima mir diesen Gedanken vorwirft.

Aben Comisa und El Maleh reisen häufig nach Granada, wenn auch nie gemeinsam. Dort treffen sie sich mit Hernando de Zafra, jetzt Stadtvogt auf Lebenszeit, mit dem El Maleh eine enge Freundschaft geschlossen hat, die uns und unserer Information sehr von Nutzen ist, auch wenn ich vermute, daß sie den beiden noch nützlicher ist. Sie erzählen mir – und so muß ich es wohl glauben –, daß der König sehr großzügig mit den Muslimen verfährt. Er läßt ihnen gegenüber Gerechtigkeit walten, befreit sie von den Steuern und ist hilfsbereit und ehrerbietig zu ihnen. Anscheinend werfen die Christen dies unseren Muslimen vor: »Beklagt euch nicht«, sagen sie zu ihnen. »Unser König achtet und ehrt euch mehr als uns.« Dennoch vermutet El Maleh, daß der König beabsichtigt, das zu erreichen, was zu erreichen er auf dem besten Wege ist: die Leute darin zu bestätigen, daß diese Güte von Dauer sein wird, damit sie sich dazu entschließen, mit den Christen zu leben, Häuser und Land zu erwerben und sich niederzulassen. Der König befürchtet, daß sie die Stadt verlassen könnten, um nach Afrika zu gehen – und wer außer ihnen würde arbeiten? Wer hätte

Kenntnisse über das Land und die Bewässerungsanlagen? Wer sollte die niederen Arbeiten verrichten, die zu tun kein Christ bereit ist, denn dazu ist er nicht aus Kastilien weggegangen?

Bezüglich meiner Söhne hat Zafra ihnen bis jetzt nur gute Worte und einen kurzen Brief von Ahmed gegeben.

Moraima ist seit einigen Tagen sehr blaß. Lustlos und in Gedanken versunken verbringt sie die Mußestunden an einem Fenster sitzend, ohne zu bemerken, wie es dunkel wird. Oder sie wandelt durch das Haus, ohne bei einer bestimmten Beschäftigung oder in einem bestimmten Zimmer zu verweilen. Schweigend beobachte ich sie, und mir sinkt der Mut. Der Arzt, ebenfalls ein Jude, der auf den Namen Yussuf hört, beteuert, daß ihr nichts Ernstes fehle. Es handele sich um ein seelisches Leiden – ist das nichts Ernstes? –, das mit unerträglicher Gewalt ihr Herz verkrampfe, wenn sie an unsere Kinder denke.

»Vielleicht würde sie genesen, wenn ihr eines hier hättet«, gab er mir heute zu verstehen.

»Aber wir haben keines von beiden«, erwiderte ich seufzend.

»Ich meinte, daß sie schwanger werden und hier einem Kind das Leben schenken sollte.«

»Ich werde mit ihr darüber reden müssen. Das Heilmittel kann schädlicher sein als die Krankheit selbst. Vielleicht sollten wir beide kein neues Leben hervorbringen, bis wir uns sicher sind, daß wir das Leben lieben.«

»Ich liebe das Leben«, gestand mir Moraima vor Tagen, »weil es dich darin gibt. Wäre es nicht so, liebte ich es nicht mehr.«

»Liebst du unsere Söhne etwa nicht?«

»Doch. Sie sind für mich wie eine Erweiterung von dir. Für mich sind sie du in einer anderen Form. Du bist hier nicht vollständig.«

Ich führe ein ruhiges, träges Leben. Vielleicht besteht das Glück schlicht in dieser Schläfrigkeit. Am Morgen ging ich mit Farax nach draußen, um die Anlage eines kleinen Gartens zu überwachen. Aufmerksam wie ein Schüler lauschte er dem, was ich ihm erzählte.

»Unsere Kenntnisse über Gartenanlagen gehen auf die Nabatäer zurück, welche die rauhen Wüsten des steinigen Arabien in fruchtbares Land verwandelten. Sie besaßen große Kenntnisse über die Beziehungen, die zwischen den Bahnen der Gestirne und dem Wachstum der Pflanzen bestehen. Alle primitiven Ackerbauvölker haben den Himmel als die aktive, erzeugende Kraft gesehen und die Erde als die duldende, empfangende Kraft des Universums.«

»Wie bei Mann und Frau?«

»Mehr oder weniger. In dieser Theorie verschmelzen zwei Seiten: die geistig-ideelle und die praktisch-materielle. Der Mensch hat die Landwirtschaft immer in einen Bezug zur Verehrung der Göttlichkeit gesetzt. Wenn es nicht so war, liebte er sie nicht und ging ihr nicht mit der nötigen Inbrunst nach. Das ist bei den Christen geschehen und zuvor bei den Römern; sie sind Bauern auf unbewässertem Land, solche, die nur dann Wasser benutzen, wenn es in greifbarer Nähe ist. Für uns ist der Garten ein Spiegelbild, oder besser gesagt: eine Vorwegnahme des Paradieses. Siehst du?« Ich zeigte ihm, was ich erklärte. »Hier habe ich ein Wasserbecken vorgesehen: im Schnittpunkt zweier Achsen, die nach dem Vorbild der Paradiesflüsse die vier Himmelsrichtungen anzeigen. Unsere ersten arabischen Vorfahren, eifrige Schüler anderer Kulturen, entnahmen diese Ikonographie den buddhistischen Mandalas und verbreiteten sie in der Welt. Dieserart stellt der Garten ein Symbol des Lebens dar, ein angedeutetes Labyrinth, eine Miniatur des Kosmos. In unserer Sprache gibt es nur ein Wort für Garten und Paradies, ebenso wie für Garten und Begräbnisstätte. Denn alles ist ein und dasselbe. Ich glaube, daß es zwischen Himmel und Erde eine Wechselbeziehung gibt, daß sie sich anblicken und nacheinander sehnen . . . « Und ich ergänzte: »Ich bin dabei, mir hier mein Grabmal zu errichten – als mein unvergängliches Zuhause. Ich möchte nicht, daß du mich nach Mondújar bringst. Ich verzichte auf diese Gesellschaft; mit mir bricht die Kette meiner Ahnen ab.«

»Denkst du etwa, daß du vor mir sterben wirst?« rief Farax lachend.

»Ich bitte dich, Farax. Du hast mich nie enttäuscht. Tu es bitte auch am Ende nicht. Ich würde es dir nicht verzeihen . . . Yussuf III., der Erbauer meines Palastes, ließ folgendes auf seine Grabstele meißeln:

Mögen die Wolken auf dieses Grab herniederregnen und
ihm Leben spenden.
Möge der frische Duft der nassen Gärten bis zu ihm hinüberwehen . . .

»Wie sehr haben wir das Wasser immer geliebt. Wir verschwendeten es nie. Große Ergebnisse muß man mit kleinsten Mengen erreichen; man soll das Wasser nicht als donnernde Macht gebrauchen, sondern als friedenstiftendes Murmeln. In Wirklichkeit sind wir ein Wüstenvolk geblieben, das nicht daran gewöhnt ist, Wasser zur Verfügung zu haben. Deshalb ist es für uns Vergnügen und Nutzen zugleich.« Ich beschrieb eine imaginäre Linie durch den Garten. »Bis hierher verzweigt sich das Wasser, es wispert, es freut sich, und in diesem kleinen Pavillon wird es uns von der Melancholie heilen. Ab hier lassen wir es arbeiten: Es wird Gemüse und Früchte bewässern. In seinem Traktat über die Landwirtschaft rät uns Ibn Luyún, wie wir dies bewerkstelligen sollen. Ich denke, man muß die Stille schaffen, damit das Wasser diese Stille durchbrechen kann. Man muß die Hitze akzeptieren, damit das Wasser sie kühlen kann. Man muß das Geheimnis schaffen, um es mit jemandem zu teilen.«

Plötzlich blieb Farax stehen und murmelte: »Ich habe weder Körper noch Seele, also gehöre ich der Seele des Geliebten.«

»Wo hast du das gelesen?« fragte ich ihn erstaunt.

»In einem deiner Bücher.«

»Danke, mein Freund«, sagte ich zu ihm und fuhr fort: »Wenn der Garten keine Verkörperung unserer Seele ist, dann ist er nicht gut angelegt. Mit ihm ist es wie mit der Architektur; doch er ist zarter und vergänglicher als eine Mauer, die tausend Jahre überdauern kann; er braucht Sorgfalt, Pflege, Umsicht. Mit einem Wort: Er braucht Liebe, genau wie wir.«

Meine Stunden verrinnen ganz leise und gleichförmig, ohne die geringste Eile. Haben die Sonnenuhren der Römer recht? »Alle Stunden verstreichen, die letzte enteilt.« Heute weiß ich nicht, ob die Sonne recht hat: Sie scheint nicht. Seit Tagen schon regnet es. Ich blicke von dem Buch auf, und mein Blick ertrinkt in Regenschleiern. Heute sind sie sanft, gestern waren sie es nicht.

Gestern regierte unangefochten der Wind in einer tyrannischen Art. Unermüdlich fegte er heulend über den kraftlosen Garten und das ganze Land. Wütend erhob er sich, fiel wieder nach unten, wendete wie ein unsichtbarer Stier. Was sich seinem blindwütigen Willen entgegenstellte, zerstörte er. Er brach Äste ab, zerfetzte die aus Granada mitgebrachten Rosenstöcke, schüttelte die großen Bäume des Waldes. Ein schrilles, schnelles Pfeifen erhob sich über das stete, dumpfe Tosen; einer Bewegung stellte sich eine weitere, andersartige entgegen. Schließlich wurde in jähen Böen ein heftiger Sturm daraus, als habe er sich in seiner Wut vorgenommen, die Welt zu zerstören, und als schüre er seinen Zorn damit, daß er es nicht schaffte. Gestern war der Wind ein bestürzter, schlafloser König, der seine Schlaflosigkeit und Bestürzung auf uns alle übertrug. Mit erschrecktem Gesichtsausdruck bat Moraima mich, die Nacht bei mir verbringen zu dürfen. Draußen stöhnte der Wind, krümmte sich, verfing sich in sich selbst, kletterte hinauf, stürzte hinab, schlängelte sich, errichtete hohe, leere Türme, plünderte die Schößlinge, er achtete nicht auf den Duft von Rosen und Rosmarin, und alles andere vergessend schüttelte er das Land. Moraima schmiegte sich an mich, um es nicht zu hören.

Heute, da er vom Wind befreit ist, fällt der Regen mit Erbarmen.

Ich lese Ibn Hudail, den Kenner edler Rösser.

Wie Regen auf die glatten Kiesel,
so fällt die Mähne auf seinen wendigen Hals.
Andre Vollblüter ziehen erschöpfte Staubwolken
über das Geröll, dieses aber
bleibt feurig und ungestüm,
überschäumend vor Kraft.
Wie das Feuer des Kupferschmieds
ist das Trappeln seiner Hufe.
Schnell ist es wie der Kreisel,
den ein Knabe aufzieht und hüpfen läßt.
Unter seinem Galopp zerstieben die Steine,
mit seinen Hufen zerteilt es sie.
Sie hinterlassen Spuren wie glühende Eisen.
Stets voller Kraft springt es auf seinen schlanken Beinen mit leichtfüßiger Sicherheit.

Da meine Gedanken ständig um das Wetter kreisen, ist mir nicht klar, ob er vom Regen, vom Wind oder von einem Pferd spricht.

In dem letzten Brief, den Bejir el Gibis den Königen schrieb, um meine Söhne zurückzufordern, bat er sie, diese zu mir und ihrer Mutter zu schicken. »Kinder zu haben«, so rief er der Königin ins Gedächtnis, »bedeutet nicht nur, ihnen das Leben zu schenken, sondern sie mit Wärme und Zärtlichkeit auf das ihre vorzubereiten.« Ich fügte einen weiteren Gedanken hinzu: Man solle sie nach Afrika gehen lassen. Zum einen wird dem vielleicht eher stattgegeben. Zum anderen ist es mein Wunsch, daß meine Söhne mit der Lebensauffassung und gemäß den Regeln der Kultur ihrer Großväter und ihres Vaters erzogen werden. Allerdings bin ich nicht sicher, ob dies in Afrika möglich sein wird. El Maleh teilte mir, aus Granada kommend, die Meinung Zafras mit. Diese entspringt letzten Endes derjenigen der Könige, oder umgekehrt. Jedenfalls stimmen sie überein. Es hat den Anschein, als sei man unschlüssig, ob man meine Söhne nach Afrika schicken soll oder nicht. Für eine positive Entscheidung spräche, daß ich mich, wenn sie einmal dort wären, entschließen würde, mit dem Rest meiner Familie ebenfalls zu gehen. Dagegen spricht, daß ich niemals nach Afrika ginge, wenn meine Söhne durch irgendeinen unglücklichen Unfall stürben oder in die Gewalt eines Stammesführers fielen, der ein Interesse daran hätte, sie zu seinem Vorteil zu benutzen. Und im Grunde genommen ist es doch so, daß sie ein Unterpfand für die Könige darstellen. So zurückhaltend und ruhig ich mich auch betragen mag: Meine Anwesenheit in ihrem Territorium stört sie, so wie auch ein Blutfleck auf einem Festtagskleid stört, und sei er noch so klein.

Heute ist Moraima ohnmächtig geworden. Wir waren in den Garten gegangen, um ihn gedeihen zu sehen. Es hat mich stets beeindruckt, wie ein zarter Keim – der nichts weiter ist als eine grüne Vorahnung, eine Zartheit, die ein Kind mit einem Finger zerdrücken kann – einen schrundigen, starken Stamm aufbricht und überzieht, der den Unbilden des Wetters und der Zeit getrotzt hat. Moraima und ich standen vor einem Schößling und machten eine Bemerkung darüber, als sie plötzlich die Hand vor Augen hielt, ganz leicht den Kopf hin und her bewegte und dann zusammenbrach. Ich hatte gerade noch Zeit, die Arme auszubreiten, um zu verhindern, daß sie sich an dem Baum oder den Steinen verletzte. Kopflos und ohne zu wissen, was tun, redete ich leise auf sie ein, rief ihren Namen, schüttelte sie sanft, bat sie, schnell wieder zu sich zu kommen, ich weiß nicht, um was alles ich sie bat. Endlich – es dauerte nicht lange – schlug Moraima die Augen auf, lächelte ein wenig und sagte: »Du erzähltest mir gerade etwas, Boabdil. Entschuldige, aber ich habe dich nicht richtig verstanden.«

Ich küßte sie auf den Mund, und sie lächelte noch stärker.

»Alles hat auch seine guten Seiten«, flüsterte sie. »Willst du mir bitte beim Aufstehen helfen?«

Auf Bitten Moraimas habe ich begonnen, auf die Jagd zu gehen. Ich wage nicht, mich weit zu entfernen oder länger als zwei oder drei Tage auszubleiben, denn ich mache mir Sorgen um sie. Sie ist deutlich abgemagert. Sogar meine Mutter, die nur auf ihre eigenen Angelegenheiten bedacht ist, machte eine Bemerkung darüber.

»Vielleicht solltest du dich etwas mehr um Moraima kümmern, jetzt, wo du nichts Wichtigeres mehr zu tun hast«, sagte sie in ironischem Ton zu mir.

Ich bin nie ein begeisterter Anhänger der Jagd gewesen. Ich kann zwar verstehen, daß in einer Zeit, als königliche Lebensart nichts mit Kultur zu tun hatte, ein Infant von Kastilien schrieb, daß die Jagd ein »edel, stattlich und köstlich Ding« sei, aber so sehr ich mich auch bemüht habe – ich kann keinen Gefallen daran finden. Ich gebe zu, daß sie dabei hilft, die Schäden an Körper und Geist zu mindern, die eine Folge des

Müßiggangs sind. Und ich mag die Übung, die sie bedeutet, das Zusammensein mit den Freunden, die gesunde Rivalität, die scheuen Vögel, die außerordentliche Schnelligkeit der Hunde. Doch wenn die Beute einmal aufgestöbert und gefunden ist, würde ich es am liebsten dabei belassen. Denn ich mag auch die Eleganz der Reiher, den dunklen, massigen Nacken des Wildschweins, den klagenden Schrei des Rebhuhns und die bekrönte Behendigkeit des Hirschs.

Im Gegensatz zu Farax glaube ich nicht, daß diese Einstellung von einem Übermaß an Sanftheit und Gefühl herrührt, noch nicht einmal von einer Identifikation mit den Opfern – verständlich, denn ich bin ein solches. Es kommt vielmehr daher, daß ich das Leben der Tiere so herrlich finde – den Gesetzen der Natur unterworfen, in einer solchen Übereinstimmung mit ihr –, daß ich die Jagd um des Vergnügens willen für einen Verstoß gegen einen Kodex halte, den ich nicht kenne, der über uns steht, dem wir alle einmal untergeordnet waren und den der Mensch zu verachten begann, als er sich von seinen Bestimmungen entfernte.

Die Sammlung exotischer Tiere in dem Wäldchen unterhalb der Alhambra, welche man in meiner Kindheit als einen Beweis für den verschwenderischen Prunk meiner Familie pries, gefiel mir nicht. Ich habe auch nicht oft in den Wäldern der Sierra gejagt. Meine Erfahrungen sind nur sehr gering: Als Jüngling ritt ich mit meinem Onkel in das Gebirge von Fiñana und tötete ein Wildschwein. Es dauerte lange, und ich habe es nicht ganz geschafft, den rötlichen Groll in seinem Auge zu vergessen – ich sah nur ein Auge, mit dem es mich haßerfüllt anstarrte, während es starb. Welcher unerforschliche Instinkt sagte ihm, daß ausgerechnet ich es war, der ihm den Tod gebracht hatte? Wenn ich eine nostalgische Erinnerung an jene Tage hege, dann wegen Abu Abdallahs Nähe, die in der Abgeschiedenheit noch deutlicher zu spüren war, und nicht wegen des Massensterbens, das wir um uns herum auslösten – er leider wesentlich mehr als ich. Ein Lebewesen zu töten, das nichts weiter besitzt als das Leben – kein kompliziertes, vielfältiges, bereichertes Leben, wie es bei den Menschen der Fall sein kann, sondern einfach das pure Leben –, ist für mich das wohl schwerste aller Verbrechen. Pero López de Ayala, ein christlicher Kanzler, sagt, daß die Jagd für den Menschen Genuß ohne Sünde sei, denn er nähme und nutze die von Gott für seine Bedürfnisse geschaffenen Dinge. Gerne wär ich davon so überzeugt wie er.

Möglicherweise ist dieser Gedankengang auch einfach eine oberflächliche dialektische Übung. Ich bin einem Ochsen- oder Lammbraten nicht abgeneigt und halte sie für ausgezeichnete Speisen; bei den Opferfesten schneide ich dem Tier die Kehle durch, auch wenn ich mich dazu überwinden muß. Es fiele mir auch nicht ein, einen geschmorten Hasen zu verachten. Vorgestern erst aß ich einen. Dies ist wohl ein weiterer Beweis für meinen Egoismus, der mich darauf achten läßt, nicht derjenige zu sein, der ein Leben auslöscht, danach aber genießt, was andere getan haben. Oder vielleicht ist es letzten Endes keine Frage der Ethik, sondern der Ästhetik: Es verschafft mir nicht die geringste Befriedigung, den Sprung, den Flug, den Gesang, den Brunftschrei eines lebenden Wesens zu beenden; vielmehr habe ich Gewissensbisse, seine wunderbare Begeisterung zerstört zu haben.

Natürlich – welche andere Zerstreuung bleibt mir hier außer meinen Büchern? Seit einigen Wochen wechsle ich mich in diesen beiden Übungen ab: der Lektüre und der Jagd. Ich habe einige Bücher über die Jagd mitgenommen. Das beste, auf welches alle anderen zurückgehen, stammt von Isa Ibn Ali Azadi, dem bewanderten Falkner und Illustrator der Christen. Sein ausführliches Traktat behandelt neben den Jagdvögeln und Hunden die Art und Weise der Hasenjagd und des Fallenstellens, daneben die Lockjagd und die besten Plätze für eine Pirsch. Ich denke, niemand verstand soviel von Tieren wie er.

Moraima hörte mich einmal argwöhnisch über das *Buch der Jagd* von Don Juan Manuel reden und von den achtzehn abgerichteten Raubvögeln, die jeder große Herr seiner Ansicht nach besitzen solle, um vollendet zu jagen. Mit Geschick und Geduld, hier einen Auftrag vergebend, dort jemanden verpflichtend, hat die beharrliche Moraima in kurzer Zeit die ganze Schar zusammengesammelt: einen Gerfalken und einen Würgfalken, beides geschickte Jäger; vier abgerichtete Jagdfalken; sechs Rotfußfalken, die geheimnisvolle, grausame Feindschaften untereinander hegen; einen Hühnerhabicht, der auf Rebhühner abgerichtet ist, einen weiteren für die Enten- und einen dritten für die Reiherjagd; einen für Hasen geeigneten Blaufalken, den Abraham el Caisí in einem nahegelegenen Moor entdeckte; einen Sperber, den man auf Edelreiher und kleinere Vögel ansetzt; einen Neuntöter und einen weiteren, dessen Namen ich noch nicht einmal kenne. Damit nicht genug, hat Moraima Don Juan Manuels Verzeichnis noch übertroffen und um zwei schlechtgelaunte, finster dreinblickende Falken ergänzt: Der eine stammt aus Nordeuropa und kostete soviel wie ein gutes Pferd; der andere, ein Berberfalke, stammt aus Marokko.

»Und er kostete soviel wie ein gutes Kamel, nicht wahr?« scherzte ich.

»Nein«, antwortete Moraima lachend. »Er ist ein Geschenk des Sultans.«

»Der Albayzín war über lange Zeit das Viertel der Falkner«, ergänzte ich und verirrte mich wieder einmal in dem ausgedehnten Wald der Erinnerung.

»Boabdil«, ermahnte mich Moraima und berührte mich mit der Hand, »noch bin ich hier. Ich weiß, woran du dachtest. Aber weißt du auch, woran ich dachte? An ein Gedicht, das du in Porcuna für mich rezitiert hast. Jenes, das ein Sekretär dem tapferen Sultan von Badajoz, Mutawaquil, widmete. Ich habe den Anfang vergessen; das Wesentliche lautet so:

Der du meinen Hals mit dem Geschmeide deiner
Gunstbeweise schmücktest, mit einem Falken schmücke
nun meine Hand.

Makellos seien seine Flügel, auf daß durch sie du
mich ehrest; im Nordwind biege sich sein Gefieder.
Voller Stolz werde ich mit ihm in die Morgendämmerung
ziehen, meine Hand spielt mit dem Wind, um mit dem
Gefangenen das Freie zu jagen . . .«

»In Granada gab es Falken«, murmelte ich.

»In Granada wird es weiterhin alles geben, Boabdil.«

»Mag sein. Außer Sultane.« Ich stieß einen Seufzer aus. »Du hast recht, Moraima. Die Erinnerung an sich ist weder gut noch schlecht. Es kommt darauf an, woran man sich erinnert.«

Die Hundemeute ist in einem Bauernhof im Bereich der Alcazaba untergebracht. Die Jagdhunde gleichen einander sehr, sie sind von einer freundlichen Derbheit, wie Hirten, die an Rauheit gewöhnt sind. Obwohl ihre Aufmerksamkeit und Ergebenheit der Stimme des Hundeführers gilt, wissen sie doch mit einem unglaublichen Scharfsinn, daß ich ihr Herr bin, dem sie bei der Jagd zu gehorchen haben. Zuweilen muß man einen von den übrigen absondern. Unter ihnen entstehen merkwürdige Feindschaften – sicher nicht ohne Grund, auch wenn wir zu ungeschickt sind, ihn zu erkennen – oder erbitterte Kämpfe, die ganz plötzlich zwischen zweien von ihnen ausbrechen und normalerweise tödlich enden. Dann legt man dem Ausgesonderten ein Stachelhalsband um, das mit einer zwischen zwei Bäumen befestigten langen Leine verbunden ist. Dies gestattet ihm einen weiten Auslauf, der das Angeleintsein erträglicher macht. Während meiner Gefangenschaft in Porcuna und Castro hätte ich diese Erfindung sehr zu schätzen gewußt, dachte ich. Auch wenn sie vielleicht jetzt, in dieser Gefangenschaft in Andarax, noch schätzenswerter wäre.

Wenn ich dieses unwegsame und zugleich freie Land um uns herum betrachte, beginne ich Hernán zu vermissen, der hier glücklich wäre. Was er jetzt wohl macht? Wird er es als seine Pflicht empfinden, meinen Söhnen Schutz und Begleiter zu sein? Wie wird er sich mit Ahmed verstehen? Und Ahmed mit ihm, was schwieriger ist? Ohne sich dessen überhaupt bewußt zu sein, merken Hunde und Kinder, wer sie liebt und wen sie lieben sollen. (Es wäre schön, wenn es mir genauso ginge. Doch nicht einmal darin war ich hellsichtig.)

Als heute nachmittag vor meinen Füßen ein junges Kaninchen aufsprang, stellte ich mir Hernáns Verblüffung vor und dann seine Freude, wenn er es verfolgte. Vielleicht hat auch seine Gewöhnung an den Menschen den Instinkt überdeckt – wie schlecht ist unser Einfluß doch! –, und er zöge seinen Tiegel voll Reis mit Rüben und Fleisch vor oder eine dieser Schweinereien, die er heimlich frißt und die ihm wie die feinsten Speisen vorkommen, weil sie verboten oder stibitzt sind.

Unter den stromlinienförmigen Windhunden, deren biegsames, gewelltes Rückgrat sich unter dem Streicheln meiner Hand biegt, ist ein schwarzer, der auf den Namen Prisa – »Eile« – hört. Er ist ein Wunder an Harmonie. Er hat grüne Augen, und er ist so eingenommen von seiner Schönheit, daß er sich, außer bei der Jagd, kaum bewegt. Er bleibt feierlich, fast schläfrig, in seine eigene Würde eingehüllt – so, wie man sich Könige vorstellt, wenn man nicht selbst König war.

ICH BIN ZU der Überzeugung gelangt, daß Hernando de Zafra Spione in Andarax hat. Es ist mir gleich. Hier wird nicht konspiriert. Wenn man sich nicht einmal auf dem Thron halten kann, wie soll man ihn dann zurückgewinnen, wenn man ihn schon verloren hat? Was mich stört, ist, daß ich nicht weiß, wer es ist – wer sie sind. Ich nehme an, daß sie zur Dienerschaft gehören, und vielleicht sollen sie weniger mich als vielmehr Aben Comisa und El Maleh ausspionieren; diese beiden sind es, die Zafra die vertrauenswürdigsten Nachrichten über mich bringen – wenn es für Intriganten überhaupt eine vertrauenswürdige Nachricht gibt. Ich will mich nicht unablässig mit dieser Spitzelei beschäftigen, aber an einem Ort, wo nichts Herausragendes passiert, neigt man dazu, seine Aufmerksamkeit auf das Ungewöhnliche zu richten: ein Geräusch, das man hinter einem Wandteppich zu hören glaubt, verstohlene Fußtritte, die sich entfernen, oder, wie heute nacht, eine kleine Schüssel, die im Dunkeln von einem Wandschrank fällt – scheinbar aus eigenem Antrieb, als würden die hiesigen Schüsseln Selbstmord begehen.

Farax hat vor, alle Bewohner der Alcazaba zu verhören, vor allem die Bediensteten. Seine Seele ist so klar und durchschaubar, daß er glaubt, die Spione an ihren Augen erkennen zu können. Ich habe es ihm untersagt. Ich gebe mich mit einander widersprechenden Sätzen zufrieden, die ich ständig ins Gespräch einfließen lasse: »Wenn sie uns die Prinzen zurückgeben«, sage ich zum Beispiel, »werden wir die Meerenge überqueren.« Um dann einen Augenblick später hinzuzufügen: »Wenn die Prinzen hier sind, wird Andarax wieder die Alhambra sein; wir werden nichts und niemandem hinterhertrauern. Es wird gut sein, hier in der Zurückgezogenheit meine Tage zu beenden. Der Lavendel und die Myrten im Garten wachsen schnell. In ein paar Jahren . . .« Dann verstumme ich plötzlich. Ein paar Jahre ermüdender Langeweile, freiwilliger Lethargie, um die Erinnerungen zu verlieren, um zu verlernen, um der Vergangenheit keine Beachtung mehr zu schenken. Welch endlose Frist, von hier aus gesehen! Ehe man der Zukunft ins Auge blickt – wenn es eine solche gibt –, sollte man vielleicht für lange Zeit die Augen schließen: schlafen oder sich schlafend stellen. Vielleicht auch das Gegenteil: die Augen weit offenhalten, aber nur für die Gegenwart, um ganz genau zu beobachten, wie die Myrte und der Lavendel gedeihen.

Die Sonne kommt durchs Fenster wie ein goldener Windhund. Sie kriecht über den Teppich bis zu meinen Füßen; sie leckt an diesen Blättern, auf denen ich schreibe. Sie wird jeden Tag stärker. Das Klima hier ist extrem. Ein glühendheißer Sommer kündigt sich an. Heute mußte ich mich nach innen flüchten; draußen glüht sogar der Schatten, trotz der frühen Stunde. Ich bin allein spazierengegangen. Ich entfernte mich weiter als gewöhnlich vom Haus, und plötzlich bemerkte ich, daß ich vor mich hin summte. Ohne zu wissen, warum, schämte ich mich ein bißchen. Worüber? Darüber, daß ich fröhlich bin? Daß ich fröhlich bin, ohne mir dessen bewußt zu sein, die beste, die einzige Form des Glücklichseins? Ich bin von großer Finsternis umgeben. Doch das Herz des Menschen ist wie ein Brunnen: Es können Skorpione darin sein und auch klares Wasser. Bin ich so töricht, mich gegen diese Meeresstille zu sträuben? Ist es meine täglich wiederholte Bemühung zu vergessen, die es mir unmöglich macht, wirklich zu vergessen? Wann werde ich lernen, mich gehenzulassen, zu entsagen, zuzulassen, daß das Leben mich führt, ohne daß ich versuche, ihm meine Maßstäbe aufzuzwingen?

Der Tag bricht an, auch wenn der Morgen dunkel war.
Jedes Antlitz, das zur Sonne blickt, wird so leuchtend sein wie der neue Tag.

Das las ich gestern. Der Dichter, der es schrieb, hatte recht, wie jeder wahre Dichter, denn er besaß noch viel mehr als nur Vernunft.

Mit ihren süßen Worten öffnete die Nacht meiner Seele Lippen. Erstaunt bin ich, wenn einer sagt: »Bitter ist die Wahrheit«.
Die Sterblichen leben von außen, doch wer das Leben liebt, nährt sich von innen: Wie ein Kamel verdaut er und käut wieder.

Kein Mensch der Vernunft wird je die Extase erfahren, die in des Berauschten Schädel tobt.
Wenn sich das Paradies nicht im Kreise drehte, verwirrt und verliebt wie ein Derwisch, so würde der Tanz es ermüden, es riefe: »Genug! Wie lange noch? Wie lange?«

Heute nacht kam Farax in meinen Alkoven. Anstelle der Zikaden zirpten nun die Grillen, auch wenn einige der Zikaden aushielten, ermuntert von der Hitze, die mit der Dämmerung nicht nachgelassen hatte. Farax blieb lange vor mir stehen, ohne zu sprechen. Bis ich lächelte, als ich ihn verstand. Da wandte er sich zum Gehen, doch vorher fragte er: »Brauchst du nichts?«

»Doch«, antwortete ich.

Moraima geht es bei der Hitze nicht besser. Starr sitzt sie da, den Blick in der Ferne verloren, die Hände im Schoß gefaltet. Nur wenn ich mit ihr spreche, täuscht sie Interesse vor. Aber sie muß sich so dazu zwingen, daß ich bezweifle, ob ich richtig handle, wenn ich sie anspreche. Eines Abends, als die Temperatur erträglicher wurde, wollte ich sie aufheitern. Ich schlug ihr vor, Gedichte zu lesen, nur wir beide, oder die Musikanten zu rufen oder den Garten zu besichtigen, der schon mit Jasminblüten übersät war. Am Himmel stand ein zunehmender Mond, die Nacht war fast schamlos hell. Moraima schüttelte lächelnd den Kopf.

»Alles, was ich will, ist hier.« Ihre Hand glitt über mein Kinn. »Alles, was ich habe, ist hier. Sei unbesorgt; mir fehlt nichts. Manchmal, wenn man sich von ganzem Herzen und lange Zeit etwas wünscht und es dann endlich bekommt, legt sich eine gewisse Müdigkeit auf unser Herz. Wir wundern uns selbst, daß wir nicht vor Freude springen. Und wir springen nicht.« Sie lächelte noch mehr. »Aber wenn du mich darum bittest, werde ich springen.« Dann fügte sie noch leiser hinzu: »Oft überschüttet uns das Leben in seiner großen Achtlosigkeit mit Blumen und vergißt, uns eine Schale dafür zu geben.«

Das Schweigen, das ihren Worten folgte, war so tief, daß ich neben den Grillen auch das Plätschern des Wassers im weit entfernten Springbrunnen hörte. Ich fühlte mich Moraima nahe. Ich ergriff ihre Hände. Sie begann zu weinen und lächelte mich dabei weiter an. Ich küßte sie mit tiefer, unwissender Hochachtung.

Durch das Nichtstun wird El Maleh beleibt; aber ganz untätig ist er nicht, denn er hört nie auf zu intrigieren. Aben Comisa hingegen wird jeden Tag magerer und abgezehrter. Er fühlt sich nicht wohl hier. Die seltenen Male, die man sie zusammen sieht, geben sie ein lächerliches Paar ab. Und jeder der beiden für sich bringt wenig erfreuliche Nachrichten aus Granada.

Ich habe erfahren, daß die christlichen Könige am ersten Mai den Juden, die sich nicht bekehren wollen, eine Frist von drei Monaten gegeben haben, um die Königreiche zu verlassen, wobei sie sich zweifellos die blühende Fröhlichkeit des Frühlings zunutze machten, als sie diesen Tag dafür wählten. Die Juden könnten ihre Habe mitnehmen – so berichtete man mir –, jedoch kein Gold, kein Silber und kein Geld. Was sollen sie also mitnehmen? Ihre Häuser und ihr Land? Sollen sie sich ihre Synagogen, ihre Läden, ihre Pferde auf den Buckel laden? Welche Grausamkeit, welche Kurzsichtigkeit! Selbst wenn ihr Gott der einzig wahre sein sollte – er muß sie bestrafen! Ich stelle mir die Juden vor, die seit zweitausend Jahren diesen Sepharad bevölkern, wie sie einen Weinberg gegen einen Esel eintauschen, um darauf ihre Kinder zu transportieren. Oder einen Palast gegen einen Karren oder eine Obstpflanzung gegen eine starke Leinwand, um die Lade mit ihren Liturgien darin einzuhüllen. Hier gründeten sie ihren Zion, hier gediehen sie und arbeiteten mit am Wohlstand aller. Und jetzt zwingt man sie, allem Lebewohl zu sagen; dem Ort, an dem ihre Frauen gebaren, an dem sie ihre Toten bestatteten; dem Ort, auf dem ihre Hoffnung ruhte wie ein Turm auf dem Fels. Ihre Güter werden aufgeteilt, ihre Familien zerstreut. Wieder in die Wüste ziehen; wieder die verstummten Zithern in die Bäume hängen ... Was ewig währen sollte, ist an einem Tag zu Ende. Nur der Glaube bleibt ihnen, und genau diesem, so fordert man, sollen sie entsagen.

Durch ihren Schaden sollten wir klug werden; ich befürchte, daß wir uns eines Tages in diesem Spiegel selber werden betrachten müssen.

El Maleh sagte zu mir: »Herr, erinnerst du dich an diesen Bedürftigen, bei dem es mich wunderte, ihn im Lager Santa Fe zu sehen, als ich zu der Unterredung mit den Königen ging? Er sah aus wie einer jener kastilischen Hidalgos, die nichts zu beißen haben und sich wie Adlige gebärden; die ein Stück Speck stehlen und es andächtig verzehren oder es aufbewahren, um sich zur Frühstückszeit den Schnurrbart damit einzureiben und so zu tun, als hätten sie gegessen. Der Mann war zerlumpt, in einen abgetragenen Umhang gehüllt; er hatte ganz glänzende Augen. Tag und Nacht wandelte er schlaflos durch die Straßen des Lagers. Weil mich sein Aussehen befremdete, fragte ich Zafra, wer er sei. ›Ein Niemand‹, antwortete er. ›Ein Verrückter. Er spricht davon, auf dem genau entgegengesetzten Weg als bisher nach Indien zu gelangen. Bei jeder passenden und unpassenden Gelegenheit wiederholt er, daß die Erde rund sei. Ich verstehe nichts von diesen Dingen; ich habe genug zu tun mit den Verhandlungen um Granada. Aber wenn es nach mir ginge, hätte man ihn schon hinausgeworfen. Denn obwohl wir uns schon mächtig Mühe geben, wissen wir nicht mehr ein noch aus vor Arbeit. Diese Verrückten sind ungefährlich, bis man ihnen widerspricht oder bis ihnen jemand Vertrauen schenkt.‹ Es sieht so aus, Herr, als hätte man ihm jetzt drei Schiffe zur Verfügung gestellt, damit er seine Reise auf dem umgekehrten Weg unternehmen kann. Es heißt, der König, der sich mehr für die Seefahrt interessiert als die Königin, habe sich der Sache angenommen. Kastilien hat das Meer noch nicht einmal in der Kartographie berücksichtigt. Und es heißt, Portugal sei halb und halb interessiert gewesen, und daß es politisch klug war, schneller zu sein . . . Herr, das Ansehen dieser Könige steigt, daran gibt es keinen Zweifel. So unwahrscheinlich eine Möglichkeit auch ist, sie nehmen sie in Angriff. Sie sind wie jene, die einen Schatz finden und ihn hier und dort offen zu ihrem Nutzen einsetzen und ihn vollständig verschleudern, statt ihn zu verbergen. Ich verstehe nur nicht, woher sie das Geld nehmen. Denn soweit ich weiß, haben sie keinen Schatz gefunden. Wenn da nicht die Juden wären . . . Aber ein Schatz, nein. Was meinst du, Herr?«

Er sah mich scharf und forschend an, als hätte ich einen vergrabenen Schatz in der Alhambra zurückgelassen.

»Wenn du nichts davon weißt«, sagte ich zu ihm, »dann haben sie keinen gefunden.«

DURCH EL MALEHS Bericht ermuntert, schlug ich in meinen Büchern nach. Ziemlich lange vertiefte ich mich in wissenschaftliche, astronomische und nautische Werke. Zwei Schlüsse zog ich: zum einen, daß die Wirklichkeit beweist, daß die Andalusier noch gelehrter waren, als ich je gedacht habe; zum anderen, daß die Gelehrten, sofern sie ihrer Berufung treu bleiben, einander verbundener sind und mehr miteinander gemeinsam haben als der Rest der Menschheit. Ihnen ist es gleich, welchem König und zu welchem Königreich sie gehören, denn ihre Wissenschaft ist universell und einzigartig und kann nicht in die Dienste eines ehrgeizigen Herrschers oder der Zerstörung gestellt werden.

Unsere astronomischen Erkenntnisse und unsere wissenschaftlichen Handschriften wurden mit Hilfe mozarabischer

Übersetzer und der Juden von den Christen adaptiert. Der andalusische Islam war es, der König Alfons, den die Kastilier »den Weisen« nennen – ein Zeitgenosse meines Vorfahren Mohammed, des Fakhis –, inspirierte. Und die gelehrten Granadiner, denen die mühsamen Bedingungen im Lande lästig waren, gingen nach Afrika und in den Orient und bewirkten so einen weltweiten Austausch. Es ist faszinierend zu beobachten, wie die andalusische Kultur in den entlegensten Regionen der Welt ihren Ursprung hat, sich hier niederschlägt und aufs neue in die entlegenen Regionen wandert. Wissenschaft und Weisheit stehen weit über den Feindschaften der Herrschenden und der religiösen Raserei.

Es freute mich zu entdecken, daß andalusische Mathematiker für den persischen Wesir Raschid al Din und sogar für die Mongolen arbeiteten. Ibn Aquin, ein Schüler des Maimonides von Córdoba, und Yaya Ibn Abu Sukr, der Granadiner, sind Beispiele für das eine wie das andere. Und der Erzählung eines reisenden Astronomen, Malik Ibn al Haizans, in einem der Bücher aus der Alhambra, habe ich entnommen, daß in der zweiten Hälfte des 13. Jahrhunderts an drei verschiedenen Orten zugleich mit Beobachtungen begonnen wurde, die zu ähnlichen astronomischen Tabellen führten. Auf der einen Seite erstellten der Mongolenherrscher Hulagu, der die Festung der Assassinen, Alamut, zerstörte, und sein Wesir Al Din (der genauso hieß wie mein Hund) mit Hilfe des Andalusiers Abu Sukr die Ilyanischen Tafeln. Auf der anderen Seite, im äußersten Westen, erstellte Alfons X. mittels seiner Kenntnis über Yabin Ibn Afla die seinen, welche von Ichaq Ibn al Sid verfaßt wurden. Und schließlich befaßte sich die älteste aller Kulturen mit dem Thema, in Peking, wo Cha Ma Lu Ting seine exakten Instrumente zur Erforschung von Sonnenfinsternissen verfeinerte. Was mein Herz am meisten erfreut, ist die Vermutung, daß der Name Cha Ma Lu Ting durch die Angleichung des ursprünglich arabischen Namens Jamal al Din an andere Sprachen entstand. (Auch er heißt wie mein Hund! Gepriesen sei Gott!)

Und es ist so, daß sich der Mensch – vor allem der Muslim – um so mehr mit der Natur befaßt, je gelehrter er ist. Er untersucht sie auf das gründlichste und verehrt sie als die Quelle seiner Weisheit. Wenn alle Menschen durch ihre Intelligenz zu einem Einverständnis kämen, hätte jener Andersgläubige wohl nie folgendes geschrieben:

Ich mißtraue dem Menschen, der nach Macht strebt, ohne die Mächte zu achten, die er nicht kennt.
Die Bewohner der unaussprechlichen Sterne sind vielleicht würdiger als wir.
Auf ihnen ruht unsere letzte Hoffnung.

Vor kurzem – was ist kurz? – habe ich von den Instrumenten zur Zeitmessung gelesen. Mein Vorgänger, Mohammed der Fakhi, berief Ibn al Ragán aus Murcia zu sich, der sein Astronom und Arzt wurde und mehr über Sonnenuhren wußte als jeder andere. Mit Klepsydren, jenen geheimnisvollen Wasseruhren, kannte sich Abul Kasim Ibn Abderramán am besten aus, der unermüdlich und unerkannt in Toledo arbeitete, vor dessen Toren er am Ufer des Flusses große Teiche anlegte, die sich mit den Mondphasen füllten oder leerten – wie die Gezeiten wurden sie vom Mond beherrscht –, bis ein christlicher König, der ihrer Funktionsweise auf den Grund kommen wollte, es schaffte, daß sie nicht mehr funktionierten. Und schon damals gab es ein drittes, noch geheimnisvolleres Verfahren, die Zeit zu messen: die Sternenuhr, die offenbar aus einem einfachen Ring aus gelöchertem Kupfer besteht, an dessen Rand zwei Kreislinien die Stunden und Monate angeben; durch die Öffnung muß man den unbeweglichen Polarstern fixieren, wobei man die Scheibe eine halbe Handbreit vor das Auge hält und sie dabei in eine Neigung von einer Handbreit Entfernung zum Kinn und einer halben zur Stirn bringt.

Ich ließ das einfachste Gerät bauen, das in den Büchern beschrieben war, aber bei meinen Untersuchungen hatte ich weder Geduld noch Erfolg. Ich bin kein Gelehrter, ich bin noch nicht einmal ein Lehrling von einem Gelehrten.

Schon sehr viel früher, im 11. Jahrhundert, waren in Andalusien Tabellen über die jährlichen Abweichungen des Sonnenlaufs bekannt. Die Muezzine benutzten sie, um die Gebetsstunden festzulegen. In der Alhambra habe ich einige gesehen, mit Tausenden von Zahlen darauf; eine davon war vor dreihundert Jahren von dem Granadiner Ibn al Kamad erstellt worden. Es würde mich nicht wundern, wenn sich El Malehs skurriler Seefahrer eine ähnliche in Granada verschafft hätte. Es hieß immer, daß die Muslime – deren Ursprung, die Wüste, nichts mit Seefahrt zu tun hatte – schlechte Seefahrer seien. Diese Ansicht habe ich nun korrigiert.

Erfand nicht Saraf al Din al Turi – auch er heißt Din, wie mein Hund – Gott hab ihn selig! – das Astrolabium, und wurde es nicht von Ibn Riduán al Numairi, der aus Guadix stammte, nach Andalusien gebracht? War nicht die ganze Mathematik, die in der Navigation Verwendung findet, in der Hand von Andalusiern? Waren die findigsten, tollkühnsten Seefahrer nicht jene des Kalifats von Córdoba, dessen Flotten unter dem Befehl Ibn Rumayis und Ibn Galibs von Irland bis Messina segelten, mit fortschrittlichen, bahnbrechenden Mitteln zur Orientierung, zur Positionsfeststellung und zum Bestimmen und Halten des Kurses; Hilfsmittel, die vielen immer noch nicht bekannt sind – die vielleicht dieser skurrile Seefahrer jetzt, fünfhundert Jahre später, gerade zu entdecken beginnt?

Wie ich mühsam und unter Aufbietung meines ganzen Fleißes aus dem Gelesenen folgere, ist auch der Kompaß eine andalusische Erfindung. Ohne ihn hätte Al Udri niemals die geographische Lage Andalusiens beschreiben können. Dabei denke ich an eine Abschrift aus dem 12. Jahrhundert. Al Udri spricht darin – und es kommt mir vor wie Zauberei – über die Walfischjagd vor Irland und nennt die afrikanischen Häfen, die solchen an der andalusischen Küste gegenüberliegen – genau gegenüber, was ohne einen Kompaß unmöglich herauszufinden gewesen wäre, nach welchem System auch immer er funktionierte.

Eines der Bücher aus Medina az-Zahra trägt den Titel *Die Wunder von Indien*. Ich studiere es genau, wenn auch unter Schwierigkeiten. Es gibt darin einen Bericht, den ich mit der Theorie von der Kugelform der Erde in Verbindung bringe, welche El Maleh dem Seefahrer aus Santa Fe zuschreibt. Im 10. Jahrhundert segelte ein Seefahrer aus Cádiz durch den Golf von Bengalen. Er wurde von einem Unwetter überrascht, und der Golf bedeckte sich mit Feuer. Der Andalusier beruhigte die Besatzung und die Passagiere, denn er hatte dieses Phänomen schon vor den heimischen Küsten beobachtet. Der Verfasser des Buches erwähnt auch ein ebensolches Leuchten – im Persischen Golf. Ist dies keine sagenhafte Übereinstimmung? Und im gleichen Abschnitt dieser Handschrift werden einige Bemerkungen über die Orientierung gemacht, die mich auf – vielleicht irrige – Vermutungen bringen. »Weder Tag noch Sonne, weder Mond noch Sterne sind länger zu sehen«, heißt es da. »Wir befinden uns nun unter dem Einfluß von Suhail.« Ich zog andere, elementare Bücher zu Rate – denn nun gehören mir die Tage und die Nächte – und fand heraus, daß Suhail der dem Yudai entsprechende Stern ist; entsprechend in dem Sinne, daß, während dieser, feststehend wie ein Wachtturm, der Polarstern ist, der andere Kanopus heißt und jener Stern zu sein scheint, an dem sich die Navigation auf der anderen Halbkugel orientiert.

Es ruft Erschütterung und zugleich große Ruhe in mir hervor, die Unendlichkeit des Himmels zu betrachten, mit flimmernden Gestirnen übersät, die von dieser Erde aus unbewohnt aussehen. Der Mensch ist nichts weiter als ein Funke, der durch die Weite der Nacht zieht. Doch die Nacht ist unendlich.

Vielleicht ein Trost für den Funken.

Es macht mich stolz wie ein Kind, das zu lesen beginnt, diese Daten zu entdecken und zu kombinieren. Oft deute ich sie nicht richtig; ich habe zuviel Zeit mit Nichtigkeiten verloren. Aber es entschädigt mich für diesen Verlust, der – wenn auch unwürdige – Sultan derer gewesen zu sein, die übriggeblieben sind von einem Volk, das in einer glanzvollen Epoche das Zepter des Wissens in Händen hielt.

El Maleh behauptet, der Seefahrer mit dem schäbigen Umhang heiße Christoph Kolumbus und sei Jude. Das wundert mich nicht im geringsten. Alle im Umkreis der Könige sind Juden: ihre Sekretäre, ihre Verwalter, die Geschäftsleute, die ihnen Geld leihen und Gelder für sie aufbewahren. Alle sind sie Juden, bis hin zu denen, die die Dokumente zur Vertreibung der Juden vorbereiteten.

Die am härtesten Geprüften ihres Volkes gehen mir nicht aus dem Kopf. Man erzählt sich, daß sie wehklagend aus Kastilien zu den andalusischen Häfen ziehen, wo sie sich einschiffen. Für das, was mitzunehmen ihnen untersagt wurde oder was man seiner Beschaffenheit wegen unmöglich mitnehmen kann, haben jene, von denen sie vertrieben werden, oder jene, die sich taufen ließen und bleiben, ihnen ein paar läppische Scheine gegeben. Sie mußten sich beherrschen, ihre Gefühle bezähmen und sich mit dem bescheiden, was die Schmarotzer ihnen anboten. Einige Juden sind gestorben, weil sie ihr Gold verschluckten, um es in ihrem Magen durch den Zoll zu schmuggeln. El Maleh versicherte mir, daß man den Leichnam einer Frau öffnete und darin mehr als siebzig Dukaten fand. Die Verzweiflung treibt diese Menschen in den Tod.

Nicht weit von hier sind einige von ihnen in Richtung Adra gezogen. Bejir hat mir berichtet, daß sie die Erde buchstäblich mit ihren Tränen tränken. Viele Alte setzen sich an den Wegrand, um zu sterben; sie weigern sich, am Ende ihres Lebens an einem anderen Ort, der für sie unvorstellbar ist, noch einmal von vorn anzufangen. Wie Tiere schleppen sich die Kranken, die Lahmen, die Schwangeren dahin, die Kinder mit blutigen Füßen; sie alle brechen schutzlos auf, der Schreck steht in ihren Augen; sie gehen ohne Hausrat, ohne Gerätschaften, nur begleitet von ihrem Glauben.

Die einzige Hilfe der Christen besteht darin, ihnen in den Dörfern, an denen sie vorüberziehen, die Bekehrung und die Taufe anzubieten. Bejir sagt, daß ihre Rabbiner sie unter Strömen von Tränen Hymnen und Psalmen singen lassen, um ihnen Mut zu machen; sie heißen sie Tamburine und Schellentrommeln schlagen, als befänden sie sich auf Pilgerfahrt, bis die Frauen bei soviel Leid von ihren Reittieren stürzen, die Männer sich die Haare raufen und die Jünglinge nicht wissen, wohin sie ihren Blick wenden sollen, ohne den Tod zu sehen.

Heute habe ich an den Arzt Ibrahim gedacht, der sich als ein Prophet für seine Religion erwiesen hat. Ich bin froh, daß er starb, bevor sich seine eigene Prophezeiung erfüllte.

Diese letzten Wochen sind viel schneller verflossen als die vorherigen. Es liegt wohl daran, daß ich mich nicht damit aufgehalten habe, dabei zuzusehen, wie sie vergingen.

Nur eine Neuigkeit. Im Abstand von sieben Wochen sind im August unsere beiden ärgsten Widersacher gestorben: der Herzog von Medina Sidonia und der Herzog und Markgraf von Cádiz. Sie ruhen in Frieden – wenn sie Ruhe finden. Ihren Auftrag jedenfalls werden sie nicht mehr zu Ende bringen.

An diesen beiden Persönlichkeiten war alles grundverschieden: ihr Äußeres, ihre Ansichten, ihre Herkunft, ihre Untertanen. Dennoch weigerte sich der Tod, sie zu trennen. Falls es ein Leben nach dem Tod gibt – was sollte der eine ohne den anderen anfangen, da sie in diesem Leben vor allem damit beschäftigt waren, Händel untereinander auszutragen, mehr noch als mit uns? Wie in einem Possenstück hat der Tod den ersten in Sanlúcar überrascht, ganz in der Nähe der Besitzungen des zweiten; diesen erwischte er in Sevilla, wo er seine erbittertsten Händel mit dem ersten hatte und wo er sich nicht länger aufhalten durfte.

Heute hörte ich am späten Vormittag das Geräusch von Pferden und Wagenrädern. Weil Aben Comisa und El Maleh hier waren, dachte ich, es handele sich um irgendeinen Besucher aus Granada. Dann hörte ich Frauenstimmen, die nach Moraima und meiner Mutter riefen, und das laute Bellen eines Hundes. Es kam mir selbst unwahrscheinlich vor, aber ohne darüber nachzudenken – vielleicht die beste Form des Wissens –, war ich mir sicher, daß dieser Hund Hernán war.

Ich rannte zum Eingang. Dort standen inmitten des ganzen Trubels meine Söhne. Ganz ernst beugte Moraima sich herab und umarmte die beiden mit geschlossenen Augen. Hernán vergaß jegliche Zurückhaltung und stürzte sich mit einem Satz auf mich. Moraimas Hände wanderten über die Gesichter der Knaben, als wollte sie sich ihrer Gesichtszüge vergewissern. Sie traut ihren Händen mehr als ihren Augen, und Hernán verläßt sich auf seine Zunge, dachte ich. Als sie nach einer ganzen Weile ihre Augen wieder öffnete, war Moraima eine andere Frau. Sie lachte aus vollem Halse, hüpfte von einem Bein auf das andere, klatschte in die Hände, und sie hat sogar meiner Mutter einen Stoß gegeben, um Yussuf aus ihren Armen zu reißen. Dann breitete sie die ihren weit aus, und mit strahlendem, himmelwärts gewandtem Gesicht rief sie mir zu: »O Boabdil!« Ich dachte: So muß es am Tag des Jüngsten Gerichts und der Auferstehung sein.

Über die Schulter von Moraima, die sich an mich schmiegte, sah ich Farax. Er stand da mit verschränkten Armen und einem Ausdruck glühender Freude. Ich bedeutete ihm, näher zu kommen, und wir drei bildeten einen Kreis um die Knaben, wie bei diesem Kinderspiel, bei dem sich alle im Kreise drehen: ein Spiel, bei dem fünf Körper, ihren Gefühlen folgend, einander die Hände streicheln, ohne zu wissen, wem sie gehören. Währenddessen schleckte Hernán uns alle zugleich gierig ab.

Ganz unverhofft begann es leicht zu regnen, und wir alle liefen schreiend und lachend – sogar Hernán lachte – nach drinnen.

VIELE TAGE HABE ich diese Blätter beiseite gelegt. Nicht, weil ich mich mit etwas anderem beschäftigt hätte: Ich habe auch nicht gelesen, nicht gejagt, habe niemanden empfangen.

Ich wage kaum, es niederzuschreiben, aber es stimmt: Ich habe nichts weiter getan, als von meinem Glück Besitz zu ergreifen.

Ich hätte nie geglaubt, daß Andarax so schön sein könnte, auch der Garten nicht, der unter dem ersten, wohlriechenden Oktoberregen liegt, auch nicht meine leutselige, mitteilsame Mutter. Und ich hatte vergessen, wie Moraimas Lachen klingt und wie Farax' Anmut den Morgen verschönt. Wie sollte ich nicht verstehen, daß die Welt eine Kugel ist und daß die Hemisphäre des Glücks, auf die ich nun von derjenigen des Unglücks gelangt bin, ein Geschenk ist, welches nur aus Gottes Hand stammen kann?

Wenn ich diese Zeilen geschrieben habe, so deshalb, weil mich die Angst befiel, dies zu verlieren. Daß ich es besaß, soll hier festgehalten sein.

Wir haben neue, wundersame Nachrichten aus Granada. Nach einigen Monaten Fahrt ist der Seefahrer mit dem zerschlissenen Umhang zurückgekehrt. Alle glaubten, er habe Schiffbruch erlitten. Nichts dergleichen: Er hat die unbekannten Länder Zipangu und Katay entdeckt, deren Bewohner anders sind als wir, von einer Hautfarbe, die anders ist als die uns bekannten; sie sprechen Sprachen mit sonderbaren Lauten, verachten das Gold und verehren eine Vielzahl fremdartiger Götzen. Jetzt ist er auf dem Weg nach Barcelona, wo ihn die Könige erwarten.

Die Welt erfüllt uns mit Staunen und Freude. Doch die Freude erschreckt das entwöhnte Herz des Menschen mehr als das Leid.

Wenn dieses ganze Licht zuließe, daß ich einen Schatten fände, dann die unterschwellige Abneigung, die Ahmed mir entgegenbringt. Ich fühle, daß er mir seine Entthronung, die eine Konsequenz meiner eigenen ist, nicht verzeiht, oder aber die Demütigung, die er durch mich erfahren hat. Aber vielleicht ist es auch nur Einbildung. So versichert mir jedenfalls Moraima. Dennoch beunruhigt mich der Einfluß, den meine Mutter auf meinen Sohn ausübt und den er sich gefallen läßt.

»Wenn er es zum Sultan gebracht hätte, dann wäre nichts so gekommen, wie es gekommen ist«, dozierte meine Mutter anderntags. »Ahmed ist standhaft, verschwiegen und behält Beleidigungen stets im Gedächtnis. Ich hätte einen außergewöhnlichen Herrscher aus ihm gemacht.« Dann runzelte sie finster die Brauen. »Vielleicht ist es noch möglich.«

Farax bringt Yussuf, der stolz und anmutig wie ein Gomere auf seinem kleinen Pferd sitzt, das Reiten bei. Moraima, die jetzt ganz helle Farben trägt, sagt, daß er sich nur im Vorhof aufhalten soll, weil sie Angst habe, daß das Pferd ihn abwirft. In Wahrheit ist sie stolz auf die Anmut ihres jüngsten Sohnes und will ihm ständig zusehen können.

Die Frauen reißen sich darum, die Jungen zu bedienen, sie streiten sich um diese Ehre.

Wenn man genau hinsieht, merkt man, daß Hernán alt geworden ist. Wenn er sich unbeobachtet weiß, legt er sich in die Sonne, hält ein Nickerchen und döst vor sich hin, wie ein Kind, das todmüde ist und sich weigert, ins Bett zu gehen.

Ich sehe allen zu. Ich will nichts weiter tun als ihnen zusehen, genau wie Moraima. Bis ich mich plötzlich beim Lächeln ertappe und dann noch mehr lächle.

Sogar Aben Comisa und El Maleh (die jeder für sich etwas über die Ankunft der Knaben wußten, selbst wenn sie, von Grund auf mißtrauisch, nicht das geringste darüber hätten verlauten lassen) legen eine vertraulichere, umgänglichere Art an den Tag. Sie lassen Speisen und Süßigkeiten aus ihren Häusern schicken oder kaufen in Granada Schleier, Posamenten und goldene Pantoffel für Moraima. Vielleicht macht es sie, die nicht schlecht sind – und der Mensch ist gemeinhin nicht schlecht, nur egoistisch –, glücklich, das Glück anderer zu sehen. Daher das Verlangen, am Wohlergehen der anderen teilzuhaben, damit es ihnen so selbst gut gehe.

Ungeordnet notiere ich Nebensächlichkeiten; sie sind es, die mich glücklich machen. Die wichtigen Dinge stören und vereiteln das Nachdenken. Gerne besäße ich Hernáns Gelassenheit, wenn ich ihn so an einer Mauer in der Sonne liegen sehe. Die griechischen Kyniker waren auf dem rechten Wege, als sie die Bedürfnislosigkeit predigten. Und so notiere ich ohne Unterschied jede Kleinigkeit.

Farax hat mich überredet. Gestern brachen wir auf, um einige Wochen in der Gegend von Berja und Dalías zu jagen. Diese Expedition ist so vielköpfig und kompliziert wie jene, die ich zur Einnahme von Alhendín unternahm (dieser Scherz entbehrt jeden Witzes).

ALLMÄHLICH HABE ICH BEGONNEN, diese trostlosen, verwilderten Flächen liebzugewinnen; vielleicht ist es die Notwendigkeit, die mich dazu bewegt. Oder es handelt sich um ein Gesetz des Lebens: In dem meinen ist die Zeit der blühenden Gärten zu Ende. Mich beeindruckt die Kahlheit der unbestellten Felder, des Brachlands, der unwirtlichen Hügel. In den drei Wochen, die wir hier draußen verbrachten, sind wir an Bachläufen vorbeigekommen, die mit Sommerbeginn verschwinden werden. Wir haben an Wintertränken geschwiegen, zu denen das Wild, dem der Mensch unbekannt ist, langsam hinabzieht, wenn die Sonne untergeht, wenn die Zeit des Friedens über die Felder sinkt, wenn aller Streit bis zum nächsten Morgen ruht. Wir haben erlebt, welch himmlische Fülle an unnachahmlichen Licht- und Farbspielen es gibt, die noch leuchtender sind als die Ockertöne, die sich je nach Tageszeit golden, rot, topas oder rosa färben.

Hier ist die Natur eine unendliche Familie, deren Mitglieder sich ähnlich sehen und diese übereinstimmenden Züge besitzen, an denen man Geschwister erkennt. Felsen, Höhenzüge, Tiere, Wolken, hundertjährige Bäume und zarte Pflanzen sind von einer offensichtlichen Ähnlichkeit. In dieser Entäußerung der Dinge sieht man sehr viel klarer. Nur der Mensch wirkt fremd, wie ein plötzlich erscheinender Usurpator, der noch nicht den rechten Platz gefunden hat und sich selbst ausschließt. Was sind wir schon, außer Jäger, die gegen die ungeschriebenen Gesetze der Natur verstoßen?

So blickte ich, als wir bereits auf dem Heimweg waren, auf dieses gleichmütige Land zurück und verabschiedete mich mit einigen Worten Ibn Hafayas, des Dichters aus Alcira. Ohne daß ich nachdachte, kamen sie mir über die Lippen:

> *»Lebt wohl! Wir alle sind Verdammte: Ihr müßt bleiben, ich muß gehen.«*

Dennoch hatte Farax vielleicht recht. Seit den Tagen des Krieges hatte ich ihn nicht mehr so kühn und unermüdlich gesehen. Das ist sein Wesen. Ich hatte ihn verloren, ich hatte den wahren Farax verloren. Im Krieg suchte er, wissentlich oder nicht, den Tod. Hier geht ein Übermaß an Leben von ihm aus: Auch dieses fordert den Tod heraus, wie im Krieg.

Das Hügelland regt sich kaum unter dem Dunst. Noch schläfrig, erwacht der Morgen. Das Licht ist undurchsichtig, dicht, der Himmel glanzlos. Im niedrigen Buschwerk bewegt sich nur der Duft. Darüber ein Pirol. Doch wenn sich die Wolkenfetzen auflösen und die Jagd beginnt, wird alles vor Leben brodeln. Die Windhunde brechen den Kaninchen das Genick und machen einen schmutzigen Fetzen aus ihnen, den sie stolz apportieren. Die Raubvögel zerreißen im Sturzflug andere, schwächere Vögel. Die Federn segeln weiter durch die Luft, während die Falken mit gesträubtem Gefieder auf den Handschuh zurückkehren. Unbarmherzig stöbert die losgelassene Meute den Hirsch in seinem Versteck auf, treibt ihn aus dem Dickicht, hetzt ihn, läßt ihn kopflos werden, hetzt ihn vor die versteckten Jäger, und vom Pfeil durchbohrt verdreht der Hirsch die Augen, um die todbringende Hand nicht zu sehen.

Das Geschrei der Jäger, die Trompeten und dazwischen Farax, mit geröteten Wangen und blutverschmierten Kleidern, die Trophäen hochhaltend wie ein siegreicher, heidnischer Kriegsgott der Antike. Ich habe wenig gejagt. Lieber beobachtete ich gebannt, wie vom Menschen abgerichtete Tiere ihren Auftrag erfüllen, eine todbringende Waffe für andere Tiere zu sein. Lieber beobachtete ich, wie unbedacht und grausam der Mensch ist – Farax, Bejir und die übrigen Freunde. Er zwingt den Schwächeren eine blutige Wirklichkeit auf und wehrt sich dagegen, daß die Stärkeren dasselbe mit ihm tun. Wegen eines Gewitters, das seinen majestätischen Schatten über uns breitete, suchten wir, die plündernden Herren, mit betrübten Gesichtern Schutz in den Zelten. Als ich den anderen dabei zusah, mußte ich lächeln, ohne daß sie den Grund verstanden.

Eines Nachts sah ich die munteren Flammen des Lagerfeuers in Farax' tiefschwarzen Augen tanzen. Ich konnte nicht ausmachen, wohin er schaute. Am nächsten Morgen wollten wir den Lagerplatz wechseln. Als ich mich zurückziehen wollte, legte Farax seine Hand auf meine, sanft wie eine Taube. Es war so kalt, daß mein Kopf leer war und ich nicht denken konnte.

»Bist du zufrieden, hierhergekommen zu sein?« fragte er mich.

»Ja, deinetwegen.«

Seine Lippen öffneten sich zu einem Lächeln, das zarter war als eine Blume. Ist das derselbe Mann, fragte ich mich, der den Fangstoß gibt, die Beute aufschlitzt, häutet, zerlegt und entbeint?

»Geh, und ruh dich aus«, sagte er. »Morgen wird ein anstrengender Tag sein.«

Ich stand auf. Ohne meine Hand loszulassen, begleitete er mich zu meinem Zelt, und mit einer Stimme wie Honigseim fragte er mich: »Willst du, daß ich hereinkomme?«

Jetzt spiegelte ich mich in seinen Augen.

Ich war absichtlich zurückgeblieben. Ich hörte die Rufe der Jäger und das Gurren verborgener Tauben. Um mich in Ruhe zu erholen, lehnte ich mich gegen den Stamm einer Kastanie. Ich nahm ein leichtes Zischen wahr und dann einen dumpfen Schlag. Ein Pfeil hatte sich weniger als eine Handbreit von meinem Kopf entfernt in das Holz gebohrt. Der Schaft vibrierte. Vor Überraschung verharrte ich einen Moment lang reglos. Dann packte ich den Pfeil, der abgeschossen worden war, als ich mich zurücklehnte. Niemand war zu hören. Niemand war zu sehen. Die Stimmen entfernten sich. Fast im gleichen Augenblick setzte das Gurren wieder ein. Ich erzählte Farax nichts, aber zu seinem Bedauern gab ich Befehl zur Rückkehr.

Ich hatte ein vertrauliches Gespräch mit El Maleh. Die Episode mit dem Pfeil beeindruckte ihn nicht so, wie ich erwartet hatte.

»Das mußte früher oder später passieren. Ich bezweifle sehr, daß sie dich töten wollten.«

»Waren es mehrere?«

»Ich weiß es nicht. Ich spreche auch nicht von dem, der ihn abschoß.« Sein Blick sagte mehr als seine Worte. »Wenn sie das gewollt hätten, hätten sie es getan: Du warst in ihrer Hand. Ich nehme an, sie wollen, daß du dich bedroht und in Gefahr fühlst.«

»Warum?«

»Ganz einfach: Weil du sie störst.«

»Sprichst du von den Königen?«

»Von wem sonst? Deine Gegenwart ärgert sie. Deine Domäne ist eine störende Enklave in ihrem Reich. Sie gestanden sie dir zähneknirschend zu im Tausch gegen Granada, aber jetzt, wo es ihnen gehört, wollen sie alles.«

»So wie König David Bethsabee wollte.«

»Ja, und er befahl ihrem Mann Urias, sich auf dem Schlachtfeld in die erste Reihe zu stellen, ihm, der nichts besaß, nur sie. Wer fast alles hat, schreckt vor nichts zurück. Sie wollen dich einschüchtern – dich zu ermorden wäre zu folgenreich –, damit du deine Ländereien verkaufst und nach Afrika gehst. Du bist der unbequeme Zeuge dessen, woran sie nicht mehr erinnert werden wollen.«

»Ich werde niemals weggehen, El Maleh. Sag ihnen das, damit sie es wissen. Ich habe ihnen mein Land gegeben, damit ich meinen Frieden habe, und nicht, um in ein fremdes Land ziehen und mich dort einer unsicheren Lage aussetzen zu müssen. Und schon gar nicht in ein muslimisches Land, wo man mein Verhalten tadeln würde.«

»Glaubst du etwa, daß sie dich in Frieden lassen werden?«

»Wen meinst du diesmal mit ›sie‹?«

»Die gleichen, Boabdil. Stell dich nicht dumm. ›Sie‹, das werden für dich immer sie sein.«

»Bist nicht du es gewesen, der mir erzählte, wie es Zagal in Tlemcen erging? Die Ulemas und Fakhis saßen über ihn zu

Gericht und verurteilten ihn wegen des Unfriedens, den er unter den Gläubigen ausgelöst hatte. Würde ihr Urteilsspruch in meinem Fall wohl günstiger ausfallen? Übermittle Zafra meine Antwort auf seinen Pfeilschuß: Niemals werde ich mein Heimatland verlassen. Ich bin Andalusier; ich wurde in ein altes Geschlecht von Andalusiern geboren, und in Andalusien werde ich sterben. Wenn ›sie‹ es sind, die meinen Tod heraufbeschwören, dann soll mein Blut über sie und ihre Kinder kommen.«

»Sie haben breite Schultern, Boabdil. Sie haben schon viel Blut ertragen.«

»In jeder Hinsicht«, erwiderte ich, »denn in ihnen fließt vielerlei Blut. Sie sind blind, sie wollen nicht verstehen. Nach Afrika, sagen sie, als stammten wir von da. Wie viele Afrikaner gibt es in Granada? Von den zweihunderttausend Einwohnern noch keine fünfhundert. Die anderen sind Spanier. Spanier, deren Blut immer noch reiner ist als das ihre: Die Königin hat mehr portugiesisches als kastilisches Blut, der König mehr jüdisches und kastilisches als aragonesisches. In Spanien sind nur die Pferde reinblütig. Und auch die mit jedem Tag weniger.«

Einige Abencerragen haben mir einen Besuch abgestattet. Ihr ernster Gesichtsausdruck ließ mich ahnen, warum sie gekommen waren. Ihre Frauen und Kinder hatten sie in den Alpujarras gelassen. Ich hieß sie willkommen. Sie haben ihre Häuser und Güter in Granada aufgegeben. Ende März wollen sie das Land verlassen. Wie sie sagen, werden die meisten bedeutenden Persönlichkeiten dieses Land verlassen, das uns gehörte, soweit wir zurückdenken können. Im Sommer werden nur noch Handwerker und Arbeiter in der Stadt sein, in den Alpujarras wohl genauso.

»So, wie sich die Dinge entwickeln, solltest du nicht länger zögern, dich uns anzuschließen«, sagte der Familienälteste zu mir. »Alles an den Christen ist Täuschung; unser Gesetz wird nicht überdauern in Granada. Wir verabschieden uns von dir und wünschen dir Frieden.«

Er küßte mich. Ich küßte und segnete einen nach dem anderen. Ich fand keine ermutigenden Worte für sie, genausowenig, wie ich sie für mich fand. Es war ein endgültiger Abschied. Wir haben viel zusammen erreicht und noch mehr zusammen durchlitten. Von jetzt an werden sie weder den Himmel noch die Landschaft sehen können, die ein wesentlicher Teil ihres Lebens waren. Sie lassen die Scherben ihres Strebens hier zurück und die Asche ihrer Verstorbenen . . .

Ich dachte daran, ihnen zu sagen: »Wenn ihr in Afrika schlaft, werdet ihr vielleicht Granada in euren Träumen sehen.« Ich hielt mich jedoch zurück, als ich an meinen bedrückenden Alptraum dachte. Granada war die Braut, die sich uns am Tag ihrer Hochzeit – unserer Hochzeit – zeigte, über und über mit Juwelen geschmückt. Die entlegenen Länder, zu denen sie aufbrachen, sind noch nicht einmal ein geeignetes Brautgeschenk für die, die wir so lieben.

Ich sah sie niedergeschlagen von dannen ziehen, mit diesem Ausdruck unbeschreiblicher Erschöpfung, unter der sich der Rücken der Besiegten beugt.

HEUTE NACHT, ALS sich alle zurückgezogen hatten, schmiegte Moraima sich ganz eng an mich. Sie flüsterte mir ein Gedicht ins Ohr, das ich nicht kannte – wo ich doch glaubte, ihr alles beigebracht zu haben, was sie weiß.

»Hast du jene Jahre vergessen, als wir die Nächte auf einem Lager aus Blüten verbrachten?

Dort lagen wir, in einer Umarmung vereint, und bildeten einen harmonischen Bund.

Dort umarmten wir uns, wie der Windhauch die Zweige.
Unsere Lenden verschmolzen in eins.
Wie Gold auf Lapislazuli waren die Sterne am Himmel.«

Verzaubert antwortete ich mit einem anderen Gedicht. Dann verschmolzen die Verse vieler Poeten im Austausch unserer Münder. Wir starben fast vor Liebe. Ich sagte zu ihr:

»Meine Achtung vor dir läßt mich deinen Körper fürchten.
Und dennoch – er ist meiner Sehnsüchte Ziel.
Ich bin wie einer, der aus dem Rausch erwacht:
Er zittert und fürchtet sich vor einem neuen Glas.«

Sie barg ihren Kopf an meiner Schulter.

»Einen Schatten hat die Liebe aus meinem Leib gemacht:
So leicht ist er, so unsichtbar.
Mein Atem ist so schwach, unhörbar verfliegt sein
Hauch. Doch noch unsichtbarer, unhörbarer noch ist mein Leib.
Dich zu erfreuen ist mein Sehnen. Dein Ja wird meine
Heilung sein – ich stöhne wie ein Siecher, wenn der
Morgen anbricht.«

Und tatsächlich stöhnte sie. Ich versiegelte ihren Mund mit einem Kuß.

»Ich habe deine Liebe in mein Herz gepflanzt, den besten Ort –
die Hände des Geizigen füllt er mit Reichtum.
In deine Liebe flüchte ich, meiner Enttäuschung zu entfliehen, wie der
Feige Zuflucht bei den Waffen sucht.«

Ich drückte sie so fest an mich, daß ich Angst hatte, ihr weh zu tun.

»Wie der Krieger seinen Säbel, so drücke ich dich an meine Brust. Wie ein Wehrgehenk fallen deine Flechten über meine Schultern.«

Sie hob den Kopf und sah mir in die Augen.

»Lege das Wehrgehenk noch nicht ab. Jene, die den Gürtel dazu besitzt, schließe in deine Arme. In ihrer Liebe suche deine Rache.
Langsam, ganz langsam. Sei achtsam in deinen Bewegungen.
Zerstöre nicht mit deinen Händen jene, die dein einziges Heim sein wird.«

Ganz langsam hatten wir uns dem Bett genähert. Seit heute nacht weiß ich mit Bestimmtheit, daß es die Liebe zum Leben ist, die Leben hervorbringt.

ICH WEISS NICHT, ob sie mir mehr Spione ins Haus geschleust haben oder ob jene, die schon da sind, Befehl haben, sich zu vermehren. Vielleicht werde ich auch langsam verrückt. Bis in den letzten Winkel fühle ich mich belauert, ich höre Atmen hinter den Wandteppichen. Dinge, die ich zur Probe absichtlich liegenließ, wechselten ihren Platz. Ich habe den Verdacht, daß sie sogar in diesen karmesinroten Blättern herumgeschnüffelt haben.

Heute wurde mein Essen beim Auftragen auf dem Fensterbrett abgestellt. Jemand ließ Hernán in den Raum. Ich war noch draußen. Der Hund steckte seine Schnauze in eine Schüssel und fraß von meinem Mittagessen. Ich hörte das Winseln bis in den Hof und kam gerade noch rechtzeitig, um ihn sterben zu sehen. Mir blutete das Herz, als ich seine entsetzten Augen sah, seine verätzte, heraushängende Zunge, seinen von Krämpfen geschüttelten Körper. Das war also das Ende von Hernán.

Yussuf, der sich weinend an das Kleid seiner Mutter klammerte, schluchzte auf. Ahmed saß auf dem Boden und hielt den verrenkten Kopf des Hundes. Er warf mir einen stechenden, vorwurfsvollen Blick zu, als sei ich der Schuldige. Mir fiel nichts anderes ein – und Gott weiß um die Qualen, die ich litt –, als ihm einen Welpen zu versprechen, der nur ihm gehöre.

»Ich will keinen anderen Hund«, sagte er. »Ich will Hernán.«

Seit Hernáns Vegiftung geht Ahmed mir aus dem Weg. Farax hat die Diener angewiesen, die Speisen vorzukosten, ehe ich davon esse. Angst geht um im Haus. Einige Dienstboten sind weggelaufen. Moraima, die schwanger ist, weiß zum ersten Mal nicht, was sie mir sagen und womit sie mich trösten soll.

Um meine Söhne von der getrübten Stimmung abzulenken, habe ich Farax gebeten, sie im Reiten und im Gebrauch der Waffen zu unterweisen und zu üben. Unter anderen Gegebenheiten wäre es mir eine Freude gewesen, mich daran zu erinnern, wie mein Onkel Abu Abdallah dasselbe mit mir in Almuñécar tat, doch eben sehe ich fast traurig dabei zu, wie Farax' kräftige Arme die zarten Ärmchen Ahmeds führen. Sie spannen zusammen eine Armbrust. Derweil tollt Yussuf glücklich umher – die Kleinen halten sich an die Gegenwart.

Ich habe ihnen versprochen, daß wir, wenn sie soweit sind – ich verlasse mich darauf, daß es noch dauert –, einen ganzen Monat in der Sierra von Lújar jagen werden, wo es Bären, Wildschweine und Rotwild gibt. Wenn Ahmed aufwacht – und auch vorher schon, denn ich glaube, er träumt von ihm –, macht er sich auf die Suche nach Farax, seinem Lehrmeister, dem er nicht von der Seite weicht. Manchmal schaut Farax mitten in der Übung zu dem Fenster auf, von dem aus ich ihnen zusehe.

Der oder die Spitzel waren wohl unter den Dienstboten, die weggegangen sind. Die Lage hat sich entspannt. Wir alle versuchen uns einzureden, daß die Gefahr gebannt ist.

Moraima, der man die Schwangerschaft anzusehen beginnt, ist schöner als je zuvor.

Zwei der Jagdhunde sind gestorben, aber Bejir mißt dem keine Bedeutung bei. Er versichert, ihr Tod habe nichts mit den Anschlägen auf mich zu tun.

Ich habe heimlich einen Brief an die Könige geschrieben. Ihr Hof befindet sich zur Zeit in Barcelona. In dem Schreiben schlage ich ihnen vor, daß ich dorthin komme und mit ihnen rede, um alles aufzuklären und sie um Frieden auf meinem Ruhesitz zu bitten. Für den Fall, daß sie dieser Brief nicht erreichen sollte, ließ ich Zafra über El Maleh einen ähnlichen zukommen.

Ahmed hat sich heute bei mir für eine neue Armbrust bedankt, die ich ihm in Granada anfertigen ließ. Er kam an der Hand von Farax. Der war es wohl, der ihm nahelegte, sich bei mir zu bedanken.

Mein Sohn ist hübsch, schlank und gut gewachsen. Seine Großmutter ist zufrieden, wenn sie sieht, wie er die Armbrust spannt und abschießt und wie er immer näher ans Schwarze trifft. Moraima hingegen scheinen diese Kriegsspiele nicht zu gefallen.

Wir merken kaum, wie die Zeit vergeht. Bald wird die Kälte nicht mehr so streng sein.

Heute habe ich das Antwortschreiben der Könige erhalten. Es ist kurz, gerade ausführlich genug, um mir ihren Plan darzulegen. Sie sträuben sich, mir die Reise nach Barcelona zu gestatten: Eine weit entfernte Stadt, sagen sie; der Weg dorthin könnte zu beschwerlich für mich sein. Und sie schlagen mir vor, daß ich an meiner Statt Aben Comisa entsende. Ihres Erachtens wird sich für alles eine zufriedenstellende Lösung finden lassen. Ich solle mich nicht sorgen. Sowohl ich als auch meine Familie stünden unter ihrem Schutz, dessen sie mich hier versicherten.

Doch dann fügen sie unerwartet hinzu, daß sie am gleichen Tag ein weiteres Schreiben an den Gouverneur von Almería gesandt hätten mit diesem oder ähnlichem Wortlaut: »Mit Erhalt dieses Schreibens sollt Ihr Muley Boabdil in keiner Weise hinderlich sein, wenn er sich an den Ort nach Afrika einschiffen sollte, der ihm am meisten zusagt. Wer immer die Botschaft von diesem Schreiben erhält, handele in allem danach und halte sich getreulich an den mit Muley Boabdil ausgehandelten Vertrag. Wir fordern, daß all dies mit größter Strenge ausgeführt wird.«

Wenn die Starken zudem auch noch listig sein wollen, sind sie nichts weiter als verwerflich. Ein Löwe wird sich nie wie ein Fuchs benehmen können, ohne abstoßend zu wirken.

Jedenfalls wird Aben Comisa nach Barcelona reisen.

Nach den Pflaumen- und Aprikosenbäumen stehen nun die Mandelbäume in Blüte. Bald werden es die Quitten sein.

Die Welt ist untergegangen. Vor einer Woche ist Farax gestorben. Es war alles so unvorstellbar und ungerecht – nur ein böser Gott kann so etwas zulassen.

Es war ein herrlicher Morgen. Ahmed schoß mit seiner neuen Armbrust. Farax lief zur Zielscheibe und deutete auf das Schwarze, um Ahmed das Zielen zu erleichtern. Er ermunterte ihn mit einem Lächeln und schwenkte die Arme.

»Los!« rief er. »Jetzt!«

Der Pfeil drang ihm ins linke Auge.

Ich habe noch nicht begriffen, daß es wahr ist – daß ich nie mehr seine jugendliche Schönheit sehen, nie mehr sein Lachen hören werde.

Jetzt ruht er in dem Garten, in dem zuerst ich hätte bestattet werden sollen.

Seither habe ich dieses Zimmer nicht mehr verlassen. Ich kann mich unmöglich damit abfinden. Ich weine jetzt, und ich werde für den Rest meines Lebens weinen. Farax und Tod – das waren zwei völlig gegensätzliche Wörter; jetzt sind sie zu einem einzigen geworden. Ich werfe mir vor, ihn nicht genug geliebt zu haben.

Das Schicksal spottet unser: Der Mann, der im Krieg tausende Male dem Tod ins Auge sah, starb bei einem Spiel.

Ständig sehe ich sein Antlitz vor mir. Ständig höre ich sein Lachen. Ich liebe ihn mehr als je zuvor. Wenn ich nur könnte, begänne ich an die Ewigkeit zu glauben, um ihn dadurch wiederzubekommen.

Ich will niemanden sehen. Ich will nicht essen: Ich äße nur, wenn ich sicher sein könnte, daß mein Essen immer noch vergiftet wird. Sein Tod ist ein so harter Schlag für mich, daß ich nichts sehnlicher wünsche als meinen eigenen – ich schwöre es.

Farax! Farax! Dein Körper vergeht in der Erde jenes Gartens, den wir zusammen anlegten und wachsen sahen. Wie hätte ich auf den Gedanken kommen sollen, daß du ihm als Nahrung dienen würdest? Warum entziehst du dich dem, der dich mit jedem Tag mehr liebt? Wie soll ich schlafen, wenn hinter meinem Rücken dein Tod lauert? Dein Tod, nicht meiner.

Unter dem Vorwand, Ahmeds Gegenwart lasse die Erinnerungen wieder in mir aufsteigen, hat meine Mutter ihn zu sich genommen.

Wie ein Schlafwandler sehe ich die Tage mit unendlicher Langsamkeit verstreichen. Ich weiß, daß Moraima immer auf Rufweite in der Nähe ist; aber ich fühle mich nicht in der Lage, nach ihr zu rufen. Ich fühle mich zu nichts in der Lage.

Ich habe versucht, diese Aufzeichnungen zu verbrennen, die nun ein weiteres Zeugnis meines Unglücks bergen. Moraima verhinderte es.

Ich will keine Linderung meines Schmerzes. Ich will nicht, daß dieser Schmerz um Farax' Tod, der alle früheren übertrifft, schwächer wird. Der einzige Weg, diesem Schmerz ein Ende zu setzen, ist, daß er mir ein Ende setzt. Ich will nicht über das Vorgefallene nachdenken. Damit begänne ich, es zu akzeptieren. Denn nicht nur meine Seele schmerzt. Alles schmerzt: die Haut und das Fleisch und die Knochen. Ich bin schwach geworden, zerbrechlich, anfällig für Verletzungen. Mich schmerzt das Gleißen der Sonne, die milde Temperatur, das intensive Rosa des Morgengrauens und der Abenddämmerung. Ich hadere mit allem. Die Wirklichkeit ist es, die ich hasse.

Nun widme ich mich wieder diesen Aufzeichnungen, in denen sich mein jeweiliger Zustand widerspiegelt. Seit drei Monaten habe ich nicht mehr geschrieben. Ich nehme sie wieder hervor, als beträfen sie eine andere, vielleicht schon verstorbene Person.

Wie soll ich nicht nachdenken?

Es gibt keinen schnelleren, keinen direkteren Weg in die ungewollte, aufgezwungene Einsamkeit als den Schmerz. Doch wie zweifelhaft ist dieses Wort – so zweifelhaft, als spräche man von Körper und Geist als von zwei getrennten Dingen. Wenn ich »Schmerz« sage, meine ich nicht nur den seelischen, sondern auch den körperlichen Schmerz; beide hängen enger zusammen, als wir glauben. Wenn wir sie für einen Augenblick genau trennen könnten, würden wir feststellen, daß der seelische Schmerz mitfühlender ist, empfänglicher für Mitleid und Anteilnahme, während der körperliche Schmerz uns von den anderen entfernt und isoliert.

Aber gibt es den einen ohne den anderen?

Ich bin krank gewesen. Die Krankheit bewirkt eine Distanzierung, die uns der Vergessenheit und der Hilflosigkeit anheimgibt. Der Schmerz des Körpers bringt uns dahin, daß wir uns nur mit der Bedrohung beschäftigen, auf die er uns aufmerksam macht. Dieses Aufmerksammachen ist sein einziger Zweck. Es wäre eine unverständliche Boshaftigkeit der Natur, wenn der körperliche Schmerz umsonst wäre.

Es heißt, daß man sich dem Schmerz nicht entziehen soll, wie auch immer er geartet sein mag; man soll ihm das Beste abgewinnen: ihn umarmen, ihn auf sich nehmen, ihn sich zu eigen machen. Es heißt, kein Leiden mache uns edler oder würdevoller, wenn wir es nicht annehmen. Das Leiden an sich ist unschön, häßlich, demütigend wie eine schlechte Verdauung. Deshalb verberge ich mich. Aber es heißt, daß der Schmerz in der unerkennbaren Rhetorik des Lebens dasselbe bewirke wie eine Parrhesie, die aus einer Beleidigung eine Lobrede macht. Doch dafür müßte man diese Rhetorik beherrschen. Möglich, daß das Leben, wie der antike König Midas, alles in Gold verwandelt, was es berührt; doch nur dann, wenn man die Einsamkeit, die der Schmerz verursacht, von vornherein als sinnvoll versteht. Wie großmütig muß man sein, um diese Vollendung zu erreichen!

Am Anfang hat man durch den Schmerz mehr Gesellschaft, erfährt mehr Verständnis, größere Liebenswürdigkeit. Doch wenn er länger andauert, entmutigt und langweilt er die Gesellschafter, die nun unempfänglich für seine steten Symptome geworden sind. Schließlich bleibt man mit seinem Schmerz allein. Was könnte den Schmerz besser definieren als das Insichversunkensein desjenigen, der ihn erträgt? Das Wesen des Schmerzes läßt sich nicht wahrnehmen, er ist nicht übertragbar, nicht ansteckend, nicht meßbar, so genau die Instrumente der Ärzte auch sein mögen. Für einen, der ihn nicht fühlt, ist er unverständlich und unzugänglich. Deshalb schweige ich. Er bemächtigt sich des Körpers und der Seele, er umhüllt sie und führt sie in sein trauriges Reich. Das einzige Zeugnis, das er von sich gibt, ist das äußere Verhalten – Weinen, Klagen, Stöhnen, verzerrte Gesichtszüge –, eine Sprache, die wir verstehen, die jedoch wie jede Sprache von dem verfälscht werden kann, der sich ihrer bedient, und die von dem, der sie wahrnimmt, mißverstanden werden kann. Denn die Sprache ist viel mehr als nur Wortschatz. Man beherrscht eine Sprache so lange nicht, bis man von ihr beherrscht wird. Und so ist es mit dem Schmerz: Man versteht ihn erst, wenn man ihn spürt, sein alleiniger Verbündeter ist, unfähig, eine andere Sprache zu erlernen oder zu verstehen, andere Regeln zu beachten. Und selbst so ist kein Schmerz für jeden gleich; er wiederholt sich nie. Was ich heute für Farax empfinde, ist anders als das, was ich gestern für Jalib empfand. Es unterscheidet sich sogar von dem, was ich gestern für denselben Farax empfand. Der Schmerz – deshalb sondere ich mich ab – ist das Persönlichste, das es gibt. Mehr als die Gesundheit, die eine Ausgeglichenheit, eine Euphorie ist, von der Umgebung abhängig. Mehr als die Liebe, die nach ihrem Spiegelbild verlangt. Mehr als das Glück – es will mitgeteilt werden, es braucht ein Feld, auf dem es sich betätigen kann, es läßt uns in sich wurzeln, von ihm durchtränkt sein.

Schmerz – selbst als Symptom einer Krankheit oder eines Geisteszustands – wird stets anders wahrgenommen, je nach Zeit, Ort oder den Lebensumständen derer, die ihn verursachen oder empfinden. Ich habe von Sklaven gehört, die daran gewöhnt sind, daß man sie auspeitscht, ehe man ihnen ihren Fraß vorsetzt, und die dermaßen ausgehungert sind, daß sich in ihren Mienen Gier und Dankbarkeit zeigen, während sie die

Peitschenhiebe fühlen, denn sie wissen, daß sie gleich werden essen können. Der Wille zu überleben steht nach Meinung der Gelehrten vor und hinter jeder anderen Überlegung. Doch ich kenne einen Leidenden, der es vorzöge, zu sterben.

Gibt es irgendein Mittel gegen diese Einsamkeit des Schmerzes? Die römischen Stoiker behaupteten, daß ein Zusammenhang bestehe zwischen der Art, wie wir Schmerz wahrnehmen, und der Aufmerksamkeit, die wir ihm widmen. Aber gibt es für den Schmerzempfindenden Möglichkeiten, die Aufmerksamkeit von ihm abzulenken? Kann er eine andere Ablenkung, einen anderen Standpunkt haben als diesen, seinen Schmerz? Avicenna behauptet, man könne ihn lindern, indem man angenehme Lieder hört, denn diese lenkten den Geist von sich selbst ab, und Al Arabi rät, den Schmerz mit Betrachtungen über göttliche Dinge zu bekämpfen, welche den Menschen aus seiner grausamen Verlassenheit rissen. Yalal al Din Rumi sagt: »Der Schmerz rumorte in dir wie ein wiederkäuendes Kamel, wie ein tollwütiges Kamel, dem der Schaum vor das Maul tritt.«

Schütze ich mich instinktiv vor dem Schmerz, indem ich dies schreibe? Sollte dieser körperliche Schmerz, der mich darniederliegen läßt, eine Linderung der seelischen Schmerzen sein? Wie das Wasser, das über die Ufer tritt, die Felder überflutet und sie verwüstet. Man kann nicht trennen, was unzertrennlich, noch nicht einmal unterscheidbar ist, ohne auf den Tod zu stoßen. Körper und Geist zusammen sind ein und dasselbe. Jede Brücke zur Welt – und sei es die gewichtlose Zugbrücke dieser Blätter – kann vielleicht dahin führen, daß ich mich nicht im elenden Selbstmitleid meiner Qual einspinne. Vielleicht bringt mich schon die Äußerung dieser Qualen den anderen wieder näher; denn letztlich ist jeder Schmerz eine Form der Verbannung. Aber ich habe nicht die Kraft, um Hilfe zu bitten. Hilfe wogegen? Gegen mich selbst, denn sollte dies nicht *mein Schmerz* sein, dann *bin ich* dieser

Schmerz. Nur aus ihm besteht zur Zeit das Innerste meines Wesens.

HEUTE MORGEN HABE ich mich im Spiegel betrachtet, zum ersten Mal seit jenem Ereignis.

»Wer bist du?« habe ich mein Spiegelbild gefragt. »Oder wer bin ich? Sind du und ich derselbe? Bin ich stets derselbe gewesen?«

Niemand war bei mir, weder im Spiegel noch in Wirklichkeit. Moraima hätte mich nicht verstanden. Diesen Teil von mir, von dem ich spreche, würde sie nicht verstehen: den Teil, über den heute gerichtet wird und der vielleicht schon verurteilt ist.

»Wem gehören diese Augen, die mich beobachten, mit einem trüben, gräulichen Ring um die Iris? Was haben diese Spuren einer langen Anstrengung mit mir zu tun? Wo war ich während der ganzen langen Zeit, die vergangen zu sein scheint? Wie ist es möglich, daß so viele Strähnen mein Haar und meinen Bart weiß gemacht haben? Was habe ich getan, daß ich hier angelangt bin, daß ich diesen Verfall entdecken muß, an dem mich nicht so sehr sein Vorhandensein beunruhigt, sondern sein plötzliches Auftreten? Wie kann man so plötzlich altern?«

So viele Dinge vermischen sich in der tiefen, gläsernen Kammer der Erinnerung. Ich bin zu träge, sie zu ordnen. Wie viele Tote um mich herum . . . Wie viele Leichname lasten auf den Schultern wie ein unheimlicher Umhang, der zerreißen muß, wenn man weitergeht, so schwer ist er . . . Und wozu weitergehen?

»Alles vergeht, und auch du vergehst«, sagte ich zu meinem vorzeitig gealterten Spiegelbild – wenn es meines ist. »Das Leben ist es, das zählt: Nicht du, nicht deine vergeudeten Begabungen, auch nicht dein Leben.«

»Unwiederbringlich.« Ich wiederholte es: »Unwiederbringlich . . .«

»Mit diesen kalten Augen von heute«, erwiderte mein Spiegelbild, »kannst du die enthusiastischen, ungestümen Handlungen von gestern nicht beurteilen, die Vergeudung und die Schuld des Herzens. ›Zeit zu vergeuden ist unser Reichtum‹, so beteuertest du damals. War es nicht so? Antworte dir selbst.«

»Dieser da bin ich nicht. Ich bin der, der dahinter steht«, verteidigte ich mich. »Ich bin das Kind, das mit geblendeten Augen die blendende Welt erkundet, das vor Überraschung die Brauen hochzieht und sich nicht von der Ernüchterung bezwingen läßt. Ich bin der Jüngling, der die Augen aufreißt, die vor Erwartung glänzen, mit wildem Ausdruck den Geliebten anschauen und Erwiderung finden. Die Liebe wurde nicht erwidert – nein, das ist etwas anderes; aber der Geliebte erwiderte den Blick. Ich bin der vor Ungeduld Bebende, der ewig mit sich und den anderen Unzufriedene, der Unersättliche. Der junge Mann, der überdrüssig den Blick nach innen kehrte, als er dem Zuviel an Schönheit nicht mehr standhalten konnte und lieber seine Augen geschlossen hielt. Aber dieser, den ich jetzt sehe, das bin ich nicht.«

Und mein Spiegelbild – oder eine Stimme in mir – sagte: »Gesetzt den Fall, du wärst dieser andere, dessen Namen sich der Tod bereits einzuprägen beginnt: Was soll aus ihm werden? Nimmst du ihn nicht an? Lehnst du ihn ab, jetzt, wo das Ende naht, jetzt, nachdem du Andeutungen und Mahnungen bekommen hast? Es gibt Tage, an denen du Schritte hörst, die von niemandem herrühren. Wie lange wird es noch dauern, bis der Tod dich berührt? Legt er bereits seine Hand auf deine Schulter? Wie wird er nahen? Wie ein Blitz oder langsam und bedächtig? Wie auch immer, man soll keine Fratzen vor dem Spiegel schneiden. Oder sollte etwa jener dort – das Kind, der Betrübte, der Begierige, der er einmal war – nicht um das Ende jenes belanglosen Zwischenfalls, der dein Leben ist, wissen? Nein, sag nicht: ›Wozu sich jetzt noch rühren, wozu sich von neuem Illusionen machen und wieder die Sackgasse der Liebe beschreiten, wozu sich vor Sehnsucht verzehren?‹ Sag das nicht. Versenke dich in diese Augen, die du im Spiegel dahinwelken siehst. Durchdringe ihre traurige, greise Wölbung: Sie ist dein Triumphbogen. In seinem Schatten wirst du auf alle Reisenden treffen, die dich hierhergeleitet haben und in denen du heute dich selbst erkennen wirst. Du warst die Strecke und der Weg; die Reisenden waren lediglich jene, durch die du zu dir selbst wurdest. Willst du sie jetzt enttäuschen, so kurz vor dem Ziel, das du durch sie erreichtest? Willst du die enttäuschen, die sich keuchend bemühten, die für sie vorgesehene Wegstrecke mitzugehen, die ihr Teil dazu beitrugen und dich unter Anstrengungen bis zu diesem Spiegel von heute begleiteten, der ebenso wahrhaftig wie bitter ist . . . Dieses Spiegelbild mußt du weiter mit dir herumtragen, denn darin liegt nicht nur dein jetziges Ich, sondern auch das Ich von gestern und vorgestern. Denn nicht du bist dieses Spiegelbild, Boabdil. Es ist das Leben – das wirkliche, pulsierende, leibhaftige Leben. Du liebtest und du wurdest geliebt, das heißt, die Abfolge von Vertretern, die dich darstellten, liebten und wurden geliebt. Sie gaben – du gabst durch sie – fast alles von dir, was du besessen hast. Man gibt nie das wünschenswerte Ganze. Sie strengten sich an, damit du mit jedem Tag mehr du selbst wurdest, mit jedem Tag, der sich allmählich dem Heute näherte.«

»Aber wenn ich derselbe bin wie gestern und vorgestern«, sagte ich, jetzt bereits laut, »bin ich dann nicht gescheitert? Scheiterten sie nicht an mir?«

»Das Leben«, antwortete das Spiegelbild in meinem Inneren, »ist nicht unerbittlich. Es ist verständnisvoll und barmherzig. Es ist nur so, daß wir es zu Lebzeiten nicht erkennen. Das Leben verlangt nichts weiter, als daß man mit blindem Vertrauen und wachsendem Genuß lebt. Denn das Vergnügen, das den Toten zustand, muß ausgeschöpft werden. Du, der Nachdenkliche von heute, der Unverstandene, hast aufgehört, die Luft der Freude zu atmen, du mühst dich ab mit deinem finsteren Schmerz und deiner düsteren Pflicht. Ich spreche von der Freude, die über alles hinwegweht, über die radikale, darunterliegende Freude – über das Leben. Sieh dich vor, denn sie ist die erste und im Grunde einzige Pflicht jeden Wesens. Niemand ist hier, um das Leben zu bereichern – welch ein Wahn! –, sondern um es zu genießen. Sieh deine erstarrten Lippen an. Öffne sie! Lächle! Vergib dir deine Dummheit, und lächle dir zu. Wenn du die desillusionierte, teilnahmsvolle Freude am Lebendigsein verlierst, hält unverzüglich der Tod Einzug in deine Seele. Ob du hoffst oder nicht – bis an die Schwelle des Todes muß es Hoffnung geben. Vielleicht auch noch darüber hinaus.«

Ich starrte so lange auf das zerfurchte Gesicht im Spiegel, daß dahinter das flüchtige, unwirkliche Bild Farax' entstand. Ich drehte mich um. Niemand. Nur ich. Mein Gesicht im Spiegel wurde noch bleicher.

»Moraima!« rief ich. »Moraima!«

Ruhig erschien sie unter dem Türbogen. Sie lehnte sich mit einer Hand an den Türpfosten. Die Schwangerschaft hatte ihren Leib gerundet, ihre Augen lagen tief in den Höhlen. Mit ihnen beriet ich mich. Ihre Ruhe beruhigte mich. Ich sagte etwas, was ich nicht zu sagen vorhatte.

»Ich habe weiße Haare, Moraima. Mir sind weiße Haare gewachsen.«

Auf ihren Lippen erschien der Anflug eines Lächelns.

»Weiß ist schon lange nicht mehr die Farbe der Trauer in Andalusien, Boabdil. Versuche mir nicht einzureden, diese weißen Haare trügest du aus Trauer um deine Jugend.«

Sie ist so gut, sie liebt mich, und sie kennt mich genau, überlegte ich.

Sie kam näher und fuhr fort: »Wir haben die vergangene Zeit zusammen durchwacht, die Nacht war lang und furchtbar. Aber wie du siehst«, sie streichelte mein weiß gewordenes Haar, »erscheint nun die Morgenröte.«

Vielleicht bedeutet »sich lieben« nur das – nicht Extase, nicht Verzückung, sondern zusammen alt werden, zusammen vergehen, kam es mir in den Sinn.

Ich betrachtete Moraimas stärker gewordene Gestalt und fand Gefallen daran; ich legte meine Hände dorthin, wo vorher ihre Taille war. Es stimmte: Um Leben zu zeugen, mußte man das Leben nicht notwendigerweise lieben; man mußte sich ihm ergeben. Das Leben besorgt den Rest.

Deshalb bat ich Moraima, bei mir zu bleiben. Es war das erste Mal seit Monaten. Sie willigte ein und ließ sich unter einigen Schwierigkeiten neben mir nieder. Ich streichelte ihren Leib, verwundert über diese Kontinuität des Lebens, das an der einen Stelle versiegt und woanders wieder zum Vorschein kommt.

Lange saßen wir so und schwiegen. Dann sagte sie: »Du mußt mit Ahmed sprechen, damit er weiß, daß du ihn nicht dafür verantwortlich machst. Es ist der beste Weg, damit nicht er dich für etwas verantwortlich macht, wofür du nicht verantwortlich bist. Oft versteckt sich das Schicksal hinter unserem Rücken, gibt uns einen Stoß und macht uns zu seinem Werkzeug. Es ist unsere Pflicht, rasch zur Seite zu springen, es aus seinem Versteck zu ziehen und dafür zu sorgen, daß es selbst die Verantwortung für seine eigenen Katastrophen auf sich nimmt.«

ICH HABE DIE Gefolgsleute aus Andarax empfangen – habe ich ein Recht darauf, sie so zu nennen? –, die sich während der Wochen, in denen ich krank war, nach mir erkundigten oder um eine Audienz baten. Ich verbrachte den ganzen Vormittag damit, behutsam nach einer Lösung für ihre Probleme, ihre Klagen, ihre Streitigkeiten zu suchen. Ich fühlte mich wie ein Kind, das die Gesten des Sultans am Portal der Moschee nachahmt, das Rechtsprechen spielt und dieses Spiels bald überdrüssig ist. Ich beendete die Versammlung, so schnell ich konnte, und ging mit Mißtrauen und Vorsicht hinaus in den Garten. Seit damals hatte ich ihn nicht mehr gesehen. Er steht in Blüte.

Ich weiß nicht, was im Mark und in den Wurzeln der Pflanzen vor sich geht. Wie der Garten, so erwache auch ich jeden Morgen mit dem Gefühl, die Lösung zu allem geträumt und den Traum beim Aufwachen wieder vergessen zu haben. Heute spürte ich, wie die Einsamkeit des Gartens mit der meinen zusammenprallte; sie war nicht um mich herum, sondern richtete sich gegen mich. Als hätte sich unser Lieblingszimmer in eine Folterkammer verwandelt, wo man jemandem in meinem Inneren einen Knebel anlegt, jemandem, der etwas äußerst Dringliches zum Ausdruck bringen muß. Warum weinte ich nicht? Warum hielt ich die Tränen so lange zurück?

Heute quält mich die Angst, irgendwie, irgendwann in die Irre gegangen zu sein, einen Auftrag nicht erfüllt zu haben, den wesentlichsten – dessenthalben ich geboren wurde. Später habe ich viele Aufgaben gefunden, Hunderte, ich nahm viele in Angriff und bin an vielen gescheitert, aber da war ich schon zerstreut, mit einem Gedächtnis, das sehnsuchtsvoll zurückblickte, mit einer Seele, die die Freude für immer verloren hatte. Heute fühle ich mich – und mir scheint, auch dem Garten, den Farax und ich liebten, ergeht es so – wie einer, der einer geflüsterten Erzählung lauscht, einen einzigen Moment nicht achtgibt, ein winzig kleines Bruchstück überhört und von da an scheitert, alles ist jetzt ein unverständliches Labyrinth, ein verwirrtes Knäuel, in das man sich um so mehr verstrickt, je länger man dem Faden folgt. Ich bin wie ein im Nebel Verlorener, dem man versprochen hat, es werde ihm einige Augenblicke lang ein Licht an einem geheimen Ausgang entzündet, doch sagte man ihm nicht genau, wann, und auf dieses Versprechen vertrauend, späht er umher, schaut sich die Augen aus dem Kopf, wartet auf dieses Aufleuchten, auf diesen rettenden Funken, er wagt nicht, sich auszuruhen, sich zu bewegen, denn er weiß nicht, wie und in welchem Augenblick er die flüchtige Gelegenheit haben wird, wieder in die Klarheit des Lichts zurückzukehren.

Ist es der Garten, der an diesem hellen Frühjahrsmorgen zu mir spricht? Spricht Farax durch den Garten zu mir, von dem er nun ein Teil ist? Oder ist es das Leben, das alle umfaßt, Lebende und Tote, dessen drastische, mütterliche Vorschriften ich nicht beachtet habe? Sollte ich, ohne es zu wissen, in der Sicherheit des Gartens sein, genau wie Farax?

Stockend und bittersüß vergehen so meine Stunden, erfolglos auf der Suche nach dem Schicksal, so daß es die Aufgabe des Schicksals ist, nach mir zu suchen. Vielleicht rührt meine Unentschlossenheit auch daher – ebenso wie die Unentschlossenheit dieses frühlingshaften Gartens –, daß ich verloren habe, was mehr zu mir gehörte als ich selbst. Doch ist es nicht der Garten, der dies nun besitzt? Wenn der leidenschaftliche Krieg der Rosen vorübergehen soll, müssen dieser Garten und ich einen leidenschaftlichen Frieden schließen. Einen ewigen Frieden vielleicht.

ABEN COMISA KEHRTE aus Barcelona zurück. Er ging mir aus dem Weg, täuschte Müdigkeit vor, floh mich so sehr, daß ich Schlimmes befürchtete. Auch El Maleh wich meinen Fragen aus: Er mußte etwas aufgeschnappt haben. Ich überwand meine Unlust und befahl Aben Comisa zu mir. Als er dann vor mir stand und meine Strenge bemerkte, entschied er sich für die drastische Methode. Er hielt mir ein Aktenbündel hin. Während ich es durchlas – eigentlich mußte ich nur einen kurzen Blick darauf werfen, um zu wissen, worum es sich handelte –, versuchte er den Schlag abzumildern, indem er die Vorteile unterstrich und die günstigen Bedingungen hervorhob und wie klug er einigen Ereignissen vorgegriffen habe, die seiner Ansicht nach unabwendbar gewesen seien.

Ich hörte auf, in den Papieren zu lesen. Ich nahm an, daß er glaubte, ich sähe wieder einmal über sein niederträchtiges Verhalten hinweg, besonders bei meinem Kräfteverfall. Ich durchbohrte ihn mit den Augen.

»Was hat das zu bedeuten?« fragte ich und wedelte mit den Papieren.

»Die Könige waren großzügig, denn in Anbetracht der Liebe, die ich dir bekunde –«

»Was hat das zu bedeuten?« beharrte ich.

»Wenn du es aufmerksam durchliest, wirst du verstehen, wie sehr wir zu Dank verpflichtet –«

Wieder unterbrach ich ihn. Ich trat ganz dicht an ihn heran. Mein Gesicht war keine Handbreit von seinem entfernt.

»Was hat das zu bedeuten?« Ich schlug ihm die Papiere ins Gesicht. Er zuckte erschreckt zurück und wurde bleich. »Ist das ein Schriftstück, mit dem du in meinem Namen alle meine Besitzungen an Kastilien verkaufst? Verräterischer Hund! Ist das eine Verpflichtung, mein Land zu verlassen und nie mehr wiederzukehren? Sprich, du Hundesohn!«

»Es gab keinen anderen Ausweg«, stammelte er. »Die Könige verlangten es. Dein Leben ist in Gefahr. Wenn ich nicht unterschrieben hätte, wärst du schon tot.«

Ich weiß nicht, welchen Anblick ich bot. Er jedenfalls zitterte. Über dem Türsturz sah ich einen Krummsäbel hängen. Ich sah nichts anderes mehr. Alles war verschwunden. Da waren nur der Säbel und der Verrat: der Säbel, der alles ausfüllte, und der Verrat, der alles besudelte. Ich preßte die Kiefer so fest aufeinander, daß sie jetzt noch schmerzen. Ich griff nach dem Säbel. Ich zog ihn blank. Bewußt und zugleich mechanisch erhob ich ihn kaltblütig und versetzte Aben Comisa einen Stoß gegen den Brustkorb. Er machte einen Satz nach hinten, aber nicht weit genug, daß die Spitze nicht den Stoff seines Gewandes zerfetzt hätte. Mit spitzer Stimme schrie er: »Der Herr bringt mich um! Mich! Mich! Er bringt mich um!«

El Maleh mußte sich ganz in der Nähe aufgehalten haben,

auf Hörweite. Er erschien genau in diesem Moment: nicht früher, nicht später.

»Hinaus, du Hund!« sagte er zum Burgvogt. »Endlich hast du deinen Herrn gebissen. Geh!« Er stieß ihn aus dem Zimmer. »Wieviel hast du dafür bekommen, du Schuft?« Er kam mit weit ausgebreiteten Armen auf mich zu, wie um mir zu zeigen, daß er unbewaffnet war. »Beruhige dich, Herr. Wir werden diese Dokumente durchsehen. Beruhige dich. Dieser hinterhältige Feigling hatte keine Vollmacht von dir. Er handelte nicht als dein Stellvertreter in Barcelona. Was er gemacht hat, ist null und nichtig. Es wird sich eine Lösung finden, aber beruhige dich.«

Ich schleuderte den Säbel an die Wand. Er prallte ab. Ich beobachtete, wo er zu Boden fiel. Er fiel genau neben die Tür, durch die in diesem Augenblick Moraima eintrat. Ich war von ihrer Behendigkeit überrascht, die ihre Schwangerschaft bei weitem nicht vermuten ließ, und gleichzeitig über dieses Lächeln, das sie jünger machte. Ich dachte: Dieses Lächeln wird verwelken, aber . . . Ich begann, ihr von der Treulosigkeit des Burgvogts zu berichten. Immer noch hielt ich die Papiere in der Hand – ich verstehe nicht, wie das möglich war.

»Ich weiß alles«, sagte sie.

»Weshalb lächelst du dann?« Ich hob die Dokumente hoch. »Weißt du, was das bedeutet?«

»Ja. Daß du am Leben bist, Boabdil.« Sie bückte sich mühsam, hob den Säbel vom Boden auf und drückte ihn gegen ihre Brust. »Daß du wieder lebendig bist. Niemand will töten, wenn er nicht lebendig ist. Der Rest interessiert mich nicht.«

Ich habe Aben Comisa nicht wiedergesehen. Es war nicht nötig, ihn aus diesem kleinen Reich zu verbannen. Er ist verschwunden, ohne sich von jemandem zu verabschieden. Er ging zu seiner Familie, und zusammen mit ihm haben mich ziemlich viele von jenen verlassen, die mich begleitet hatten. Ich verstehe sie sehr gut. Ich frage mich selbst, was ich hier will, umzingelt und verkauft in dem Land, wo ich einmal König war. Die Zahl meiner Untertanen beläuft sich auf weniger als zweitausend.

Nach einem Gespräch mit Moraima berief ich heute, am 10. April 1493, in ihrem Beisein meinen Sekretär Mohammed Ibn Nazar zu mir, ebenso El Maleh, Bejir und Abraham el Caisí. Ich ließ den ersten eine Vollmacht für den zweiten verfassen, damit dieser mit Hernando de Zafra zu einer Einigung bezüglich des Verkaufs meiner Ländereien und meiner Abreise nach Afrika gelangen kann. Mir ist klar, daß ich mit dieser Entscheidung meine letzten Befugnisse aufgebe – die ich vielleicht auch nie hatte. Es hieße, gegen Windmühlen anzukämpfen, wenn ich mich dem Unabänderlichen widersetzte. Als ich das Datum sah, dachte ich, daß mir der April in anderen Jahren günstiger gesinnt war. Ich verdrängte den Gedanken sofort. Ich will mich nicht in die Vergangenheit flüchten, nie wieder. Ich unterzeichnete mit meinem Namen und siegelte mit meinem persönlichen Siegel. Es ist das einzige, was ich noch besitze.

Der Mensch freut sich zwar nicht über sein Unglück, aber er richtet sich darin ein. Ohne Hoffnung zu leben ist unsinnig, vielleicht auch unmöglich. Die Schwäche setzt Kräfte frei, aus sich selbst heraus, so wie Gras aus einem Misthaufen sprießt. Oder aus einem Grab.

Moraima saß mir in der üblichen Haltung gegenüber: die Hände im Schoß gefaltet, der bereits sehr gewölbt ist, den Blick auf das neue Leben gerichtet. Ich legte meine Hände auf die ihren.

»Es sind nicht nur unsere Hände, die hier ruhen, Moraima.«

»Die Sonne ist überall gleich«, antwortete sie mit ihrer sanften Stimme. »Wir werden endlich glücklich sein, du und ich gemeinsam mit unseren Kindern, fern von dieser ganzen Unruhe und diesen ganzen Schlechtigkeiten; die Gier der Mächtigen und jener, die es werden wollen, wird uns gleichgültig sein.« In diesem Augenblick war sie für mich die Mutter, die ich nie hatte. »In einem Land, das dir nicht gestohlen wurde, das uns seinerseits nichts geraubt hat, was wir liebten und lieben.«

El Maleh ist aus Granada zurück. Er hat nur fünf Tage gebraucht, um mit Zafra das Schriftstück über meine völlige Aufgabe aufzusetzen. Zweifelsohne eilt es den Königen mit meiner Abreise, die ihre Pläne erst perfekt macht. Faktisch beherrschen sie bereits die gesamte Halbinsel, und sie planen neue Unternehmungen in die kürzlich entdeckten Länder. Wenn Gott mit ihnen ist und ihnen beisteht – was für einen lächerlichen Widerstand könnte ich ihnen entgegensetzen?

Nun beschäftige ich mich mit der Wahl des Ortes, an dem wir uns auf ein neues Abenteuer einlassen werden – falls ein solches Hirngespinst zu verwirklichen ist. Moraima und ich wünschen uns einen friedlichen, zuträglichen Ort, wo sich unsere Söhne auf eine Zukunft vorbereiten, die ihnen so gut wie alle Möglichkeiten bietet, und an dem es uns vergönnt ist auszuruhen. Es fielen die Namen Oran, Tunis, Fez, Alexandria. Tunis ist verlockend für mich, weil ich meinen Onkel Abu Abdallah wiedersähe, von dem ich in den letzten Jahren nichts gehört habe und der kürzlich von Oran aus dorthin gegangen zu sein scheint. Aber es gibt Neuigkeiten, nach denen diese Gegend von Unheil, Verknappung, Hungersnot und Pest heimgesucht wird. Andererseits ist Alexandria am weitesten von diesem, meinem Heimatland entfernt, bei dem ich immer noch fest darauf vertraue, daß Gott den Islam nicht für immer von hier vertrieben hat.

Die Wahl hängt nur von uns ab – und das ist schon etwas Neues. Vielleicht klingt es stolz, wenn ich so rede, aber wir freuen uns über diese Freiheit und wägen in aller Ruhe das Für und Wider ab, wie Kinder, die in Erwartung eines Festes hin und her überlegen, welches Geschenk sie sich von den Eltern wünschen sollen.

Ich habe die Dokumente noch nicht unterzeichnet, aber ich habe Zafra zugesagt, daß ich mit den Meinen zum anderen Kontinent aufbrechen werde, wenn die Hitze des Sommers nachläßt und die Stürme in der Meerenge noch nicht begonnen haben. Plötzlich sind wir frei – oder fühlen uns so, was für den Menschen ausreichend und normal ist. Oder wir beginnen zumindest, uns frei zu fühlen.

Mit Moraimas Schwangerschaft geht es voran. Meine Söhne, ich selbst und – davon gehe ich aus – jene, die uns wohlwollen, widmen ihr unsere Aufmerksamkeit. Wir sprechen davon, wir erwähnen sie ständig. Noch nie war ich so sehr eins mit meiner Frau. Ich bin stets bei ihr – während ihrer Ohnmachtsanfälle, während ihrer etwas ungewöhnlichen Launen, dann, wenn sie beim Treppensteigen schwankt. Ich glaube, dies ist zur Zeit mein wichtigster Auftrag: dem Kommenden einen guten Empfang bereiten. Ich wünsche mir, daß mein drittes Kind in Andalusien zur Welt kommt, selbst wenn es den Rest seines Lebens – wer kann es wissen, nach den Erfahrungen, die ich gemacht habe? – in einem fremden Land verbringen sollte. Fremd für mich, nicht für das Kind. Möglicherweise wird uns das voneinander trennen.

Die Enttäuschungen und das Alter haben meine Mutter noch unerträglicher werden lassen – falls das überhaupt möglich ist. Sie ist eifersüchtig auf das ungeborene Kind – und sie zeigt es, was noch schlimmer ist –, weil es unsere Aufmerksamkeit in Anspruch nimmt und weil Ahmed, der auf meine Bitte wieder zu uns zurückgekehrt ist, es als zu sich gehörig und unter seinem Schutz stehend akzeptiert.

Ich vermute, daß meine Mutter ihre Ränkespiele mit Aben Comisa vermißt, der ihre haltlosen Vermutungen unterstützte, um sie auf seine Seite zu ziehen. Es ärgert sie wohl, daß wir sie hinsichtlich unseres Umzugs nicht zu Rate zogen – Moraima und ich sträuben uns, es »Exil« zu nennen –, und es kränkt sie, daß sie ihre Leidenschaft fürs Herumkommandieren auf eine Alcazaba in der Provinz beschränken muß. Sie, die einmal auf einer Karte Granadas Strategien entwickelte und Grenzen zog, muß sich nun damit begnügen, darüber zu entscheiden, ob die Lavendeleinfassung eines Beetes eine Handbreit mehr nach da oder dort versetzt werden soll und ob man den Lorbeer erst später stutzt.

Die Monate Mai und Juni mit ihren angenehmen, trägen Stunden haben mich an Faiz denken lassen, den Gärtner aus meiner Kindheit. Wie gerne hätte ich ihm, dem Ungebildeten und doch Scharfsinnigen, die Pflege dieses Gartens anvertraut, den wir bald verlassen werden und der sich, als ob er es ahnte, alle Mühe gibt, Wohlgerüche zu verströmen und unsere Augen und unseren Geruchssinn zu erfreuen. Und auch die anderen Sinne, denn jeder einzelne wird von ihm verwöhnt.

In ebendiesem Augenblick streichle ich ein gelbes Blütenblatt, das soeben von einer Rose auf diese karmesinroten Blätter niederfiel. Frisch, zarter und dichter als der teuerste Seidenstoff, mit feinen, für das Auge kaum wahrnehmbaren Äderchen; sie intensivieren die Farbe und verleihen ihr unterschiedliche Nuancen. Gerundet wie eine Muschel, spitz zulaufend wie die Augenwinkel einer jungen Frau. Ich rieche daran – es liegt noch die feuchte, belebende Botschaft der Erde darin. In diesem Blütenblatt, das glatter ist als die Wangen eines jungen Mädchens, liegen die Wurzeln, der Stiel, die Blätter, das gesamte, geschlossene Ganze, dem es entstammt. Wenn ich es zerkaue, schmecke ich die geheimnisvollen, lebenserhaltenden Säfte.

Plötzlich fielen die anderen Blütenblätter der gelben Rose ebenfalls auf das Papier. Sie sind wie ein goldener Regen. Ein wunderschöner Tod.

Moraima las über meine Schulter hinweg, was ich gerade schrieb. Während sie mit den Blütenblättern spielte, sagte sie:

»Es war nicht das Welken der Rose, die Wange der
Geliebten war's.
Aus Angst, deine Liebe zu verlieren, verblaßte sie.«

Ich antwortete ihr mit den folgenden Zeilen dieses Gedichts Ibn al Labanas, wobei ich meinerseits mit ihren Wangen, ihren Schläfen, ihrem Mund spielte:

»Unvergleichbar sind die Rose und die Wange jener, die den Bund der
Treue nicht bricht, der sie mit mir vereint.
Bei ihrem Anblick verblaßt die Schönheit der Rose.
Neben ihrer Stimme verklingt das Gezwitscher der Vögel.
Die Morgenröte und der Myrtenstrauch ahmen in ihrer Bewegung das
Pulsieren ihres Halses nach. So schön wollen sie sein wie ihr leuchtendes Antlitz.«

Wir lachten beide, denn dieses Spiel, die nächste Zeile eines Gedichts zu erraten, machte uns außerordentlich viel Freude.

Die Blätter der gelben Rose glitten von den Papierseiten zu Boden.

Heute habe ich zwei Goldschmieden aus Granada den Auftrag gegeben, eine Halskette und eine Brosche für Moraima anzufertigen, falls sie noch der Tradition gemäß arbeiteten, die sie berühmt machte. Ich möchte, daß die Kette aus Smaragden und Rubinen ist, welche die winzigen Blüten jener Blumen darstellen, die man hier Kanarienvogelreben nennt. Die Brosche soll den ganzen Garten in sich vereinen – sein Leuchten, wenn schon nicht seinen Duft. Ich habe vor, ihr das Geschenk am Tag der Niederkunft zu überreichen. Aber ich werde wohl nicht widerstehen können und es ihr geben, sobald man es mir bringt. Ich brenne schon vor Ungeduld, es um ihren Hals zu legen und ihr kindliches Vergnügen und ihre Dankesbezeigungen zu erleben. Bestimmt wird sie in die Hände klatschen.

Gestern fragte ich sie, ob sie sich an einen Frühling erinnern könne, der so großzügig zu uns gewesen wäre.

»Zu mir . . . nein«, antwortete sie. »Jetzt bist du den ganzen Tag und alle Tage bei mir. Für mich ist jede Minute mit dir kostbarer als die kleinen, duftenden Sterne der Jasminblüten.«

Ich küßte sie lange im Schatten der kugeligen Johannisbrotbäume. Es war schon fast Abend. Ich reichte ihr ein Glas und rezitierte:

»Trinke den Wein in kleinen Schlucken, während eine sanfte Brise weht
und der kühle Schatten flattert wie eine Fahne.
Die Blume ist ein erwachendes Auge. Es weint. Der Springbrunnen ist
ein Mund. Er lächelt, enthüllt blitzende Zähne.«

Sie leerte das Glas auf einen Zug und fuhr stolz fort:

»Der Garten zeigt seinen Reichtum. Er schwenkt die blumengeschmückten Gewänder, wie ein Berauschter, der im Wind sich biegt, fast fallend taumelt.«

Schließlich rezitierten wir lachend gemeinsam die Schlußverse:

»Am Morgen versilberte der Tau die Haut des Gartens.
Nun ist der Abend gekommen, sie sorgsam zu vergolden.«

Ich erzähle Moraima nicht, daß in manchen Nächten meine Träume voller Schreckensbilder sind, an die ich mich später nicht erinnere und an die ich nicht zurückdenken will. Sie sind wohl die Folge dieser ganzen Verfolgungen und Bedrohungen, die schreckliche, unauslöschliche Strafe für Sünden, bei denen ich mir nicht sicher bin, ob ich sie begangen habe.

Im Morgengrauen wasche ich sie mit dem Wasser der ersten rituellen Waschung von mir ab. Aber ihre Spuren zu verwischen ist anstrengender, als die Spuren eines Verbrechens zu verwischen.

WIE DAMALS MICH, so unterweist El Okailí nun meine Söhne in unserer Dichtkunst, die so vielschichtig ist und die so viele Lehren in sich birgt. Mir scheint, er ist kleiner als vor zwanzig Jahren. Vielleicht bin ich auch gewachsen. Ganz offensichtlich ist, daß er sehr dick geworden ist. Würde man ihn objektiv vermessen, stellte man fest, daß er breiter ist als hoch. Seine Leidenschaft für Ringschmuck ist indes unverändert geblieben. Ich allein habe ihm schon jedes Jahr zwei oder drei geschenkt, und er wechselt sie nicht nur täglich, sondern fast stündlich.

Vor fünf Tagen sprach ich mit ihm darüber, ob es angebracht sei, ein Schreiben an Scheich El Watasi, den Herrscher von Fez, zu richten. Ich bat ihn, einen ganz einfachen Brief zu verfassen, der meinen innigen Wunsch zum Ausdruck bringe, in seinem Land Zuflucht zu suchen, und mit dem ich seine Gastfreundschaft erbäte. Nur das, nichts weiter.

Heute brachte er mir einen endlosen Entwurf, den ich durchsehen sollte, in Versen und gereimter Prosa, den er stolz *Blumengärten, deren Düfte der Iman und Sultan von Fez genießt und die zu be-*

treten mein Gebieter ersucht nannte. Der Umfang dieses Titels hätte wohl für den ganzen Brief gereicht.

Moraima und ich erheiterten uns an der Unangemessenheit mancher Absätze.

»Jetzt, da Schweigen und Dunkelheit hereinbrechen, erinnere auch ich mich, was der Tag war, was die Hitze des Mittags, das süße Morgenrot, wenn man nicht daran glaubt, daß des Tages Schritte sich einmal entfernen könnten. Doch es ist bereits Abend. Ein letzter Purpurstreif, in dem alle Farben versinken, erfüllt blutrot die Ferne. Kahle, dürre Bäume am Horizont. Das Licht verschönt nur die Schönheit. Es gibt Zeiten, in denen die Abenddämmerung vorzuziehen ist, denn mitleidsvoll legt sie ihren Schleier über alle Dinge.«

Aber wir bewunderten auch, wie treffend andere Passagen waren, auch wenn sie vielleicht nicht am rechten Platz sein mögen.

»Für die Engel, so heißt es, mache es keinen Unterschied, ob sie sich unter Lebenden bewegten oder unter Toten. Mag sein, das Leben ist für sie nur ein flüchtiger Augenblick; was bleibt, ist der Tod. Uns ergeht es oft ebenso wie den Engeln: Leben heißt, sich verabschieden, es ist ein stetes Abschiednehmen. Das Leben ist ein ständiger Wechsel des Ortes und der Lage. Der Tod vielleicht ebenso.«

Angeregt durch diesen Brief, den ich vollständig akzeptierte, um Diskussionen zu vermeiden – ich habe ihn unterschrieben und Mohammed al Nazar mit der Überbringung beauftragt –, haben Moraima und ich auf unsere Art über die Zeit nachgedacht.

Wie können wir aus heutiger Sicht unsere Vergangenheit wiederbeleben? Wir haben ihre Vieldeutigkeit in Gewißheit verwandelt; wir berauben sie all dessen, was uns heute nebensächlich erscheint und es vielleicht nicht war; wir deuten sie als etwas Lineares, Bestimmtes. So ist es nicht, und so war es nicht. Von unserem heutigen Standpunkt aus ist die Vergangenheit schlicht das, wodurch wir zu dem wurden, was wir sind. Aber lag das in ihrer Absicht, war das ihre Wesensart? Hatte sie überhaupt eine Absicht? Und war ihre Wesensart damals, als sie war, als sie Gegenwart war, nicht die Vergänglichkeit, genau wie für das Heute? Die nicht verformbare, versteinerte Vergangenheit, die wir vom Heute aus sehen, ist nichts weiter als eine Erfindung, und dennoch hätte es ohne sie die Gegenwart nicht gegeben ... Die Geschichte hat keinen Anfang und kein Ende. Sie ist wie ein Fluß: Das Flußbett hat sehr wohl einen Anfang und ein Ende, nicht jedoch das Wasser. Niemand badet zweimal im gleichen Wasser. So lehrte uns schon ein Grieche.

»Die Gegenwart«, sagte ich zu Moraima, »ist der letzte Augenblick unserer Geschichte ... für den Augenblick. Doch wie werden wir morgen diesen Augenblick deuten, der so viele Zufälligkeiten und Möglichkeiten in sich birgt? Wird diese Auslegung nicht davon abhängen, wie das Morgen sein wird, in dem wir ankommen?«

»Wenn du nicht soviel Kraft darauf verwenden würdest, das Leben zu verstehen«, entgegnete sie, »wäre es ein herrliches Fest für dich.«

»Wer bringt es schon fertig, nicht alles verstehen zu wollen?«

»Ich«, antwortete sie lächelnd.

»Ich nicht. Nicht weil ich, wenn ich schon einmal schaue, häufiger zurückschaue als nach vorn – ich mache das, weil das längere Stück Weges hinter mir liegt, und dieser Weg führt schließlich zu mir selbst. Nicht, weil ich mich alt fühle – der Unterschied zwischen zwei Lebensaltern läßt sich nicht in Zahlen fassen. Nicht, weil ich den Tod in unmittelbarer Nähe fühlte – der Tod ist im Leben, vielmehr in der Geschwindigkeit, mit der es verläuft. Ich versuche es zu verstehen, um mich als ich selbst zu fühlen.«

»Schau nicht zurück, Boabdil. Schau mich an.«

»Wenn ich nicht zurückblicke – wo du übrigens genauso du selbst bist wie in der Zukunft –, werde ich stolpern. Das ist das

Paradoxe. Und wenn ich nur zurückblicke, werde ich ebenfalls stolpern. Das ist die Sackgasse, auf der die Tragik beruht. So versuchen wir also, die Vergangenheit zu begreifen und zu verfälschen, um sie besser fassen zu können, sie uns zu eigen zu machen und uns wenigstens ihrer sicher zu sein.«

»Aber ist die Vergangenheit nicht vielschichtig?« entgegnete Moraima. »Die Dinge hätten sich gestern nicht nur anders ereignen können; sie ereigneten sich wirklich anders, als wir es heute in Erinnerung haben. Ich bin mir ganz sicher: Wir vermischen das Eingebildete und das Erlebte. Und deshalb wollen wir unsere eigene Geschichte ganz eindeutig erzählen; doch unsere Geschichte war nur äußerst selten eindeutig.«

Meiner Meinung nach zieht Moraima, ohne es zu beabsichtigen, bessere Schlüsse als ich. Letztlich ist das Leben ein Gewirr winkender Hände, die uns Lebewohl sagen. Wir lassen Städte hinter uns, Häuser, Körper, Liebe und Gleichgültigkeit, Einsamkeit und Begleitung, Überzeugungen und Schwächen. Verdrehe ich die Wirklichkeit nicht seit dem Morgen, als Jalib starb? Oder seit dem Morgen, als ich in Lucena geschlagen wurde? Oder seit dem Morgen, als ich Granada übergab? Oder seit dem Morgen, als ich Farax bestattete? Besteht die Freiheit in diesem Umändern der Gegenwart? Würde ich aus freien Stücken zu der Stunde zurückkehren, die diesem oder jenem Morgen vorausging? Und der Schmerz, den ich bereits durchlitten habe? Sollte sich die Gegenwart vor allem darauf beschränken, sich gegen gewisse Momente der Vergangenheit zu wappnen, indem man eine Auswahl der Augenblicke trifft, von denen man Abschied nimmt? Eine Auswahl, die uns klug erscheint – möglicherweise jedoch nur uns. Denn Leben heißt nichts anderes, als fortwährend von sich selbst Abschied zu nehmen, mehr als von allem anderen auf der Welt. Leben – wie hätte ich Moraima das gestehen sollen? – ist eine Einsamkeit, die nach Abschied klingt. Dies ist ihre einzige Melodie – eine Melodie, die wir zu überhören versuchen.

»Es gibt keine Geschichte«, sagte Moraima und brach damit

das Schweigen, »die nicht schlecht erzählt würde, denn jeder Erzähler wählt stets das aus, was er erzählen will; irgend etwas bleibt in jeder Geschichte verborgen.«

HEUTE, AM 8. JULI, habe ich schließlich den Kapitulationsvertrag mit den kastilischen Königen unterzeichnet. Ich verkaufe ihnen meine Besitzungen, die sie mir vor anderthalb Jahren zugestanden, und verpflichte mich, mit allen, die mich begleiten wollen, vom Hafen in Adra nach Afrika überzusetzen. Die Könige haben ihre Verteidigungsstellungen an der Küste von Almería abgezogen, was bedeutet, daß sie gute Beziehungen mit den afrikanischen Sultanen unterhalten. Nun warte ich ungeduldig auf eine Antwort des Sultans von Fez. El Maleh versichert mir, ich bräuchte mir keine Sorgen zu machen. Zur gleichen Zeit, als ich Mohammed Ibn Nazar entsandte, habe Zafra einen Emissär der Könige losgeschickt, der bestätigen solle, daß mein Exil den Königen wohlgefällig sei. Diese Christenkönige sind allgegenwärtig, fast wie ihr Gott.

Ich habe gleichzeitig zwei Mitteilungen erhalten: das Antwortschreiben El Watasis und einen Brief von Zafra. Das erstere ist fast endlos: Er werde mich mit dem größten Vergnügen, dessen er fähig sei – das wird nicht soviel sein, die Afrikaner sind da noch nicht soweit –, in seinem Land aufnehmen, als ginge es um ihn selbst. Zafra wiederum steckt im Auftrag der Könige den Weg ab, den ich nach Adra zu nehmen habe. In Adra warteten zwei genuesische Frachtschiffe auf mich und die Meinen. Bis zum Schluß und noch länger werde ich meinen Peinigern zu Dank verpflichtet sein, die in christlicher Nächstenliebe »mein Leben und meine Erlösung in Gottes Hand« empfehlen.

Moraima, deren Zustand ihr bereits sehr lästig ist, und ich haben viele weitreichende Pläne.

»Wir werden zwei oder drei Leben brauchen, um sie alle zu verwirklichen«, bemerkte ich.

»Haben wir denn keine zwei oder drei Leben?« entgegnete sie und tat sehr enttäuscht.

Ahmed und Yussuf machen sich mitunter von ihren Ammen und Lehrmeistern frei und begleiten uns auf unseren Spaziergängen. Ahmed schleppt ständig einen Alanenwelpen mit sich herum, den er schließlich doch noch von mir annahm. Er ist häßlich und sehr drollig, wie ein faltiger Sack, der sich langsam füllt. Am ersten Tag wollte Ahmed, daß ich ihm einen Namen gebe.

»Wie wäre es mit Din?« schlug ich vor.

»Din! Din!« schrie Ahmed. Der Hund runzelte die Stirn, als wüßte er, daß man nach ihm rief. »Din!« wiederholte sein Herr noch einmal und umarmte ihn.

Auf dieser Welt gibt es wieder einen Hund namens Din. Stirbt man nie ganz? Vielleicht ist es der Name, dem die größte Bedeutung zukommt.

Die stickige Hitze ist quälend für Moraima. Hoffentlich läßt die Stunde ihrer Niederkunft nicht mehr lange auf sich warten.

Die Frauen sind sich sicher, daß es eine leichte Geburt wird. Yussuf, der Arzt, beruhigt mich. Die Schwangerschaft sei so normal verlaufen, daß die Studenten der Madrasa daran hätten lernen können, wie eine Schwangerschaft zu verlaufen habe.

Wenn ich singen könnte, ohne meine Zuhörer damit zu erschrecken, stimmte ich ein altes Zejel von Ben Quzmáns an:

Gesegnet sei jener,
den man zu seinem Sohn beglückwünscht!

Breitet Schleier über das Kind.
Sprecht Gebete für sein Glück.
Hüllt es in Wohlgerüche.
Und über seine Wiege schreibt mit roten Lettern:
»Kind, sprich: ›Es gibt keinen Gott außer Gott.‹«

Moraima schmiedet keine Pläne mehr mit mir. Sie weigert sich, über die fernere Zukunft zu entscheiden. Sie spürt, daß das nächste Ziel zu unmittelbar bevorsteht. Die Leitung des Haushalts hat sie meiner Schwester übertragen, die zu solchen Aufgaben noch nie taugte. Meine Mutter steckt überall ihre Nase hinein, alles geht drunter und drüber. Doch diese angenehme Unordnung steigert die allgemeine Erwartung noch. Es ist, als könnten wir alle durch unsere Aufopferung und unseren Verzicht Moraima bei der Geburt unterstützen. Ahmed und Yussuf laufen, gefolgt von Din, verschwörerisch durch die Flure und schließen Wetten ab, wie das Geschwisterchen, das sie schon jetzt lieben, wohl aussehen wird: ob blond oder dunkelhaarig, also ob wie der eine oder der andere von beiden.

Die Frauen haben alle Arten von Amuletten und nicht überall bekannte Zaubereien vorbereitet sowie eine Vielzahl feiner Wäschestücke angefertigt. Ich weiß, daß sie ihre Hände mit Bimsstein glätten und mit bestem Henna färben. Die ganze Alcazaba macht sich zurecht und schmückt sich, um meinen Sohn willkommen zu heißen.

Er soll so heißen wie ich – wenn dem Namen tatsächlich die größte Bedeutung zukommt . . .

Ich komme aus Mondujar, von der Beerdigung Moraimas und meiner Tochter.

Während ich diese Aufzeichnungen für immer beende, ist

das getrocknete, zerfranste Blütenblatt einer gelben Rose zwischen den Seiten herausgefallen.

SEIT MEINER LETZTEN Eintragung in diese Blätter sind zwei Jahre vergangen.

Sind nur diese zwei Jahre vorüber? Man könnte sagen, daß alles vorüber ist, was vorübergehen kann.

Ich habe mich vorläufig in Fez niedergelassen – wie sonst als vorläufig könnte ein Mensch sich niederlassen? Einige der Meinen sind bei mir. Es sind jene, die keine andere Lebensaufgabe als mich haben, die sich kein Leben vorstellen können, ohne mir zu dienen.

Fez ist eine untergehende Stadt. Ich weiß genau, wann eine Stadt soweit ist. Der politische Niedergang ist deutlich. Die Meriniden haben ihren anfänglichen Schwung verloren. Hier hält sich keiner über längere Zeit, ohne zu erlahmen – weder hier, noch an irgendeinem anderen Ort. Anarchische Zustände und Kriege, die den Handel mit der christlichen Welt unterbrechen, führen zum wirtschaftlichen Abstieg. Am augenscheinlichsten ist der geistige Niedergang – falls es jemals einen Aufstieg gegeben hat. Auch wenn die Fassade noch glänzt (wie das Licht und die Sterne, so verlöschen auch die Städte nicht sofort mit ihrem Tod), gähnt dahinter ein tiefes Loch. Ein Loch, das jeden Tag stärker zutage tritt, denn der Sultan blickt nach Europa statt nach Süden, von woher dieser Nation stets die Gefahren drohten. Wie dem auch sei, es ist nicht meine Sache.

An meinem 31. Geburtstag verließ ich, oder vielmehr jemand, den die anderen für mich hielten, Andarax, ohne ein einziges Mal den Blick zu erheben.

Obwohl die Hitze bis in jenen Oktober hinein dauerte, wehte in Adra ein kühler Wind.

Ich fühlte nichts, auch kein Verlangen zu weinen. Abschiede sind mein Schicksal.

In dem stillen, sich leicht kräuselnden Hafenbecken ankerten zwei Frachtschiffe, »leer und unbeladen und bar aller Fracht und Zölle«. Es war das einzige Versprechen, das die Könige einhielten, damit ich fortginge. 1120 Personen, darunter meine Familie, meine Vögte mit ihren Familien und deren aller Dienstpersonal, bestiegen das für mich reservierte und das zweite Schiff. Während das geschah, sah ich zwischen den Molen der Hafeneinfahrt eine dunkle Linie, die das Meer, das mir nicht mehr gehörte, von dem Hafen trennte, der mir nicht mehr gehörte. Wie ein glänzender Schuppenpanzer, dachte ich. Der Koran sagt, daß David der erste war, der ein Panzerhemd trug. Dann dachte ich: Für wen denke ich eigentlich noch? Weiter draußen war das Meer blau. Blau auch der Himmel darüber, nur ein paar hochmütige Wolken. Am Horizont jedoch war der Himmel weiß. Ich wollte ihn nicht sehen; ich drehte mich um. An Land eine Palme mit ungestutzten Blättern. Ich wies mit der Hand darauf, wie um zu sagen: »Man kann eine Palme nicht so vernachlässigen. Wer ist da so unachtsam?« Ich beherrschte mich und ließ den Arm sinken. Das da hatte nichts mehr mit mir zu tun. Das Ende meines Schleiers wurde vom Wind erfaßt, bedeckte mein Gesicht und streifte meine Augen. Es herrschte ein grelles Licht, es war weiß, stechend und schmerzend. Meine Augen tränten. Ich weinte nicht, aber meine Augen.

Ich wandte mich noch weiter um. Die kahle Landschaft stieg von der Ebene um Almería zu den nahen Höhenzügen Granadas wellenförmig an. Von dort zogen dichte Wolken in Richtung Meer. Ein leichter Wind kam auf. Die Segel der Schiffe erschauderten. Ich ebenfalls.

Auf dem Turm der Alcazaba flatterte die Fahne Kastiliens.

Das letzte, was ich von meinem andalusischen Reich sah, war nicht schön. Ich dankte Gott dafür.

Die Landreise nach Fez war so beschwerlich, daß meine Mutter mich unter Berufung auf die Zartheit der Kinder darum ersuchte, kehrtzumachen und in irgendeiner Stadt im Norden zu bleiben. Ich, der Mühsal gewohnt war, wollte mir keine einzige ersparen. Als wir Fez erreichten, waren uns Pest und Hungersnot, die sich von Tunis aus verbreiteten, vorausgeeilt. Uns kamen viele Einwohner entgegen, die die Stadt verließen. Mir schien es eine gute Gelegenheit zu sein, ein Ende zu machen, doch vielen meiner Begleiter kam es wie eine Prüfung vor, die Gott meinen Getreuen auferlegte, und sie fanden, daß es an der Zeit sei, es nicht mehr länger zu sein. Die einen zerstreuten sich im ganzen Land, andere kehrten nach Granada zurück, um dort festzustellen, daß allem Übel stets noch ein schlimmeres folgt. Ich war davon schon früher überzeugt.

Wie ich erfahren habe, müssen die Mudejaren in Granada eine gelbe Kapuze und einen blauen Halbmond an der rechten Schulter tragen. Als die Könige merkten, daß es nur die unbedeutendsten Muslime waren, die zu bleiben beschlossen hatten, brachen sie eine Kapitulationsbedingung nach der anderen. Sie überhäuften sie mit Tributforderungen; sie behandelten sie verächtlich und grausam und unterwarfen sie tyrannischen Gesetzen. Der Gebetsruf von den Moscheen wurde verboten. Man hat begonnen, sie aus der Stadt zu vertreiben, die einmal ihnen gehörte, und verbannt sie in die Vorstädte und Landgemeinden, wohin sie sich verarmt, erniedrigt und geschmäht zurückziehen.

Wenn sich schon der erste König, der am stärksten an seine Verpflichtungen gebunden ist, nicht an sie hält, was wird uns dann wohl unter seinen Nachfolgern davon belassen? Unser Niedergang hat seinen Tiefstpunkt noch nicht erreicht. Warum hüllt Gott sich in Schweigen?

Ich war in Tlemcen. Mehrere Reisende teilten mir mit, daß mein Onkel Abu Abdallah dort lebe. Zuerst kursierten Gerüchte, er sei in Vélez de la Gomera, die Richter hätten ihn für seinen Verrat an mir blenden lassen, und er lebe vom Betteln.

»Er geht in Lumpen gehüllt«, fügten sie hinzu, »darüber hat er ein Schild gehängt, auf dem steht: ›Dies ist der unglückliche König der Andalusier‹. So rührt er die Leute, damit sie ihm Almosen geben.«

Ich spürte, wie eine Faust mein Herz zusammenkrampfte, und nahm mir vor, mich unverzüglich auf die Suche nach ihm zu machen. Dann erbrachte Ibn Nazar Beweise dafür, daß er sich in Tlemcen aufhalte.

Als ich dort ankam – so schnell ich irgend konnte –, war er seit einem Monat tot. Seine Kinder, die nicht viel Geld hatten, zeigten mir sein Grab auf einem öffentlichen Friedhof. Dort stand ich, als eine bescheiden aussehende, sehr dicke Frau schwankend auf mich zukam und mir die Hand küßte.

»Ich bin es, Jadicha«, sagte sie und brach in Tränen aus.

Das ist nicht Jadicha, dachte ich gereizt, wie sollte dieser Wal die schlanke, lebhafte Jadicha sein? Aber die Augen – was man hinter den gesschwollenen Lidern davon sehen konnte – waren die ihren. Ich wagte nicht, sie zu küssen. Sollte ich meine Erinnerung an Jadicha entweihen, indem ich dieses dicke Etwas küßte?

Ich ließ eine kostbare Grabstele meißeln, wie jene für die Sultane der Alhambra. Ich selbst verfaßte die Inschrift: »Im Namen des gütigen, mitleidsvollen Gottes. Gott segne den Propheten Mohammed und seine Nachkommen. Dies ist das Grab eines Sultans, der in der Verbannung starb, fremd, verlassen inmitten seiner Frauen. Nachdem er Kriege gegen die Ungläubigen führte, ereilte ihn der Erlaß des unerbittlichen Schicksals. Gott jedoch ließ ihn sein Unglück mit Ergebenheit tragen. Gott streue stets den Tau des Himmels auf sein Grab.«

Danach ließ ich einmeißeln: »Dies ist das Grab des gerechten, großherzigen, freigebigen Sultans, unseres Gebieters Abu Abdallah, Verteidiger der Religion, der Pflichtbewußte, Emir der Muslime und Stellvertreter des Herrn der Welten, Streiter Gottes, der Unbeugsame, Sohn unseres Gebieters Sad, Emir der Muslime, Sohn unseres Gebieters Abul Hassan des Heiligen, Sohn des Emirs der Muslime Abul Hachach, Sohn des Emirs der Muslime Abu Abdallah, Sohn des Emir der Muslime Abul Walid, Sohn Nazars el Ansari, el Hazrachi, el Sadi, el Andalusi.

Gott heilige sein Grab und gewähre ihm einen vorzüglichen Platz im Paradies. Er kämpfte in seinem Reich Andalusien für den Sieg des Glaubens. Sein Eifern für den Ruhm Gottes war sein einziges Maß. Auf den Schlachtfeldern wagte er sein edelmütiges Leben in harten Kämpfen, bei denen eine kleine Schar muslimischer Ritter riesige Heere der Kreuzesanbeter schlug. In der Zeit seiner Herrschaft zögerte er nicht, für den Ruhm Gottes zu streiten. Er gab dem heiligen Krieg, wonach er verlangte, und er ermutigte seine Krieger, wenn er sie wanken sah.

Er kam nach Tlemcen, wo er die wohlwollende Aufnahme und die Gewogenheit fand, die seinem Unglück gebührten. Der Tod ereilte ihn in einem fremden Land, fern dem Land seiner Vorfahren, der großen Nasridensultane, Bewahrer der Religion des Auserwählten.

Am Mittwoch des Neumondes des Xaban im Jahre 899, zwischen den beiden Abendgebeten, berief Gott ihn in die Gefilde der Glückseligkeit und ließ ihn seiner Gnade teilhaftig werden. Er zählte nahezu vierzig Jahre.«

Als der Grabstein aufgestellt war, las ich aufmerksam die Inschrift. Ich bedauerte es, sein Alter nicht genauer zu wissen. Dem Steinmetz waren bei der Kalligraphie einige Fehler unterlaufen. Es erschien mir verzeihlich. Auch Gott unterlaufen Fehler. Die Lebensgeschichten derer, die etwas mit mir zu tun hatten, sind voller Unglück oder schlagen fehl, dachte ich.

Um der Dankbarkeit seiner Familie zu entgehen, bestieg ich mein Pferd und kehrte nach Fez zurück, ohne mich von ihnen zu verabschieden.

WOVON KANN ICH noch berichten außer von Beerdigungen? Gestern bestattete ich meine Mutter. Es war mein Wunsch, daß die Fakhis in der Moschee der Andalusier die letzten Gebete über ihren Körper sprachen. Es war schwierig, mit dem Sarg durch die Medina zu kommen. Ich hatte beschlossen, etwas von dem Geld zu verschwenden, das mir geblieben war, um alles so auszurichten, wie es ihr Wunsch gewesen wäre, und damit die Bevölkerung merkte, daß es sich um die Bestattung einer königlichen Person handelte. Der Trauerzug war sehr teuer, der Weg von meinem Haus bis zur Moschee sehr verwinkelt, aber ich glaube, meiner Mutter hätte es Genugtuung bereitet zu sehen, wie sie ihre Mitmenschen noch im Tode störte. Als sie den Zug sahen, der sich einen Weg durch das Gewühl der Käufer, Händler, Passanten, Kinder, Lasttiere und Kamele bahnte, sagten viele: »Es ist eine Tante des Sultans.« Nur die Andalusier verstanden, daß es sich um jemanden aus meinem Hause handelte, als sie mich in Trauerkleidung sahen. Aber niemand dachte daran, daß es meine Mutter sein könnte, vielleicht glaubten sie auch, daß sie schon lange tot sei.

Ich berichtete jedem Bekannten, dem ich begegnete, was ihre letzten Worte waren, ob er mich nun danach fragte oder nicht: »Wenn du als Herrscher in die Alhambra zurückkehrst, bestatte mich in der Rauda bei den Sultanen.« Das zu sagen hätte ihr gefallen, ihr diese Worte in den Mund zu legen ist das mindeste, was ein Sohn tun kann. Schließlich und endlich bestand ihr Leben darin, sich durchzusetzen und klarzustellen, daß sie allen überlegen war. Seit wir aus Granada weggegangen waren, hatte sie nur noch ganz wenige Male mit mir gesprochen. Noch nicht einmal, als Moraima starb. Damals sagte sie lediglich, ohne mich eines Blickes zu würdigen: »Ich glaubte, sie könne wenigstens Kinder gebären.« Dann wandte sie sich wieder der Näharbeit zu, mit der sie beschäftigt war, und fügte hinzu: »Sie hat ihre Stickerei frühzeitig vollendet; besser für sie, denn so wird sie keine weiteren Erniedrigungen mehr erdulden müssen.«

Vorgestern zeigte sie schwere Krankheitsanzeichen; sie bekam keine Luft mehr. Eine ihrer Dienerinnen teilte es mir mit. Als ich in ihren Alkoven trat, lag sie schon im Sterben. Die Augen traten ihr aus den Höhlen. Sie atmete rasselnd, es klang wie ein Karren, der sich im Schlamm festgefahren hat. Zwischen ihren Zähnen kam ein knarrendes Geräusch hervor, das mir mehr angst machte als ihr. Ich begann zu husten, als ob ich es sei, der keine Luft bekommt, als könne ich ihr durch mein Räuspern zeigen, wie sie sich von der Schlinge befreien könne, die ihr die Kehle zuschnürte.

»Kannst du mich hören?« fragte ich sie.

Sie nickte.

Ich wollte sie um Verzeihung bitten für die ganzen Enttäuschungen, die ich ihr im Laufe meines Lebens bereitet hatte. Nach Worten suchend, entschuldigte ich mich dafür, ihre Hoffnung enttäuscht zu haben und seit meiner Kindheit vor den Dingen geflohen zu sein, statt mich ihnen beherzt zu stellen. Meine Mutter preßte ihre verkrampften Finger in meinen Arm, den sie umfaßt hielt, und sagte stockend: »Laß die Geschichten. Ruf den Arzt.«

Davon überzeugt, daß es keinen Zweck hatte, und weil ich hoffte, sie werde mir vergeben, fuhr ich fort, ihr meine Standpunkte darzulegen, meine Entschuldigungen, die unsichere Gewißheit, keine anderen Handlungsmöglichkeiten gehabt zu haben.

»Ein Sprichwort sagt«, flüsterte ich hastig, »›Lieber feige leben als tapfer sterben‹.«

Ich dachte dabei nicht an mich, sondern an die Granadiner: Das Königreich war untergegangen, nicht aber die Menschen.

Ihre Finger krallten sich in meinen Arm, mit einer Kraft, die für eine so alte Frau unter diesen Umständen unglaublich war.

»Mir ist alles gleichgültig, was du da sagst«, warf sie mir an den Kopf. »Was geht mich Granada an, wenn ich sterbe? Ruf den Arzt. Ich will leben. Das einzige, was interessiert, ist, daß ich im Sterben liege . . .«

Als der Arzt erschien, nach dem ich rufen ließ, war sie tot. Erst dann fiel mir auf, wie ihr Körper in all den Jahren verfallen war. Er war runzlig, wie bei einem zornigen kleinen Mädchen. Auf ihrem faltigen, winzigen Gesicht mit den verkniffenen Zügen lag noch immer ein verächtlicher Ausdruck, als sei sie selbst im Tod noch wütend auf mich.

Als ich so vor ihr stand, dachte ich, daß die Geschichte der Nasriden genauso war wie die jeder anderen Familie oder jeder anderen Person; darüber braucht man sich nicht zu wundern, und es besteht auch kein Grund, darüber zu klagen. Jemand wird geboren, wächst heran, begeistert sich, und dann wird er schwächlich und stirbt. Das ist alles. Wie in einem Spiel, bei dem man voller Erwartung Wetten abschließt und den Einsatz gewinnt oder verliert. Oder man gewinnt und verliert gleichzeitig. Bis zuletzt, wenn das Interesse schon abnimmt, hat man keine Sicherheit; man weiß nichts mit Bestimmtheit, bis es bereits vorüber ist. Man hofft auf Glück, und vielleicht liegt in diesem Hoffen schon das eigentliche Glück. So ist das Leben jedes Menschen: ein Spiel, eine Liebe, eine Musik. Und gibt es ein Spiel, eine Liebe, eine Musik, die nicht irgendwann zu Ende sind?

Eines Abends besuchte mich der Arzt, der nicht rechtzeitig gekommen war, um meiner Mutter beim Sterben zu helfen. Wir gingen zusammen aus. Am Portal einer Moschee machte er mich auf etwas aufmerksam.

»Schau her. Siehst du diesen Teich voller Fische? Hierher

bringen wir die schielenden Kinder. Damit ihre Nerven zu arbeiten beginnen und ihr Schielen sich korrigiert, lassen wir sie einen bestimmten Fisch mit den Augen verfolgen. Für die Schielenden ist es eine schmerzfreie, kostenlose Behandlungsmethode, sie spielen und wetten, und jeder von ihnen liebt einen der Fische, als wäre es seiner.«

Der Arzt lachte. Und nachdem wir durch die Straße der Notare gegangen waren, zeigte er mir einen kleinen Platz, dessen Zentrum von einem dichtbelaubten Nußbaum beherrscht wurde. Er erzählte mir, daß sich in dem großen Gebäude am Ende des Platzes das Maristân befinde, in dem die Verrückten untergebracht seien. Von Zeit zu Zeit statte er auch ihnen eine Visite ab.

»So wie mir?« fragte ich.

»Viel häufiger – viel häufiger, als mir lieb ist – und mit wesentlich weniger Zutrauen. Ich gebe zu, daß sie mir angst machen.«

»Vielleicht machen sie angst, weil sie Angst haben.«

»Die meisten sind hochgradig gefährlich«, fuhr er fort. »Wenn sie von dieser heftigen Tobsucht befallen werden, in der sie keine Grenzen kennen, versuchen wir sie zu beruhigen, indem wir im Innenhof andalusische Musik spielen lassen. Anscheinend beruhigt es sie. Wir haben sogar beobachtet, daß eine Besserung eintritt, wenn sie sie einige Tage hindurch morgens hören. Sie sind verzückt und gehorsam, als habe Gott persönlich sie an der Schulter gefaßt und ihnen eine Botschaft ins Ohr geflüstert.«

»Es erstaunt mich nicht«, sagte ich traurig. »Im Gegenteil. Um endgültig verrückt zu werden, bräuchte ich nichts weiter zu tun, als ein Konzert dieser andalusischen Musik zu hören, die mir nicht aus dem Kopf gehen will, nicht einmal im Schlaf.«

Ich habe in der Nähe der Meriniden-Nekropole einen Palast erbauen lassen. Für den hiesigen, ungeschliffenen Geschmack ist es ein raffinierter Palast, eine Nachbildung der Alhambra. Jeder, der die Alhambra kennt, wird verstehen, daß nichts an meinem Haus an die Alhambra erinnert. Weder an meinem Haus, noch irgendwo sonst. Die Seele läßt sich nicht kopieren.

Das sagen mir meine granadinischen Besucher, die aus unserer Stadt geflohen sind. Das und noch vieles mehr. Ganz Andalusien ist christlich geworden. Es geht so weit, daß es niemanden mehr gibt, der öffentlich sagt: »Es gibt keinen Gott außer Gott, und Mohammed ist sein Prophet.« Bischof Cisneros hat Glocken auf den Minaretten anbringen lassen und Bilder und Kreuze in den Moscheen. Wer sich widersetzt, wird mit der Folter und dem Tode bestraft. Damit die Muslime abschwören, sagt man zu ihnen: »Dein Vorfahre war ein Christ, der vom Glauben abfiel; nun schwöre auch du ab.« Man gibt also zu, daß die Bevölkerung Granadas voller christlicher Renegaten, Abtrünniger und Wankelmütiger ist, Leute also, die durch ihre Lust zu leben unversehrt blieben. Cisneros taufte zwischen Juni und Dezember siebzigtausend Muslime. Die Königin erklärte ihm: »Ich will in möglichst kurzer Zeit möglichst viele Christen.« Sie taufen die Häupter, nicht die Seele.

Und wie immer hat sich der Albayzín, mein bevorzugtes Viertel, erhoben. »Bekehrung oder Tod«, so lautet die Parole der Gewalttätigkeiten. Ich nehme an, daß viele auch weiterhin in den verborgenen Winkeln ihres Herzens Gott verehren, so wie Faiz mir erzählte. Doch unglücklicherweise nehme ich auch an, daß man die Ertappten verbrennen wird. Wenn man etwas vernichten will – sei es ein Volk, eine Religion, eine Lebensart –, wird der Inhaber der Staatsgewalt nicht zögern, diese Gewalt anzuwenden.

Dennoch versuche ich, den andalusischen Flüchtlingen Mut zu machen, indem ich ihnen sage: »Granada ist Gottes Eigentum, und Er wird zurückkehren. Alles steht im Buch des Höchsten geschrieben, und es endet nicht hier.«

Trotz meiner guten Absicht glaube ich nicht, daß es ein Trost für sie ist; auch für mich war es das nie.

Von Zeit zu Zeit, an gewissen Tagen, lese ich mit jener unsteten Neugierde auf längst vergangene Dinge ein oder zwei Seiten dieser Aufzeichnungen. Durch diese willkürliche Art des Lesens fangen meine Erinnerungen nun an, zusammenhanglos zu werden. Die Intensität des Erzählten, die Bedeutung, die es hatte, und seine chronologische Ordnung schieben sich übereinander. Wenn ich Lust habe, füge ich am Rand einige Zeilen hinzu oder ergänze etwas, was nach dem bereits Niedergeschriebenen geschah. So, wie ich es in diesem Augenblick getan habe.

Vor einigen Monaten machte ich es mir zur Gewohnheit, häufig Spaziergänge durch den endlosen, emsigen Ameisenhaufen der Medina zu unternehmen, wo alle Berufe auf engstem Raume ein Unterkommen finden. Sie beherbergt drei Bereiche – oder diese drei Bereiche beherrschen sie: das Handwerkerviertel, der Sukh und die Ladenstraßen. Aber alles ist verworren. Dort lebt das ganze Volk wie in einem großen Gebäude zusammen. Die Straßen sind in Wirklichkeit enge Flure. Ihre Bewohner hören dieselbe Stimme: die erwartete, väterliche Stimme des Muezzin. Sie alle riechen den durchdringenden Duft der Gewürze und Kräuter. Sie beten zu demselben Gott, und sie ruhen und beten auf derselben Matte. Die Medina ist ihr einziges Haus. Ein anderes haben sie nicht. Die einzelnen Gebäude sind zu klein, um darin zu leben. Es sind schlichte Würfel, in denen sie ein wenig schlafen, ehe sie, sobald es hell wird, wieder hinausgehen, um allein zu sein oder sich zu treffen. Sie haben eine Kultur – oder sind sie deren Eigentum? – der geduldigen Langmut. Sie sind in der Lage, sich allein hinzusetzen und nachzudenken oder an gar nichts zu denken oder sich in schweigsamen Grüppchen zu versammeln, in denen zuweilen ein bei allen identisches Lächeln aus dem gleichen stillschweigenden Grund die Runde macht. Eine scheinbar schläfrige Kultur des Sich-Abfindens. Aber nur scheinbar. Der allgemeine Wohlstand ist das frische Grün und das Wasser – vor nicht allzu langer Zeit lebte man noch in der

Wüste –, nicht das Gespräch. Der Geschichtenerzähler ist derjenige, der reden soll. Hier sehe ich, was zu sehen ich in Granada von oben herab keine Gelegenheit hatte. Und hier, mehr von innen heraus, verstehe ich, womit ich mich in Granada noch nicht einmal beschäftigte.

Ein Mann, der vom Feld kommt, treibt seine vier Eselchen an, indem er mit ihnen spricht, als seien sie vier müde, ein wenig einfältige Menschen. Auf einem Torbogen, der so niedrig ist, daß man zwei Stufen hinabsteigen muß, um hindurchzukommen, lese ich: »Der Neidische hat einen Splitter im Auge«. Das Licht dringt durch die Gitter über den Gassen und treibt sein Spiel mit ihnen. Auf den Dachterrassen entfalten Teppiche ihre edlen, blassen Farben. Das Hämmern der Messinggießer bestimmt den Rhythmus des Daseins. Ein Blinder leiert seine Bitte – »Gebt etwas im Namen Gottes« –, er geht unendlich langsam und fährt unablässig mit der Hand über sein Gesicht, als wasche er sich. Ein Mann, so alt wie die Welt, entfernt sich mit zwei großen Fischen in der Hand. Lachend schneiden zwei Zimmerer neben einer fast fertiggestellten Predigtkanzel das Holz für einen Sarg zu. Ich passiere die stark besuchten Eingänge einiger Bäder. Ich komme an einem Laden mit gestreiften Hemden vorbei, in dem der Schneider das Garn, das ein buckliger Knabe bereithält – vier über jede Hand gespannt –, gleichzeitig zusammenzwirnt und vernäht. Ich komme an einem Vogelbauer vorbei, in dem zwei zerrupfte, schmutzige Turteltauben verliebt gurren. Ich gehe unter Lichtschächten hindurch, auf die man mehr Wert legt als auf alles andere – an einer Häuserecke, vor einer Tür, mitten in einer überdachten, düsteren Gasse. (Woran erkennt man hier, was eine Straße ist und was nicht, was ein Hausflur, was ein Durchgang? Darin hat man eine große Vollendung erreicht: am hellichten Tage die Nacht vorzutäuschen.) Ich komme an Bergen von Oliven vorbei, die auf Bastmatten vor den Ölmühlen liegen: schwarze, violette, grüne – wie kostbare Steine. Als ich sie hingerissen betrachte, läßt ein vorbeitrottender Esel seinen Kot darauf fallen.

Ich komme bei einem Pantoffelmacher vorbei, der sein Werkstück mit einem gestrafften Riemen auf dem Knie festhält und seinen Kopf im Takt einer stummen Melodie bewegt. Ich komme an einem Kunstschmied vorbei, bei dem man zwischen dreißig oder vierzig verschiedenen Schilden wählen kann – so wie der Schreibende ein bestimmtes Wort wählt. Ich gehe an einer Vielfalt von Obstständen vorüber: Dort gibt es Koriander, Sellerie, Petersilie, sämtliche Früchte und Gemüse. Dazwischen die frischen Flußfische und in Strohkörbchen gepreßter Ziegenkäse. Ich gehe an einem Karren mit abgeschnittenen Köpfen vorbei: Kälber, Schafe, Ziegen, mitten im Sonnenlicht, das, in Fetzen zerrissen, goldene Zeichnungen auf den Unrat wirft. Ich gehe an den schwerfälligen, schaukelnden Kamelen einer Karawane vorbei, die mich an einen Menschen erinnern, der sich Tag für Tag quält, ohne einen Ausweg zu finden, an einen Menschen, der sterben will. (Ich bin nie hinter das Geheimnis des stolzen Aussehens der Kamele gekommen. Beladen, gebeugt, hungernd und dürstend, bewahren sie trotz ihrer seltsamen Häßlichkeit die Gelassenheit und den Takt ihrer langen Schritte und ihr erhobenes Haupt. Wenn ich sie sehe, befällt mich stets ein Gefühl der Verbrüderung; ein König soll nicht wie ein Rassepferd sein, sondern wie ein Kamel. Das habe ich gelernt, als es mir nichts mehr nutzte.) Als ich die Medina verlassen will, verlaufe ich mich, und wenn ich die Orientierung wiederfinde, verirre ich mich erneut. In diesen Labyrinthen ist nur eines klar: Ihre Absicht, den irrezuführen, der nicht dazugehört.
In Fez liegt die Stadt der Lebenden in einer Senke zwischen den Friedhöfen. Die Bewohner von Fez weisen auf die Hügel, die voller Gräber sind, lächeln und versichern, daß es ihnen dort drüben besser gefiele. »Es ist sehr schön«, sagen sie. »Die Stadtgründer bewiesen es, indem sie den Toten den besseren Platz überließen.« Gegenüber dem Gesetzestor – oder dem Tor des Verbrannten, eine Anspielung auf meinen Landsmann Ibn al Khatîb, dessen Leichnam dort zur Schau gestellt wurde –, in der Nähe des Tores, durch das ich zur Medina gehe, lie-

gen sanft ansteigende Hügel voller olivenbeschatteter Gräber. Wenn ich sie von meinem Fenster aus betrachte, wie Kuhreiher, die sich dort niedergelassen haben, denke ich mir, daß es keine schlechte Ruhestätte wäre – wenn es stimmt, daß der Tod tötet.

Bevor ich in die Stadt hinuntergehe, betrachte ich sie vom Mirador meines Alkovens aus. Sie ist hinter Dachterrassen verborgen. Für die Liebe und andere Treffen bieten sie einen geeigneteren Platz als die Gassen der Medina. Unterhalb und gegenüber von mir sehe ich, wie von der Alhambra aus, einen Albayzín, nicht so weiß und mit weniger Gärten, aber ich höre seine Bäche. Im Hintergrund liegt eine Sierra, nicht ganz so hoch wie meine – ist es noch *meine* Sierra Solera? –, doch ebenfalls schneebedeckt. Aber sie liegt nicht hinter, sondern vor mir, als wäre mein erschöpftes Hirn wahnsinnig geworden oder als hätte sich der Horizont Granadas halb gedreht. Je nach Jahreszeit – jetzt ist es Oktober – verhüllen unter einem eintönig blauen Himmel Nebelschwaden die Hügel rings um das Gewimmel der Stadt. Die weit verstreut liegenden Landhäuser ragen nur wenig daraus hervor; die Sonne zaubert ein Gleißen auf die Kuppeldächer der Moscheen; Rauch steigt träge empor und läßt den Dunst dichter werden; das Weiß der Grabmäler sprenkelt die Berglehnen. Glücklicherweise sind die Winter hier viel milder als in Granada. In meinem Alter würde ich die kalten Januarnächte dort nicht ertragen: Sie sind das einzige, wonach ich mich nicht sehne.

Um zu dem belebten Fluß der Gerber und Färber zu gelangen, der die Stadt teilt, muß man ein Universum durchqueren: Gassen, die von rauchenden Kesseln und grellbunten Wollsträngen gesäumt sind; der angenehme Geruch nach verbranntem Holz; die von den Säuren auf Hochglanz gebrachten Steinböden, die zu den Öfen im Inneren führen ... Einmal stieg ich über einen glitschigen, widerlichen Abhang, der mit Häuten, Wolle, Kuhmist und entsetzlich stinkenden Rinnsalen übersät war, zu den Gerbereien hinunter. Dazu erzogen, das

Häßliche zu fliehen, heftete sich mein Blick auf eine Schale mit rosa Schwertlilien und Basilienkraut: Da stand sie auf einem Fensterbrett, makellos und wundervoll. Was machte sie an einem so schmutzigen Ort? Vielleicht sollte ich mich lieber fragen, weshalb ich diesen Ort als schmutzig und diese Blumenschale als wundervoll bezeichne. Am Fuß des Hügels dann die mit Taubenexkrementen gefüllten Gerbbottiche und die Mauern, die diese brodelnden Stollen umschließen, behängt mit zum Trocknen bestimmten Häuten. Im Sommer werden sie nur bei Nacht ausgebreitet, damit sie nicht von der Sonne verdorben werden. Die Gerber und ihre Gesellen arbeiten schweigend im Takt. Mitten in diesem feindseligen Krater nehmen sie in der Reihe der Waschtröge harmonische, anmutige Positionen ein, halb nackt, mit verfärbten Füßen, halb verdeckt von den Dämpfen, die emporsteigen wie Brodem aus einem lebenden Schlund. In kauernder Stellung befreien sie die Rückseite der Häute mit scharfen, furchterregenden Werkzeugen von Haaren und Unebenheiten. »Die jungen Tiere«, so erzählen sie mir, »liefern bessere Häute.« Es ist entmutigend, daß es sogar im Tod die Jüngeren sind, die mehr Erfolg haben. Nicht einmal der Tod heißt die Alten willkommen. In diesen Lohgerbereien habe ich in einem trübseligen, elenden Loch einen Mann kennengelernt, der seit siebzig Jahren dort arbeitet. Er wies auf eine dunkle Ecke, in der ein regloses Bündel zu erahnen war, und sagte zu mir: »Das ist mein Vater.« Ein Junge fischt mit einem Haken nach den Häuten, die zwei oder drei Monate im Ätzkalk lagen. Weiter drüben macht einer Bewegungen, als träte er Trauben in der Kelter; es sieht aus, als riebe er die Häute über den Boden oder als suchte er mit den Füßen auf dem Grund eines Troges nach einer Haut, die ihm entglitten ist. Die Tretmühlen schöpfen das glucksende Wasser des Flusses. Von den hohen Trockengestellen kann man über die Dachterrassen am gegenüberliegenden Ufer blicken: das Andalusierviertel. Dorthin wendet sich mein Blick . . .

Im Laufe des Tages verändert die Medina ihr Gesicht. Zur Mittagsstunde läßt sich eine Palme kaum von dem sandfarbenen Komplex des großen Sukh unterscheiden. Die grünen Dächer einer Madrasa, die Fliesen eines Minaretts sind kaum auszumachen. Kein Lufthauch bewegt die aufgehängte Wäsche. Um drei Uhr nachmittags ist alles ein atemberaubender Lärm. Dann plötzlich ein Aufschrei: Der große Sukh betet. Wenn ich nicht achtgebe, bin ich auf einmal allein . . . Wo sind die übrigen Ameisen hin? Wie im Leben eines Menschen gibt es auch hier Stunden, in denen alles Spielzeug entzweigeht und man nur seinen Gedanken nachhängen kann. Mit gewaltigen Schritten legt sich die dunkle Nacht über die Medina. Es gibt kein Licht mehr, nur ein Knirschen, ein unbekanntes Gleiten und die Gassen voller natürlicher Gerüche . . .

WIE ICH AMIN und Amina kennenlernte?

Ganz in der Nähe der Andalusier-Moschee hat ein Schmied seine winzige Werkstatt. Einer der Gesellen, der mit der dunkelsten Haut, lächelte mir jedesmal zu, wenn sich unsere Blicke trafen. Während er das Eisen auf dem Amboß bearbeitete, während er es drehte, um es dann zu prächtigen Gittern zu verlöten, sah er mich unablässig an. Neben der Schmiede war die Werkstatt eines Drechslers. Der Drechsler aber sah mich nie an. Seine Mißachtung traf mich mehr, als wenn er mich von oben herab angesehen hätte. Hatte ich dieses kantige, verschlossene Gesicht schon einmal gesehen? Auf dem Krammarkt in Granada vielleicht? Es war zwecklos, mich erinnern zu wollen, meine Pflicht ist es heute, alles zu vergessen, was ich einmal erlebte, was ich wußte und was ich besaß. Mittels eines einfachen, durchdachten Mechanismus arbeitete dieser Drechsler mit Händen und Füßen gleichzeitig, bis nach Sonnenuntergang, in eine beneidenswerte Konzentration versunken, die ich feindselig zur Kenntnis nahm. Seine Augen, die im Halbschlaf zu sein schienen, blickten niemals von den Lorbeerhölzern auf. Welche Farbe sie wohl haben mochten? Ich konnte es nicht in Erfahrung bringen. Doch eines Morgens erfuhr ich durch den Schmied, daß er tatsächlich ein Granadiner war.

Einige Tage später war der Laden des Drechslers geschlossen. Ich vermißte seine verworrene Arbeit, der zuzusehen mir Freude bereitete, so, wie man, hin- und hergerissen zwischen Bewunderung und Ekel, die Verrenkungen eines Vierhänders beobachtet. Und ich vermißte sein absichtliches Nichthinsehen. Eines Nachts träumte ich von dem Drechsler; er hatte grüne Augen.

Es vergingen noch einige Tage. Schließlich erzählte mir der grämliche, lächelnde Schmied: »Der Drechsler ist gestorben, Herr. Das sind seine Kinder.«

Auf den Stufen der Moschee saßen zwei gleich aussehende Kinder von zwölf oder dreizehn Jahren. Trotz ihrer etwas unterschiedlichen Gestalt sprang es ins Auge, daß sie Zwillinge waren; aber durch einen Fehler der Natur – falls sie die Urheberin ist – war einer männlich und der andere weiblich. Vielleicht hatte es etwas damit zu tun, daß ihr Vater gleichzeitig mit den Händen und mit den Füßen arbeitete. Ihre Mutter war bei der Geburt gestorben. Dieser unglückliche Umstand brachte sie mir näher. Sie hatten keine Angehörigen. Ihre Eltern waren aus Granada hierhergekommen, als ich von dort wegging. Ich fühlte mich verpflichtet, sie in meinem Haus aufzunehmen. Seither sind sie hier. Für mich sind sie die Synthese zweier Welten: jener dieser Medina, die sich mir offenbart und sich vor mir verbirgt – eine Synthese wie sie, unerklärlich, aufregend und schön –, und meiner gestrigen Welt, Synthese der verstreuten, prächtigen Spuren, die Granada in der Welt hinterlassen hat.

Die beiden sind scharfsinnig und aufgeweckt, von lebhaftem Geist und klarem Ausdruck. Ihr Blick ist lauernd, achtet auf alles, ist unstet und mißtrauisch. Kaum sieht man sie an, lächeln sie, als wollten sie im voraus für eine mögliche Anschuldigung um Verzeihung bitten. Ihre Nasen sind kurz und ganz gerade. Ihre Augen sind grün wie die ihres Vaters in meinem Traum, so glänzend, daß sie von innen heraus zu glühen scheinen; wenn ihr Blick auf mir ruht, muß ich mich anstrengen, ihm standzuhalten und meine Augen nicht abzuwenden. Ihre Körper sind melodiös – dieses Wort trifft es am ehesten. Der Knabe hat einen anmutigen, herausfordernden Gang, er geht etwas breitbeinig, um männlich zu wirken. Aus dem gleichen Grund behandelt er seine Schwester mit Härte und doch wohlwollend, als sei sie ein Kind. Sie macht einen folgsamen, niedlichen Eindruck – obwohl ich glaube, daß sie eine unbeirrbare Entschlossenheit verbirgt –, und bei dem geringsten Zweifel richtet sie ihre herrlichen Augen auf ihren Bruder. Es ist offensichtlich, daß es einen Pakt zwischen ihnen gibt, ausgesprochen oder nicht, der sie aneinander bindet und gegen den Rest der Welt vereint: eine Welt, von der ich noch ein Teil bin. In Ermangelung einer anderen Beschäftigung habe ich die beiden beobachtet, sie ausführlich studiert. Zu Anfang heimlich; dann wagte ich, mit ihnen zu sprechen. Wir waren so verschieden – zwischen uns lag die Weite eines Weltmeeres – entweder waren sie in weiter Ferne, oder sie verbargen sich hinter den Wogen. Dennoch zog ich meine Schlüsse, auf die Gefahr hin, vorschnell zu urteilen. Das Leben hat sie nicht unversehrt, wohl aber unverletzt gelassen; der Schmerz griff sie an, doch er quälte sie nicht, oder wenigstens hinterließ er keine Spuren in ihrer Seele. Ich glaube nicht, daß er ihre Seele überhaupt berührte.

Und ich denke wieder einmal nach. Vielleicht sind der Schmerz und die Liebe lediglich Ausdrucksformen von Individualität. Nur ein wahres Individuum, also jemand, der gewisse niedere Bedürfnisse unterdrückt, ist in der Lage, sie zu empfinden. Das Volk ist lediglich eine Art. Als Art ist es unsterblich. Darum ist es unfähig zur Liebe, aber eben darum ist es auch unerschütterlich.

Habe ich ein Recht, so zu sprechen? Habe ich verdient, was ich besitze? Mehr noch: Bin ich überhaupt zu Empfindungen fähig? Bin ich es noch, nach so vielen Verlusten? Nur die Gefährdung durch Schmerz und Tod, die mit der Überlegung einhergeht – eine nicht erzwungene Gefährdung –, läßt den Menschen von einem latenten, rein körperlichen Leben zu einem im Wesen menschlichen Leben gelangen. Das Leben verdient diesen Namen nicht, wenn es sich nicht der Gefahr aussetzt, sondern sich schont und den Menschen als ein reines Vehikel zur Fortpflanzung versteht. Ich weiß es. Lange Zeit habe ich für den Konflikt gelebt, für die Herausforderung, für das traurige oder wohltuende Wunderbare, das mich über Jahre entflammte, doch mir ging der Anlaß und der Grund für die Gefahr verloren: Vollständig und widersinnigerweise wurden sie mir entrissen. Und nun ist ihr Nichtvorhandensein wie ein Lauffeuer, das alles verschlang, sogar den Schmerz. Betäubt, um weiterleben zu können, ist der Schmerz jetzt zu einem Zustand dumpfer Melancholie geworden, zu einem bodenlos dunklen Unglück, das es mir nicht erlaubt, die Welt zu sehen, sie sehen zu wollen. Ich bin jetzt wie ein leeres, abtriftendes Schiff.

Ich habe jene verachtet, die sich damit abfanden weiterzuleben, die, wie diese beiden, nur zu dieser Bestimmung geboren wurden. Denn Leben, sagte ich mir, bedeutet nicht, am Leben zu bleiben, sondern an dem Mysterium teilzuhaben, an den gewissenlosen Aussaaten und Ernten des Lebens – Leben erschaffen, nicht nur zeugen. Sind Amin und Amina vielleicht deswegen hier? Sind sie die letzte Festung, in der mein Herz klopfen soll?

Die wilden Tiere und das notleidende Volk nehmen mir meine Kraft, wenn ich sie aufmerksam beobachte. Wenn das Leben ein unwiderstehlicher Trieb ist, der nur darauf ausgerichtet ist, nicht zu sterben, wird es unverständlich und hart, eine blinde Pflicht, für die es keinerlei Belohnung gibt. Die Schöpfkellen der nie stillstehenden Mühle drehen sich in einem gleichgültigen Gewässer; sie steigen hoch und sinken herab, werden ohne ihre Zustimmung gebraucht oder nicht. Ist Leben das: dieses stete Wasserschöpfen, diese Abfolge von Nahrungsaufnahme, Schlafen, Kinderzeugen? Der Mensch ist zwar einerseits ein Bestandteil der ungezähmten Natur, aber gibt es nichts an ihm, worin er ihr widerspräche? Bringt die Liebe, die uns offensichtlich dazu treibt, neues Leben zu zeugen, die Liebenden nicht häufig dahin, das eigene Leben zu lassen? Ein ertrinkender Schiffbrüchiger ist größer als das Meer, denn der Schiffbrüchige weiß, daß er stirbt, das Meer jedoch weiß nicht, daß es ihn tötet.

Überleben ... aber bis wohin? Sollte Grausamkeit die einzige Waffe sein, eine Grausamkeit, so unschuldig und unbewußt wie die Fürsorge, mit der eine Löwin ihre Jungen ableckt? Überleben um jeden Preis ist nicht menschlich. Der Tod ist verführerisch: die erste wirklich ruhige Nacht, das weiche Kissen, in das der Körper aufseufzend flieht und in dem er sich auflöst. Sterben ist das unabänderliche Ziel des Zufalls, das Ende dieses unerbetenen Auftrags. Den Kopf zurücklehnen, die Augen schließen, die Angst vergessen. Ach, wie leicht wäre das – ein kurzer Schnitt in die richtige Ader, und vorbei wäre die Furcht vor einer Zukunft voller unvorstellbarer Angriffe, finsterer Feindseligkeit, Niederlagen und Alterserscheinungen, eine Zukunft, in der die überlebensnotwendige Grausamkeit schwinden wird und wir den Reißzähnen des Jüngeren, erst am Anfang Stehenden schutzlos ausgeliefert sind. Vorbei ... ein kurzer Schnitt, und das Dunkel umhüllt uns mit seiner mütterlichen Nachsicht. Wird der Mensch nicht menschlicher, wenn er das in sich fördert, was am wenigsten animalisch ist: diese Möglichkeit, sein Leben nach Gutdünken zu beenden? Und trotzdem: Was kümmert sich das Leben darum, daß ein einzelnes Wesen stirbt – sei es ein Mensch, ein Raubtier oder ein Fisch, dem der schielende Blick eines kleinen Kindes folgt?

Ich weiß nicht, ob es diese Überlegungen waren, die mich dazu brachten, langsam und schrittweise auf Amin und Amina zuzugehen – wie man sich verwaisten Tigerjungen nähert. Ich weiß nicht, ob ich erneut Erfahrungen machen, lernen wollte, ob ich ihre Tapferkeit als Schutzschild verwenden oder dieser ganzen Leere einen Sinn geben wollte oder einen Ersatz für meine eigenen Söhne finden, die nicht mehr bei mir leben und mich nicht mehr achten, mich vielleicht noch nie achteten, oder ob ich versuchte, durch sie meine ungeborene Tochter zu ersetzen, die mich aus genau diesem Grunde nicht enttäuscht hat, oder ob es vielleicht alle diese Gründe zusammen waren.

Ich sollte mich wohl besser nicht fragen, ob Überleben auch bedeutet, lebend von einem Aufschub zum nächsten zu gelangen.

MICH ÜBERROLLT EINE Flut von Nachrichten über das, was sich im Laufe dieser Jahre in Granada zugetragen hat. Die Muslime dort konnten sich langsam daran gewöhnen, über mich aber bricht alles auf einmal herein und lastet auf mir. Es steht fest, daß die Zeit dem Schmerz und dem Leben die Intensität nimmt und sie dosiert. Die Zeit ist es, die uns auf unserem Weg zum Tod gütig bei der Hand nimmt – wenn man ihr die Zeit dazu läßt.

Auf der Bib-Rambla entzündeten sie einen Scheiterhaufen aus Büchern: Bücher, die ich in der Alhambra zurückgelassen und die sie in den Häusern gefunden hatten, die sie laut Kapitulationsvertrag nicht betreten durften. Nichts wurde verschont, weder Wissenschaft noch Philosophie oder Medizin. Bücher, die Jahrhunderte der Liebe und Hingabe verkörperten. Unsere Gebete, unsere *Qasidas*, unsere Mystik und unsere Musik. Alles verbrannt. Wenn ich die Augen schließe, sehe ich den Rauch, ein nach oben wachsender Baum der Tollheit, des Kummers und des Widerspruchs, der seinen Schrei in den klaren Himmel Granadas sendet. Ich sehe, wie das Feuer kostbare Bücher verzehrt, bemalte Ledereinbände, silberne Beschläge, zierliche Filigranarbeiten, Dinge, für deren Schöpfung unsere sich verfeinernde Kultur Hunderte von Jahren brauchte. Ich sehe meine Kultur verbrennen, und ich höre, wie die Glocken der Feinde laut den Sieg verkünden. Welchen Sieg? Welche Einheit erwarten sich die Wilden? Einheit durch Zerstörung, durch Vergewaltigung der Körper, Glaubensrichtungen und Meinungen, durch die Vernichtung all dessen, was nicht in Übereinstimmung steht?

In Ronda sind so viele umgekommen, daß die Sierra Bermeja, die rote Sierra, ihren Namen von jetzt an wegen des Blutes, nicht mehr wegen der Färbung ihres Gesteins tragen wird. Die Aufstände in der Alpujarra wurden in noch mehr Blut erstickt. Diese ganze Schönheit – in Blut und Wehklagen untergegangen. Was für eine christliche Art des Christianisierens, jene ins Paradies zu schicken, die eine Störung für sie bedeuten! Was für eine Falschheit, Politik als Sendboten der Göttlichkeit zu maskieren! »Entweder die Taufe oder die Überfahrt nach Afrika in den Schiffen des Königs, für zehn Dublonen pro Kopf« – aber vorher nahm man ihnen die Dublonen weg. Was diese Könige ihrem Gott wohl des Nachts erzählen mögen, wenn es denn so ist, daß sie wirklich an ihn glauben? Wie beten sie wohl zu ihrem Gott, diese Verbrecher mit göttlichem Auftrag, diese Folterer im Namen des Glaubens?

Viele der Granadiner, die nach Nordafrika gingen, leisten noch Widerstand als Piraten. Sie hoffen wohl nicht darauf, eines Tages selbst zurückzukehren, sondern kämpfen für ihre Kinder und Kindeskinder. Es gibt Augenblicke, in denen ich mich in dem Bedürfnis verzehre, ihnen meinen Namen und mein karmesinrotes Banner voranzustellen und mit ihnen zu sterben. Ihre besessene Tätigkeit hat die Christen darin bestätigt, daß der Islam nur zu besiegen ist, indem man mit dem Schwert der

Religion die Seewege der Meerenge durchtrennt. Indem man nicht nur die Muslime der Halbinsel tauft, sondern auch die afrikanischen Küstenstädte erobert und bekehrt, um so die Lage sicherer zu machen.

Und sie sind hier aufgetaucht. Läßt ihr Gott sich von ihnen betrügen? Betrügen sie sich selbst? Nur um der Beute willen eroberten sie Oran; niemand hatte ein Interesse daran, irgend jemanden zu bekehren oder zu überzeugen. Nichts als Raub: enthaupten, erdolchen, die »Maurensekte« abstechen wie Stiere, um sie aus der Welt zu schaffen. Nur achtzig Mauren blieben am Leben. »Der beste Maure ist ein toter Maure«, sagen ihre Generäle. Die beiden Moscheen weihten sie der Fleischwerdung Christi und Santiago, dem »Maurentöter«, um unzweifelhaft klarzustellen, wozu sie gekommen waren: um auf unsere Leichen zu spucken. Durch den bloßen Namen der Spanier von Furcht ergriffen, flüchteten die meisten Bewohner Tlemcens und der umliegenden Dörfer Hals über Kopf. Viele sind hierhergekommen, unter ihnen die Angehörigen meines Onkels Abu Abdallah, die ich in diesem Haus aufnahm, bis sie eine Bleibe in der Medina fanden. Jetzt ist Zagals Grab allein zurückgeblieben. Jadicha – oder, besser gesagt, dieses Trugbild namens Jadicha – ist um der Erinnerung an meinen Bruder Yussuf willen hier bei mir geblieben. Jetzt gerade höre ich sie durchs Haus schwanken; wenn sie versucht, nicht zu stören, macht sie am meisten Lärm.

Die »Katholischen Könige« – so nennen sich diese Könige von Spanien. Wenn es einen Gott gibt, der Gefallen findet an dem, was sie tun, möchte ich ihn niemals kennenlernen. Ach, ihr Andalusier! So wie früher eure Gelehrsamkeit, so wird heute eure Saat und euer Blut über die ganze Welt verstreut wie reifes Korn . . .

Als ich die Niederschrift des Vorhergehenden beendet hatte, kamen Amin und Amina herein und überraschten mich dabei, wie ich, den Kopf auf diese Blätter niedergesunken, vor mich hin schluchzte. Ihre Zuneigungsbezeigungen waren so eindringlich und zärtlich, daß ich mich ihnen überließ wie ein Kind. Sie bedeckten mich mit jenen Küssen und Liebkosungen, mit denen sie sonst einander mit absoluter, bezaubernder Schamlosigkeit überschütten. Vom ersten Tag an wollte ich mich nicht zwischen sie stellen; nun ist ein brennender, in Vergessenheit geratener Kummer in mir wach geworden. Was bezwecken sie mit solchen Freundlichkeiten? Was wollen sie mir zu verstehen geben?

El Malehs ältester Sohn – sein Vater starb vor drei Jahren – hat heute mit mir gefrühstückt. Auf mein Betreiben hin bekleidet er einen hohen Posten bei Hofe, und er ist informiert darüber, was in der Außenwelt vor sich geht. Er hat mir die Geschichte Aben Comisas erzählt, seit damals, als dieser aus der Alcazaba in Andarax floh.

Ihm war klar, daß er konvertieren mußte, um vorwärtszukommen; die Könige waren seine Taufpaten. Er nahm den Namen Don Juan de Granada an, und weil er feststellte, daß ihm durch die Einflußnahme Bischofs Cisneros der Franziskanerorden eine glänzende Zukunft bieten würde, nahm er deren Tracht. Es genügte ihm jedoch nicht, in einem Kloster sein Leben zu fristen, das seine ehrgeizigen Pläne auf unbestimmte Zeit verschob. Er floh von dort, nicht ohne das Geld der Brüder mitzunehmen, was nicht wenig war, und ließ sich, nun wieder ein eifriger Muslim, in Algier nieder. Dort plante er, in die Gunst des Emirs aufzusteigen, und durch Schmeicheleien und Ränkeschmieden erreichte er es. Mit demselben Sinn für das Böse, mit dem er meine Mutter einwickelte, schmeichelte er sich auch bei ihm ein und erreichte, daß er ihm die Verteidigung des Landes übertrug. Dann begann er Verhandlungen mit dem Grafen Pedro Navarro und verkaufte Algier für Geld, wie er meine Domäne verkauft hatte. Als die spanischen Truppen in Bujía erschienen, kam es entgegen den Versprechungen Aben Comisas zu unerwarteten, grauenvollen Kämpfen. In den uralten, hohen Mauern lebte eine Bevölkerung, die zahlreicher und wohlhabender war als jene in Oran, jedoch weniger kriegerisch und sehr den Vergnügungen ergeben. Als sich dann schließlich während des Ramadan die Stadt ergab, wurde die gesamte Bevölkerung hingemetzelt. Und als Navarro den Palast in Besitz nahm, stieß er im Thronsaal auf einen durchbohrten Körper. Es war Aben Comisa. Der Sultan hatte ihn eigenhändig getötet, als er seinen Verrat entdeckte. Falls es ein ewiges Leben gibt, in dem Schlechtigkeit bestraft wird, dann, so vermute ich, wird es nicht genügend Strafen geben für den größten aller Verräter. Aber selbst wenn – nun ruht Aben Comisa. Es gibt Menschen, denen nur der Tod Einhalt gebieten kann, und das nur mit knapper Not.

Einige Monate später versuchte der Herrscher von Bujía die Stadt zurückzuerobern. Die Kastilier vernichteten seine Truppen. Er bat hier, wo sich alle Geschlagenen versammeln, um Aufnahme.

Wenn die Trägheit mich nicht davon abhält, denke ich daran, die Gräber des letzten ziridischen Sultans von Granada und des letzten Königs von Sevilla in Aghmat zu besuchen, die dorthin, in den äußersten Süden, verbannt wurden, in die Nähe von Marrakesch.

Diesem Almutamid, der ungeduldig auf den Tod wartete, habe ich eine Elegie gewidmet, die ebensogut mir gelten könnte.

Lautlos nistet die Nacht in der Brust des Morgens.
Wenn sie hinabsinkt,
werden der Kameltreiber in Afrika und der Schweinehirt in Kastilien
durch sie gleich sein
mit Ihm, der alles überstrahlt hoch oben im Himmel.

In Córdoba und Ronda ruhen die Scherben deines Herzens.
Mit Itimad zersprang das letzte Stück.
Kein Erbe gibt es für deine Erben,
keinen Gesang, keine Myrten, keine lichten Schatten, kein munteres Wasser.
Wie Vögel des Mitleids erscheinen dir, von unten besehen, die Raben.

In dieser Brandung endet dein rauschendes Leben –
Liebe, Kampf und Poesie.
Lieben . . . das war Besitzen: Hände, in Ketten gelegt,
können der Herausforderung nicht trotzen.

Wenn er deiner gedenkt, dann frage Silves, wo die Freude begann.
Noch immer wiegen sich dieselben Palmen im Garten desselben Palasts.
Derselbe Mond, derselbe Fluß, in dem sich Rumaiquiyas Antlitz spiegelte.
Alles gleich und ohne dich. Du der gleiche und ohne alles.
So viele Paläste für nichts, umgeben von Wasser und Gärten.

»Antworte, Aghmat«, so sprichst du immer wieder.
»Ertrügest du solche Größe, ohne zu zerbrechen?«
Antworte du mir: Zerspringt vielleicht vor Schmerz deine Erinnerung, die stets über das ersehnte Vergessen siegt?
Eine Gewißheit nur vermag dich zu beruhigen:
In Sevilla wirst du deine Augen aufschlagen am Tag der Auferstehung.
Doch man muß sterben, um aufzuerstehn: Danach verlangt dich am meisten.

Tripolis hat noch nicht einmal drei Monate standgehalten, bis es fiel. Die Christen haben ihren Fuß bereits mit Nachdruck auf afrikanischen Boden gesetzt. Und ich weiß sehr gut, wie schwer ihr Marsch zu stoppen ist.

Heute war das Fest der Geburt des Propheten. Ich habe Amina die Halskette und die Brosche geschenkt, die ich vor so vielen Jahren für Moraima anfertigen ließ. Die Goldschmiede schickten sie erst nach ihrem Tod. Ich konnte mir nie vorstellen, daß ein paar Juwelen solche Freudenausbrüche bewirken könnten. Jemanden glücklich zu machen ist vielleicht der bescheidenste, aber auch der ungefährlichste Weg zum Glück.

Zwei Dinge bewegen die islamische Welt: zum einen die Hoffnung auf eine Vereinigung aller brüderlichen Kräfte, zum anderen die Angst, der Großtürke könne alle unabhängigen islamischen Reiche erobern. Sind die unglaublichen Eroberungen des Islam noch nicht abgeschlossen? Zur Linderung meines Leidens lassen mich die Feinde des Sultans von Fez an eine neue Illusion glauben. Wie soll man ihnen begegnen?

Unter Männern wie Bayaceto, der Otranto eroberte, als ich zum ersten Mal gekrönt wurde, oder Selim kommt es zu einer Reihe von Siegen, die die Welt in Erstaunen versetzen. Selim wird »der Schreckliche« oder »der Grausame« genannt. Er ermordete seinen Vater, seine Brüder, deren Nachkommen und seine drei Söhne. Manche Männer können nur vorwärtsgehen, nur nach vorn schauen. Soll man sie deshalb bewundern? Ich weiß es nicht. Vielleicht lägen die Völker ohne sie am Boden. Was ist nicht türkisch im Augenblick? Von Konstantinopel aus verbreitet sich ein wiedererwachter Stolz: Serbien, Anatolien, der Irak, Arabien mit seinen Wüsten, Gebirgen und fruchtbaren Ebenen, Ägypten, Medina, Mekka und Belgrad.

Für die Christenheit ist der Traum wieder ausgeträumt, sie bangen wieder – mit dem Papst an der Spitze. Schon Pius II. bot Mehmed aus Furcht die Kaiserkrone an, wenn er sich bekehrte; schon Innozenz VIII. nahm aus Angst Bayacetos Bruder in Rom auf. Verliert die Christenheit ihren Traum aus gutem Grund? Freuen sich jene aus gutem Grund, die glauben, daß bald die ganze Berberei, Cerdeña und erneut Sizilien und Andalusien türkisch sein werden? In diesen Wellen des Jubels und der Besorgnis frage ich mich: Ist türkisch gleichbedeutend mit islamisch? Da die glückliche Zeit der Omaijaden und Abbasiden für immer vorbei ist – worauf sollte denn ein neues Imperium begründet sein, wenn nicht auf Gewalt? Oder ist die Religion für uns etwa das, was sie sein sollte? Konnte sie verhindern, daß bereits der dritte Kalif gegen den vierten kämpfte, kaum daß der Prophet gestorben war? Zu Recht sprach der Prophet häufiger über den heiligen Krieg nach innen als nach außen. Schrieb nicht Ibn Chaldun schon vor Jahrhunderten: Von allen Völkern sind die Araber – und wir prahlen damit, wie sie zu sein oder ihnen anzugehören – am wenigsten geneigt, sich einander unterzuordnen. Rauh, stolz und ehrgeizig, wollen sie alle an der Spitze stehen. Nur in den seltensten Fällen kann ein Wortführer ihre Pläne und Bestrebungen vereinen und weitervermitteln. Nur wenn sie durch ihre Heiligen und Propheten unter den Einfluß der Religion gelangen, dämpft eine gewisse Disziplin ihren rebellischen Geist. Und dann werden sie durch die Gebote der Religion in Gemeindeverbänden versammelt und untergeordnet, bis von neuem der Haß unter den Stämmen aufflackert.

Aber werden sich die günstigen Umstände wiederholen? Ich bezweifle es; Geschichte wird nicht rückfällig. Die trennenden Kräfte innerhalb des Islam und die Festigung der Länder und Nationen sind zu stark, als daß sie eine religiöse Einheit zuließen. Ja, ja: Wenn wir uns vereinten, würden wir die Welt beherrschen. Und unablässig wird sie uns lauthals angeboten. Doch wann wird dieser Traum Gestalt angenommen haben? Vielleicht ist der Allerhöchste nicht gewillt, dies zuzulassen. Vielleicht ist es besser so für alle. Es ist unser mühseliges, nur für kurze Zeit unterbrochenes Schicksal, Taifa-Könige zu sein. Die allzu Mächtigen sind für gewöhnlich nicht sehr geschickt. Aber sollte ich mich darüber freuen, daß Granada wieder islamisch ist, obwohl ich akzeptieren müßte, daß die Türken alle Muslime fest und dauerhaft an sich bänden? Selbst wenn es mir den Thron der Alhambra wiederbrächte – was habe ich mit den Türken zu schaffen? Gewiß – unsere Religion greift in jede einzelne Stunde unseres Lebens ein, aber tut sie es so umfassend, daß wir in der Art übereinstimmten, das Leben zu genießen, zu lieben, zu trauern, das Meer zu betrachten, uns an der Freiheit zu berauschen oder uns zur Musik zu bewegen? Von den Christen trennen uns Abgründe, aber vielleicht sind sie uns nicht so fern wie die Türken. Granada wird nie wieder Granada sein. Wir, die es schufen, wissen es ganz genau. Und kann ich mich darüber freuen, daß die Osmanen die Vega und die Sierra Solera betreten? Im Namen Gottes und als Muslim – ja. Als Andalusier – niemals. Und was sonst bin ich in dieser Welt – und in der anderen, wenn es sie gibt –, wenn nicht Andalusier?

DURCH AMINS UND Aminas Liebe – warum nicht mutig sein und es so nennen? – ist ein wohliges Klima in meiner Umgebung entstanden. Bald werde ich sechzig. Ich bin allein zurückgeblieben. Sie kümmern sich um die Hindernisse und Widrigkeiten, die es für einen alten, einsamen Fremden immer gibt. Sie sind – und ich sage es aus tiefster Erkenntnis – ein Wesen mit zwei Körpern verschiedenen Geschlechts. Mit ihrem Lachen und ihrem aufrichtigen Wunsch, mich zu unterhalten und mir zu gefallen, erhalten sich mich lebendig, und verliebt, wie sie ineinander sind, werden sie außerhalb dieses Hauses nie bekommen, was sie hier im Übermaß finden.

Niemand würde unsere Beziehungen verstehen oder gutheißen: weder die ihre zu mir, noch die ihre zueinander. Ich erwarte ein solches Verständnis auch nicht. Nur selten verstehen die Menschen, was sie nicht selbst empfinden. Was sie hingegen empfinden, heißen sie ohne den geringsten Skrupel gut. Vielleicht ist das bei mir der Fall – ich weiß es nicht. Ich werde mir diese Frage nicht stellen. Ich nehme das letzte Geschenk des Lebens an wie eine feine, wohlschmeckende Nachspeise.

Entgegen jeder Vorstellung wird es nicht von der geringsten Kompliziertheit überschattet.

Ich weiß nicht, seit wann sie ein Liebespaar sind, und ich will es auch nicht wissen. Ich weiß auch nicht, wann sie beschlossen – falls es ein Beschluß war –, mir ihre Liebe zu geben und nach der meinen zu verlangen. Das alles war das Ergebnis vieler ruhiger Nächte, in denen wir zusammen lasen, zusammen tranken, zusammen lernten, Gespräche und Lieder miteinander teilten. Sie sind zwei liebenswürdige Wesen, die viel von sich geben. Ich weiß, daß manche der Ansicht sein werden, daß sie mich um meines Vermögens willen lieben. Sie irren sich: Der größte Teil meines Vermögens gehört bereits meinen Söhnen, und selbst wenn sie mich nicht lieben sollten, wäre der Rest für diese beiden jungen Menschen bestimmt, die meine Nächte erhellen und meine Tage ergötzen. Sie geben mir mehr, als sie bekommen. In ihnen habe ich einen Ausgleich und eine Aufgabe gefunden; jemanden, an den ich weitergeben kann, was ich lernte, das Wenige, was das Leben mir zugestand, und die geringe Kraft für Zärtlichkeit, Neugier und Überraschung, die mir noch geblieben ist. Das soll nicht heißen, daß ich mich durch sie an das Leben klammere. Ich betrüge mich nicht. Ich habe etwas erreicht, wovon mir nie klar war, was es bedeutet: Gelassenheit – mit all der Gleichgültigkeit und Resignation, die sie mit sich bringt. Und mir ist bewußt, daß eine Nachspeise, so wohlschmeckend sie auch sein mag, nichts weiter tun kann, als das Ende einer Mahlzeit zu versüßen und die Tischrunde darauf aufmerksam zu machen, daß die Stunde gekommen ist, die Tafel aufzuheben. Dieser Stunde weiche ich nicht aus, ich dränge sie auch nicht. Ich bin der Initiativen müde.

Der Handschrift beigefügte Blätter

ICH SCHREIBE AUF den letzten der karmesinroten Blätter, die ich aus der Kanzlei der Alhambra mitnahm. Vielleicht ein guter Anlaß, nicht weiterzuschreiben. Ich glaube, heute ist mein vierundsechzigster Geburtstag, aber ich bin mir nicht sicher – ich bin es bei nichts mehr. Seit meiner Ankunft in Fez ist mein Leben verlaufen wie ein einziger, langer und schläfriger Tag. Außerdem habe ich nie die genaue Stunde meiner Geburt erfahren; so kam es, daß die Astrologen mir nie ein gesichertes Horoskop erstellen konnten. Für einen Herrscher kann das manchmal nur wünschenswert sein. Somit ist alles Einbildung, was über mein in den Sternen stehendes Schicksal gesagt wurde. Manches Mal habe ich mir gedacht, daß dadurch alles so kam: Im dunkeln tappen führt niemals zu etwas Gutem. Obwohl: Vielleicht bedeutet »leben« genau das: im dunkeln tappen. In meinem Leben haben Gewißheiten – und davon gab es nicht mehr als zwei oder drei – immer zum Schlimmsten geführt.

Ich bin früh aufgewacht – ich schlafe nur noch sehr wenig – und rief nach niemandem. Amin und Amina zogen sich abends zeitig zurück, als sie meine Müdigkeit bemerkten. Amina hatte ein Lied gesungen, das leicht und zerstreuend klang.

»Wo hast du das gelernt?« fragte ich sie.

Sie antwortete lachend: »Du hast es mir beigebracht.«

Man merkt, ich verliere mein Gedächtnis. Um es nicht noch einmal zu vergessen – obwohl mir die Zeit gar keine Möglichkeit dazu läßt –, notierte ich es mir, während ich die verschmitzt lächelnde, verspielte Amina betrachtete. Es war ein Rätsellied.

»Ich bin eine laszive, sich rundende Frucht,
genährt von den Wassern des Gartens.

Gegürtet mit einem runzligen Kelch,
gleiche ich dem Herzen eines Lammes in den Fängen eines Geiers.«

Amin brach in schallendes Lachen aus.

»Die Aubergine«, sagte er.

Wir tranken den schweren, dunklen Wein der Region. Ohne mir dessen bewußt zu sein, schlug ich weiter den Rhythmus des Liedes auf meinem Glas an. Ich dachte wie gewöhnlich an etwas anderes, an andere Begebenheiten.

»Zwischen den Tischgästen wachse und vergehe ich,
und im Zentrum des Schattens gleiten Tränen meinen Hals hinab.
Will ich schlafen, schneidet jemand mein Haar,
und so bleibe ich schlaflos bis zu meinem Tod.«

»Schlaflos bis zu meinem Tod«, wiederholte ich.

Uns fiel die Lösung des Rätsels nicht ein. Ich streichelte Aminas Gesicht, das mit dem Amins völlig identisch ist.

»Es ist die Kerze«, rief sie und nahm einen Schluck aus meinem Glas. Dann sang sie weiter.

»Ich bin schlank und so blaß und zerbrechlich,
daß es leicht ist, mich zu stechen.
Hin und wieder trinke ich,
und sogleich entströmt meinen Augen eine Klage.«

Wie ergreifend waren all diese Lieder! Es war die Schalmei; wir errieten es wieder nicht. Amina klatschte in die Hände.

»Wir sind wie das Schwert.
Wir sind unzertrennlich.
Wenn sich etwas zwischen die Zwillinge stellt,
werden wir es einträchtig zerstückeln.«

Diesmal war ich es, der richtig riet. Ich sah Amin und Amina vor mir – Zwillinge. Wenn sich etwas zwischen sie stellte . . .

»Es ist die Schere.«

Amina liebkoste und küßte mich. Vielleicht hatten wir schon zuviel getrunken, aber wir tranken weiter. Das Licht der Kerzen blinzelte und rekelte sich, genau wie im Rätsel. In den Ecken sammelten sich Schatten, wie Tiere, bereit, uns anzuspringen. Die Nacht ist meine Feindin, dachte ich. Ich habe gelernt, die Schatten zu fürchten. Meine Zwillinge fürchten sich nicht und schützen mich darum durch ihre bloße Anwesenheit. Sie sind zu jung – ist Jugend ein Mangel? –, um sich vor irgend etwas zu fürchten.

Amina sang weiter.

»Ich bin der Verräter der Tauben.
Zuvor, als ich ihr Freund war, verteidigte ich sie, bebend.
Jetzt verfolge ich sie, vibrierend,
und bringe ihnen mit meiner Zunge den Tod.«

Ich erinnerte mich an die Zeit, in der ich dieses Gedicht schrieb. Ich reiste mit Moraima – wir hatten gerade erst geheiratet –, nach Cenete, um dort einige Tage zu verbringen. Morgens ging ich mit Köcher und Bogen zur Ringeltaubenjagd.

»Es ist der Bogen«, murmelte ich.

»Wo sind jene Tage geblieben, wo ihre Helligkeit?« fragte

ich. Die beiden Geschwister umarmten mich, jedes auf einer Seite. Amina küßte meinen Bart, Amin meine rechte Hand.

»Jetzt das letzte«, sagte Amina. »Es ist sehr lustig.«

»Ich bin der Gebieter des Windes.
Wenn ich will, entfache ich den Westwind; wenn ich es wünsche, den Südwind.
Am liebsten aber umschmeichle ich das Antlitz
des herrlichsten aller Nasriden.«

Sie sang es ohne die Begleitung der Laute, während sie mir zufächelte.

»Der Fächer ist es«, sagte ich, »aber der Rest ist Lüge.«

Die beiden applaudierten mir im Gleichklang – wie sie überhaupt fast alles im Gleichklang tun. Sie reichten mir ein letztes Glas und zogen sich zurück, überzeugt davon, daß der herrlichste aller Nasriden Ruhe brauche – vielmehr nicht der herrlichste, sondern der unglücklichste, der hier fern von allen anderen, Toten und Lebenden, weilte, der alles verloren hatte, außer das Recht, den Namen seines Geschlechts zu führen; der die Augen schloß, um seine Tränen zu verbergen. Mir war zum Erbrechen übel, und mein Mund füllte sich mit Bitterkeit. Ich gab der Herbe des Weins die Schuld.

Ich habe sehr schlecht geschlafen. Schon vor einer ganzen Weile bin ich aufgestanden. Ich öffnete die Läden des Miradors und sah, wie es langsam über der Stadt zu dämmern begann. Ich könnte diese Stadt die meine nennen: Ich habe länger in ihr gelebt als in irgendeiner anderen. Aber es gibt etwas in mir, was dem widerspricht. Fez wird niemals meine Stadt sein, sowenig, wie ich jemals ihr gehören werde, weil meine Gebeine niemals endgültig in ihrer Erde ruhen werden . . . Schreibe ich nur, um den Abschied hinauszuzögern?

Noch immer ist tiefste Nacht. Gerade erhob sich die Stimme des Muezzin, als zerbräche jemand einen irdenen Krug und nähme dann die Scherben, um sie erneut fallen zu lassen, dieses Mal endgültig. Ich sage, die Stimme erhob sich, aber sie stieg auch hinab, tummelte sich in der Luft wie ein Vogel und legte sich dann plötzlich nieder, rollte sich zusammen, rollte sich wieder auf. Sie schien zu verstummen, um dann noch ungestümer fortzufahren. Ich habe schon unzählige Male den Gebetsruf gehört und erinnere mich an einige: an den des Imam der Alhambra zum Beispiel, der dem Geschrei eines Esels glich und der Yussuf und mich, als wir noch Kinder waren, zum Lachen brachte; aber es war, als sei dieser, den ich jetzt hörte, ein ganz anderer. Er schwebte über der Stadt, die ich unter mir liegen sah, die Nekropole der Meriniden zur Linken mehr erahnend als wirklich sehend. Er schwebte über der Stadt, so, als sei er kein Teil von ihr und als sei er doch ihr bester Teil. Er war ein Weinen, und er war es auch nicht; eher die Klage, die das Weinen bedingt. Seine Worte waren nicht zu enträtseln, wie Aminas Lieder. Und trotzdem – jeder konnte sie entschlüsseln. Sie sprachen von der ältesten Besessenheit des Menschen: beschützt zu sein, etwas Höheres, jemand Höheres zu verehren, der ihm die Gewißheit gibt, nicht allein zu sein inmitten der Nacht, haltlos verloren im Universum, ohne daß sich jemand Höheres die Mühe machte, ihn und seine Einsamkeit ernst zu nehmen. Der unglückliche Mensch braucht seinen Gott wie das Gezeter seines Esels, wie seine Tauben, seinen Bogen, seinen Fächer, wie die Wärme seiner Frau und die Alpträume seiner Söhne, die ihn wecken, wenn sie neben der Mutter liegend wimmern; er braucht ihn wie den heißen, ekelerregenden Gestank der noch feuchten Kuhfladen . . . Alles das wiederholte die Stimme, drohend und bittend zugleich. *Die Stimmen*, denn jetzt waren es schon viele. Auf einmal waren es viele: verbündet und feindlich, sich ergänzend und sich verbrüdernd, wie eine süßsaure, geduldig drängende Flüssigkeit, die bis zu den Minaretten stieg, an die erinnernd, die schliefen, ungeachtet dessen, daß der Mensch ein Nichts ist; ein Funke, der umherstiebt und sich ausdehnt, ohne etwas von seiner Hitze abgegeben zu haben. Er ist ein Nichts, wenn er sich nicht mit den übrigen Funken zu jenem vereint, der geboren werden soll. Er ist ein Nichts, nur das, was er selbst sich vorstellt: ein träges Wesen, das manchmal, bei Anbruch der Nacht, liebt, das sich das Gesicht mit Wasser benetzt, sich die Kehle und die Arme befeuchtet, das sich an seine Arbeit macht, ohne Freude und ohne Hoffnung, unter der Last eines erfundenen und glücklicherweise unerreichbaren Gottes ... Unerreichbar und erfunden? Schuf er den Menschen nicht nach seinem Ebenbild, sich ähnlich, um ihn so immer in Reichweite zu haben? Die mannigfaltigen Stimmen nah und fern waren nichts als eine Klage? Was beklagten sie? Die Menschen, die den Gott, den sie schufen, im Stich lassen? Den Gott, der die Menschen im Stich ließ – von Anbeginn an? Welche Zuflucht blieb? Eine Klage, die nie mehr zu enden schien. Und plötzlich, unvorhersehbar, endete sie. Als hätte sie nie existiert. So ist es am besten.

Die Klage teilte die Nacht mit dem abnehmenden Mond, dem gleichgültigen, starrsinnigen, mit dem darauffolgenden Krähen der Hähne, mit der anarchischen Geometrie der Medina, die unmerklich sichtbar wurde, wenn auch noch nicht klar umrissen, mit dem aufgeregten Rauschen des Wassers, das der Fluß zu Füßen der feuchten Hütten zusammentrieb. Ich weiß nicht, warum ich von all dem rede. Tausende Male in meinem Leben habe ich es Tag werden sehen. Und dennoch, heute ... Von wem verabschiede ich mich? Hinter den Hügeln färbt sich der Himmel orange; die Stadt ist jetzt nicht mehr schwarz, sondern von einem tiefen Blau, vielleicht auch Anthrazit. Wenn ich für einen Moment meinen Blick von ihr wende, erscheint sie mir flüssig, wie in verlaufende Tusche getaucht. Es scheint unmöglich, daß diese formlose Masse bald unter so viel erstarkendem, siedendem, beschränkendem Leben erbeben könnte. Im Süden wird der Himmel heller, wechselt ins Blaue, der Westen bleibt undurchsichtig, der Osten färbt sich grün. Die Stadt wird geboren, wiedergeboren. Klare Linien umreißen das Unbestimmte. Wenn ich genau hinsehe, kann ich ein Minarett erahnen, eine zarte Blässe, die, von den Stentorstimmen der fernen Hähne begleitet, über ein Kacheldach entweicht.

Langsam weitet sich das Orange des Horizonts. Der äußerste Norden rückt näher, mit unerbittlicher Zartheit wechselt er ins Grünliche, der Westen aber bleibt weiter düster, während das Purpur ins Gelb übergeht. Ab einem bestimmten Punkt beginnt sich auch die letzte Linie dieser Welt zu vergolden. Ein einzelner Vogel zwitschert, und ich höre das Strömen eines nahen Wassers, ein Plätschern, ein Flügelschlag schwingt in der Luft. Meine Seele weint und lacht, bestürzt und kalt. Die Aufhäufung der Medina ist jetzt schon von einem schwachen Grau, nicht mehr wie Wasser, eher wie ein zäher, bedächtiger Dunst, der auf den Befehl zum Auflösen, zur Befreiung, wartet. So, als sei ein schwacher Windhauch fähig, ihn zu tragen, zu verformen, wegzutreiben. In der Morgendämmerung nimmt man das Dunkelste immer zuerst wahr: die engsten Gassen, die Nischen an den Häusern, die Schattenseite der Minarette, eine Zypresse, einige Tore. Aber der Grund dafür ist das sanfte Licht, das schon seine Finger nach einigen Fassaden, einigen Straßenecken ausstreckt, nach der Ebene, die begierig nach Osten blickt. Der Gebetsruf ist einem aufblühenden, lebhaften Murmeln gewichen, dem Rauschen, Krähen und Zwitschern. Unbestimmbare Geräusche ballen sich zu einer verworrenen Klangfülle. Das Gelb des Horizonts wechselt in ein zarteres, von malvenfarbenen Einstreuungen durchsetztes Grün. Und nun ist es der Süden, der zwischen Rosa und Violett zum Leben erwacht. Es hat nicht den Anschein, als käme das Licht von oben herab, als würde die Stadt von außerhalb erhellt. Es ist so, als erschiene die Liebe und verwandelte von innen heraus die Welt, als flösse das Licht aus sich selbst, sich selbst schaffend, sich erhebend wie ein Schrei, der andauert, ohne zu wissen, warum. Die Viertel, die dem Sonnenaufgang gegenüberliegen, werden als erste sichtbar, die anderen, die sich vor dem rosagrünen Himmel wie ein rankender Rosenstrauch ausnehmen, bleiben noch ein Schattenriß. Endlich die ersten Stimmen, das erste Lachen ... Von der Alhambra aus konnte ich den Albayzín sehen, seine Mauern und Gärten, während die immer schneebedeckte Sierra hinter meinem Rücken unsichtbar blieb. Plötzlich sehe ich hier das Abbild des Albayzín vor mir und dahinter einen weißen Berg, als hätte ich den Verstand verloren; oder als hätte sich die Geographie Granadas gewandelt, um Versteck mit mir zu spielen. Ich fühle einen stechenden Schmerz in der Seite, der sich bis zur Kehle, zu den Augen fortsetzt ... Ich muß all das vergessen. Ich muß aufmerksam die hiesige Welt betrachten, den heutigen Morgen, der mein letzter sein wird.

Die Vögel, unzählige sind es jetzt, werden immer munterer, und auch die Menschen beginnen sich zu regen. Ein Hund bellt, es werden drei, zehn. Unbeweglich bereitet sich die Medina darauf vor, der Nacht zu entfliehen, die unbestimmte, unerbittliche Plazenta der Nacht zu durchbrechen. Es scheint, als sei die Stadt unter ihrem Umhang erleuchtet geblieben und befreie sich jetzt allmählich von den schattigen Stoffen; sie läßt sie nicht fallen, zerreißt sie nicht, sondern gleicht sie einander an, mit ruhiger Sorgfalt läßt sie sie in sich selbst verschwinden, um sie bald wieder hervorzuholen, wenn ich schon nicht mehr in diesem Mirador aus farbigem Glas weilen werde, das so sehr an mein Leben erinnert und genauso trügerisch ist ...

Der Mond, aufgerichtet und verlassen, verliert seine Kraft. Der ganze untere Teil des Himmels ist schon grün und rückt in die Ferne, nur noch der obere Teil ist blau. Gegen Norden erscheint eine winzig kleine Wolke, ein Irrtum, ein Tintenklecks auf dieser von Kinderhand gemalten Landschaft. Noch immer ist ein Hahn zu hören, ein einziger noch, und Tausende von wiedererwachten, den Verstand verlierenden Vögel. Die Hügel im Hintergrund heben sich voneinander ab, sie trennen sich und rücken, ihrer täglichen Bestimmung gemäß, in die Nähe. Die östliche Stadt wird deutlicher, die westliche gibt, bestimmt und exakt, Dachterrasse um Dachterrasse frei, unruhig noch, als müsse sie sich unter der Herrschaft des Lichts verstellen, bebend, erstarrend manchmal, oder aber hin und her trippelnd. Das zunehmende Licht läßt, auf den Hang oder die höchsten Gebäude gestützt, die erbärmlichen Häuser wachsen, schwanken, aneinanderstoßen . . .

Und wie an jedem Morgen schwärzt plötzlich eine nicht enden wollende Wolke von Staren, aus dem Olivenhain kommend, den Himmel: ein dichtes Netz, das sich herabsenkt, um ruhig und überraschend die Stadt zu umgarnen. Sicher und hastig schlängelt es sich, bildet im Blau verschiedene Formen, es zieht sich zusammen, breitet sich aus, es zentriert sich in der Freude des Morgens, es schließt und öffnet sich wie eine Palme, die sich im Wind wiegt. Und plötzlich, genau wie sie kam, verschwindet sie wieder im Olivenhain. Diese Verse kommen mir in den Sinn:

Wenn ich ihrer Ankunft dringend bedarf,
kommen die Stare aus dem Olivenhain . . .

Der Himmel wird heller, leuchtender. Das Grün überläßt einem fast weißen Blau die Vorherrschaft. Die Ocker-, Grau- und Brauntöne der Medina erlangen ihr Gewicht zurück. Einige Raben – die Vögel des Mitleids, wie der besiegte Almutamid meinte, der des Mitleids genauso bedurfte wie ich – kreuzen mein Blickfeld. Als sie mich sehen, verlangsamen sie ihren Flug – oder mir scheint es so . . . Jetzt lassen sich schon einzelne Moscheen, Madrasas und Mausoleen ausmachen. Die Tauben haben zu gurren aufgehört, bis auf die Turteltauben, die ich höre, ohne sie zu sehen. Der Mond verschwindet in seinem eigenen Lichtkranz. Ein Storchenpaar überfliegt, sehr tief, die Terrassen. Im Garten sind über Nacht die Rosen zwischen den Myrten aufgeblüht. Die Hitze des Lebens ergießt sich langsam über die Welt, nicht jedoch in mein Herz. Und auch der Schauder des Lebens naht, der an diesem Morgen meine Gefühle bestimmt... Ein Kind weint ungetröstet. Die Sonne hat sich noch nicht über den Horizont erhoben, und dennoch ist alles Licht. Es gibt noch keine Schatten, alles ruht unter einer einzigen lichten Schattenwolke. Wenn die Sonne jäh hervorbricht, wird wiederum alles unter einem Schatten liegen: dem Schatten der Sonne – der Herrschende weiß darum –, einem nebligen Dunst. Ich grüße alles, außer den fedrigen Blättern der Palmen, die sich heben und senken und die Sonne herausfordern, und den spitzen Minaretten; ich grüße alles, außer jenen, die so hochmütig sind, nach oben zu streben: Wer einmal dort oben war, weiß, warum... Herrlich wird das Leben sein, bis dann die Sonne erscheinen, sich auf ihrem Thron niederlassen und herrschen wird. Unterdessen fürchte ich mich davor, daß meine Stunde gekommen ist: Deshalb verweile ich über diesen karmesinroten Blättern, die so vieles in meinem Gedächtnis wachrufen.

In den letzten Monaten haben sich die Dinge nicht zugunsten Hamet al Benimaríns, des Kalifen von Fez, entwickelt. Intrigen wurden gesponnen, Parteien gebildet. Noch einmal erlebe ich die letzten Tage von Granada. Der Kalif hat mich für heute in seinen Palast bestellt. Ich glaube, er wird bald ins Feld ziehen müssen, um sich zu verteidigen. Das Gespür für den Verrat ist das einzige, was uns Verjagten nicht verlorengeht. Und ich weiß, was Verteidigung – nicht Angriff – bedeutet. Wohin der Kalif auch gehen mag, und ich kenne seinen Weg – ich werde ihm beistehen. Die Meriniden, die entfernt mit uns verwandt sind, sind ehrgeizig und treiben die Ereignisse voran, Geduld war niemals ihre Stärke. Die Gruppe der Scherifen macht dem Kalifen den Thron streitig. Ich werde in meinem Alter nicht mehr den Herrscher wechseln. Ich habe meine Untertanen verloren, und vielleicht habe ich auch euch verloren; damit ist es genug.

Schon lange trage ich den Wunsch in mir, euch diese Aufzeichnungen zukommen zu lassen. Ich halte es für gut, daß ihr etwas über die Geschichte eures Blutes erfahrt – falls es überhaupt möglich ist, eine solche Geschichte begreifbar zu machen. Man sagt, daß die Geschichte ein sich wiederholender Kreislauf sei, aber das erscheint mir falsch: Die Geschichtsschreiber sind es, die sich wiederholen. Wenn man in jemandes Auftrag schreibt, schreibt man letztlich immer dasselbe. Die Menschen werden von eintönigen Interessen geleitet. Es sind fast immer die Sieger, die Geschichte schreiben – die Besiegten sind entweder nicht mehr am Leben oder ziehen es vor zu vergessen –, und so richtet sich die Geschichtsschreibung immer nach der siegenden Partei. Ich bin sicher, würde sie von den Besiegten erzählt, geschähe dasselbe, aber diese würden sie nötig haben, um ihre Hoffnung zu behalten. In jedem Fall muß sich die Geschichte früher oder später dem Format eines Buches anpassen. Sie muß sich vereinfachen, schlichter werden, an Farbe verlieren, kurz gesagt: Sie hört auf zu sein. Darum versichere ich euch, daß ich hiermit weder eine Lobrede noch eine Verteidigung meiner selbst ablege – oder besser: dies nicht in meiner Absicht lag, während ich schrieb. Ich erzähle euch keine Herrschergeschichte, sondern lege ein Zeugnis ab, dessen Wert um so größer ist, als es das letzte sein wird. Andererseits ist und war es auch niemals meine Absicht, diesen Wust von Bemerkungen zu korrigieren, deren Daten und Ursprünge ebenso verschiedenartig wie unchronologisch sind. Manchmal schrieb ich und kehrte zu dem Geschriebenen zurück; manchmal schrieb ich beiläufig, ebenso, wie man bedauerlicherweise schwitzt oder speit.

Alle Personen, die diese Blätter bevölkern, Amin und Amina ausgenommen, sind schon gestorben. Und vielleicht seid auch ihr beiden nicht mehr, oder einer von euch, über die ich so gut wie nichts weiß. Ich habe nur vage, unsichere Nachrichten. Das letzte, meine Söhne, was ich über den älteren von euch beiden erfuhr, war, daß er in Tlemcen gewesen sei und daß er von dort abreiste, zusammen mit seinen Frauen und Kindern. Mehr weiß ich nicht. Ich werde veranlassen, daß jemand mit mehr Kraft – nicht mit größerem Interesse –, als ich sie besitze, euch sucht und findet und diese karmesinrote Handschrift in eure Hände legt – die Farbe ist das Unvergänglichste daran. Sie ist alles, was ich euch hinterlasse. Dem Kalifen werde ich zum Dank für seine Großherzigkeit dieses Haus anbieten – sofern sich noch eine Gelegenheit dazu bietet. Der Rest meines Vermögens gehört euch schon: Ich hinterließ es euch, als ich, es ist schon Jahre her, die Stunde meines Todes gekommen glaubte. Seit damals habe ich euch nicht mehr gesehen.

Letzte Woche hatte ich mir vorgenommen, dieses peinigende Testament noch einmal zu überlesen, es zu bearbeiten, mein Zeugnis übersichtlicher und zusammenhängender zu ordnen. Aber es ist zu spät dafür. Ich sende es euch so, wie es ist, ohne jede Gliederung zusammengetragen, bestenfalls durch die sinnlose Gliederung bestimmt, die beim Schreiben entstand. Wenn alles anders gekommen wäre – und auch ich ein anderer wäre, als ich bin –, dann hätte ich alles pedantisch bis in jede Einzelheit überarbeitet; aber ich bin Teil einer Epoche und einer Kultur – die auch die eurige ist –, in der die herrlichsten Paläste aus ein bißchen Holz und ein wenig Gips erbaut werden. So hinterlasse ich die nötigen Grundelemente, die jemand anders, wenn er will, mischen und umformen kann. Ich habe dazu keine Zeit und keine Lust mehr, und auch nicht die Gewißheit, daß es auf dieser Welt jemanden gibt, der die Mühe lohnen würde. Der wahre Wert meiner Aufzeichnungen liegt darin, daß sie mehr oder weniger in der Stunde geschrieben wurden, in der sich das Erzählte ereignete. Ich wurde zum Prinzen erzogen und war deswegen kein guter Herrscher. Die Literatur war es, die mich anzog, ich war neugierig; ich hätte ein Gelehrter werden können. Man hat es mir nicht erlaubt; statt dessen war ich gezwungen, um das Überleben meines Volkes zu kämpfen. Ich spielte meine Rolle nicht gut, konnte aber auch keine andere wählen. Aber – vielleicht stelle ich diese Frage nur, um meine Aufzeichnungen nicht noch einmal durchsehen zu müssen – warum zu etwas zurückkehren, was schon so weit zurückliegt? Weit zurück für euch, nicht für mich: Es gibt Umstände, durch die das Leben stillsteht und an einem bestimmten Punkt verweilt, wie ein Maultier, das sich weigert weiterzulaufen. Wie eine berauschte Alte, die vor dem Ort, an dem man ihr zu trinken gab, niederfällt und einschläft . . .

Nein, ich will nicht daran denken, daß es irgendwann Ereignisse gab, die wichtiger waren als das Heute. Ich will auch nicht daran denken, was sich bei der Schlacht zwischen dem Kalifen und seinen Gegnern ereignen wird, sondern daran, daß ich an meinem Geburtstag, meinem vierundsechzigsten vielleicht, die Morgendämmerung über Fez beobachtet habe . . . Mein Gedächtnis ist schwach; Amina machte es mir deutlich, letzte Nacht. Ich könnte diesen Seiten noch mehr hinzufügen, aber es trüge den Duft der verlorenen Erinnerung, wäre ohne Sinn und Zweck. Der Duft der Rose bleibt, auch wenn die Rose welkt, aber was ist der Duft ohne die Rose? Mir ist es lieber, wenn ihr meine Aufzeichnungen genauso unvermittelt annehmt, wie sie auch entstanden. Und außerdem: Wer weiß, ob sie euch erreichen oder ob sie euch interessieren, ob ihr auch nur einen kurzen Blick darauf werft?

Hernán de Baeza, der zu meinem Übersetzerstab in der Alhambra gehörte und der mein Freund und Chronist war, ermutigte mich immer zu schreiben. Aber er warnte mich ausdrücklich davor, über das zu schreiben, wovon nur ich wußte. Ich war empört darüber, daß ihn nur reizte, daß ich der König war. Mein Herz, meine Gefühle, die daher rührten, daß ich auf einen untergehenden Thron geboren war, interessierten ihn nicht, auch nicht die Ablehnung, die meine Umgebung, verblüht wie die vorher genannte Rose, in mir hervorrief. Man hat mich als den Verlierer des Königreichs beschimpft. Keiner hat sich zu erkennen bemüht, wie ich wirklich war, daß ich mit all meinen Kräften, die sicherlich nicht sehr groß waren, gekämpft habe. Es ist niemandem aufgefallen, daß ich – und zwar nicht als König – die perfekte Personifizierung eines Volkes bin, das zum Auszug aus dem Paradies verurteilt ist . . . Ich war länger Untertan als König, länger Verbannter als Gekrönter. Es ist mehr als dreißig Jahre her, daß ich die Schlüssel meiner Residenz übergab: eine Reproduktion, denn die echten begleiten, für euch bestimmt, dieses Manuskript, dessen Wert darin besteht, von jemandem zu stammen, der, wenn es euch erreicht, nicht mehr sein wird und der kaum noch ist, während er es euch zueignet.

Vielleicht enthält es, was ein Sohn niemals von seinem Vater wissen sollte, aber ich war so selten wirklich Vater . . . Der Älteste war kaum zwei Jahre alt, als er als Lösegeld für mich benutzt wurde. Wir haben kaum miteinander gelebt. Ihr seid bald aus Fez weggegangen. Für euch war ich wie für alle anderen nur ein Verräter. Andererseits – wer bestimmt darüber, was ein Sohn von seinem Vater wissen sollte und was nicht? Hat man euch nicht schon Schlimmstes erzählt, auf noch schlimmere Weise? Beurteilten mich die Chronisten nicht ungerecht, um ihres eigenen Vorteils willen? Ich will mich nicht verteidigen, auch dafür ist es zu spät. Ich bin ein alter Mann, und den Alten ist die Epik so fremd wie die Lyrik. In der nächsten Schlacht werde ich an der Seite dessen stehen, der mich aufnahm – weder heute, noch jemals zuvor war ich es, der eine Schlacht befahl. Es gibt niemanden mehr auf dieser Welt, dem ich mehr schulde als diesem Sultan von Fez, wenn nicht vielleicht ihr es seid, denen ich, unfähig, euch Verlorenes wiederzubringen, diese Schilderung des Verlusts schenke. Sicher ist es nicht meine Absicht, etwas geradezurücken. Es geschieht nur, damit diese Truhe, in der ich das aufbewahre, was noch von diesem Garten der Erinnerung überdauert hat, in andalusischen Händen bleibt. Diese Brautgabe: »Wenn du es willst, Granada, werde ich dich zur Frau nehmen . . .«, wie es in einem kastilischen Vers heißt. Und von allen andalusischen Händen sind eure die bedeutendsten und am wenigsten beschmutzten. Ich erhoffe mir nichts von euch. Nicht, daß ihr zu mir zurückkehrt, keine Antwort, keine Forderung. Aber bewahrt euer Nasridenblut, das letzte, das es noch gibt auf dieser Erde. Meine Vorfahren schufen Granada, ich zerstörte es; lest wieder und wieder diese Blätter, damit ihr erfahrt, wie. Wenn euch aber die Lust daran vergeht, dann überantwortet sie dem Meer oder den Flammen; es ist gleichgültig, nichts geht je verloren. Ihr müßt aber auch wissen, daß ich in ihnen nur über das geredet habe, was war; über das, was sein wird, wissen wir nichts. Der Allmächtige wird, wenn die Zeit dazu gekommen ist, das Wort sprechen, das Ihm gefällt. Man kann nur schwer eine Geschichte erzählen, ehe sie zu Ende ist, vergeßt das nicht. Deswegen beginnt jetzt euer Teil. Meiner neigt sich dem Ende zu:

Was ich zu verlieren fürchtete,
ging mir schon verloren.
Was ich zu erlangen hoffte,
ist nun fern von jedem Hoffen.

Meine Hoffnung ist vor mir gestorben. Was mir noch zu hoffen bleibt, ist sehr bescheiden: daß dieses Vermächtnis nicht gegen mich zeuge.

Erhebe dich nicht, mein Herz, auch nicht gegen mich.
Einmal gestorben, mein Herz, erhebe dich nicht:
Ruhe aus.

Ich muß nun gehen. Ich muß mich bewaffnen – ich gedenke, es allein zu tun –, um an der Schlacht teilzunehmen. Ich werde nicht aus ihr zurückkehren, weder tot noch lebendig. Ich möchte mich dem Wasser des Flusses überantworten, wie Aliatar bei der Niederlage von Lucena. Niemand soll meine königlichen Waffen finden oder die Überreste dessen, was ich einmal war. Ich werde gehen, ohne Amin und Amina zu wecken. Sie liegen beieinander, identisch und liebreizend, zwei Quellen des Lebens, ausgestreckt auf demselben Bett. Warum ich mich von nichts und niemandem verabschiede? Alles ist abgeschlossen. Gott allein entscheidet. Aber ich bezweifle, daß Er irgendeinem anderen Herrscher ein schlechteres Los auferlegte, als Er es mir zugedacht hat.

Letzte Notiz

Ich war in der Schlacht des Sultans, und ich bin lebend aus ihr zurückgekehrt. Mehr als einmal schrieb ich es: Alle haben mich verraten, selbst der Tod. Er wollte nicht zu der Verabredung kommen, die ich ihm vorschlug. Die Schwerter wichen mir aus, die Feinde mieden mich – vielleicht, weil es nicht meine waren. Er kehrte mir den Rücken. Erneut füge ich mich in das, was ich nicht zu begreifen vermag.

Auf den Tod zu warten wird von jetzt an meine einzige Aufgabe sein. Wenn der Tod zur rechten Stunde anklopft – nicht dann, wenn wir ihn bestellen –, ist er einer der Namen Gottes. Es gibt keine Kraft außer Ihm, dem Erhabenen, dem Allmächtigen, dem letzten Erben dieser Erde.

Kleines Dossier zum historischen Hintergrund

Die Mauren in Spanien

Vor rund 100 Millionen Jahren begann die afrikanische Kontinentalplatte sich nach Norden in Bewegung zu setzen und durch den Widerstand der nordeuropäischen Scholle den Meeresboden des dazwischenliegenden alten Tethysmeeres wie die Falten einer zuammengeschobenen Tischdecke aufzuwerfen. Die Alpen, die Pyrenäen, der Kaukasus entstanden. Geologische Strukturen, die bis heute die sprachlichen, kulturellen und politischen Zonen gliedern. Dies zum Untergrund:

Vor rund 1250 Jahren tritt eine Nord-Süd-Bewegung in dieser Region auf, die nicht geologisches Phänomen, sondern ethnisch und religiös begründet ist. Der Islam dringt mit erstaunlicher Kraft über das an die Stelle der Tethys entstandene Mittelmeer auf die spanische Halbinsel vor. Die Folge sind politische und kulturelle Verwerfungen, die bis heute sichtbar sind.

Wie bei physikalischen Phänomenen sind Bewegungen auch zwischen Völkern eine Folge von Über- und Unterdruck. Auf der spanischen Halbinsel war während einer über zweihundertjährigen Herrschaft der Westgoten ein Unterdruck entstanden. Zwar hatte dieses Volk eine relative Unabhängigkeit von Rom durchgesetzt und mit der Hauptstadt Toledeo auch ein Zentrum aufgebaut, doch waren die Fürstentümer untereinander heillos zerstritten. Zusätzlich sorgte das westgotische System der Wahlmonarchie mit seinen blutigen Thronwirren für Instabilität, für politische und kulturelle Schwäche. Adel und Königtum befehdeten sich, die katholische Kirche schürte diesen Gegensatz. Das ging solange leidlich gut, bis der Überdruck auf der anderen Seite der Straße von Gibraltar zu groß wurde. Dieser nun war die Folge der ständig zunehmenden Macht und Größe des Islam, seiner Umwandlung in ein theokratisches Weltreich mit dem Zentrum Damaskus und einer ersten Hochblüte von Kultur und Handel unter der Dynastie der Omaijaden.

Es gibt einen Auslöser des rasanten Druckausgleichs zwischen den beiden Regionen nördlich und südlich der Straße von Gibraltar. Der nordafrikanische Statthalter der Kalifen von Damaskus, Musa Ibn Nusair, wird von den zerstrittenen Westgoten ins Land gerufen. Als deren König Witiza 710 stirbt und nicht dessen Sohn, sondern der Herzog Roderich zum neuen König gewählt wird, wendet sich die Familie Witiza hilfesuchend an die Muslime.

711 landet der Gouverneur von Tanger, Tarik, im Auftrag Musas mit nur 7000 Mann bei den Säulen des Herkules, dem heutigen Gibraltar. Roderich verfügt über die sechsfache Truppenstärke, macht aber den gravierenden

Fehler, die beiden Flügel seiner Streitmacht von den Witizasöhnen führen zu lassen. Die greifen in den Kampf nicht ein.

Roderich wird in siebentägiger Schlacht bei Jeréz de la Fróntera, der heutigen Bezirkshauptstadt der Provinz Cadíz an der spanischen Südwestküste, vernichtend geschlagen.

Es ist, als ob der Pfropfen einer Sektflasche herausgeflogen ist. Immer neue Truppen von Mauren schäumen ins Land. Wenige Jahre ist fast ganz Spanien eine Provinz des Kalifats der Omaijaden von Damaskus. Nur ganz im Norden, in den unzugänglichen Bergregionen der Pyrenäen, halten sich die alten Beherrscher des Landes.

Solche schnellen Eroberungen sind oft nicht von langer Dauer, wenn nicht eine politische Komponente hinzukommt, die ihnen Stabilität verleiht. In diesem Falle ist es der hausgemachte Ärger der Muslime untereinander. Die Omaijaden werden von den Abbasiden gestürzt, die das Machtzentrum des Islam von Damaskus nach Bagdad verlagern. Einem der Prinzen der Omaijaden gelingt die Flucht nach Andalusien, so nannten die Araber Spanien. 756 gründet er als Emir Abd ar-Rahman I. ein von Bagdad unabhängiges Reich, das spätere Kalifat von Córdoba. Zu diesem Zeitpunkt sind bereits vier Fünftel der iberischen Halbinsel in muselmanischer Hand.

Für 740 Jahre ist das maurische Spanien eine erstaunlich stabile Welt für sich. Sie bringt ihre eigenen Gesetze, ihre eigene Kultur und Regeln des Zusammenlebens hervor. Eine Mischkultur, in der der Koran mit den Texten der griechischen Philosophen, die Eroberer mit den Eroberten, die jüdischen Händler mit den Eselstreibern der alten Bevölkerung, die Minarette und Moscheen mit den vorhandenen spanischen Städten eine erstaunliche Fusion eingehen. Das Ganze könnte man eine Don Quichotterie der Weltgeschichte nennen.

In vielem ist diese Epoche fortschrittlicher als die sogenannte Neuzeit, die nach dem Ende der maurischen Herrschaft durch die Eroberung von Granada 1492 durch die katholischen Heere beginnt, im gleichen Jahr übrigens, in dem Columbus Amerika entdeckt und die Schreckensherrschaft der Inquisition anhebt.

Betrachten wir diese Hochblüte des spanischen Mittelalters ein wenig näher. Mauren sind die Mohren. Bis in unsere Zeit ist es das nämliche Wort, der Inbegriff des Schwarzen. Mehr als der Neger. Der Primitive, der Diener, das Maskottchen. Der geschichtslose Kammerdiener. Der Mohr im Ankleidezimmer der adeligen Damen des 18. und 19. Jahrhunderts. Man denke an den Struwwelpeter, in dem es heißt: »Die schrien und lachten alle drei, / Als dort das Mohrchen ging vorbei, / Weil es so schwarz wie Tinte sei.« In der christlichen Farbenmystik ist das Schwarze das Böse, das Weiße das gute Prinzip. Welche Verkehrung der Verhältnisse!

Die maurische Welt ist dank der zentralen Stellung des Korans eine sprachlich und akustisch orientierte Kultur. Das Wort wird höher gehalten als das gegenständliche Bild. Man darf sich von Gott keine Vorstellung machen. Das wäre barbarisch. Die Gebetsnischen in den Moscheen dienen in ihrer Muschelform der Schallverstärkung des gesprochenen Wortes. Bei den Christen hingegen steht das Bildnis, die Skulptur im Zentrum dieser Nischen.

Der Schmuck der Moscheen ist eine ins Extrem gesteigerte Ornamentik. Sie ist unaggressiv, wirkt eher wie eine sanfte Droge fürs Auge. Vielleicht liegt in den Unterschieden der Sinnesempfindungen auch ein Unterschied der politischen Kraft. Was setzt sich durch? Das Visuelle gegen das Akustische? Das naive Abbild eines Gottes gegen das Ornament.

Doch zunächst dominiert für einige Jahrhunderte in diesem Raum der Einfluß des Arabischen. 4000 Vokabeln gehen in die spanische Sprache ein. Selbst jenes für unsere Ohren spanischste aller spanischen Wörter »Olé« geht auf »Allah« zurück. Eine ganz wichtige linguistische Brücke stellen die arabischen Übersetzungen griechischer Philosophen dar. Euklid, Aristoteles werden aus dem Arabischen in die europäischen Sprachen rückübersetzt und mit Kommentaren herausgegeben. Vom Griechischen ins Arabische, dann ins Kastilische, von dort ins Latein, dann ins Französische: eine wahrlich abenteuerliche Völkerwanderung der Ideen, ohne die die abendländische Kultur provinziell geblieben wäre. Die Bibliothek des Hakam II., des Sohnes des großen Kalifen Abd ar-Rahman III. in Cordoba – einer Stadt mit damals einer Million Einwohnern! – soll 400 000 Bände umfaßt haben, viel von ihm mit Kommentaren und Korrekturen versehen. Die orientalische Neigung zum Wortbild, zur Metapher, faßt Fuß in Spanien. Über Góngora bis zu Lorca ist der Manirismus ein bleibendes Erbe jener Epoche, ohne das bis heute kein europäischer Lyriker auskommt.

Das maurische Spanien war natürlich kein Paradies auf Erden. Auch hier gab es Fehden innerhalb des Adels, gute und schlechte Herrscher, Krisen und Niederlagen. Aber insgesamt war diese lange Phase ein Glücksfall der frühmittelalterlichen Geschichte Europas, was in erster Linie großen Staatsmännern wie Abd ar-Rahman III. zu verdanken war. Er entmachtete den Adel, er stabilisierte die Landesgrenzen nach Norden gegen die langsam wiedererstarkenden alten christlichen Kräfte und nach Süden, wo eine neue Welle des expansionistischen Islam aufbrandete. Die Fatimiden hatten die Abbasiden abgelöst. Sie waren Schiiten im Unterschied zu den sunnitischen Omaijaden und Abbasiden, d. h. sie glaubten im Gegensatz zu den toleranteren Sunniten, daß nur ein leiblicher Nachkomme Mohammeds Kalif werden konnte.

Abd ar-Rahman III. war der erste der spanischen Omaijaden, der sich zum Kalifen erhob. Er regierte von 912 bis 961. Unter ihm und seinem Sohn kommt es zu jener märchenhaften Zeit der kulturellen und wirtschaftlichen Hochblüte der maurischen Epoche in Spanien. Die weitgehende Integration der alten Bevölkerung, der Juden, der Christen erwies sich als multikultureller Segen.

Der Kalif ist weltlicher und geistlicher Herrscher in Personalunion. Es gibt keine Trennung in geistliche und weltliche Macht, nicht jene Konkurrenz zwischen Papst und Kaiser, die die christliche Welt so lange prägt, zerreißt, ungeheure Kräfte bindet und in Kriegen und Intrigen wieder freisetzt. Der Islam ist nach außen hin zwar durchaus expansiv, nach innen hin jedoch tolerant. Juden und Christen sind eben keine Gegner im theologischen Sinne. Beide Religionen sind Vor- und Nebenformen, unzulängliche Versionen der Mohammedanischen Lehre. Christus und Moses sind ebenso Propheten wie Mohammed, wenn auch von geringerer Bedeutung. Von dieser geistigen Position aus hatte der spanische Islamismus die Fähigkeit, beide bedeutenden Volksgruppen, Juden und Christen, lange Zeit zu assimilieren. Die Christen mußten nur Steuern zahlen, kein Blut, um ihre Religion weiter ausüben zu dürfen. Ein sanfter, ökonomischer Bekehrungsversuch.

Architektonisch konkurrieren im Mittelalter zwei Prinzipien: im Norden der gotische Spitzbogen, im Süden der maurische Hufeisenbogen. Die an den Formen des Palmenhaines orientierten Säulenhallen der Moscheen sind offen, lichtdurchflutet, sie haben etwas von der griechischen Agora mit ihren Arkaden an sich, sind Orte der Disputation. Hier wird Recht gesprochen, werden Texte ausgelegt, Dichtungen gelesen, mit einem modernen Begriff ausgedrückt: kommuniziert. Wie anders die Kathedrale! Düster, nach oben strebend, den Blick nicht anziehend durch das Filigran der Muster, sondern lenkend in die Vertikale, den scheuen Blick nach oben, den demütigen nach unten.

Die »Moros« waren keine einheitliche Volksgruppe. Es waren Araber, aber häufiger noch Berber, die Urbevölkerung Nordafrikas, die sich bis heute der arabischen Überfremdung entzieht. Sie siedelten hauptsächlich auf den Mesas, den spanischen Hochebenen, weil dies den klimatischen Verhältnissen ihrer Heimat am nächsten kam.

Zu Beginn der islamischen Phase besteht auch im Norden Spaniens ein Machtvakuum. Die schwachen Merowinger in Frankreich sind ähnlich wie die schwachen Westgoten in Spanien geradezu eine Aufforderung für Eroberungs- und Beutefeldzüge. Der Gebirgsriegel der Pyrenäen läßt sich an den Küsten umgehen. Im 8. Jahrhundert ziehen islamische Heere plündernd das Rhônetal empor, später das der Durance in der Provence. Beide Stoßrichtungen werden vom merowingischen Hausmeier Karl Martell pariert und gestoppt. Die Schlacht zwischen Tours und Poitiers 732 wird zum Symbol der Umkehr einer Entwicklung, die die Rückeroberung ehemals christlichen Terrains einleitet. Die Reconquista wird zu einer langsam verlaufenden Bewegung, an deren Ende die Vertreibung des letzten maurischen Fürsten Boabdil steht.

Im Grunde beginnt die Reconquista bereits unmittelbar nach jener unglaublich raschen Islamisierung Spaniens im 8. Jahrhundert. Die in den unwirtlichen Flanken des nordspanischen Berglandes und der Biskayaküste Asturiens hochgestauten alten baskischen und westgotischen Kräfte stellen ein Potential dar, das lange Zeit nur latent, dann mehr und mehr die Rückeroberung der Halbinsel vollzieht.

Schlüsselerlebnis ist der Sieg des späteren asturischen Königs Pelayo 722 nach dem christlichen Aufstand in diesem nordwestlichen Land Spaniens. Die Mauren nehmen die Niederlage hin. Sie sind stärker an den fruchtbaren Ostregionen interessiert. Sie ziehen sich ganz aus jener Gegend zurück. Asturien wird damit die Keimzelle des Widerstandes. Ein beständiger Unruheherd. Es folgt Kastilien in der Mitte und Aragonien an der Ostflanke der Pyrenäen. Vor allem Kastilien, das Land der Schlösser, entwickelt mehr und mehr einen ungeheuren Eroberungsdruck. Es schluckt Asturien und Galizien. Aragonien vereint sich mit Katalonien. Dadurch gerät der Islam vollends in die Defensive, zumal sich nach dem Ende der omaijadischen Herrschaft die Konkurrenz verschiedener marokkanischer Dynastien verschärft.

Zunächst sind es die Almoraviden, berberische Nomaden, die 1086 in Spanien einfallen. Im milden Andalusien wandeln sie sich zu toleranten, Kunst und Philosophie zugewandten Herrschern. Nur hundert Jahre später werden sie von einer neuen Welle aus dem Norden hinweggespült. Diesmal sind es die fundamentalistischen Almohaden, die einen Glaubenskrieg gegen die Gott vermenschlichenden Almoraviden führen. 1157 erobern sie Granada, doch ihre Herrschaft dauert nur bis 1230. Immerhin wird in dieser kurzen Epoche die berühmte Moschee von Sevilla gebaut, lebt der große islamische Aristoteliker Averrões (1126–1198) unter dem Schutz der almohadischen Kalifen. An ihre Stelle treten die Nasriden, denen es jedoch nur gelingt, sich in Granada festzusetzen. Der Nasridische Herrscher Muhammad Ibn al Ahmar (1232–72) beginnt mit dem Bau der Alhambra. Er macht Granada zum Vasallenstaat von Kastilien und kann dadurch die völlige Unterwerfung unter die Christen um fast zweieinhalb Jahrhunderte hinauszögern. Diese späte Blüte der maurischen Welt in Andalusien hat zur kulturellen Sonderstellung des der nordafrikanischen Welt auch geologisch so ähnlichen Landes geführt.

1236 werden Córdoba, 1248 Sevilla, 1262 Cadíz von den Christen zurückerobert. Als durch die Heirat Isabellas I. von Kastilien und Ferdinands II. von Aragonien die beiden rivalisierenden Mächte vereinigt werden, ist es auch mit der islamischen Enklave Granada vorbei. Diese Machthochzeit bringt übrigens nebenbei auch militärtechnische Innovationen wie die Artillerie hervor.

Es gibt nun kein Halten mehr. Die seit dem 11. Jahrhundert immer wieder gepredigte Idee des Kreuzzuges erfüllt sich. 1492 fällt Granada nach zweijähriger Belagerung. Abu Abdallah, genannt Boabdil, unterschreibt die günstigen Kapitulationsbedingungen und übergibt die Schlüssel zu den Toren.

Bald ist es trotz anfänglicher Toleranz der Sieger vorbei mit den alten Privilegien der Minderheiten. Schon 1480 hat das Königspaar die Inquisition eingesetzt. Juden werden vertrieben, Ketzer verbrannt, arabische Bücher vernichtet, die wenigen Revolten der alten islamischen Bevölkerung, der zwangsbekehrten Morisken, werden blutig niedergeschlagen. Ab 1609 werden die ›Moriscos‹ mit aller Härte verfolgt. Über drei Millionen von ihnen verlassen Spanien. Dies ist die bisher größte Massenaustreibung in der Geschichte der Völker.

Wie ein Symbol wird mitten in die großartige Moschee von Córdoba hinein eine gotische Kathedrale gebaut, die dort bis heute wie eine Spinne hockt. Aber rundherum blieben die herrlichen Wandelgänge und Nischen der Moschee bestehen, auch wenn etliche Durchgänge nach draußen nun zugemauert sind.

Die spanische Wirklichkeit von heute trägt den Stempel jener großen Zeit. In ihren Sitten, ihrer Musik, ihrem Tanz und nicht zuletzt in ihrer Poesie spürt man immer noch die dem Europäer so fremde Aura eines anderen Kontinents, der für einige Jahrhunderte bis an die Pyrenäen reichte.

Henning Boëtius

Zeittafel

415	die Westgoten überfluten Gotalonien (Katalonien).
507–711	Westgotenreich mit Hauptstadt Toledo.
711	Tarik besiegt Roderich in der Schlacht bei Jeréz de la Fróntera.
712/14	Unterwerfung der iberischen Halbinsel durch Musa ibn Nusair.
722	Schlacht bei Covadonga. Sieg Pelayos über die Muslime. Beginn der Reconquista.
732	Karl Martell besiegt die nach Frankreich vordringenden Muslime bei Poitiers.
750	Sturz der Omaijaden in Damaskus.
756	Abd ar-Rahman I. gründet das spätere Kalifat von Córdoba.
739–757	Alfons I. erobert León, Altkastilien und Galizien. Daraus entsteht die Grafschaft Kastilien.
816–819	Erhebung der Basken.
912–961	unter Abd ar-Rahman III. und
961–976	Hakam II. Höhepunkt der maurischen Kultur in Spanien.
929	Selbsterhöhung Abd ar-Rahmans III. zum Kalifen.
1031	Sturz des letzten omaijadischen Kalifen Hischam III. Zerfall des islamischen Spaniens in Teilfürstentümer.
1043–1099	»El Cid«, Siege der Christen gegen die Muslime.
1064	Beginn der Kreuzzüge.
Ende 11. Jhd.	erneute Schwächung der Christen.
1086	Beginn der Invasion der Almoraviden, einer muslimischen Sekte aus Marokko.
1118	Konzil von Toulouse, Papst ruft zu Kreuzzügen auf.
1139	Abfall der Grafschaft Portugal.
Ende 12. Jhd.	Wiedererstarken der Reconquista.
1145	Zusammenbruch des Almoravidenreiches unter dem Druck der marokkanischen Dynastie der Almohaden.
1156	die Almohaden besetzen Granada.
1212	Sieg der gemeinsamen christlichen Heere über die Almohaden.
1236	Eroberung von Córdoba durch Fernando III. (den ›Heiligen‹).
1238	Eroberung von Granada durch den Nasriden Muhammad Ibn Ahmar. Bau der Alhambra.
1248	Eroberung von Sevilla durch die Christen nach zweijähriger Belagerung.
1262	Eroberung von Cadíz durch die Christen,
1391	erste Judenverfolgung durch die Christen seit der Zeit der Westgoten.
1462	Eroberung von Gibraltar durch die Christen.

SERIE PIPER

Kenizé Mourad

Im Namen der toten Prinzessin

Roman eines Lebens.
Aus dem Französischen von Brigitte Weidmann.
613 Seiten. SP 1344

Kenizé Mourad, Tochter der letzten türkischen Sultanin, Selma, und des indischen Radschahs von Badalpur, der das Schicksal keine Zeit ließ, ihre Mutter kennenzulernen, hat ein Buch geschrieben, in dem sich Vorstellungskraft und Einfühlungsvermögen, historische Fakten und eine märchenhafte Lebensgeschichte zu einem mitreißenden Erzählstrom verdichten.

Wach und sensibel erlebt Selma den Zusammenbruch des Osmanischen Reiches 1920, die leidvollen Erfahrungen ihrer Familie, die der Verbannung 1922 vorausgehen, das Elend der Mutter, die, der Etikette, der Religion, dem Vaterland tiefer verpflichtet als ihrer Familie, zwar ihre Würde nicht verliert, wohl aber den eigentlichen Grund ihrer Existenz.

Für Selma bietet das Exil in Beirut, der damals schillerndsten Stadt des Vorderen Orient, mehr Abenteuer als Erniedrigung. Wenngleich eine »unterdrückte Prinzessin«, wächst sie hier – inmitten der großen Familien der französischen Mandatsstadt – heran, erlebt ihre erste Leidenschaft, bevor sie standesgemäß an einen indischen Radschah verheiratet wird. Und Indien, das feudale und zugleich erschütternd arme Indien – das ist für sie die qualvolle Verbannung. Erst in Paris, der glanzvollen Metropole der dreißiger Jahre, wird Selma, jenseits der Salons von Nina Ricci und Maxim's, zu sich selbst und der Liebe ihres Lebens finden.

»Eine wundersame Liebesgeschichte ergibt manchmal einen großen Roman. Wenn aber die Geschichte darüber hinaus wahr ist, ja ebenso wahr wie unwahrscheinlich, wenn sich in ihr der Untergang eines ganzen Weltreichs, einer bewegenden Epoche spiegelt, wenn die Heldin eine Sultanin ist, und Istanbul ihr Geburtsort, von wo der Zusammenbruch des Osmanischen Reiches sie ins libanesische Exil nach Beirut zwingt, die Heirat mit einem ihr unbekannten Radschah sie an einen indischen Königshof führt und die bevorstehende Geburt ihres Kindes ihr zum ersten Mal ein freies Leben in Paris ermöglicht – dann erwartet man ein außergewöhnliches Buch.«
L'Express

Stephanie Cowell

Die Ballade des Falken

Roman aus der Shakespeare-Zeit. Aus dem Englischen von Carina von Enzenberg. 544 Seiten. SP 2384

Geboren in Canterbury im ausgehenden 16. Jahrhundert, hat der begabte, ungestüme Nicholas Cooke bereits mit 13 Jahren harte Schicksalsschläge erlebt: Er mußte zusehen, wie sein Vater als Dieb gehenkt wurde und wie seine über alles geliebte Mutter früh starb.

Im übersprudelnden London, inmitten von geschäftstüchtigen Kaufleuten, feuerspeienden Gauklern und dem Wagengerassel des fahrenden Volkes, versucht Nick sein Glück als Schaupieler. Der charismatische Dichter Kit Morley, der Gefallen an dem aufgeweckten Knaben gefunden hat, ebnet ihm dazu den Weg. Er verschafft ihm einen Platz in der Theatertruppe des John Heminges, dessen schöne, sanfte Frau Rebecca Nick bald in Verwirrung stürzt... Und ein weiterer passionierter Theatermann wird Nicks Freund und Förderer: Will Shagspere. Gemeinsam errichten sie an den Ufern der Themse das Globe Theatre, das später Weltberühmtheit erlangen würde. Aber Nicks unruhiger Geist treibt ihn weiter: Als sein erster Sohn von der Pest dahingerafft wird, besinnt er sich auf seinen Jugendtraum und vertieft sich ins Studium der Medizin und Theologie... Glanz und Elend des Elisabethanischen Englands werden in diesem opulenten historischen Roman lebendig. Das spätmittelalterliche London mit seinen winkeligen Gassen und imposanten gotischen Bauten, in dem Hungersnot und Pest ebenso herrschen wie die mitreißende Aufbruchstimmung zu Beginn der Neuzeit, bildet den Hintergrund für das Schicksal des jungen Nick. Er ist ein echter Held der Renaissance: von unstillbarem Wissensdurst und festem Glauben an die Kraft des Geistes, muß er doch immer wieder an seine Grenzen stoßen.

»Cowell hat ideales Urlaubsfutter geschrieben, ein großes Stück lehrreicher Unterhaltungsliteratur, das Englands größte Ära mit allen Licht- und Schattenseiten als faszinierenden Bilderbogen aufblättert.«

Welt am Sonntag

Kathleen Robinson

Dominicus

Ein Roman aus dem alten Rom. Aus dem Amerikanischen von Michael Hofmann. 511 Seiten. SP 1924

Gallien im Jahr 395 n. Chr. Mit der Geburt des zwergwüchsigen Knaben Dominicus beginnt dieser abenteuerliche Unterhaltungsroman, der den Leser mitnimmt auf eine spannende Reise durch die Spätantike. Nach dem frühen Tod seiner Eltern wird Dominicus von seinem Vormund an eine fahrende Gauklertruppe verkauft. Das Schicksal führt den Wanderzirkus von Gallien in das vor Leben übersprudelnde dekadente Rom, wo sich die Künstler unter der Obhut eines ehrgeizigen römischen Senators in kürzester Zeit einen Namen machen. Doch das Glück bleibt den Zirkusleuten nicht hold: Sie fallen in Ungnade, und Dominicus kann als einziger den Häschern entkommen...

Kathleen Robinsons üppig erzählter, detail- und stimmungsreicher Roman führt uns in die aufregende Zeit des alten Rom, in Amphitheater mit fackelerleuchteten Bühnen, in das Gallien der Gladiatoren, in die winkligen Gassen Alexandrias, durch die der Wüstenwind weht, in die farbenprächtigen Basare Konstantinopels...

»Dominicus« ist ein mitreißender historischer Roman, der die Zeit der Spätantike, ihre Kultur und ihre Menschen lebendig werden läßt: Eine faszinierende Lesereise in eine exotische, märchenhafte Welt voller Glück und Abenteuer, voller Liebe und Grausamkeit.

»Ein gut recherchierter, gut erzählter Plot, der überzeugende, liebenswerte Charaktere und prächtige Ansichten antiker Städte zeichnet. Und das Ganze hat Tempo!«

Kirkus Review

»Ein intelligenter historischer Roman mit viel Hindergrund, flotten Dialogen und einer Vielzahl faszinierender Schurken.«

Brigitte

»So schillernd, märchenhaft und phantastisch der Roman von Kathleen Robinson ist, so vergnüglich ist er auch. Genüßlich ausgemalte Ungeheuerlichkeiten und amüsante Episoden sorgen für Abwechslung in diesem Roman, der genau der richtige Schmöker für lange Abende ist.«

Kieler Nachrichten

Harald Braem

Hem-On, der Ägypter

Roman. 411 Seiten. SP 1581

Dieser historische Fantasy-Roman führt weit zurück in das Ägypten der Pharaonen, in die Zeit des Pyramidenbaus und des sagenumwobenen Arztes und Architekten Imhotep. Der junge Hem-On, ein Priesterschüler von geheimnisvoller Herkunft, erlebt als Vertrauter Imhoteps faszinierende Abenteuer: Er nimmt am Feldzug gegen die Nubier zu den »Schlafstätten des Nils« teil, erlebt den Bau der großen Pyramide mit und wird schließlich ins Reich der geheimnisumwitterten Königin von Saba geschickt.

Der Löwe von Uruk

Roman. 489 Seiten. SP 1282

Die Geschichte von Gilgamesch, dem sagenhaften König von Uruk im Zweistromland, gilt als das älteste literarische Zeugnis der Menschheit überhaupt. Harald Braem hat das sumerische Epos, das den Weg Gilgameschs durch viele Abenteuer bis weit über die Grenzen seiner Welt hinaus, bis auf die »Insel der Unsterblichkeit«, berichtet, neu erzählt. Bestechend ist an diesem spannenden Roman nicht nur die genaue Darstellung der magischen und astrologischen Geheimlehren der Sumerer, sondern die verblüffende Aktualität, die der Autor dieser alten Geschichte abzugewinnen weiß.

»Braem versteht es, eine geschlossene ökologische und psychologische Lesart des Gilgamesch-Epos zu entwickeln.«
Die Zeit

Das Hotel zum schwarzen Prinzen

Phantastische Erzählungen. 133 Seiten. SP 2129

Tanausu – der letzte König der Kanaren

Roman. 358 Seiten. SP 1284

Harald Braem schildert in diesem fesselnden und farbigen Roman den Verzweiflungskampf der Guanchen unter ihrem letzten König Tanausu gegen die übermächtigen Eindringlinge. Erst durch Betrug und Verrat gelingt es den Spaniern, die Verteidiger des »Heiligen Kraters« zu überwältigen und Tanausu gefangenzunehmen. Vor der Kulisse eines unserer heute beliebtesten Ferienparadiese entfaltet sich das Drama einer geheimnisvollen Kultur, die dem europäischen Eroberungsdrang zum Opfer fällt.